BASTEI
LÜBBE
TASCHENBUCH

Weitere Titel der Autorin:

Im Land des Eukalyptusbaums	(auch als Hörbuch erschienen)
Der Ruf des Abendvogels	
Im Glanz der roten Sonne	
Ein Hoffnungsstern am Himmel	
Am Fluss des Schicksals	
Die Insel der roten Erde	(auch als Hörbuch erschienen)
Im Tal der flammenden Sonne	(auch als Hörbuch erschienen)
Im Schatten des Teebaums	
Der Duft der Eukalyptusblüte	
Im Hauch des Abendwindes	
Leuchtende Sonne, weites Land	
Der Glanz des Südsterns	(auch als Hörbuch erschienen)
Jenseits des leuchtenden Horizonts	
Träume unter roter Sonne	
Heller Mond, weite Träume	
Im Tal der Eukalyptuswälder	
Jenseits der südlichen Sterne	

Titel in der Regel auch als E-Book erhältlich

Über die Autorin:

Elizabeth Haran wurde in Simbabwe geboren. Später zog ihre Familie nach England und wanderte von dort nach Australien aus. Sie lebt mit ihrem Mann in Adelaide, Südaustralien, und hat zwei erwachsene Söhne. Bevor sie sich dem Schreiben zuwandte, arbeitete sie als Model, besaß eine Gärtnerei und betreute lernbehinderte Kinder.

ELIZABETH HARAN

TRÄUME UNTER ROTER SONNE

Roman

Übersetzung aus dem australischen Englisch von Ulrike Werner-Richter

BASTEI LÜBBE TASCHENBUCH

BASTEI LÜBBE TASCHENBUCH
Band 17392

Dieser Titel ist auch als E-Book erschienen

Vollständige Taschenbuchausgabe
der bei Ehrenwirth erschienenen Hardcoverausgabe

Titel der australischen Originalausgabe: »Flight of the Jabiru«

Dieses Werk wurde vermittelt durch
die Literarische Agentur Thomas Schlück GmbH, 30827 Garbsen.

Für die deutschsprachige Ausgabe:

Lektorat: Melanie Blank-Schröder
Textredaktion: Marion Labonte, Labontext
Landkarte: Reinhard Borner
Titelillustration: © shutterstock/Sebastian Burel/dedoma/Palo-ok/EcoPrint
Umschlaggestaltung: Jeannine Schmelzer
Satz: Dörlemann Satz, Lemförde
Gesetzt aus der Adobe Caslon

Printed in Germany
ISBN 978-3-404-17392-1

Ich widme dieses Buch Michelle Horan, die am 10. Februar 2013 ihren tapferen Kampf gegen den Krebs verlor. Michelle war eine herzliche, fürsorgliche und vollkommen selbstlose Frau, die ihre Tochter Michaela innig liebte, ihrem Partner Harry eine treue Gefährtin war und sehr an ihren Eltern und Geschwistern hing. Mir war sie eine ganz besondere Freundin.

Michelle, Gott brauchte einen Engel, und er hat dich auserwählt. Er hat dich früher zu sich genommen, als es uns recht war, aber du wirst immer in unseren Herzen wohnen und niemals vergessen sein. Ich werde die vielen Jahre unserer Freundschaft immer in Erinnerung behalten und finde Trost in dem Wissen, dass ich dich wiedersehe, wenn ich eines Tages zu den Engeln geholt werde. Du wirst dort sein und mir zeigen, wie ich meine Flügel nutzen kann.

Außerdem möchte ich meiner Schwester Kate Mezera danken, dass sie mich bei den Recherchen zu diesem Buch nach Darwin begleitet hat. Es war das erste Mal seit vielen, vielen Jahren, dass wir zu zweit Zeit miteinander verbracht haben, und das hat mir sehr viel bedeutet.

I

Newmarket, County Suffolk, England
März 1941

»Da bist du ja«, schimpfte Lara, als sie ihren Vater endlich in der Box eines Pferdes entdeckte. Sie hörte selbst, dass ihre Stimme vorwurfsvoll klang, aber es hatte sie unendlich viel Mut gekostet, hierherzukommen. Der Geruch der warmen Pferdekörper und der Duft nach frischem Heu, Sattelseife und geöltem Leder beschworen Kindheitserinnerungen herauf, die sie eigentlich sicher in den Tiefen ihrer Seele verstaut wähnte.

Der Stall und die Pferde waren die Welt ihres Vaters. Für Lara bedeuteten sie nichts als das schmerzliche Andenken an den Verlust ihrer Mutter.

Trotzdem hatte sie jetzt schon fast dreißig Boxen in den Fitzroy Stables abgesucht, in denen ihr Vater seit fast zehn Jahren als Stallmeister arbeitete. Beinahe hatte sie schon befürchtet, ihn überhaupt nicht mehr zu finden, und genau genommen sah Lara auch jetzt über den Rand der Box nur seine Haare, der Rest von Walter Penrose war hinter einem großen Pferd verborgen. Der braune Lockenschopf aber war unverwechselbar. Die ganze Woche über hatte sie ihn bekniet, sich doch endlich das Haar schneiden zu lassen. Es wuchs schnell und war schwer zu bändigen, aber ihr Vater hatte nur gelacht und gescherzt, dass es den Pferden, um die er sich kümmerte, ziemlich egal wäre, wie er aussah. Und ihm selbst sowieso. Er war noch nie besonders eitel gewesen.

Nun stand er halb gebückt hinter einem grau gescheckten Polopony und prüfte, ob der Steigbügel richtig eingestellt war. Als er ihre Stimme vernahm, warf er einen Blick über den Widerrist des Pferdes und blinzelte überrascht. »Lara? Was willst du denn hier?«, fragte er und richtete sich auf. Der Stall war so ungefähr der letzte Ort, an dem er seine Tochter zu sehen erwartete.

»Ich habe dich gesucht. Oder besser gesagt, ich suche nach Harrison Hornsby und dachte, er wäre bei dir«, erklärte Lara. In diesem Moment schüttelte sich das Pferd, und Lara wich erschrocken einen Schritt zurück.

»Ganz ruhig, Echo«, besänftigte Walter das Tier. Er wusste nur zu gut um Laras Ängste und deren Ursache. Sie war erst vier Jahre alt gewesen, als sie vor nunmehr neunzehn Jahren ihre Mutter verlor, aber sie hatte sofort verstanden, dass ihr Verlust mit einem Pferdeunfall zu tun hatte. Daraufhin hatte das Kind eine starke Angst vor allem, was mit Pferden zu tun hatte, entwickelt, und auch wenn es Walter bisher nicht gelungen war, diesen Gefühlen rational beizukommen, hegte er dennoch die Hoffnung, dass sie ihre Furcht eines Tages überwinden würde. »Keine Sorge, Lara«, tröstete er seine Tochter. »Echo tut dir nichts.«

»Pfui!«, rief Lara entsetzt und rümpfte ihre Stupsnase, »jetzt bin ich in einen Pferdeapfel getreten! Diese Stiefel trage ich heute zum ersten Mal, nachdem ich ein halbes Jahr lang Bezugsscheine dafür gesammelt habe. Wo ist denn bloß der Stallbursche? Hier sollte es wirklich sauberer sein.«

»Und du solltest nicht hier sein, Lara«, raunte Walter. Hastig band er Echo an der hinteren Wand der Box an, öffnete die Tür und zog Lara herein. Er hoffte inständig, dass sein meist schlecht gelaunter Arbeitgeber sie noch nicht bemerkt hatte. »Unbefugte haben keinen Zutritt zu den Stallungen. Das weißt du doch! Aufhalten dürfen sich hier außer mir nur die Besitzer der Pferde, die Polospieler, die Stallburschen und die Pferdepfleger.«

»Ich weiß schon, dass ich eigentlich nicht befugt bin, Vater«, flüsterte Lara. Vorsichtshalber erwähnte sie nicht, dass sie bereits von einem höchstens fünfzehnjährigen Stalljungen darauf hingewiesen worden war.

»Wir haben natürlich auch weibliche Stallgehilfen, aber so schick, wie du angezogen bist, gehst du kaum als solche durch.«

»Das will ich auch hoffen«, sagte Lara und zupfte am Saum ihres maßgeschneiderten Jacketts. »Das Kostüm hier ist zwar schon fast drei Jahre alt, hat mich aber mindestens ein halbes Monatsgehalt gekostet. Und den Hut habe ich so selten getragen, dass ich ihn als neuwertig betrachte«, fügte sie hinzu. »Aber das Schlimmste ist der Pferdemist an meinen neuen Stiefeln.«

»Du befindest dich in einem Stall, Lara. Da passiert so etwas nun einmal. Feine Kleider haben hier nichts verloren. Vor allem, wenn sie sauber bleiben sollen.«

Lara wusste insgeheim, dass er recht hatte, dennoch konnte sie nicht aus ihrer Haut. Sie versuchte immer, sich modisch zu kleiden, gerade jetzt in Zeiten des Krieges und der nahezu unablässigen Bombardierungen Londons und anderer großer Städte. Heute trug sie zum wadenlangen Wollrock eine passende zweireihige Kostümjacke in einem Blau, das wenige Nuancen dunkler war als ihre Augen. Die schwarzen, kniehohen Lederstiefel harmonierten mit ihren weichen Handschuhen. Unter ihrem geschmackvollen Glockenhut aus mitternachtsblauem Samt quollen blonde Locken auf den Kragen aus falschem Pelz. Der eisige Wind an diesem bitterkalten, trostlosen Samstag hatte ihren Wangen eine gesunde rosige Farbe verliehen. Mit ihren großen blauen Augen, dem goldblonden Haar, der hellen Haut und ihrem für gewöhnlich strahlenden Lächeln wirkte Lara wie ein warmer Sonnenstrahl an einem düsteren Tag.

Walter konnte seinem einzigen Kind nie lange böse sein. Er verstand nur zu gut, warum erwachsene Männer weiche Knie bekamen, wenn Lara lächelte. Auch ihn selbst wickelte sie mühelos um den kleinen Finger, und sie hatte mehr Herzen gebrochen, als er sich einzugestehen wagte.

Lara selbst vertrat die Ansicht, dass Männer sie nicht ernst nahmen, weil sie zierlich, blond und hübsch war – ungeachtet der Tatsache, dass sie es in puncto Intelligenz mit jedem von ihnen aufnehmen konnte. Ihr schlaues Köpfchen war auch der Grund dafür, dass Lara Lehrerin geworden war und im Moment die fünfte Klasse in Newmarket unterrichtete. In ihren Kreisen hatte eine Frau ab einem bestimmten Alter zu heiraten und Kinder zu bekommen. Vielleicht würde das ja auch bei ihr eines Tages so sein, aber bis dahin wollte Lara gesellschaftlich etwas bewirken und nicht nur als hübsche Verpackung, sondern als intelligente Frau wahrgenommen werden.

Walter betrachtete seine Tochter zärtlich.

»Was willst du von Harrison?«, fragte er leise.

»Ihm bei seinem Polomatch zujubeln.«

»Aber du interessierst dich doch überhaupt nicht für Pferdesport!«, stellte Walter überrascht fest.

»Das stimmt schon. Es geht mir eigentlich auch mehr um Harrison. Er wollte an diesem Match nicht teilnehmen, aber sein aufgeblasener Vater hat ihn dazu gezwungen. Wer außer einem Adeligen könnte sich jetzt im Krieg auch sonst noch Pferde leisten? Harrison hatte jedenfalls die ganze Woche über schreckliche Angst, und ihn moralisch zu unterstützen ist das Mindeste, was ich für ihn tun kann.«

»Nicht so laut, Lara.« Walter warf erneut besorgt einen Blick aus der Box. »Lord Hornsby läuft irgendwo da draußen herum.« Insgeheim aber konnte er die Angst des Jungen nachvollziehen. Mit seinem Stockmaß von 153 Zentimetern war der lebhafte und kräftige argentinische Criollo-Mix Echo ein ziemlich großes Pferd für den kleinen Harrison Hornsby – ein zu großes, wie Walter befürchtete, denn den Zehnjährigen konnte man bestenfalls als zierlich beschreiben. Echo aber brauchte eine starke Hand. Unglücklicherweise teilte der Vater des Jungen, Lord Roy Hornsby, diese Ansicht nicht. Er meinte, seinem Sohn mit einem erfahrenen und talentierten Pferd einen Gefallen zu tun. Echo war eines von vier nervösen Ponys, die Harrison an diesem Tag reiten sollte. Er würde nach jeder *chucka* – der Zeitspanne, die einem Viertel des Polospiels entsprach – das Pferd wechseln, und es grenzte an ein

Wunder, wenn es dem Jungen gelingen sollte, während der gesamten Zeit im Sattel und obendrein gesund zu bleiben. Dennoch wagte Walter nicht, diese Ansicht auch in Gegenwart des Lords konsequenter zu vertreten.

»Lara, ich habe wirklich keine Lust, deinetwegen meinen Job zu verlieren. Ich bin heilfroh, eine Arbeit zu haben, die mir Spaß macht. So viele Männer und Frauen werden wegen des Kriegs zu irgendwelchen Zwangsarbeiten abgestellt!«

»Lord Hornsby mag dein Arbeitgeber sein, Vater, aber Harrison ist mein Schüler. Wenn er Angst hat oder beunruhigt ist, leiden seine schulischen Leistungen, weil ihm alles gleich auf den Magen schlägt. Gestern verbrachte er mehr Zeit auf der Toilette als im Klassenzimmer. Der arme Kleine ist mit den Nerven völlig am Ende.«

Walter bewunderte Laras Sorge um ihre Schüler, die weit über das Klassenzimmer hinausging. Das, was sie ihm gerade erzählte, war ihm durchaus nicht neu. Auch an diesem Morgen, bei den Vorbereitungen für das Match, hatte sich Harrison schon zweimal zur Toilette abgemeldet. Und vermutlich hielt er sich auch jetzt gerade wieder dort auf.

»Harrison hasst Polo«, fuhr Lara fort. »Und das weißt du auch. Er ist einfach kein sportlicher Typ. Aber sein Vater will es nicht wahrhaben! Ich verstehe das nicht. Vielleicht sollte ich einmal ein Wörtchen mit ihm reden …«

»Auf keinen Fall, Lara! Misch dich da nicht ein. Du würdest Lord Hornsby nur wütend machen.«

»Aber es kann ihm doch nicht einerlei sein, was er seinem Sohn antut!«

»Du weißt doch, dass Lord Hornsby einmal einer der besten Polospieler Englands war.« Nicht, dass Walter seinen Arbeitgeber verteidigen wollte, aber er versuchte zumindest, ihn zu verstehen. »Er wünscht sich einfach, dass Harrison ihm nacheifert. Ist es nicht ganz natürlich, wenn ein Vater sich wünscht, dass sein Sohn in seine Fußstapfen tritt?«

»Aber es ist doch nicht Harrisons Schuld, dass sein Vater im Krieg verletzt wurde und nicht mehr Polo spielen kann«, wandte Lara ein. »Harrison hat doch auch Rechte. Er interessiert sich eben nicht für Sport, sondern sammelt Briefmarken und liebt es, Vögel zu beobachten. Außerdem liest er viel. Am liebsten Krimis. Wenn sein Vater sich nur Zeit für ihn nähme, würde er schnell feststellen, was für einen wunderbaren Sohn er hat.«

Walter konnte Laras Vorwürfe gut nachvollziehen. Oft schon hatte er den schwierigen Umgang von Vater und Sohn miterlebt und sich jedes Mal auf die Zunge beißen müssen, den Kleinen nicht unwillkürlich zu verteidigen. Vor einigen Wochen hatte er einmal eine vorsichtige Bemerkung gewagt und wäre dafür beinahe entlassen worden. Gerettet hatten ihn lediglich sein geradezu legendäres Gespür für Pferde sowie die Tatsache, dass die meisten guten Stallmeister als Soldaten eingezogen worden waren. Walter war dieses Schicksal erspart geblieben, da er als Jugendlicher nach einer Krankheit eine Niere verloren hatte.

Walter hatte seinen Job also behalten dürfen, dennoch hatte seine Bemerkung unangenehme Folgen für ihn. Seit jenem Tag bemängelte Lord Hornsby ständig seine Arbeit und machte ihm wegen jeder Kleinigkeit die Hölle heiß. Walter war mehr als zuvor auf der Hut, denn eine Kündigung konnte er sich nicht leisten. Nicht nur, dass er das Geld brauchte – je länger der Krieg andauerte, desto stärker sank die Zahl der Pferdezüchter und damit der für ihn infrage kommenden Stellen.

Echo scharrte ungeduldig mit den Hufen. Lara presste sich eng an die Boxenwand.

»Meiner Ansicht nach grenzt das, was der Lord dem armen Harrison antut, schon an körperliche Gewalt«, fauchte sie.

»Bitte, Lara. Nicht so laut«, raunte Walter. Im Gang hatte er Lord Hornsby und Harrison ausgemacht, die ihnen jedoch glücklicherweise den Rücken zuwandten. »Du musst hier raus. Geh und setz dich auf die Tribüne, wenn du dir das Spiel ansehen willst.« Leise öffnete er die Boxentür und wies in Richtung Seitenausgang, wo Lara Lord Hornsby nicht begegnen würde. »Und komm bitte nicht mehr her. Wir sehen uns später zu Hause.«

»Aber ich wollte Harrison noch Glück für das Match wünschen«, schmollte Lara, als ihr Vater sie entschlossen durch die Tür schob.

»Ich sage ihm, dass du hier warst«, versprach Walter und schloss mit Nachdruck die Boxentür hinter ihr.

Das Polomatch war ein jammervoller Anblick – selbst für jemanden, der die Regeln nicht kannte. Lara jubelte dem kleinen Harrison lautstark zu, obwohl ihr bald qualvoll bewusst wurde, dass der Junge unmöglich mithalten konnte. Kaum bekam er den Ball, hatte er ihn auch schon wieder verloren. Außerdem gelang es ihm kaum, den nervösen Echo zu bändigen, und schon bald äußerten die ersten Zuschauer spöttische Kommentare. In der Pause wäre Lara am liebsten zu dem Jungen gegangen und hätte ihn getröstet.

Im zweiten Viertel wurde es noch schlimmer. Der Junge saß jetzt auf einem anderen Pferd, das offenbar noch schwieriger zu kontrollieren war. Es war muskulös und durchtrainiert und hätte die Hand eines erfahrenen Reiters gebraucht, der Harrison nicht war. Dem Jungen gelang gar nichts, und er war seinem Team keine Stütze, im Gegenteil. Lara betrachtete Lord Hornsby, der mit finsterem Gesichtsausdruck und verschränkten Armen an der Seitenlinie stand. Er war ein Mann, der allein durch sein Auftreten den Anschein von Macht erweckte. Lord Hornsby war von mittlerer Körperlänge und recht knochig, seine Schultern waren zwar schmal, aber sehr gerade, und er lief, als hätte er einen Stock verschluckt. Er wirkte kühn und unnahbar und hätte mit seiner Haltung jedem Offizier Ehre gemacht. Sein einziges Handicap war ein verkürztes Bein, das aus einem Angriff in den ersten Kriegstagen herrührte, bei dem Lord Hornsbys Oberschenkelknochen durch eine feindliche Kugel zerschmettert worden war. Seinen in der Folge leicht hinkenden Gang hielt er selbst für schlimmer, als andere ihn wahrnahmen. Das hatte Auswirkungen auf sein Selbstbewusstsein, und Lord Hornsby versuchte, den vermeintlichen Mangel durch eine kalte, dominante Art zu kompensieren. Die zeitweise starken Schmerzen verhinderten nicht nur, dass er seinem geliebten Pferdesport nachgehen konnte, sie veränderten nach und nach auch seine Persönlichkeit – und zwar nicht zum Besseren, wie seiner Umgebung schnell klar geworden war. Auch jetzt sprach er mit den anderen Eltern kein Wort, noch machte er Anstalten, seinen Sohn zu ermutigen. Es musste schrecklich für Harrison sein, auf diese Weise von seinem Vater beobachtet zu werden! Enttäuscht richtete Lara ihren Blick wieder auf das Spielfeld. Plötzlich ritt ein Gegenspieler, der Harrison körperlich weit überlegen war, ganz nah an den Jungen heran und versetzte ihm einen kräftigen Stoß mit der Schulter. Entsetzt mussten die Zuschauer mitansehen, wie Harrison aus dem Sattel fiel und zu Boden stürzte. Lara sprang auf, doch im Gewühl auf dem Spielfeld konnte sie zunächst nur noch Pferdebeine und Hufe über dem Jungen erkennen. Wie viele andere ringsum hielt sie den Atem an, als Harrison zur Seite rollte und schließlich zusammengekrümmt und reglos liegen blieb.

»Lebt er?«, fragte eine Frau mit lauter Stimme.

»Möglicherweise haben die Pferde ihn totgetrampelt«, antwortete der Mann neben ihr. »Es war von hier aus nicht zu erkennen.«

Lara ertrug das Gerede nicht. Sie drängte sich durch die Leute, sprang von der Tribüne und rannte zum Rand des schlammigen Spielfeldes. Harrison lag auf einer Trage, und als Lara sah, dass er sich bewegte, atmete sie erleichtert auf. Ihr Herz aber hämmerte noch immer wild.

Sie ließ ihren Blick zu Lord Hornsby wandern, der immer noch steif an der Seitenlinie stand und nicht die geringste Gefühlsregung zeigte. Selbst als sein Sohn aufstöhnte und sich mit schmerzverzerrtem Gesicht ans Bein griff, machte er keine Anstalten, zu ihm zu gehen. Lara spürte die Wut in sich wachsen. Am liebsten hätte sie ihn angeschrien, dass er glücklich sein könne, dass sein Sohn überhaupt noch lebte. Sie verspürte das Bedürfnis, zu Harrison zu gehen und ihn zu trösten, doch sie wusste nur zu gut, dass das weder ihrem Vater noch Lord Hornsby recht gewesen wäre.

Lara beobachtete also tatenlos, wie Harrison vom Spielfeld zu seinem Vater getragen wurde. Erst in diesem Moment fiel ihr auf, dass Lady Nicole Hornsby, Harrisons Mutter, nicht anwesend war. Vermutlich hatte Lord Hornsby seiner Frau wie so oft verboten, das Match zu besuchen, um jede Verzärtelung zu unterbinden.

Lord Hornsby beugte sich kurz über seinen Sohn, griff nach dessen Arm und zerrte den Jungen auf die Füße. Nach einer kurzen, offenbar heftigen Diskussion mit den Sanitätern schleppte er den stark hinkenden Jungen hinter sich her in Richtung der Ställe.

Mit offenem Mund starrte Lara ihnen nach. Das konnte doch nicht wahr sein! Sie beschloss, sofort nach dem Jungen zu sehen, auch wenn das seinem Vater nicht gefallen würde. Sie war schließlich seine Lehrerin, und damit war ihre Sorge mehr als begründet. Und ihr Vater? Nun, der würde es verstehen müssen.

Lord Hornsbys Donnerstimme war schon von Weitem zu hören.

»Du hast heute wirklich alles falsch gemacht, was man nur falsch machen konnte, Harrison!«, brüllte Lord Hornsby. »Ist denn nichts von alldem, was ich dir beigebracht habe, in deinem verbohrten Kopf haften geblieben?«

Lara folgte der Stimme vorbei an leeren Boxen den Mittelgang des Stalls entlang.

»Hast du eine Ahnung, wie oft ich von einem Polopferd gefallen bin? Unzählige Male! Wenn ein Sportsmann stürzt, steigt er auf und macht weiter. Und zwar sofort! Unter keinen Umständen bleibt er auf dem Boden liegen und heult wie ein Mädchen.«

Lara hörte Harrison schluchzen, was ihr Bedürfnis ihn zu trösten sowie die Wut auf seinen Vater noch verstärkte. Eilig suchte sie weiter, und schließlich entdeckte sie Vater und Sohn bei einem Stapel Heuballen. Auf einem saß kleinlaut und schluchzend Harrison und ließ die Tirade seines Vaters, der mit dem Rücken zu Lara stand, über sich ergehen. Ein Hosenbein des Jungen war zerrissen, das Knie blutete stark und schien ihm wehzutun. Lara zerriss der Anblick fast das Herz. Die Schmerzen, dazu der Schock, aus dieser großen Höhe vom Pferd gefallen zu sein, und jetzt auch noch die Standpauke seines Vaters – was Harrison jetzt brauchte, waren die tröstlichen Arme seiner Mutter und einen Verband.

»Hör endlich auf zu flennen«, raunzte Lord Hornsby seinen Sohn an. »Du bist kein Baby mehr, also benimm dich auch nicht so.«

Lara traute ihren Ohren nicht. Warum beleidigte dieser Vater seinen Sohn? Der Junge rang sichtlich um Fassung, doch es wollte ihm einfach nicht gelingen. Jedes Mal, wenn er einatmete, bebten seine schmalen Schultern. Außerdem hielt er sich die Seite, auch dort schien er Schmerzen zu haben. Vielleicht waren seine Rippen ja angebrochen oder gar gebrochen? Der Junge musste zu einem Arzt, wieso ließ der Vater ihn nicht untersuchen? Lara konnte sich nur unter Aufbietung all ihrer Willenskraft zurückhalten, nicht vorzustürmen und Harrison in die Arme zu nehmen. Leider reichte diese Willenskraft nicht mehr für ihre Zunge.

»Hören Sie sofort auf, Ihren Sohn zu drangsalieren!«, rief sie. Sie stieß die Tür auf und betrat bebend vor Zorn die Box. »Harrison ist kein erwachsener Mann! Er ist ein Kind, dem noch viel Zeit bleibt, heranzureifen. Außerdem mag er weder Pferde noch Polo. Wenn Sie nicht so besessen davon wären, Ihren eigenen sportlichen Ehrgeiz durch Ihren Sohn zu stillen, wüssten Sie das vielleicht.«

Harrison blickte sie an. Sein Gesicht war tränenüberströmt, spiegelte aber auch Verwirrung. Lara konnte sich gut vorstellen, dass er sich wunderte, dass seine Lehrerin seinem Vater die Stirn bot. Und dann auch noch seinetwegen? Auch Lord Hornsby wirkte verblüfft, so hatte sicherlich noch nie jemand gewagt, mit ihm zu sprechen. Doch seine Verblüffung verwandelte sich rasch in Empörung.

»Es geht Sie absolut nichts an, wie ich mit meinem Sohn rede, Miss Penrose«, schnauzte Lord Hornsby Lara an.

»Er ist verletzt, vielleicht sind ein paar seiner Rippen gebrochen, und Ihnen fällt nichts Besseres ein als der Befehl, wieder in den Sattel zu steigen und sich wie ein Mann zu verhalten? Lieber Himmel, er ist erst zehn!«

»Ich werde ihn um nichts in der Welt von einer Frau verhätscheln lassen. Harrison muss hart sein, wenn er in dieser Welt überleben will, und ein solcher Wettstreit bietet dafür eine hervorragende Gelegenheit.«

Das also war es, worauf er hinauswollte. Lara wählte ihre Worte mit Bedacht, in der Hoffnung, ihn zur Einsicht bringen zu können. »Es tut mir aufrichtig leid für Sie, dass Sie nicht mehr reiten können, Lord Hornsby, aber dadurch, dass Sie Harrison zum Polo zwingen, werden Sie sich nicht besser fühlen.«

Etwas Unpassenderes hätte sie nicht sagen können. Lord Hornsbys Gesicht färbte sich dunkelrot. Er presste die Lippen zu einem schmalen Strich zusammen, was ihm ein grausames Aussehen verlieh, und heftete seinen Blick auf sie, der sie geradezu zu durchbohren schien.

»Wie können Sie es wagen«, donnerte er und trat einen Schritt auf sie zu. Lara spürte ihren Mut sinken. Lord Hornsbys Wutanfälle waren legendär, aber einen davon aus erster Hand mitzuerleben, schüchterte selbst sie ein.

»Sie sind genau wie Ihr Vater«, schrie er zornig. »Sie überschreiten eindeutig Ihre Grenzen. Aber ohne mich! Untergebene haben nicht mit mir zu reden wie mit einem Gleichgestellten. Ihnen steht keinerlei Kritik darüber zu, wie ich meinen Sohn behandele.« Seine Wut schien noch zu wachsen, sofern das möglich war. Er trat einen weiteren Schritt auf Lara zu. Ihrer eigenen Aufgebrachtheit zum Trotz bedauerte Lara in diesem Moment, ihm den Fehdehandschuh hingeworfen zu haben. Er war ein furchteinflößender Mann, und sie wusste genau, wie der arme Harrison sich fühlte. Doch jetzt, wo sie begonnen war, würde sie die Schlacht auch schlagen.

»Als Lehrerin Ihres Sohnes bin ich verpflichtet, mich um sein

Wohlergehen zu kümmern«, erwiderte Lara so ruhig wie möglich. »Und Harrison ist ein äußerst sensibler Junge.«

»Sie sind die Tochter meines Stallmeisters«, polterte Lord Hornsby. »Der Mann hat Glück, dass ich ihn überhaupt noch beschäftige, wo er seine Nase doch auch so gern in anderer Leute Angelegenheiten steckt. Sie stehen, genau wie Ihr Vater, gesellschaftlich weit unter mir – vergessen Sie das nicht!«

Lara atmete tief ein. »Auch wenn Sie uns für weniger wert erachten«, entgegnete sie mit ruhiger Stimme, »gibt das Ihnen nicht das Recht, Harrison derart schlecht zu behandeln. Er ist immerhin Ihr Fleisch und Blut.«

»Daran müssen Sie mich nicht erinnern«, schäumte Lord Hornsby. »Er ist ein Hornsby, und deswegen hat er für sich selbst einzustehen. Und was Sie betrifft, so werde ich dafür sorgen, dass Sie Ihren Job verlieren. Diese Unverfrorenheit lasse ich mir nicht bieten.«

Ungläubig starrte Lara ihn an. »Sie wollen mich feuern lassen?«

»Oh ja«, bestätigte Lord Hornsby mit einem selbstgefälligen Lächeln. Lara ahnte, dass er tatsächlich die Macht dazu hatte.

»Weil ich Ihren Sohn verteidigt und mir Sorgen um ihn gemacht habe?« So weit würde er doch wohl kaum gehen.

»Weil Sie sich vorlaut in meine Erziehungsmethoden eingemischt haben.«

Nun kochte Lara vor Wut. Er würde ihr sowieso ihre Arbeit nehmen, also konnte sie auch sagen, was sie zu sagen hatte, sie hatte nichts mehr zu verlieren. »Sie sind ein Tyrann«, giftete sie den Lord an. »Sie missbrauchen die Macht, die Sie kraft Ihres Titels haben. Nur, weil Sie einmal Offizier waren, glauben Sie, jeden herumkommandieren zu dürfen. In Wirklichkeit aber sind Sie ein kleiner Wicht mit einem ziemlich aufgeblasenen Selbstbewusstsein. Gut, dass Harrison Ihnen nicht im Geringsten ähnelt.«

Lord Hornsbys Augen verengten sich zu schmalen Schlitzen, langsam ballte er seine Hände zu Fäusten. Er sah aus, als könnte er jederzeit explodieren, und Lara wurde plötzlich bewusst, dass sich außer ihnen niemand im Stall befand. Zwar bereute sie ihre Worte nicht, er hatte sie mehr als verdient, aber plötzlich überkam sie eine Welle der Angst. Wer wusste schon, wozu dieser Mann fähig war? Vorsichtshalber wich sie ein Stück in Richtung Boxentür zurück.

Sofort setzte Lord Hornsby an, mit drohend erhobener Faust auf sie zuzustürmen. Doch schon nach einem Schritt traf ihn der Stiel einer Harke, die im Heu versteckt gelegen hatte und auf deren Zinken er getreten war, mit voller Wucht mitten im Gesicht. Lord Hornsby verlor das Gleichgewicht, strauchelte und stieß sich im Fallen den Kopf an einem Eimer. Lara starrte den Mann an, der jetzt beängstigend still auf dem Stallboden lag. Aus seinem Mund rann ein Tropfen Blut. Harrison blickte verständnislos von seinem Vater zu Lara.

Lara schüttelte die Starre ab und beugte sich hastig über den Mann. War er etwa tot? »Lord Hornsby!«, rief sie panisch und griff nach seinem Handgelenk. Sie fühlte seinen Puls und atmete erleichtert auf. Vorsichtig drehte sie den Mann auf die Seite und öffnete seinen Mund, woraufhin ein blutiger Schneidezahn ins Heu fiel. Am Hinterkopf war glücklicherweise kein Blut zu sehen, dafür aber eine dicke Beule.

»Ist mein Vater tot?«, wimmerte Harrison.

»Nein«, sagte Lara beruhigend, während sie sich aufrichtete. »Er ist nur bewusstlos und braucht einen Arzt, genau wie du. Ich hole jetzt Hilfe.«

»Lassen Sie uns nicht allein«, rief Harrison verängstigt. Der Kleine sah extrem blass aus.

»Du bist doch ein tapferer Junge, Harrison«, sagte Lara. »Du passt jetzt auf deinen Vater auf, während ich Hilfe hole.«

»Und was soll ich tun, wenn er aufwacht?«

»Gar nichts. Er soll sich nur möglichst wenig bewegen. Ich bin gleich zurück.«

Lord Hornsbys Verletzungen wurden im Krankenhaus versorgt, wo er anschließend ein paar Stunden zur Beobachtung bleiben sollte. Lara konnte von ihrer Position im Krankenhausflur ab und an einen Blick auf ihn erhaschen, wenn die Schwestern hineingingen, um ihn zu versorgen. Sein Gesicht war lädiert und seine Lippe geschwollen. Sie verdrängte den Gedanken daran, wie unglaublich wütend er über den Verlust seines Zahns sein musste. Selbst durch die geschlossene Zimmertür war zu hören, wie er den Schwestern barsch Befehle erteilte, und sie bemerkte, dass diese das Zimmer jedes Mal nervös und mit rotem Gesicht verließen.

»Dürfte ich kurz zu Lord Hornsby?«, erkundigte sie sich bei einer von ihnen.

»Er will niemanden sehen. Noch nicht einmal seine Frau«, lautete die knappe Antwort. Der Blick der Frau verriet mehr als deutlich, dass sie Lara für verrückt hielt, sich freiwillig im selben Zimmer wie der Mann aufhalten zu wollen.

»Aber ich habe etwas für ihn.« Lara holte ihr sorgfältig zusammengefaltetes Taschentuch hervor.

Die Schwester betrachtete sie verwirrt. »Ich glaube kaum, dass er etwas braucht.«

Vorsichtig faltete Lara das Taschentuch auseinander.

Die Schwester lächelte und nahm den Zahn an sich. »Ich werde dafür sorgen, dass er ihn bekommt.«

»Vielen Dank.«

Laras Vater war bereits zu Hause, als sie dort ankam. Nervös wanderte er im Zimmer auf und ab. Im Stall hatte man ihm nur mitgeteilt, dass Lord Hornsby ins Krankenhaus gebracht worden war. Er hatte das zunächst für eine Fehlinformation gehalten und angenommen, Harrison befände sich im Krankenwagen, da er sich beim Polospiel verletzt hatte. Doch dann wusste jemand zu berichten, dass sein Arbeitgeber gestürzt und bewusstlos gewesen war und Lara den Krankenwagen gerufen hatte. Ansonsten war nichts über die näheren Umstände bekannt.

»Wo warst du denn die ganze Zeit?«, fragte er daher beunruhigt, als Lara eintrat.

»Im Krankenhaus.«

»Warum?«

»Weil ich sichergehen wollte, dass Lord Hornsby nicht ernsthaft verletzt ist.«

Die Verblüffung stand Walter ins Gesicht geschrieben. »Aber wieso?«

»Nun, ich war dabei, als …« Lara suchte nach den richtigen Worten.

Walter stöhnte. »Sag bitte nicht, dass du etwas mit seiner Einlieferung ins Krankenhaus zu tun hast.«

»Es war nicht meine Schuld …«

»Was soll das heißen? Du solltest dich doch von den Ställen fernhalten!«

Ehe Lara etwas erwidern konnte, klopfte es an der Tür. Walter öffnete und sah sich zwei Polizisten gegenüber.

»Ich bin Sergeant Andrews«, stellte der Ältere sich vor. »Und dies ist mein Kollege Constable Formby. Wohnt hier eine Miss Lara Penrose?«

»Das ist richtig«, bestätigte Walter.

»Und Sie sind?«

»Ich bin Laras Vater. Walter Penrose.«

»Ist Miss Penrose zu Hause, Sir?«

»Ja, das ist sie.«

»Dann möchten wir bitte gern mit ihr sprechen, Sir.«

»Selbstverständlich. Worum geht es?«

Lara trat vor. »Ich bin Lara Penrose«, begrüßte sie die beiden Beamten. »Wie kann ich Ihnen helfen?« Sie ging davon aus, dass sie zu dem Vorfall am Stall befragt werden sollte.

Aber Sergeant Andrews griff sofort nach ihrem Arm. »Hiermit sind Sie vorläufig festgenommen, Miss Penrose.«

Walter schnappte hörbar nach Luft. »Sie nehmen sie fest? Aber weswegen?«

»Wegen eines tätlichen Angriffs auf Lord Hornsby.«

»Ich habe ihn nicht angegriffen«, verteidigte sich Lara. »Fragen Sie ihn doch selbst.«

»Lord Hornsby hat ausgesagt, Sie hätten genau das getan, Miss Penrose.«

Lara bekam weiche Knie. »Das muss ein Missverständnis sein«, sagte sie. »So etwas würde Lord Hornsby nie behaupten. Es ist nämlich nicht wahr.«

»Sie sollten Ihrer Tochter einen guten Anwalt besorgen, Sir«, schlug der Sergeant vor und wandte sich zum Gehen.

»Wo bringen Sie sie denn hin?«

»Zum Polizeirevier in der Vicarage Road. Dort wird offiziell Anklage gegen sie erhoben.«

»Das ist ein Missverständnis, Dad«, rief Lara über die Schulter zurück.

2

Lara hatte die Situation vor der Haustür als dramatisch empfunden, aber die Angelegenheit entwickelte sich schließlich zu einem wahren Albtraum.

»Das ist doch lächerlich!«, rief sie, einer Hysterie nahe, als die beiden Polizisten sie wie eine Kriminelle auf die Polizeiwache führten. Längst war es ihr nicht mehr möglich, Haltung zu bewahren. Allein ihr Stolz verbot es ihr, vor den beiden Beamten auf die Knie zu fallen und darum zu betteln, dass man sie gehen ließ.

Seit dem Moment ihrer Festnahme hatte sie versucht, den Vorwurf zu entkräften, aber mit fortschreitender Dauer war auch ihre Frustration gewachsen. Die beiden Polizisten versuchten nicht einmal ansatzweise ernsthaft, ihre Schilderung des Sachverhalts anzuhören, geschweige denn, ihr Verständnis entgegenzubringen. »Sie können doch nicht allen Ernstes glauben, ich hätte Lord Hornsby angegriffen! Er ist ein kampferprobter Offizier, ich hingegen bin eine zierliche Frau, nicht einmal einen Meter sechzig groß. Das macht doch keinen Sinn!«

»Es heißt, Sie haben ihn überrascht. Er hat Ihren Angriff nicht kommen sehen.«

»Aber das stimmt nicht!«

»Daran, dass Lord Hornsby angegriffen wurde, herrscht nicht der geringste Zweifel, Miss Penrose. Und er sagt, dass Sie es waren«, stieß Sergeant Andrews ungeduldig hervor.

Er glaubte also Lord Hornsby. In seinen Augen war es vermutlich undenkbar, dass der Lord etwas behauptete, was nicht der

Wahrheit entsprach. Außerdem wäre es ziemlich peinlich für einen ehemaligen Soldaten, sich von einer zierlichen Frau k.o. schlagen zu lassen.

»Aber ich habe Ihnen doch nun schon mehrfach erklärt, dass er auf eine Harke getreten ist und den Stiel ins Gesicht bekommen hat.« Laras laute Stimme zeugte von ihrer Ungeduld und Wut.

»Das behaupten Sie!«

»Mag ja sein, dass es unglaubwürdig klingt, aber …«

»Sie können sich vor Gericht verteidigen, Miss Penrose«, unterbrach Sergeant Andrews sie. »Ich schlage vor, dass Sie nichts mehr sagen, bevor Sie mit Ihrem Anwalt gesprochen haben.«

»Ich brauche keinen Anwalt«, brauste Lara den Tränen nahe auf. »Ich bin unschuldig.«

Auf der Stuhlreihe an der Wand saßen ein Mann und eine Frau und beobachteten die Szene. Lara vermutete, dass es sich um Straftäter handelte, die auf ihre Vernehmung warteten. Und zu dieser Art Menschen sollte sie nun gehören? Nie hatte sie sich derart gedemütigt gefühlt.

»Setzen Sie sich«, forderte Constable Formby sie auf und zeigte auf den freien Stuhl zwischen den beiden. »Ich muss noch den Papierkram erledigen.«

Lara bekam es mit der Angst.

»Kann ich nicht vielleicht anderswo warten?«, fragte sie leise. »Etwas weniger öffentlich?« Die Situation war schon peinlich genug, sie wollte nicht auch noch Anlass für Gerüchte sein.

»Unsere Büros sind alle besetzt.«

»Ich setze mich auch auf einen Gang oder in eine Ecke. Hauptsache, ich werde nicht gesehen. Ihnen muss doch klar sein, dass ich keine Kriminelle bin! Diese Angelegenheit wird sicher innerhalb kürzester Zeit erledigt sein.«

Der Mann und die Frau grinsten amüsiert.

»Sie können in einer der Zellen warten, wenn Ihnen das lieber ist«, meinte Constable Formby ungerührt.

Lara überlegte. »Sind in den Zellen Leute?«

»Dafür sind Gefängniszellen gemacht«, gab der Constable kühl zurück.

»Leute wie … diese beiden hier?«, flüsterte sie mit einem Kopfnicken in Richtung der Wartenden.

»Ja, Miss. Sie befinden sich hier auf einer Polizeiwache. Unsere Häftlinge gehören in aller Regel nicht zur Crème de la Crème der Gesellschaft.«

Lara gab sich geschlagen. »Dann warte ich doch lieber hier.« Sie setzte sich auf die äußerste Kante des Stuhls zwischen den beiden, zupfte nervös am Saum ihrer Jacke und machte sich ganz schmal, um weder mit dem Mann noch mit der Frau in Berührung zu kommen.

Der Mann starrte ungeniert auf ihre Beine, woraufhin Lara ihren Rock so weit wie möglich hinunterzog. Dann wagte sie einen nervösen Blick auf die Frau auf dem Stuhl neben ihr, die ein schlecht sitzendes schwarzes Kleid mit tiefem Ausschnitt trug. Ihre Gesichtszüge waren hart, und sie war so dürr, dass ihr Brustansatz an vertrocknete Pflaumen erinnerte. Als die Frau ihren Blick erwiderte, senkte Lara den Kopf und studierte den Fußboden. Die Schuhe der Frau waren derart abgetragen, dass sich das ehemals vermutlich rote Leder an den Seiten aufrollte. Die Dame verströmte einen ausgesprochen unangenehmen Geruch.

In dem Versuch, ein weiteres Stück von ihr abzurücken, stieß Lara gegen den Arm des Mannes. Sie zuckte zusammen und hob den Blick. Als sie bemerkte, dass er sie von Kopf bis Fuß musterte, wandte sie sich angeekelt ab.

»Was haste verbrochen, Schätzchen?«, erkundigte sich die Frau plötzlich neugierig. Der Geruch ihrer verfaulten Zähne traf Lara wie eine Keule.

»Nichts«, gab sie kurz angebunden zurück. »Aber niemand will mir glauben.«

Die Frau schlug ihre dünnen Beine übereinander, woraufhin eine lange Laufmasche zum Vorschein kam. »Klar«, grinste sie. »Ich bin auch vollkommen unschuldig.«

»Ich bin wirklich unschuldig«, erklärte Lara, den Tränen nah. »Sehe ich etwa aus, als würde ich jemanden angreifen? Ich bin Lehrerin und ein unbescholtenes Mitglied der Gesellschaft.«

»Oh, Verzeihung«, erwiderte die Frau belustigt. »Haste das gehört, Fred? Hier sitzt 'ne unbescholtene Lehrerin. Ziemlich etepetete, die Kriminellen hier in Newmarket.« Sie gackerte.

Mühsam kämpfte Lara die Tränen nieder.

»Was meinste, Hazel, wie viel mag so ein Pauker wohl verdienen?«, fragte der Mann mit einem Blick auf Laras maßgeschneidertes Kostüm und die Lederstiefel.

»Jedenfalls mehr als ich aufm Strich«, flüsterte Hazel so leise, dass der Constable sie nicht hören konnte, und gackerte wieder.

Lara war fassungslos. Diese Hazel war eine Prostituierte! In was für eine Gesellschaft war sie da bloß geraten? Und alles nur, weil sie Harrison unterstützen wollte. Das war doch wirklich absurd!

Sie sprang auf und trat an den Schreibtisch. »Diese Situation ist einfach lächerlich«, erklärte sie dem eifrig schreibenden Beamten. »Ich gehe jetzt ins Krankenhaus und spreche mit Lord Hornsby. Er wird ganz sicher bestätigen, dass ich ihn nicht angegriffen habe.« Von hinten erklang Hazels Gackern. Lara drehte sich um und funkelte sie wütend an.

»Ich wette, Lord Wie-auch-immer hat es verdient«, grinste das Straßenmädchen. »Er sollte Manns genug sein, es zuzugeben.«

»Ich habe Lord Hornsby nicht angegriffen. Harrison kann das bestätigen.«

»Wer isn Harrison? Dein Spezi?«, fragte Fred mit eindeutig lüsternem Blick.

»Natürlich nicht. Er ist zehn Jahre alt, Lord Hornsbys Sohn und einer meiner Schüler, ein sehr sensibles Kind übrigens. Er ist heute Nachmittag beim Polo schwer gestürzt, und anstatt ihn zu trösten, hat sein Vater ihn ausgeschimpft.«

Hazel riss in gespielter Entrüstung die Augen auf. »Oh, wie schrecklich, findest du nicht auch, Fred?«, spöttelte sie.

»Ich habe nur eingegriffen, um Harrison zu verteidigen.«

»Aber klar doch, Schätzchen!«

»In einem Gespräch mit Lord Hornsby wird sich sicher alles sofort aufklären, und wir können den ganzen Unfug hier vergessen.«

»Klingt, als hättest du einen triftigen Grund gehabt, den Knilch zu vertrimmen«, tönte Hazel von hinten.

»Ich habe ihn nicht *vertrimmt*, wie Sie es nennen«, wehrte sich Lara.

Sergeant Andrews stand auf. »Sie gehen nirgendwohin, Miss Penrose. Setzen Sie sich. Sollten Sie sich weigern, lasse ich Sie umgehend in eine Zelle bringen.«

»Aber warum darf ich denn nicht mit Lord Hornsby reden? Das würde uns eine Menge Zeit ersparen.«

»Wir haben Ihnen bereits gesagt, dass er derjenige war, der Sie beschuldigt hat.«

»Aber dann lügt er«, brach es aus Lara heraus. Sie war am Ende ihrer Kraft.

Sergeant Andrews und Constable Formby sahen sich an, dann trat der Constable entschlossen neben Lara und umschloss mit einem festen Griff ihren Arm.

»Au!«, schrie sie. »Lassen Sie mich sofort los!« Eine Welle der Panik ergriff sie. Kraftvoll riss sie ihren Arm nach vorne, um sich aus dem Griff zu befreien. Dabei riss die Ärmelnaht der Kostümjacke, Laras befreiter Arm schnellte nach hinten und traf Sergeant Andrews mitten auf die Nase, die sofort zu bluten begann.

»Sie haben mir die Nase gebrochen«, keuchte er mit tränenden Augen. Er wischte sich über die Nase und starrte dann auf das Blut auf seinem Handrücken. Zornig verzog er das Gesicht.

Lara traute ihren Augen nicht. Das konnte doch nicht wahr sein! »Es tut mir unendlich leid«, entschuldigte sie sich. »Das war wirklich keine Absicht.«

»Abführen!«, befahl der Sergeant und suchte in seiner Tasche nach einem Taschentuch, um sich das Blut aus dem Gesicht zu wischen. Hazel und Fred japsten vor Lachen.

Constable Formby griff erneut nach Laras Arm. »Noch ein solcher Tobsuchtsanfall, und ich lege Ihnen Handschellen an«, drohte er.

»Das war doch ein Unfall! Ich kann nichts dafür. Bitte stecken Sie mich nicht in eine Zelle«, bettelte Lara. »Ich bleibe auch ganz ruhig sitzen.«

»Sie hatten Ihre Chance«, brummte der Constable und zog sie mit festem Griff hinter sich her.

»Sie wissen genau, dass das, was gerade passiert ist, zum Teil Ihre Schuld war«, versuchte Lara zu argumentieren, erntete aber nur einen bösen Blick. »Natürlich war es nicht Ihre Absicht, ebenso wenig wie meine«, fügte sie eilig hinzu. »Aber schauen Sie, was Sie mit meiner Jacke gemacht haben!«

Der Constable führte Lara durch einen langen Flur mit knarrenden Holzdielen, zu dessen rechter Seite vier vergitterte Zellen lagen, in denen sich jeweils mehrere Gefangene aufhielten und ihr teils lüsterne, teils drohende Bemerkungen zuriefen.

Der Constable schloss die letzte Zelle auf und schob Lara hinein. Es roch nach abgestandenem Urin und ungewaschenen Körpern.

»Jetzt liegen zwei Anzeigen wegen Körperverletzung gegen Sie vor«, stellte der Polizist fest, während er das Gitter hinter ihr abschloss. »Damit haben Sie gute Chancen auf einen längeren Gefängnisaufenthalt.«

Lara traute ihren Ohren nicht. »Das kann doch nicht Ihr Ernst sein«, stammelte sie.

Der Constable antwortete nicht, aber sein Blick ließ keinen Zweifel daran, dass es ihm durchaus ernst war.

»Hoffentlich bezahlen Sie wenigstens für den Schaden an meiner Jacke«, rief sie trotzig, als er sich zum Gehen wandte. Sie hörte selbst, wie lächerlich ihre Worte klangen. Die zerrissene Jacke dürfte jetzt ihre geringste Sorge sein.

Langsam wandte sie sich um. Drei neugierige Augenpaare musterten sie, die struppigen Landstreichern in zerlumpten Kleidern gehörten, zwei Frauen und einem Mann. Die Frauen waren mittleren Alters, aber vielleicht war dieser Eindruck auch nur der Zeit und unbarmherzigen Umständen geschuldet. Der Mann war ein wenig älter und sah aus wie einer der zahlreichen Obdachlosen der Stadt.

»Möchte einer von Ihnen vielleicht etwas sagen?«, fragte Lara kratzbürstig.

Weder die Frauen noch der Mann antworteten.

Eine Stunde später betrat Walter Penrose mit einem langjährigen Freund und dessen Onkel, einem Rechtsanwalt, das Polizeirevier. Nach einer kurzen Diskussion ließ man sie zu Lara, die während der ganzen Zeit so weit wie möglich entfernt von ihren Zellengenossen auf dem Boden gesessen und mit ihrer Situation gehadert hatte. Sogar ein paar Tränen hatte sie geweint, und nun war sie zutiefst erleichtert, ihren Vater zu sehen. Sie stürzte auf ihn zu und umklammerte durch das Gitter seine Hände.

»Ist alles in Ordnung mit dir, Lara?«, erkundigte Walter sich besorgt.

Lara nickte, von Gefühlen überwältigt.

Dann entdeckte Walter den abgerissenen Ärmel. »Was habt ihr mit meiner Tochter gemacht?«, fuhr er die Zellengenossen an.

»Sie haben nichts damit zu tun, Dad. Kannst du mich hier herausholen?«

»Wir versuchen es, aber es sieht nicht gut für dich aus. Es stimmt doch hoffentlich nicht, dass du Sergeant Andrews angegriffen hast, oder?«

Lara berichtete, wie es zu dem Unfall gekommen war.

»Ist deine Jacke deshalb zerrissen?«, wollte Walter wissen.

Lara nickte.

Walter seufzte. »Erinnerst du dich an meinen Freund Bill Irving, Lara?«

»Aber natürlich. Hallo, Mr Irving.«

»Darf ich Ihnen meinen Onkel Herbert vorstellen, Lara?«, sagte Bill. »Er ist Rechtsanwalt.«

Lara ergriff durch die Stäbe hindurch seine Hand. »Guten Tag, Mr Irving. Können Sie mich hier herausholen?«

»Ich wünschte, ich könnte sagen, dass ich es kann«, erklärte Herbert freundlich. »Aber es wird nicht leicht werden. Lord Hornsby hat die Vernehmung seines Sohnes untersagt. Es gibt also keine Möglichkeit, Ihre Version des Vorfalls zu bestätigen.«

Das waren in der Tat schlechte Nachrichten. »Kann man nichts dagegen tun?«

»Leider nicht. Harrison ist minderjährig, daher brauchen wir für eine Vernehmung die Erlaubnis des Erziehungsberechtigten. Und jetzt kommt auch noch die Anzeige des Sergeants hinzu …«

Lara fühlte, wie sich eine unendliche Leere in ihr ausbreitete. Enttäuscht ließ sie den Kopf hängen.

»Ich werde alles tun, was in meiner Macht steht. Sicher werden Sie schon bald dem Richter vorgeführt. Vielleicht kann ich in der Zwischenzeit den Sergeant dazu bringen, seine Anzeige zurückzuziehen. Gab es unbefangene Zeugen?«

»Zeugen?« Plötzlich war Lara hellwach. »Aber ja! Im Raum saßen ein Mann und eine Frau, sie hießen Fred und Hazel. Hazel ist Prostituierte; warum Fred hier ist, weiß ich nicht. Vermutlich sind sie noch dort, denn nach mir wurde niemand mehr in den Zellentrakt gebracht.«

»Eben war niemand im Empfangsraum«, sagte Walter.

»Sie wissen nicht zufällig die vollständigen Namen?«, erkundigte sich der Anwalt. »Das würde die Suche nach ihnen erleichtern.«

Lara schüttelte den Kopf.

»Gut, dann werde ich zunächst einmal mit Sergeant Andrews reden. Vielleicht hat er sich inzwischen ein wenig beruhigt und ist Argumenten zugänglich«, sagte Herbert, doch seine Stimme klang nicht sehr zuversichtlich.

»Vielen Dank, Mr Irving«, sagte Lara traurig. »Eigentlich hatte ich gehofft, die Nacht nicht hier verbringen zu müssen.«

»Es tut mir sehr leid, Lara«, antwortete der Anwalt, »aber danach sieht es leider aus.«

3

Laras Nervosität war das Erste, was Herbert Irving auffiel, als sie zur Verhandlung über die Festsetzung einer Kaution in den Saal geführt wurde und neben ihm Platz nahm. Sie strahlte diese »Ich kann gar nicht glauben, dass das hier gerade passiert«-Haltung aus, die er schon bei so vielen Klienten gesehen hatte, die unschuldig waren. Und er war überzeugt davon, dass Lara unschuldig war. Bill kannte Lara schon seit ihrer Geburt und hatte die Hand für ihren Charakter ins Feuer gelegt, aber abgesehen von diesem Zeugnis hatte Herbert selbst genug Menschenkenntnis und Erfahrung, um in ihr zu lesen wie in einem Buch. Er zweifelte nicht im Geringsten daran, dass Lord Hornsby Lara eins auswischen wollte. Der Lord wusste mit Sicherheit, was wirklich passiert war, würde diese Schmach aber niemals zugeben.

Nach zwei Nächten in der Gefängniszelle trug Lara noch immer dieselben Kleider. Sie sah sehr müde und ein wenig zerzaust aus. Ihr Vater hatte ihr frische Kleidung zum Wechseln bringen wollen, war auf der Wache aber von einem jungen Polizisten mit der Begründung abgewiesen worden, Sergeant Andrews, der aufgrund seiner *Verletzungen* krankgeschrieben war, habe Anweisung gegeben, dass Lara kein Anrecht auf Privilegien wie beispielsweise Geschenke habe und ausschließlich Besuch von ihrem Rechtsbeistand empfangen dürfe.

Herbert folgte Laras Blick zu ihrem Vater, dem einzigen Gast im Zuschauerraum. Vielen Schülereltern war der Zutritt verwehrt worden, und diese Eltern, die alle an Laras Unschuld glaubten, hatten sich nun vor dem Gericht versammelt und forderten Laras Freilassung.

Walter Penrose war in den vergangenen Tagen deutlich gealtert. Zwar lächelte er tapfer, um seine Tochter aufzumuntern, doch war für alle im Saal sehr wohl ersichtlich, wie schlecht es ihm ging. Er hatte mehrfach versucht, mit Lord Hornsby zu sprechen, war aber nie vorgelassen worden.

Herbert wusste, dass Lara sich schwere Vorwürfe machte, sie hatten in den vergangenen beiden Tagen mehrfach darüber gesprochen. Sie sorgte sich, dass Walter seine Stelle als Stallvorsteher verlieren könnte, was für ihn persönlich einer Katastrophe gleichkäme. Er hatte eine ganz besondere Beziehung zu jedem einzelnen der von ihm betreuten Tiere, und dieses Band zwischen ihm und den Tieren war einzigartig, fast wie zwischen einem Vater und seinen Kindern. Nicht auszudenken, was geschehen würde, wenn man ihm den Zugang zu seinen Schützlingen untersagte. Doch das war nicht geschehen. Sicher waren auch Lord Hornsby die Qualitäten ihres Vaters bewusst, doch Lara sorgte sich, dass die Situation für ihren Vater sicher nicht leichter wurde, nun, da offensichtlich war, dass Lord Hornsby ein Lügner und Betrüger war, dem jedes Mittel recht zu sein schien.

Herbert sah die Sorge im Blick seiner Mandantin und flüsterte ihr zu, dass Richter Winston Mitchell, der mit ihrem Fall betraut war, als äußerst fair galt. »Einen besseren hätten wir kaum bekommen können«, sagte er, um ihr wenigstens ein bisschen Angst zu nehmen.

»Dann gibt es also Hoffnung, dass ich nachher mit Vater nach Hause gehen kann?«

»Ich bin einigermaßen optimistisch.«

»Nur einigermaßen?«

»Nun ja …« Er tätschelte ihren Arm und riet ihr, sich zu entspannen.

Lord Hornsbys Anwalt verlas eine Stellungnahme seines abwesenden Mandanten, in der er Lara vorwarf, sich ständig einzumischen sowie streitsüchtig und gewalttätig zu sein. Weiter berichtete Lord Hornsby, Lara habe mit einer Harke nach ihm geschlagen, was ihn einen Schneidezahn gekostet hätte.

Anschließend wurde Sergeant Andrews in den Zeugenstand gerufen. Sein Gesicht sah wirklich sehr mitgenommen aus. Andrews beschrieb Lara als stürmisch, launisch und gemeingefährlich. Richter Mitchell lauschte dem Bericht über ihren sogenannten »Angriff« mit großem Interesse.

Herbert bemerkte, dass Lara neben ihm unruhig auf ihrem Stuhl hin- und herrutschte. Auch ihn selbst beschlich zunehmend Unbehagen ob der nahezu wortgleichen Äußerungen des Sergeants und Lord Hornsbys, die das Bild einer gefährlichen und gewalttätigen jungen Frau zeichneten. Im Vorfeld hatte Herbert sich bemüht, vom Direktor der Schule, Richard Dunn, ein Leumundszeugnis für seine Mandantin zu bekommen. Aber obwohl Lara von der Lehrerschaft offenbar sehr geschätzt wurde, verweigerte der Direktor ihr die Bestätigung. Auf Nachfrage sagte man ihm, dass Dunn eng mit Lord Hornsby befreundet war. Keine Auskunft bekam er über eventuelle Pläne, Lara zu entlassen. Herbert schloss daraus, dass Lara ihre Arbeitsstelle wahrscheinlich verlieren würde, entschied sich aber, ihr vorerst nichts davon zu sagen.

Herbert hatte auch mit den Eltern von Laras Schülern gesprochen, die sofort bereit waren, den guten Charakter der jungen Lehrerin zu bezeugen. Herbert hatte drei der schriftlichen Stellungnahmen ausgewählt, die er nun dem Gericht präsentierte. Richter Mitchell war wenig beeindruckt und bestand auf einem Leumundszeugnis des Arbeitgebers.

»Mir liegt keines vor, Euer Ehren.«

»Warum nicht?«, erkundigte sich der Richter.

»Soweit ich informiert bin, ist der Schuldirektor ein guter Bekannter von Lord Hornsby und nicht bereit, sich in eine Konfliktsituation zu begeben.«

»Verstehe.« Seine Stimme klang kühl.

Herbert holte tief Luft, bevor er dem Gericht ausführlich

Laras Version der Ereignisse darlegte, nicht ohne zu betonen, dass Harrison alles bestätigen könnte, sofern der Vater in eine Vernehmung einwilligte.

»Was den tätlichen Angriff auf Sergeant Andrews angeht«, hakte der Richter nach, »gab es da irgendwelche Zeugen?«

»In der Tat, Euer Ehren, es gab Zeugen. Einen Mann und eine Frau. Leider konnten wir sie nicht ausfindig machen, weil sie keinen festen Wohnsitz haben.«

»Mit anderen Worten, die Zeugen gehören dem fahrenden Volk an?«

Herbert Irving räusperte sich. »Es scheint so, Euer Ehren.«

Nach einer Pause verkündete Richter Mitchell, dass er nach Sachlage entschieden habe, eine Freilassung auf Kaution abzulehnen, was er vor allem mit dem fehlenden Leumundszeugnis von Laras Arbeitgeber begründete. Im Übrigen habe Lord Hornsby seiner Sorge Ausdruck verliehen, Lara könne in der Schule Druck auf Harrison ausüben oder ihn ungerecht behandeln. Als Lara rief, dass sie so etwas nie tun würde, ermahnte der Richter sie, sich ruhig zu verhalten, und drohte ihr im Wiederholungsfall eine Strafe wegen Missachtung des Gerichts an. Auch die Bitte des Anwalts um eine Freilassung auf Kaution mit Auflagen wurde abgelehnt. Lara wurde in ein Gefängnis nach Suffolk geschickt. Richter Mitchell versprach ihr aber, die Gerichtsverhandlung so bald wie möglich anzusetzen.

»Du solltest nicht hier sein, Nicole«, sagte Richter Winston Mitchell zu seiner Schwester, als sie sein Büro im Gerichtsgebäude betrat.

»Aber warum denn nicht? Ich bin doch deine Schwester!«, rief Nicole.

»Du weißt genau, warum. Erst gestern habe ich eine Freilassung auf Kaution in einem Fall abgelehnt, in den dein Mann verwickelt ist. Ich muss unparteiisch sein, aber dein Auftauchen hier könnte den Eindruck erwecken, dass ich es nicht bin.« Tatsächlich hatte Winston Mitchell sich bemüht, den Fall an jemand anderen abzugeben, doch war kein anderer Richter frei gewesen.

»Ich bin gerade wegen Miss Penrose hier, Winston«, erklärte Lady Nicole, während sie ihre Jacke ablegte und sich setzte. Sie war dürr, nicht zuletzt wegen ihrer nervösen Veranlagung, und ihr Teint war so hell, dass er fast durchsichtig wirkte. Ihr dunkles, gelocktes Haar trug sie meist unter einem modischen Hut verborgen, und ihre großen grünen Augen waren von dicken dunklen Wimpern umrahmt. Sie war gewiss keine schöne Frau, eher auf ätherische Art attraktiv.

Winston war fast zehn Jahre älter und hatte ein wenig zu viel Gewicht auf seinen Hüften angesammelt. Sein Gesicht war narbig, als Folge einer schweren Akne während der Pubertät, und sein Haar weiß nach einer ernsten Erkrankung mit Mitte zwanzig. Er hatte nie geheiratet und eine Familie gegründet, war aber mehr als einmal für Nicoles Vater gehalten worden.

»Ich darf nicht darüber reden, und das weißt du ganz genau, Nicole«, knurrte Winston.

»Natürlich weiß ich das. Aber wenn du Miss Penrose nicht wenigstens für eine Weile ins Gefängnis schickst, wird mein Zusammenleben mit Roy vermutlich nicht mehr zu ertragen sein. Überhaupt ist er seit dem Vorfall ein wahres Scheusal. Und wegen des fehlenden Zahns geht er nicht mehr aus dem Haus. Du weißt ja, wie eitel er sein kann.«

»Und warum geht er nicht zum Zahnarzt und lässt den Zahn ersetzen?«

»Weil er befürchtet, dass man es trotzdem sehen wird.«

»Von einer Entwicklung zum Scheusal kann doch gar keine Rede sein, ich kenne ihn eigentlich nur schlecht gelaunt und eitel«, sagte Winston lächelnd. Er hatte seinen Schwager noch nie leiden können. Seiner Meinung nach verfügte Roy weder über ein Mindestmaß an Charme noch über ein sonderlich gutes Aussehen. Das alles war zwar nicht zwingend notwendig, wenn er wenigstens einen freundlichen Charakter sein Eigen hätte nennen können, aber dem war nicht so. Winston vermutete, dass allein Roys ererbter Status des wohlhabenden Lords ihm den Weg im Leben geebnet und Nicoles Aufmerksamkeit erregt hatte. Sie liebte kostspielige Dinge, und als Lady Hornsby hatte sie Zugang zu allem, was ihr Herz begehrte: ein luxuriöses Haus auf einem großen Anwesen, Schmuck, Kleider, ein Auto samt Chauffeur und die Anerkennung der gewöhnlichen Sterblichen in County Suffolk. Aber sie zahlte einen hohen Preis. Einen zu hohen, nach Winstons Ansicht.

»Ehrlich gesagt, verstehe ich nicht, wieso du immer noch mit ihm verheiratet bist«, verlieh er seiner Sorge zum wiederholten Male Ausdruck. »Aber wie dem auch sei: Ich kann nicht garantieren, dass Miss Penrose zu einer Gefängnisstrafe verurteilt wird. Es war ja schon schwierig, sie nicht gegen Kaution freizulassen.«

Er sah, wie seine Schwester auf ihrem Stuhl in sich zusammensackte. »Roy ist der Meinung, dass Miss Penrose ihn bloßgestellt hat. Ich halte seine Reaktion für übertrieben, aber du kennst doch seine psychischen Probleme seit dem Krieg.«

»Er war doch gar nicht lange im Krieg«, unterbrach Winston sie irritiert. Natürlich lag es ihm fern, das Geschehene herunterzuspielen, aber er würde es niemals als Entschuldigung für Roys schlechtes Benehmen seiner Schwester gegenüber tolerieren.

»Seine Verletzung gibt ihm das Gefühl, weniger männlich zu sein, gerade weil er so leistungsorientiert ist. Unglücklicherweise hat Miss Penrose mit ihrer Tat genau in diese Kerbe geschlagen. Das hat ihn an den Rand des Wahnsinns getrieben, das kannst du mir glauben. Er ist überzeugt, dass er zum Gespött von ganz England wird, wenn sie nicht hart genug bestraft wird.«

»Das ist doch Quatsch, Nicole«, sagte Winston ungeduldig.

Mit Tränen in den Augen sah Nicole ihn an. »Du musst mir helfen, Winston. Roy wird wirklich von Tag zu Tag schlimmer. Er hat mir angedroht …« Ihre Stimme versagte.

»Was hat er dir angedroht?«, fragte Winston besorgt.

»Er will sich von mir scheiden lassen, wenn Miss Penrose freikommt.«

»Oh, aber damit täte er dir doch einen großen Gefallen.« Winstons Erleichterung war nicht gespielt.

»Ich meine es ernst.«

»Ich auch.«

»Aber mein Leben ist ruiniert, wenn Roy sich scheiden lässt, Winston. Ich kann nicht einfach wieder zu Nicole Mitchell werden.«

»Merkst du eigentlich, wie verrückt das klingt?«, fragte Winston.

»Mag sein. Für dich als Beamter mit gutem Gehalt ist die Welt ja auch in Ordnung. Aber siehst du mich allen Ernstes wieder als Schankmädchen im The Black Bull Inn bei Mum und Dad? Allein die Vorstellung, diese Arbeit wieder verrichten zu müssen, empfinde ich als Albtraum.«

Winston schmunzelte. Mehr als zwanzig Jahre hatten die Eltern die inzwischen recht heruntergekommene Kneipe geführt. Auch er fand, dass Nicole nicht mehr in ihr früheres Leben passte, was allerdings daran lag, dass sie inzwischen sehr verwöhnt war. »Es spielt doch keine Rolle, was du tust. Hauptsache, du bist glücklich«, sagte er sanft.

In Nicoles großen grünen Augen standen wieder Tränen. »Es ist mir ernst, Winston, sonst wäre ich nicht hier. Roy hat mir angedroht, sich scheiden zu lassen und mir auch Harrison fortzunehmen. Und ohne meinen Sohn kann ich nicht leben.«

Winstons Blick verfinsterte sich. Er dachte daran, dass Nicole mehrere Fehlgeburten erlitten hatte, ehe Harrison zur Welt kam. Nachdem das Baby geboren war, erklärte man ihr, dass sie nie wieder ein Kind bekommen könne. Fünf Jahre später aber erblickte Isabella das Licht der Welt – ihr Wunder-Baby, wie Nicole die Kleine stets nannte. Ein Verlust der Kinder würde Nicole schwer zusetzen. »Das würde er doch nicht wirklich tun?«, fragte Winston entsetzt.

»Oh doch! Zweifelst du ernsthaft daran, dass er seine Drohung in die Tat umsetzen würde, Winston? Und was für ein Leben blüht

Harrison dann, ohne mich? Roy würde ihn hart angehen, ohne dass der Junge jemanden hätte, der ihn zumindest ab und an verteidigen und trösten kann.«

Winston sah den Schmerz in ihren Augen. Nicole war zweifelsohne eine gute Mutter, und er mochte seinen Neffen, der so sensibel war und so sehr damit zu kämpfen hatte, die hohen Erwartungen seines Vaters zu erfüllen. Dennoch konnte es für ihn nur eine Antwort geben. »Ich verstehe dein Dilemma, Nicole. Wirklich. Aber ich lasse mich nicht zu einer Gefängnisstrafe für Miss Penrose erpressen, nur um deine und Roys Ehe zu retten. Das sind Probleme, mit denen ihr selbst fertig werden müsst.« Er schäumte vor Wut, dass Roy Nicole in dieser Angelegenheit benutzte.

Nicole stand auf. Sie tupfte die Tränen ab und zog ihre Jacke an. »Tut mir leid, dass ich gekommen bin, Winston. Du bist ein guter Richter, und ich hätte dich nicht in diese Situation bringen dürfen. Aber ich wusste einfach nicht, was ich sonst hätte tun können.«

Dann verlor sie die Fassung und begann zu schluchzen. Winston nahm sie in die Arme. Der Kummer seiner Schwester brach ihm fast das Herz.

Am folgenden Tag rief Winston einen alten Freund und Kollegen an und verabredete sich mit ihm zum Lunch in der Stadt. Er hatte eine schlaflose Nacht hinter sich und hoffte auf Paul Fitzsimons' Rat.

Das Hot Pot Café bot hervorragendes Essen an, und allein beim Gedanken an Mrs Fellowes köstliche Suppen und Pies lief Winston das Wasser im Munde zusammen. Das Café lag nicht weit von seiner Wohnung entfernt und war fast leer, als Winston eintrat, wie so oft seit Kriegsbeginn. Er entschied sich für einen abgelegenen Tisch, wo sie ungestört reden konnten. Winston hatte Paul sehr lange nicht gesehen und freute sich auf das Treffen mit ihm.

»Mensch, bist du braun!«, begrüßte er ihn fröhlich.

»Und du so käseweiß wie immer«, lachte Paul und reichte dem Freund die Hand. »Sag mal, hat es hier seit meiner Abreise überhaupt irgendwann einmal aufgehört zu regnen?«

Winston grinste. »Soweit ich mich erinnere, hatten wir zwischendurch mal einen Sonnentag. Einen einzigen, wohlgemerkt. Wohin hat deine Reise dich denn dieses Mal geführt?«

»In den Norden Australiens. Dort ist es wirklich immer heiß – morgens meist sonnig, nachmittags oft ziemlich schwül. Feucht wird es überhaupt nur in der Regenzeit, aber dann schüttet es gleich wie aus Eimern. Nur kalt wird es nie. Heute trage ich zum ersten Mal seit Monaten einen Mantel und ein Hemd mit langen Ärmeln.«

»Hast du ein Glück«, meinte Winston neidisch. Er schwieg, während die Bedienung ihre Bestellungen aufnahm.

»Dich bedrückt doch etwas, mein Freund«, sagte Paul schließlich. »Macht dir wieder einmal ein Fall zu schaffen?«

»Du kennst mich wirklich gut«, nickte Winston. Er hatte nicht die Absicht, die Verbindung zu seiner Schwester oder ihrem Mann auszusprechen. Paul war zwar ein sehr guter Freund, trotzdem wollte er den Fall anonym halten.

»Und worum geht es dabei?«

»Um eine junge Frau, die beschuldigt wird, einen Adligen sowie einen Polizisten tätlich angegriffen zu haben.«

»Das klingt nach einer respektablen Gefängnisstrafe.«

»Sie beteuert ihre Unschuld im ersten Fall, der zweite soll ein Unfall gewesen sein. Leider gibt es keine Zeugen, die ihre Aussage bestätigen können, aber ehrlich gesagt glaube ich ihr. Sie ist übrigens Lehrerin und bisher völlig unbescholten. Ihre Schüler lieben sie, die Eltern der Schüler sind von ihr begeistert, und sie hat noch nie mit der Polizei zu tun gehabt.«

»Dann lass sie doch gegen Kaution frei.«

»So einfach ist das nicht. Ihre angeblichen Opfer bestehen beide auf einer Gefängnisstrafe.«

»Dazu haben sie kein Recht. Die Entscheidung ist Sache des Gerichts.«

»Wenn es doch nur so einfach wäre«, murmelte Winston. Zu gerne hätte er seinen Freund in die Tiefen der Problematik eingeweiht, doch das war unmöglich, ohne die Probleme seiner Schwester zu offenbaren. Schweren Herzens wechselte er das Thema. »Wohin soll deine nächste Reise führen?«

»Ich bin zurück nach England gekommen, weil ich versuchen möchte, Lehrer zu finden, die bereit sind, eine Stelle im Norden Australiens zu übernehmen.«

»Lehrer? Wieso?«

»Die Männer dort sind fast alle zum Kriegsdienst eingezogen, und die Kinder sind außer Rand und Band, sie tun und lassen, was sie wollen. Zur Schule gehen sie gar nicht mehr.«

»Warum gehen sie nicht zur Schule?«

»Nun, in Australien lebt man ganz anders als hier. Die Kinder sind viel draußen an der frischen Luft und gehen lieber angeln oder schwimmen als zur Schule. Es gibt so wenige Lehrer, dass die Klassen viel größer, manchmal doppelt so groß sind, als sie eigentlich sein sollten. Und wenn unter diesen Umständen Schüler fehlen, fällt das gar nicht weiter auf. Einige der kleineren Schulen haben überhaupt keine Lehrer mehr und mussten schließen.«

»Gut, dass wir diese Probleme nicht haben«, sagte Winston nachdenklich.

4

Es goss in Strömen. Laras Haar klebte an ihrem Kopf, und das Wasser lief in Rinnsalen über ihr Gesicht. Sie hackte Unkraut zwischen endlos langen Reihen junger Karotten. Zwar hatte sie schon Blasen an den Händen und ihr Rücken schmerzte, aber sie war im Freien. Nur das zählte.

Wie die drei anderen Häftlinge, die mit ihr auf dem Feld arbeiteten, trug Lara einen viel zu großen Regenmantel und Gummistiefel. Nichts davon bot ausreichend Schutz, das Wasser lief aus ihrem Haar in den Kragen des Mantels und ihren Rücken hinunter, und die Stiefel waren längst innen feucht geworden. Trotzdem klagte sie nicht. Hier draußen konnte sie wenigstens frei atmen – etwas, das ihr nie wieder selbstverständlich erscheinen würde. Selbst der heftigste Sturm würde sie nicht freiwillig nach drinnen führen.

Während des Wartens auf ihre Verhandlung war Lara eigentlich nicht verpflichtet, Feldarbeit zu leisten. Nachdem sie aber drei Tage lang nichts anderes getan hatte, als die kahlen Wände ihrer Zelle im Hollesley Bay Prison anzustarren, hatte sie um eine Möglichkeit gebeten, draußen zu arbeiten. Das war nun eine Woche her, und an vier der sieben Tage hatte es geregnet.

Lara hätte alles getan, um der Zelle zu entkommen, in der sich vierundzwanzig Stunden wie eine ganze Woche anfühlten. Die Pritsche war hart wie ein Brett, und die Decken rochen, als hätte ein Hund darin geschlafen. Außerdem kratzten sie und wärmten nicht. Unter dem kühlen Luftzug, der durch ein vergittertes Fenster drang, zu hoch, um hinauszuschauen zu können, zitterte Lara sich durch schlaflose Nächte. Sie hatte so viel geweint, dass ihr keine Tränen mehr blieben. Ihr Leben kam ihr vor wie ein Albtraum.

»Penrose! Besuch für Sie!«, rief plötzlich eine Wärterin, die unter einem Vordach von Block C vor dem strömenden Regen Schutz gesucht hatte.

Lara ließ die Hacke fallen. »Mein Anwalt?«

»Nein«, lautete die kurz angebundene Antwort.

»Mein Vater?«

»Nein.«

»Wer ist es dann?«

»Sehe ich etwa aus wie ein Informationsbüro? Sie werden schon sehen.«

Verwirrt folgte Lara der Frau, die auf ihrem Weg durch die langen Flure mit klirrenden Schlüsseln Türen auf- und zuschloss. Schließlich betraten sie einen fensterlosen Raum, der doppelt so groß wie ihre Zelle war und so farblos wie alles im Gefängnis: grauer Boden, graue Wände, graue Tür. Zwei alte Holzstühle standen zu beiden Seiten eines ziemlich betagten Holztischs. Auf einem der Stühle saß ein Mann, den Lara erst bei näherem Hinsehen als Richter Mitchell erkannte. Er trug einen gut sitzenden schwarzen Anzug und einen burgunderfarbenen Schal um den Hals, der einen herrlichen Kontrast zu seinem schneeweißen Haar bildete. Seine Erscheinung erhellte den gesamten Raum und ließ Laras Herz schneller schlagen. Warum war er gekommen?

»Miss Penrose«, begrüßte er sie und erhob sich höflich. »Sie sind ja ganz nass. Waren Sie bei diesem Wetter etwa draußen?« Er warf der Wärterin einen anschuldigenden Blick zu.

Lara war nicht entgangen, dass er bei ihrem Anblick kurz zusammengezuckt war. Sie wusste, dass der Aufenthalt hier auch auf ihrem Äußeren Spuren hinterlassen hatte. Ihre Augen lagen tief in ihren Höhlen, das Haar war ungekämmt, und die graue Gefängniskleidung schlackerte um ihren Körper, der in den letzten Tagen an Gewicht verloren hatte. Sie strich sich unsicher über das feuchte Haar. »Ich habe im Gemüsegarten gearbeitet«, erwiderte sie leise.

Sein Blick blieb an den von der Arbeit geröteten Händen hängen. »Bei diesem Regen? Misshandelt man Sie hier etwa?«

»Nein, das mache ich freiwillig«, antwortete sie. Sie war ein wenig erstaunt über seine Besorgnis. »Ich bin gern an der frischen Luft.«

»Dann passen Sie auf, dass Sie sich bei diesem Wetter keine Erkältung holen.«

»Im Moment habe ich ganz andere Probleme als eine Erkältung. Können Sie sich überhaupt vorstellen, wie es ist, tagein, tagaus auf engstem Raum eingesperrt zu sein?« Ihre Stimme zitterte vor Erregung.

»Nein«, gab der Richter zu. »Das kann ich nicht. Denn für gewöhnlich kommen gesetzestreue Menschen nicht in eine solche Situation.«

Lara hielt sich ebenfalls für eine gesetzestreue Person, sprach den Gedanken aber nicht aus. Sie bedachte den Richter mit einem langen Blick.

»Sie habe ich am allerwenigsten erwartet, Richter Mitchell.« Plötzlich kam ihr ein Gedanke. »Ist meinem Vater etwas passiert?«, fragte sie beunruhigt.

»Nein, soweit ich weiß, geht es ihm gut. Ich kann gut verstehen, dass Sie sich wundern, mich hier zu sehen, Miss Penrose, und normalerweise statte ich den Angeklagten, über die ich zu befinden habe, auch keinen Besuch ab.«

Laras Herz schlug noch schneller. »Und welchem Umstand habe ich die Ausnahme zu verdanken?«

Der Richter bat die Wärterin, den Raum zu verlassen, und wandte sich dann wieder Lara zu.

»Setzen Sie sich bitte. Wussten Sie, dass Ihre Verhandlung bereits in zwei Tagen stattfindet?«

»Nein«, sagte Lara überrascht.

»Nun, Ihr Anwalt wird Sie sicher noch heute informieren. Es sieht so aus, als drohe Ihnen eine Gefängnisstrafe.«

Lara schnappte nach Luft. Das konnte doch nicht wahr sein!

Herbert Irving hatte in den letzten Tagen ganze Arbeit geleistet. In ihrem letzten Gespräch hatte er ihr voller Zuversicht berichtet, von zwei weiteren ihrer Lehrerkolleginnen überaus positive schriftliche Stellungnahmen bezüglich Laras Charakters erhalten zu haben. Außerdem hatte er die Zeugenaussage eines Stalljungen eingeholt, wonach dieser zwar nicht das Geschehen, wohl aber Lord Hornsbys verbitterten Gemütszustand bezeugen konnte. Das medizinische Personal des Polospiels hatte zugestimmt, diesen Umstand ebenfalls zu bestätigen, nicht zuletzt, weil es seine Tyrannei zu spüren bekommen hatte. Natürlich wusste auch Lara, dass nichts davon ihre Unschuld bewies, aber es war besser als nichts. Sollte sie nun tatsächlich für etwas verurteilt werden, was sie nicht getan hatte? »Aber ich bin unschuldig!«, rief sie verzweifelt.

»Die beiden Kläger sehen es nicht so.«

»Dann werde ich also vielleicht Jahre hier …« Ihr versagte die Stimme.

Richter Mitchell betrachtete sie schweigend. »Es gibt vielleicht einen Ausweg«, sagte er schließlich langsam. »Was würden Sie anstelle einer Gefängnisstrafe zu einer zweijährigen Lehrtätigkeit an einer anderen Schule sagen?«

Verblüfft blickte Lara ihn an. »Ich glaube, ich verstehe nicht.«

»Wenn Sie diese Option akzeptieren, können Sie die Haftstrafe umgehen. Allerdings unter einer Bedingung.«

»Und die wäre?«, fragte Lara schüchtern.

»Wenn Sie die neue Schule vor Ablauf der zwei Jahre verlassen, werden Sie hierhin zurückgebracht und müssen die gesamte Haftstrafe absitzen.«

Lara traute ihren Ohren nicht. Welch unerwarteter Vorschlag! Sie starrte Richter Mitchell an, während sie überlegte, wo der Haken war. »Mir scheint, Sie haben mich bereits im Vorfeld verurteilt. Wollen Sie nicht lieber warten, ob sich nicht doch Beweise für meine Unschuld finden?«

»Miss Penrose, das würde an ein Wunder grenzen. Im ersten

Fall wissen wir beide, dass Harrison Hornsby der einzige Zeuge des Vorfalls zwischen Ihnen und seinem Vater ist. Und was den zweiten Fall betrifft, ist es schlicht so, dass wohnungslose Zeugen als unglaubwürdig gelten – selbst wenn es Ihrem Anwalt gelungen sein sollte, sie ausfindig zu machen.«

Lara wusste, dass er recht hatte: Sie würde nicht für unschuldig erklärt werden. Vielleicht war es an der Zeit, sich mit der alternativen Strafe zu beschäftigen. »Worin liegt der Unterschied zwischen der von Ihnen vorgeschlagenen Schule und meinem bisherigen Arbeitsplatz?«, fragte sie zögernd. In ihrem Kopf entstand das Bild eines weit von jeder Zivilisation entfernten Dorfes in Wales oder im schottischen Hochland. Vielleicht handelte es sich ja auch um eine Schule für verhaltensauffällige Schüler.

»Die Schule liegt in einem kleinen Dorf, sehr weit entfernt von hier.«

Aha, sie lag also richtig. »Wie weit?«

»Mehrere Tausend Kilometer«, sagte der Richter.

Lara starrte ihn an. Damit waren Wales und Schottland aus dem Rennen. Verbannte er sie etwa nach Island? Oder Sibirien? Irgendwohin, wo es womöglich noch schlimmer war als im Hollesley Bay Prison? »Wo genau?«

»Im Norden von Australien. Im Northern Territory«, antwortete Mitchell.

»Australien!« Lara war geschockt. Das war nicht viel besser als Island oder Sibirien. »Sie wollen mich allen Ernstes ans andere Ende der Welt verbannen – für etwas, das ich nicht getan habe?«

»So sollten Sie es nicht sehen, Miss Penrose. Nach allem, was ich über Sie weiß, sind Sie eine ausgezeichnete Lehrerin. Wäre es nicht ein Jammer, Ihr Talent brachliegen zu lassen, wenn es in Australien Kinder gibt, die davon profitieren könnten? Außerdem befindet sich Australien nicht im Krieg.«

»Und was wird aus meinen Schülern hier?«

»Hier in England sind gute Lehrer keine Mangelware, aber in den entlegenen Dörfern des Northern Territory ist das ganz anders. Denken Sie doch an all das, was Sie im Leben dieser Kinder bewirken können.«

Lara hielt es nicht mehr auf ihrem Stuhl. Sie sprang auf und ging aufgeregt auf und ab. Die Gedanken rasten in ihrem Kopf. Sie liebte ihr Leben in England. Und sie wollte ihren Vater nicht verlassen. Andererseits … hatte sie überhaupt eine Wahl? Ihre Verurteilung war so gut wie sicher, und sie kannte sich gut genug, um zu wissen, dass sie während der zwei Jahre an diesem Ort zerbrechen würde. Als Alternative würde sie in Freiheit leben und dem Beruf nachgehen, den sie liebte – wenn auch an einem Ort, den sie bisher nur als Fleck auf der Landkarte aus Lehrbüchern kannte. War das nicht die bessere Alternative? Sie spürte die Augen des Richters auf sich, der auf eine Entscheidung wartete.

»Gesetzt den Fall, dass ich Ihr Angebot annehme: Wie komme ich da hin? Immerhin befinden wir uns im Krieg, und es ist sicher nicht ganz ungefährlich, um die halbe Welt zu reisen.«

»Mit einem Frachtschiff, das nebenbei auch Passagiere befördert. Ein Freund von mir ist gerade auf diesem Weg aus Australien zurückgekehrt und sagt, es ist ziemlich sicher.«

Er hielt kurz inne und lächelte aufmunternd. »Und außerdem ist es im nördlichen Australien immer warm. Sogar wenn es regnet. Soviel ich weiß, gibt es lange Sandstrände und interessante Tiere und Pflanzen. Mein Freund sagt, dass es dort sehr schön ist. Sie würden die kleine Schule in einem kleinen Dorf am Shady Camp Billabong übernehmen, einem Gebiet nahe der Hafenstadt Darwin.«

»So weit weg von meinem Vater«, murmelte Lara mehr zu sich selbst. Der Gedanke erschien ihr unerträglich, schließlich waren sie seit dem Tod ihrer Mutter immer zu zweit gewesen. »Ich muss erst mit ihm darüber sprechen«, sagte Lara. Immerhin betraf die Entscheidung auch ihn.

»Ich brauche Ihre Antwort vor dem Gerichtstermin.« Richter Mitchell stand auf. »Sollte ich nichts von Ihnen hören, wissen Sie, was Ihnen bevorsteht.«

»Gut, aber wenn ich zustimme, möchte ich sicher sein, dass mein Vater seinen Job nicht verliert.« Die Forderung war kühn, das war Lara durchaus bewusst.

»Ich verspreche Ihnen, bei Lord Hornsby ein gutes Wort für ihn einzulegen. Soll ich dafür sorgen, dass Ihr Vater Sie besuchen kommt?«

»Sehr gern. Vielen Dank.«

In dieser Nacht fand Lara keinen Schlaf. Am nächsten Morgen jedoch geschah etwas, das ihr die Entscheidung erleichterte: Ihr Schulleiter Richard Dunn ließ ihr über ihren Anwalt das Kündigungsschreiben zukommen. Er teilte ihr mit, dass er keine Lehrerin beschäftigen könne, die der Anwendung körperlicher Gewalt bezichtigt wurde. Dabei sei es unerheblich, ob sie schuldig war oder nicht. Obwohl es Lara fast das Herz brach, sah sie ein, dass es damit einen Grund mehr gab, das Angebot von Richter Mitchell anzunehmen.

»Dad!« Von Gefühlen überwältigt, betrat Lara später am Tag das Besuchszimmer. Als sie Anstalten machte, sich in seine ausgebreiteten Arme zu werfen, trat die Wärterin einen Schritt vor. Körperkontakt war verboten. Sie betrachtete ihren Vater zärtlich. »Es ist so schön, dich zu sehen! Wie ist es dir ergangen?«, fragte sie, während sie ihm gegenüber am Holztisch Platz nahm. Als sie sah, dass er zitterte, fügte sie rasch hinzu: »Oh, das war eine dumme Frage.«

»Ach, Lara, ich mache mir solche Sorgen! Ist irgendetwas passiert?«

»Ich möchte etwas Wichtiges mit dir besprechen.«

»Was denn?«

»Gestern war Richter Mitchell hier. Er hat mir erklärt, dass mir mit ziemlicher Sicherheit zwei Jahre Gefängnis drohen.«

»Oh, Lara!« Walter wurde blass.

»Warte, Dad.« Lara wollte nach seiner Hand greifen, aber

die Wärterin stieß ein warnendes Räuspern aus. »Er hat mir eine Alternative in Aussicht gestellt. Eine zweijährige Lehrtätigkeit an einer anderen Schule.«

Walter richtete sich auf. »Das klingt ja hervorragend. Gibt es einen Haken?«

»In gewisser Weise schon. Die Schule ist in einem anderen Land.«

»In einem anderen Land?« Sein Blick war skeptisch.

»In Australien, Dad. Ich soll zwei Jahre lang in einem Dorf im Norden Australiens unterrichten.«

»Australien ist sehr weit weg«, sagte Walter erschrocken. »Andererseits … dort herrscht kein Krieg. Und wenn du damit die Gefängnisstrafe umgehen kannst, ist es auf jeden Fall besser, als hierzubleiben«, fügte er hinzu. »Du wärst frei und könntest tun und lassen, was du willst. Du sagst doch zu, oder?«

»Ich muss zugeben, dass ich zuerst skeptisch war. Eigentlich habe ich mich über das Angebot geärgert, weil ich für etwas bestraft werde, was ich nicht getan habe. Außerdem hatte ich das Gefühl, meine Schüler im Stich zu lassen. Aber je länger ich darüber nachdenke, desto interessanter erscheint mir die Herausforderung. In Australien kann ich neue Schüler unterrichten und Gutes tun. Ich werde in einem kleinen Dorf im Gebiet des Shady Camp Billabong arbeiten.«

»Das klingt doch gut.« Walter schien ehrlich erleichtert und sich sogar für seine Tochter zu freuen. »Für die Leute dort ist es sicher ein Segen, wenn du hingehst. Und neue Herausforderungen haben dir doch immer Spaß gemacht.«

»Aber was ist mit dir, Dad?«

»Oh, ich komme schon klar. Ich arbeite zwar noch für Lord Hornsby, aber ich bin auf der Suche nach einem neuen Job.«

»Aber du liebst die Fitzroy Stables, Dad!«

»Schon. Nur kann ich nicht weiter für einen Mann arbeiten, der gelogen hat, um meiner Tochter eins auszuwischen. Ohne die Pferde wäre ich längst weg.«

Lara runzelte die Stirn. »Denk einfach nicht an Lord Hornsby. Bleib bei deinen Pferden.«

»Du brauchst dir wirklich keine Sorgen um mich zu machen. Dein Schicksal ist wichtiger.«

»Kommst du wirklich klar, Dad? Schließlich waren wir immer zu zweit.«

»Ja, und ich werde dich sehr vermissen. Aber wenn ich dich in Freiheit weiß und sicher bin, dass du etwas tun kannst, was du liebst, fühle ich mich gleich viel besser.«

Lara sah ihm an, dass er es ernst meinte.

»Zwei Jahre gehen schnell vorbei«, fügte Walter hinzu. »Wir schreiben uns so oft wie möglich.«

»Dad, du schreibst nie!«, lächelte Lara.

»Für dich fange ich damit an«, versprach Walter. »Und auch, wenn ich es vielleicht nicht so oft schaffe, freue ich mich schon jetzt auf deine Berichte über Australien und deine neue Schule und die Schüler.«

»Vielleicht kommst du mich ja mal besuchen.«

»Das klingt gut.« Der Gedanke schien Walter zu gefallen.

»Nun, dann werde ich wohl nach Australien gehen«, erklärte Lara. Sie konnte es selbst noch kaum glauben.

5

Mai 1941

»Da sind Sie ja, Lara«, seufzte Suzie Wilks erleichtert, als sie die Kabine unter dem Hauptdeck durch die weit geöffnete Tür betrat. Es war zwar erst kurz nach acht am Morgen, doch die Hitze war bereits unerträglich. Suzie trug ein Sommerkleid mit einem bunten Blumenmuster. Es war eines von zweien, die sie besaß, und entsprach keinesfalls Laras Geschmack. Abgesehen von den zu grellen Farben wirkte es irgendwie formlos und schmeichelte der Birnenfigur seiner Trägerin ganz und gar nicht. Dennoch war ihr anfängliches Kopfschütteln über Suzies buntes Kleid nach und nach neidischen Anwandlungen auf die Scheußlichkeit aus Baumwolle gewichen.

Ihr eigenes pfirsichfarbenes Kleid schmiegte sich zwar hübsch an ihren zierlichen Körper, aber es bestand aus synthetischem Material und klebte wie ein innen feuchter Regenmantel an ihr. Außerdem trug Suzie ständig einen riesigen Strohhut, den Lara zunächst mit einem hässlichen mexikanischen Sombrero verglichen hatte, nun allerdings musste sie zähneknirschend zugeben, dass er an Deck einen perfekten Schutz gegen die unbarmherzige Sonne bot, wenn es nicht gerade windig war. Jetzt im Augenblick benutzte Suzie ihn als Fächer.

An Bord schmunzelten die Leute manchmal über Laras schicke Kleidung und hochhackige Schuhe. Lara selbst konnte es kaum erwarten, in Australien endlich leichtere Kleider zu kaufen, aber in der Zwischenzeit musste sie sich so oft wie möglich mit ihrer kühlsten Langarmbluse und einem Rock zufriedengeben. Nylonstrümpfe zog sie inzwischen überhaupt nicht mehr an, und häufig ging sie barfuß.

»Einige Ihrer Schüler haben nach Ihnen gefragt. Sie wollen noch mehr über Gizeh und die Pyramiden wissen, aber niemand von uns kann ihren Wissensdurst stillen«, fuhr Suzie fort. »Als Sie nicht zum Frühstück erschienen sind, haben wir uns Sorgen gemacht. Was machen Sie überhaupt hier unten? Oben an Deck haben wir schon über 27 Grad.«

»Mir war nicht nach Frühstück. Seit wir das Mittelmeer verlassen haben, fühle ich mich nicht ganz wohl.« Lara lag in ihrer Koje in der engen Kabine, die sie auf der *MS Neptuna* mit Suzie und vier anderen Frauen teilte. Glücklicherweise hatte Lara eines der oberen Betten erwischt, gleich neben dem weit geöffneten Bullauge, durch das allerdings nicht der leiseste Lufthauch eindrang.

»Heute ist es schlimmer als sonst. Wahrscheinlich muss ich mich erst noch an die Hitze gewöhnen. Wenn es in Darwin auch so heiß ist, weiß ich nicht, wie ich damit klarkommen soll.«

»Es ist wirklich eine deutliche Umstellung nach der Kälte in England, aber Sie werden sich schnell akklimatisieren.«

»Hoffentlich behalten Sie recht«, erwiderte Lara wenig überzeugt.

Zehn Tage zuvor hatte die *MS Neptuna* unter dem Befehl von Kapitän Kevin Callahan, einem Australier mit irischen Wurzeln, in Southampton abgelegt. Das Frachtschiff mit elf Mann Besatzung transportierte außer seiner Ladung dreiundfünfzig Passagiere, unter ihnen fünfzehn Kinder. Während der Fahrt über den Atlantik war es Lara verhältnismäßig gut gegangen, obwohl es einige raue Tage gegeben hatte. Selbst bei stürmischstem Wind hatte sie sich gern an Deck aufgehalten. Ganz im Gegensatz zu den meisten anderen, die fast alle seekrank geworden waren. Auch Lara hatte manchmal ein mulmiges Gefühl gehabt, aber die enge Kabine hatte sie so sehr an ihre Gefängniszelle erinnert, dass sie lieber oben blieb. Mit der Zeit jedoch hatte sie sich an den beschränkten Platz gewöhnt, vor allem, wenn die Tür offen stand und sie sich allein in der Kabine aufhielt.

»Kommen Sie doch mit an Deck«, meinte Suzie aufmunternd. »Da ist es wenigstens nicht so stickig wie hier unten. Außerdem legen wir gleich zum Auftanken in Port Said an. Die Besatzung sagt, dass dort Händler mit kleinen Booten ans Schiff kommen und allerlei Dinge verkaufen. Das bietet ein wenig Abwechslung, und außerdem können wir vielleicht etwas Hübsches erstehen.«

»Ach, ich weiß nicht …«

Suzie setzte sich Lara gegenüber und blickte sie voller Mitgefühl an. »Sie vermissen Ihren Vater, nicht wahr?« Lara spürte den Kloß in ihrem Hals wachsen und nickte nur. Sie wusste, dass auch die anderen Passagiere unter Heimweh litten, und vermisste ihren Vater mit jedem Tag mehr. Für Suzie war es leichter, deren Ehemann war vor einiger Zeit nach Australien ausgewandert, um in Perth Arbeit und eine Wohnung zu suchen. Die meisten hier waren auf dem Weg in ein neues Leben und ließen viel zurück. Suzie und den anderen Passagieren hatte Lara erzählt, dass sie nach Darwin ginge, um dort eine Lehrtätigkeit aufzunehmen. Dass sie keine andere Wahl gehabt hatte, hatte sie wohlweislich verschwiegen.

Am vierten Tag ihrer Reise hatten sich die Eltern Laras Beruf zunutze gemacht und sie gebeten, den Kindern, die sich allmählich langweilten und zunehmend unruhig wurden, ein paar Schulstunden zu geben. Lara, die ihre Schüler schmerzlich vermisste, war das nur recht, und sie sagte zu. Die Altersspanne der Kinder reichte von sechs bis sechzehn Jahren, außerdem gab es an Bord keine Lehrbücher, was den Unterricht zu einer echten Herausforderung machte. Die Schulstunden glichen in der Folge eher Diskussionsrunden, und so manche Lektion wurde auch gespielt oder theatralisch dargestellt, was allen Beteiligten viel Spaß machte. Heute allerdings hatte Lara sich nicht überwinden können, aufzustehen. Seit dem Vortag fühlte sie sich wie unter einer dicken schwarzen Wolke.

»Sid hat angekündigt, an Land zu gehen und unsere Briefe zur Post zu bringen«, sagte Suzie in dem erneuten Versuch, Lara zum Aufstehen zu bewegen. Sid gehörte zur Crew und war eine echte Persönlichkeit. Mit verschlagenem Grinsen behauptete er, in jedem Hafen ein Mädchen zu haben, was der Rest der Besatzung allerdings fröhlich abstritt. »Sie haben Ihrem Vater doch geschrieben, oder? Er freut sich bestimmt, von Ihnen zu hören.«

»Würden Sie Sid bitte meinen Brief mitgeben?«, bat Lara matt.

»Nein, ganz bestimmt nicht«, erwiderte Suzie entschlossen. »Die Melancholie tut Ihnen nicht gut. Schütteln Sie sie ab. Glauben Sie mir, ich weiß, wovon ich rede. So, und jetzt raffen Sie sich auf und kommen mit an Deck.«

Lara kannte Suzie, die in England als Krankenschwester gearbeitet hatte, inzwischen gut genug, um zu wissen, dass sie nicht nachgeben würde. Sie stand auf und folgte ihr nach oben. Rings um das Schiff hatten sich mehrere kleine Boote eingefunden. Ägyptische Händler in wallenden Gewändern und mit Turbanen auf dem Kopf kamen mit Körben voller Ware an Bord. Nachdem die Besatzung alle Passagiere darauf hingewiesen hatte, höchstens ein Zehntel des geforderten Preises zu bezahlen, begannen einige der Europäer, um Holzschnitzereien, Lederwaren, billigen Schmuck und Plüschtiere zu feilschen. Suzie liebäugelte mit einem hübschen Kamel aus hellem Plüsch. Ein sechsjähriges Mädchen namens Katie hatte sich in eine Stoffpuppe verliebt und ließ ihrer Mutter Jessica keine Ruhe.

»Kaufen Sie keinesfalls ein Plüschtier«, warnte Sid die begeisterten Passagiere. »Wenn Sie es doch tun, müssen wir es über Bord werfen.«

»Aber warum denn?«, erkundigte sich Suzie.

»Die Füllung besteht aus gebrauchtem Verbandsmaterial aus dem Krankenhaus.«

»Pfui!«, rief Suzie und warf das Kamel in den Korb zurück.

Auch Jessica entledigte sich hastig der Puppe, was ihr eine

Tirade des Händlers und das Gelächter ihres achtjährigen Sohnes Henry einbrachte.

»Miss Penrose«, wollte der Junge wissen, als er sich beruhigt hatte, »Sie haben uns so viel über die Pyramiden erzählt. Können wir sie vom Schiff aus sehen, wenn wir durch den Suezkanal fahren?«

»Leider nein, Henry. Die nächste Pyramide steht in Gizeh und ist viel zu weit weg. Schätzungsweise mehr als hundertfünfzig Kilometer.«

»Es sind sogar fast zweihundert Kilometer«, sagte Sid, der in der Nähe stand.

»Da siehst du es, Henry. Sie sind einfach zu weit entfernt.«

»Aber Sie haben gesagt, dass sie *riesengroß* sind. Dann müssten wir sie doch über die Wüste hinweg sehen können«, meinte Henry enttäuscht.

»Sie sind groß, Henry, aber zweihundert Kilometer sind eine sehr, sehr weite Strecke. Aber du wirst vermutlich eine Menge Sanddünen zu Gesicht bekommen, wenn wir an der Wüste Sinai vorüberfahren. Ich glaube, die sind ziemlich aufregend.«

»Im Suezkanal sieht man in aller Regel überhaupt nichts anderes als Sanddünen«, meldete sich Sid zu Wort. »Es sei denn, wir geraten in einen Sandsturm, dann sieht man nicht mal mehr die.«

Die Frauen warfen sich erschrockene Blicke zu.

Henry hingegen wirkte enttäuscht.

Jessica nahm eine aus Holz geschnitzte Pyramide aus einem der Körbe der Händler. »Wie gefällt dir die, Henry?«, fragte sie ihren Sohn.

Die Augen des Jungen begannen zu strahlen. »Sehr gut. Kaufst du sie mir?«

Jessica warf ihrem Mann Ron einen fragenden Blick zu. Er nickte.

Die kleine Katie, die wegen der Puppe immer noch schmollte, setzte zu einem Heulkonzert an.

»Wäre ein Pharao was für dich?«, fragte Jessica eilig und hielt einen hölzernen, geschnitzten Pharao hoch, der in Gold- und Blautönen bemalt war. Katie nahm ihn in Augenschein. »Ist das eine ägyptische Puppe?«, fragte sie zur Erheiterung der Erwachsenen, während ihre Mutter dem Händler das Geld reichte.

»Sie sind wirklich eine tolle Lehrerin, Lara«, sagte Jessica schließlich. »Und wir alle sind froh, dass Sie an Bord sind.«

»Und ich bin froh, dass Kinder an Bord sind. Sie helfen mir über die Anfälle von Heimweh hinweg, die ich manchmal immer noch habe.«

»Ich denke, dass es uns allen so geht«, meinte eine ältere Dame namens Lorraine Baxter und tätschelte Laras Schulter.

»Ihre Schule in England hat Sie sicher nicht leichten Herzens ziehen lassen«, sagte Jessica. »Noch dazu mitten im Schuljahr.«

Lara fühlte sich unbehaglich, wollte aber keinesfalls die Wahrheit preisgeben. »Vielen Dank«, murmelte sie. »Aber im Northern Territory herrscht ein dramatischer Mangel an Lehrern, und ich hoffe, dort etwas Gutes bewirken zu können.«

»Dort kann man froh sein, jemanden wie Sie zu bekommen. Henry hat sich früher nie für die Schule interessiert, aber seit den Schulstunden hier auf dem Schiff erzählt er ständig von den vielen Dingen, die er bei Ihnen gelernt hat.«

»Ägypten und die Pyramiden sind aber auch ein spannendes Thema. Nicht nur für Kinder«, erwiderte Lara schmunzelnd.

»Also ich persönlich finde den Suezkanal ausgesprochen faszinierend«, mischte sich nun auch Ron ein. »Er wurde größtenteils von Menschen erbaut, nicht wahr? Wissen Sie zufällig, wer die Idee dazu hatte?«

»Ich weiß es, Daddy.« Henry schenkte seinem Vater ein breites, sommersprossiges Grinsen. Er war sichtlich stolz.

»Tatsächlich?«, staunte Ron.

»Ja, es war ein gewisser Fer-di-nand Sowieso.« Der Name kam ihm nicht leicht über die Lippen.

»Ferdinand de Lesseps«, half Lara. »Der Name ist aber auch

wirklich schwer zu behalten. Er war Franzose und der Erbauer des Suezkanals. Weißt du noch, in welchem Jahr der Kanal fertig wurde, Henry?«

»Klar«, antwortete Henry stolz, »das haben Sie uns doch erst gestern erzählt.«

»1869«, rief Jackson Riley, der plötzlich aufgetaucht war. Der Neunjährige wetteiferte ständig mit Henry.

Henry runzelte verärgert die Stirn.

»Und welche Meere werden durch den Suezkanal verbunden?«, fragte Lara die Jungen amüsiert.

»Das Mittelmeer und das Rote Meer«, sagte Henry hastig.

»Richtig«, lobte Lara. Henry warf Jackson einen selbstgefälligen Blick zu.

»Wisst ihr auch noch, wie lang der Kanal ist?«, wollte Lara wissen.

»Ich weiß es«, trumpfte Jackson auf.

»Hundertdreiundsechzig Kilometer«, stieß Henry hervor.

»Das wusste ich auch«, sagte Jackson säuerlich. Er sah aus, als würde er Henry am liebsten die Faust ins Gesicht schlagen.

»Und wie lang ist die nördliche Zufahrt zum Hauptkanal, durch die wir bald fahren werden?«, schritt Lara rasch ein, um Handgreiflichkeiten zwischen den beiden zu verhindern.

Keiner der Jungen wusste es.

»Zweiundzwanzig Kilometer«, sagte Lara. »Und die südliche?«

»Waren es sechzehn Kilometer?«, wagte sich Katie vor.

»Nicht ganz. Es sind ungefähr neun. Wer weiß denn, wie breit der Kanal ist?«

Die Kinder schwiegen.

»Zwischen zweihundertachtzig und dreihundertfünfundvierzig Meter«, lachte Lara. »Aber das habe ich auch erst von Sid erfahren.«

»Dieser Kanal ist wirklich ein bewundernswertes Werk«, sagte Lara zu Ron und Jessica, als die Kinder sich getrollt hatten. »Nur darf man nie vergessen, dass Tausende Arbeiter dafür gestorben sind. Insgesamt schätzt man die Zahl der Arbeiter, die daran mitgebaut haben, auf anderthalb Millionen.«

»Wirklich ein Jahrhundertwerk«, sagte Ron ehrfürchtig.

»Fast vergleichbar mit dem Bau der Pyramiden«, fügte Jessica hinzu.

Die *MS Neptuna* reihte sich in den Konvoi aus mehreren Schiffen ein und glitt durch den Kanal. Die Aussicht war, wie von Sid angekündigt, sehr eintönig. Lara hatte insgeheim auf ein wenig mehr Abwechslung gehofft, aber bis zum Horizont erstreckte sich Sand. Immer wieder Sand, der aussah, als hätte ein Riese ihn mit einem Löffel durchgerührt. Das änderte sich auch nicht, als sie den Sinai verließen und den Sudan erreichten. Wüste, so weit das Auge reichte.

Während der elfstündigen Passage tauchten dann und wann kleine Gruppen von Palmen oder ein Kamelreiter auf, doch ansonsten war unter der gnadenlos brennenden Sonne nicht viel zu sehen. Manchmal fragte Lara sich, wie in dieser Einöde überhaupt Menschen überleben konnten. Irgendwann passierten sie Port Sudan, wo zwei der Schiffe ihre Ladung löschten. Im Hafen warteten bereits Kamelkarawanen, welche einen Großteil der Waren über Land weitertransportieren würden, wie Sid ihnen erklärte. Außerdem berichtete er, dass das Thermometer im Juli auf über fünfundvierzig Grad klettern konnte, was diejenigen Passagiere, die unter der Hitze litten, zu der Feststellung veranlasste, sie seien froh, nicht im Juli gereist zu sein.

Als die Sonne hinter den Dünen unterging, der Himmel dramatisch rot aufflammte und die Hitze erträglicher wurde, erfuhren die Passagiere, dass sie das Rote Meer verlassen hatten und in den Golf von Aden einfuhren.

Mannschaft und Passagiere setzten sich zu Tisch und genossen das aus Pilzsuppe, kalten Rippchen, Roter Bete, Kartoffelsalat und Eis bestehende Diner, das Mick Thompson, der australische Koch, zubereitet hatte. Alle fanden seine Aussprache amüsant und sein Essen ausgezeichnet.

Die Passagiere lernten sich von Tag zu Tag besser kennen. Die Abende pflegten sie sich mit Kartenspielen zu vertreiben. Dabei wurde auch Radio gehört, denn natürlich interessierten sich alle für den Fortgang des Krieges, der eines der wichtigsten Themen bei Tisch und an den gemeinsamen Abenden war.

Als eines Tages darüber berichtet wurde, dass die Japaner nach Inseln im Pazifik suchten, die sie als Basis nutzen konnten, sorgten sich einige der Passagiere sehr um die Sicherheit des Schiffes bei der Passage über den Indischen Ozean. Doch Kapitän Callahan beruhigte sie.

»Kann sein, dass wir dann und wann ein japanisches Flugzeug zu Gesicht bekommen«, sagte er. »Aber die werden weit entfernt und auch nicht an uns interessiert sein.«

Doch die Passagiere waren nicht überzeugt. »Ist es möglich, dass wir von einem japanischen Unterseeboot torpediert werden?«, wagte schließlich jemand zu fragen.

Kapitän Callahan wischte die aufkeimende Unruhe mit einer Handbewegung beiseite. »Keine Sorge, das wird nicht passieren.«

Ron hatte einen Feldstecher dabei, mit dem er ab und an zum Zeitvertreib den Horizont nach anderen Schiffen absuchte. Manchmal verlieh er ihn auch an Henry.

»Dad, ich sehe ein Flugzeug«, rief dieser am zwanzigsten Tag ihrer Seereise plötzlich aufgeregt. Das Schiff hatte den Äquator überquert und befand sich knapp tausend Kilometer westlich des australischen Festlandes. Die meisten Passagiere hielten sich an Deck auf, wo sie lasen oder faulenzten. Zwar war es immer noch sehr heiß, aber zumindest wehte eine angenehme Brise.

»Auf der Seite ist ein roter Ball aufgemalt«, ergänzte Henry.

Sofort waren alle Passagiere auf den Beinen. Ron nahm seinem Sohn den Feldstecher aus der Hand und suchte den Himmel ab. »Henry hat recht«, sagte er schließlich. »Es ist ein japanisches Flugzeug.«

»Fliegt es in unsere Richtung?«, erkundigte sich Lara.

»Nein. Aber es ist nicht nur eines.«

Beunruhigt rief man nach Kapitän Callahan. »Hatten Sie nicht gesagt, wir wären in Sicherheit?«

Der Kapitän streckte nur kurz den Kopf aus der Tür seines Platzes auf der Brücke. »Sind wir auch. Schauen Sie mal nach Steuerbord.« Er zeigte auf ein höchstens eine halbe Seemeile entfernt fahrendes Schiff. »Das ist eine Fregatte der australischen Marine. Sie begleitet uns schon eine ganze Weile.« Er klang entspannt.

»Und was passiert, wenn die Japaner die Fregatte bombardieren?«, fragte eine Frau. »Dann nehmen sie uns doch sicher auch aufs Korn.«

»Sie werden es wohl kaum darauf anlegen, abgeschossen zu werden«, warf Ron ein, der noch immer durch seinen Feldstecher starrte. »Das Deck dieser Fregatte ist nämlich mit Flugabwehrkanonen gespickt und gut bemannt.«

»Darf ich auch mal sehen?«, bat ein männlicher Passagier. Bald machte der Feldstecher die Runde.

6

Juni 1941

Nach einunddreißig Tagen auf See näherte sich die *MS Neptuna* dem Hafen von Darwin. Hier würde das Schiff bei einem kurzem Aufenthalt Reis laden und anschließend Saigon, die Philippinen, Hongkong und Neuguinea anlaufen.

Doch Lara hatte ihr Ziel erreicht. Sie stand barfuß an der Reling, atmete die salzige Luft ein und beobachtete den Sonnenuntergang. Nachdem die Sonne wie ein roter Feuerball in die sanft rollenden Wogen abgetaucht war, sah der westliche Horizont aus, als stünde er in Flammen. Der Anblick war atemberaubend. Das Schiff stampfte durch die Timorsee und ließ eine weiße Schaumspur hinter sich. Mit jedem Meter näherte sich ihr neues Leben in einem fremden Land.

Lara fühlte sich beklommen. Sie sehnte sich nach jemandem, mit dem sie diesen Anblick teilen konnte. »Ach, Dad, wärst du doch nur hier bei mir«, seufzte sie leise und kämpfte gegen die Tränen an. Voller Wehmut dachte sie an das, was sie zurückgelassen hatte. Die Aussicht auf neue und vielleicht weitere unerwartete Geschehnisse ließ sie zudem ab und an ängstlich mit ihrer Entscheidung hadern, erfüllte sie aber meist gleichzeitig mit einem merkwürdig kribbelnden Gefühl. Immerhin waren in den letzten Tagen keine japanischen Flugzeuge mehr aufgetaucht, was Lara als gutes Zeichen wertete, zumal sie nicht länger von einer Fregatte begleitet wurden.

Drei Tage zuvor waren die meisten Passagiere in Fremantle von

Bord gegangen. Lara vermisste ihre Kabinengenossinnen und die Kinder. In Fremantle hatte sich zudem ein kleines Drama abgespielt. Ein Mitglied der Besatzung hatte vollkommen unerwartet abgeheuert – um mit einer der allein reisenden Frauen an Bord, die in diesem Hafen das Schiff verließen, ein neues Leben zu beginnen. Allein die Tatsache als solche war bemerkenswert, noch aufregender aber wurde sie durch die Identität der betreffenden Personen.

Niemand hätte im Traum damit gerechnet, dass ausgerechnet Frederick Haslinger und Isabel Simms so viel füreinander empfanden. Frederick war ein scheuer, sehr zurückhaltender Mensch, der wenig Selbstvertrauen an den Tag legte. Er war leicht übergewichtig, und ein dichter Bart bedeckte den größten Teil seines rundlichen Gesichts. Seine Arbeit als Schiffssteward erfüllte er zur allgemeinen Zufriedenheit, und er war für seine außerordentliche Hilfsbereitschaft bekannt.

Isabel war schon als Kind von ihrem Vater immer wieder versichert worden, der Wunsch nach einem guten Aussehen sei Sünde. Von klein auf hatte er ihr eingebleut, dass man nicht attraktiv sein müsse, um Gott zu dienen. Und so fristete sie auf dem Schiff ein weitgehend unbemerktes Dasein als graue Maus. Auch als die Frauen eines Nachmittags aus Langeweile begannen, sich gegenseitig die Haare zu frisieren, steckte sie ihre Nase in ein Buch. Sie interessierte sich nicht für solcherlei Dinge.

Suzie betrachtete sie gedankenverloren. »Aufgestecktes Haar würde Ihnen sicher gut stehen, Isabel.«

»Stimmt«, pflichtete Lara ihr bei. Isabels schulterlanges Haar war sehr glatt und eintönig braun, glänzte aber seidig. »Haben Sie das je ausprobiert?«

Isabel schüttelte den Kopf. Lara griff in ihr Haar, hielt es hoch und bewunderte den schlanken Hals und das hübsche Profil der jungen Frau. »Das wirkt doch schon ganz anders«, sagte sie zu den anderen Frauen, die einstimmig nickten. Sie steckten Isabels Haar fest, und bald darauf sah die junge Frau fast königlich aus.

Anschließend verbrachten die Damen den gesamten Nachmittag damit, Isabel zu stylen. Man gab ihr Tipps bezüglich der Farben, die ihr standen, und verriet ihr Tricks, mit denen sie ihre vorteilhaften Seiten betonen konnte.

Eines Abends besorgte Suzie über Sid eine Flasche Rum, welche unter den Damen in der Kabine die Runde machte. Man drängte auch Isabel ein Glas auf, die es hastig leerte und alle mit ihrer Bitte, es nachzufüllen, überraschte. Mit einem Mal verwandelte sich das graue Mäuschen in eine wahre Plaudertasche, die an diesem einen Abend mehr von sich preisgab als während der gesamten Reise zuvor. Unter anderem erfuhren die Damen, dass ihr Vater ein presbyterianischer Geistlicher war, der sie seit dem Tod ihre Mutter am kurzen Zügel hielt und sie zwang, für die Kirche zu arbeiten. Die Reise war der erste selbstständige Urlaub ihres Lebens und führte sie zu einer Tante nach Australien. Außerdem gestand sie, mit ihren neunundzwanzig Jahren noch nie einen Freund gehabt zu haben.

»Was? Wirklich noch nie?«, keuchte Lara ungläubig.

Isabel schüttelte den Kopf.

»Ach, wissen Sie«, tröstete Lara, »so außergewöhnlich ist das auch wieder nicht. Irgendwann, wenn Sie es am wenigsten erwarten, kommt der Richtige.«

»Das glaube ich auch«, nickte Suzie.

Natürlich vermutete niemand, dass sich »der Richtige« schon auf dem Schiff befand. Frederick und Isabel waren sich an Bord immer freundlich begegnet, ihre wahren Gefühle aber hatten sie trotz der Enge so gut verborgen, dass niemand etwas hatte ahnen können.

Im Nachhinein waren natürlich ein paar subtile Hinweise zu erkennen. Bei Kartenspielen hatten Frederick und Isabel oft ein Team gebildet. An Abenden, wenn nicht gespielt wurde, verschwand Isabel häufig – angeblich, um in ihrer Koje zu schmökern, aber in Wirklichkeit hatte sie während der gesamten Reise kein einziges Buch ausgelesen. Kurz nach dem Ablegen in Southampton hatte Sid einmal erwähnt, dass Frederick gern allein war. Man vermutete daher, dass er sich irgendwo verkroch und Briefe an seine Familie schrieb.

Als Frederick von seinem Landgang in Fremantle nicht zurückkehrte, hatte man zunächst nach ihm gesucht. Doch schon eine Stunde darauf hatte er dem Kapitän eine Nachricht zukommen lassen, in der er sich wortreich entschuldigte und erklärte, dass er sich in Miss Isabel Simms verliebt und beschlossen hatte, sie zu heiraten und in Australien zu bleiben.

Sid brummte, dass solche Entscheidungen ausgesprochen selten vorkamen und die betroffenen Männer meist schon bald wieder zur See fuhren, nachdem sie festgestellt hatten, dass ein Leben als Landratte nicht für sie taugte. Trotzdem wünschte er Frederick und Isabel alles Gute für ihre Zukunft, und auch der Kapitän schloss sich diesen Wünschen an.

»In Darwin finden wir sicher einen neuen Stewart, der Chinesisch oder Vietnamesisch spricht«, hatte er an die Passagiere gerichtet hinzugefügt.

Auch Suzie Wilks hatte das Schiff in Fremantle verlassen. Lara hatte voller Wehmut an Deck gestanden und zugesehen, wie Suzie von ihrem wartenden Ehemann herzlich in die Arme geschlossen wurde. Lara vermisste sie, sie waren auf der Reise gute Freundinnen geworden.

Und nun stand sie wieder voller Wehmut an Deck. Sid trat zu ihr an die Reling und folgte ihrem Blick über das Wasser.

»Freuen Sie sich darauf, das Schiff bald verlassen zu können, Lara?«

»Das schon. Aber ich habe auch ein bisschen Angst vor dem, was mich erwartet«, musste Lara zugeben.

»Oh, ich glaube, da müssen Sie sich keine Sorgen machen«, meinte Sid und zwinkerte ihr zu. »Warten Sie nur, bis die australischen Männer Sie zu Gesicht bekommen. Sie werden sich gegenseitig mit jeder Art von Hilfestellung überbieten.«

Lara lachte. Sie mochte Sid und hatte sich längst an sein harmloses Schäkern gewöhnt. Er war ein frecher kleiner Junge im Körper eines Mannes im besten Alter, und er war stets gut gelaunt.

»Ich glaube, meine neuen Schüler werden eine weitaus größere Herausforderung für mich werden als irgendein Mann«, erklärte sie. Sie ließ ihren Blick über den Hafen gleiten. »Kennen Sie Darwin?«, fragte sie schließlich. Nur allzu gern wollte sie mehr über die Stadt erfahren, in deren Nähe für zwei Jahre ihre Heimat sein sollte.

»Die Stadt ist auf einen kleinen Felsvorsprung oberhalb des Hafens gebaut, liegt also auch an der Nordostküste.«

Lara war enttäuscht. Sie hatte hohe Häuser erwartet, aber die würde es dann vermutlich nicht geben. hoffentlich gab es hier wenigstens ein paar Geschäfte.

»Und sagen wir mal so: Ich kenne jede Kneipe in der Stadt«, fügte Sid augenzwinkernd hinzu.

»Warum überrascht mich das jetzt nicht?«, sagte Lara schmunzelnd.

Sid lachte. »Irgendwann saßen wir einmal einen ganzen Monat hier im Hafen fest. Wir hatten einen Maschinenschaden, mussten zum Anlegeplatz geschleppt werden und konnten erst auslaufen, als die in Perth bestellten Ersatzteile kamen. Das war in der Regenzeit und dauerte daher entsprechend lange. Zum Zeitvertreib haben wir die Pubs unsicher gemacht.«

»Und? Wie ist Ihr Eindruck von der Stadt?«

»Das Bier ist ausgezeichnet«, grinste Sid.

»Sie Schelm. Sie wissen genau, was ich meine. Wie sind die Leute hier?«

»In Darwin mischen sich alle nur denkbaren Kulturen, aber man geht sehr entspannt und freundlich miteinander um. Und das Beste ist, dass niemand etwas dagegen hat, mal ein oder zwei Runden auszugeben.« Er lachte. »Und die Aussicht hier ist einfach herrlich. Das gilt sowohl für die zweibeinigen Exemplare als auch für die Landschaft.«

Lara schüttelte lachend den Kopf.

»Nein, ganz im Ernst – ich mag Darwin.« Sid fuhr sich mit der Zunge über die Lippen. »Ich kann mein erstes kühles Blondes an Land schon fast schmecken.«

»Sie sind wirklich unverbesserlich«, grinste Lara, freute sich aber über die Nachricht, dass die Leute in der Stadt offenbar freundlich waren.

»Darwin Harbour ist eine weite, zerklüftete Bucht, die sich in drei Arme aufteilt. Ganz oben von Stokes Hill können Sie den gesamten Hafen überblicken. Hier münden zwei größere Flüsse, der Elizabeth River und der Darwin River«, fuhr Sid nun ernster fort. »Durch den vielen Regen in der Monsunzeit gibt es in der Umgebung eine Menge kleinerer Bäche, Wasserläufe und Sümpfe, wo man wunderbar fischen und Vögel beobachten kann. Ob Sie es glauben oder nicht – wenn es das Wetter einigermaßen erlaubte –, habe ich manchmal dem Pub den Rücken gekehrt und bin angeln gegangen.«

»Mich wundert, dass Sie den Wetterwechsel überhaupt bemerkt haben«, schmunzelte Lara.

»Hab ich ja gar nicht. Ich saß nur plötzlich mutterseelenallein in der Kneipe und dachte schon, ich hätte irgendetwas Unpassendes gesagt.« Um Sids blaue Augen zeigten sich zahlreiche Lachfältchen.

»In England regnet es ja wirklich recht viel. Ich glaube also nicht, dass die Regenzeit große Überraschungen für mich bereithält.«

Sid prustete. »Glauben Sie mir: Sie haben keine Ahnung, was Regen bedeutet! In dem einen Monat, in dem wir hier festlagen, hat es fast einen Meter auf den Quadratmeter geregnet. Mehr fällt höchstens bei einem Zyklon. Glücklicherweise war das Dach des Pubs dicht. Zumindest ist mir nichts Gegenteiliges aufgefallen.« Er kicherte. »Ich hoffe, Sie haben keine Angst vor Gewitter?«, fuhr er schließlich fort.

»Eigentlich nicht. Warum? Sind die hier in Darwin anders?«

»Nun, zu Beginn der Regenzeit sind sie ziemlich spektakulär.

Blitze lassen alles um einen herum taghell erleuchten. Das kann einem ordentlich Angst einjagen, wenn man nicht daran gewöhnt ist.«

Lara fühlte sich beklommen, mühte sich aber um einen gleichmütigen Gesichtsausdruck.

»Stellen Sie sich bloß während eines Gewitters nie unter einen Baum«, riet Sid.

»Okay«, sagte Lara zögerlich und ließ ihren Blick über die Bucht gleiten. »Die Küste sieht ziemlich grün aus«, stellte sie fest, konnte aber im schwindenden Licht die Vegetation kaum einordnen.

»Das sind Mangroven«, sagte Sid. »Die gibt es oft in den Tropen. Sie sind nützlich, denn sie dienen den Fischen als Kinderstube, allerdings sind sie auch Brutstätte für Moskitos. Ich muss Sie warnen: Abends kommen ganze Schwärme davon, riesige Viecher!«

Lara starrte ihn erschrocken an.

»Aber hinter den Mangroven breitet sich eine wunderschöne Savanne aus, und an einigen Stellen gibt es auch Regenwald.«

Die Information war neu für Lara, die über die Tropen nicht ansatzweise so viel wusste wie über Ägypten, wie sie jetzt beschämt feststellen musste. »Ehrlich gesagt hatte ich lange weiße Sandstrände erwartet«, sagte sie. Sie hörte selbst, wie enttäuscht ihre Stimme klang. Hatte Richter Mitchell sie angelogen? Ihre Traumvision von einem ruhigen Paradies mit türkisfarbenem Meer vor sanft sich wiegenden Palmen wurde von sintflutartigen Regenfällen, zuckenden Blitzen und moskitoverseuchten Mangrovensümpfen überlagert.

»Der Unterschied zwischen den Gezeiten ist hier mit bis zu acht Metern sehr hoch. Bei Ebbe liegen die Felsen und manchmal Teile der Riffe frei und die Pfützen dazwischen können ganz schön stinken. Aber natürlich gibt es auch ein paar hübsche Strände. Sie sind genau zur richtigen Jahreszeit angekommen, es wird allmählich Winter.«

»Ist es hier immer so warm, wenn der Winter anfängt?«, fragte Lara und wagte kaum, an den Sommer zu denken. An englischen Maßstäben gemessen war es trotz des leichten Seewinds ziemlich heiß.

»Die Temperaturen sind das ganze Jahr hindurch einigermaßen gleich.«

»Oh!«, stieß Lara hervor. Vielleicht war das ja gar nicht so schlecht, wenn sie sich erst einmal akklimatisiert hatte.

»Nur die Luftfeuchtigkeit ändert sich. Sie reicht von etwa dreißig Prozent um diese Jahreszeit bis hin zu hundert Prozent im Sommer. Im Oktober schnellt die Selbstmordrate in die Höhe. Ehe der Regen einsetzt, kann es ziemlich beklemmend werden. Deswegen gibt es hier auch so viele Kneipen.«

Schlimmer als im Gefängnis kann es ja nicht werden, dachte Lara in dem Versuch, sich Mut zuzusprechen. »Dann sind die Strände im Sommer sicher ziemlich voll?« Sie freute sich schon darauf, viel Zeit am Strand zu verbringen, und das Erste, was sie sich kaufen wollte, war ein Badeanzug.

»Ganz im Gegenteil.«

»Sie verwirren mich!«

»Im Meer kann man nur zwischen Mai und September baden. Vergessen Sie das niemals!«, warnte Sid sehr ernst. »Das kann lebensgefährlich sein.«

»Lebensgefährlich? Wieso?«

»Wegen der Würfelquallen. Ihre Tentakel sind extrem giftig. Schon eine zufällige Berührung verursacht unerträgliche Schmerzen, und Kinder oder Leute mit schwachem Herzen können daran sterben. Im Wasser sind sie so gut wie überhaupt nicht zu erkennen, weil sie fast durchsichtig sind.«

»Aber zwischen Mai und September ist das Baden sicher?«

»Schon, wenn nicht gerade Krokodile unterwegs sind.«

»Krokodile? Im Meer?« Vermutlich scherzte Sid, aber bei ihm konnte man ja nie genau wissen. »Meines Wissens leben Krokodile in und an Flüssen.«

»Das sind Süßwasserkrokodile. Aber es gibt auch Salzwasserkrokodile, die sich im Meer und an Stränden tummeln. Sie können riesengroß werden.«

Lara schluckte.

»Machen Sie sich keine Sorgen. Achten Sie einfach auf die entsprechenden Warnschilder, dann passiert Ihnen nichts.«

Mit diesen Worten machte Sid sich auf, seine Aufgaben für das Anlegen zu verrichten. Als er sich eine Weile später wieder zu Lara gesellte, stand diese immer noch nachdenklich an der Reling.

Die Küste kam immer näher. Im Hafen lagen viele Schiffe vor Anker – Frachtschiffe wie die *MS Neptuna*, aber auch australische und amerikanische Kriegsschiffe, was Lara recht beruhigend fand.

»Wissen Sie schon, in welcher Schule Sie arbeiten werden?«, erkundigte sich Sid.

»Ja, ich ziehe in ein Gebiet namens Shady Camp Billabong.«

Sid lachte auf. »Dort war ich schon, auch im Dorf Shady Camp. Der Billabong, ein Wasserlauf, ist ein toller Ort zum Fischen!«

»Haben Sie vielleicht auch die Schule gesehen?«, fragte Lara erfreut.

»Ehrlich gesagt, nein.«

»Sicher nicht?«

»Ganz sicher nicht. Ich war schon mehrfach dort, habe aber ganz bestimmt keine Schule gesehen. Eigentlich gibt es dort überhaupt nicht viel zu sehen. Dafür habe ich im Billabong einen riesigen Barra gefangen.«

»Einen Barra?«

»Einen Barramundi. Das ist ein ganz ausgezeichneter Speisefisch, den müssen Sie unbedingt einmal probieren.«

In diesem Moment wurde Sid zum Anlegemanöver gerufen, und Lara machte sich nachdenklich auf den Weg, ihren längst gepackten Koffer aus der Kabine zu holen. Es bereitete ihr ein wenig Sorge, dass Sid am Shady Camp Billabong keine Schule gesehen hatte. Hoffentlich lag hier keine Verwechslung vor!

Als sie endlich das Schiff verlassen konnte, war es fast ganz dunkel geworden. Der Hafen war nur schwach beleuchtet, aber Lara konnte die Lichter der Stadt am Felsufer erkennen.

»Wo sind Sie untergebracht?«, erkundigte sich Sid.

»In einem Hotel namens *The Victoria* in der Smith Street 27. Dort werde ich in den nächsten Tagen abgeholt. Kennen Sie das Hotel vielleicht? Ist es in Laufweite, oder muss ich mir ein Taxi nehmen?«

»Das Victoria ist zufällig einer meiner Lieblingsorte für einen Drink«, freute sich Sid. »Nein, ein Taxi brauchen Sie nicht, aber mit Ihren hohen Absätzen dürfte Ihnen der Weg nicht ganz leichtfallen.«

»Leider bleibt mir keine andere Wahl, ich kann schließlich nicht auf Nylonstrümpfen bis zum Hotel laufen.«

»Okay, aber dann helfe ich Ihnen mit dem Koffer, wenn Sie mögen, und starte meine Kneipenrunde im Victoria.«

»Vielen Dank«, sagte Lara und war erleichtert, nicht allein durch die Dunkelheit schreiten zu müssen.

7

Darwin, Australien

Für den Weg zum Hotel *The Victoria* brauchten sie wegen Laras hoher Absätze, dem zu erklimmenden Hügel und der zahlreichen Spaziergänger, die den kühlen Abend genossen, fast eine halbe Stunde. Unterwegs erzählte Sid ihr von der ersten Betreiberin des Hotels, Ellen Ryan.

»Sie war die erste Frau im Territory mit einer Schankgenehmigung und eine der reichsten Grundbesitzerinnen. Sie besaß mehrere Minen, die sie verpachtete.«

»Scheint eine interessante Frau gewesen zu sein.« Starke Frauen hatten Lara schon immer begeistert.

»Ich wünschte, sie würde noch leben und wäre noch zu haben. Ich würde sie vermutlich vom Fleck weg heiraten, wenn sie einen alten Seebären wie mich nähme.« Sid feixte. »Jeder Mann sehnt sich nach einer Frau, die eine Kneipe besitzt. Und wenn sie obendrein auch noch reich ist, ist das der ganz große Jackpot.«

Lara schüttelte den Kopf. Sid war zweiundfünfzig und fuhr seit seinem fünfzehnten Lebensjahr zur See. Noch nie hatte er sich von einem »Klotz am Bein« fesseln lassen, wie er Frauen im Allgemeinen wenig schmeichelhaft zu bezeichnen pflegte. »Ich fürchte, ich werde Ihren bisweilen ziemlich schwarzen Humor sehr vermissen«, sagte sie.

»Ich meine das ganz ernst«, erklärte Sid mit seinem typischen Lachen.

»Ich glaube nicht, dass eine Frau Sie an sich binden könnte –

nicht einmal eine reiche Kneipenbesitzerin. Sie können nicht aus Ihrer Haut, und außerdem sind Sie mit dem Meer verheiratet.«

»Wahrscheinlich haben Sie recht. Vermutlich hatte sie ohnehin ein Gesicht wie die Kehrseite eines Kamels.« Er hatte die Worte kaum ausgesprochen, da blickte er schon beschämt drein. »Entschuldigung. Manchmal vergesse ich, dass ich mich in Gesellschaft einer Dame befinde. Aber Sie verstehen, was ich meine.«

»Selbstverständlich«, sagte Lara und unterdrückte ein Lachen.

Die Fassade des Hotels erregte Laras Aufmerksamkeit – nicht nur wegen des bunten Steins, sondern auch wegen der umlaufenden Veranda. Es war ein beeindruckendes Gebäude mit einer interessanten Geschichte. Sid wies Lara in bester Fremdenführermanier darauf hin, dass es im Jahr 1890 aus mehrfarbigem Porzellanit erbaut worden war und zwei Zyklone überlebt hatte.

Das Foyer wurde von einer riesigen Mahagonigarderobe mit Huthaken aus Messing dominiert, auf der eine sehr alte Vase mit einem verwelkten Blumenstrauß stand, und Lara fragte sich unwillkürlich, ob Garderobe und Vase wohl schon von Beginn an zum Inventar gehörten. Rechts und links davon standen Messingtöpfe mit Bergpalmen, und an der gegenüberliegenden Wand hing ein goldgerahmter Spiegel. Der Teppich auf dem Boden war sauber, aber zur Mitte hin ein wenig fadenscheinig. Es roch nach Bier und Zigaretten, und von der Bar drangen laute Stimmen angeheiterter Gäste herüber. Lara und Sid gingen zum Empfang, wo Sid den Koffer abstellte.

Lara seufzte. Auf ihrer Stirn lag ein dünner Schweißfilm. Alles ringsum schien zu schwanken.

»Alles okay bei Ihnen?«, erkundigte sich Sid besorgt. »An die Hitze werden Sie sich nach einer Weile gewöhnen.«

»Das ist es nicht. Ich hatte mich so darauf gefreut, wieder festen Boden unter den Füßen zu haben, aber es fühlt sich immer noch so an, als stünde ich auf einem Schiff.«

»Das ist ganz normal. Nach einer langen Seereise dauert es ein paar Tage, ehe man sich wieder an Land gewöhnt«, erklärte Sid.

Eine Frau trat aus der Küche in den Empfangsraum. Sie wirkte aufgewühlt.

»Wieso muss man eigentlich alles selber machen, wenn man will, dass es gut wird?«, schimpfte sie vor sich hin. »Gibt es auf den Philippinen etwa keine Bratensoße? Das kann doch nicht wahr sein!«

Beim Anblick von Sid und Lara nahm sie ihre Schürze ab, verstaute sie unter dem Tresen, atmete tief durch und verwandelte sich innerhalb weniger Sekunden in eine ruhige Empfangsdame.

»Kann ich Ihnen helfen?«

»Wir hätten gern ein Zimmer«, sagte Sid höflich.

»Nur eines?«, erkundigte sich die Frau befremdet.

»Ja, nur eines«, bestätigte Sid verwundert.

Plötzlich ging Lara auf, was die Frau dachte. Fast hätte sie laut losgelacht, sie beide gaben sicher ein seltsames Paar ab. Sie selbst in einer Kleidung, die nicht dem Klima angepasst, dafür aber einigermaßen zurechtgemacht war. Und neben ihr Sid in seinem offenen Hawaiihemd und den unförmigen Shorts, noch dazu unrasiert und viele Jahre älter als sie. »Das Zimmer ist für mich«, sagte sie belustigt.

»Richtig«, stammelte Sid verwirrt, »diese junge Lady hier braucht ein Zimmer. Ich habe ihr nur mit den Koffer geholfen.«

»Kein Problem.« Die Frau bedachte ihn mit einem langen Blick und schlug das Gästebuch auf.

»Ich überlasse Sie jetzt der Dame, Lara«, sagte Sid. »Ich muss wieder zurück zum Schiff. Aber ein oder zwei Bier gönne ich mir vorher noch.«

»Vielen Dank für alles, Sid«, verabschiedete sich Lara und fiel ihm um den Hals. »Verirren Sie sich nicht bei Ihrem Weg durch die Pubs. Und falls wir uns in den nächsten Tagen nicht mehr über den Weg laufen sollten, wünsche ich Ihnen alles Gute für Ihre nächste Reise.«

»Passen Sie auf sich auf«, erwiderte Sid und machte sich auf den Weg zur Bar.

»Einen Moment noch, Sir«, sagte die Frau streng in Richtung seines Rückens.

Sid blieb stehen und wandte sich widerstrebend um. Er wirkte wie ein frecher, von seiner Lehrerin ertappter Schuljunge. Lara hätte beinahe losgeprustet.

»Hier im Norden nehmen wir es mit den Kleidervorschriften nicht so genau, und meinetwegen können Sie in Shorts und Schlappen in die Bar gehen. Sogar in diesen Shorts da. Aber ich bin ganz sicher, dass die anderen Kunden sehr gut auf den Anblick des Urwalds auf Ihrer Brust und Ihrem Bauch verzichten können. Also knöpfen Sie das Hemd zu, falls überhaupt Knöpfe dran sind.«

Sid blickte an sich hinunter und begann linkisch, an den beiden verbliebenen Knöpfen herumzufummeln. Das Ergebnis war ein am Kragen und unten geschlossenes Hemd, aus dem in der Mitte ein dicker, haariger Bauch hervorlugte. Verlegen und mit hochrotem Kopf verschwand er anschließend in der Bar.

»Die meisten Männer in der Bar sind wahrscheinlich längst betrunken. Zwischen vier und fünf ist nämlich Happy Hour, da kosten alle Drinks nur die Hälfte. Ich könnte mir trotzdem vorstellen, dass einige Kunden sich an diesem nackten Bauch stören«, erklärte die Frau und schüttelte sich voller Abscheu.

Sid tat Lara leid. Der Mann war ein Rohdiamant, dessen wahren Wert und gutes Herz sie im Verlauf der letzten Wochen kennen und schätzen gelernt hatte.

»Ist er Matrose auf einem Handelsschiff? Ich bin fast sicher, ihn vor einer ganzen Weile hier in der Bar schon gesehen zu haben.«

»Ja, er arbeitet auf einem Frachtschiff namens *MS Neptuna*. Diese Bar hier gehört zu seinen liebsten Aufenthaltsorten in Darwin. Er spricht in den höchsten Tönen davon«, sagte Lara.

»Handelsmatrosen gießen sich immer gern einen hinter die Binde, aber dieser Mann weiß zumindest eine gute Bar zu schätzen. Was ist denn mit Ihnen, sind Sie zum ersten Mal in Darwin?«, erkundigte sich die Frau.

»Ja«, nickte Lara. »Ich reise überhaupt zum ersten Mal außerhalb von England.«

»Das dachte ich mir. Tragen Sie etwa Nylonstrümpfe?«

»Ja. Warum fragen Sie?«

Die Frau lachte und schüttelte den Kopf. »Das werden Sie schon bald selbst merken. Ich bin übrigens Peggy Parker. Ich bin die Frau des Besitzers.« Sie blickte Lara freundlich an. »Wie heißen Sie mit vollem Namen?« Sie griff nach einem Stift. »Für das Gästebuch.«

»Miss Lara Penrose.«

»Wie lange wollen Sie bleiben?«

»Das weiß ich noch nicht genau. Ich werde irgendwann in den nächsten Tagen abgeholt.«

»Gut, dann gehen wir zunächst einmal von zwei Nächten aus. Wenn nötig, können wir es immer noch ändern.« Sie nahm einen Schlüssel vom Brett und trat hinter dem Empfangstresen hervor. »Ich begleite Sie zu Ihrem Zimmer, Miss Penrose.« Sie warf einen Blick auf die Uhr. »Sollten Sie noch nicht gegessen haben – in einer halben Stunde gibt es im Speisesaal ein warmes Abendessen. Sofern es meiner Köchin bis dahin gelungen ist, es zuzubereiten.«

Sie ging ein paar Schritte in Richtung einer mit Teppichen ausgelegten Treppe, an deren Fuß sie sich zu Lara umdrehte. »Leider haben wir hier keinen Hoteldiener wie die gehobenen Hotels in England. Ich fürchte, Sie müssen Ihren Koffer selbst tragen.« Ohne auf Lara zu warten, stieg sie die Treppe hinauf.

Lara griff nach ihrem Koffer, der sich schwerer als je zuvor anfühlte, und atmete tief durch.

»Hm, hier riecht es aber gut«, bemerkte sie, während sie ihrer Wirtin langsam folgte. »Ich habe einen Bärenhunger. Aber könnten Sie mir das Essen vielleicht auf mein Zimmer servieren? Nach einem Monat auf einem Frachtschiff habe ich große Lust, alleine zu speisen. Und außerdem möchte ich unbedingt ein Bad nehmen und mich ein wenig zurechtmachen.«

»Du liebe Zeit, wenn Sie sich schon für zerzaust halten, was denken Sie dann von mir? Dass ich aussehe wie ein Mop, oder was?«

»Aber nein!«, widersprach Lara bestürzt.

Peggy Parker lachte. »Mit dem Essen können Sie es halten, wie Sie wollen«, fügte sie hinzu. »Wie es aussieht, sind Sie heute unser einziger Gast.«

»Heißt das, ich hätte den Speisesaal ganz für mich allein?« Dann konnte Lara sich in der Tat vorstellen, dort zu speisen.

»Nein, zum Essen kommen immer jede Menge Angestellte der australischen und amerikanischen Luftwaffe. Seit 1938 gibt es in Darwin nämlich einen Flugplatz samt Stützpunkt, und die Angestellten essen gern hier. Sie gebärden sich manchmal ein wenig rau, aber sie sind gut fürs Geschäft. Und sie halten uns die Japaner vom Hals. Haben Sie denn vom Schiff aus japanische Flugzeuge gesehen?«

»Ja, einige. Das war manchmal ziemlich aufregend. Aber wir wurden während der gesamten Fahrt über den Indischen Ozean bis Fremantle von einer australischen Fregatte begleitet. Ist das der Grund dafür, dass Sie keine Gäste haben? Bleiben die Leute Darwin fern, weil sie Angst vor einer Invasion der Japaner haben?« Lara gönnte sich einen Moment des Verschnaufens, als sie das Ende der Treppe erreichten.

»Aber nein. Hier hat niemand Angst. Europa und der Krieg sind weit weg. Wir glauben nicht, dass im pazifischen Raum Gefahr droht. Aber hier oben im Norden kommen Übernachtungsgäste nur zu einer Jahreszeit. Wenn es im Süden richtig winterlich wird, ist das Haus schnell voll. Meist sind es Jäger oder Angler, und ich hoffe und bete, dass meine Leute sich bis dahin einigermaßen eingearbeitet haben.« Sie rollte die Augen.

Laras Zimmer hatte einen Balkon, der die gesamte Breite der Fassade einnahm und einen Ausblick auf die Geschäfte in der Smith Street bot. Der Raum war sehr groß und hatte eine hohe Decke. Hier würde sie, im Gegensatz zu den letzten Wochen, ganz sicher nicht unter Klaustrophobie zu leiden haben. Auch das schmiedeeiserne Doppelbett erschien Lara nach einem Monat in einer schmalen Koje geradezu gigantisch.

»Ich hoffe, es gefällt Ihnen hier«, sagte Peggy.

»Wissen Sie, ich habe vier Wochen lang eine Kabine mit fünf Frauen geteilt. Das Zimmer hier kommt mir fast vor wie ein Palast.« Erst recht gemessen an einer Gefängniszelle, fügte Lara in Gedanken hinzu.

»Hier im Hotel sind schon viele berühmte Leute abgestiegen«, erzählte Peggy stolz.

»Tatsächlich? Wer denn zum Beispiel?«

»1908 waren Henry Dutton und Murray Aunger hier, die beiden, die als Erste den gesamten Kontinent von Norden nach Süden mit dem Auto durchquert haben. 1919 waren die Flugpioniere Ross und Keith Smith hier Gäste, nach ihrer Teilnahme am bedeutenden Flugwettstreit von England nach Australien.«

»Wirklich?«, rief Lara begeistert. »Ich habe Flugpioniere schon immer bewundert, vor allem Amelia Earhart.« Sie sah sich neugierig um. »Ich bin übrigens Lehrerin. Vielleicht berichte ich meinen künftigen Schülern von diesem Hotel und seiner Geschichte.«

Peggy schien beeindruckt. »Lehrerin sind Sie? Dann müssen Sie den Kindern auch erzählen, dass das Hoteldach während zweier Zyklone in den Jahren 1897 und 1937 jeweils komplett abgedeckt, das Gebäude aber ansonsten dank der soliden Bauweise nicht beschädigt wurde. Die restliche Stadt hatte da weniger Glück.«

»Gut zu wissen, falls diese Nacht ein Zyklon über uns hereinbricht«, scherzte Lara.

»Über Zyklone sollten Sie besser keine Witze machen«, antwortete Peggy sehr ernst. Lara schämte sich ihrer Bemerkung ein wenig, noch stärker aber spürte sie die Sorge darüber, dass Peggy sie nicht abgewiegelt hatte.

Kurz darauf brachte eine junge Philippinerin ihr das Abendessen aufs Zimmer. Die Frau sprach kaum Englisch, lächelte aber anmutig und freundlich. Es gab saftigen Hühnerbraten mit gebackenem Gemüse und einer sämigen Bratensoße. Lara aß auf dem Balkon, wo es kühler war. Selten hatte ihr eine Mahlzeit so gut gemundet. Erleichtert registrierte sie, dass sich am Nachthimmel nicht das winzigste Wölkchen zeigte und dass sich auch kein Lüftchen regte. Sie drängte die Sorge um einen Zyklon beiseite und genoss den Vollmond und die Myriaden unglaublich heller Sterne. Gerne hätte sie diesen Moment mit jemandem geteilt. Ihre Gedanken wanderten zu ihrem Vater, und sie wurde von einer Welle der Zärtlichkeit erfasst. Ohne ihn würden es zwei lange Jahre werden.

Nach einer ganzen Weile stand sie entschlossen auf, voller Vorfreude auf ein ausgiebiges Bad. Die Nasszelle befand sich gegenüber von Laras Zimmer, und die Wanne zog Lara unwiderstehlich an. Seit der Abreise aus England hatte sie nicht gebadet. Die weiblichen Schiffspassagiere hatten sich mit engen Duschen begnügen müssen, und es hatte so gut wie keine Privatsphäre gegeben. Diese Wanne hier war groß genug für eine mehrköpfige Familie, und es dauerte fast eine halbe Stunde, sie zu füllen. Da Lara der einzige Übernachtungsgast im Hotel war, aalte sie sich genussvoll fast eine Stunde gemütlich in der Wanne, ehe sie zu Bett ging.

Schon früh am nächsten Morgen war Lara auf den Beinen. Der lärmende Deckenventilator hatte sie immer wieder aus dem Schlaf aufschrecken lassen, bis sie das Gerät gegen vier Uhr morgens schließlich abgeschaltet hatte. Durch die Balkontür war eine leichte Brise ins Zimmer gedrungen, und plötzlich war es wohltuend still gewesen. Allerdings nur für kurze Zeit, denn schon um sechs Uhr hatten sie die ersten Fahrzeuge und laute Stimmen vor ihrem Fenster wieder aus dem Schlaf gerissen.

Nun nahm sie ihr aus Toast mit Marmelade, Getreideflocken, frischen Mangos und Papayas bestehendes Frühstück allein im kleinen Speisesaal des Hotels ein und las dabei die Zeitung. Anschließend wollte sie sich endlich zu einem Bummel durch die Geschäfte begeben.

Beim Abräumen warnte Peggy Lara vor den Soldaten der Luftwaffe, die sich bei ihren Streifzügen durch die Stadt ihrer Meinung nach allzu häufig wie »weibertolle Schürzenjäger« verhielten. Und auch vor den Ureinwohnern solle Lara sich in Acht nehmen, sie seien meist betrunken.

»Aber doch sicher nicht am frühen Morgen«, warf Lara ein.

Peggy seufzte. »Viele von ihnen sind wirklich nette Menschen. Aber einige trinken die ganze Nacht durch und legen sich erst hin, wenn die Sonne aufgeht. Meist halten sie sich unten am Meer auf, ein paar von ihnen könnten sogar noch unterwegs sein. Wir schenken übrigens keinen Alkohol an Aborigines aus, aber sie finden überall Leute, die ihnen welchen besorgen, obwohl sie nicht damit umgehen können.«

Gegen neun Uhr machte Lara sich auf den Weg in die Stadt. Die Luft war schon erstaunlich heiß, und so schlenderte Lara langsam an den Auslagen der Geschäfte vorbei.

Überall liefen australische und amerikanische Soldaten umher, von denen ihr mehr als einer schöne Augen machte oder gar hinterherpfiff. Lara war das zunehmend unangenehm, zumal auch viele andere Leute, insbesondere Frauen, ihr neugierig nachstarrten. Tatsächlich war sie in dieser Stadt offenbar die einzige Frau, die ein maßgeschneidertes Leinenkleid, Nylonstrümpfe und hohe Absätze trug. Die meist braun gebrannten Bewohner von Darwin kleideten sich in luftige Baumwolle und bequeme Sandalen. Die Strümpfe ließen sie einfach weg. Die dunkelhäutigen Ureinwohner, die ihr begegneten, schienen völlig nüchtern zu sein. Zwar waren sie bekleidet, aber modische Aktualität war ihnen offenbar nicht wichtig. So gut wie keiner von ihnen trug Schuhwerk.

Wie sehr sich Newmarket und Darwin doch unterschieden! Die Straßen hier waren breit und verfügten über tiefe Rinnsteine, vermutlich um die von Sid angesprochenen sintflutartigen Regenfälle bewältigen zu können. Unterwegs bewunderte Lara die tropische Vegetation in den Gärten, die ihr bunt und exotisch erschien. Sie kannte kaum eine der Pflanzen, nur von den skurrilen Baobabs hatte sie schon gehört, in deren Zweigen sich neben bunten Papageien Hunderte anderer Vögel tummelten. Entspannt flanierte Lara durch die Stadt. An der Esplanade fanden sich hauptsächlich Pensionen und Privathäuser, die meisten Geschäfte gab es in der Mitchell Street. Nachdem sie sich mit bequemen Schuhen und luftigen, aber leider wenig eleganten Kleidern eingedeckt hatte, beschloss Lara, sich eine Sitzung beim Frisör zu gönnen. Als sie den Salon anschließend verließ, fühlte sie sich wundervoll. Sie trug die Haare jetzt bewusst wie die Schauspielerin Carole Lombard, die ebenfalls zierlich und blond war und die Lara sehr bewunderte.

Schnell konnte sie feststellen, dass ihre Ähnlichkeit mit dem Filmstar von den amerikanischen Fliegern nicht unbemerkt blieb. Auf dem Rückweg zum Hotel wurde sie mehrmals angesprochen und zum Essen eingeladen, was sie jedoch höflich und insgeheim schmunzelnd ablehnte. Die Männer benahmen sich freundlich, fröhlich und charmant. Einige sahen in ihren schneidigen Uniformen sogar richtig gut aus. Trotz Peggys Warnung genoss Lara die Aufmerksamkeit. Ihrer Meinung nach gab es keinen Grund, sich dieses Gefühl nicht zu gönnen.

Zurück im Hotel, zog Lara die Nylonstrümpfe aus und streifte sich eines ihrer neuen, luftigen Baumwollkleider über. Sofort überkam sie eine geradezu himmlische Erleichterung. Sie beschloss, ein frühes Mittagessen im Speisesaal einzunehmen, und wählte von der Speisekarte einen Salat mit Hühnchen und Mango, der ihr sehr verlockend erschien. Als das Essen gerade kam, betraten einige Soldaten der amerikanischen Luftwaffe das Lokal.

Im Nu war Lara von den Männern in Uniform umringt. Sie unterhielt sich mit ihnen, während sie ihren Salat verspeiste und die Herren auf ihr Essen warteten. Natürlich wollten alle wissen, woher sie kam und was sie nach Darwin verschlagen hatte. Sie wurde mit Komplimenten überhäuft und genoss die Aufmerksamkeit.

Mit einem Mal bemerkte Lara einen Zivilisten am Eingang zum Speisesaal. Peggy unterhielt sich kurz mit ihm und deutete dann in ihre Richtung. Der Mann musterte sie neugierig.

»Da ist jemand für Sie, Miss Penrose«, sagte Peggy, als sie an ihren Tisch trat. »Er sagt, Sie erwarten ihn.«

»Der Kerl ist doch nicht etwa Ihr Freund, oder?«, witzelte einer der Amerikaner.

»Um Himmels willen, nein«, protestierte Lara. »Ich kenne ihn nicht.«

»Sie werden doch nicht mit einem Zivilisten ausgehen, wenn Sie einen von uns haben können«, meinte ein anderer Soldat unter dem Beifall seiner Kameraden.

»Ich gehe überhaupt nicht aus«, lachte Lara. »Ich bin hier, um zu arbeiten.« Sie entschuldigte sich bei ihren Bewunderern und ging auf den Mann zu, der wie eine rothaarige, etwas jüngere Ausgabe von Sid aussah.

»Was kann ich für Sie tun, Sir?«

»Tag, Herzchen«, begrüßte er sie ungewohnt vertraut. »Ich bin Colin Jeffries und soll Sie abholen und nach Shady Camp bringen.«

»Ich freue mich, Sie kennenzulernen, Mr Jeffries. Mir war nicht klar, wann Sie kommen würden«, sagte sie freundlich.

»Ich wusste nur ungefähr, wann Sie hier eintreffen, und habe gewettet, dass es heute sein könnte. Und wie es aussieht, habe ich Schwein gehabt. Sind Sie reisefertig?«

»Äh … fast. Ich muss nur noch meinen Koffer packen. Ich hoffe, Sie können sich ein paar Minuten gedulden.«

»Ich fahre inzwischen den Wagen vor«, sagte Colin Jeffries. »Wir treffen uns dann draußen.«

Und ehe Lara fragen konnte, ob er ihren Koffer hinuntertragen könnte, war er verschwunden.

»Wie gut, dass ich nur den einen Koffer habe«, murmelte sie, während sie noch überlegte, wie sie all die neuen Kleidungsstücke in dem einen Behälter unterbringen sollte.

8

Mühsam schleppte Lara ihren schweren Koffer aus dem Hotel. Colin Jeffries war nirgends zu sehen. Vor dem Eingang parkten zwei Fahrzeuge, und Lara nahm an, dass eines der beiden ihm gehörte.

Bei einem der Autos handelte es sich um einen Ford Modell T mit einem Stoffverdeck ohne Seitenteile, bei dem anderen um einen Vauxhall mit Holzverkleidung. Lara ging unschlüssig zwischen den beiden Fahrzeugen hin und her. Welches mochte das von Mr Jeffries sein? Der Ford war ziemlich ramponiert und bis zu den Türgriffen mit Schlamm bespritzt. Ein Blick ins Wageninnere zeigte ihr zerrissene Polster und einen Fahrersitz, aus dem die Federn durch den Bezug ragten. Alle Sitze waren übersät mit Angelmaterial, alten T-Shirts und undefinierbarem Müll.

Der Vauxhall hatte zwar ein paar Dellen, wie die meisten der passierenden Autos, aber Lara entdeckte auf dem Rücksitz ein buntes Hemd, das dem ähnelte, das Colin Jeffries trug, sowie einen Blumenstrauß. Der Strauß überzeugte sie, dass es sich um das richtige Auto handeln musste – wahrscheinlich wollte man sie mit Blumen in Shady Camp willkommen heißen. Eine rührende Geste, die Lara sehr zu schätzen wusste. Der Wagen war abgeschlossen, also stellte sie ihren Koffer zwischen den beiden Fahrzeugen ab und hoffte, dass ihr Chauffeur auftauchen würde, ehe der Strauß in der Hitze verwelkt war.

Zehn Minuten später wartete Lara noch immer, und allmählich verlor sie die Geduld. Gerade wollte sie ins Hotel zurückgehen, als sie einen Mann aus einer nahen Bar treten sah. Plötzlich kam ihr ein Gedanke. Ließ Colin Jeffries sie etwa warten, während er sich in aller Ruhe einen zur Brust nahm?

Entschlossen trat sie an das Fenster der Bar und spähte hindurch. Tatsächlich. Ihr Chauffeur saß mit einem Glas Bier am Tresen.

»Unglaublich«, murmelte sie verdrossen. Sie wollte gerade die Bar betreten und ihm lautstark ihre Meinung zu seinem Verhalten kundtun, als er aufstand und zur Tür ging.

»Nun, Mr Jeffries, Sie haben Ihr Bier so schnell heruntergestürzt, dass ich meine Zweifel habe, ob Sie es richtig genießen konnten«, sprach sie ihn an.

Erschrocken zuckte er zusammen. »Wo kommen Sie denn her?«

»Während Sie sich einen genehmigt haben, durfte ich zehn Minuten in der Sonne stehen und auf Sie warten.«

»Oh, das tut mir leid.« Er lächelte und strich sich über den Bauch. »Es gibt einfach nichts Besseres als ein kühles Bier an einem heißen Tag.«

»Tja, in dieser Hinsicht bin ich der falsche Gesprächspartner«, murmelte Lara.

»Haben Sie Ihr Gepäck schon ins Auto gebracht?«

»Ich habe meinen ausgesprochen schweren Koffer neben Ihrem Fahrzeug abgestellt«, sagte Lara betont deutlich, doch Colin Jeffries schien nicht empfänglich für die implizite Bedeutung.

Im Gegenteil. Er warf einen Blick auf sein Auto. »Mensch! Dann muss ihn jemand geklaut haben.«

»Wohl kaum. Ich war die ganze Zeit in der Nähe.«

»Aber da ist kein Koffer«, sagte er.

Lara begann, an seinem Verstand zu zweifeln. Vermutlich hatte der Alkohol seine Sinne benebelt. Der Koffer war von hier aus deutlich zu sehen. »Sicher. Kommen Sie.«

Er trat an die Fahrertür der Tin Lizzie.

»Ich habe Ihnen doch gesagt, dass er weg ist«, rief er.

»Aber nein, hier ist er doch«, entgegnete Lara und zeigte neben den Vorderreifen des Vauxhall. Colin Jeffries ging um den Ford herum und schien beim Anblick des Koffers ehrlich erleichtert. »Ach so. Ich dachte, Sie hätten gesagt, der Koffer steht neben *meinem* Auto.«

»Das sagte ich auch.«

Er schüttelte sichtlich irritiert den Kopf. Dann warf er einen liebevollen Blick auf das alte T-Modell. »*Das* hier ist mein Auto. Wie kommen Sie darauf, ich könnte einen Vauxhall fahren?«

Lara dachte enttäuscht an die Blumen und starrte ihn ungläubig an. Bei der Aussicht auf eine holprige Reise über hundertdreißig Kilometer mit der alten Kiste nach Shady Camp sank ihr das Herz. Das Auto war so schmutzig, und ihr neues Kleid hauptsächlich weiß! Dennoch versuchte sie, sich ihre Gefühle nicht anmerken zu lassen. »Wie ich sehe, angeln Sie«, sagte sie so freundlich wie möglich. »Aber wissen Sie, Mr Jeffries, ich will Sie bestimmt nicht aufhalten. Sicher haben Sie noch einiges in der Stadt zu tun. Ich könnte auch gern den nächsten Bus in Richtung Shady Camp Billabong nehmen …«

Verblüfft blickte Colin Jeffries sie an. »In die Sümpfe fährt kein Bus«, sagte er. Dann klopfte er stolz auf sein Auto. »Das gute Stück ist vielleicht ein bisschen mitgenommen, hat mich aber noch nie im Stich gelassen«, erklärte er. »Jetzt werfen Sie schon Ihren Koffer hinein, dann geht's los.«

Widerstrebend ließ Lara ihren Koffer auf den Müllberg auf dem Rücksitz fallen.

»Und nun rein mit Ihnen«, forderte er sie auf.

Lara hätte ihm gern erklärt, dass ein Gentleman einer Dame die Tür aufhielt, ahnte aber, dass es verlorene Liebesmühe wäre. »Manieren scheint man im Territory nicht zu haben«, murmelte sie, während sie versuchte, die Tür zu öffnen. Vergeblich. Lara rüttelte fest daran, bis sie plötzlich den Griff in der Hand hielt. Erschrocken betrachtete sie das Loch in der Tür.

»Tut mir wirklich leid«, flüsterte sie schließlich verlegen.

»Ach, das macht nichts. Werfen Sie den Griff einfach auf den Rücksitz. Ich repariere das irgendwann.«

Wartend stand sie neben dem Wagen, doch der Mann machte keine Anstalten, ihr zu helfen. »Die Tür lässt sich nicht öffnen«, sagte Lara schließlich mit Nachdruck.

»Sie müssen drüberklettern«, lautete die lapidare Antwort. Der Zustand seines Autos schien ihn nicht ansatzweise in Verlegenheit zu bringen.

Lara starrte ihn an. »Können Sie die Tür nicht von innen öffnen?«

»Nee. Beide Griffe funktionieren nicht.«

»Aber ich kann doch nicht in einem Kleid über die Tür klettern!«

»Meine Betty macht es immer so. Sogar an dem Tag, als sie unser Viertes gekriegt hat.«

Lara hatte keine Ahnung, wovon er sprach, sicher schien nur, dass es neben dem beschriebenen keinen weiteren Weg in den Wagen gab. Plötzlich war sie zutiefst erleichtert, dass sie keines ihrer maßgeschneiderten Kostüme mit Bleistiftrock trug.

Entschlossen stieg sie auf das Trittbrett, schob sich den Rock zwischen die Beine und versuchte dann, ein Bein über die Tür zu schwingen. Doch der Saum ihres Kleides war einfach zu eng. Beinahe hätte sie das Gleichgewicht verloren.

»Soll ich Ihnen vielleicht helfen«, bot Colin Jeffries an.

Lara hätte sein Angebot vielleicht sogar akzeptiert, hätte er dabei nicht so anzüglich gegrinst. Es war ein Leichtes, sich vorzustellen, wie er mit seinen Saufkumpanen später im Pub über sie herziehen würde. »Nein danke«, lehnte sie höflich ab. »Ich komme schon zurecht.« Sie drängte ihre Bedenken bezüglich der Sittsamkeit beiseite und hob den Rock ein gutes Stück über ihre Knie, entblößte die halben Oberschenkel, schwang ein Bein über die Tür, landete unsanft auf dem Beifahrersitz und zerrte den Rock sofort wieder hinunter. Hoffentlich hatte niemand ihre Unterwäsche gesehen! Das schrille Pfeifkonzert der amerikanischen Flieger jedoch sprach eine andere Sprache.

Sie bemühte sich um eine möglichst gleichgültige Miene. »War gar nicht so schlimm«, log sie.

»Mensch, wer hätte gedacht, dass Weihnachten in diesem Jahr so früh kommt«, murmelte ihr Chauffeur vor sich hin.

An seinem verzückten Gesichtsausdruck konnte Lara erkennen, dass er offensichtlich einen ausgiebigen Blick auf ihre Oberschenkel erhascht hatte.

»Auf geht's«, sagte er immer noch grinsend und betätigte den Anlasser. Hustend erwachte der Motor zum Leben.

Auf dem Weg durch Darwin drang Lara plötzlich ein starker Fischgeruch in die Nase. Sie warf suchend einen Blick auf den Rücksitz. »Haben Sie Fisch im Auto, Mr Jeffries?«, fragte sie zögerlich.

»Sollen wir nicht lieber Colin und Lara sagen? Wir Erwachsenen hier im Norden haben es nicht so mit Mister und Miss.«

»Einverstanden«, nickte Lara freundlich. Trotz seines Mangels an Kinderstube war ihr Colin eigentlich sehr sympathisch. Er schien so bodenständig. Als Lehrerin an einer der besseren Schulen von Newmarket hatte sie oft mit Eltern aus Kreisen zu tun gehabt, in denen auch Lord Hornsby verkehrte. Colin erschien ihr gegenüber diesen Menschen erfrischend anders.

»Tut mir leid, aber was da nach Fisch riecht, bin ich«, entschuldigte sich Colin. »Ich habe heute Morgen für den Laden Fischköder kleingehackt. Mit Wasser und Seife bekommt man den Geruch nicht weg, vor allem, wenn man es jeden Tag macht. Ich rieche es schon gar nicht mehr, und meine Frau hilft mir so oft, dass es sie glücklicherweise auch nicht mehr stört.«

»Nein, denken Sie bitte nicht, es stört mich …« Lara errötete, aber Colin lachte nur.

»Dann sind Sie also Geschäftsinhaber«, sagte Lara rasch.

»Ja, Betty und ich führen den Laden in Shady Camp. Es ist das einzige Geschäft vor Ort, also verkaufen wir so gut wie alles.«

Nur ein Geschäft? Lara hoffte inständig, dass es möglich sein würde, in einigermaßen regelmäßigen Abständen in die Stadt zu fahren.

»Sie haben einen netten Akzent«, sagte Colin. »Kommen Sie aus London?«

»Nein, aus Newmarket in der Grafschaft Suffolk. Aber Ihr Akzent klingt auch interessant. Wo sind Sie geboren?«

»Hier im Norden. Ich bin durch und durch Aussie. Meine Vorfahren kamen 1788 mit der First Fleet. Sie waren mit Sicherheit Briten, aber ich habe keine Ahnung, woher sie stammten.«

»Der Name Shady Camp Billabong lässt mich an eine tropische Oase denken, wo sich schattige Bäume über ein ruhiges Gewässer neigen. Entspricht diese Vorstellung der Wirklichkeit?«, fragte Lara.

Colin warf ihr von der Seite einen Blick zu und grinste. »Also, Bäume haben wir mehr als genug, und Wassermangel herrscht auch nicht.«

Lara musste lachen. »Sie sind offenbar zu bodenständig, um die romantische Schönheit Ihrer Heimat wahrzunehmen. Wahrscheinlich würde Ihre Frau mir zustimmen.«

»Daran zweifele ich keine Sekunde«, sagte Colin. »Unser Billabong ist übrigens nur einer von vielen Wasserläufen, die in den Mary River münden. Also, Wasser gibt es bei uns jede Menge.«

Lara meinte, einen amüsierten Unterton in seiner Stimme zu hören, hakte aber nicht weiter nach. »Ich freue mich schon. Haben Sie Kinder?«

»Klar. Drei Jungs und ein Mädchen. Ruthie, Robbie, Ronnie und den kleinen Richie. Sie sind zehn, acht, sechs und vier Jahre alt.«

Das also hatte Colin gemeint, als er von dem Tag sprach, an dem seine Frau ihr Viertes kriegte! Wenn aber der kleine Richie bereits vier Jahre alt war, dann ließen sich die Türen des Ford schon seit langer Zeit nicht mehr öffnen. Was Lara kein bisschen wunderte.

»Vier Kinder! Dann kommen sie ja alle in meine Schule.« Sie freute sich wirklich.

»Richtig. Gut, dass Sie zu uns kommen«, sagte Colin fröhlich.

Er schwieg eine Weile und fügte dann deutlich besorgter hinzu: »Hoffentlich bleiben Sie auch.«

Lara betrachtete ihn verwundert. »Das habe ich vor«, erklärte sie.

Colin erwiderte ihren Blick. Sein Gesichtsausdruck war ernst. »Ich glaube, ich muss Sie warnen. Wir hatten seit drei Jahren keinen Lehrer in Shady Camp.«

Drei Jahre sind eine ziemlich lange Zeit, dachte Lara. Die Kinder werden eine Menge nachzuholen haben. Aber es erklärt zumindest, warum Sid bei seinem Besuch keine Schule gesehen hat. »Man hat mir schon erzählt, dass in den entlegenen Gemeinden des Northern Territory ein ernsthafter Lehrermangel herrscht – aber drei Jahre ohne Schule, das ist wirklich erschreckend.«

»Kann man wohl sagen. Die Kinder langweilen sich und machen manchmal ziemlich viel Mist. Aber jetzt sind Sie ja da und alles wird anders.«

»Sicher«, gab Lara zurück und fragte sich insgeheim, was genau der »ziemliche Mist« sein mochte. »Ich werde sie schon zu beschäftigen wissen.« Sie fuhr sich mit der Hand durchs Haar, während sie mit der anderen nach einem Halt suchte. Inzwischen hatten sie den Arnhem Highway erreicht und fuhren sehr schnell. Laras Haar wurde in dem offenen Auto heftig durcheinandergewirbelt. Sie versuchte, tiefer in den Sitz zu rutschen, doch es half nicht.

»Ich nehme an, Sie haben Ihre Kinder unterdessen zu Hause weiter unterrichtet, damit sie wenigstens das Lesen und das Schreiben nicht verlernen«, rief sie gegen den Fahrtwind.

Colin starrte sie verblüfft an. »Nein. Ich muss gestehen, dass meine beiden Ältesten gerade einmal ihren Namen schreiben können – genau wie ich. Außerdem haben Betty und ich so viel mit dem Laden zu tun, dass wir keine Zeit für Schulaufgaben haben.«

Lara war entsetzt. Ein Zehn- und ein Achtjähriger, die nicht lesen und schreiben konnten? Wie war es wohl um die Fertigkeiten der anderen Kinder bestellt? Da kam wohl eine Menge Arbeit auf sie zu. Aber Lara freute sich auf die Herausforderung. »Wie viele Schüler werde ich betreuen?«

»An einem guten Tag werden es so an die zehn Schüler sein«, antwortete er fast schreiend, um den lauten Motor, das flatternde Stoffverdeck und die Windgeräusche zu übertönen. »Unser Dorf ist klein. Die Bewohner sind fast ausschließlich Fischer mit ihren Familien.«

»Was ist mit den Kindern der Aborigines? Besuchen sie die Schule?«

»Nein. Jedenfalls nicht, solange sie mit ihren Familien zusammenleben.«

Bevor Lara fragen konnte, was genau er damit meinte, bog Colin plötzlich und scharf vom Highway auf eine Art Feldweg ab. Sofort wirbelte das Auto Unmengen Staub auf, durch die Lara gerade noch ein Hinweisschild mit der Aufschrift Shady Camp erkennen konnte. Kein Wunder, dass der Ford so schmutzig war.

Lara hustete. »Ich denke, daran sollte ich etwas ändern«, sagte sie, als sich ihr Atem wieder beruhigt hatte. Der Weg war jetzt schmaler und die Vegetation dichter.

»Geht nicht«, widersprach Colin. »Die Ureinwohner machen sich nichts aus Zeitvorgaben. Um ehrlich zu sein, besitzen hier im Norden auch viele Weiße keine Uhr, und oft wissen sie auch nicht einmal, welcher Wochentag ist. Und was für die Weißen gilt, gilt für die Farbigen erst recht. Sie orientieren sich ausschließlich an den Jahreszeiten, weil die Einfluss auf ihre Nahrungsquellen haben.«

Lara lauschte ihm mit wachsendem Erstaunen. Erwachsene Menschen, die nicht wussten, welcher Tag gerade war? Nahrungsquellen in Abhängigkeit von Jahreszeiten? Gerne hätte sie das Thema vertieft, doch Colin raste jetzt wie ein Verrückter durch die Kurven. Zahlreiche Schlaglöcher schüttelten sie durch, und einmal hätte Lara beinahe einen Ast ins Gesicht bekommen.

»Könnten Sie vielleicht ein wenig langsamer fahren, Colin?«, bat sie.

»Wenn Sie sich Sorgen um Ihre Frisur machen – in dieser Hinsicht ist es ohnehin zu spät.«

Dass jemand wie Colin, der sich um Äußerlichkeiten keinen Deut zu scheren schien, eine solche Bemerkung machte, alarmierte Lara. Sie griff erneut in ihr Haar und stöhnte auf. Es war nicht nur vom Wind zerzaust, sondern auch völlig steif von Staub.

»Sieht es so schlimm aus, wie es sich anfühlt?«, erkundigte sie sich zaghaft und hoffte insgeheim auf eine tröstliche Antwort.

»Haben Sie schon mal eine Amaranthpflanze gesehen?«

9

»Herzlich willkommen in Shady Camp«, sagte Colin übertrieben fröhlich, als sie eine Lichtung inmitten hoch aufragender Bäume und wuchernder Vegetation erreichten, die vielleicht achthundert Meter im Quadrat maß.

»Das ist Shady Camp?«, flüsterte Lara ungläubig. Es entsprach ungefähr dem Gegenteil dessen, was sie sich wochenlang ausgemalt hatte.

»So ist es«, sagte Colin.

Enttäuscht blickte Lara sich um. Hier standen ein paar Gebäude wie zufällig hingestreut – eine kleine Holzkirche, einige Häuser, die auf den ersten Blick unbewohnt und vernachlässigt wirkten, und eine Art Ladenlokal. Von der Lichtung führten ein paar Trampelpfade in den Urwald, möglicherweise zu versteckt liegenden Häusern oder Angelplätzen am Billabong. Sie hatte ein kleines, aber hübsches Dorf an einem ruhigen Gewässer erwartet und keine willkürlich zusammengewürfelte Siedlung.

Colin hielt vor einem Holzgebäude. Die vorgebaute Veranda sah aus, als würde sie eine steife Brise nicht überstehen, von einem Zyklon ganz zu schweigen. Über dem Eingang hing ein Schild mit der Aufschrift *Shady Camp Store*. Die beiden Schaufenster waren mit Reklame für Milch, Eiscreme und Limonade zugeklebt, und an der offenen Tür hing ein Insektenvorhang aus zerfledderten Plastikstreifen.

»Das ist unser Laden«, verkündete Colin stolz. »Auch wenn er nach außen vielleicht nicht viel hermacht, versuchen wir alles anzubieten, was die Leute hier brauchen.«

Lara bemühte sich, ihre Enttäuschung zu verbergen.

»Ich sehe ihn mir gerne einmal an. Zuerst aber würde ich mich gern ein bisschen frisch machen«, sagte sie. Nicht auszudenken, wenn sie jemand in diesem Zustand sah. Noch dazu in ihrer Rolle als zukünftige Lehrerin. »Wäre das möglich?« Kamm, Rouge und einen Lippenstift hatte sie in ihrer Handtasche.

»Betty hat sicher nichts dagegen, wenn Sie unser Bad benutzen«, sagte Colin und sprang aus dem Auto.

Über ihre künftige Wohnung hatten sie noch nicht gesprochen, aber Lara wusste, dass sie eine Unterkunft gestellt bekam. Am liebsten hätte sie natürlich das zu ihrer Wohnung gehörende Bad benutzt, wollte aber Colin in seiner Gastfreundschaft nicht vor den Kopf stoßen.

»Danke«, sagte sie heiser und wurde plötzlich von einer Welle von Heimweh überwältigt.

Colin bemerkte ihren Stimmungsumschwung, kommentierte ihn glücklicherweise aber nicht. Er zerrte Laras Koffer von der Rückbank und stellte ihn auf die Veranda. Dann warf er ihr einen langen Blick zu. »Gleich nebenan ist der Pub, der auch als Hotel dient«, sagte er in dem offensichtlichen Versuch, sie abzulenken. »Das Gebäude wurde vor vielen Jahren aus Flechtwerk mit Lehmputz erbaut und hat zwei wirklich heftige Zyklone überlebt, ehe Betty und ich hierher zogen. Damals war der Laden eigentlich eher eine Hütte mit ein paar angebauten Zimmern, in denen die Eigentümer lebten. In den zehn Jahren, die wir jetzt hier sind, haben wir vieles zum Besseren verändert.«

Lara ließ ihren Blick über den Laden gleiten. »Wie kamen Sie darauf, hierhin zu ziehen?«, fragte sie neugierig. Es war ihr ein Rätsel, wie jemand sich freiwillig hier niederlassen konnte.

Colin zögerte. »Ich habe schon an vielen Orten im Territory gelebt, aber hier habe ich etwas gefunden, was es sonst nirgends gab: echtes Gemeinschaftsgefühl«, sagte er nachdenklich. »Wenn Sie lange genug bleiben, werden Sie es verstehen. Ich möchte Sie bitten, uns diese Chance zu geben.«

Seine Worte und der fast sanfte Tonfall rührten Lara, auch wenn sie nicht sicher war, ob sie den Inhalt je verstehen würde.

»Ach, hallo!«, erklang in diesem Moment eine freundliche Stimme.

Lara fuhr sich unwillkürlich mit einer Hand über ihr wirres, steifes Haar. Nein, da war nichts zu machen. Sie stöhnte innerlich auf. Als sie sich umdrehte, bemerkte sie in der Ladentür eine Frau. Das Erste, was ihr auffiel, waren die schulterlangen dunkelbraunen Locken, die sich widerspenstig in alle Richtungen kringelten. Von einer Frisur konnte keine Rede sein. Die Frau war füllig, hatte ausladende Brüste und schenkte Lara ein breites Lächeln, das ihr Gesicht zum Strahlen brachte und eine Lücke zwischen den Schneidezähnen enthüllte. Lara schätzte sie auf etwa Mitte dreißig.

»Siehst du, Colin, sie war doch schon da«, sagte sie heiter zu ihrem Mann. »Du schuldest mir ein Pfund.«

Colin errötete. »Das ist Lara Penrose, unsere neue Lehrerin. Lara, das ist meine Frau Betty. Ich muss gestehen, Sie vorhin angeschummelt zu haben – ich hatte um ein Pfund gewettet, dass Sie noch nicht angekommen sind, aber Betty hat recht behalten – wie üblich.«

»Ich habe immer recht«, erklärte Betty überzeugt. »Herzlich willkommen in Shady Camp, Lara«, fügte sie herzlich hinzu.

»Vielen Dank«, sagte Lara und bemühte sich, aus dem Auto zu steigen. »Ich muss mich für mein Aussehen entschuldigen. Zwar war ich erst heute Morgen beim Friseur, aber …«

»Sie brauchen sich nicht zu entschuldigen. Colin hätte Ihnen sagen sollen, dass immer ein Tuch unter dem Sitz verstaut ist.« Sie warf ihm einen finsteren Blick zu.

»Hoppla«, meinte er, »das Tuch habe ich ganz vergessen.«

»Na, das ist ja mal ganz etwas Neues, dass du etwas vergisst! Ob Sie es glauben oder nicht, mein Haar kann noch schlimmer aussehen, als es das ohnehin schon tut, wenn ich mir im Auto kein Tuch umbinde. Aber das liegt an der Feuchtigkeit. Inzwischen habe ich so gut wie aufgegeben, einigermaßen präsentabel auszusehen.«

Lara hatte sich bis zur Autotür vorgekämpft, und Betty griff nach ihrer Hand. Sofort stieg Lara der strenge Fischgeruch der Frau in die Nase. Aber mit dieser Hilfestellung war es ganz leicht, die Beine über die Tür zu schwingen, Lara musste nicht einmal ihren Rock hochziehen.

»Danke, Mrs Jeffries.«

»Betty. Bitte nennen Sie mich Betty. Wir hier draußen sind es schon gar nicht mehr gewöhnt, mit dem Nachnamen angeredet zu werden«, sagte sie lächelnd. »Mein Mann verspricht schon seit undenklicher Zeit, die Autotüren so zu richten, dass sie sich öffnen lassen, aber aus irgendeinem Grund kommt er nie dazu«, beklagte sie sich. »Dabei müsste er eigentlich genügend Zeit haben, denn ich erledige die meisten Arbeiten im Laden.«

Wieder errötete Colin.

»Kommen Sie, ich zeige Ihnen das Bad«, sagte Betty.

Lara folgte Betty dankbar durch den engen Laden, der buchstäblich bis zur Decke mit Waren vollgestopft war. Selbst auf der Ladentheke stapelten sich die unterschiedlichsten Artikel. Abgesehen von Lebensmitteln handelte es sich hauptsächlich um Angelutensilien und Bootszubehör.

Betty entschuldigte sich für die von den Kindern hinterlassene Unordnung im Bad, und ließ sie allein.

Zehn Minuten später fühlte Lara sich fast wie neugeboren. Sie hatte ihr Haar sorgfältig entwirrt und frisiert. Außerdem hatte sie sich Hände und Gesicht gewaschen und einen Hauch Puder aufgelegt. Als sie den Laden betrat, diskutierten Betty und Colin flüsternd miteinander, bei ihrem Eintritt lächelten sie jedoch, als wäre nichts geschehen.

»Betty zeigt Ihnen jetzt das Dorf und Ihre Unterkunft. Ich sehe derweil nebenan bei Monty im Pub nach dem Rechten«, sagte Colin.

»Mit anderen Worten: Er braucht ein Bier«, übersetzte Betty. »Wie ist es mit Ihnen, Lara? Haben Sie Durst?«

»Oh ja«, antwortete Lara. »Die Hitze macht mich ganz schön fertig.«

Colin und Betty tauschten besorgte Blicke aus.

»Kein Problem«, versuchte Lara sie zu überzeugen. »Ich werde mich bestimmt früher oder später akklimatisieren.«

Betty lächelte. »Mit Sicherheit«, sagte sie. »Man braucht nur ein wenig Geduld. Aber jetzt gehen wir erst einmal nach nebenan und trinken etwas Kühles, ehe ich Ihnen das Dorf zeige.«

»Gute Idee«, befand Lara, »aber muss nicht in der Zwischenzeit jemand auf den Laden aufpassen?«

»Unsere Kunden wissen, dass wir nicht weit weg sind. Wenn sie uns im Laden nicht finden, kommen sie in den Pub.«

Lara folgte Betty nach draußen und warf neugierig einen Blick auf das Dorf. Sie fand diese Bezeichnung für die willkürliche Ansammlung an Häusern ausgesprochen schmeichelhaft, hoffte aber, dass ihr erster Eindruck bei genauerem Hinsehen vielleicht trügte. Doch das war nicht der Fall. Shady Camp war in ihren Augen eine ausgesprochen hässliche Siedlung. Genau genommen bestand sie aus nichts als einer ziemlich undurchdringlichen Vegetation, welche die wenigen dazwischen liegenden Gebäude zu verschlingen drohte. In einiger Entfernung glitzerte ein Gewässer in der Sonne, vermutlich der Billabong. Zu hören war lediglich der Gesang vieler unterschiedlicher Vögel. Das wiederum gefiel Lara sehr.

»Das ist nun also Shady Camp Billabong«, sagte Lara versonnen. *Meine Heimat für die nächsten zwei Jahre.* Colin ging wortlos an den Frauen vorbei in den Pub.

»Ich weiß, es wirkt nicht besonders attraktiv«, entschuldigte sich Betty. »Aber es ist ruhig und friedlich, und alle Bewohner kommen gut miteinander aus. Hier herrscht noch echter Gemeinschaftssinn, und das finde ich wichtig. Sie nicht?«

»Eigentlich schon«, erwiderte Lara. Das Gefühl von Gemeinschaft war ihr in der Tat wichtig. Doch sie fragte sich mit wem – hier war keine Menschenseele zu sehen. »Wo sind denn die Leute?«

»Die Kinder spielen irgendwo draußen, und die Fischer sind

mit den Booten unterwegs. Normalerweise treffen sie sich nachmittags gegen vier im Pub und tauschen die neuesten Nachrichten aus. Die Kinder kommen so gegen fünf, wenn sie Hunger haben.«

Lara war verblüfft. »Dann sind die Kinder den ganzen Tag unterwegs und kommen nur zum Essen nach Hause?«

»So ist es.«

»Aber es ist doch sicher schon gleich vier.« Lara hatte jegliches Zeitgefühl verloren.

Betty warf einen Blick in Richtung Himmel. »Oh nein«, sagte sie. »Es ist gerade einmal halb drei.«

Lara warf zur Kontrolle einen Blick auf ihre Uhr und stellte erstaunt fest, dass Betty recht hatte.

»Sie werden die Dorfbewohner heute Nachmittag kennenlernen. Alle freuen sich schon auf Sie.«

»Schön«, sagte Lara und wünschte, sie könnte jetzt die Schule und dann ihre Wohnung sehen und einige Zeit allein dort verbringen.

»Wir trinken jetzt bei Monty was. Kommen Sie«, forderte Betty sie auf.

»Ich würde mir gern gleich noch die Schule ansehen«, sagte Lara, folgte Betty aber. Ihr entging weder Bettys irritierter Gesichtsausdruck noch die Tatsache, dass sie nicht auf Laras Wunsch einging, sondern das Thema wechselte. »Das Hotel und der Pub gehören Monty Dwyer. Er ist ein echtes Unikum.«

Das Hotel war ein eingeschossiges Gebäude mit einer Veranda, die wenig widerstandsfähig wirkte. Irgendwann vor langer Zeit war es sicher einmal weiß gewesen, jetzt aber waren die Außenwände fleckig und schmutzig. Die Fenster hatten keine Scheiben, sondern nur geschlossene Läden, vermutlich wegen der besseren Belüftung. Auf der Veranda standen Stühle, die eher zurechtgehauenen Baumstümpfen glichen. Leere Fässer dienten als Tische. Alles wirkte ziemlich einfach.

Im Schankraum war es schummrig. Schwere Holzpfosten hielten die Decke, die Wände waren dunkel und mit allerlei Einzelstücken dekoriert. Lara sah Hufeisen, Hüte, Peitschen, Schlangenhäute, Büffelhörner und Postkarten. Auf vielen Bildern waren Flüsse, Billabongs, Sonnenuntergänge, Fische, Boote und Angler dargestellt.

Lara entging nicht, dass Colin und Monty ihr Gespräch an der Theke sofort unterbrachen, als sie hinter Betty eintrat, ganz so, als wären sie bei etwas Verbotenem ertappt worden. Na prima, vermutlich hatte Colin dem Wirt als Erstes von ihrem Einstieg ins Auto erzählt. »Tag, Herzchen«, begrüßte Monty sie. Entsetzt bemerkte sie, wie sein Blick sofort zu ihren Beinen wanderte, aber Colin knuffte ihn so heftig, dass er fast von Stuhl fiel. »Willkommen in meinem bescheidenen Betrieb«, fügte Monty hinzu und stand auf.

»Hallo«, sagte Lara betont gelassen und streckte Monty ihre Hand entgegen. Monty schien zunächst verblüfft über die Geste, schüttelte die Hand dann aber vorsichtig, fast sanft. Lara betrachtete ihn interessiert. Er war ganz sicher der Mann mit dem wildesten Äußeren, das sie je gesehen hatte. Sein zotteliges, ungekämmtes Haar war braun mit grauen Strähnen, viel zu lang und stand vom Kopf ab, als hätte er seine Finger in eine Steckdose gehalten. Ein buschiger, ebenfalls grau melierter Bart bedeckte sein halbes Gesicht und hing bis zur Brust hinunter. Seine Arme waren dunkelbraun und so dicht behaart wie die eines Affen. Er trug ein uraltes T-Shirt, weite Hosen und überraschenderweise geschlossene Schuhe. Erstaunt stellte Lara fest, dass sie trotz der äußeren Erscheinung dieses Mannes keine Angst vor ihm verspürte.

»Was nehmense, Herzchen?«, fragte Monty, und seine freundlichen Augen blitzten. »Das Bier ist schön eiskalt.« Im Hintergrund ratterte ein lauter Generator.

»Ich hätte gern ein Bier, Monty«, sagte Betty.

Lara zögerte. »Haben Sie auch Limonade?«

»Klar«, sagte Monty, »ich mach Ihnen ein Radler.«

Lara hatte keine Ahnung, was ein Radler war, aber sie war so durstig, dass sie es auf jeden Fall trinken würde.

»Oh ja, ich nehme auch lieber ein Radler«, sagte Betty. »Heute Nachmittag will ich nicht schlafen.«

Lara blickte sich um. Die vielen Öllampen ließen darauf schließen, dass das Dorf nicht an ein Stromnetz angeschlossen war. Auch das noch!

Über der Bar entdeckte sie etwas sehr Großes. Als ihr klar wurde, dass es sich um einen Krokodilskopf handelte, sog sie scharf die Luft ein. Das Maul des Tieres stand offen und zeigte zwei beeindruckende Reihen riesiger Zähne. »Ein wahrhaft angsteinflößendes Ungeheuer«, murmelte sie.

Betty warf Colin einen intensiven Blick zu.

»Haben Sie Angst vor Krokodilen?«, wandte sie sich an Lara.

»Hat das nicht jeder?«, fragte Lara zurück.

»Eigentlich nicht. Wir sind an sie gewöhnt«, sagte Colin. »Für uns sind sie nur große Eidechsen mit scharfen Zähnen.«

Lara betrachtete ihn überrascht. Dabei entging ihr nicht, dass Betty unter dem Tisch nach ihm trat.

»Hier im Territory gibt es viele Krokodile«, fuhr er mit schmerzverzerrtem Gesicht, aber etwas moderater fort, ohne den Blick von ihr zu wenden. »Aber sie tun niemandem etwas, wenn man sich nicht zu nah heranwagt.«

»Ob ich wohl einmal eines zu Gesicht bekommen werde?«, fragte Lara, während Monty die Getränke servierte.

Colin warf Betty einen hilflosen Blick zu, antwortete aber nicht.

»Der Kerl da oben hat mir ein Bein abgerissen«, sagte Monty an seiner Stelle und zeigte nach oben. »Man kann noch das Loch sehen, das meine Kugel in seinem Kopf hinterlassen hat. Immerhin habe ich zuletzt gelacht …«

»Das ist doch nicht Ihr Ernst, oder?«, stammelte Lara ungläubig.

»Natürlich nicht!«, sagte Betty leichthin. »Am besten beachten Sie ihn gar nicht.«

Aber Monty rollte bereits ein Hosenbein hoch und brachte ein ramponiertes Holzbein samt zugehörigem Fuß zum Vorschein, an dem ein Schuh befestigt war. »Und wie willst du ihr dann das hier erklären?«, fragte er.

Lara ließ ihren Blick vom Bein zurück zum Krokodil wandern. »Sie wollen mich doch veräppeln«, sagte sie zögerlich, doch Monty lachte. Lara trank einen Schluck von ihrem Radler und dann gleich noch einen.

»Achten Sie nicht auf Monty«, sagte Betty. »Er erzählt gern wilde Geschichten. Das gehört zu seinem Charme.«

»Man hat mein Bein in diesem Krokodil gefunden«, beharrte Monty auf seiner Version.

»Jetzt ist es aber gut, Monty«, schimpfte Betty. »Du machst Lara doch nur Angst!«

»Also, dann hat das Krokodil Ihnen das Bein gar nicht abgerissen«, stellte Lara erleichtert fest, obwohl sie nicht überzeugt war, dass er scherzte.

»Na ja, nicht wirklich«, druckste Monty herum.

»Und was heißt das genau?«

»Nun, es hat sich in meinem Bein verbissen und mich mit der Todesrolle unter Wasser gezerrt, um mich zu ertränken. Wahrscheinlich wollte es meine Leiche für Notzeiten im Schilf verstecken. Krokodile tun so etwas.«

Jetzt trat Betty unter dem Tisch nach Monty, erwischte aber nur sein Holzbein. Er lachte. »Irgendwie habe ich es geschafft, seinen Zähnen zu entkommen.«

»Und das Bein?«, fragte Lara atemlos.

»Unglücklicherweise war die Verletzung so schwer, dass es amputiert werden musste, um dem Wundbrand vorzubeugen.«

Lara warf einen Blick zu Colin, der breit grinste. »Diese Geschichte erzählt er immer wieder gern«, sagte er fröhlich.

Lara blickte in seine strahlenden Augen und lachte. Doch, Monty scherzte ganz sicher. Niemand, der tatsächlich etwas derart Schreckliches erlebt hatte, würde sich Tag für Tag daran erinnern lassen, indem er den Kopf des Übeltäters über seine Bar hängte.

10

Monty bestand darauf, Lara vor der Besichtigung des Dorfes ein weiteres Willkommensgetränk auszugeben. Lara konnte sich des Eindrucks nicht erwehren, dass die Bewohner nicht lang nach Ausreden suchten, um sich ordentlich einen zur Brust zu nehmen.

»Lieber nicht«, wehrte sie ab, als er ihr leeres Glas nahm, um es erneut zu füllen. Das erste Getränk war ihr schon spürbar zu Kopf gestiegen. Außerdem schwitzte sie stärker als zuvor, auch wenn sie sich insgesamt deutlich entspannter fühlte.

»Aber ich habe Ihnen noch nicht von Fergus erzählt«, widersprach Monty und füllte ihr Glas. Dieses Mal fügte er dem Bier nur sehr wenig Limonade hinzu.

»Sie will nichts über ein Schwein wissen«, protestierte Betty.

»Ach, Sie halten Schweine?«, fragte Lara, die bereits verwundert beobachtet hatte, wie ein Huhn durch den Pub spazierte, ohne dass irgendjemand daran Anstoß nahm.

»Du solltest Fergus nicht herabwürdigen, indem du ihn ein Schwein nennst«, begehrte Monty auf.

»Aber er war doch eins«, beharrte Betty.

»Er war ein sehr liebenswerter Kamerad«, entgegnete Monty empört.

»Fast schon wie ein Sohn«, fügte Colin grinsend hinzu.

Verwirrt blickte Lara von einem zum anderen. Sprachen sie nun von einem echten Schwein – also einem Tier – oder von jemandem mit sehr schlechten Manieren?

Monty warf Colin einen finsteren Blick zu. »Fergus war weniger ungezogen als so mancher Mensch«, betonte er.

»Also, da muss ich ihm recht geben«, nickte Betty.

»Ich bekam Fergus geschenkt, als er noch ein winzig kleines Ferkel war«, berichtete Monty stolz.

»Das dann zu den Ausmaßen eines kleinen Pferdes heranwuchs. Er wog bestimmt hundert Kilo«, sagte Betty schmunzelnd.

»Ja, aber mit hundert Kilo wog er auch nicht mehr als die meisten Männer hier im Dorf«, widersprach Monty. »Leider lebt er nicht mehr, aber ich vermisse ihn noch immer sehr. Fergus konnte jeden Mann hier locker unter den Tisch trinken. Er war eine Legende.«

Lara traute ihren Ohren nicht. Sie wandte sich an Colin. »Stimmt es, dass Fergus Bier getrunken hat?«

»Fassweise«, bestätigte Colin. »Er hat es gut vertragen.«

»Na ja, wie man's nimmt«, warf Betty ein. »Er hat anschließend mit Leichtigkeit jeden Zaun niedergetrampelt, den wir zum Schutz um den Gemüsegarten gebaut haben. Oder er hat den Laden geentert und Lebensmittel gestohlen. Da half kein Schreien und Schimpfen, selbst Drohungen mit dem Besen ließen ihn kalt.« Sie schmunzelte. »Fergus hat immer nur das gemacht, was er wollte, und zwar genau dann, wenn er es wollte. Wir hatten darauf keinen Einfluss.« Betty bedachte Monty mit einem langen Blick. »Aber das ist vorbei. Du kriegst kein Schwein mehr!«, sagte sie streng.

Colin nickte. »Das da drüben ist er«, sagte er und zeigte auf ein Bild, das Monty mit einem riesenhaften, schwarz-weißen Schwein zeigte. Das Tier trug einen Hut, der mit Kronkorken behängt war. Der Anblick war wirklich beeindruckend.

»Was ist mit Fergus passiert?«, fragte Lara, als Monty sich erhoben hatte, um sein und Colins Glas nachzufüllen.

»Pst, fragen Sie ihn bloß nicht«, flüsterte Colin mit einem Seitenblick zu Monty. Dann wandte er sich mit lauter Stimme an den Wirt. »Erzähl Lara doch mal von dem gigantischen Barra, den du gefangen hast.«

Monty ließ sich nicht zweimal bitten, und nachdem Lara sich die Geschichte des Monster-Barra angehört hatte, folgte sie Betty auf einen Spaziergang durch das Dorf. Auf dem Weg in Richtung des Billabong wies Betty auf mehrere Trampelpfade, die in die unterschiedlichsten Richtungen durch das dichte Grün führten.

»Dort geht es zu den Häusern der Fischer«, berichtete sie. »Manche haben Frau und Kinder, andere leben allein.«

Lara spähte zwischen den Bäumen hindurch. »Ich sehe keine Häuser.«

»Sie liegen ziemlich versteckt«, erklärte Betty und deutete auf einen etwas breiteren Weg. »Dieser Pfad führt zum Dorf einer Gemeinschaft von Aborigines ganz in der Nähe.«

»Kommen deren Kinder wirklich nicht in die Schule?«

»Vermutlich nicht. Ich fürchte, es wird sogar einige Zeit dauern, bis wir die weißen Kinder überzeugen können, wieder zur Schule zu gehen.«

Lara war zuversichtlich, dass das nicht lange dauern würde. So leicht würde sie sich nicht unterkriegen lassen. »Das wird schon. Und je mehr Kinder kommen, desto mehr Geld bekommen wir von der Regierung – zum Beispiel, um Lehrbücher zu kaufen. Zumindest ist es in England so, aber ich gehe davon aus, dass es hier auch so gehandhabt wird«, sagte sie.

»Mag sein«, antwortete Betty. »Obwohl ich glaube, dass unsere Regierung diese Schule hier längst vergessen hat. Deshalb bin ich auch einigermaßen überrascht, dass man Sie hergeschickt hat.«

»Ich bin in England angeworben worden«, sagte Lara in der Hoffnung, dass Betty sich damit zufriedengeben würde.

»Wussten Sie denn, wo man Sie einsetzen würde?«

»Ich wusste nur, dass es diese Schule wird und dass Shady Camp eine kleine, etwas abgelegene Siedlung ist.«

»Und trotzdem sind Sie gekommen?« Betty sah sie erstaunt an.

»Die Kinder hier sind ebenso wichtig und haben ein ebensolches Anrecht auf Bildung wie die Kinder in der Stadt«, erklärte Lara und meinte es auch so. Auch wenn sie vom Dorf Shady Camp enttäuscht war, war sie sicher, dass sie die Kinder lieben würde.

Betty schenkte ihr einen dankbaren Blick. »Ich freue mich, dass Sie so denken. Und ich hoffe, dass Sie wirklich bleiben. Gott schütze Sie«, murmelte sie. Dann zeigte sie Lara das ganze Dorf und erzählte ein wenig über die Bewohner und die schulpflichtigen Kinder, die dort lebten. Lara ließ sich schnell von Bettys Begeisterung anstecken, sie stellte viele Fragen zu den einzelnen Familien und wollte bei jeder einzelnen wissen, wie sie nach Shady Camp gekommen war.

Einige Familien lebten in Steinhütten, andere in Pfahlbauten aus Holz, die mit hübschen Gardinen wohnlich hergerichtet worden waren. Auf den mit Topfpflanzen geschmückten Veranden lagen nicht selten schlafende Hunde und Katzen. Wenn Betty die Tiere begrüßte, wedelten sie einmal kurz mit dem Schwanz – mehr Energie brachten sie in der Nachmittagshitze nicht auf.

Lara entdeckte auch Skinke, die unter den Bauten herumkrabbelten. Betty erklärte ihr, dass diese Glattechsen überall draußen zu finden waren, während Geckos gerne auch in die Häuser kamen.

»Geckos haben kleine Saugnäpfe an den Füßen, kleben an Wänden und Decken und sind nicht nur harmlos, sondern sogar ausgesprochen nützlich, weil sie nämlich Moskitos fangen und fressen.«

Lara freute sich, zu hören, dass sie nicht bissig waren.

Auf einer Veranda stand ein großes Gestell, auf dem ein Kakadu saß. Er war dunkelgrau, hatte eine schwarze Federhaube und leuchtend rote Wangen und kaute auf einer Samenkapsel herum, die er mit einem seiner Füße umklammerte.

»Hier wohnen Charlie Tidwell und Kiwi. Charlie ist über achtzig und war früher bei der Handelsmarine. Er fährt noch jeden Tag zum Fischen. Geheiratet hat er nie. Er lebt seit elf Jahren in Shady Camp. Der Kakadu war von Anfang an dabei. Charlie hat ihn von einem verstorbenen Freund geerbt, der den Vogel vorher bereits dreißig Jahre besaß. Kiwi hat also ziemlich viel Lebenserfahrung, und Sie ahnen sicher, welch farbigen Wortschatz der alte Seebär dem Vogel beigebracht hat.« Betty beugte sich vor und blickte dem Vogel tief in die Augen. »Du bist ein böser Junge, nicht wahr, Kiwi?«

»Er ist wunderschön«, staunte Lara. »Was für eine Art Kakadu ist das?«

»Ein Palmkakadu. Jetzt frisst er gerade, sonst gäbe er Ihnen sicher eine kleine Kostprobe seiner Gossensprache.«

»Kiwi ist ein ungewöhnlicher Name für einen Vogel«, sagte Lara. »Ist er eigentlich zu alt, um wegzufliegen?«

»Um Himmels willen, nein! Für einen Kakadu ist er im besten Alter. Die Vögel können bis zu hundert Jahre alt werden. Manchmal fliegt er zum Fressen in die Eukalyptusbäume, wenn Charlie mit dem Boot unterwegs ist. Er stöbert dort nach Früchten und Samen, aber er kommt immer wieder zurück. Sie finden Charlie jeden Nachmittag mit Kiwi auf der Schulter im Pub. Nachdem Monty ihnen ein Bier eingeschenkt hat, kostet zunächst Kiwi den Schaum, ehe Charlie das Bier trinkt. Manchmal ist schwer zu sagen, wer von den beiden abends betrunkener ist.«

Sie setzten ihre Runde durch das Dorf fort, das immer noch wie ausgestorben dalag. »Wo sind eigentlich die Frauen?«, erkundigte sich Lara.

»Jetzt, zur heißesten Tageszeit, haben sie ihre Hausarbeit erledigt und machen ein Schläfchen, ehe ihre Männer nach Hause kommen. Wenn die Fischer einen guten Tag erwischt haben, bleiben sie bis zum frühen Abend draußen. Wenn nicht, kommen sie heim und treffen sich im Pub mit ihren Frauen auf ein Glas Bier vor dem Abendbrot.«

»Schläft man hier jeden Nachmittag?«

»Ja. Etwas anderes kann man in der Tropenhitze nicht tun. Um diese Tageszeit sieht man eigentlich nie jemanden.«

»Täglich eine *siesta*? Das klingt gut.«

»Eine was?«

»*Siesta* ist spanisch und heißt so viel wie Mittagsschlaf«, erklärte Lara.

»Ach so …«

»Was ist denn mit den Kindern, sind die um diese Zeit in der Schule?«

»Nein. Hier in den Tropen beginnt die Schule üblicherweise um acht Uhr morgens und endet gegen halb drei nachmittags. Um diese Zeit werden Sie froh sein, wenn Sie die lieben Kleinen nach Hause schicken und Ihre eigene *siesta* halten können«, sagte Betty lächelnd.

Lara war skeptisch, das würde ihr sicher nicht leichtfallen. So etwas hatte sie in England nie getan.

Unter schattigen Myrthenheidebäumen schlenderten sie zum Billabong hinunter. In den Baumkronen tummelten sich Jägerlieste, deren Rufe wie ein anhaltendes Lachen klangen, aber daneben waren auch andere exotische Vögel zu hören. Lara war zutiefst fasziniert. Eine solche Geräuschkulisse hatte sie noch nie erlebt.

Aus dem Grün tauchten eine Bootsrampe und ein Anlegesteg aus Holz auf. Lara trat ans Wasser, ging in die Hocke und steckte kurz eine Hand hinein, bis Betty sie aufforderte, auf den Anleger zu kommen. Dort standen sie schweigend und genossen den Ausblick.

Ein sanfter Windhauch strich über den Billabong. Es war atemberaubend friedlich, still und schön. An den Rändern des Gewässers blühten rosa und weiße Seerosen. Libellen standen reglos über hohen, schlanken Schilfpflanzen. Ein paar Wolken spiegelten sich im unbeweglichen Wasser. Am besten aber gefielen Lara die zahlreichen Vögel.

»Was ist das für einer?« Sie zeigte auf einen großen Vogel, der ganz in der Nähe durch das Wasser stakste. Er hatte sehr lange, korallenrote Beine und einen langen schwarzen Schnabel. Der Körper und die Flügel waren schwarz und weiß, ebenso der Kopf und der Hals, nur die Deckfedern schimmerten metallisch blaugrün. Majestätisch stolzierte das Tier auf der Suche nach Fischen zwischen den Seerosen im seichten Gewässer.

»Das ist ein Jabiru. Manche nennen ihn auch Riesenstorch.

Monty behauptet, Jabirus seien die einzige Storchenart in Australien. Das dort ist ein Männchen.«

»Woran erkennen Sie das?«

»Das Weibchen hat gelbe Augen. Das Federkleid der Küken ist ziemlich unauffällig, bis sie erwachsen werden.«

Die Schönheit des Billabong übertraf Laras Erwartungen bei Weitem. Begeistert lauschte sie Bettys Erklärungen zu den anderen Vögeln, unter ihnen Spaltfußgänse, Enten, Reiher und Ibisse, manchmal ganze Scharen. Das Gewässer strotzte vor Leben, und alle Vögel schienen friedlich miteinander auszukommen.

»Der Fischer dort drüben in dem Boot – da, neben dem großen Baumstamm im Wasser –, ist er hier aus Shady Camp?« Lara zeigte auf ein Boot in einiger Entfernung. Der Mann darin wandte ihnen den Rücken zu.

Betty schirmte mit einer Hand die Augen ab und blickte in die Richtung, in die Lara zeigte. »Ich sehe zwar ein Boot, aber keinen Baumstamm … oh! Ja, das sieht ganz nach Charlies Boot aus. Er hat heute bestimmt einen guten Fang gemacht, sonst wäre er längst zu Hause.«

Plötzlich überkam Lara das Bedürfnis, die Schuhe abzustreifen und durch das kühle, einladende Wasser zu waten.

»Ich schwimme sehr gern«, sagte sie voller Wehmut zu Betty. »Im Sommer bin ich oft mit Freunden zum Schwimmen gegangen. Rund um Newmarket gibt es viele schöne Flüsse und Bäche, das war immer toll.« Sie wandte sich Betty zu. »Schwimmen Sie auch?«

Das Lächeln der Frau gefror. »Eigentlich nicht«, sagte sie heiser und wandte sich hastig ab. »Ich zeige Ihnen jetzt Ihre neue Wirkungsstätte«, stieß sie hervor und machte sich mit großen Schritten auf den Weg zurück ins Dorf. Lara folgte ihr eilig und rätselte über Bettys seltsame Reaktion.

Zu Laras Überraschung steuerte Betty direkt auf die kleine Holzkirche in unmittelbarer Nähe des Billabong zu. Kurz vor der Doppelflügeltür hatte Lara Betty eingeholt.

»Hier im Ort gibt es kein Schulgebäude, und weil wir hier auch nie einen eigenen Geistlichen hatten, haben wir die Kirche kurzerhand zur Schule umfunktioniert«, erklärte Betty. Sie öffnete einen Türflügel und trat ein. Die Kirchenbänke hatte man an die Seite unter die großen Fenster aus Buntglas geschoben und damit Platz für ein paar Stühle und Schreibtische geschaffen. Die Tafel war auf einem Gestell vor dem Altar befestigt.

»Man merkt, dass dieser Raum lange nicht mehr benutzt wurde«, sagte Lara und warf entmutigt einen Blick auf die dicke Staubschicht, mit welcher die Möbel bedeckt waren. Zwar war die Decke sehr hoch und sorgte dadurch für eine gewisse Kühle, trotzdem hatte Lara das dringende Bedürfnis, ein Fenster zu öffnen und frische Luft hereinzulassen. Die Luft im Innenraum war muffig.

»Wir haben seit drei Jahren keinen fest angestellten Lehrer mehr gehabt«, sagte Betty.

»Ich weiß. Colin hat es mir erzählt. Die Kinder haben eine ganze Menge Stoff nachzuholen. Wir werden eine Menge Arbeit investieren müssen, sie wieder auf einen ihrem Alter gemäßen Stand zu bringen.«

»Ja, ganz sicher«, entgegnete Betty. »Ich fürchte, das macht Ihren Job noch unattraktiver«, fügte sie kleinlaut hinzu.

Lara konnte ihre Sorge nur allzu gut nachvollziehen. »Mag sein, dass es viel Arbeit ist, aber sie ist zu schaffen, wenn die Kinder mitmachen«, versuchte sie zu beschwichtigen. »Man hat mir gesagt, dass mir eine Wohnung gestellt wird, können Sie mir die zeigen?«

»Stimmt«, sagte Betty. »Das Pfarrhaus.« Sie ging auf eine Tür neben dem Altar zu, blieb aber davor stehen. Sie wirkte zerknirscht. »Eigentlich wollte ich vorher noch sauber machen, aber …«

»Kein Problem, wahrscheinlich hatten Sie einfach zu viel zu tun«, sagte Lara in der Absicht, Bettys offenkundiges Schuldbewusstsein zu mindern.

»Schon. So ein Laden bedeutet eine Menge Arbeit, aber …«

Lara öffnete entschlossen die Tür und ging voraus in ein kleines Wohnzimmer mit zwei Sesseln, einem kleinen Tisch, einer Lampe und einem Bücherregal, das ein einziges Buch enthielt – eine Bibel. Vom Fenster aus sah sie den Pub und den Laden. Als sie die Küche betrat, verzog sie das Gesicht.

»Ich weiß, die Küche ist ziemlich klein«, sagte Betty sofort. »Und im Augenblick wirkt sie auch noch recht unschön. Aber wenn sie einmal richtig sauber ist, sieht das gleich ganz anders aus.«

Lara stiegen die Tränen in die Augen. Um nicht loszuweinen, versuchte sie, sich durch einen Blick aus dem Fenster über der Spüle abzulenken. Vor ihr lag der Billabong und sah wunderschön aus. Zumindest das war etwas, worauf sie sich freute. Sobald es ging, würde sie in das kühle, einladende Wasser eintauchen, das in der Nachmittagssonne glitzerte.

»Das Schlafzimmer ist dort drüben«, verkündete Betty und öffnete eine weitere Tür. »Ich habe die Bettbezüge schon gewaschen, aber noch nicht hergebracht.«

Als Lara einen ersten Blick ins Schlafzimmer warf, war es um ihre Fassung geschehen. Darin standen lediglich ein Eisenbett mit einer Matratze, ein Nachttisch und eine Kommode. Nicht nur die Bettwäsche, auch die Vorhänge mussten dringend gewaschen werden. Die Wohnung war schlicht miserabel. Auch das Bad entsprach keineswegs ihren Erwartungen. Alles, was Lara berührte, war mit einer dicken Staubschicht bedeckt. Sicher würde es viele Tage harter Arbeit bedeuten, die Zimmer einigermaßen bewohnbar zu machen.

»Hören Sie, Lara, es ist wohl an der Zeit, Ihnen reinen Wein einzuschenken«, sagte Betty ernst. »Es gibt einen Grund dafür, dass ich die Wohnung nicht ordentlich gereinigt habe. Und der hat nichts mit Zeitmangel zu tun.«

»Sondern?«

Betty hielt ihrem Blick stand. »Niemand hier erwartet, dass Sie die Stelle tatsächlich antreten, nachdem Sie das Dorf und die Räumlichkeiten gesehen haben. Den Kindern haben wir gar nicht erst gesagt, dass Sie kommen. Deshalb waren sie auch nicht hier, um Sie zu begrüßen. Wir wollten ihnen keine allzu großen Hoffnungen machen. In den letzten drei Jahren waren mindestens sechs Lehrer hier, haben sich das Dorf angesehen und sind sofort wieder verschwunden. Nichts an diesem Ort ist für einen Lehrer attraktiv. Die Dorfgemeinschaft ist klein, es gibt nur wenige Schüler, und wenn der künftige Lehrer nicht gerade wild auf Fischen und unendliche Ruhe ist, geht er lieber in die Stadt zurück, wo er sich seine Stelle aussuchen kann. Eine junge, hübsche Frau wie Sie kann hier doch nichts halten.«

Lara musste zugeben, dass die Schule nur wenige Vorzüge bot, allerdings war sie unter anderen Voraussetzungen gekommen. »Ich habe noch nie gefischt. Ich habe keine Ahnung, ob es mir gefällt«, sagte sie.

»Ich werde Ihnen die Entscheidung abnehmen und Colin bitten, Sie in die Stadt zurückzufahren.«

»Nicht nötig, Betty. Ich verspreche Ihnen, mindestens zwei Jahre zu bleiben.«

Betty starrte Lara an. »Sie vertragen nicht viel Alkohol, nicht wahr?«

Lara unterdrückte ein Schmunzeln. »Ich kann Ihnen versichern, dass ich genau weiß, was ich sage.«

»Soll das heißen, dass Sie tatsächlich zwei Jahre bleiben wollen, auch nachdem Sie die Schulräume und Ihre Unterkunft gesehen haben?«, hakte Betty ein weiteres Mal nach.

»Ganz richtig«, bestätigte Lara und wandte sich ab, um die Tränen zu verbergen, die ihr bei ihren Worten in die Augen stiegen. Natürlich würde sie Betty nicht erzählen, dass sie keine andere Wahl hatte, als hierzubleiben, und dass auch die hässlichste Wohnung immer noch besser war als die Alternative – nämlich eine Gefängniszelle im Hollesley Bay Prison.

Betty starrte sie immer noch an. »Da ist noch etwas, das Sie wissen müssen, wenn Sie wirklich hierbleiben wollen«, sagte sie langsam.

»Und das wäre?«, fragte Lara zaghaft. Sie fürchtete weitere schlechte Nachrichten. Zerstreut blickte sie durch das Küchenfenster auf den verlockend glitzernden Billabong hinaus und dachte an ihren neuen Badeanzug, den sie in der Stadt gekauft hatte.

»Sie können im Billabong nicht schwimmen.«

Sie wandte sich Betty zu. »Warum nicht? Ich bin wirklich eine gute Schwimmerin – Sie brauchen sich keine Sorgen zu machen.«

»Das, was Sie vorhin neben Charlies Boot gesehen haben, war kein Baumstamm. Es war ein Krokodil. Im Billabong wimmelt es nur so von ihnen.«

»Oh«, entfuhr es Lara.

»Bitte versuchen Sie es nicht. Sie können nicht einmal am Rand herumplanschen. Und wenn Sie zum Billabong hinuntergehen, bleiben Sie auf dem Steg. Der ist am sichersten.«

»Aber Sie sagten doch, dass die meisten Männer hier Fischer sind. Sie angeln doch sicher nicht nur vom Boot aus, oder?«

»Doch, meistens schon. Aber Krokodile sind nicht nur im Wasser gefährlich. Sie schnappen sich ihre Beute auch vom Flussufer aus.«

Lara dachte an die Geschichte im Pub zurück. »Dann stimmt es also, dass Monty sein Bein an das Krokodil verloren hat, das im Pub über der Bar hängt?«

Betty nickte.

»Ist er am Ufer in die Hocke gegangen, so wie ich?« Ihr war jetzt übel. Meine Güte, was war denn mit den all den Kindern, die an den Ufern spielten?

»Monty war früher Krokodiljäger. Das ist ein ziemlich gefährlicher Job.«

Eine Weile sagte keine von ihnen ein Wort.

»Wollen Sie immer noch bleiben?«, erkundigte sich Betty dann vorsichtig.

Lara fragte sich, ob Richter Mitchell von alldem gewusst hatte, als er sie nach Shady Camp schickte. Sie seufzte, zögerte aber nur kurz. »Natürlich«, stieß sie hervor. »Ich werde zwei Jahre als Lehrerin hierbleiben«, fügte sie voller Überzeugung, aber mit bebendem Herzen hinzu.

Betty strahlte. »Ich kann es kaum erwarten, meinen Kindern von Ihnen zu erzählen, Lara. Ich muss jetzt ins Geschäft zurück, schicke Ihnen aber gleich Colin mit Ihrem Koffer, der sauberen Bettwäsche und ein paar Vorräten rüber. Möchten Sie heute Abend mit uns essen?«

»Wenn es Ihnen nichts ausmacht, würde ich mich lieber heute Abend ein wenig einrichten und das Schlafzimmer putzen. Die Dorfbewohner kann ich morgen immer noch kennenlernen. Wenn ich bei Ihnen Brot und etwas Käse kaufen kann, mache ich mir ein Sandwich.« Vor dem Küchenfenster standen ein Tisch und zwei Stühle, dort konnte sie essen, solange das Pfarrhaus nicht gereinigt war.

»Natürlich. Dann kommen Sie doch einfach morgen so gegen sechs in den Pub, wenn sowieso alle dort versammelt sind. Und selbstverständlich können Sie Brot und Käse bekommen, aber ich weiß etwas Besseres zum Abendessen. Ich schicke Ihnen später einen netten, kleinen Imbiss«, versprach Betty fröhlich. »Und wenn es Ihnen nichts ausmacht, bis morgen früh zu warten, helfe ich Ihnen, die Wohnung blitzblank zu wienern.«

»Sie müssen sich um Ihr Geschäft kümmern, Betty. Ich kriege das schon hin.« Lara hoffte, mit dem Dreck auch einen Teil ihrer Enttäuschung beiseiteschieben zu können.

»Trotzdem würde ich Ihnen gern helfen, wenn es im Laden ruhig ist.« Sie lächelte. »Wollen Sie wirklich zwei Jahre bleiben?«

»Ja«, bestätigte Lara erneut.

Betty strahlte. »Sie haben ja keine Ahnung, wie glücklich Sie mich machen«, sagte sie. »Ich habe mir immer gewünscht, dass meine Kinder Lesen und Schreiben lernen. Ich stamme aus einem Städtchen in Tasmanien und bin die Älteste von neun Geschwistern. Unsere Mutter war oft krank, deshalb blieb ich zu Hause und half ihr, anstatt in die zwei Stunden Fußmarsch entfernte Schule zu gehen. Auch Colin war nicht lange in der Schule. Sein Vater starb früh, und als er dreizehn war, musste er arbeiten gehen, um seine Mutter zu unterstützen. Wir können beide kaum lesen und schreiben, wünschen uns für unsere Kinder aber natürlich viel mehr.«

Lara wusste genau, was sie meinte. »Wenn Sie möchten, helfe ich Ihnen und Colin gern dabei, Ihre Lese- und Schreibkünste zu verbessern.«

Betty riss die Augen auf und fiel Lara voller Freude um den Hals. »Gott segne Sie«, flüsterte sie mit Tränen in den Augen. Als sie sich schließlich löste, war Lara erleichtert. »Später bringe ich Ihnen Ihr Abendessen«, sagte Betty lächelnd im Gehen, drehte sich an der Tür aber noch einmal um. »Ich kann es kaum erwarten, Colin zu zeigen, dass ich jetzt Spanisch spreche«, sagte sie aufgeregt.

11

Colin brachte kurz darauf Laras Koffer zum Pfarrhaus und erklärte ihr, dass an Spülstein und Bad eine von der letzten Regenzeit noch fast vollständig gefüllte Regenwasserzisterne angeschlossen war.

»Sollte während der Trockenzeit einmal zu wenig Wasser da sein, können wir Wasser vom Billabong hineinpumpen – das ist einer der Vorteile, wenn man nah an einem Gewässer lebt. Ein weiterer Vorteil sind der unerschöpfliche Vorrat an Fisch und dann und wann eine gebratene Ente oder Gans.« Lara fand es rührend, wie er versuchte, ihr die Vorzüge ihres Daseins hier zu schildern und die Nachteile, wie zum Beispiel die Mückenplage, nur allzu offensichtlich verschwieg. Sicher hatte Betty ihm von ihrer Enttäuschung wegen des Schwimmens erzählt.

Anschließend zeigte er Lara den Gaskocher, der in einer leicht ramponierten Kiste auf der Arbeitsplatte in der Küche stand. »Mit dem hier können Sie Tee machen«, sagte er. »Der Küchenherd funktioniert zwar, wird aber mit Holz beheizt, was die Hitze hier drinnen nur noch unerträglicher macht. Die letzte Mieterin, eine Lehrerin, die es immerhin ein paar Monate hier ausgehalten hat, benutzte den Gaskocher auch zum Abkochen von Wasser und um Eier oder Fisch zu braten. In der Trockenzeit tat sie das meist draußen.«

Lara hatte bereits festgestellt, dass sie von der rustikalen Sitzgruppe vor der Hintertür einen herrlichen Blick auf den Billabong hatte. »Ich hoffe, Sie nehmen mir die Frage nicht übel, aber warum ist sie gegangen?«

Colin wand sich. »Sie hat sich in einen Bäcker in der Stadt verliebt. Ich nehme an, seine Brötchen haben den Sieg über Shady Camp Billabong und unsere Kinder davongetragen.« Sein Lachen über den kleinen Scherz klang ein wenig gezwungen.

Als Colin eine Weile später ein zweites Mal zum Pfarrhaus kam, hatte er frisch gewaschene Bettwäsche sowie Brot, Butter in einem Steingutbehältnis, Zucker, Käse und frische Milch von einer der drei Kühe im Dorf im Gepäck. Während seiner Abwesenheit hatte Lara sich umgezogen und die Matratze ins Freie getragen, die sie jetzt aus Leibeskräften mit einem Besen klopfte. Zwar schwitzte sie kräftig, fühlte sich aber tatsächlich besser.

»Lassen Sie mich das machen«, bot Colin an.

»Vielen Dank, aber es geht schon«, sagte Lara und widmete sich erneut der Matratze. Wenn sie sich richtig verausgabte, würde sie in dieser Nacht vermutlich tief und fest schlafen, anstatt wachzuliegen und über ihre Situation nachzugrübeln.

Bei Sonnenuntergang stand Colin ein drittes Mal auf der Schwelle. Lara hatte die Matratze wieder ins Schlafzimmer getragen, das Bett gemacht und auf den Knien liegend den Boden gescheuert. Kommode, Nachttisch und Lampe hatte sie abgestaubt und sich vorgenommen, gleich am nächsten Morgen die Vorhänge abzunehmen und zu waschen, ehe sie sich dem Rest der Wohnung widmete.

Colin hielt einen abgedeckten, köstlich duftenden Teller in der Hand. »Wollen Sie wirklich an Ihrem ersten Abend in Shady Camp ganz allein essen?«, fragte er. »Bei uns zu Hause geht es bei den Mahlzeiten manchmal zwar etwas wild zu, aber ich vermute, Sie sind laute Kinder gewöhnt. Jedenfalls sind Sie herzlich willkommen, bei uns zu essen, bis Sie die Wohnung einigermaßen hergerichtet haben.«

Lara hoffte, dass sie es schaffen würde, das Pfarrhaus überhaupt jemals »einigermaßen herzurichten«. »Vielen Dank für die Einladung, aber mir wäre es lieber, jetzt etwas zu essen und dann sofort ins Bett zu gehen. Ich hoffe, Sie nehmen mir das nicht übel. Ich will morgen früh aufstehen und den Rest putzen. Anschließend möchte ich mich der Schule widmen und sie für meine Schüler vorbereiten.«

»Unsere Kinder freuen sich schon sehr darauf, Sie kennenzulernen. Vor allem Ruthie. Sie ist unsere Älteste und das einzige Mädchen«, sagte Colin.

Lara freute sich über die freundlichen Worte. Sie konnte nicht wissen, dass er bezüglich der Vorfreude gehörig übertrieb und dass Ruthie in Wirklichkeit allenfalls eine leise Neugier an den Tag gelegt hatte. Sie zog es vor, ihre Zeit mit den Kindern der Aborigines zu verbringen, obwohl Colin und Betty mehrmals erfolglos versucht hatten, ihre Tochter öfter daheim zu behalten. Auch die Jungen waren nicht gerade erpicht darauf, stundenlang in der Schule gefangen zu sein, und jammerten, weil sie ihre Zeit demnächst nicht mehr ausschließlich mit Spielen verbringen durften. Genau genommen hatte Colin die Kinder gezwungen, am nächsten Tag zu Hause zu bleiben, um die neue Lehrerin zu begrüßen. Falls sie nicht gehorchten, hatte er ihnen eine ordentliche Abreibung in Aussicht gestellt.

»Wir haben ihnen versprochen, dass sie Sie morgen kennenlernen dürfen. Ich hoffe, es ist Ihnen recht«, fuhr Colin fort, während er zwei Öllampen aus dem Schrank nahm und anzündete. Das weiche Licht machte die Küche nicht schöner, zog aber dafür sofort ein paar dicke Nachtfalter in seinen Bann.

»Aber natürlich. Ich freue mich schon darauf.«

»Betty kommt morgen irgendwann und hilft Ihnen. Sie ist morgens immer sehr beschäftigt. Sie steht meist vor Sonnenaufgang auf, um die Kühe zu melken, die Hühner zu füttern und Eier einzusammeln. Anschließend weckt sie die Kinder und macht ihnen Frühstück. Um acht Uhr backt sie Brot, anschließend wäscht sie. Und dann muss sie sich ja auch noch um die Kundschaft kümmern. Aber sobald sie eine Minute Zeit hat, kommt sie und hilft Ihnen.«

Lara schlussfolgerte, dass Colin seiner Frau keine große Hilfe war. »Das klingt, als hätte Betty selbst mehr als genug zu tun«, sagte sie betont deutlich. Dabei war ihr nur zu bewusst, dass die Arbeitslast seiner Frau Colin nicht im Geringsten zu beeindrucken schien und er kein Bedürfnis verspürte, ihr ein wenig davon abzunehmen. Colin verfügte offensichtlich über die Haut eines Dickhäuters, die nichts und niemand zu durchdringen vermochte.

»Ich werde sicher den ganzen Tag mit Putzen beschäftigt sein«, sagte sie. »Aber irgendwann brauche ich ganz bestimmt eine Pause. Vielleicht kann ich Ihre Kinder irgendwann nachmittags kennenlernen.«

Kurz vor Tagesanbruch wurde Lara von einem wunderschönen Vogelkonzert und dem Quaken der Enten und Gänse auf dem Billabong geweckt. Zum ersten Mal seit ihrer Ankunft in Shady Camp fühlte sie sich wohl. Als sie in die Küche ging, um den Wasserkessel zu füllen, bemerkte sie mehrere tote Nachtfalter in der Spüle. Sie entfernte die Falter und ließ ihren Blick hinaus auf den Billabong gleiten, wo mehrere Boote am Anlegesteg vertäut lagen. Im Wasser spiegelten sich die Pastellfarben des Morgenhimmels. Die wenigen Wolken glühten in sanftem Rosa, Gold und Violetttönen. Angesichts von so viel Schönheit wurde sie von Ehrfurcht überwältigt. Die kleine Methodistenkirche hat offenbar den schönsten Blick auf Gottes Schöpfung in ganz Australien, dachte sie. Eigentlich schade, dass sie nicht für Gottesdienste genutzt wird.

Lara brachte den Wasserkessel nach draußen, wo sie den Gaskocher hingestellt hatte. Sie setzte sich und bewunderte die Aussicht, während sie darauf wartete, dass das Wasser zu kochen begann. In der Nacht war es heiß gewesen und sie war von Mücken heimgesucht worden, aber hier im Schatten der Teebäume ringsum war es überraschend kühl. Am Flussufer hatten sich Enten und Gänse versammelt und putzten sich in der Morgensonne. Bettys Worte kamen ihr in den Sinn, doch der Anblick war so friedlich, dass sie kaum glauben mochte, dass ein Krokodil aus dem Wasser springen und einen der arglosen Vögel packen könnte.

Laras Frühstück bestand aus Tee und einem Käsebrot. Ehe sie wieder hineinging, um ihren Teller zu spülen, beobachtete sie, wie die Männer einer nach dem anderen mit Angelruten auftauchten, in ihre Boote stiegen und den Außenbordmotor anwarfen oder davonruderten. Vögel flogen auf, und auch ein Jabiru schwang sich in die Luft. Noch nie hatte Lara eine solche Spannweite gesehen. Sie bewunderte das vollendet schöne Muster der weißen und schwarzen Federn, als er sich mühelos erhob und über dem Billabong seine Kreise zog. Kaum waren die Fischer außer Sichtweise, kehrten die Vögel und mit ihnen die friedliche, heitere Atmosphäre zurück.

Mit neuer Kraft machte Lara sich ans Werk. Sie zog einen Stuhl ins Wohnzimmer und nahm die Vorhänge ab. Die Spinnweben dahinter verwunderten sie kaum, als aber die größte Spinne, die sie je zu Gesicht bekommen hatte, über die Wand huschte, blieb ihr fast das Herz stehen. Das dunkle Tier war fast so groß wie ihre ganze Hand. Schreiend sprang sie vom Stuhl und rannte in die Küche. Erst Sekunden später wagte sie einen vorsichtigen Blick ins Nachbarzimmer und bemerkte gerade noch, wie die Spinne durch das geöffnete Fenster hinauskrabbelte. Hastig lief sie hinüber und schloss es.

Sie wusch die Vorhänge, was jedoch leider nicht den gewünschten Nutzen brachte. Bei der anschließenden Reinigung des Wohnzimmers, das sie auf Knien scheuerte, krabbelte schon in den ersten Minuten plötzlich etwas über ihre Hand und verschwand unter einem Sessel. Wieder schrie sie auf. Ihr Putzen scheuchte offensichtlich eine Menge Tiere auf: Merkwürdige Käfer und riesige Ameisen flüchteten vor ihrem Aufnehmer. Entsetzt rannte Lara nach draußen, fuhr sich immer wieder aufgeregt durch die Haare und wischte über ihr Kleid. Sie bemerkte nicht, dass Betty und Colin sie vom Laden aus beobachteten.

»Was macht sie da?«, fragte Colin.

»Ich würde sagen, sie hat Bekanntschaft mit der Insektenpopulation gemacht«, grinste Betty.

»Jede Wette, dass sie gleich vor der Tür steht und Insektenpulver haben will«, kicherte Colin.

Als Lara wenig später mit diesem Anliegen im Laden erschien, entging ihr das breite Grinsen der beiden nicht. Betty breitete alle Pulver gegen Ungeziefer auf dem Ladentisch aus und erklärte Lara deren Gebrauch.

»Das hier ist Mortein-Spray«, sagte sie und zeigte Lara eine Flasche mit einer Handpumpe. »Hier haben wir Fliegengift und hier Mottenkugeln.«

»Was wirkt am besten gegen sehr große Spinnen?«, fragte Lara atemlos.

»Große Spinnen?«

»Hinter dem Vorhang im Wohnzimmer saß die größte Spinne, die ich je gesehen habe«, berichtete Lara. »Sie war so groß wie meine Hand. Und ich glaube, beim Putzen ist mir noch eine Spinne über die Hand gelaufen.«

Betty blickte zu Colin. »Eine Wolfsspinne kann es doch wohl kaum gewesen sein«, meinte sie.

»Und eine Tarantel auch nicht«, sagte Colin langsam, und seine Mundwinkel zuckten.

»Nein, die kommen nur aus ihrem Bau, wenn man sie stört oder wenn Wasser eindringt«, bestätigte Betty. »Ich glaube, es war eine Riesenkrabbenspinne. Die können ganz schön groß werden.«

»Oh ja«, nickte Colin.

Lara kniff die Augen zusammen. Colin und Betty hätten ihr besser die Namen der Spinnen verschwiegen. Sie zu kennen machte sie noch beängstigender. »Und mit welchem Mittel kann ich sie zuverlässig töten?«

»Um eine Riesenkrabbenspinne umzubringen, brauchen Sie sicher eine ganze Packung Mortein. Aber dazu würde ich Ihnen auf keinen Fall raten«, sagte Betty ernst.

»Warum nicht?«

»Wenn Sie eine Spinne töten, kommt immer ein Kumpel und sucht nach ihr. Am besten, Sie lassen die Tiere in Frieden. Ich verspreche Ihnen: Sie tun Ihnen nichts. Dafür fressen sie jede Menge Mücken.«

»Sie erwarten doch nicht allen Ernstes, dass ich mit Spinnen unter einem Dach lebe?«, fragte Lara bestürzt.

»Nicht mit allen Spinnen. Aber Riesenkrabbenspinnen sind okay.«

»Ich nehme das ganze Zeug hier«, erklärte Lara entschlossen, während ihr immer noch Schauder über den Rücken liefen. »Und wenn ich es nicht schaffe, das Ungeziefer loszuwerden, müssen Sie mir helfen, Colin.«

»Ich?«

»Ja, Sie.«

Lara bezahlte, raffte ihre Einkäufe zusammen und kehrte ins Pfarrhaus zurück.

Colin und Betty blickten einander an und brachen in Lachen aus.

»Ich fürchte, sie wird wochenlang nach Mortein riechen«, prophezeite Betty grinsend.

Nachdem Lara Gift in jede Ecke gesprüht und sich einigermaßen beruhigt hatte, beschloss sie, sich dem Bad zu widmen. Unter dem Waschbecken und hinter dem Duschvorhang scheuchte sie Geckos auf. Obwohl sie vor den Echsen weniger Angst hatte als vor Insekten und Spinnen, gefiel ihr der Gedanke nicht, das Bad mit ihnen teilen zu müssen. Sie versuchte, die Tiere durch das Fenster hinauszuscheuchen, doch sie kletterten einfach weiter, bis zur hohen Decke hinauf, wo Lara sie nicht einmal mit dem Besen erreichen konnte. Sie erinnerte sich an Bettys Versprechen, dass Geckos nicht beißen, und ließ sie schließlich dort oben verharren.

Als Lara die Küche in Angriff nahm, war es bereits sehr warm geworden. Sie war erschöpft und schwitzte aus allen Poren. Obwohl sie in Anwesenheit von vier Geckos schon zweimal geduscht hatte, ließ die geringste körperliche Anstrengung den Schweiß in Strömen fließen. Lara wagte nicht einmal daran zu denken, wie das wohl im Sommer werden würde, wenn die Luftfeuchtigkeit noch weiter ansteigen würde. Und an Abkühlung im Billabong war auch nicht zu denken. Niedergeschlagen setzte sie sich an den Küchentisch und legte den Kopf auf ihre Arme.

»Sind Sie krank?«, fragte eine Kinderstimme.

Lara blickte auf. In der geöffneten Tür stand ein kleiner Junge. Lara wusste sofort, wer er war, denn bis hin zu den roten Haaren sah er aus wie ein verkleinertes Abbild seines Vaters. Der Kleine trug keine Schuhe, und an seinem Hemd fehlten ein paar Knöpfe. Seine Shorts waren ziemlich abgewetzt und seine gebräunten Arme und Beine mit Sommersprossen übersät.

»Hallo! Nein, ich bin nicht krank, ich bin nur sehr müde. Ich muss mich erst an die Hitze gewöhnen. Ich bin Miss Penrose. Und wie heißt du?«

»Richie«, rief eine Mädchenstimme verärgert, »Mom hat uns doch verboten, zum Schulhaus zu gehen, weil die Lehrerin sehr viel zu tun hat.«

Der kleine Junge blickte verwirrt drein.

»Schon gut!«, rief Lara.

Mit neugierigem Gesicht tauchte nun auch das Mädchen auf.

»Momma hat gesagt, wir sollen uns hier nicht blicken lassen«, schalt sie ihren kleinen Bruder.

»Aber du hast doch gesagt …«

»Ist doch egal«, wiegelte das Mädchen ab, und Lara beschlich die Vermutung, dass sie den kleinen Bruder vorgeschickt hatte.

Richie musterte Lara mit riesengroßen Augen, in denen ein Funke Mutwillen glomm. »Ich heiße Richie und bin vier Jahre alt. Aber bald werde ich fünf, und dann darf ich auch in die Schule gehen.«

»Dein Geburtstag ist erst in vielen Monaten, Richie«, sagte das Mädchen ungeduldig. »Ich bin übrigens Ruthie.«

»Schön, euch kennenzulernen, Richie und Ruthie«, sagte Lara.

Das Mädchen hatte die gleichen wilden und dunklen Locken wie ihre Mutter. Auch sie trug keine Schuhe, und ihr Kleid war ein bisschen zu klein. Die beiden gingen schnurstracks in die Küche und schauten sich um.

»Haben Sie Kekse?«, erkundigte sich Richie.

»Leider nein«, gab Lara zurück.

»Und Limonade?«

»Hör auf zu betteln, Richie, sonst sage ich es Mom«, schimpfte Ruthie.

»Dann sage ich ihr, dass du mich gekniffen hast«, drohte Richie. Lara schenkte ihnen zwei Gläser Wasser ein.

»Alte Petze«, revanchierte sich Ruthie. »Außerdem wird Miss Penrose Mom sagen, dass es nicht stimmt. Nicht wahr, Miss Penrose?« Ruthies Augen wanderten neugierig durch die Küche. Richie musterte Lara, als hätte er sich noch nicht ganz entschieden, ob er ihr trauen konnte oder nicht.

Lara zwinkerte ihm zu. Er lächelte. »Ich sammle Skinke«, berichtete er strahlend.

»Ach wirklich? Und wie viele hast du schon?«

Er begann, an seinen Fingern abzuzählen, kam aber schnell durcheinander. »Weiß nicht.«

»Keinen mehr. Robbie hat sie nämlich alle freigelassen«, bemerkte Ruthie mit der Autorität einer großen Schwester.

»Gar nicht wahr«, entgegnete Richie bockig.

»Wohl war«, gab Ruthie blasiert zurück. Dann wandte sie sich an Lara. »Gefällt es Ihnen hier, Miss Penrose?«

»Noch ist die Wohnung ja nicht fertig eingerichtet, aber ich denke schon«, erklärte Lara lächelnd. »Du bist zehn Jahre alt, nicht wahr?«

»Genau«, sagte Ruthie stolz und richtete sich auf.

»Kannst du bis zwanzig zählen?«

Verunsichert blickte Ruthie sie an. »Ich kann bis zehn zählen. Eins, zwei drei, vier, fünf, sechs, sieben, neun, zehn.«

»Und wo ist die Acht geblieben?«, fragte Lara. Eigentlich

müsste sogar der sechs Jahre jüngere Richie längst bis zehn zählen können.

»Ach, stimmt ja«, meinte Ruthie achselzuckend.

»Ich kann noch nicht zählen«, erklärte Richie. Er schlürfte sein Wasser und stellte das leere Glas in den Spülstein.

»Das lernst du, wenn du in die Schule kommst«, sagte Lara.

»Aber er ist noch zu klein für die Schule«, bemerkte Ruthie besserwisserisch.

»Trotzdem darf er ruhig mitkommen. Wir werden sicher etwas finden, womit wir ihn beschäftigen können.« Sie dachte an Lernspiele.

Richie strahlte. Lara blickte dankbar in das kleine, leuchtende Gesicht. Genau das waren die Momente, die sie an ihrem Beruf so liebte. Sie ließ ihren Blick zu Ruthie wandern – und erstarrte. Das Mädchen hielt ein Glas in der Hand, das sie offensichtlich mit der Flüssigkeit aus der offenen Flasche direkt daneben gefüllt hatte.

»Halt!«, schrie Lara, sprang auf und riss Ruthie das Glas aus der Hand. »Was machst du da?«

»Ich hatte noch Durst«, sagte Ruthie kleinlaut.

»Weißt du, was das hier ist?«, fragte Lara ruhig.

Verunsichert blickte Ruthie sie an. »Nichts zu trinken?«, meinte sie schüchtern.

»Es ist ein Reinigungsmittel, Ruthie. Wenn man es trinkt, kann man daran sterben. Es steht auf dem Etikett.«

»Es sieht aus wie das Stärkungsmittel, das Mom uns manchmal gibt«, erklärte Ruthie.

Lara ging auf, dass Ruthie das Etikett nicht lesen konnte.

Das Mädchen schluchzte. »Bitte sagen Sie unserer Mom nichts davon«, bat Ruthie besorgt.

Lara war sich nicht sicher, ob sie diesem Wunsch entsprechen sollte. »Versprichst du mir etwas, Ruthie?«

Die Kleine nickte.

»Versprichst du mir, dass du nie wieder etwas isst oder trinkst, ohne vorher einen Erwachsenen zu fragen, ob es in Ordnung ist?«

Ruthie nickte. Sie war sichtlich verunsichert. »Wir müssen gehen«, sagte sie und griff nach der Hand ihres kleinen Bruders. An der Tür drehte sich der Kleine um, winkte und lächelte.

Lara setzte sich erschöpft an den Tisch. Noch immer pochte ihr Herz wie wild, wenn sie daran dachte, was hätte geschehen können. Alle Kinder hatten ein Anrecht auf Bildung, aber die Kinder hier im Dorf mussten vor allem so schnell wie möglich Lesen lernen. Ihr Leben konnte davon abhängen.

Nach einer Weile machte Lara sich wieder ans Werk. Sie scheuerte kräftig den Küchenboden, wobei sie nicht umhinkam, auch ein paar Ameisen von beeindruckender Größe zu töten. Anschließend widmete sie sich ausgiebig den Wänden, aber keinerlei Anstrengung schien ausreichend, die Küche heimeliger zu machen. Es schien, als wäre alle Mühe vergeblich. Als sie sich an die Reinigung der Möbel machte, brach sie plötzlich, überwältigt von Gefühlen, in Tränen aus. Sie ließ sich auf den Boden sinken und schluchzte laut, während die Tränen in Strömen über ihr Gesicht rannen. Sie sehnte sich mit jeder Faser ihres Körpers nach ihrem Vater, sie vermisste ihre Schüler in England, ihr bequemes Leben dort und ihre Freunde. Shady Camp war zwar kein Gefängnis, und doch würde sie hier für zwei lange Jahre gefangen sein. Lara verfluchte den Tag, an dem sie sich mit Lord Hornsby gestritten hatte, und weinte bittere Tränen in ihr Taschentuch, was schon lange nicht mehr vorgekommen war. Sie suhlte sich voller Selbstmitleid in ihrem Elend, und während sie sich noch schämte, sich wie ein kleines Mädchen gehen zu lassen, spürte sie doch die Erleichterung, die dieser Ausbruch ihr brachte. Nach ein paar Minuten lehnte sie sich an die Spüle und seufzte. Sie konnte die Umstände nicht ändern, also würde sie das Beste daraus machen.

Plötzlich vernahm sie ein tiefes, kehliges Knurren. Sie erstarrte und lauschte angestrengt, aber nichts geschah. Hatte sie sich das Geräusch nur eingebildet? Aber dann hörte sie es wieder. Sie stand auf und putzte sich die Nase, während sie einen Blick aus dem Fenster warf. Ein Hund vielleicht? Plötzlich fiel ihr noch etwas anderes auf. Ein seltsamer Geruch. Sie schnüffelte, konnte ihn aber nicht identifizieren. Und dann entdeckte sie etwas neben dem Tisch. Was war das nur?

Erneut ertönte das Knurren. Dunkel und bedrohlich, und dieses Mal lauter und näher. Laras Herz hämmerte. Nein, das konnte keinesfalls ein Hund sein. Langsam drehte sie sich um. Die Hintertür stand offen, sie selbst hatte sie geöffnet, um frische Luft hereinzulassen. Was sie dort sah, ließ ihr das Blut in den Adern gefrieren. Ihr Herz hämmerte so schnell, dass sie meinte, das Bewusstsein zu verlieren. Das Blut pochte in ihren Ohren, doch sie war unfähig, sich zu rühren, unfähig zu atmen, unfähig zu schreien.

In der Tür steckte der riesigste Kopf, den sie je gesehen hatte. Ein starrer Blick aus zwei kalten, fast leblosen Augen ruhte auf ihr. Zum ersten Mal im Leben ahnte sie, was es hieß, eine Beute zu sein.

Das Maul des Ungeheuers stand weit offen und zeigte lange, bedrohliche Zähne. Erneut schlug ihr eine Welle des seltsamen Geruchs entgegen, der an brackiges Wasser und verdorbenes Fleisch erinnerte. Lara starrte gebannt auf das Krokodil, dessen Größe ihre Vorstellungskraft überstieg. Der Kopf steckte in der Küchentür, der Schwanz bewegte sich draußen neben dem Tisch.

»Hilf mir, lieber Gott«, betete sie unwillkürlich, während sich die Sekunden endlos dahinzogen. Am liebsten wäre sie ins Schlafzimmer gelaufen und hätte die Tür hinter sich zugeschlagen, doch sie war unfähig, sich zu bewegen. Und selbst wenn sie es gekonnt hätte, hätte sie es nicht gewagt. Wie hatte Monty gesagt? »Sie sind schnell wie der Blitz, wenn sie eine Beute im Visier haben.« Er hatte ihr erklärt, dass es beim Aufeinandertreffen mit einem Krokodil besser sei, langsam zurückzuweichen und keinesfalls zu rennen. Doch sie war wie gelähmt. Gelähmt von einer Angst, so stark, wie sie es nie für möglich gehalten hatte. Allein die Gedanken rasten in ihrem Kopf, zeichneten Bilder von Monty, wie sich die Zähne des Krokodils kraftvoll in sein Bein bohrten, von der

Todesrolle. Jetzt, in dieser Minute, erschien es ihr wie ein Wunder, dass er mit dem Leben davongekommen war. Sie bezweifelte, dass ihr dasselbe Glück vergönnt sein würde.

Plötzlich nahm sie am Rand ihres Gesichtsfeldes eine Bewegung wahr. Durch das Fenster konnte sie keine Veränderung erkennen, aber sie hörte ein klägliches Muhen. Ein Kalb? Das Krokodil geriet in Bewegung. Langsam zog es sich zurück, dann wandte es seinen riesigen Kopf ab und verschwand.

Lara zwang sich, ruhig zu atmen, und warf einen Blick aus dem Küchenfester. War das Ungeheuer wirklich verschwunden? Fünf Meter vom Pfarrhaus entfernt sah sie eine Wasserbüffelkuh und ihr Kälbchen in Richtung Billabong rennen. Entsetzt beobachtete Lara, dass das Krokodil seiner Beute folgte. Sein mächtiger Schwanz peitschte über den Boden. Für seine ungeheuerliche Größe war es unglaublich wendig. Hatte das Kalb überhaupt eine Chance?

Mit wild hämmerndem Herzen näherte sich Lara der Hintertür. Ihr war schlecht. Und schwindelig. Sie zitterte am ganzen Körper. Sie schloss die Tür – und das war das Letzte, woran sie sich erinnerte.

12

»Lara? Lara, wachen Sie auf!«, drang Bettys besorgte Stimme an Laras Ohr.

Lara schlug die Augen auf. Es dauerte einen Moment, bis sie klar sehen konnte, dann bemerkte sie zwei sorgenvolle Gesichter über sich. Sie erkannte Betty, das andere Gesicht gehörte einem gut aussehenden Fremden. Sekundenlang überlegte sie, wo sie sich befand und warum sie auf dem Boden lag, dann kehrte die Erinnerung zurück und sie stöhnte auf.

»Lara, was ist passiert? Warum sind Sie ohnmächtig geworden?«, fragte Betty, die neben ihr kniete.

Auch der Mann kniete neben ihr, hielt ihre Hand und strich mit kräftigen Zügen über ihren Handrücken. Dann fühlte er nach ihrem Puls. Lara wollte sich aufsetzen, doch der Fremde wies sie mit strenger Stimme an, sich wieder hinzulegen. In diesem Augenblick erkannte sie, dass die Hintertür offen stand.

»Machen Sie die Tür zu!«, stammelte sie aufgeregt. »Schnell. Machen Sie sie zu!« Sie hörte selbst, dass sie hysterisch klang.

Betty und der gut aussehende Mann tauschten verwunderte Blicke aus.

»Wir müssen ein wenig frische Luft hereinlassen, Lara. Es ist stickig hier drin«, sagte Betty ruhig. Sie wandte sich an den Mann. »Jerry, sieh dich mal um. Küche, Wohnzimmer und Schlafzimmer waren gestern noch vollkommen unbewohnbar, und heute sind sie pieksauber. Kaum zu glauben, was Lara in so kurzer Zeit geschafft hat. Sie muss gearbeitet haben wie ein Stier«, stellte sie fest. »Vielleicht ist sie deshalb in Ohnmacht gefallen. Und die geschlossene Tür hat vermutlich alles noch schlimmer gemacht.«

»Gut möglich. Außerdem riecht es hier sehr stark nach Insektenvernichtungsmitteln.«

»Sie hat etwas gegen Krabbeltiere«, flüsterte Betty.

»Vielleicht trägt sie auch einengende Unterwäsche«, sagte der Mann. »Englische Frauen sind sich oft nicht darüber im Klaren, dass Hüftgürtel die Hitze geradezu im Körper einsperren.«

Lara war peinlich berührt. Sie war offensichtlich in Ohnmacht gefallen, und Betty hatte Hilfe geholt. Aber einengende Unterwäsche! Das konnte sie so nicht stehen lassen. »Ich bin in Ohnmacht gefallen, weil ein unvorstellbar großes Krokodil hier in der Küche war«, sagte sie, und ihre Stimme drohte schon wieder, sich zu überschlagen. »Ich dachte, es wollte mich fressen.«

Betty sah sie verwirrt an, sagte aber nichts.

»Sie dürfen jetzt aufstehen, Lara«, sagte der Mann und legte ihr einen Arm um die Taille, um sie zu stützen. Er sprach mit einem tröstlichen englischen Akzent, kam ihr aber viel zu nah für einen Mann, den sie nicht kannte.

»Wer sind Sie überhaupt?«, fragte Lara schroffer als beabsichtigt.

»Bitte entschuldigen Sie unsere schlechten Manieren«, sagte Betty. »Lara, darf ich vorstellen: Das ist Dr. Jerry Quinlan. Er ist Arzt und kommt ungefähr einmal pro Woche ins Dorf. Ich wollte ihn Ihnen gerade vorstellen, wir konnten ja nicht ahnen, dass Sie hier auf dem Boden lagen.«

»Ich freue mich, Sie kennenzulernen, Lara«, begrüßte Jerry sie mit einem warmen Lächeln.

Trotz der Hilfe des Arztes fiel es Lara schwer, auf die Beine zu kommen. Als sie stand, wurde ihr wieder schwindelig. Er half ihr in einen Sessel.

»Kannst du ihr bitte ein Glas Wasser holen, Betty?«, bat er.

»Ich hätte es wirklich nett gefunden, wenn man mich gewarnt hätte, dass es hier Riesenkrokodile gibt, die in die Küche kommen«, murrte Lara, als Betty ihr das Wasser brachte.

Betty sah sie verblüfft an. »Ich würde die hiesigen Krokodile nicht unbedingt als riesig bezeichnen, Lara.«

»Ich schon. Es stand dort.« Sie zeigte auf die hintere Küchentür. »Es war fast fünf Meter lang und wog sicher mehr als eine Tonne. Für mich ist das riesig! Und es wollte mich fressen. Hier in meiner Küche!«

»Ein fünf Meter langes Krokodil in dieser kleinen Küche?« Betty warf Jerry einen fragenden Blick zu.

»Es kam nicht ganz rein, Gott sei Dank. Aber es stand dort an der Tür, der Schwanz war draußen. Ich hatte wirklich Todesangst.«

»Aber Lara, das ist unmöglich!«, wandte Betty ein. »Ich wohne schon seit vielen Jahren hier, aber ich habe noch nie ein so großes Süßwasserkrokodil gesehen. Und schon gar nicht an der Küchentür.«

»Ich übertreibe ganz bestimmt nicht, Betty. Der Kopf war so mächtig, dass er die ganze Tür ausfüllte, und ich konnte seinen Schwanz durch das Küchenfenster sehen. Es hat mich angeknurrt. Ich dachte wirklich, ich muss sterben ...« Ihr versagte die Stimme.

Betty warf Jerry einen langen Blick zu. »Monty hat ihr gestern Horrorgeschichten über Krokodile erzählt«, berichtete sie vielsagend.

Laras traute ihren Ohren nicht. »Aber ich habe mir diese Begegnung doch nicht eingebildet«, protestierte sie.

»Nein, nein«, beeilte sich Betty zu beschwichtigen. »Aber vielleicht war es ein großer Waran. Nach allem, was Monty erzählt hat, kann die Fantasie schon einmal mit einem durchgehen.«

»Ein Waran ist eine Echse, nicht wahr?«

»Richtig. Diese Tiere können sehr groß werden und wirklich wie ein Ungeheuer wirken.«

Lara spürte die Wut in sich wachsen. Glaubten die beiden ihr etwa nicht? »Ich mag ja vielleicht neu hier sein, aber ich kenne den Unterschied zwischen einer Echse und einem Krokodil, Betty«, schimpfte Lara. »Seit wann haben Echsen ein Maul voller messerscharfer Zähne und riechen nach fauligem Wasser?«

Plötzlich fühlte sie sich sehr erschöpft. »Wenn es Ihnen nichts ausmacht, würde ich mich gern ein wenig hinlegen. Bitte schließen Sie die Tür, wenn Sie hinausgehen.«

»Kannst du ihr nichts geben, Jerry?«, fragte Betty den Arzt.

»Und was zum Beispiel?«

»Irgendetwas zur Beruhigung«, sagte Betty. »Du hast da doch bestimmt etwas in deiner Arzttasche.«

»Ich brauche kein Schlafmittel, Betty«, warf Lara gereizt ein. »Ich will nur, dass Sie mir glauben. Sie selbst haben gesagt, dass es im Billabong von Krokodilen nur so wimmelt. Warum glauben Sie mir nicht, dass eines davon hier war? Es hätte mich angegriffen, wenn draußen nicht das Kalb aufgetaucht wäre.«

»Ein Kalb? Aber außer mir hält niemand im Dorf Kühe, Lara.«

»Es war ein Wasserbüffelkalb.«

»Stimmt, Wasserbüffel kommen hier manchmal vorbei. Aber ich versichere Ihnen, dass Krokodile normalerweise keine Hausbesuche machen. Sie sind sehr vorsichtig.«

»Nun, dieses offenbar nicht.«

»Und die größten werden maximal zweieinhalb Meter lang.«

»Vielleicht war es ein Saltie, ein Salzwasserkrokodil«, warf Jerry ein.

»Soweit ich weiß, wurden die meisten Salties in den Flüssen erschossen«, widersprach Betty.

»Aber mit Sicherheit sagen kann das niemand. In den Billabongs werden immer wieder große Krokodile gesichtet. Das können nur Salties sein«, beharrte Jerry auf seinem Standpunkt.

»Sehen Sie!«, trumpfte Lara auf. Sie war froh, dass ihr endlich jemand zu glauben schien.

»Seit die Regierung jedermann erlaubt, Krokodile zu schießen, sind die Sichtungen großer Salties in den Billabongs drastisch zurückgegangen. Wenn ich mich recht erinnere, wurde das letzte im Corroboree Billabong von einem betrunkenen Fischer gesehen.

Angeblich! Aber hier im Dorf ist seit geraumer Zeit niemand mehr einem so großen Krokodil begegnet. Nicht einmal die Fischer, die doch den ganzen Tag draußen auf dem Billabong verbringen, haben eins gesehen.«

Lara ärgerte sich, dass Betty ihr nicht glaubte. »Es war ganz sicher ein Riesenkrokodil! Und es hat eine Wasserbüffelkuh und ihr Kalb zum Billabong hinunter verfolgt! Es war schrecklich. Absolut entsetzlich!« Sie stand auf und ging voller Wut ins Schlafzimmer, nicht ohne die Tür hinter sich zuzuknallen.

»Verdammt«, zischte Betty. »Jetzt ist sie sauer. Sie hat zwar heute erst versprochen, dass sie bleibt, aber nach diesem Vorfall glaube ich nicht so recht daran.«

»Sie hat einen Schock erlitten, und du hast ihr praktisch vorgeworfen, dass sie lügt«, sagte Jerry sanft.

»Von Lüge war nicht die Rede. Aber es kann einfach nicht sein, dass sie in ihrer Küche ein fünf Meter langes Krokodil gesehen hat. Oder glaubst du das etwa?«

»Ich weiß nicht, was sie gesehen hat, aber es war immerhin schlimm genug, sie in Ohnmacht fallen zu lassen.«

»Sie ist doch gerade erst hergekommen. Wahrscheinlich würde ihr sogar ein kleines Süßwasserkrokodil wie ein Ungeheuer vorkommen.«

»Mag sein«, gab Jerry zu.

»Glaubst du, dass sie jetzt doch wieder geht?«, fragte Betty besorgt.

»Das kann ich beim besten Willen nicht sagen.«

Lara schlief viele Stunden. Es war der tiefste Schlaf seit ihrer Verhaftung in England. Als sie aufwachte, wusste sie zunächst nicht, wo sie war, doch dann brach der gesamte Albtraum ihres gegenwärtigen Lebens erneut über sie herein.

Die Vorhänge des Schlafzimmers waren zurückgezogen, und sie konnte durch das Fenster die langen, spätnachmittäglichen Schatten der hohen Bäume sehen. Es mochte auf fünf Uhr zugehen. Sie war hungrig und durstig, doch allein bei dem Gedanken, in die Küche zu gehen und Tee zu machen, begann sie wieder zu zittern. Trotzdem beschloss sie, es zu versuchen. Sie konnte nicht gleich am zweiten Tag die Flinte ins Korn werfen. Sie würde zwei Jahre in diesem Pfarrhaus leben müssen, aber gleich danach, so schwor sie sich jetzt, würde sie auf dem ersten Schiff in Richtung Heimat eine Passage buchen.

Noch einmal ließ Lara die Ereignisse Revue passieren. Sie ärgerte sich noch immer, dass Betty ihr nicht geglaubt hatte, aber dann kam ihr ein neuer Gedanke: Was, wenn sie sich wirklich irrte? War es möglich, dass ihre Fantasie ihr ein weitaus größeres Krokodil vorgegaukelt hatte, als in der Realität vor Ort gewesen war? War sie vielleicht so erschöpft und deprimiert gewesen, dass sie in Wirklichkeit gar kein Krokodil gesehen hatte?

»Ich bin weder verrückt noch bilde ich mir Dinge ein«, sagte sie laut. »Und doch rede ich schon mit mir selbst.« Je länger sie über den Vorfall nachdachte, desto klarer wurde ihr, dass sie sich das alles nicht eingebildet haben konnte. Immerhin hatte sie seinen Schwanz durch das Küchenfenster gesehen, während sein Kopf im Türrahmen steckte. Und deshalb musste das Tier mindestens fünf Meter lang gewesen sein.

Entschlossen stand sie auf. Langsam und vorsichtig öffnete sie die Schlafzimmertür, um weiteren unangenehmen Überraschungen vorzubeugen. Ihr erster Blick galt der Hintertür. Sie war geschlossen. Erleichtert atmete sie auf und trat in die Küche. Doch was war das? Träumte sie etwa noch?

Auf dem kleinen Tisch, der plötzlich mit einem hübschen, blau-gelb karierten Tischtuch bedeckt war, stand eine Glasvase voller herrlicher Orchideen. Daneben wartete ein Teller mit frischen Plätzchen, mit einem sauberen Küchentuch bedeckt, deren herrlicher Butterduft Laras Magen vernehmlich zum Knurren brachte.

Am Fenster hingen himmelblaue, mit gelben Schleifen zurückgebundene Vorhänge, und auf dem Fensterbrett standen zwei kleine Topfpflanzen. In einer blauen Schüssel auf der Anrichte lagen Bananen, Mangos und Papayas, daneben standen eine hübsche Porzellanteekanne mit passender Tasse und Untertasse. Das Service war blau und hatte ein niedliches gelbes Blumenmuster. Eine kleine Teedose erregte Laras Aufmerksamkeit. Sie jauchzte, als sie deren Inhalt entdeckte: Earl Grey, ihr Lieblingstee, der sie in diesem Moment an zu Hause erinnerte und den sie seit ihrer Abreise aus England nicht mehr getrunken hatte.

Lara stand wie vom Donner gerührt in der Küche. Der plötzlich so wohnliche Raum verlieh ihr das Gefühl, gemocht zu werden und willkommen zu sein. Sie ahnte, dass nicht all diese Dinge von Betty stammten, und so spürte sie plötzlich die Liebenswürdigkeit und Freundlichkeit der Menschen ringsum, denen sie bisher noch nicht einmal begegnet war. Es bedeutete ihr unendlich viel.

Lara setzte sich an den Tisch und probierte einen Keks und dann gleich einen zweiten. Sie waren köstlich und zergingen auf der Zunge. Sie setzte Teewasser auf und bereitete Tee in ihrer neuen Kanne zu. Es war ein tröstliches Ritual, und sie trank voller Wohlgefühl aus der hübschen Tasse und aß noch ein Plätzchen. Mit der Tasse in der Hand machte sie sich auf den Weg ins Wohnzimmer.

Auch dort hatte sich viel verändert. Auf den Sesseln lagen neue Kissen, bestickt mit einem blau-gelben Muster und einer Spur Rot. Laras geschultem Auge entging nicht, dass die Stickerei sehr sorgfältig ausgeführt war. Im Regal standen Bücher, darunter »Vom Winde verweht« von Margaret Mitchell, »Rebecca« von Daphne du Maurier oder »Laura im großen Wald« von Laura Ingalls Wilder. »Vom Winde verweht« war eines von Laras Lieblingsbüchern, aber auch die anderen schienen interessant zu sein. Jetzt würde sie die langen Winterabende mit Lesen verbringen können, und das war etwas, worauf sie sich wirklich freute. Schmunzelnd entdeckte sie auch zwei Bücher zum Thema Angeln für Anfänger, dazu ein großes Plätzchen- und Biskuit-Backbuch und eine Anleitung zum Häkeln und Stricken.

Neben dem jetzt mit einer Spitzengardine geschmückten Fenster stand ein Topf mit einer Palme, die gleich eine ganz andere Stimmung in das Wohnzimmer brachte. Lara war so gerührt, dass ihr die Tränen kamen. Die kommenden zwei Jahre würden bestimmt gar nicht so schlecht werden.

Hastig zog sie sich um und machte sich auf den Weg zum Hotel.

Im Pub warteten vierzehn Erwachsene auf die neue Lehrerin. Auch alle Kinder des Dorfes waren gekommen und rannten herum und spielten. Betty war sich nicht ganz sicher, ob Lara wirklich kommen würde, hoffte aber das Beste, nachdem sie die Frauen eingespannt hatte, das Pfarrhaus gemütlicher zu gestalten.

Colin hatte den Männern von Laras Aufeinandertreffen mit einem Tier erzählt, das sie als Riesenkrokodil beschrieb, was eine hitzige Debatte ausgelöst hatte. Einige glaubten, dass sich immer noch einige große Salzwasserkrokodile in der Gegend herumtrieben, die durch das Mündungssystem der Flüsse ins Süßwasser der Billabongs gelangten. Andere stritten diese Möglichkeit rundweg ab und meinten, die Salzwasserkrokodile wären ausgerottet. Nur in einer Hinsicht waren sich alle einig: Lara konnte das Tier unmöglich an der Hintertür des Pfarrhauses gesehen haben. Die Chancen dafür standen gleich null, weil Krokodile so etwas nie tun würden. Man kam überein, dass sie vermutlich einen großen Waran gesehen hatte und die Fantasie mit ihr durchgegangen war.

»Da kommt sie«, rief Monty. »Bitte, Leute, benehmt euch. Das gilt vor allem für dich, Charlie.«

»Was soll das heißen?«, begehrte Charlie auf.

»Sag deinem Papagei, er soll den Schnabel halten«, gab Monty knapp zurück. »Miss Penrose ist nämlich eine Lady.«

»Und wir?«, erkundigte sich eine der Frauen verärgert.

»Ihr seid einfach die Frauen von diesen Typen da«, gab Monty flapsig zurück.

»Aber ich kann Kiwi nicht vom Fluchen abhalten«, beschwerte sich Charlie.

»Du musst«, sagte Colin, der wusste, wie sehnlich Betty sich wünschte, dass Lara blieb.

»Ich kann ihm doch nicht den Schnabel zubinden«, meckerte Charlie.

»Warum nicht? Ich müsste hier noch irgendwo Zwirn haben«, meinte Monty und kramte in einer Schublade unter dem Tresen. Charlie war entsetzt, dass jemand seinem gefiederten Freund so etwas antun wollte.

»Hallo«, grüßte Lara, als sie das Hotel betrat.

»Wie zum Teufel geht's dir?«, kreischte Kiwi.

Verblüfft blieb Lara stehen. Die Leute im Pub starrten sie an, sichtlich gespannt auf ihre Reaktion.

»Gut, danke der Nachfrage, Kiwi«, lachte Lara. »Sie müssen Charlie sein«, fügte sie hinzu und streckte dem alten Mann die Hand entgegen. »Ich heiße Lara Penrose.«

Durch die Menge ging ein Seufzer der Erleichterung, und nach und nach breitete sich ein Lächeln auf den Gesichtern aus.

»Schön, Sie kennenzulernen, Miss Penrose«, lispelte der zahnlose Alte. »Meine Güte. Colin und Monty haben ja schon erzählt, dass Sie eine tolle Frau sind, aber ich habe ihnen nicht geglaubt, nach ein paar Bier übertreiben sie manchmal ganz gern. Aber sie haben verflixt nochmal recht. Sie sehen aus wie meine Lieblingsschauspielerin, Carole Lombard.«

»Sie ist auch meine Lieblingsschauspielerin.«

»Was Sie nicht sagen«, murmelte Charlie beeindruckt.

»Zeig mal deine Beine, du steiler Zahn«, kreischte Kiwi und ließ einen anerkennenden Pfiff ertönen. *»Ich kann dein Höschen sehen.«*

Lara traute ihren Ohren nicht und registrierte, dass Charlie errötete. Ebenso wie Colin neben ihm. Hatte er den anderen etwa erzählt, wie sie ins Auto eingestiegen war?

»Kümmern Sie sich nicht um Kiwi«, entschuldigte sich Charlie schnell. »Er sagt diese Dinge zu jedem.«

»Stimmt«, pflichtete Colin ihm bei.

»Monty, gib dem Vieh ein paar Erdnüsse, damit es den Schnabel hält«, zischte Betty. Sie wandte sich an Lara. »Ich möchte Sie zunächst den Damen vorstellen«, sagte sie und führte Lara zu einem Tisch, an dem ausschließlich Frauen saßen, die sie nun neugierig musterten. Lara war froh, sich für eines ihrer lockeren, neuen Kleider entschieden und sich das Haar hochgesteckt zu haben.

»Mädels, das ist Lara Penrose, unsere neue Lehrerin. Lara, das hier sind Doris, Margie, Patty, Joyce und Rizza.« Die Frauen begrüßten Lara freundlich.

»Schön, Sie endlich alle kennenzulernen«, sagte Lara. »Ich weiß nicht, wem von Ihnen ich für die Verschönerung meiner Küche und meines Wohnzimmers danken soll, aber mir fehlen fast die Worte, um auszudrücken, was für ein schönes Gefühl es war, als ich aufwachte.«

»Es war eine Gemeinschaftsaktion«, erklärte Betty stolz.

»Das Pfarrhaus hat sich grundlegend zu seinem Vorteil verändert. Merkwürdig, dass ich nicht das Geringste gehört habe.«

»Wir haben uns bemüht, Sie nicht aufzuwecken«, sagte Betty. »Immerhin haben Sie die ganze Reinigung auf sich genommen. Wir haben nur ein paar Kleinigkeiten hinzugefügt, um es etwas heimeliger zu machen.«

»Das ist Ihnen weiß Gott gelungen. Ich liebe das Teeservice. Wem darf ich dafür danken?«

»Ich habe es vor ungefähr zehn Jahren aus England mitgebracht«, erklärte Doris, eine Frau um die sechzig, vergnügt. »Aber mein Errol ist so tollpatschig, dass ich es nie benutzen konnte. Ich freue mich, dass Sie es gebrauchen können.«

»Errol Brown ist der mit der großen Nase und dem Rauschebart«, sagte Betty und zeigte auf einen der Männer. Lara war schockiert. Wie konnte Betty in Anwesenheit der Ehefrau so über ihn sprechen? Aber Doris schien das nichts auszumachen.

»Das habe ich gehört«, grinste Errol und wischte sich den Bierschaum mit dem Handrücken aus dem Bart, ehe er zu Lara hinüberwinkte. Man sah ihm an, dass er Betty ihren Kommentar nicht übel nahm.

»Habe ich Ihnen auch den Earl-Grey-Tee zu verdanken?«, erkundigte sich Lara bei Doris. »Das ist mein Lieblingstee.«

»Ja, meine Schwester schickt ihn mir immer. Während der Weltwirtschaftskrise ging es natürlich nicht, aber jetzt ist es unproblematisch. Haben Sie schon einmal Lady Grey probiert?«

»Ja, und zwar sowohl Lady Lavender Grey als auch Lady Citrus Grey. Aber mir ist das Original mit dem Bergamotte-Öl immer noch am liebsten.«

»Mir auch«, pflichtete Doris ihr sichtlich erfreut bei.

»Und wer ist verantwortlich für das Tischtuch?«

»Ich«, meldete sich Patty. »Es hat genau die richtige Größe, und die Farben passen gut zur Küche. Außerdem hatte ich noch passenden Stoff, daraus habe ich dann die Küchenvorhänge gemacht. Die Gardinen für das Wohnzimmer sind schon mit mir nach Australien ausgewandert, aber ich hatte nie ein Fenster, in das sie passten. Die Kissenhüllen habe ich schon vor über einem Jahr bestickt, und jetzt fand ich, dass sie wunderbar mit dem Rest harmonierten.«

»Sie schaffen wirklich eine gemütliche Atmosphäre, und Ihre Sticktechnik ist geradezu perfekt. Herzlichen Dank.«

»Ich handarbeite gern, schon seit meiner Kindheit«, sagte Patty, die sich über das Lob freute.

»Patty und Don McLean haben achtjährige Zwillinge, ein Mädchen und einen Jungen«, warf Betty ein. »Don ist der da drüben mit der haarigen Brust«, fügte sie hinzu. Lara ließ ihren Blick hinübergleiten und konnte sofort Don ausmachen. Da er nur mit einem Unterhemd und einer Shorts bekleidet war, konnte sie den größten Teil seiner haarigen Brust sehen. Er rief ein fröhliches »Hallo« zum Damentisch hinüber. In diesem Moment stürmten die Zwillinge in den Pub, woraufhin Kiwi erschrak und eine ganze Reihe von Kraftausdrücken vom Stapel ließ.

»Ich habe euch doch gesagt, ihr sollt in Kiwis Nähe nicht so herumpoltern«, schimpfte Charlie.

Don fing seine Sprösslinge ein und hieß sie sich setzen, damit Lara sie später kennenlernen konnte.

»Margie ist das Backgenie im Dorf«, fuhr Betty fort. »Sie ist mit John Martin verheiratet, den wir alle nur Jonno nennen. Jonno ist der mit dem Hut. Der Hut ist offenbar an ihm festgewachsen. Keiner von uns weiß, was sich darunter befindet, weil wir ihn schon jahrelang nicht mehr ohne gesehen haben.«

»Ich auch nicht«, lachte Margie. »Er schläft auch mit dem Ding.«

Margie schien die älteste der anwesenden Frauen zu sein und war vermutlich längst Großmutter. »Die Plätzchen waren göttlich«, sagte Lara. »Ich habe sie zum Tee gegessen und fühlte mich dabei wie im Himmel.«

Margie strahlte. »Wenn Sie mögen, backe ich Ihnen einmal einen gestürzten Ananaskuchen.«

»Das klingt köstlich«, gab Lara zurück. »Ich liebe Ananas. Haben Sie die Backbücher dagelassen?«

»Ja«, sagte Margie, »vielleicht haben Sie ja eines Tages Lust, selbst zu backen. Aber wenn nicht, macht es auch nichts, denn ich backe ohnehin ständig.«

»Joyce hat gleich zwei grüne Daumen«, fuhr Betty mit der Vorstellung fort. »Bei ihr gedeiht wirklich jede Pflanze, und ich glaube, es gibt nichts, was sie nicht über Pflanzen weiß. Sie ist die Frau von Peter Castle, besser bekannt als Peewee. Er war früher einmal Jockey. Joyce und Peewee haben drei Kinder.«

Peewee winkte und grüßte mit einer Stimme, die eher zu einem jungen Mann gepasst hätte, der den Stimmbruch noch nicht durchlaufen hatte.

»Haben Sie die Orchideen gezüchtet?«, erkundigte sich Lara bei Joyce.

»Die wachsen hier eigentlich ganz von selbst. Sie dürfen nur nicht zu viel Sonne abbekommen.«

»Ich habe gern Grünpflanzen um mich, aber ich fürchte, sie haben es bei mir nicht wirklich gut«, sagte Lara, die sich nie mit Gärtnerei versucht hatte.

»Die Pflanzen auf dem Fensterbrett sind Bromelien und ziemlich widerstandsfähig. Sie brauchen nichts als Halbschatten oder höchstens ein wenig Morgensonne und manchmal etwas Wasser. Wenn Sie sie nicht zu viel gießen, blühen sie vielleicht. Ich zeige Ihnen gern, wie Sie es machen müssen«, bot Joyce an.

»Danke sehr. Wir könnten bei Gelegenheit dann auch einmal darüber sprechen, ob Sie nicht in die Schule kommen und den Kindern etwas über Pflanzen erzählen möchten. Ich weiß, dass es viele essbare Pflanzen und solche mit Heilwirkung gibt, aber ich habe noch nie jemanden kennengelernt, der sich damit auskennt.«

»Oh, darüber weiß Joyce wirklich alles«, begeisterte sich Betty.

»Dann wird das für die Kinder ja richtig spannend«, freute sich Lara. »Hätten Sie Lust dazu, Joyce?«

»Gern, wenn Sie glauben, dass es die Kinder interessiert«, sagte Joyce, die ihre Freude über die Bitte kaum verhehlen konnte. Auch Betty wirkte erleichtert.

»Rizza versorgt uns mit Tropenfrüchten. Sie stammt von der Insel Taro auf den Salomonen und ist mit Rex Westly verheiratet. Sie haben ein Kind, und ein weiteres ist unterwegs. Rex ist der beste Fischer des Dorfes.«

»Darüber kann man geteilter Meinung sein«, rief Don, der die Bemerkung gehört hatte.

»Klar ist er das«, rief Betty zurück und flüsterte Lara zu: »Die beiden wetteifern ständig.«

Rizza schenkte Lara ein strahlendes, freundliches Lächeln. Ihre dunklen Augen waren warm, und ihre ganze Persönlichkeit strahlte Ruhe und Frieden aus. Selbst im Sitzen konnte Lara erkennen, dass ihr Leib sehr gerundet war und dass die Geburt ihres Babys nicht mehr lange auf sich warten lassen würde.

»Schön, Sie kennenzulernen, Rizza«, sagte Lara. »Die Früchte sehen einfach herrlich aus. In England sind Mangos und Papayas ein sehr seltener Luxus, aber ich habe sie schon probiert und finde sie köstlich.«

»Sie schmecken gut zum Frühstück«, sagte Rizza, »aber man wird sie schnell leid.«

»Das glaube ich kaum. Auf jeden Fall esse ich morgen welche zum Frühstück. Auch die Schüssel ist sehr schön. Herzlichen Dank.«

»Die Schüssel ist von Betty«, sagte Rizza.

»Sie hatte die richtige Farbe«, lächelte Betty bescheiden.

»Es ist ein wunderschönes Blau. Vielen Dank, Betty.« Lara ahnte, dass Betty die Verschönerung organisiert hatte, und war ihr sehr dankbar dafür.

»Gerne. Von ganzem Herzen«, antwortete Betty.

»Wir wünschen uns, dass Sie Ihre Zeit bei uns genießen«, fügte Rizza hinzu.

Lara lächelte. Noch am Morgen war sie davon ausgegangen, dass das unmöglich war. Wer hätte gedacht, dass ein paar Stunden einen solchen Unterschied bewirken konnten?

Rex trat auf sie zu. »Ich habe hier frischen Fisch für Sie, Lara«, sagte er und reichte ihr ein Päckchen.

»Danke«, sagte Lara. »Sind die Angelbücher von Ihnen?«

»Ja, aber ich kann Sie auch gern persönlich jederzeit mit hinaus auf den Billabong nehmen. Auf diese Weise lernt man es am leichtesten.«

»Ich glaube, wichtiger für mich wäre ein Buch, wie man Fisch zubereitet, ohne ihn zu verderben«, sagte Lara.

»Legen Sie ihn einfach in die Pfanne und braten Sie ihn.«

»Wenn ich das kann, kann es jeder«, sagte Betty augenzwinkernd.

»Ich werde es versuchen«, lächelte Lara. In diesem Augenblick betrat Jerry Quinlan das Hotel.

Betty schien ernsthaft überrascht. »So schnell haben wir dich hier nicht wieder erwartet«, sagte sie. Ihr Blick streifte Lara, als vermute sie, der Arzt sei ihretwegen gekommen.

»Ich habe vergessen, Zinksalbe für Laras Mückenstiche dazulassen«, erklärte Jerry linkisch.

»Ich hätte ihr doch welche abgeben können«, sagte sie.

»Außerdem habe ich ein Moskitonetz mitgebracht, das sie sich über das Bett hängen sollte. Wir wollen doch nicht, dass sie Malaria bekommt.«

»Aber natürlich, Herr Doktor«, machte sich Betty über ihn lustig.

»Wie aufmerksam du doch gegenüber deinen Patienten bist«, fügte Colin vielsagend hinzu. Jerry errötete und erklärte, Lara sei nicht seine Patientin.

»Ein Radler für Sie, Lara«, sagte Monty, ehe er Jerry ein Bier einschenkte.

»Trinken wir auf unsere neue Lehrerin, Miss Lara Penrose«, rief Colin. Sämtliche Dorfbewohner hoben fröhlich ihr Glas.

Lara lächelte. Sie fühlte sich willkommen. Sie trank einen Schluck von ihrem Radler, aber ihr Blick hing an dem Krokodilskopf über der Bar. Ein Schauder lief ihr über den Rücken.

Betty rief hastig die Kinder herbei, damit Lara sie kennenlernte.

13

Nach dem freundlichen Empfang verwandte Lara viel Energie darauf, den Klassenraum für ihre Schüler vorzubereiten. Sie brauchte einen ganzen Tag, um die Kirche zu reinigen und die Schreibtische und Stühle so aufzustellen, dass der Raum wie ein Klassenzimmer aussah. Nachdem sie mit dem Ergebnis zufrieden war, machte sie sich auf die Suche nach Lehrbüchern, Stiften und Linealen, fand aber kaum noch verwertbares Material.

Lara heuerte Colin für den Folgetag als Chauffeur für eine Fahrt in die Stadt zur Kultusbehörde an. Der Ausflug erwies sich im wahrsten Sinne des Wortes erneut als haarsträubend, obwohl sie dieses Mal einen Schal um den Kopf trug. Aber er war zumindest von Erfolg gekrönt, wenn auch von bescheidenem. Nachdem sie wortreich Wirbel um ihre künftigen Schüler gemacht und voller Zuversicht vom zukünftigen Erfolg ihrer Mission berichtet hatte, gestand man ihr eine moderate Summe für Lehrmaterial zu. Zudem füllte sie einen Antrag auf weitere Zuschüsse aus.

Gemeinsam mit Colin investierte sie das Geld sofort in Lehrmaterial für zwanzig Schüler, obwohl sie zu Beginn mit höchstens zehn rechnete.

»Am Montagmorgen beginnt der Schulbetrieb«, bestimmte sie. Damit blieben ihr drei Tage, um alles fertigzustellen. »Ich hoffe immer noch, dass auch einige Schüler der Aborigine-Gemeinde kommen.«

Colin enthielt sich eines Kommentars, doch sie sah ihm an, dass er ihren Optimismus nicht teilte. Bisher hatte Lara noch niemanden aus dem Aborigine-Dorf kennengelernt und lediglich einige der Kinder im schulpflichtigen Alter aus der Entfernung gesehen.

Lara reinigte gerade die Tafelschwämme und dachte darüber nach, wie sie die Kinder der Aborigines als Schüler gewinnen könnte, als plötzlich lautes Hundegebell die friedliche Ruhe störte. Bei einem Blick aus dem Fenster erkannte sie Margies kleine Foxterriermischlinge, die im hohen Gras am Billabong aufgeregt jagten. Von ihrer Position aus konnte Lara nicht genau erkennen, was es war, vermutlich eine Schlange. Margie hatte Lara erzählt, dass die beiden Hunde ausgezeichnete Schlangenjäger waren, obwohl einer von ihnen schon alt, taub und auf einem Auge ganz und auf dem anderen teilweise erblindet war. Trotzdem: Einige australische Schlangen gehörten zu den giftigsten der Welt, und Lara wusste, wie sehr Margie an den Hunden hing, vor allem an der vierzehnjährigen Trixie.

Sie griff nach einem Besen und stürmte hinaus. Die beiden Hunde hatten ihre Beute jetzt eingekreist, sie knurrten und schnappten. Lara versuchte, sie zurückzurufen, doch sie gehorchten nicht. Als sie näher kam, erkannte sie, dass die Hunde hinter etwas sehr viel Größerem her waren als einer Schlange. Sie hoffte, dass es eine Echse und kein Krokodil war. In den letzten Tagen hatte sie mehrfach Krokodile, wenn auch nicht sehr große, gesehen, trotzdem fürchtete sie sich manchmal ein wenig davor, vor die Tür zu gehen.

In diesem Moment tauchte wie aus dem Nichts der achtjährige Harry Castle auf, der mittlere Sohn von Joyce und Peewee. Er hielt einen Stock in der Hand und wollte offenbar den Hunden zu Hilfe eilen.

»Zurück, Harry«, rief Lara. Plötzlich schossen die beiden Hunde aus dem hohen Gras hervor, sie kullerten Lara fast vor die Füße. Entsetzt registrierte sie, dass ein Krokodil mit weit geöffnetem Maul hinter ihnen her auf sie zustürmte. Das hässliche Geräusch war ihr nur allzu bekannt.

»Vorsicht, Harry!«, schrie Lara und brachte sich mit einem Satz zwischen das Krokodil und den Jungen, während die Hunde zu einem erneuten Angriff ansetzten. Das Krokodil war zwar nicht mehr als einen Meter zwanzig lang, gab aber keineswegs nach. Wieder versuchte Lara, die Hunde zurückzurufen, und wieder gehorchten sie nicht.

»Hol Margie«, rief sie dem Jungen zu. »Sag ihr, dass ihre Hunde in Gefahr sind!«

»Aber …«

»Nun geh schon!«, donnerte sie.

Der Junge drehte sich um und machte sich in Richtung Margies Haus davon, das etwa hundert Meter entfernt am Billabong lag.

Die Hunde folgten noch immer ihrem Jagdinstinkt. Bella war mit ihren fünf Jahren agil und wendig, und Trixie folgte ihr instinktiv, ungeachtet ihres Handicaps, wobei es ihr schwerfiel einzuschätzen, in welche Richtung ihr Gegenüber schnappte und zustieß. Mehrfach stieß sie mit Bella zusammen und brachte sie damit beide in Gefahr.

Lara war hin und her gerissen. Am liebsten hätte sie sich in die Sicherheit des Pfarrhauses geflüchtet, aber sie brachte es nicht übers Herz, die beiden kleinen Hunde in Lebensgefahr zurücklassen.

Vorsichtig wagte sie sich so nah wie möglich heran und griff nach Trixie. Der Hund erschrak, entwand sich sofort ihrem Griff und fiel zu Boden. Sofort setzte das Krokodil zum Sprung an. Trixie gelang es in letzter Sekunde auszuweichen, doch das Krokodil verbiss sich in ihrem Schwanz, und der Hund jaulte auf und schrie wie ein Kind. Wie von Sinnen stürzte Bella sich immer wieder auf das Krokodil, in dem verzweifelten Versuch, ihre Gefährtin zu retten, doch das Tier ließ seine Beute nicht los. Langsam zog es sich rückwärts in Richtung Wasser zurück, wobei es den unglücklichen Hund hinter sich herschleifte.

Lara war entsetzt. Panisch schrie sie um Hilfe, doch niemand kam. Sie begann, wie von Sinnen mit dem Besen auf das Krokodil einzuschlagen und brüllte es an, Trixie loszulassen. Doch das Krokodil kroch unbeirrt mit dem panisch kläffenden Hund im Schlepp weiter rückwärts auf den Billabong zu. Als Lara schon meinte, den Hund aufgeben zu müssen, drehte sie in einem letzten verzweifelten Versuch den Besen um und stieß den Stiel mit voller Wucht in eines der Augen der Bestie. Und dann geschah das, womit sie nicht mehr gerechnet hatte: Das Krokodil ließ seine Beute los, und Trixie stob davon.

Blitzartig wandte sich das Krokodil Lara zu. Nie hätte sie geahnt, dass diese Tiere sich so schnell bewegen konnten! Panisch wich sie zurück, ihre Ferse stieß gegen eine Unebenheit auf dem Boden, Lara strauchelte und fiel. Die Zeit schien stillzustehen. Entsetzt richtete sie sich auf die Ellenbogen und befand sich plötzlich auf einer Ebene mit dem aufgerissenen Maul der Bestie, das ihren Füßen gefährlich nah war. Vor ihrem inneren Auge sah sie das Bild ihres Fußes zwischen den Zähnen, während das Krokodil sich mit ihr als Beute rückwärts Richtung Wasser zurückzog. Sie schrie in Panik und trat nach der Krokodilschnauze, während sie instinktiv so schnell es ging auf ihren aufgestützten Ellbogen rückwärts kroch. Bella bellte ununterbrochen und schnappte immer wieder nach dem Tier.

Plötzlich stand Harry mit seinem Stock neben ihr. Er schlug mit dem Ast vor dem Krokodil auf den Boden und stach nach ihm. Laras Herz drohte einen Schlag auszusetzen, als ihr aufging, dass sich der kleine Junge in der Gefahrenzone befand. Der Adrenalinstoß half ihr auf die Beine.

»Zurück, Harry«, schrie sie.

Doch Harry hörte nicht auf sie. Gemeinsam mit Bella und Trixie, die jetzt wieder auftauchte, versuchte er, das Krokodil in die Flucht zu schlagen. Und das Unvorstellbare gelang. Ungläubig sah Lara zu, wie sich das Tier umdrehte und in die Sicherheit des Gewässers verschwand. Es tauchte unter die Oberfläche des stillen Billabong und ließ nichts als ein paar kleine Kräuselwellen zurück.

»Alles in Ordnung?«, erkundigte sich Harry, als Lara an Ort

und Stelle zusammensackte, weil ihre Beine sie nicht mehr trugen. Bella und Trixie kletterten auf ihren Schoß und leckten ihr eifrig schwanzwedelnd das Gesicht. Aus Trixies verletztem Schwanz tropfte Blut auf ihr Kleid.

»Ich glaube schon«, murmelte Lara, die sich nur langsam beruhigte. »Was hast du dir bloß dabei gedacht, Harry? Das Krokodil hätte dich angreifen können.«

Margie erschien auf der Veranda und rief nach den Hunden, die gehorsam nach Hause stromerten. »Waren die beiden wieder einmal hinter einer Schlange her? Ich habe geschlafen und gerade eben das Gebell gehört«, rief sie zu Lara hinüber.

»Nee, sie haben ein Krokodil gejagt, Mrs Martin«, antwortete Harry laut, als sei der Kampf mit einem Krokodil eine völlig alltägliche Sache. »Es hat Trixie in den Schwanz gebissen.«

Margie schüttelte den Kopf und nahm Trixie auf den Arm. »Ich fürchte, ich kann diesen Hund nicht mehr frei laufen lassen«, sagte sie und ging ins Haus.

Verblüfft registrierte Lara, wie gelassen Margie mit dem Ereignis umging. Als ob der Kampf mit einem Krokodil, zumal um Leben und Tod, ganz normal wäre!

Auch Harry schien von der Gefahr völlig unbeeindruckt und hatte gewusst, was zu tun war. »Wie oft bist du schon mit einem solchen Krokodil aneinandergeraten, Harry?«

»Schon ganz oft, Miss Penrose. Hier wimmelt es von Krokodilen. Manchmal klauen sie uns ein Huhn, und wenn es eine gute Legehenne war, wird Mum ziemlich sauer.«

»Das ist doch wohl nicht dein Ernst?«

Harry zuckte nur mit den Schultern.

»War das ein Süßwasserkrokodil oder ein Saltie?«

»Ein kleines Saltie, Miss Penrose. Man kann es an der Form der Schnauze erkennen. Süßwasserkrokodile haben lange, schmale Schnauzen, die von Salties sind breiter und runder.«

»Na toll, dann wächst es also später zu einem Riesenkrokodil heran.«

Mit einem Mal entdeckte Harry seinen Bruder Tom, der in einiger Entfernung mit Patty und Dons Sohn Vincent Fangen spielte. »Bis bald, Miss Penrose«, sagte er und rannte davon.

»Bis Montag in der Schule«, rief Lara ihm hinterher. »Sag das bitte auch den anderen.«

Harry nickte, sah aber alles andere als begeistert aus.

Lara stand auf und ging auf zittrigen Beinen zum Pfarrhaus zurück. Ihr Besen war nach der heftigen Begegnung mit dem Krokodil ziemlich ramponiert. Zunächst dachte sie daran, sich zur Beruhigung ihrer Nerven eine Kanne Tee aufzubrühen, beschloss dann aber, dass Tee jetzt nicht das Richtige war. Sie brauchte etwas viel Stärkeres.

Monty war allein im Pub, als Lara eintrat.

»Tag, Lara«, begrüßte er sie, überrascht, sie so früh an diesem Ort zu sehen. »Wenn ich Charlies Mittagsbesuch nicht mitzähle, sind Sie heute meine erste Kundin. Möchten Sie ein Radler?«

»Haben Sie auch Brandy?«

»Irgendwo muss eine Flasche rumstehen.« Er betrachtete sie neugierig. »Hatten Sie wieder mal Besuch von einem Riesenkrokodil?«, erkundigte er sich scherzhaft.

»Riesig war es nicht gerade, aber es war ein Saltie und hat mir ganz schön Angst eingejagt«, sagte Lara und ließ sich auf einen Barhocker sinken.

»Sie werden sich bald daran gewöhnen«, behauptete Monty nonchalant und stellte einen großzügig bemessenen Brandy vor sie.

»Ich glaube, an diese Tiere werde ich mich nie gewöhnen«, sagte Lara und nahm einen Schluck. Sofort schnappte sie nach Luft. »Das heute hat sich im Schwanz von Margies Hund Trixie verbissen und versucht, sie ins Wasser zu zerren. Ich habe mit einem Besen auf das Vieh eingeprügelt. Daraufhin wollte es hinter mir her. Kaum zu fassen, aber Harry Castle hat mir das Leben gerettet. Der Junge ist gerade einmal acht!«

»Ein ereignisreicher Tag für Sie«, sagte Monty mitfühlend.

»Man müsste etwas gegen diese Krokodile tun.« Lara leerte ihr Glas, setzte es ab und bedeutete Monty, es erneut zu füllen.

»Was denn zum Beispiel?«, fragte Monty und schenkte ihr nach.

»Betty sprach einmal von Krokodiljägern, Sie waren ja selber sogar mal einer. Gibt es hier im Dorf vielleicht jemanden, der so was macht? Er würde doch sicher ganz gut dabei verdienen.«

»Krokodiljäger finden Sie zuhauf in Darwin, hier aber nicht. Außerdem hat niemand in Shady Camp genügend Geld, um einen Jäger dafür zu bezahlen, die Krokodile loszuwerden. Und im Übrigen wächst ihre Population trotz der Jäger.«

»Harry hat mir erzählt, dass die Krokodile die Hühner seiner Mutter stehlen. Eines Tages nehmen sie vielleicht mal ein Kind mit.«

»Schon passiert«, sagte Monty.

»Was?«

»Es gibt viele Geschichten darüber, dass sie Kinder der Aborigines gefressen haben.«

Lara nahm einen weiteren Schluck von ihrem Brandy. »Aber niemand wollte mir glauben, dass ich ein Riesenkrokodil gesehen habe«, murmelte Lara mehr für sich selbst.

»Ich habe keine Sekunde daran gezweifelt«, wandte Monty ein. »Auch die Aborigines haben schon welche gesichtet. Sie nennen sie *pukpuk*. Aus meiner jahrelangen Jagd nach ihnen weiß ich nur zu gut, dass die großen Salties im Mary River und anderen Flüssen im Territory mehr als einen Jäger auf dem Gewissen haben.«

»Könnten *Sie* denn nichts gegen die Krokodile tun, Monty?«

»Ich? Ich schieße längst nicht mehr so gut wie vor vielen Jahren, und mit dem Bein habe ich irgendwie auch meine Nervenstärke verloren. Ihnen ist bestimmt aufgefallen, dass ich manchmal ganz schön zittere, wenn ich einschenke«, fügte er ein wenig verlegen hinzu.

»Ich kann gut verstehen, wie sehr dieses Erlebnis Sie traumatisiert haben muss.« Lara streckte ihre Hände aus. Sie zitterten. »Wo kann ich denn einen Krokodiljäger finden?«

Verblüfft blickte Monty sie an. »Sie wollen einen Jäger anheuern?«

»Richtig. Ich kann nicht mit dem Gedanken leben, dass sich das, was heute passiert ist, jederzeit wiederholen könnte. Ich möchte vor die Tür gehen können, ohne befürchten zu müssen, einem Krokodil über den Weg zu laufen. Harry und Margies Hund hatten heute Glück. Aber ich kann nicht hier wohnen und mir ständig Sorgen machen müssen, dass einer meiner Schüler von einem Krokodil gefressen wird. Also – wo finde ich einen Krokodiljäger?«

Monty schwieg eine Weile. »Am ehesten in der Bar des Hotel Darwin«, meinte er schließlich. »Colin könnte Sie hinbringen.«

»Habe ich da gerade meinen Namen gehört?«, erkundigte sich Colin von der Tür aus.

»Hast du«, antwortete Monty. »Lara wollte dich etwas fragen.«

»Ich bin ganz Ohr.«

»Ich möchte Sie bitten, mich in ein Hotel in der Stadt zu begleiten«, sagte Lara.

»Einverstanden, aber ich muss erst Betty fragen, ob sie etwas dagegen hat, dass ich die Nacht mit einer anderen Frau in der Stadt verbringe«, grinste Colin.

Lara musste ebenfalls grinsen. »Ich will einen Krokodiljäger anheuern. Monty sagt, dass man sie am ehesten in der Bar des Hotel Darwin antrifft.«

»Da hat er recht. Aber sie sind nicht billig.«

»Ich hoffe, dass der Preis verhandelbar ist«, sagte Lara zuversichtlich.

»Mit Ihrem Charme können Sie das Blaue vom Himmel holen«, meinte Monty.

»Das Blaue kann bleiben, wo es ist. Es sind die Krokodile, die ich loswerden will«, sagte Lara entschlossen.

14

Das Hotel Darwin stand an der Esplanade. Es hatte am 9. Juli 1940 seine Pforten geöffnet, und obwohl es mit seinem Zimmertrakt auf der oberen Etage recht eindrucksvoll wirkte, zog es, wie Colin Lara berichtete, eine ziemlich gemischte Klientel mit deutlichen Klassenunterschieden an.

Als sie das weiß getünchte Gebäude betraten, wies er Lara auf den Grünen Salon hin, dessen helle, luftige Räumlichkeiten häufig mit dem Hotel Raffles in Singapur verglichen wurden. Hier spielten am Wochenende Musikkapellen für reiche Farmer und Beamte mit ihren Familien zum Tanz auf. Der Boden war mit einem weichen, grünen Teppich ausgestattet, die hohe Decke wurde von weißen Ziersäulen gestützt, ringsum standen Palmen in Töpfen, und von den Fenstern aus blickte man in einen opulenten tropischen Biergarten mit Fischteich.

Die zur Vorderseite gelegene Bar zog ein ganz anders geartetes Publikum an. In aller Regel handelte es sich um Männer, die gerne viel tranken und damit für einen guten Umsatz sorgten. Dank ihrer Lage in der Nähe der Kais und der Esplanade galt die Bar des Darwin als »Tränke« für Seeleute, Hafenarbeiter und Fischer. Aber auch die Krokodiljäger trafen sich hier, die nicht nur als besonders trinkfest, sondern auch als streitlustig und mindestens ebenso gefährlich wie ihre Beute galten. Laut Dresscode waren in der Bar Schuhe und ein Hemd zu tragen, doch das Personal hätte nie gewagt, die Einhaltung dieser Regel einzufordern.

»Ich bin überzeugt, sie benehmen sich, wenn ich mit ihnen rede«, sagte Lara beiläufig.

Bestürzt sah Colin sie an. »Sie können auf keinen Fall in eine Bar gehen, Lara. Nicht in der Stadt. Und schon gar nicht im Hotel Darwin.«

»Warum nicht? Es wird nicht mehr als ein paar Minuten dauern.«

»Weil dort nur Männer Zutritt haben. Und das ist auch gut so, denn die Sprache, die dort gesprochen wird, ist wirklich nichts für die Ohren einer Lady.«

»Aber wie soll ich einen Krokodiljäger finden, wenn ich nicht in die Bar darf? Ich muss doch mit ihm reden.«

»Nun, wenn Sie mir sagen, was Sie von ihm wollen, spiele ich den Mittelsmann.«

Lara seufzte. »Na gut«, stimmte sie widerstrebend zu.

»Sie warten am besten entweder im Grünen Salon oder draußen vor dem Hotel. Draußen könnte es allerdings ein bisschen heiß sein.«

Die Fenster des Hotels waren weit geöffnet, und so entschied Lara sich, draußen zu warten. Auch wenn sie auf diese Weise wahrscheinlich nicht hören konnte, was drinnen gesprochen wurde, so konnte sie Colin und die Männer doch sehen. Und was auch wichtig war: Die Männer sahen sie.

Colin hatte von Lara ausführliche Anweisungen bekommen. Er sollte die in der Bar anwesenden Krokodiljäger aushorchen und auf Lara als mögliche Kundin aufmerksam machen. Sobald einer von ihnen Interesse bekundete, sollte er den Preis herunterhandeln und den Mann dazu wenn nötig auch zu ihr hinausbringen.

Colin war nicht ganz so überzeugt vom Gelingen dieses Vorhabens wie Lara, dennoch würde er sein Glück versuchen. Entschlossen ging er in die Bar und bestellte ein Bier. Er schmunzelte. Das hatte ursprünglich nicht zu Laras Plan gehört, aber er hatte sie davon überzeugen können, dass er zunächst ein paar Bierchen trinken musste, um als echter australischer Mann akzeptiert zu werden.

Neugierig schaute er sich um. An einigen Tischen spielten

Männer Karten, andere maßen sich im Armdrücken, Krokodiljäger aber entdeckte er auf den ersten Blick keine.

»Können Sie mir vielleicht sagen, ob ich bei Ihnen heute Nachmittag Krokodiljäger finde?«, erkundigte er sich mit lauter Stimme beim Barkeeper.

»Sehen Sie den großen Kerl dort drüben, der so böse guckt?« Der Barkeeper zeigte auf einen Mann, der alle anderen überragte.

Colin musterte sein Profil und die muskulösen Arme und dachte, dass er diesem Menschen nicht unbedingt allein im Dunkeln begegnen wollte. »Der ist …«

»Genau. Der ist Krokodiljäger. Ich glaube, er heißt Tony, aber alle nennen ihn nur Timber. Der Kleine, Dicke neben ihm ist Wally Wazak, ein verrückter Polacke. Und der dritte Bekloppte heißt Daryl McKenzie oder Dazza. Er wirkt auf den ersten Blick ein bisschen zurückgeblieben, kennt aber, was Krokodile betrifft, angeblich keine Furcht. Er ist entweder waghalsig oder bescheuert, aber man sagt, alle drei seien gute Krokodiljäger.«

Colin war noch nicht überzeugt. »Gibt es noch mehr?«

»Heute nicht«, meinte der Barkeeper und nickte ihm aufmunternd zu. »Wenn Sie eine Runde ausgeben, reden sie vielleicht mit Ihnen.«

Das jedoch überstieg Colins Budget. »Ich werde es einfach einmal so probieren.«

»Wie Sie meinen«, entgegnete der Barmann, klang aber wenig überzeugt.

Colin trank sich rasch noch ein wenig Mut an und trat dann auf die Männer zu.

Die jedoch nahmen keine Notiz von ihm, ihre gesamte Aufmerksamkeit war auf Lara gerichtet, die in der Nachmittagssonne auf und ab ging. Alle Männer in der Bar starrten die hübsche blonde Frau an.

»Die hab ich hier noch nie gesehen«, stellte Timber fest.

Colin schätzte ihn auf gut und gern zwei Meter. Seine tiefe Stimme schien aus den Tiefen seines Körpers zu kommen. Seine

Arme hatten den Umfang von Colins Oberschenkeln und waren mit hässlichen Narben übersät.

»Warum steht sie wohl da draußen rum?«, überlegte Timber laut.

Colin wollte schon antworten, doch Wally kam ihm zuvor.

»Vielleicht sucht sie einen Mann«, schlug er vor. »Ich glaub, ich geh mal raus und frage, ob ich ihr 'nen Drink spendieren darf.«

Colin setzte erneut zu einer Antwort an, doch dieses Mal war Timber schneller.

»Du spinnst doch, Wally. Du stinkst wie ein toter Fisch.«

»Ich habe erst vor ein paar Tagen gebadet«, protestierte Wally und schnüffelte unter seiner Achsel. »Ich rieche nichts.«

»Kein Schwein riecht seinen eigenen Gestank, Wally«, sagte Dazza und lachte wie ein Kind.

»Du nennst mich ein Schwein, Dazza?«, explodierte Wally. »Du hast doch nicht mehr in einer Badewanne gesessen, seit deine Mutter dich auf ihren Knien geschaukelt hat.«

»Lass meine Mutter aus dem Spiel«, drohte Dazza und baute sich vor ihm auf.

Die Spannung im Raum war förmlich greifbar, und Colin befürchtete eine Rauferei. Er wollte Timber schon auf die Schulter klopfen, nahm dann aber Abstand von dieser Idee. Timber sah aus wie ein Mann, der erst einmal zuschlug, ehe er Fragen stellte, und Colin hatte keine Lust, k. o. zu gehen. Er entschloss sich zu einem beschwichtigenden Gruß in die Runde. »Tag, die Herren.«

Die drei Männer wandten sich zu ihm um und starrten ihn mit undurchdringlichen Mienen an.

»Ich bin auf der Suche nach einem Krokodiljäger, der nach Shady Camp hinauskommt und das Dorf von ein paar Krokodilen befreit. Wäre einer der Herren an dem Job interessiert?«

Nach einer für Colin sehr unbehaglichen Pause antwortete Timber.

»Wer will das wissen?«, knurrte er und musterte Colin von Kopf bis Fuß.

»Mein Name ist Colin Jeffries.« Mit seiner Größe von weit über einem Meter achtzig und den breiten Schultern geschah es nur selten, dass Colin sich neben einem anderen Mann klein fühlte. Er stärkte sich mit einem Schluck Bier, der jedoch nicht gegen sein Unbehagen half. »Ich führe den Dorfladen in Shady Camp«, fügte er hinzu.

»Du führst den Dorfladen und kannst nicht mit ein paar Krokodilen leben?«, höhnte Timber.

»Ich kann es und tue es bereits seit über zehn Jahren. Ich komme im Auftrag.«

»Von wem?«

»Im Auftrag der neuen Lehrerin in unserem Dorf.« Er wollte auf Lara aufmerksam machen, wie sie ihn angewiesen hatte, doch dazu kam er nicht.

»Wir werden den Teufel tun und unsere Zeit mit Süßwasserkrokodilen vergeuden«, knurrte Wally. »Nur die Haut und das Fleisch von großen Salties bringen Gewinn.«

»Und jetzt machst du dich am besten vom Acker, Junge«, knurrte Timber. Sein drohender Ton verriet Colin, dass jede weitere Diskussion sinnlos war. Die drei Männer wandten sich ab und der Betrachtung von Lara zu.

Enttäuscht verließ Colin die Bar. »Tut mir leid, Lara, aber ich hatte kein Glück«, entschuldigte er sich hastig. »Die drei Kerle da drinnen jagen nur große Salties, weil sie deren Haut und Fleisch gut verkaufen können. Kleine Süßwasserkrokodile halten sie für Zeitverschwendung.«

»Haben Sie den Leuten erzählt, dass ich Margies Hund aus der Schnauze eines Krokodils retten musste?«

»Dazu hatte ich keine Gelegenheit.«

»Haben Sie wenigstens darüber gesprochen, dass die Tiere Joyce Castles Hühner stehlen?«

Colin schüttelte den Kopf. »Hühner sind denen doch völlig egal.«

»Und was ist mit den Kindern? Haben Sie gesagt, dass es nur

eine Frage der Zeit ist, bis eines Ihrer Kinder dran glauben muss? Ich bin ohnehin überrascht, dass bis jetzt noch nichts passiert ist. Monty sagt, dass die Aborigines schon Kinder auf diese Weise verloren haben.«

Colin verzichtete darauf, Lara zu erklären, dass die Krokodiljäger sicher nicht an eingeborenen Kindern interessiert waren. Dies war nicht die richtige Gelegenheit für eine Lektion über das Verhältnis von Weißen und Aborigines.

»Den Männern da geht es nur um Gewinn, Lara. Außerdem sind sie zu groß und zu bösartig für Diskussionen. Wir sollten jetzt gehen.«

»Vielleicht hätten Sie das Riesenkrokodil erwähnen sollen, das mich vor ein paar Tagen besucht hat«, meinte Lara sichtlich enttäuscht.

»Sie würden nie und nimmer glauben, dass ein Riesenkrokodil im Pfarrhaus war, Lara. Sie würden sich über uns totlachen.«

Aus dem Augenwinkel sah er, dass die Krokodiljäger mit ihren Bierkrügen ans Fenster traten und sich über das Fensterbrett lehnten.

»Na, Kleiner? Ist das Blondchen deine Alte? Mann, hast du ein Schwein!«, rief Wally Colin zu.

»Meint er mit Blondchen etwa mich?«, flüsterte Lara.

»Gehen Sie einfach nicht darauf ein, Lara. Wir sollten jetzt verschwinden«, zischte Colin. Vermutlich waren die Männer auf Streit aus.

»Und uns diese Gelegenheit durch die Lappen gehen lassen? Ohne mich!«, entgegnete Lara entschlossen.

»Diese Lady ist besagte Lehrerin«, rief Colin laut.

»Warum hast du das nicht gleich gesagt?«, grinste Wally lüstern. »In deiner Klasse säße ich gern, Blondchen.«

Colin schluckte. Dann beobachtete er erstaunt, wie Lara mit strenger Lehrerinnen-Miene einen Schritt auf das Fenster zutrat und ihre blauen Augen auf Wally heftete wie auf einen unartigen Schüler. In der Bar wurde es schlagartig ruhig. »Mein Name ist

Miss Lara Penrose«, sagte sie betont deutlich. »Blondchen kenne ich nicht.«

Wally brachte keinen Ton heraus. Die anderen Männer lachten.

»Ich möchte einen Krokodiljäger anheuern, um Shady Camp für Kinder und Haustiere sicherer zu machen.« Erneut blickte sie Wally an und schenkte ihm ein entwaffnendes Lächeln. »Ist einer von Ihnen dieser Aufgabe gewachsen?« Sie formulierte die Herausforderung mit süßer Stimme, ohne die drei Männer aus den Augen zu lassen. Schließlich heftete sie ihren Blick auf Wally, als wäre er der mutigste Mann der Welt. In diesem Augenblick hätte er vermutlich alles getan, was sie von ihm verlangte.

»Wir jagen die größten und gefährlichsten Tiere im Northern Territory. Salzwasserkrokodile, Büffel und Wildschweine. Kleine Süßwasserkrokodile wären reine Zeitverschwendung«, wiederholte Timber mit fester Stimme.

»Eigentlich könnte Ihnen doch gleich sein, was Sie jagen, solange Sie dafür bezahlt werden.«

Colin war beeindruckt von Laras Hartnäckigkeit.

»Die Krokodile in Shady Camp vergreifen sich an Schulkindern und Hunden. Das Dorf ist nicht sicher. Vielleicht haben Sie auch Kinder und verstehen meine Sorge«, fügte sie hinzu.

»Der eigentliche Gewinn bei der Krokodiljagd besteht im Verkauf der Häute und des Fleisches, Herzchen«, sagte Dazza.

»Miss Penrose«, korrigierte Lara.

Dazza wurde rot und warf seinen Kumpanen einen betretenen Blick zu. »Süßwasserkrokodile sind zu klein und deshalb nichts wert, *Miss Penrose*. Es lohnt sich nicht, sie zu häuten.«

»Nicht alle Krokodile in Shady Camp sind das, was Sie klein nennen«, wandte Lara ein.

Colin ahnte, worauf sie hinauswollte. »Tun Sie es nicht, Lara«, flüsterte er.

»Ich muss es tun, Colin«, raunte Lara zurück, »sonst hilft uns niemand. Monty hat mir erklärt, dass Krokodile ortstreu sind. Ich kann aber nicht damit leben, dass dieses Riesenvieh irgendwann zurückkommt, um in seinem Territorium zu jagen.«

»Und warum erschießen Sie die Krokodile nicht selbst?«, schlug jetzt einer der Männer amüsiert vor. Die Vorstellung, die zierliche, hübsche Frau könnte ein Gewehr schultern und auf Krokodile schießen, schien ihm zu gefallen.

»Wird uns ja wohl nichts anderes übrigbleiben«, sagte Colin und bemühte sich, Lara wegzuführen, bevor sie ihn und sich selbst zum Narren machen konnte.

»Benötigen Sie vielleicht Schießunterricht, *Miss Penrose*?«, fragte Wally provozierend.

»Ist Ihnen ein fünf Meter langes Krokodil zu klein?«, fragte Lara. Colin stöhnte auf.

»Süßwasserkrokodile werden nicht so groß«, stellte Timber fest.

»Dann muss das Tier, das ich gesehen habe, ein Saltie gewesen sein«, erklärte Lara hörbar verstimmt. Colin bemerkte, dass die Aufmerksamkeit aller anwesenden Männer ihr allein galt, und das jetzt nicht mehr nur, weil sie attraktiv war.

»Ich jage Krokodile, seit ich zwölf bin, und habe schon ein paar ziemlich große Exemplare zu Gesicht bekommen«, sagte Timber. »Aber fünf Meter? Solche Riesen sind extrem selten und mit Sicherheit nicht in den Billabongs zu finden.«

»Aber es war mindestens so groß«, ereiferte sich Lara. »Ich stand höchstens drei Meter von ihm entfernt, ich muss es also wissen.«

Die Männer blickten sie zunächst verdattert an, dann begannen sie lauthals zu lachen.

Colin senkte den Kopf, ganz im Gegensatz zu Lara, welche die Männer herausfordernd anstarrte.

»Wie lange sind Sie schon in Australien, Herzchen?«, fragte einer, dem an einer Hand drei Finger und an der anderen der Daumen fehlte.

»Was hat das damit zu tun?«

»Wie viele Krokodile haben Sie schon gesehen?«

»Leider zu viele. Deswegen bin ich hier.«

»Wie ist es möglich, dass Sie sich nur drei Meter entfernt von einem fünf Meter langen Krokodil befanden?«, fragte Wally. »Haben Sie sich am Ufer des Billabong gesonnt und es hat Ihnen Gesellschaft geleistet?«

Die Männer lachten.

»Natürlich nicht«, fuhr Lara ihn an. »Ich habe meine Küche geputzt, und plötzlich streckte es seinen Kopf durch die Türöffnung und hat mich angeknurrt.« Colin stöhnte erneut auf.

»Ich schwöre, dass es so war«, fügte Lara eilig hinzu.

»Haben Sie es gebeten, so lange stillzuhalten, bis sie ein Maßband geholt hatten, *Miss Penrose?*«

Die Männer johlten, genau wie Colin befürchtet hatte. Er griff nach Laras Arm.

»Kommen Sie«, forderte er sie auf. »Man glaubt Ihnen nicht, und das wird sich auch in absehbarer Zeit nicht ändern.«

Lara warf den Männern noch einen langen Blick zu und folgte Colin dann über die Esplanade. Oberhalb des Hafens setzten sie sich auf eine Bank.

»Ich hätte nicht erwartet, dass es so schlecht läuft«, sagte Lara leise. »Es ist mir ausgesprochen unangenehm, dass diese Leute mich für hysterisch halten oder glauben, meine Fantasie ginge mit mir durch. Aber ich weiß, was ich gesehen habe. Ich habe es mir nicht eingebildet. Eines Tages wird jemand anderes dieses Krokodil sehen, und dann wissen endlich alle, dass ich die Wahrheit gesagt habe.«

Colin spürte ihre Enttäuschung. »Warten Sie hier auf mich. Ich hole den Wagen«, schlug er vor. Er hatte sein Auto hinter dem Hotel geparkt und dachte, dass Lara ein paar Minuten allein vielleicht guttun würden.

Lara war froh, ein wenig Zeit für sich zu haben. Sie war zutiefst enttäuscht, dass keiner der Männer ihr hatte helfen wollen.

»Entschuldigen Sie bitte«, sagte plötzlich eine warme, tiefe Stimme neben ihr.

Sie wandte sich um. Hinter ihr stand ein Mann, den sie auf etwa dreißig Jahre schätzte. Er war ungefähr einen Meter achtzig groß und sonnengebräunt, wie jeder hier im Territory. Außerdem sah er außergewöhnlich gesund aus. Sein offenes Hemd flatterte in der sanften Brise und gab den Blick frei auf eine muskulöse Brust. Wieder war Lara irritiert wegen der Angewohnheit der Nord-Australier, sich ausgesprochen zwanglos zu kleiden.

»Ja bitte?«, sagte sie, ohne den Blick von ihm wenden zu können. Auf seinem markanten Kinn sprießte ein Drei-Tage-Bart, er hatte eine breite Stirn, und seine freundlichen dunklen Augen zogen sie in ihren Bann.

»Falls Sie immer noch einen Krokodiljäger suchen, würde ich Ihnen gern helfen.«

»Oh, das ist wirklich sehr edelmütig von Ihnen.«

»Mein Angebot hat nichts mit Ritterlichkeit zu tun. Für mich ist es eine bezahlte Tätigkeit.«

Lara betrachtete ihn nachdenklich. »Vielen Dank, aber ich brauche einen Profi. Ich würde nie jemanden einstellen, der sich Verletzungen oder gar Schlimmeres zuziehen könnte.«

»Was lässt Sie glauben, dass ich kein Profi bin?«

Lara dachte nach. Er war einfach zu … *nett.* »Können Sie mit einem Gewehr umgehen?«, fragte sie anstelle einer Antwort.

Er zögerte. »Durchaus.«

Immerhin. Lara stand auf und blickte ihm entschlossen ins Gesicht. »Wie viel Erfahrung haben Sie?«

»Ich kann Ihnen die Krokodile vom Hals schaffen. Das ist es doch, was Sie wollen?«

»Ja, schon … Haben Sie mitbekommen, was ich den Männern über das Riesenkrokodil in Shady Camp erzählt habe?«

»Ich habe es gehört.«

Sein Tonfall spiegelte Ungläubigkeit, und sofort sträubten sich Laras Nackenhaare. »Aber auch Sie glauben mir nicht.«

Der Fremde ließ seinen Blick in Richtung des Hotels wandern, bevor er ihn wieder auf Lara heftete. »Es spielt keine Rolle, ob ich Ihnen glaube oder nicht.«

Und ob es das tat. Lara war es leid, nicht ernst genommen zu werden. »Doch«, entgegnete sie patzig, »es spielt eine Rolle. Wenn Sie mir nicht glauben, brauchen Sie auch nicht für mich zu arbeiten.«

In diesem Augenblick fuhr Colin vor. Er stieg aus und half Lara, über die Autotür zu klettern. Der Mann ging ohne ein weiteres Wort davon.

»Wer war das?«, erkundigte Colin sich.

»Fahren Sie los!«

»Hat er Sie belästigt?«, wollte Colin wissen.

»Nein. Er behauptet, Krokodiljäger zu sein und uns helfen zu können«, gab Lara zurück, während sie sich auf dem Weg in Richtung Arnhem Highway das Tuch um den Kopf wickelte.

»Also haben Sie ihn angestellt?«

»Nein, habe ich nicht.«

»Warum nicht? Wollte er zu viel Lohn?«

»Über Geld haben wir nicht gesprochen.«

»Also, das verstehe ich jetzt nicht …« Dann aber schien Colin ein Gedanke zu kommen. »Sie haben das Riesenkrokodil erwähnt, und er glaubt Ihnen nicht.«

»Ich möchte jetzt nicht mehr darüber sprechen«, grummelte Lara.

15

Nach einer unruhigen Nacht war Lara bereits im Morgengrauen auf den Beinen und hatte – was bei ihr selten vorkam – schlechte Laune. Sie wusch sich und zog sich an, ging in die Küche, goss sich ein Glas Wasser ein und gähnte. Wie jeden Morgen lagen tote Nachtfalter auf Spüle und Anrichte. Sie schüttelte bei deren Anblick den Kopf, zog mit abwesender Miene die Vorhänge auf – und riss die Augen auf. Der Anblick war atemberaubend. Die Küche schien plötzlich in rosiges Licht getaucht.

»Wahnsinn!«, flüsterte sie.

Der Himmel und der ruhig daliegende Billabong hatten in den ersten Sonnenstrahlen eine intensive Fuchsiafarbe angenommen. Am Ufer genossen zwei Ibisse die kühlste Zeit des Tages. Sie spreizten ihre Schwingen und ihre langen Beine. Ein Jabiru stolzierte majestätisch zwischen den Seerosen umher auf der Suche nach seinem Frühstück. Lara musste lächeln, als hinter den am Anleger vertäuten Booten eine Entenfamilie auftauchte.

Sofort besserte sich ihre Laune, und plötzlich bekam sie Lust zu malen. Sie hatte früher schon so manches Mal gemalt, häufig auch Landschaften, irgendwann aber hatte ihr die richtige Inspiration gefehlt. Nun, da hier am Billabong jeder Morgen den vorigen an Schönheit zu übertreffen schien, ertappte sie sich immer häufiger bei dem Wunsch nach Leinwand und Farbe und dem Bedürfnis, die unglaubliche Pracht festzuhalten.

Sie füllte den Wasserkessel und verfolgte wie verzaubert die wunderbare Verwandlung der Natur. Mit jeder Minute veränderten sich die Farben des Himmels.

Plötzlich jedoch gewahrte sie aus dem Augenwinkel eine Bewegung und fuhr zusammen. Was war das? Etwa das Riesenkrokodil? Sie zwang sich, genauer hinzusehen und erkannte den Kopf und die breiten Schultern eines Mannes. Das konnte doch nicht wahr sein! Irgendjemand kroch hinter ihrem Haus im Gras herum!

Wütend riss sie die Hintertür auf. »Was machen Sie da?«, fragte sie den Fremden, der in einiger Entfernung den Boden untersuchte. »Sie haben mich zu Tode erschreckt!«

Der Mann richtete sich auf.

»Ach, Sie sind das!«, rief Lara, als sie ihn erkannte. Er hatte sich rasiert, und sein Hemd war zugeknöpft, aber die dunklen Augen und das gut geschnittene Gesicht ließen keinen Zweifel. »Wieso kriechen Sie auf allen vieren vor meinem Haus herum?«

»Ich habe nach Spuren gesucht.«

»Spuren?«

»Ja, nach irgendeinem Hinweis, dass hier ein Krokodil gewesen ist.«

»Wozu? Ich habe Ihnen doch gesagt, dass ich niemanden beschäftige, der mir nicht glaubt.«

»Genaugenommen habe ich nie behauptet, dass ich Ihnen nicht glaube. Soweit ich mich erinnere, sagte ich lediglich, dass es keine Rolle spielt, ob ich Ihnen glaube oder nicht.«

Lara war verwirrt. »Und was genau meinen Sie damit? Glauben Sie mir nun – ja oder nein?«

»Ich glaube Ihnen.«

Lara war noch nicht überzeugt. »Warum? Sie sind sich sicher darüber im Klaren, dass Sie damit zu einer Minderheit gehören.« Bisher glaubte ihr nur Monty.

»Ich bin sogar ziemlich sicher, dass ich dieses Krokodil selbst schon einmal gesehen habe.«

Lara starrte ihn an.

»Das war auf der anderen Seite des Billabong. Und es ist unwahrscheinlich, dass sich zwei große Salties im gleichen Gebiet aufhalten, sie würden aufeinander losgehen. Jetzt suche ich hier nach einem Beweis dafür, dass es sich um das gleiche Krokodil handelt. Falls dem so ist, fehlt ihm am rechten Hinterfuß ein Zeh. Ich gehe allerdings nicht davon aus, dass Sie etwas in dieser Art bemerkt haben, oder?«

»Nein. Ich hatte Angst, gefressen zu werden. Es tut mir wirklich unendlich leid, dass ich die Zehen des Ungeheuers nicht gezählt habe«, erwiderte sie spöttisch.

»War auch eine dumme Frage.«

Jetzt schämte Lara sich für ihre Schroffheit. »Um ehrlich zu sein: Ich konnte seine Hinterfüße nicht sehen. Sein riesiger Kopf steckte hier in der Tür. Und seine Vorderfüße. Nehme ich jedenfalls an. Ganz genau erinnere ich mich nicht, weil ich nur Augen für diese fürchterlichen Zähne hatte. Allerdings konnte ich durch das Küchenfenster seinen Schwanz sehen.«

Der Unbekannte warf einen Blick auf die hintere Küchentür und trat dann einen Schritt zur Seite und betrachtete das Fenster, um die Länge des Krokodils abzuschätzen. Ihre Schätzung stellte er nicht infrage.

»Ich hatte noch nie im Leben solche Angst«, fügte sie hinzu.

»Glauben Sie mir, ich weiß nur zu gut, was in Ihnen vorgegangen sein muss«, sagte er mitfühlend. Dann machte er sich wieder an die Untersuchung des Bodens. »Ich bin auf der Suche nach Abdrücken, aber da es lange nicht geregnet hat, ist der Boden erstens sehr hart, und zweitens sind inzwischen andere Tiere hier gewesen. Wie lange ist es her?«

»Erst ein paar Tage«, sagte Lara. Sie freute sich, dass ihr endlich jemand glaubte, andererseits aber war sie verärgert. »Warum haben Sie denn gestern nichts gesagt? Die Männer in der Bar müssen mich für verrückt gehalten haben und lachen wahrscheinlich heute noch über mich.«

»Ich habe meine Gründe.«

»Sie wollten sich wahrscheinlich nicht lächerlich machen«, erwiderte sie bissig.

»Nein, damit könnte ich umgehen«, sagte der Mann.

»Warum haben Sie mich dann nicht verteidigt?«

Er betrachtete sie mit ernster Miene. »Vor ein paar Jahren behaupteten die Aborigines, hier in der Gegend ein riesiges Krokodil gesehen zu haben. Als ein Fischer die Beobachtung bestätigte, hat die Regierung ein Preisgeld auf den Kopf dieses Krokodils ausgesetzt. Die Krokodiljäger erschossen jedes Krokodil, das ihnen über den Weg lief, aber keines von ihnen war länger als drei Meter fünfzig. Sie löschten fast die gesamte Population hier im Norden aus. Ich möchte einfach nicht, dass Hunderte Tiere sterben, weil die Jäger wieder einmal ihre Chance wittern. Diese Männer sind wirklich gefährlich. Und Sie wollen doch sicher nicht, dass sie hier in der Gegend herumrennen und alles abschießen, was sich bewegt, oder?«

»Natürlich nicht. Aber ich möchte gern einen Jäger beschäftigen, der die gefährlichen Exemplare jagt und tötet.«

»Aber diese Männer unterscheiden da nicht, das dürfen Sie mir glauben. Und gegen sie aufzubegehren wäre nicht ratsam. Zumindest nicht, wenn man gern in Frieden alt werden möchte.«

»Stimmt, sie waren tatsächlich furchteinflößend«, gab Lara zu.

»Es gibt triftige Gründe dafür, warum ich Angst vor ihnen habe. Sie haben einmal versucht, mich zu töten.«

Lara schnappte nach Luft. »Aber warum denn?«

»Weil ich die größten Krokodile schneller finde als sie.«

Lara war nicht verwundert zu hören, dass es einen Wettstreit gab, wer das größte Krokodil erlegte. »Wollten die Jäger Sie erschießen?«

»Aber nein. In krokodilverseuchten Gewässern gibt es sehr viel diskretere Methoden, sich eines Menschen zu entledigen.«

Die Krokodile sorgen dafür, dass keine Spuren zurückbleiben, dachte Lara. Sie schauderte bei der Vorstellung. »Und was machen Sie mit dem Fleisch und den Häuten? Verkaufen Sie die, um Ihren Lohn aufzustocken?«, erkundigte sie sich.

»Nein. Ich töte die Krokodile nicht. Kein Tier hat es verdient, auf unwürdige Weise zu sterben, um anschließend zu einer Handtasche oder Schuhen verarbeitet zu werden.«

Verblüfft starrte Lara ihn an. »Aber wenn Sie keine Krokodile töten – was wollen Sie dann hier? Gestern haben Sie mir doch noch erklärt, dass sie wüssten, wie man die Krokodile hier loswird und dass Sie mit einem Gewehr umgehen können.«

»Ich weiß, wie man sie loswird, und ich bin ein guter Schütze. Aber ich erschieße sie nicht.«

»Sie verwirren mich. Und außerdem ist es noch viel zu früh für Rätsel.« Lara wandte sich ab, um ins Haus zu gehen.

»Ich fange die Krokodile in Fallen und bringe sie unverletzt an einen anderen Ort«, erklärte der Fremde.

Lara traute ihren Ohren nicht. Sie wandte sich ihm erneut zu. »Heißt das, Sie bringen die Tiere woanders hin und lassen sie wieder frei?«

»Ganz genau.«

»Aber kommen sie denn dann nicht zurück? Man hat mir erzählt, sie seien ortstreu.«

»Ich bringe sie ein gutes Stück den Fluss hinauf oder hinunter an Orte, die nur mit dem Boot erreichbar und für Menschen unbewohnbar sind. Dort suchen sich die Tiere ein neues Gebiet. Die Krokodiljäger finden das natürlich nicht gut, weil es für sie deutlich schwieriger wird, die Tiere zu finden und zu töten. Leider ist es so gut wie unmöglich, das genaue Alter eines Krokodils zu bestimmen, aber ein so großes Tier wie das, was hier war, dürfte mindestens siebzig oder achtzig Jahre alt sein, vielleicht sogar noch älter. Hätten die Krokodiljäger Ihnen gestern geglaubt, wären seine Tage sicher gezählt gewesen.«

»Ich hatte gehofft, dass seine Tage gezählt wären, denn seine Größe macht es ausgesprochen gefährlich. Hier im Dorf gibt es Kinder. Die hätten doch nicht die geringste Chance, wenn das Vich sie fressen wollte.«

»Ich weiß, dass dieses Tier eine potenzielle Gefahr bedeutet …«

»Eine *potenzielle* Gefahr?«

»Okay, es ist gefährlich. Trotzdem sollte man es nicht töten.

Ich würde es gern an einen weit abgelegenen Ort bringen, wo es sein Leben in Frieden weiterleben kann.«

Lara staunte. Noch nie hatte sie einen Menschen erlebt, der bereit war, sein eigenes Leben zu riskieren, um ein so gefährliches Tier wie ein Krokodil zu retten. »Wie heißen Sie eigentlich?«

»Oh, bitte entschuldigen Sie mein schlechtes Benehmen. Mein Name ist Rick Marshall«, sagte er und streckte ihr die Hand hin. »Ich hätte mich gestern schon vorstellen sollen, aber Sie haben mir keine Gelegenheit dazu gegeben.«

»Ich bin Lara Penrose«, sagte Lara und schüttelte ihm die Hand. »Aber ich nehme an, das wissen Sie schon, Sie waren ja gestern im Pub.«

Zum ersten Mal lächelte Rick und entblößte dabei zwei Reihen perfekter weißer Zähne. »Stimmt genau, *Miss Penrose*«, sagte er charmant. »Was ist? Bekomme ich den Job?«

»Ohne Tee kann ich keine Entscheidungen treffen«, erklärte Lara, während sie schon den Gaskocher auf der Terrasse entzündete. Dann ging sie in die Küche, holte den Kessel und setzte das Wasser auf. »Mögen Sie auch eine Tasse? Dann kommen Sie rein.«

»Braten Sie auf diesem Gaskocher auch Fleisch?«, wollte er wissen, als sein Blick auf die Bratpfanne neben dem Herd fiel.

»Bisher habe ich nur Fisch gebraten, aber irgendwann werde ich sicher auch Fleisch rösten. Man hat mir gesagt, dass es mit dem holzbetriebenen Küchenherd drinnen zu warm wird, deshalb habe ich ihn bisher nicht benutzt. Warum fragen Sie?«

»Hat Ihnen denn niemand verraten, dass Krokodile, was Fleisch betrifft, einen extrem feinen Geruchssinn haben?«

Lara war verblüfft. »Davon hat Colin keinen Ton gesagt. Aber er hat mir erzählt, dass die letzte Mieterin fast nur hier draußen gekocht hat.«

Besorgt blickte Rick sie an. »Natürlich dürfen Sie im Freien kochen, wenn Sie wollen, aber halten Sie die Augen auf. Vor allem nach Einbruch der Dunkelheit. Das Haus liegt sehr nah am Billabong.« Er folgte Lara ins Haus. »Das ist aber hübsch hier!«, bewunderte er die freundlich eingerichtete Küche.

»Vielen Dank. Noch vor ein paar Tagen sah es hier ganz anders aus, aber als ich alles sauber geputzt hatte, brachten die Frauen aus dem Dorf mir Geschenke. Seither sieht es richtig heimelig aus.«

»Haben Sie Probleme mit Insekten?«

»Ja, warum?«

»Weil es hier stark nach Mortein riecht.«

»Ich fürchte, ich habe es damit ein wenig übertrieben«, gab Lara mit einem Blick in seine dunklen Augen verlegen zu.

»Bald werden Ihnen die Krabbeltiere nichts mehr ausmachen.«

Lara nickte, konnte den Blick aber nicht von seinem Gesicht wenden.

»Was ist? Habe ich mich schmutzig gemacht?«, grinste er.

»Oh, entschuldigen Sie, aber hier bekommt man nur sehr selten einen glatt rasierten Mann zu sehen«, erklärte Lara verlegen. »Ich dachte schon, dass hier im Territory die Rasierer rationiert wären«, versuchte sie, die peinliche Situation zu überspielen.

»Hohe Luftfeuchtigkeit und Rasierer passen nicht gut zueinander«, sagte Rick und rieb sich lächelnd das glatte Kinn. »Im Winter geht es einigermaßen, aber in der Regenzeit schneidet man sich sehr leicht, wenn man sich jeden Tag rasiert. Ich finde es schade, dass ich mir keinen Vollbart wachsen lassen kann, aber in diesem Klima würde er zu sehr jucken.«

»Oh«, stieß Lara hervor, »aber vielleicht ist es ja auch ganz gut so.«

»Wie kommen Sie darauf?«

Sie fand sein Gesicht viel zu attraktiv, um es unter einem Vollbart zu verstecken, aber das würde sie ihm natürlich nicht sagen. Ein Mann seines Aussehens war sicher eingebildet genug, und vermutlich konnte er sich vor interessierten Damen kaum retten. »Sie wollen doch sicher nicht vor der Zeit alt aussehen«, sagte sie stattdessen.

Rick lachte und setzte sich an den kleinen Küchentisch.

»Ich nehme an, Sie sind noch nicht sehr lange in Darwin, nicht wahr?«

»Stimmt. Erst ein paar Tage.«

»Sie sind bestimmt Engländerin und kommen gerade erst vom Schiff.«

»Stimmt. Sind mein Akzent und die weiße Haut so auffällig?«

»Ich fürchte ja. Aus welchem Teil Englands kommen Sie?«

»Aus County Suffolk. Ich bin die neue Lehrerin hier.«

»Eine Lehrerin? Ich bin schon oft mit dem Boot an Shady Camp vorbeigefahren, habe aber noch nie auf der Seite des Billabong geankert, auf der das Dorf liegt. Ich wusste nicht einmal, dass es hier eine Schule gibt.«

»Gibt es auch nicht. Der Unterricht wird in der Kirche abgehalten, deshalb wohne ich auch hier.«

»Wieso arbeiten Sie ausgerechnet in einem so abgelegenen Ort wie Shady Camp?«

Lara dachte flüchtig an Richter Mitchell. »Die Kinder hier hatten seit drei Jahren keinen Unterricht, und das fand ich sehr bedauerlich.«

»Ihr Mut ist bewundernswert. Ich hoffe, die Leute hier wissen Ihren Einsatz zu schätzen.«

Das unverdiente Lob war Lara peinlich. »Wie lange werden Sie brauchen, bis Sie die meisten Krokodile aus dem Billabong entfernt haben?«, lenkte sie ab.

»Alle Krokodile einzufangen ist unmöglich, sie kommen über den Mary River in die Sümpfe, und die Wasserläufe sind untereinander verbunden. Ich werde sicher einige Wochen brauchen, ehe ich die Tiere eingefangen habe, die dieses Gebiet hier als ihr Territorium betrachten. Vielleicht dauert es auch länger, denn die Weibchen beginnen in wenigen Monaten mit der Eiablage. Sie von ihrem Gelege wegzulocken ist ziemlich schwierig. In dieser Zeit sind sie nämlich ganz besonders wild und furchtlos. Aber unmöglich ist es trotzdem nicht.«

»Das klingt nach einer gefährlichen Arbeit«, sagte Lara und

dachte bei sich, dass es sicher einfacher wäre, die Krokodile zu erschießen.

Rick schien ihre Gedanken zu ahnen. »Sie kann gefährlich werden, wenn man sich seiner Sache nicht sicher ist. Glücklicherweise weiß ich sehr genau, was ich tue.«

»Ich nehme an, dass Sie nicht sehr häufig Aufträge zur Umsiedlung von Krokodilen erhalten«, sagte Lara, die sich fragte, wovon Rick lebte. Zum ersten Mal kam ihr der Gedanke, dass er verheiratet sein und Kinder haben könnte.

»Das stimmt. Aber wenn jemand ein lästiges Krokodil loswerden will, fragt er meist nicht lange danach, auf welche Weise ich es entferne.«

»Und was machen Sie sonst so, wenn Sie gerade keine Krokodile umsiedeln?«

»Ich betreue Angeltouren, damit bestreite ich meinen Lebensunterhalt. Allerdings brauche ich für mein Leben auf meinem Boot nicht viel Geld. Für einen Junggesellen ist das ein recht angenehmes Leben.«

»Dann sind Sie also nicht verheiratet«, stellte Lara fest und bereute es umgehend. Er sollte um Himmels willen nicht denken, sie sei an ihm interessiert.

»Nein. Mein Leben bietet mir nicht allzu viele Möglichkeiten, unter Leute zu kommen. Außerdem interessieren sich die meisten Frauen weder für Boote noch für die Fischerei. Und noch weniger wären bereit, ihr Leben mit einem Mann und Krokodilen zu teilen.«

Laras Bild von ihm änderte sich schlagartig. Nein, er war kein Frauenschwarm. Und erst recht nicht eingebildet.

Sie warf einen Blick aus dem Fenster, während sie Tassen und Untertassen aus dem Regal nahm.

»Mein Boot liegt am Ende des Anlegers«, sagte Rick, der neben sie getreten war. »Es ist das mit dem Floß und der Krokodilfalle darauf im Schlepp.« Er zeigte auf ein weißes Boot mit einem umlaufenden blauen Streifen, das groß genug wirkte, bequem darauf leben zu können.

»Ich sehe es«, sagte Lara, die verunsichert war, ihn so nah neben sich zu wissen, dass sie den Duft seiner Rasierseife riechen konnte. »Leider kann ich den Namen nicht entziffern.«

»Es heißt ›Haiköder‹«, grinste Rick.

»Na, hoffentlich ist das kein schlechtes Omen.«

»Das hoffe ich allerdings auch.« Er blickte sie mit einem schiefen Lächeln an, das ihn ungeheuer attraktiv machte. »Wenn ich Angeltouren betreue, verbringe ich viel Zeit auf dem offenen Meer. Ich muss gestehen, dass die Fischer, die ich hinausbegleite, auch meist nicht ganz glücklich mit dem Namen sind. Eigentlich wollte ich den Namen nach dem Kauf ändern, aber irgendwie bin ich noch nicht dazu gekommen. Was halten Sie von ›Krokodilfutter‹?«

Lara schüttelte schmunzelnd den Kopf. »Das ist doch keinen Deut besser als ›Haiköder‹!«

Rick lachte. »Ich werde weiter darüber nachdenken«, sagte er. »Das Floß und die Krokodilfalle habe ich übrigens selbst gebaut.«

»Aber wie überreden Sie die Krokodile, da hineinzugehen?«, wollte Lara wissen. Insgeheim bemerkte sie zufrieden, dass er genau die richtige Größe für sie hatte. Sie fühlte sich nicht gern wie ein Zwerg neben einem besonders großen Mann. Und Rick war weder zu klein noch zu groß.

Ricks dunkle Augen weiteten sich, und er begann zu lachen, bis er Laras entrüsteten Ausdruck wahrnahm. »Tut mir leid«, entschuldigte er sich. »Ich habe mir nur gerade vorgestellt, wie ich am Ende der Falle stehe und das Krokodil anlocke: ›Komm her, Kleiner, sei ein braver Junge‹.«

Jetzt musste auch Lara lachen. »Das war eine dumme Frage«, sagte sie verlegen.

»Keineswegs. Woher sollten Sie wissen, wie meine Fallen funktionieren? Also: Ich stelle die Falle entweder im hohen Schilf, im Sumpf oder am Flussufer auf und lege ein Stück verdorbenes Fleisch ans Ende des Käfigs. Dieses Fleisch ist über ein Seil mit der Eingangsklappe verbunden.«

»Warum muss das Fleisch verdorben sein?«, fragte Lara angewidert.

»Krokodile lieben leicht angegammeltes Fleisch. Frisches Fleisch verstecken sie zum Beispiel gern, bis es ihrem Gusto entspricht. Sobald das Krokodil in die Falle geht und nach dem Fleisch schnappt, fällt die Klappe zu. Tiere unter drei Meter fünfzig, also die meisten Süßwasserkrokodile, können sich in der Falle umdrehen. Größere Tiere, wie zum Beispiel Salties, sind dafür zu lang. Ihr Schwanz verhindert, dass die Klappe richtig schließt, was ihnen dann die Flucht ermöglicht.«

»Wie oft passiert so etwas?«

»Selten. Aber vor einigen Monaten hat ein Krokodil meine Falle zu Kleinholz gemacht. In einer Drahtschlinge fand ich anschließend einen Zeh. Es muss ein absolutes Riesenkrokodil gewesen sein, denn meine Falle ist ziemlich groß und wirklich stabil. Wahrscheinlich ist es in die Falle getappt, hat versucht sich umzudrehen und hat dann Panik bekommen. Als ich seinen Zeh fand, folgte ich der frischen Blutspur und konnte gerade noch sehen, wie es in den Billabong abtauchte. Ich habe im Lauf der Jahre schon viele große Krokodile zu Gesicht bekommen, aber dieses war eines der größten.«

»Ich bin wirklich froh, dass Sie es gesehen haben. Könnten Sie das nicht den Leuten im Dorf erzählen, damit sie aufhören, mich als hysterisches Weibsbild zu sehen?«

»Nein«, lautete Ricks unerbittliche Antwort.

»Aber warum denn nicht?«, fragte Lara bestürzt.

»Weil ich die verrückten Krokodiljäger mit ihren Gewehren nicht hier haben will. Vor ungefähr sechs Wochen hat sich einer von ihnen an meiner Falle zu schaffen gemacht. Die Sache hätte leicht ins Auge gehen können. Hätte ich nicht aufgepasst, säße ich vielleicht jetzt nicht hier.«

Allmählich verstand Lara seine Vorbehalte gegenüber den Krokodiljägern. »Woher wollen Sie wissen, dass es einer von ihnen war? So etwas würde doch niemand zugeben.«

»Weil es relativ leicht zu rekonstruieren war. Ein paar Tage zuvor hatten mich zwei von ihnen in der Bar angepöbelt und bedroht. Am Tag nach dem Zwischenfall ging ich ganz bewusst in den Pub, weil mich ihre Reaktion interessierte. Und wie erwartet schienen sie sehr überrascht, mich zu sehen.«

Stirnrunzelnd fragte sich Lara, warum Rick sein Leben riskierte, obwohl er dabei nicht reich werden konnte. »Würde denn das Riesenkrokodil in Ihre neue Falle passen?«

»Nein, dazu ist es viel zu groß.«

»Und wie wollen Sie es dann bewegen?«

»Mit einer Seilschlinge und vielen, vielen Metern Seil.«

Lara starrte ihn an. »Das kann doch nicht Ihr Ernst sein! Ein einzelner Mann kann unmöglich ein Krokodil dieser Größe einfangen. Das ist undenkbar!«

Rick lächelte, und seine dunklen Augen glitzerten amüsiert.

»Nicht zu fassen, dass Sie mir in einer so ernsten Angelegenheit einen Bären aufbinden«, sagte sie verärgert.

»Tut mir leid. Sie sind offenbar noch nicht bereit für die lustige Seite der Krokodiljagd«, erklärte Rick und bemühte sich, ernst dreinzublicken.

»Weil sie nicht existiert. Dieses Riesenkrokodil könnte Sie töten.«

»Sie haben natürlich recht«, sagte er und tippte ihr mit dem Zeigefinger auf die Nasenspitze. Und plötzlich fühlte sie sich wie seine kleine Schwester. »Selbst mit der Hilfe mehrerer Männer könnte man ein so großes Krokodil nicht einfach einfangen. Aber sagen Sie mal: Was haben Sie eigentlich getan, als das Krokodil an Ihrer Tür auftauchte?«

»Ist das wichtig?«

»Schon möglich. Immerhin ist das Aufsuchen von Häusern eine extrem unwahrscheinliche Verhaltensweise für ein Krokodil. Normalerweise sind diese Tiere sehr vorsichtig und eher listig. Irgendetwas hat es angezogen, und ich wüsste gern, was das war. Fleisch haben Sie ja offensichtlich nicht gebraten.«

Lara genierte sich, ihm zu gestehen, dass sie auf dem Boden gesessen und geweint hatte. »Nein, habe ich nicht.« Sie atmete tief durch. »Ich war … ich war ein bisschen aus der Fassung.«

»Aus der Fassung?«

»Na ja, ich hatte mich mit der Reinigung der Küche ziemlich verausgabt. Es war sehr heiß, ich war erschöpft, hatte zu wenig geschlafen und wurde plötzlich von Heimweh überwältigt. Ich hatte einen kleinen Zusammenbruch, wenn Sie es denn schon so genau wissen müssen.«

»Das erklärt alles«, sagte Rick ernst.

»Wieso das denn?« Lara war verwirrt.

»Sie haben geweint und geschluchzt und hatten Kummer, richtig?«

»Müssen Sie so darauf herumreiten? Aber ja, es stimmt«, gestand Lara errötend. »Ich … ich saß auf dem Boden.«

»Das Krokodil hat Sie gehört. Ein Krokodil auf Nahrungssuche wird von Verzweiflungslauten anderer Tiere angelockt. Wenn sich zum Beispiel ein Wasserbüffel ein Bein bricht und stöhnt oder schreit, weil er nicht mehr aufstehen kann, erkennt ein Krokodil darin sofort die Möglichkeit, ohne großen Aufwand an eine Mahlzeit zu kommen. Wussten Sie, dass ein Krokodil Ihren Herzschlag im Wasser über eine Entfernung von fast einem Kilometer wahrnehmen kann?«

Lara erschrak.

»Das Pfarrhaus steht so nah am Billabong, dass das Krokodil Ihr Schluchzen hören konnte und davon angezogen wurde. Ich frage mich bloß, wieso es Sie nicht …« Er brach ab.

»… angegriffen hat?«, beendete Lara seinen Satz. Jetzt war ihr übel. »Die Antwort kann ich Ihnen liefern. Ganz in der Nähe begann ein ziemlich junges Wasserbüffelkalb nach seiner Mutter zu blöken. Als das Krokodil das Kälbchen hörte, wandte es sich sofort von mir ab.«

»Glück gehabt«, sagte Rick leise.

»Das Kalb hatte vermutlich weniger Glück«, stellte Lara traurig fest. Das arme kleine Tier tat ihr immer noch leid. »Aber wenn mich in Zukunft mal wieder die Verzweiflung packt, werde ich daran denken, die Tür zu schließen.«

»Wenn man das Verhalten der Reptilien versteht, ist es auch möglich, mit ihnen zu leben.«

»Mir scheint, Sie gehen sehr verständnisvoll mit den Krokodilen um«, sagte Lara bewundernd. »Könnte ich Sie überreden, Ihr Wissen mit meinen Schülern zu teilen? Wer weiß, vielleicht können sie durch solche Kenntnisse eines Tages ihr Leben retten.«

»Das mache ich sehr gern. Allerdings unter einer Bedingung.« Seine dunklen Augen leuchteten auf.

Lara ahnte, worauf er hinauswollte. »Dass ich Ihnen den Auftrag erteile.«

»Ganz genau.«

»Dazu müssen Sie mir aber bitte erst sagen, wie Sie das Riesenkrokodil fangen und abtransportieren wollen.«

»Ganz einfach: Indem ich ein größeres Floß und eine größere Falle baue. Eine Falle, die das Tier aushält. Ich habe auf der Grundlage seiner Länge und des geschätzten Gewichts bereits angefangen, Pläne zu zeichnen.«

»Und Sie sind sicher, dass das funktioniert?«

»Darauf würde ich meinen Kopf verwetten. Und in der Zwischenzeit fange ich die kleineren Krokodile in der kleinen Falle.«

»Aber die Leute im Dorf werden die große Falle sehen, wenn Sie sie hier bauen.«

»Ich sage einfach, Sie hätten es so gewollt«, grinste Rick.

Lara warf ihm einen finsteren Blick zu.

»Sie werden nicht erfahren, dass sie für das Riesenkrokodil sein soll«, fügte Rick ernst hinzu.

»Einverstanden«, sagte Lara. »Sie haben den Job. Ich denke allerdings, dass wir noch über Ihr Gehalt diskutieren sollten.«

»Das hat Zeit. Ich hätte bitte gerne zwei Löffel Zucker in meinem Tee«, bat er und grinste wieder.

16

Monty, Colin und Charlie hockten mit dem Rücken zur Tür an der Bar des Pubs. Sie waren ins Gespräch vertieft und bemerkten nicht, dass Lara eintrat. Auch Kiwi hörte sie nicht, er knabberte an ein paar Erdnüssen herum und ließ die Krümel der Schalen in Charlies Bierglas fallen, wenn dieser nicht hinsah.

»Also ehrlich, den Kerl hättet ihr sehen sollen!« Colin war immer noch beeindruckt von der Größe des Krokodiljägers namens Timber. »Ich kann immer noch nicht fassen, dass ich ihn überhaupt angesprochen habe. Er war ganz sicher über zwei Meter groß, und seine Arme waren ohne Übertreibung dicker als meine Oberschenkel. Er könnte mit einem dieser Bigfoots verwandt sein, die in Nordamerika ihr Unwesen treiben.«

»Vielleicht hättest du ihn mal fragen sollen, ob er Verwandte in Nordamerika hat«, stichelte Monty.

»Ich würde nicht einmal den Mut aufbringen, ihm von Alice Springs aus ein Telegramm mit einer Beleidigung zu schicken. Ich musste mich ganz schön zusammenreißen, keine Angst zu zeigen, als er mich ansah, als wolle er mich mit bloßen Händen in der Luft zerreißen. Aber es ist mir gelungen. Ihr wärt stolz auf mich gewesen, Jungs.«

Monty rollte die Augen. Seit Colin mit Lara in der Stadt gewesen war, hatte er schon mehrere Versionen dieser Geschichte gehört. Je mehr Colin trank, desto öfter wiederholte er sich und desto dramatischer schilderte er den Ablauf der Ereignisse.

»Er versuchte, mich mit dem Blick niederzuzwingen und mich einzuschüchtern. Aber ich sagte ihm auf den Kopf zu, dass er nur blufft. Männer wie er respektieren Leute, die nicht klein beigeben.«

Lara musste lächeln. Nur allzu gut erinnerte sie sich, wie eilig Colin es gehabt hatte, das Hotel zu verlassen.

»Und wann kommt dieser Bigfoot nun her, um Krokodile zu schießen?«, erkundigte sich Monty sarkastisch. »Ich muss schließlich zusehen, genügend Biervorräte im Haus zu haben.«

»Na ja, darum geht es ja gerade. Ich war der Meinung, dass Lara weder ihn noch seine Kumpel anheuern sollte«, sagte Colin, als hätte er die Entscheidung getroffen.

»Und warum nicht?«

»Lara ist eine Lady. Mir gefielen diese Grobiane nicht, und ich wollte nicht, dass sie mit ihnen zu tun hat.«

»Wir ritterlich von dir, Colin«, spottete Charlie, aber Colin schien die Ironie gar nicht wahrzunehmen.

»So bin ich nun einmal«, prahlte er. »Ihr müsst bloß Betty fragen.«

»Ich nehme an, dass eher sie dir den Kopf zurechtgerückt haben«, lachte Monty.

Colin warf ihm einen beleidigten Blick zu. »Ihr könnt mir ruhig glauben. Solche Leute wollen wir hier nicht haben«, erklärte er. »Einer von ihnen, so ein verrückter Pole, war sogar ziemlich unhöflich zu Lara. Ich dachte schon, ich müsste ihn mir vorknöpfen.«

»War er auch ein Bigfoot?«

»Nein, er war eher gebaut wie ein Gorilla. Allerdings weniger intelligent. Lara hat ihm gehörig den Kopf zurechtgerückt. Was auch ganz gut war, denn ansonsten hättet ihr wahrscheinlich sammeln müssen, um meine vaterlosen Kinder großzuziehen.« Colin kippte sein Bier in einem Zug hinunter.

»Mit anderen Worten, sie wollten den Job nicht«, stellte Monty fest. »Aber warum nicht? Und bleib dieses Mal bitte ein bisschen näher an der Wahrheit.«

Colin blickte betreten vor sich hin. »Angeblich jagen sie nur große Salzwasserkrokodile. Sie interessieren sich ausschließlich für das Geld, das sie mit den Häuten und dem Fleisch machen können.«

»Vielleicht hätte Lara ihm von dem großen Saltie erzählen sollen, das sie hier gesehen hat«, meinte Monty ernst.

»Monty, wir wissen beide, dass nie im Leben ein fünf Meter langes Krokodil an der Tür des Pfarrhauses gewesen sein kann. Es ist schlicht unmöglich«, sagte Colin. »Stimmt's, Charlie?«

»Es ist zumindest sehr unwahrscheinlich«, stimmte Charlie zu. »Aber sie muss etwas sehr Beängstigendes gesehen haben, wenn sie in Ohnmacht gefallen ist, denn eigentlich wirkt sie nicht wie ein Sensibelchen.«

»Ich neige dazu, ihr zu glauben«, sagte Monty.

»Aber du weißt schon, dass Krokodile keine Hausbesuche machen?«, frotzelte Colin.

»Ich weiß, dass es sehr selten vorkommt, aber ich hab schon ganz andere Dinge erlebt«, beharrte Monty.

Noch vor wenigen Stunden hätten Colins Worte Lara sehr enttäuscht, jetzt aber machten sie ihr nichts mehr aus. Sollte es Rick gelingen, das große Krokodil einzufangen, würde sie dafür sorgen, dass alle es zu Gesicht bekamen, ehe er es fortbrachte. Sie würden schon sehen!

»Guten Tag, die Herren«, grüßte sie fröhlich. Die drei Männer erschraken.

»Himmel nochmal«, stieß Colin hervor. Er war blass und griff sich ans Herz. »Wo kommen Sie denn her?«

»Du dachtest wohl, es wäre ein Bigfoot, was, Colin?«, lachte Monty.

»Quatsch«, fuhr Colin auf.

In diesem Moment trat Betty ein. »Hallo, meine Liebe«, rief sie Lara zu, »wie weit sind Sie mit dem Klassenzimmer?«

»Alles ist bereit für Montag. Morgen ist Sonntag, und da werde ich die Eltern der potenziellen Schüler noch einmal persönlich aufzusuchen.«

»Gute Idee«, freute sich Betty.

»Möchten Sie ein Radler, Herzchen?«, erkundigte sich Monty bei Lara.

»Vielen Dank, Monty, aber ich hätte gern nur eine Limonade mit Eis. Ich habe heute noch zu tun.«

»Mach gleich zwei davon«, sagte Betty, »und danke für die freundliche Nachfrage«, fügte sie sarkastisch hinzu.

»Ich bin eigentlich nur gekommen, weil ich Colin erzählen wollte, dass ich einen Krokodiljäger angeheuert habe«, schmunzelte Lara.

Verblüfft starrte Colin sie an. »Wie haben Sie das denn angestellt? Hat jemand anderes aus dem Dorf Sie noch einmal in die Stadt gefahren? Oder sind Timber und seine Kumpel etwa hergekommen?«

Monty machte große Augen. »Hast du hier irgendwo einen Bigfoot gesehen, Charlie?«

Charlie schüttelte den Kopf.

Lara bemühte sich um einen erstaunten Gesichtsausruck. »Der Mann, der mich gestern auf der Esplanade angesprochen hat, war heute Morgen bei mir. Mir scheint, er ist der Richtige für diesen Job. Aber was sollte das mit dem Bigfoot?«

»Ach nichts«, wehrte Colin ab und warf Monty einen bitterbösen Blick zu.

»Jedenfalls wollte ich mich noch einmal ausdrücklich für Ihre Hilfe bedanken. Es gehörte weiß Gott eine Menge Mut dazu, diesen beängstigenden Jägern im Hotel Darwin die Stirn zu bieten.«

Colin musterte Lara, als wolle er prüfen, ob sie sein Gespräch mit Monty und Charlie mitgehört hatte. »Ich habe eben gerade erzählt, dass einer der Jäger ein wahrer Riese war«, sagte er demütig.

»Er hat behauptet, dass der Mann wie ein Bigfoot ausgesehen hat«, teilte Monty ihr mit.

»Oh«, äußerte Lara nur.

»Ich sagte, er wäre ungefähr so groß gewesen«, redete Colin sich heraus.

»Colin hat recht«, pflichtete Lara ihm bei. »Ich habe noch nie im Leben einen so großen Mann gesehen. Aber Colin schien keine Angst vor ihm zu haben – nicht wahr, Colin? Sie waren wirklich sehr mutig.«

Colin ging auf, dass sie alles mitangehört hatte. »Na ja, so schlimm war es nun auch wieder nicht«, murmelte er.

»Wir durften uns gerade anhören, wie mutig und ritterlich er sich verhalten hat«, lästerte Monty. »Angeblich hat dieser Bigfoot sofort den Schwanz eingezogen.«

»Das habe ich nie behauptet«, verteidigte sich Colin. »Der Kerl hätte mich bei der kleinsten Provokation zu Klump geschlagen.«

»Nach allem, was du uns eben erzählt hast, dachten Monty und ich, dass dieser Bigfoot ziemliches Muffensausen hatte«, mischte Charlie sich nun ein.

»Schnauze! Alle beide!«, schimpfte Colin. Monty und Charlie lachten. »Ich hatte den Eindruck, dass Sie aus persönlichen Gründen nicht bereit waren, den Mann von der Esplanade zu akzeptieren«, wandte Colin sich an Lara. Lara wusste sofort, was er meinte.

»Ich habe mich entschlossen, ihm eine Chance zu geben«, sagte sie augenzwinkernd. »Seine Dienste sind bezahlbar, und er wohnt auf seinem Boot. Er wird hierbleiben, bis wir alle Krokodile los sind, die das Dorf bedrohen.«

»Aber er ist doch hoffentlich keiner von diesen hässlichen Grobianen, oder?«, wandte Betty ein.

»Man muss nicht schön sein, um Krokodile zu jagen«, behauptete Colin.

»Es schadet aber auch nicht. Zumal, wenn wir Frauen ihn Tag für Tag vor Augen haben müssen«, lächelte Betty und stupste Lara an. Als sie bemerkte, dass Lara errötete, leuchteten ihre Augen auf. »Er sieht also gut aus«, stellte sie fest.

»Ich würde nicht abstreiten, dass er ein recht angenehmes Äußeres hat«, gab Lara zu.

»Hallo, Leute«, grüßte Rick in diesem Moment von der Tür.

Betty und Lara zuckten zusammen. Niemand hatte ihn kommen hören.

»Ich hoffe, Sie haben gerade über mich gesprochen«, sagte er mit einem frechen Grinsen zu Lara. »Scheint ja so«, fügte er angesichts ihrer Verlegenheit mit einem noch breiteren Lächeln hinzu.

»Keineswegs«, wehrte Lara ab. »Es ging um jemand ganz anderen.«

»Um wen denn?«

»Das geht Sie nichts an.« Lara versetzte Betty einen Rippenstoß, weil die sich ein Schmunzeln nicht verkneifen konnte und sie damit als Lügnerin bloßstellte. »Aber da Sie nun schon einmal hier sind, Rick, möchte ich Ihnen Betty und Colin Jeffries vorstellen. Ihnen gehört der Laden. Monty Dwyer ist der Eigner des Hotels und des Pubs, und dies hier sind Charlie und Kiwi.«

»Nett, Sie alle kennenzulernen«, sagte Rick. »Ich werde wohl eine Weile hier vor Anker liegen, was bedeutet, dass wir uns sicher ab und zu über den Weg laufen.« Er gab allen die Hand. Betty errötete wie ein Schulmädchen und wies ihn darauf hin, dass sie ihm, sollte er etwas brauchen, nur allzu gern behilflich wäre.

»Wenn wir etwas zufällig nicht dahaben, können wir es gern besorgen«, bot sie großzügig an.

»Ich brauche Fleisch«, sagte Rick. »Haben Sie frisches Fleisch?«

»In der Tiefkühltruhe. Aber es braucht nicht lang zum Auftauen.«

»Möchten Sie ein Bier, Rick?«, fragte Monty.

»Sehr gern«, antwortete Rick und schaute Lara an. »Ich habe den Billabong in beide Richtungen auf etwa anderthalb Kilometern erkundet und ein paar ziemlich große Krokodile gesichtet. Es waren Männchen, also müssen sich auch Weibchen in der Gegend aufhalten. Nun habe ich eine gute Stelle für die erste Falle gefunden und muss sie nur noch mit Fleisch bestücken. Wenn ich die Falle heute Abend noch fertig mache, haben wir morgen früh mit etwas Glück das erste Krokodil.«

»Schön«, sagte Lara verlegen und wandte den Blick ab.

»Sie stellen Fallen für Krokodile?«, fragte Colin verblüfft. »Warum das denn?«

»Ich bringe sie weg, anstatt sie zu töten«, antwortete Rick. »Weil ich es so für menschlicher halte.«

Die Männer waren sichtlich verblüfft.

»Aber es sind letztendlich Krokodile«, wandte Monty ein, nachdem er sich von der Überraschung erholt hatte. »Sie tun Dinge wie dies hier.« Er krempelte sein Hosenbein hoch und zeigte seine Holzprothese.

»Sie jagen, um zu fressen und greifen an, wenn sie angegriffen werden«, sagte Rick ruhig. »Ich sehe keine Notwendigkeit darin, ein so beeindruckendes Raubtier zu töten.«

Monty schüttelte den Kopf. »Ich kann mir nicht vorstellen, dass Sie immer noch so denken, wenn Sie einen Arm, ein Bein oder gar Ihr Leben verloren haben.«

»Sie in einer Falle zu fangen klingt ziemlich gefährlich«, meldete sich Betty zu Wort.

»Und ziemlich verrückt«, fügte Colin hinzu.

»Ich weiß sehr genau, was ich tue«, beruhigte Rick sie.

»Wieso ist eigentlich ein kräftiger junger Mann wie Sie nicht in der Armee?«, fragte Charlie, der auch Lara gegenüber schon seine Meinung kundgetan hatte, dass jeder junge Mann sich als Soldat melden sollte.

»Ich war in Nordafrika bei der Second Australian Imperial Force, 7. Division. Und Sie?«

»Sechs Jahre britische Armee«, erklärte Charlie stolz. »Ich habe in der Provinz Natal in Südafrika gegen die Buren gekämpft.«

»Wurden Sie entlassen?«, erkundigte sich Colin bei Rick.

»Nein, ich wurde vor ein paar Monaten während des Afrikafeldzugs verwundet und kurz vor der großen Schlacht im April nach Hause geschickt.«

»Dann gehören Sie also nicht zu den ›Wüstenratten‹ von Tobruk?«, wollte Charlie wissen.

»Das ist ja ein merkwürdiger Name«, warf Betty ein.

»Den haben deutsche Soldaten den Australiern gegeben, und sie tragen ihn mit Würde«, erklärte Rick. »Und nein, ich gehöre nicht dazu. Ich wünschte, ich hätte meinen Kameraden zur Seite stehen können, aber ich wurde im Januar verwundet.«

»Sie sehen aber ziemlich fit aus«, stellte Charlie fest.

»Ich bekam eine Kugel in die linke Schulter. Dabei wurden auch ein paar Knochen zerschmettert. Weil ich Rechtshänder bin, konnte ich zwar noch schießen, aber kein Sturmgepäck mehr tragen. Damit war ich für die Army eine Belastung. Mir ist völlig klar, dass ich noch Glück gehabt habe, weil ich meinen Arm noch habe und auch noch lebe. Immerhin haben die Aussies in Libyen und Tobruk mehr als dreitausend Soldaten verloren.«

Laras Gedanken wanderten zu Lord Hornsby, der ebenfalls in Tobruk verwundet worden war und der seitdem mit seinem Schicksal haderte. Unweigerlich erschien das Bild ihres Vaters vor ihrem inneren Auge, und sofort spürte sie einen Kloß im Hals.

Charlie riss sie aus ihren Gedanken. »Krieg vernichtet Leben – aber wozu? Meist doch für die Gier der Menschen nach Land, Diamanten oder Öl. Und dafür müssen Tausende Männer sterben«, sagte er wütend. »Sind Sie etwa einer dieser Männer, die sich schuldig fühlen, weil sie überlebt haben?«, wollte er dann wissen. »Das bringt Ihnen nämlich gar nichts.«

Rick nickte. »Mir ist klar, dass das Leben weitergeht. Ich wünschte nur, dieser Krieg wäre endlich vorbei.«

»Das geht uns allen so«, nickte Charlie.

»Sie müssen doch hoffentlich nicht wieder zurück zur Armee?«, fragte Lara besorgt.

»Nein, ich wurde inzwischen mit allen Ehren entlassen. Meine Zeiten als Soldat sind vorbei.«

»Haben Sie noch Schmerzen?«, erkundigte sich Betty.

»Manchmal. Aber sie sind auszuhalten.«

»Aber bereitet Ihr Arm Ihnen keine Probleme, wenn Sie Krokodile fangen? Ich nehme doch stark an, dass die Tiere nicht stillhalten«, sagte Betty.

»Das ist noch milde ausgedrückt«, erklärte Rick. »Ich fange sie in einer auf einem Floß befestigten Falle. So muss ich die Falle nicht mit Körperkraft bewegen, was angesichts der Größe und des Gewichts einiger Krokodile auch unmöglich wäre. Wenn ich eines erwischt habe, schleppe ich die Falle mit dem Boot an eine passende Stelle, öffne die Klappe und hoffe, dass sich das Krokodil in aller Ruhe davonmacht. Ab und zu reagieren die Tiere auch wütend. Mein Boot wurde schon ein paarmal von aufgebrachten Krokodilen angegriffen, aber meistens sind sie froh, wieder in Freiheit zu sein.« Er grinste, aber alle ahnten, dass er die Schwierigkeiten und Probleme herunterspielte.

In diesem Moment stürmten Ruthie und Richie in den Pub. Richie hatte eine Verletzung an der Hand und weinte.

»Was hast du gemacht, Richie?«, fragte Betty.

»Es tut weh.« Richie hielt die Hand hoch, damit seine Mutter einen Blick auf die Wunde werfen konnte.

»Es ist nur ein Kratzer. Ich bepinsele ihn gleich mit Jod«, sagte Betty. »Kinder, das hier ist Mr Marshall. Er ist Krokodiljäger. Rick, das hier sind Ruthie, unsere Älteste, und Richie, unser Jüngster. Irgendwo müssen auch noch die zwei mittleren Söhne herumschwirren. Sie heißen Robbie und Ronnie.«

»Sie sind zum Fischen, Mama«, informierte Ruthie sie.

»Tag, Kinder«, begrüßte Rick die beiden, blickte zum Billabong hinaus und runzelte die Stirn. »Aber Ihre Söhne fischen doch hoffentlich nicht unten am Ufer, oder?«, wandte er sich an Colin.

»Erlaubt ist es ihnen nur vom Anleger aus«, erwiderte Colin. »Das tun sie doch hoffentlich auch, oder, Ruthie?«

»Ja, Papa. Mr Westly ist bei ihnen.«

»Rex passt schon auf sie auf«, sagte Colin. »Die Kinder wissen eigentlich, dass sie nicht an den Billabong dürfen, sofern nicht entweder ein Erwachsener oder eines der älteren Kinder bei ihnen ist.«

»Gut, denn das seichte Wasser kann Kindern sehr gefährlich

werden. Krokodile jagen gern Tiere, die am Ufer trinken. Sie verstecken sich in den Randzonen der Gewässer und erkennen nur Umrisse. Dabei können sie natürlich nicht zwischen Mensch und Tier unterscheiden. Und sie springen mit geradezu blitzartiger Geschwindigkeit aus dem Wasser.«

Seine Worte erinnerten Lara an ihren Kampf um Trixie. Ihr schauderte.

»Ich gehe jetzt mal und sehe nach den Kindern. Wenn sie wirklich bei Rex sind, ist es okay – aber Vorsicht ist die Mutter der Porzellankiste.«

»Wollen Sie das Riesenkrokodil fangen?«, wandte sich Ruthie an Rick.

Rick warf Lara einen fragenden Blick zu. Sie hob die Augenbrauen, gespannt darauf, was er sagen würde. Natürlich würde sie Wort halten, aber es wäre schon schön, wenn Rick den anderen gegenüber zugäbe, dass auch er ein Riesenkrokodil gesichtet hatte.

»Ich werde so viele Krokodile wie möglich fangen«, wich er der Frage aus.

»Papa sagt, es gibt keine Riesenkrokodile, aber Onkel Monty sagt, es gibt sie doch«, fuhr Ruthie fort.

»Mal sehen, was ich in meiner Falle so alles fange, Ruthie«, lächelte Rick.

17

Juli 1941

Lara blickte zum wiederholten Male auf ihre Armbanduhr. Es war Montagmorgen und genau acht Uhr. Wo aber blieben ihre Schüler? Seit vollen fünf Minuten stand sie an der weit geöffneten Kirchentür und verlor allmählich die Geduld. Dafür meldeten sich Zweifel, die sie vor ein paar Monaten noch nicht gekannt hatte.

Die halbe Nacht hindurch hatte sie wach gelegen, sich hin- und hergeworfen und dem Summen der Mücken jenseits ihres Moskitonetzes gelauscht. Schließlich war sie noch vor der Morgendämmerung aufgestanden. Die Stunden hatten sich endlos hingezogen. Sie sehnte sich wirklich danach, endlich wieder vor einer Klasse zu stehen.

Am Sonntagnachmittag hatte Lara die Familien ihrer Schüler besucht. Die Eltern waren begeistert, dass die Schule endlich wieder anfing, was man von den Schülern eher nicht behaupten konnte. Dieser Umstand bereitete Lara Sorge und hatte sie wach gehalten. Sie wünschte sich so sehr, dass ihre Schüler gern zum Unterricht kamen, denn nur dann würden sie auch wirklich etwas lernen. So hatte sie es immer gehalten.

Von den zehn Schülern, mit deren Anwesenheit Lara fest rechnete, schienen sich die drei jüngsten zumindest ein wenig zu freuen. Carmel Westly, Sarah Castle und Richie Jeffries legten zumindest ein gewisses Interesse an den Tag. Die meisten anderen waren irgendwann schon einmal zur Schule gegangen – entweder in Shady Camp oder außerhalb – und schienen mit der Vorstellung, in ein Klassenzimmer eingesperrt zu werden, vor allem den Verlust ihrer Freiheit zu verbinden. Vor allem den Jungen fehlte es an Motivation.

Wieder blickte Lara auf die Uhr, es war fünf nach acht. Unruhig ließ sie ihren Blick umherschweifen. Das Sonnenlicht glitzerte auf dem Billabong, doch ihr fehlte die Muße, den pittoresken Anblick zu genießen. Alle Fischer waren längst hinausgefahren. Das einzige Boot, das noch am Anleger vertäut lag, war das von Rick. Während sie wartete, erschien er an Deck und rief ihr zu, dass er jetzt nach der Falle sehen wolle. Er startete den Motor und legte ab.

Um sieben Minuten nach acht sah Lara, wie Betty mit ihren Kindern im Schlepptau auf die Kirche zueilte. Sie zerrte Richie an der Hand hinter sich her. Die beiden mittleren Jungen schlenderten betont langsam, während Ruthie versuchte, mit ihrer Mutter Schritt zu halten.

»Entschuldigen Sie die Verspätung«, rief Betty ihr zu. »Ich habe die Kinder heute Morgen kaum aus dem Bett bekommen.«

Lara lächelte, aber innerlich seufzte sie vor Erleichterung. Sie hatte schon befürchtet, es würde niemand kommen.

Dann kam Rizza mit ihrer fünfjährigen Tochter Carmel. Hochschwanger ging sie im Wiegeschritt schwitzend auf die Kirche zu. Auch sie entschuldigte sich für die Verspätung. Kaum hatte Lara die kleine Carmel in Empfang genommen, als auch Joyce Castle auf ihrer Veranda erschien und ihre Sprösslinge in Richtung Schule scheuchte. Harry und Tom schlurften eher verhalten auf Lara zu, während die sechsjährige Sarah rannte wie ein Wiesel. Als Letzte erschien Patty McLean mit ihren achtjährigen Zwillingen. Emily wirkte, als hätte sie sich in ihr Schicksal ergeben, während Vincent keinen Hehl aus seiner schlechten Laune machte.

Lara nahm die Kinder freundlich in Empfang und führte sie dann in den Schulraum. Sie verteilte sie an die Tische und überprüfte ihren Wissensstand, um sich ein Bild des erforderlichen Lehrstoffs machen zu können. Dass die drei Jüngsten lesen oder rechnen konnten, erwartete sie gar nicht erst, aber die anderen Kinder waren sieben, acht und zehn Jahre alt und hätten eigentlich gewisse Fertigkeiten zeigen müssen. Doch unabhängig von ihrem Alter zeigten alle Kinder ungefähr den gleichen Wissensstand. Sie würde tatsächlich bei allen ziemlich weit vorn anfangen müssen.

Entgegen ihrer Gewohnheit zog sich der Vormittag endlos hin. Immer wieder musste sie vor allem die Jungen zur Aufmerksamkeit mahnen. Sehnsüchtig starrten sie aus dem Fenster auf den Billabong, anstatt sich der Tafel zu widmen, auf der die Zahlen von eins bis zwanzig und das Alphabet standen. Glücklich wirkten die Kinder lediglich in der Pause und in der Mittagszeit, als sie zum Essen nach Hause gingen. Als Lara sie um halb drei endlich entließ, fühlte sie sich ebenso elend wie die Kinder.

Sie saß mit dem Kopf in die Hände gestützt an ihrem Schreibtisch, als Rick das Klassenzimmer betrat.

»So schlecht war der Tag aber doch sicher nicht, oder?«, fragte er.

»Leider doch«, seufzte Lara. »Vor allem die Jungen wollen nicht hier sein. Sie möchten viel lieber fischen gehen oder Baumhäuser bauen – was auch immer Jungs eben so tun.«

»Sie werden sich schon daran gewöhnen«, versuchte Rick sie zu trösten.

»In den sechs Jahren, in denen ich jetzt im Schuldienst bin, habe ich eine sehr wichtige Lektion gelernt: Schule muss Spaß machen. Meine Schüler sollen gern herkommen, und es ist meine Aufgabe, sie dazu zu bringen. Wenn sie nämlich nicht gern kommen, lernen sie nichts.«

»Mir hat die Schule auch nie besonders viel Spaß gemacht«, sagte Rick.

»Wo sind Sic aufgewachsen?«

»Nicht weit von Melbourne, in einem Ort namens Geelong. Ich kann mich noch gut an die Winter dort erinnern. Wenn wir nicht nach draußen gehen konnten, weil es zu kalt oder zu nass war, dachten wir uns Spiele aus. Eines meiner Lieblingsspiele war das Angelspiel. Aus Karton haben wir Fische ausgeschnitten und uns aus Zweigen und Kordel Angeln gebastelt. Die Haken bestanden aus Draht, und die Fische bekamen einen kleinen Metallring. Wir legten die Fische in einen Eimer, und dann durfte jeder angeln. Wer in der Zeit, bis die anderen bis zwanzig zählten, die meisten Fische fing, hatte gewonnen. Das hat wirklich Spaß gemacht und uns stundenlang unterhalten.«

»Das ist ja alles schön und gut, aber es war ein Spiel. Rund ums Angeln«, sagte Lara entmutigt.

»Mag schon sein, aber vielleicht können Sie das Ganze ja in ein Spiel verwandeln, bei dem man gleichzeitig lernt«, schlug Rick vor.

Lara strahlte. »Das ist eine fantastische Idee, Rick! Im Pfarrhaus steht ein großer Korb für Holz, den könnte ich als Fischteich zweckentfremden. Und ganz sicher hat jeder der Jungen eine Angel. Ich könnte Fische ausschneiden und Zahlen darauf schreiben, auf diese Weise lernen sie spielerisch das Zählen. Das macht ihnen sicher Spaß, und sie würden gleichzeitig noch etwas lernen. Rick, Sie sind ein Genie!«

»Na ja. Immerhin habe ich heute noch kein Krokodil gefangen.«

»Das kommt schon noch!«

»Ich nehme an, das Fleisch in der Falle war zu frisch. Im Übrigen sind Krokodile manchmal sehr vorsichtig. Es könnte sein, dass sie ein paar Tage brauchen, um die Falle zu akzeptieren. Immerhin ist sie neu und ungewohnt in ihrem Gebiet.«

»Haben Sie auch schon Krokodile gefangen, ehe Sie Soldat wurden?«

»Ja, eine Zeit lang. Ich kam ins Territory, weil ein Schulfreund mich fragte, ob ich Lust hätte, Angeltouren zu betreuen. Ich war damals gerade zwanzig. Das verdiente Geld sparte ich für ein eigenes Boot, und sobald ich es hatte, begann ich, Krokodile einzufangen und sie an abgelegenen Stellen in Flussmündungen an der Küste wieder freizulassen. Die ›Haiköder‹ ist inzwischen mein zweites Boot.«

»Sie sollten ernsthaft über einen anderen Namen nachdenken«, gab Lara zu bedenken. »Und jetzt erklären Sie mir bitte, wie ein Barra aussieht, damit ich mit dem Zeichnen anfangen kann.«

»Lassen Sie die Kinder die Fische doch selbst malen«, meinte Rick.

»Noch eine tolle Idee«, freute sich Lara. »Leider habe ich keinen Draht, um Ringe für die Fische zu machen.«

»Damit kann ich gerne aushelfen.«

»Vielen Dank. Ich denke, ich gehe schnell noch bei den Familien vorbei und sage den Kindern, dass sie morgen ihre Angeln mitbringen sollen.«

Lara verriet nicht, wozu die Angeln gebraucht wurden. Die Jungen nahmen an, es ginge zum Fischen, und freuten sich. Als Lara am nächsten Morgen kurz vor acht die Kirchentür öffnete, standen zehn erwartungsvolle Kinder vor ihr. Alle Jungen hatten ihre Angeln dabei.

»Ich habe Köder mitgebracht«, sagte Harry und hielt einen kleinen Eimer mit Köderfischen hoch.

»Und ich habe Würmer dabei, Miss Penrose«, versuchte Robbie ihn zu übertrumpfen.

»Wir brauchen keine Köder«, erklärte Lara. »Lasst sie bitte draußen.«

Harry und Ronnie kamen der Aufforderung fröhlich nach, vermutlich in der Annahme, dass die Lehrerin auch schon für Köder gesorgt hatte.

»Und was machen wir, während die Jungs angeln?«, fragte Ruthie.

»Ihr angelt auch«, antwortete Lara.

»Ich angele nicht gern«, maulte Ruthie.

»Ich verspreche dir, dass es euch gefallen wird. So, Kinder, setzt euch.« Lara verteilte Papier, Buntstifte und Scheren. »Jeder von euch zeichnet jetzt drei Fische auf das Papier und malt sie aus, so bunt er will. Anschließend schneidet ihr sie aus. Richie und Carmel helfe ich ein bisschen.«

»Gehen wir denn nicht zum Billabong?«, erkundigte sich Tom stirnrunzelnd.

»Fangt erst einmal an. Später zeige ich euch, wie es weitergeht. Aber zunächst möchte ich ein paar sehr hübsche Fische sehen. Oder vielleicht auch einige dieser Barramundi, von denen ich schon so viel gehört habe.«

Eifrig machten sich die Kinder ans Werk. Lara formte unterdessen Ringe aus dem Draht, den Rick ihr gegeben hatte.

Als die Kinder fertig waren, bat Lara sie, die Fische nach vorn zum Pult zu bringen. Lara nummerierte die Kunstwerke, versah sie mit einem Ring und warf sie in den großen Korb.

»So, Kinder, und jetzt holt eure Angeln.«

Den Jungen wurde klar, was sie vorhatte, und sie begannen zu murren. Daraufhin überließ Lara den ersten Durchgang den Mädchen, die dazu die Angeln der Jungen benutzen durften. Jedes Kind bekam eine Minute Zeit. Ruthie war als Erste an der Reihe, gefolgt von Sarah und Carmel. Während die Jungen noch maulten, hatten die Mädchen viel Spaß. Lara fragte die Zahl jedes geangelten Fisches ab und notierte sie. Ruthie fing drei Fische und Sarah zwei. Carmel erwischte ebenfalls zwei, doch einer fiel ihr beim Herausziehen wieder vom Haken, worauf die anderen Mädchen großzügig meinten, dass Lara ihn trotzdem notieren solle.

Anfänglich sahen die Jungen nur missmutig zu, mit Ausnahme von Richie, der es gern selbst versuchen wollte. Allmählich aber wich ihre Ablehnung der Neugier. Als sie an der Reihe waren, wetteiferten sie miteinander um den besten Fang, und ohne es zu bemerken, lernten sie auf fröhliche Weise das Zählen.

Nach der großen Pause bettelten die Kinder, noch einmal fischen zu dürfen.

»In Ordnung«, stimmte Lara zu. »Aber damit es nicht zu einfach wird, angelt ihr jetzt mit verbundenen Augen.«

Auch diese Idee gefiel den Kindern. Nach jedem geangelten Fisch lasen die zuschauenden Kinder die Zahl vor, und Lara schrieb sie auf. Lara befragte die Jungen zu den Fischen, die sie im Billabong fingen, und stellte fest, dass die Kinder sehr viel über die verschiedenen Arten wussten. Daraufhin erweiterte sie die Fragestellung und erkundigte sich nach den einheimischen Vögeln. Auch zu diesem Thema konnte jedes der Kinder etwas beitragen. So verging der Schultag für alle wie im Fluge. Die älteren Kinder konnten am Ende fehlerfrei bis dreißig zählen, die jüngeren immerhin bis zwanzig. Und ausnahmslos alle freuten sich auf den nächsten Tag.

»Ich weiß noch nicht ganz genau, was wir morgen machen«, sagte Lara, »aber ihr solltet pünktlich sein.«

Lara lächelte noch immer, als sie Tee aufsetzte. In diesem Moment erschien Rick an der Hintertür.

»Wie ich sehe, ist der Tag gut gelaufen«, stellte er fest, als er ihre gute Laune bemerkte.

»In der Tat. Und das habe ich allein Ihnen zu verdanken. Jetzt muss ich mir nur noch etwas für morgen überlegen. Vielleicht lasse ich sie Tiere zeichnen, die einfach zu buchstabieren sind. So etwas wie Hund, Fisch, Hahn oder Wurm, damit sie die Buchstaben lernen.«

»Das finde ich gut«, lobte Rick.

»Nochmals herzlichen Dank für Ihre Hilfe, Rick. Sie haben meinen Tag gerettet.«

»Aus meinem Kinderspiel eine Lehrmethode zu machen war aber Ihre Idee.«

»Von allein wäre ich nie darauf gekommen. Kann ich im Gegenzug vielleicht irgendetwas für Sie tun?«

»Tja, ich hätte da ein paar Fische, die zubereitet werden müssten«, sagte Rick verschmitzt.

»Sie wollen, dass ich mich um Ihr Abendessen kümmere?« Lara konnte kaum fassen, dass er die Stirn besaß, sie um so etwas zu bitten.

»Wir könnten uns das Essen teilen«, gab er zurück. Seine dunklen Augen strahlten sie warm an. »Ich esse nicht gern allein. Sie etwa?«

In den letzten Tagen hatte sich Lara tatsächlich manchmal ein wenig einsam gefühlt. Sie vermisste die Mahlzeiten mit ihrem Vater, und das Gefühl hätte auch ein Essen bei den Jeffries nicht wettgemacht. »Einverstanden. Aber nur, wenn Sie den Fisch filetieren.«

»Filetieren ist eines meiner Spezialgebiete«, grinste Rick. »Ich hole den Fisch.«

Einige Minuten später klopfte es an der Tür. Lara war gerade dabei, einen Ausbackteig nach Margies Rezept anzurühren.

»Das ging aber schnell«, sagte sie und hob den Kopf. »Oh, hallo, ich dachte …«

»… ich wäre jemand anderes«, vervollständigte Jerry Quinlan.

»Genau. Was kann ich für Sie tun, Doktor?«

»Nennen Sie mich doch einfach Jerry. Ich war gerade im Dorf und habe nach Rizza gesehen, und nun wollte ich mich erkundigen, wie es Ihnen geht. Sind Sie noch einmal ohnmächtig geworden? Oder war Ihnen schwindelig?«

»Nein. Und ehe Sie weiterfragen: Ich trage weder Korsett noch Stützgürtel – und auch sonst nichts Einengendes.«

Jerry lächelte. »Das klingt vernünftig. Wie lässt sich die Schule an?«

»Hätten Sie mich das gestern gefragt, wäre Ihnen meine Enttäuschung vermutlich nicht verborgen geblieben. Aber heute lief es wunderbar.«

»Das ist schön. Natürlich bedeutet es eine Umstellung für alle Beteiligten, aber ich bin sicher, dass Sie das schaffen.«

»Inzwischen bin ich auch recht optimistisch.«

Sie schwiegen. Jerry knetete seinen Hut in den Händen.

Lara war, als hätte er noch etwas auf dem Herzen. »Gibt es noch etwas?«, fragte sie schließlich.

»Nein, eigentlich nicht. Ich wollte nur nach dem Rechten sehen. Wie ich sehe, haben Sie zu tun. Ich bin auch schon wieder weg«, sagte er und wandte sich zur Tür.

»Danke für den Besuch«, rief Lara ihm hinterher.

»Schon gut«, gab Jerry zurück. Doch er zögerte wieder.

»Was ist denn?«, fragte Lara erneut.

»Ich fahre jetzt zum Essen in eines der Hotels in der Stadt. Hätten Sie nicht vielleicht Lust, mich zu …«

»Hallo«, grüßte Rick, der mit dem Fisch zurückkehrte. Der Arzt zuckte zusammen, und Lara bemerkte Ricks aufmerksamen Blick. »Soll ich vielleicht später zurückkommen, Lara?«

»Aber nein. Rick, das ist Doktor Jerry Quinlan.«

»Jerry«, sagte Jerry und hielt ihm die Hand hin. »Sie kommen mir irgendwie bekannt vor, aber ich kann mich nicht erinnern, Sie schon einmal getroffen zu haben.«

»Rick Marshall«, stellte Rick sich vor, ergriff die ausgestreckte Hand und schüttelte sie herzlich.

»Rick ist Krokodiljäger«, erklärte Lara. »Ich habe ihn eingestellt, um das Dorf von Krokodilen zu befreien, bevor jemand gefressen wird.«

»Ach tatsächlich«, stellte Jerry sichtlich überrascht fest. Sein Blick wanderte von dem Fisch in Ricks Händen zu der Schüssel mit Ausbackteig vor Lara. »Ah, offenbar bereiten Sie gerade das Abendessen vor. Ich werde dann wohl lieber gehen.« Er drehte sich auf dem Absatz um und verließ das Haus, ehe Lara noch etwas sagen konnte.

Rick trat in die Küche und legte den filetierten Fisch in das Becken. »Entschuldigen Sie mein schlechtes Timing«, sagte er.

»Wieso?«, fragte Lara verwirrt.

»Ich fürchte, ich habe den Doktor unterbrochen, als er Sie gerade zum Essen einladen wollte.«

»Er sagte eigentlich nur, dass er wissen wolle, wie es mir geht, aber er schien noch etwas anderes auf dem Herzen zu haben.«

»Klar. Er wollte sich mit Ihnen verabreden«, sagte Rick. »Wäre ich nicht aufgetaucht …«

Lara errötete. »Machen Sie sich keine Gedanken«, sagte sie verlegen.

»Wären Sie mit ihm gegangen, wenn Sie nicht bereits zugestimmt hätten, mit mir zu kochen?«

»Heute Abend sicher nicht.«

»Aber später schon?«

»Keine Ahnung. Ich war auf seinen Besuch nicht vorbereitet.« Lara wandte sich dem Teig zu und rührte hingebungsvoll darin. Sie wollte nicht mehr über das Thema sprechen.

»Ich zünde dann mal den Gaskocher an«, erklärte Rick, der den Hinweis offensichtlich verstanden hatte.

Lara atmete tief durch. Nie und nimmer hätte sie damit gerechnet, hier in Shady Camp zum Ausgehen eingeladen zu werden.

Nachdem sie den Fisch vorbereitet hatte, brachte sie ihn samt Tellern und Besteck nach draußen. »Ist die Pfanne heiß genug?«, fragte Lara.

»Ja. Wir können anfangen.«

Sie legte den Fisch in die Pfanne, wo er sofort zu brutzeln begann. Außerdem hatte Rick ein Fass mit Holz gefüllt und angezündet. »Ist es nicht zu heiß für ein Feuer?«, gab sie zu bedenken.

»Der Rauch ist gut gegen die Mücken und das Feuer gegen die Krokodile«, sagte Rick.

»Na, dann. Handelt es sich bei Ihrem Fisch um Barramundi?«

»Genau. Haben Sie ihn schon einmal probiert?«

»Nein, aber ich freue mich schon sehr darauf.«

Lara deckte den Tisch und setzte sich neben den Gaskocher, wo sie den Fisch im Auge behielt.

»Alles in Ordnung?«, erkundigte sich Rick, der den Blick nicht von ihr wandte.

»Klar. Wieso fragen Sie?«

»Sie sagten, Jerry wäre gekommen, weil er wissen wollte, wie es Ihnen geht. Ich gehe also davon aus, dass er Sie behandelt hat, weil etwas nicht stimmte.«

»Es geht mir gut«, sagte Lara.

»Entschuldigung, das war eine sehr persönliche Frage«, stellte Rick fest und stocherte in dem Feuerfass herum.

»Nach meiner Begegnung mit dem Riesenkrokodil bin ich in Ohnmacht gefallen«, erklärte Lara. »Betty kam mit Jerry vorbei, weil sie ihn mir vorstellen wollte, und dann fanden sie mich auf dem Küchenboden. Heute hat er nachgefragt, ob ich noch einmal Probleme hatte.«

»Sie wurden ohnmächtig, als das Krokodil an Ihrer Tür stand?« Rick wurde mit einem Mal sehr blass. »Das hatten Sie mir bisher verschwiegen.«

»Es passierte, nachdem das Krokodil verschwunden war und ich die Tür geschlossen hatte.« Lara ahnte, was Rick dachte: Sie wäre eine wirklich leichte Mahlzeit gewesen.

Rick runzelte die Stirn. »Ich finde, es widerspricht dem Berufsethos eines Arztes, sich mit einer Patientin zu verabreden«, stellte er überaus ernst fest.

»Ich bin nicht seine Patientin. Er war nur zufällig in der Nähe, als ich umkippte und hat nichts weiter getan, als mir aufzuhelfen.«

»Dann denken Sie also darüber nach, mit ihm auszugehen.«

»Ich weiß es wirklich nicht«, sagte sie und versuchte, das unbehagliche Gefühl zu ignorieren, das sie beschlich. »Können wir jetzt vielleicht von etwas anderem sprechen?«

»Sicher. Es geht mich ja sowieso nichts an«, stimmte Rick zu. Sein Blick glitt über den Billabong und verweilte dann auf Lara. »Nur zur Information: Er wirkt ein bisschen allzu förmlich. Sie würden sich wahrscheinlich zu Tode langweilen, wenn Sie mit ihm ausgingen. Aber das ist natürlich nur meine persönliche Meinung.«

Lara blickte ihn erschrocken an, aber er grinste schon wieder. Trotz seiner Frechheit musste sie lachen.

18

»Jerry!«, rief Monty überrascht, als der Arzt den Pub betrat. »Sagtest du nicht, du wolltest zum Essen in die Stadt fahren?«

»Richtig, und das werde ich auch tun. Aber zuerst einmal brauche ich etwas zu trinken.«

An den Gewohnheiten des Territory gemessen trank Jerry so gut wie nichts, und Monty war entsprechend verwundert. »Okay. Du bekommst ein schönes, kühles Bier.«

»Ich hätte lieber etwas Stärkeres. Mach mir einen großen Brandy auf Eis.« Jerry ließ seinen weißen Stetson auf die Bar fallen und stützte die Ellbogen auf.

Monty servierte ihm seine Bestellung, ohne ihn aus den Augen zu lassen. Jerry sah aus, als hätte er gerade einen Patienten verloren, aber wenn jemand im Dorf so krank gewesen wäre, hätte Monty es sicher vor dem Arzt gewusst. »Was ist los mit dir, Doc?«

»Nichts ist los, Monty«, erwiderte er niedergeschlagen.

Monty glaubte ihm nicht. »Ich weiß, dass Rizza noch nicht in den Wehen liegt. Ist Charlies Nesselsucht etwa wieder ausgebrochen?«

»Das würdest du sicher als Erster erfahren, Monty. Außerdem unterliege ich der ärztlichen Schweigepflicht, wie du inzwischen wissen müsstest.«

Natürlich wusste Monty, dass es Charlie gut ging. Er hatte lediglich versucht, Jerry in ein Gespräch zu verwickeln, um herauszufinden, was ihn bedrückte. »Ist Lara Penrose deine Patientin?«

»Nein, ist sie nicht.«

»Gut. Ich habe nämlich gesehen, dass du zum Pfarrhaus gegangen bist. Du warst also bei ihr, und wenn sie nicht deine Patientin ist, können wir auch darüber reden.«

Jerry hob den Kopf, als überlege er, ob er Monty etwas Persönliches anvertrauen konnte.

Monty war schon immer der Meinung gewesen, dass der Doktor außergewöhnlich gut aussah, und obwohl in Darwin Männerüberschuss herrschte, wunderte es ihn, dass Jerry mit seinen zweiunddreißig Jahren nicht schon längst von einer hübschen Beamtentochter vereinnahmt worden war.

»Ich war tatsächlich im Pfarrhaus. Aber Lara hatte Besuch, und da bin ich wieder gegangen.«

»Besuch?«, hakte Monty nach. Wahrscheinlich Doris oder Margie.

»Ein Krokodiljäger«, sagte Jerry.

»Ach so! Das war Rick Marshall!«

»Genau der.«

»Ich würde ihn nicht unbedingt als Besuch bezeichnen. Sie bezahlt ihn, um die Krokodile im Dorf loszuwerden.«

»Das hat sie mir auch gesagt. Aber mir schien, als würde er noch mehr tun.«

»Was meinst du?«

»Sie waren gerade dabei, Fisch zum Abendessen vorzubereiten. Sie wirkten so … so … vertraut miteinander. Im Ernst, ich dachte, er wäre ihr Freund, bis sie ihn mir vorstellte.«

»Dann wäre er aber von der ganz schnellen Truppe. Sie hat ihn nämlich erst vor ein paar Tagen kennengelernt.«

»Mich würde es nicht überraschen. Lara ist wirklich eine sehr schöne Frau.«

Monty grinste. »Doc! Du bist ja verknallt!«

»Ich … na ja, ich würde mich gern einmal mit ihr verabreden. Welcher normale Mann würde das nicht tun wollen?«

»Da hast du vermutlich recht«, nickte Monty. »Ich wünschte, ich wäre ein paar Jahre jünger. Ich schwöre dir, du hättest keine Chance.«

Der Arzt verzog nicht einmal die Mundwinkel, was Monty beunruhigte.

»Sie hat keinen Freund und ist nicht verlobt«, fuhr er fort. »Sie ist also sozusagen Freiwild.«

»Monty, wir reden hier von einer Frau und nicht von einem Preis, den man gewinnen kann.«

»Oh, ich halte sie schon für einen Preis. Wie gesagt: Wäre ich jünger, wärst du schon längst nicht mehr im Rennen.«

»Aber ich möchte nicht dazwischenfunken, wenn sich zwischen ihr und Rick Marshall etwas anbahnt.«

»Findest du nicht, dass sie die Mühe wert wäre?«

»Schon, aber …«

»Da gibt es kein Aber. Wenn du Lara nett findest, musst du um sie kämpfen. Mach es dem Krokodiljäger nicht zu leicht.«

»Er sieht verdammt gut aus, wenn auch auf eine etwas derbe Weise«, sagte Jerry nachdenklich. »Ich habe die Erfahrung gemacht, dass Frauen gerade solche Männer besonders attraktiv finden.«

»Du siehst auch gut aus. Und obendrein bist du Arzt. Ich fasse es noch immer nicht, dass dir noch keine der hübschen Frauen in Darwin einen Ring abgeschmeichelt hat.«

»Eigentlich hast du recht«, sagte Jerry und straffte seine Schultern. »Ich werde nicht aufgeben. Noch nicht. Lara ist es wert, dass ich um sie kämpfe.«

»Gute Entscheidung. Prost.«

Die restliche Schulwoche verging wie im Flug, lief aber dank einiger Dumme-Jungen-Streiche der Schüler nicht immer ganz glatt. Nachdem Lara die Kinder am Freitagnachmittag nach Hause geschickt hatte, legte sie sich ein Stündchen hin, konnte aber nicht schlafen. Ihre Gedanken wanderten zum wiederholten Male zu den Kindern der Aborigines, die keine Schulbildung erhielten. Sie hatte einige von ihnen von fern gesehen, aber keines hatte sich je der Schule genähert. Sie beschloss, ihr Vorhaben nicht länger auf die lange Bank zu schieben und die Aborigine-Familien jetzt gleich zu besuchen, um mit den Eltern über die Teilnahme ihrer Kinder am Unterricht zu sprechen.

Shady Camp schien in der mittäglichen Ruhezeit ganz und gar verlassen. Lara machte sich auf den Weg, von dem Betty gesagt hatte, dass er zu den Häusern des ansässigen Stammes, der Larrakia, führte. Weil es sehr heiß war, bemühte sie sich, im Schatten der Bäume zu bleiben. Vorsichtig tastete sie sich vorwärts, um keine Schlange aufzuschrecken. Die Vegetation zwischen den Bäumen war dicht und schier undurchdringlich. Sie hörte das schrille Zirpen der Zikaden. Rick hatte ihr erzählt, dass Zikaden Pflanzensaft saugten, dass ihr dunkler Körper bis zu fünf Zentimeter groß werden konnte und dass sie breite Flügel hatten. Gesehen hatte sie allerdings bisher noch keine. Die Männchen verursachten das schrille Geräusch mit einem eigenen Organ, das sie in Vibration versetzten. Lara empfand es als ohrenbetäubend und ziemlich anstrengend.

Nach etwa zehn Minuten Fußweg sah sie in einiger Entfernung ein paar Hütten, vor denen Kinder und Hunde herumbalgten. Die Erwachsenen hatten es sich vor den Behausungen bequem gemacht. Sobald sie Lara bemerkten, sprangen sie auf und verschwanden, und als sie die Lichtung erreicht hatte, war keine Menschenseele mehr zu sehen.

Lara war verwundert. Sie wusste, dass sich die Bewohner in ihren Hütten aufhielten, hörte aber keinen Laut. »Hallo!«, rief sie. Sie versuchte ihr Glück bei jeder einzelnen der insgesamt zehn Häuser, aber alle wirkten wie ausgestorben, und alle Türen waren verschlossen. Im ganzen Dorf herrschte tiefstes Schweigen. Trotzdem hatte sie das Gefühl, durch die geschlossenen Vorhänge hindurch beobachtet zu werden.

»Hallo!«, rief sie noch einmal. Sie stieg die Stufen zur Veranda einer Hütte hinauf, vor der sie nur wenige Minuten zuvor Kinder hatte spielen sehen, und klopfte an. »Ist da jemand?«, fragte sie und wartete. Doch sie bekam auch hier keine Antwort. Auf der Veranda stand ein Holzstuhl, auf dem Boden lag eine kaputte

Puppe. Am Ende der Veranda ruhte eine rötliche Hündin und säugte fünf Welpen. Die Welpen mochten etwa drei Wochen alt sein, denn sie hatten ihre Augen bereits geöffnet, waren aber noch sehr klein und hilflos und unglaublich süß. Doch selbst die Hündin ignorierte Lara.

»Warum du hier?«, erklang plötzlich eine kräftige Männerstimme hinter ihr. Lara erschrak und drehte sich um. Vor ihr standen zwei etwa zwanzigjährige Männer, die nichts als Shorts trugen. Einer war groß und schlank, der andere kleiner und rundlich. Beide starrten sie unfreundlich an.

Lara verließ die Veranda. »Guten Tag«, sagte sie betont fröhlich. »Mein Name ist Lara Penrose, und ich bin Lehrerin. Ich wollte mit Ihnen über die Ausbildung der Kinder sprechen.«

»Hier kein Kind«, knurrte der Hochgewachsene mit herausforderndem Blick.

»Aber hier haben doch noch vor wenigen Minuten Kinder gespielt!« Sie war irritiert, dass die Männer sie anlogen. »Ich möchte gerne etwas für ihre Ausbildung tun. Es wäre bestimmt gut für sie, zur Schule zu kommen.«

Die Männer begannen, auf Larrakia, ihrer Stammessprache, zu schimpfen und bedeuteten ihr unmissverständlich, zu verschwinden, dabei wirkten sie äußerst bedrohlich. Lara starrte sie ungläubig an, und hörte, wie in der Hütte hinter ihr eine Tür geöffnet wurde. Sie wandte sich um, als eine Frau heraustrat und hastig die Tür hinter sich ins Schloss warf. Trotzdem erhaschte Lara einen Blick auf ein jüngeres Kind im Innern. Die Männer sprachen die Frau auf Larrakia an, die daraufhin ebenfalls zu schimpfen begann. Lara setzte noch einmal an, ihnen verständlich zu machen, dass sie in freundschaftlicher Absicht gekommen war, doch ihre Worte schienen nicht gehört zu werden. In diesem Moment überkam Lara eine Welle der Angst. Sie verstand nicht, was hier vor sich ging, und sie hatte niemandem im Dorf Bescheid gesagt, dass sie bei den Aborigines war; wenn ihr irgendetwas zustoßen sollte, würde niemand davon erfahren. Sie entschloss sich, diskret den

Rückzug anzutreten, entschuldigte sich betont höflich für die Störung und ging. Bis zum letzten Schritt hoffte sie inständig, dass die jungen Männer ihr nicht durch den Wald folgten.

Schweißgebadet betrat sie schließlich den Laden. Betty war gerade dabei, Dosen ins Regal zu stellen, die Colin am Morgen geholt hatte. Wie üblich war Colin nirgends zu sehen. Wenn körperliche Arbeit anstand, suchte er meist das Weite, das war Lara schon aufgefallen.

»Mir ist eben etwas sehr Seltsames passiert, Betty«, berichtete Lara atemlos.

»Was denn?«, erkundigte sich Betty. Plötzlich begann sie zu schnüffeln und rümpfte die Nase. »Haben Sie sich mit Mortein eingesprüht?«

»Aber nein«, wehrte Lara entrüstet ab, fühlte sich aber ertappt. »Rieche ich etwa danach?«

»Oh ja, und zwar alles andere als angenehm«, sagte Betty und hielt sich die Nase zu. »Vielleicht haben Sie ein bisschen übertrieben.«

»Schon möglich«, gab Lara zu und überlegte, ob vielleicht ihr Geruch die Aborigines verscheucht hatte. »Ich habe schon fast alles verbraucht.«

»Jetzt schon? Wenn Sie so weitermachen, muss ich mir wohl größere Vorräte zulegen.«

»Aber so werde ich wenigstens nicht ständig gestochen. Wenn ich nachts im Schlaf zufällig das Moskitonetz berühre, werde ich quasi bei lebendigem Leib aufgefressen. Überhaupt hatte ich diese Woche eine Menge Spaß mit Insekten. Zweimal haben Schüler irgendwelche Tiere mitgebracht und sie im Klassenzimmer freigelassen. Natürlich hat keiner die Taten zugegeben. Aber die Kinder finden meine Reaktion auf dic Tiere offenbar sehr amüsant.«

»Ich frage mich, woran das liegt«, murmelte Betty und bemühte sich, ernst zu bleiben.

»Ja, die Tiere sind auf meine Beine gesprungen, woraufhin ich sofort aufs Pult geflohen bin. Ich habe dann Ruthie geschickt, das Mortein zu holen, und vielleicht ein wenig viel davon versprüht … Na ja, ich habe die Kinder gleich darauf zum Spielen an die frische Luft geschickt. Die Tiere waren aber auch äußerst unangenehm. Große Heuschrecken und eine Spezies namens Schnellkäfer.«

»Schnellkäfer?«

»Ja, sie schnellen oder springen hoch und machen dabei Klickgeräusche.«

»Ich kenne sie zur Genüge«, sagte Betty. »Ich bin nur überrascht, dass Sie sie auch kennen.«

»Ursprünglich nicht, aber die Jungs haben sich einen Spaß daraus gemacht, mir alles über sie beizubringen. Schreckliche Tiere! Immer, wenn ich denke, dass ich endlich alle erwischt habe, höre ich wieder dieses gruselige Klickgeräusch.«

Betty wandte sich ab und stellte ein paar Dosen ins Regal, doch Lara entging ihr Schmunzeln nicht. Sie konnte nicht wissen, dass Robbie und Ronnie ihren Eltern von dem Streich berichtet hatten – auch wenn sie so getan hatten, als ob andere Kinder die Schuldigen gewesen wären.

»Schnellkäfer werden nach Einbruch der Dunkelheit vom Lampenlicht angezogen. Sie werden sich wohl oder übel an sie gewöhnen müssen, wenn Sie nicht vorhaben, in Zukunft jeden Abend mit den Hühnern schlafen zu gehen«, fügte Betty hinzu.

»Aber eigentlich bin ich nicht gekommen, um über Käfer und Insekten zu reden. Ich wollte etwas ganz anderes erzählen«, fuhr Lara fort.

»Aha«, sagte Betty und wandte sich ihr wieder zu, »was kann ich für Sie tun?«

»Ich war gerade im Aborigine-Dorf, weil ich die Kinder in die Schule holen möchte. Aber die Reaktion der Leute war mehr als seltsam. Aus der Entfernung konnte ich sowohl Erwachsene als auch Kinder sehen, aber als ich die Siedlung erreichte, lag sie da wie ausgestorben. Zwei junge Männer und eine Frau haben mich in ihrer Stammessprache beschimpft. Sie wollten offenkundig nichts mit mir zu tun haben. Wissen Sie, warum die Leute so unfreundlich waren?«

»Du liebe Zeit!«, seufzte Betty. »Colin hat mir zwar berichtet, dass Sie auf ein paar eingeborene Schüler hoffen, aber ich dachte, er hätte Sie vielleicht nicht richtig verstanden.«

»Doch, ich hätte wirklich gern auch Schüler von den Aborigines. Das habe ich den beiden jungen Männern auch verständlich zu machen versucht, aber sie wurden einfach nur sehr böse.«

»Colin hätte Sie warnen müssen, dass die Eltern ihre Kinder bei Ihrem Anblick verstecken werden.«

»Verstecken! Aber warum denn?«

»Weil sie denken, Sie kommen vom *Aboriginal Protection Board*, um ihnen die Kinder wegzunehmen.«

»Die Schutzbehörde nimmt ihnen die Kinder weg? Aber warum denn?«

»Weil es angeblich das Beste für die Kinder ist. Ich bin da allerdings ganz anderer Ansicht, wie übrigens jeder hier im Dorf. Wenn der APB anfängt herumzuschnüffeln, verstecken die Eingeborenen ihre Kinder sofort. Einem hier in Shady Camp lebenden Paar wurden alle Kinder fortgenommen, als sie noch in Humpty-Doo wohnten. Es bricht einem schier das Herz, zu sehen, wie sie leiden.«

»Nicht zu fassen, dass man die Kinder aus den Familien holt!«, sagte Lara verstört. »Was geschieht denn mit ihnen?«

»Sie kommen in Waisenhäuser und werden ›assimiliert‹ – sozusagen zu Weißen umerzogen. Mag sein, dass das gut gemeint ist, aber ich wünschte mir, man würde das Leid erkennen, das man damit über die Familien bringt. Sobald die Kinder alt genug sind, werden die Jungen zu Arbeitern und die Mädchen in einen Haushalt geschickt. Der APB vertritt die Meinung, Aborigines wären schlechte Eltern und nicht in der Lage, sich anständig um ihren Nachwuchs zu kümmern. Wenn sie einer Familie mehrere Kinder wegnehmen, trennen sie die Geschwister, damit sich später weder Geschwister noch Eltern wiederfinden können.«

»Das ist ja furchtbar!« Lara war entsetzt. So etwas hatte sie noch nie zuvor gehört.

»In der Siedlung lebt eine Familie, der man vor zehn Jahren die Tochter weggenommen hat. Wie durch ein Wunder ist Jiana vor einem halben Jahr wieder hier aufgetaucht. Sie ist ein nettes, intelligentes und gut ausgebildetes Mädchen. Mit zwölf hat man sie in den Haushalt einer wohlhabenden Familie in Tennant Creek gesteckt. Ihr damaliger Arbeitgeber besitzt ein Bergwerk und muss recht hart mit ihr umgesprungen sein. Die Frau aber hat sich wohl als ausgesprochen anständig erwiesen.«

»Wie hat sie den Weg zurück gefunden?«

»Sie sagt, dass sie sich noch an ihr Leben an den Billabongs erinnerte. Mit sechzehn nahm sie ihren ganzen Mut zusammen, lief davon und schaffte es irgendwie an den Mary River und von dort aus zurück nach Shady Camp. Für ihre Mutter war es der schönste Tag ihres Lebens, aber Jiana ist es nie so recht gelungen, sich wieder in die Lebensweise ihrer Familie einzufügen. Sie war zu lange fort und fühlt sich heute zwischen den beiden Welten hin- und hergerissen. Es ist eine traurige Geschichte. Aber vielleicht verstehen Sie jetzt, warum die Aborigines so heftig auf Ihre Anwesenheit reagiert haben.«

»Ja, natürlich. Ich habe ihnen gesagt, ich käme der Kinder wegen und habe von Schule und Ausbildung gesprochen. Jetzt wundert mich nicht mehr, dass sie das Schlimmste fürchteten.«

»Wenn Sie mir vorher gesagt hätten, dass Sie die Siedlung der Aborigines besuchen wollen, hätte ich Sie begleitet.«

»Ich möchte wirklich gern etwas für die Kinder tun, Betty. Wenn Sie also mitkommen und alles erklären würden, wäre ich Ihnen sehr dankbar.«

»Gerne. Eines muss Ihnen allerdings klar sein, Lara: Selbst wenn die Eltern Ihnen vertrauen, wird es ein harter Kampf werden, die Kinder dazu zu bringen, jeden Tag zur Schule zu kommen. Sie sind ihre Freiheit gewöhnt und leben ganz anders als wir.«

»Das dürfen Sie ruhig mir überlassen, Betty.«

19

Am Samstagmorgen um zehn Uhr beschloss Betty, die Siedlung der Aborigines zu besuchen. Sie war bereits vor Morgengrauen aufgestanden, hatte Brotteig angesetzt und die Tiere gefüttert. Als das Brot im Ofen war, melkte sie die Kühe, sammelte die Eier ein und kümmerte sich um den Haushalt. Das alles geschah, ehe auch nur ein Mitglied ihrer Familie die Augen geöffnet hatte.

Üblicherweise war zwischen acht und neun im Laden am meisten los. Ab zehn gab es nicht mehr ganz so viel zu tun. Nun brauchte sie nur noch Colin, der den Laden für eine Stunde übernehmen sollte – wenn sie ihn denn finden würde.

»Wo ist dein Vater?«, fragte sie Robbie, der sich im Laden mit Fischköder versorgte. Sie unterzog den Kleinen einer strengen Musterung. Eben noch war er gewaschen und anständig angezogen gewesen, jetzt aber erkannte sie ihn kaum wieder. Er hatte Shorts angezogen, die sie eigentlich längst an Ronnie weitergegeben hatte, trug ein Hemd ohne Knöpfe und keine Schuhe. »Wie oft habe ich dir schon gesagt, dass du Schuhe anziehen sollst? Du weißt doch nie, worauf du dort unten am Billabong trittst.«

Robbie maulte, dass die Aborigines auch niemals Schuhe trugen.

»Und wie du wieder aussiehst!«, schimpfte Betty. »Wie hast du es bloß geschafft, dich derart mit Schlamm zu besudeln?« Wahrscheinlich hat er nach Würmern gegraben, dachte sie. »Wenn du dir dort unten einen verlorengegangenen Angelhaken in den Fuß trittst, wirst du verstehen, was ich meine.«

Ihr war klar, dass sie ihre schlechte Laune an ihrem Sohn ausließ, kam aber nicht dagegen an. Als Nächstes schaute sie im Pub nach, aber dort war Colin nicht. Allerdings glänzte auch Monty durch Abwesenheit. Wahrscheinlich heckten die beiden Männer gemeinsam etwas aus, und das bedeutete in aller Regel nichts Gutes.

»Dad ist mit Onkel Monty hinter dem Pub«, meldete Robbie, als sie zurückkam.

»Und was machen sie dort?« Sofort vermutete Betty, dass sich die beiden ganz bewusst versteckt hatten, um vor der Mittagszeit ungestört ihr erstes Bierchen trinken zu können.

»Dad sagt, er hat eine Besprechung, und hat mich weggeschickt«, erklärte Robbie und lief mit seiner Angelrute samt Fischköder zur Tür.

»Bleib auf dem Anleger«, rief Betty hinter ihm her. »Und pass auf deine Brüder auf. Vor allem auf Richie.«

Sie ärgerte sich, dass Colin nie greifbar war, wenn sie ihn mal brauchte. Aber das würde sie ihm jetzt in aller Deutlichkeit verständlich machen. Notfalls auch in Anwesenheit seiner Kumpel.

»Besprechung! Dir werde ich helfen!«, grummelte sie, während sie die Kasse abschloss. An der Tür stieß sie fast mit Joyce zusammen, die bei ihrem Einkauf am frühen Vormittag Backpulver und Zucker vergessen hatte, und deren Tochter Sarah quengelte, sie wolle ein Eis. Betty sagte Joyce, dass Colin sie umgehend bedienen würde.

»Wo ist er denn?«, erkundigte sich Joyce, die Colin nirgends im Laden entdecken konnte.

»Angeblich bei einer Besprechung«, spöttelte Betty. »So scheint man heutzutage eine vormittägliche Bierrunde zu nennen. Eines muss man den Kerlen lassen – sie sind wirklich kreativ!«

»Peewee angelt mit Harry und Tom draußen auf dem Anleger«, erklärte Joyce stolz. Sie hatte zu Hause die Hosen an und brüstete sich damit gern vor den anderen Frauen im Dorf. Betty mochte Joyce, aber die ständige Prahlerei mit ihrem wohlerzogenen Ehemann störte sie ein wenig.

Verärgert über Colin und genervt von Joyce, schimpfte Betty auf dem Weg durch den Pub zur Hintertür leise vor sich hin. Dann aber blieb sie verdutzt stehen. Draußen im Hinterhof unterhielten sich nicht nur Monty und Colin, sondern auch Charlie, Errol und Don. Die Männer standen im Halbkreis und wirkten allesamt ernst, und keiner von ihnen hatte ein Bier in der Hand. Was war da los?

Plötzlich sagte Monty etwas für Betty völlig Unerwartetes.

»Wer mir nicht dabei hilft, diesen Luftschutzraum zu graben, muss bei einer Bombardierung draußen bleiben. Also? Wer von euch macht mit?«

Stumm blickten die Männer einander an.

Betty schnappte nach Luft. Natürlich hatten sie im Dorf immer wieder über den Krieg in Europa gesprochen und auch darüber, was die Japaner wohl vorhatten – aber niemand war davon ausgegangen, dass auch Australien bombardiert werden könnte.

»Ich bin durchaus nicht überzeugt, dass wir angegriffen werden. Die viele Arbeit könnte also ganz umsonst sein«, sagte Colin.

»Aber du weißt doch, was in den letzten Tagen in der Zeitung stand«, drängte Monty. Weil Colin Schwierigkeiten mit dem Lesen hatte, hielt Monty ihn Tag für Tag bei einem kühlen Bier auf dem Laufenden. »Wenn die Territorialregierung und die Verwaltung sich Sorgen machen, sollten wir es auch tun.«

»Aber Australien ist so abgelegen, dass wir immer davon ausgehen konnten, hier in Sicherheit zu sein.«

»Natürlich liegt Australien weit entfernt von Europa und den Kämpfen dort, aber wenn die Japaner tatsächlich vorhaben, auf der Malaiischen Halbinsel, in Singapur oder Neuguinea einzumarschieren, ist es mit unserer Isolation nicht mehr weit her«, widersprach Monty. »Wenn sie uns von diesen Orten aus angreifen, kann uns keiner der im Süden stationierten Soldaten mehr helfen. Abgesehen davon kämpfen die meisten ohnehin längst in Europa.«

Betty hatte genug gehört. Sie trat hinaus. »Was ist mit den amerikanischen und australischen Soldaten in Darwin? Können sie uns nicht schützen?«

Montys Blick war ernst. »Ich fürchte nein, Betty. Tatsächlich bietet die Anwesenheit der gut ausgerüsteten Amerikaner den Japanern einen Grund zum Angriff. Und wenn sie überraschend aus der Luft angreifen, haben wir schlechte Karten. Sie könnten uns komplett ausmerzen.«

Betty wurde blass.

»Hör auf, meiner Frau Angst einzujagen«, sagte Colin.

»Sie soll ruhig wissen, was los ist«, gab Monty zurück.

»Dann willst du also tatsächlich einen Luftschutzraum bauen«, stellte Betty fest. Sie deutete auf den Boden, wo Monty die Umrisse bereits mit Steinen markiert hatte. Der Raum war großzügig bemessen.

»Es ist mir sehr ernst damit. In der Stadt haben schon viele Leute begonnen, Gräben auszuheben. Wie ich gehört habe, waren die Chinesen die Ersten, und die wissen wirklich alles über den Krieg.«

»Sollte tatsächlich ein Angriff drohen – natürlich kein überraschender –, wird Darwin evakuiert werden«, warf Don ein. »Obwohl sicher auch viele freiwillig dableiben.«

»Evakuiert?«, wiederholte Betty beunruhigt.

»So weit wird es nicht kommen, Betty«, versuchte Colin sie zu beruhigen.

»Für wie viele Menschen planst du den Luftschutzraum, Monty?«, wollte Betty wissen.

»Wenn wir uns ein bisschen auf die Pelle rücken, sollten wir alle hineinpassen. So viele sind wir ja nicht.«

»Würde uns ein Luftschutzraum denn auch wirklich schützen, wenn das Dorf bombardiert wird?«

»Durchaus, sofern er keinen direkten Treffer abbekommt. Aber das ist eher unwahrscheinlich.«

»Dann wird Colin dir beim Graben helfen«, beschloss Betty.

Colin riss die Augen auf. »Ich?«

»Ja, du«, bestätigte Betty streng. »Erstens hast du genug Zeit, und zweitens will ich unsere Kinder vor den Japanern in Sicherheit wissen. Und jetzt kümmere dich bitte um den Laden, ich muss dringend weg. In ungefähr einer Stunde bin ich zurück, also rechtzeitig, um das Mittagessen vorzubereiten.« Sie wandte sich zum Gehen. »Und lass die Kundschaft bitte nicht warten«, rief sie über die Schulter zurück.

»Wir anderen fangen sofort an«, sagte Monty zu den Männern. »Ich habe zwei Schaufeln mitgebracht. Eine davon kannst du später benutzen, Colin. Du hast sicher keine eigene.«

Colin murmelte, er hätte schließlich auch noch nie eine gebraucht.

»Es wäre gut, wenn ihr eure Schaufeln mitbringen könntet«, sagte Monty zu den anderen. »Die restlichen Männer im Dorf werden wir ebenfalls um Hilfe bitten.«

»Aber morgen ist Sonntag«, wandte Colin ein. »Wir können doch sonntags nicht arbeiten!«

Monty schaute ihn entnervt an. »Du bist weder religiös noch gehst du je in die Kirche. Was macht es also für einen Unterschied?«

»Du weißt aber sicher, dass in der Bibel steht, man solle den Sabbat heiligen?«

»Woher willst du wissen, was in der Bibel steht?«, entgegnete Monty ungeduldig.

»Das weiß schließlich jeder«, behauptete Colin entrüstet. »Aber ich gehe jetzt besser in den Laden, sonst zieht Betty mir das Fell über die Ohren.«

»Sind Sie zu Hause, Lara?«, rief Betty an der Hintertür des Pfarrhauses.

»Ich bin hier«, rief Lara aus dem Wohnzimmer, wo sie nach der morgendlichen Hausarbeit saß und las. Sie legte ihr Buch beiseite und ging in die Küche. An der Tür stand Betty in Begleitung dreier Aborigine-Frauen.

»Ich möchte Ihnen die Schwestern Billingjana vorstellen, Lara. Sie heißen Nellie und Jinney.«

Lara lächelte den beiden Frauen um die vierzig freundlich zu. »Beide haben Kinder im Schulalter. Und dies hier ist Jiana Chinmurra. Ich glaube, ich habe Ihnen erzählt, dass Jiana erst kürzlich in die Siedlung zurückgekehrt ist. Meine Damen, dies hier ist unsere neue Lehrerin, Miss Lara Penrose.«

Die beiden älteren Frauen nickten schüchtern, während Jiana sagte: »Schön, Sie kennenzulernen, Miss Penrose.«

Lara betrachtete sie neugierig. Die junge Frau war sehr hübsch, hochgewachsen und hatte eine erheblich hellere Haut als die beiden anderen Frauen. Ihr Haar war zu einem Knoten geschlungen, und sie trug ein hübsches, sauberes und frisch gebügeltes Kleid. Während die beiden älteren Frauen barfuß gingen, steckten Jianas Füße in Sandalen.

»Hallo, die Damen«, sagte Lara lächelnd. Als sie bemerkte, dass alle drei neugierig an Betty vorbei in ihre Küche spähten, lud sie sie ein, einzutreten.

Erfreut bemerkte sie, dass sie die Einladung annahmen. »Ich war in der Siedlung«, berichtete Betty in der Küche, »und habe erklärt, wer Sie sind und dass Sie gerne noch mehr Schüler hätten. Nellie und Jinney wollten Sie daraufhin gern kennenlernen.«

»Das freut mich. Soll ich Ihnen das Klassenzimmer zeigen?«, fragte Lara die drei Frauen, die sich jedoch hingebungsvoll der Betrachtung ihrer Küche widmeten und nicht antworteten.

»Ich glaube, sie wollten erst einmal nur Sie sehen«, sagte Betty. Die beiden Schwestern hatten noch immer kein Wort gesagt, und Lara war nicht sicher, ob sie sie überhaupt verstanden hatten.

»Gut!«, meinte sie und lächelte erneut. »Werde ich denn am Montag zusätzliche Schüler bekommen? Je mehr Schüler wir haben, desto mehr Geld bekommen wir von der Regierung.«

Sofort änderte sich der Gesichtsausdruck der Schwestern. Sie redeten hastig in ihrer Sprache, warfen Lara verärgerte Blicke zu, drehten sich um und verschwanden. Nur Jiana blieb.

»Was ist passiert?« Lara blickte von Jiana zu Betty.

»Sie hätten die Regierung nicht erwähnen dürfen«, erklärte Betty und machte sich auf, den beiden Frauen zu folgen.

»Das habe ich nicht bedacht«, sagte Lara bestürzt zu Jiana. »Es ging doch nur um den Zusammenhang, mehr Geld zu erhalten, das wir in Lehrmaterial und Bücher investieren können. Das ist doch nichts Schlechtes!«

»Sie sind sehr empfindlich, was die Regierung betrifft«, sagte Jiana traurig.

»Glauben Sie, dass sie zurückkommen, wenn Betty ihnen erklärt, was ich gemeint habe?«

Betty streckte den Kopf durch die Tür. »Heute sicher nicht«, erwiderte sie. »Sie müssen sich außerdem darüber im Klaren sein, dass Sie für diese Kinder, sollten sie die Schule tatsächlich besuchen, ›weiße‹ Nachnamen erfinden müssen, um sie zu schützen«, fügte sie hinzu.

»Gut, dass Sie mich darauf hinweisen«, meinte Lara. »Mir ist egal, welche Namen benutzt werden. Ich frage ohnehin nicht nach der Geburtsurkunde.«

»Sie haben auch keine«, sagte Jiana.

»Stimmt«, nickte Lara und kam sich ziemlich dumm vor. Wahrscheinlich war keines der Aborigine-Kinder in einem Krankenhaus geboren, geschweige denn standesamtlich gemeldet. Selbst in England waren die Hausgeburten in der Überzahl, es sei denn, es gab einen medizinischen Grund dafür, dass die werdende Mutter ins Krankenhaus musste.

»Möchten Sie das Klassenzimmer sehen, Jiana?«, fragte Lara in der Hoffnung, dass die junge Frau später in der Siedlung zu ihren Gunsten sprechen würde.

»Gerne, Miss Penrose«, sagte Jiana erfreut.

»Nennen Sie mich doch bitte Lara. Nur meine Schüler sagen Miss Penrose zu mir.« Sie zeigte Jiana den Raum, der inzwischen kaum noch an eine Kirche erinnerte, erzählte von ihren Schülern und davon, wie schnell sie lernten. Jiana redete nicht viel, aber sie legte großes Interesse und eine wache Intelligenz an den Tag.

»Sind Sie als Kind zur Schule gegangen, Jiana?«, fragte Lara in der Hoffnung, dass die Frage nicht zu taktlos war.

»Ja, ich habe im Waisenhaus von Melville Island am Unterricht teilgenommen. Unsere Lehrerinnen waren katholische Nonnen.«

»Nonnen!«

»Ja, und sie waren sehr gut zu uns.«

»Was ist es für ein Gefühl, in einem Waisenhaus auf einer Insel zu leben?« Lara konnte sich das Ausmaß der Isolation kaum vorstellen.

»Zunächst war es natürlich sehr schwer. Aber wir waren fast zweihundert Kinder, die sich alle in der gleichen Situation befanden. Wir brauchten natürlich eine gewisse Zeit, um uns an alles zu gewöhnen und die Umstände zu akzeptieren, und Sie können sich sicher vorstellen, dass ich wie alle anderen Kinder meine Mutter schrecklich vermisste, aber die Nonnen waren sehr freundlich. Es gab da eine Schwester Theresa, die fast wie eine Mutter für uns war.«

»Es muss schrecklich gewesen sein, so von der Familie getrennt zu werden«, sagte Lara nachdenklich. »Wie lange waren Sie auf Melville Island?«

»Fünf Jahre. Danach wurde ich für eine Woche nach Darwin gebracht. Irgendwer hatte meiner Mutter Bescheid gesagt. So konnte ich sie also wenigstens einmal sehen.«

»Das muss ja einen Gefühlssturm hervorgerufen haben!«

Jiana nickte. »Vor allem für meine Mutter war es sehr, sehr schwer.«

»Und Ihr Vater? Haben Sie den auch gesehen?«

»Meinen Vater kenne ich nicht. Meine Mutter sagt, er wäre Ire gewesen und nur auf Durchreise in Darwin. Nach meiner Geburt hat sie ihn nie wiedergesehen.«

»Oh!«, entfuhr es Lara. Schockiert und gleichzeitig beeindruckt nahm sie zur Kenntnis, wie gut Jiana mit den traurigen Gegebenheiten ihres Lebens zurechtkam. »Und wie ging es danach weiter?«

»Ich wurde zu einer Familie namens Carlton in Tennant Creek geschickt, dort sollte ich mich um den Haushalt und um die kleinen Kinder kümmern. Man hatte mich ausgesucht, weil ich recht gut in der Schule war, sagte mir aber nicht, wohin man mich schicken würde, ebenso wenig wie meine Mutter zu hören bekam, wo ich war. Mr Carlton kümmerte sich um sein Bergwerk. Die Familie lebte außerhalb der Stadt in der Nähe der Minen, daher hatten die Kinder einen Hauslehrer. In dieser Beziehung war Mr Carlton sehr streng. Mrs Carlton war nett und ausgesprochen gut zu mir. Sie lehrte mich nähen und kochen, aber ich nahm auch am Unterricht teil und musste die Prüfungen ablegen. Sie erklärte mir, wie wichtig Bildung und ein ordentliches Äußeres sind, selbst wenn man nichts Besonderes vorhat. Ich war mehr als vier Jahre bei den Carltons.«

Erleichtert nahm Lara zur Kenntnis, dass Jiana zumindest gut behandelt worden war und Bildung erfahren hatte.

»Ich mochte die Carltons«, fuhr Jiana fort, »aber ich konnte meine eigene Familie nie vergessen. Die Leute von der Regierung holten mich, als ich sieben war. Ich konnte mich also ganz gut an die Siedlung und den Billabong erinnern und dachte die ganze Zeit darüber nach, wie ich wieder nach Hause kommen könnte.«

»Soviel ich weiß, ist Tennant Creek ziemlich weit weg von hier.« Für Lara war es ein wahres Wunder, dass das Mädchen wieder nach Hause gefunden hatte.

»Das stimmt allerdings.« Jiana ließ den Kopf hängen. Lara konnte nicht wissen, dass sie sich noch immer in Grund und Boden dafür schämte, Mrs Carlton Geld gestohlen zu haben, um den Lkw-Fahrer zu bezahlen, der sie nach Darwin brachte. Sie würde es zurückzahlen, sobald sie eine Arbeit fand – das hatte sie sich geschworen.

»Gibt es auf der Strecke keinen Bus?«, erkundigte sich Lara.

»Nein, das wäre zu holprig. Ich bin in einem Lastwagen mitgefahren. Der Fahrer durfte eigentlich keine Passagiere mitnehmen und hat mich zu Beginn bei der Fracht auf dem Anhänger versteckt. Als es sicherer wurde, durfte ich im Führerhaus mitfahren, musste mich aber immer ducken, wenn wir andere Lkws überholten. Auf dem Highway hat er mich abgesetzt. Von dort aus bin ich gelaufen. Übernachtet habe ich am Mary River. Es hat fast einen Monat gedauert, bis ich zu Hause ankam. Meine Landsleute haben mir geholfen, auch was die Krokodile betrifft. Ihnen habe ich zu verdanken, dass ich schließlich auch meine Mutter wiedergefunden habe.«

»Das ist ja eine geradezu unglaubliche Geschichte, Jiana«, sagte Lara. »Danke, dass Sie sie mir erzählt haben. Wie sehen denn jetzt Ihre Zukunftspläne aus?« In Shady Camp Billabong gab es sicher keine Arbeit für die junge Frau, aber vielleicht hatte sie ja vor, in die Stadt zu ziehen.

Jiana zuckte die Schultern.

»Möchten Sie nicht vielleicht eine Ausbildung machen?«

»Aber in welchem Beruf?«

»Ich weiß nicht … vielleicht als Krankenschwester? Oder im Büro? Es wäre doch zu schade, wenn Sie aus Ihrer guten Schulbildung nichts machen würden.«

Jiana seufzte. »›Schwarze‹ bekommen hier keinen Job. Noch nicht einmal so helle wie ich.«

Doch das wollte Lara nicht gelten lassen. »Irgendjemand muss ja einmal der oder die Erste sein. Warum nicht Sie?«

»Meine Familie wünscht, dass ich heirate und möglichst bald Kinder bekomme«, erklärte Jiana niedergeschlagen.

»Wollen Sie das denn auch?«

Jiana blickte durch das Fenster auf den Billabong hinaus und schüttelte den Kopf.

»Dann tun Sie es nicht«, sagte Lara bestimmt.

Jiana warf ihr einen traurigen Blick zu.

»Irgendwann werden Sie ganz sicher heiraten und Kinder bekommen, Jiana. Aber jetzt sind Sie noch viel zu jung dazu. Sie sind doch allerhöchstens siebzehn, nicht wahr?«

»Ja, ich bin gerade siebzehn geworden«, antwortete Jiana. »Aber hier heiraten die Mädchen in diesem Alter.«

»Mag sein, aber deswegen muss es noch lange nicht das Richtige für Sie sein«, sagte Lara. »Da, wo ich herkomme, sind Frauen in meinem Alter längst verheiratet und haben mindestens zwei Kinder. Trotzdem habe ich es keineswegs eilig. Zumal ich den Richtigen noch nicht getroffen habe.«

»So hübsch, wie Sie sind – da müssten die Männer doch geradezu Schlange stehen.«

»Ich habe mir immer einen Mann gewünscht, der meine Intelligenz schätzt. Leider gibt es davon nicht sehr viele.«

»Machen Ihre Eltern sich keine Sorgen, weil Sie noch nicht verheiratet sind?«, fragte Jiana, als wäre das geradezu unvorstellbar.

»Meine Mutter ist gestorben, als ich noch ganz klein war, und mein Vater wünscht sich nur, dass ich glücklich bin. Lieben Sie den Mann, den Sie heiraten sollen?«

Jiana schüttelte den Kopf. »Meine Familie will, dass ich Willie Doonunga heirate. Aber er ist schon alt.«

Lara runzelte die Stirn. »Dann tun Sie es nicht, Jiana. Auf keinen Fall!«

Draußen rief jemand nach Jiana.

»Ich muss gehen«, sagte die junge Frau. »Auf Wiedersehen, Lara.«

Lara öffnete die Tür des Klassenzimmers. Sie sah, dass Jinney und Nelly in einiger Entfernung warteten. »Es war wirklich nett, Sie kennenzulernen, Jiana. Ich würde mich freuen, wenn Sie mich öfter besuchen kämen.«

Am Montagmorgen kamen keine Aborigine-Kinder, was Lara jedoch nicht wunderte. Sie überlegte den ganzen Tag hin und her, dann kam ihr eine Idee. Nach der Schule ging sie zum Laden.

»Sie haben doch sicher Süßigkeiten vorrätig, Betty?«, erkundigte sie sich.

»Ich habe mindestens fünf verschiedene Sorten da«, sagte Betty und deutete auf die Bonbongläser in den Regalen hinter dem

Tresen. »Und weniger gefragte Leckereien, wie beispielsweise Toffee, kann ich schnell besorgen.«

»Englisches Toffee mag ich ausgesprochen gern, aber die Süßigkeiten sind nicht für mich.«

»Soll es ein Geschenk sein? Ich kann Ihnen genau sagen, wer im Dorf welche Nascherei liebt.«

»Nein, ich möchte damit die Aborigine-Kinder anlocken«, erklärte Lara. »Auch wenn Sie die Eltern vielleicht überzeugen konnten, dass ich ihnen ihre Kinder nicht wegnehmen will, müssen die Kinder selbst den Wunsch haben, zur Schule zu gehen. Was glauben Sie? Könnte das funktionieren?«

»Das kann ich Ihnen beim besten Willen nicht sagen. Sie werden es ausprobieren müssen.« Sie verkaufte Lara eine große Tüte gemischte Bonbons und gratulierte ihr zu ihrem Entschluss, machte ihr allerdings keine großen Hoffnungen auf einen dauerhaften Erfolg.

Am Dienstagmorgen kamen fünf eingeborene Kinder. Lara war sehr zufrieden mit sich. Über die Anwesenheit von Ada und Rosy Ghungi, zweier Mädchen im Alter von fünf und sechs Jahren, freute sie sich besonders. Lara hatte deren Eltern kennengelernt, die beide der Idee, ihre Kinder zur Schule zu schicken, äußerst skeptisch gegenübergestanden hatten. Die drei Jungen waren Vettern und kamen aus den Familien von Nellie und Jinney. Banjo war sechs, Toby sieben und Jed acht Jahre alt. Die fünf Kinder schienen neugierig auf die Schule zu sein und kannten auch die anderen Schüler, aber ihre Aufmerksamkeitsspanne war kurz, und außerdem bettelten sie ständig um Süßigkeiten. Weil Lara gerecht sein wollte, teilte sie die Bonbons unter allen Schülern auf, weshalb sie schnell zur Neige gingen. Am folgenden Tag blieben die Aborigine-Kinder wieder zu Hause.

Am Nachmittag holte Betty ihre Sprösslinge ausnahmsweise von der Schule ab.

Lara saß an ihrem Pult und kümmerte sich um Papierkram.

»Hallo«, rief Betty. »Ich wollte mal hören, wie Ihr Plan funktioniert hat, habe aber unter den herausströmenden Kindern keines der Aborigines entdecken können.«

»Leider nein. Mir sind die Bonbons ausgegangen«, musste Lara zugeben. »Es scheint so, als müsste ich noch mehr kaufen.«

»Das kann aber doch so nicht weitergehen«, wandte Betty ein. »Irgendwann sind Sie bankrott.«

»Aber was soll ich sonst machen?«

»Das weiß ich auch nicht. Sie brauchen wohl einen Plan B.«

Lara stimmte ihr zu, aber leider fiel ihr nichts ein. Das Problem hielt sie die halbe Nacht hindurch wach.

Am Donnerstagmorgen wartete Jiana morgens um acht vor der Schule. Lara freute sich sehr, sie zu sehen, zumal sie Ada und Rosy bei sich hatte.

»Whinnie Ghungi bat mich, die Mädchen heute herzubegleiten«, sagte Jiana.

»Das finde ich wunderbar«, sagte Lara und begrüßte die beiden Mädchen. »Allerdings habe ich keine Süßigkeiten mehr.« Sie gingen ins Klassenzimmer.

»Whinnie will, dass die Mädchen trotzdem in der Schule bleiben, denn sie genießt die Ruhe zu Hause.« Mit diesen Worten wandte Jiana sich zum Gehen.

»Haben Sie heute Vormittag etwas vor?«, wollte Lara wissen.

Überrascht wandte Jiana sich um, jedoch ohne zu antworten.

»Wenn Sie nichts zu tun haben, könnten Sie mir ein paar Stunden helfen.«

»Aber gern«, freute sich Jiana.

Jiana gefiel es so gut, dass sie schließlich den ganzen Tag blieb. Sie erwies sich als große Hilfe im Umgang mit den Schülern. Vor allem Ada und Rosy freuten sich, dass sie da war. Während ihrer langen Abwesenheit hatte Jiana einen großen Teil ihrer Muttersprache verlernt, aber indem sie den beiden kleinen Mädchen half, den Unterrichtsstoff zu verstehen, und die entsprechenden Bezeichnungen jeweils auf Larrakia wiederholte, lernte sie selbst ebenso viel wie die Kinder.

»Vielen Dank für Ihre Hilfe, Jiana«, sagte Lara nach Schulschluss. »Sie können wirklich fantastisch mit Schülern umgehen.«

»Es hat mir auch großen Spaß gemacht«, gab Jiana zu.

»Ich wünschte ehrlich, ich könnte Ihnen ein Gehalt zahlen. Aber leider sind Sie nicht offiziell als Referendarin zugelassen.«

»Schon gut. ›Schwarze‹ Lehrer gibt es ohnehin nicht.«

»Irgendwo bestimmt. Warum auch nicht? Wären Sie denn an einer Lehrtätigkeit interessiert?«

»Vielleicht.«

»Dann kommen Sie doch morgen wieder und versuchen Sie herauszufinden, ob es Ihnen wirklich gefällt.«

»Gern«, lächelte Jiana. »Zu Hause gibt es sowieso nicht viel zu tun.«

Betty hatte das Gespräch von der Schultür aus mitangehört. »Sie geben dem Mädchen genau das, was sie braucht«, sagte sie, nachdem sich Jiana mit Ada und Rosy auf den Heimweg gemacht hatte.

»Was meinen Sie?«

»Sie geben ihr ein Ziel. Seit sie in die Siedlung zurückgekehrt ist, wirkt sie wie verloren zwischen den beiden Welten. Sie passt weder in die eine noch in die andere. Die anfängliche Freude ihrer Mutter hat sich längst in Niedergeschlagenheit verwandelt. Jiana möchte nicht heiraten, aber ihre Verwandten sind der Meinung, dass das der einzige Weg für sie ist.«

»Das hat sie mir erzählt. Ich finde sie ohnehin zu jung für eine Ehe.«

»In ihrem Kulturkreis ist sie das nicht. Und genau da liegt der springende Punkt. Jiana sehnt sich nach mehr, aber ihre Verwandten wollen das nicht akzeptieren.«

»Sie werden es vielleicht müssen.«

20

Betty schickte ihre Kinder nach Hause und sagte ihnen, sie käme gleich nach, sie wolle noch kurz mit Miss Penrose sprechen. Angesichts ihrer ernsten Miene bekamen die Jungen ein schlechtes Gewissen. Wusste ihre Mutter etwa von ihren Plänen, Ochsenfrösche zu fangen und sie im Pfarrhaus in einer Schublade und unter Laras Bettlaken zu verstecken? Sie verdächtigten Richie, nicht dichtgehalten zu haben, und setzten ihm auf dem Heimweg ordentlich zu.

»Ich muss unbedingt mit Ihnen reden«, sagte Betty, als sie endlich mit Lara allein war.

»Jetzt, wo es mit der Schule langsam rundläuft, können wir auch mit dem Lese- und Schreibunterricht für Sie und Colin anfangen«, kam Lara ihr zuvor.

»Nein, das kann warten. Ich habe etwas viel Wichtigeres zu besprechen.«

»Was ist denn los? Sie wirken so ernst.«

»Ich wollte, dass Sie es von mir hören und nicht etwa von einem der Männer. Sie fallen manchmal mit der Tür ins Haus, und ich möchte nicht, dass Sie sich zu Tode erschrecken. Trotzdem meine ich, Sie sollten es erfahren.«

»Das klingt ja ziemlich ominös.«

»Ominös? Was bedeutet das?«

»Es bedeutet so viel wie seltsam oder bedrohlich …«

»Ja, das kommt der Sache schon recht nah.« Betty geriet ins Stocken. Sie wollte Lara auf keinen Fall Angst einjagen und um jeden Preis vermeiden, dass die junge Lehrerin ihren Koffer packte und verschwand. Sie suchte nach Worten, musste aber schließlich einsehen, dass es keine schonende Weise gab, das vorzubringen, was sie zu sagen hatte. »Sie müssen mir versprechen, sich nicht aufzuregen. Noch besteht keine akute Gefahr. Zumindest glaube ich das.«

»Nun spucken Sie es schon aus, Betty. So schlimm kann es doch nicht sein.«

»Okay.« Betty holte tief Luft. »Monty baut einen Luftschutzraum.«

»Wie bitte?«

»Keine Panik«, sagte Betty beruhigend.

»Warum baut er dann einen? So etwas macht man doch nicht zum Vergnügen.«

»Er tut es für den Fall, dass die Japaner Darwin bombardieren.«

Lara wurde blass. »Ist denn zu erwarten, dass das geschieht? Ich habe die Entwicklung in letzter Zeit nicht besonders aufmerksam verfolgt, aber ist es wirklich so ernst?«

»Charlie hält es für unwahrscheinlich«, sagte Betty.

»Das ist doch beruhigend, oder?«

»Monty ist anderer Ansicht. Er glaubt, dass die Japaner die Malaiische Halbinsel, Singapur und sogar Neuguinea angreifen wollen und dass wir dann wegen der amerikanischen Stützpunkte die nächsten sind. Charlie dagegen glaubt nicht, dass die Malaiische Halbinsel angegriffen wird, weil die Amerikaner sonst sofort Vergeltung üben würden. Es gibt also durchaus unterschiedliche Ansichten über unsere Sicherheit.«

Lara starrte sie an.

»Don behauptet, dass wir vor einem Bombenangriff evakuiert würden«, fuhr Betty fort. »Monty allerdings möchte lieber im Dorf bleiben und sich in seinem Luftschutzraum in Sicherheit bringen. Er meint, dass der Unterstand im Fall eines Überraschungsangriffs Platz für uns alle bietet.« Sie entschied sich, das Wort, das Monty verwendet hatte, nicht zu benutzen. *Ausmerzen*. Sie konnte sich nur zu gut vorstellen, was das beinhaltete.

Lara schwieg eine Weile. »Wohin würde man uns bringen, wenn wir evakuiert würden?«, fragte sie schließlich.

»Vermutlich nach Alice Springs. Oder noch weiter in den Süden. Vielleicht sogar nach Adelaide. Da unten ist es im Augenblick richtig kalt. Das wäre doch mal eine willkommene Abwechslung, oder?«

»Ich hätte zwar nie gedacht, dass ich einmal so etwas sagen würde, denn ich habe den englischen Winter immer gehasst. Aber es stimmt – so ein schöner, eisiger Wind käme mir hier manchmal ganz gelegen«, stimmte Lara zu.

Betty lächelte. »Ich würde gern meine Familie in Tasmanien wiedersehen. Um ganz ehrlich zu sein, würde ich gerne wieder ganz nach Hause ziehen, aber Colin ist mit Leib und Seele Territorianer und kann sich nicht vorstellen, anderswo zu leben.«

»Waren Sie seit Ihrer Hochzeit noch einmal zu Hause?«

»Nein, aber diese Gespräche über den Krieg haben die Sehnsucht nach meiner Familie verstärkt. Ich habe inzwischen zwölf Neffen und Nichten, die ich noch nicht kenne.« Betty fühlte einen dicken Kloß im Hals und schluckte. Ihre Augen füllten sich mit Tränen. »Don meint, dass wir weit genug von der Stadt und dem Luftstützpunkt entfernt sind, die bei einem Angriff vermutlich die beiden wichtigsten Ziele wären. Vielleicht brauchen wir uns ja gar keine Sorgen zu machen. Möglicherweise können die Japaner unser Dorf aus der Luft überhaupt nicht sehen. Außerdem wohnen hier nicht genügend Leute, um eine Bombe an sie zu verschwenden. Trotzdem habe ich Colin überredet, Monty beim Bau des Luftschutzraums zu helfen. Falls irgendwann tatsächlich in der Nähe von Shady Camp Bomben abgeworfen werden sollten, will ich, dass sich meine Kinder dort in Sicherheit bringen können.«

Sie wurde von einem Klopfen an der Tür unterbrochen. Jerry Quinlan streckte seinen Kopf ins Klassenzimmer. »Hallo«, rief er, »gerate ich da gerade in ein Eltern-Lehrer-Gespräch?«

»Blödsinn«, schimpfte Betty. »Wir unterhalten uns über Montys Luftschutzraum.«

Jerry trat ein. »Errol hat mir gerade davon erzählt. Er hat sich beim Graben schon den Rücken verrenkt.«

»Glauben Sie, dass Bomben auf Shady Camp Billabong fallen könnten, wenn die Japaner Darwin angreifen?«, fragte Lara.

»Vermutlich nicht. Der Angriff wird sich auf die Schiffe im Hafen und den Luftstützpunkt konzentrieren.«

Lara starrte ihn an. »Dann glauben Sie also an einen Einmarsch in Darwin?«

»Wenn die Japaner Singapur einnehmen, halte ich es für recht wahrscheinlich«, erwiderte Jerry. »Falls es so weit kommt, müssen wir nach Süden flüchten. Aber da bisher noch nichts passiert ist, brauchen wir uns vermutlich keine Sorgen zu machen. Hier gibt es nichts, das von Interesse für die Japaner wäre, und wahrscheinlich können sie uns aus der Luft nicht einmal sehen.«

»Genau das habe ich auch gerade gesagt«, bestätigte Betty, die sich freute, dass Jerry ihre Vermutungen unterstützte und Laras Anspannung offensichtlich wich.

Sie betrachtete sie erleichtert. »Ich sollte jetzt lieber zusehen, dass ich nach Hause komme«, sagte sie. »Die Jungs sind sicher längst dabei, meine Vorräte an Süßigkeiten zu plündern, und mein nichtsnutziger Ehemann klopft ihnen bestimmt nicht auf die Finger. Ich glaube, er würde nicht einmal bemerken, wenn sie den Laden in Schutt und Asche legten. Eigentlich wollte ich Ihnen ja auch nur schnell von Montys Luftschutzraum berichten.«

»Danke, Betty.«

»Kommst du nachher in den Pub, Jerry?«, wollte Betty wissen.

»Vielleicht auf ein schnelles Bier, wenn ich nach Rizza gesehen habe. Anschließend fahre ich zum Essen in die Stadt.« Er warf Lara einen flüchtigen Blick zu, wandte aber den Kopf sofort wieder ab.

»Okay«, sagte Betty, der die Reaktion des Arztes auf Lara nicht entgangen war, »ich sehe dich dann später.«

»Rizzas Baby kommt bestimmt bald«, sagte Lara, nachdem Betty gegangen war. »In den letzten Tagen ist ihr alles ziemlich schwergefallen. Ihre Fußgelenke sind so geschwollen, dass es so aussieht, als würden die Zehen direkt aus riesigen Beinen hervorschauen, ich habe so etwas noch nie gesehen. Aber ich habe ihr das so noch nicht gesagt, sie ist im Augenblick sehr empfindlich.«

Der Arzt konnte sich ein Lächeln nur mit Mühe verkneifen. »Das ist natürlich alles andere als witzig«, sagte er, ohne den Blick von ihr zu wenden, »aber Sie beschreiben es ziemlich treffend. Sie hat tatsächlich viel Wasser eingelagert, und die Tatsache, dass sie sich nicht genügend schont, macht die Angelegenheit nicht besser. Das Baby soll zwar erst in zehn Tagen kommen, aber ich will Rex vorschlagen, sie in den nächsten Tagen in die Stadt zu seinem Bruder und dessen Familie zu bringen. Auf diese Weise ist sie erstens nah am Krankenhaus, und außerdem bekommt sie endlich Ruhe. Dafür wird ihre Schwägerin schon sorgen, sie war früher Krankenschwester. Bei der Geburt von Carmel war ich nicht involviert, aber man hat mir erzählt, dass es eine Sturzgeburt war, die letztendlich gerade mal eine halbe Stunde dauerte, und dass es keine Komplikationen gab. Dieses Baby ist allerdings sehr groß, und ich gehe davon aus, dass die Geburt nicht ganz so leicht vonstattengehen wird. Es könnte ziemlich kompliziert werden, wenn sie hierbleibt.«

»Wenn ich Rizza wäre, würde ich vor der Tür der Klinik ein Zelt aufschlagen«, sagte Lara.

»Wie geht es Ihnen überhaupt?«, erkundigte sich Jerry.

»Mir? Gut. Ich habe seit mindestens zwei Wochen kein Krokodil mehr zu Gesicht bekommen. Ich wünschte, ich könnte das Gleiche auch von Spinnen und Käfern behaupten.«

Jerry hob die Brauen. »Daran werden Sie sich schon gewöhnen.«

»Das sagen alle, aber so richtig überzeugt bin ich noch nicht«, sagte Lara lächelnd.

»Ich habe das Boot des Krokodiljägers nicht am Anleger gesehen. Ist er schon fertig mit seiner Arbeit?«

»Nein, er bringt gerade das vierte Krokodil weg.«

Jerry lächelte. »Wie läuft es mit der Schule?«

»Ausgezeichnet! Ich habe inzwischen sogar ein paar eingeborene Schüler. Meine Klasse wird immer größer. Und ich hoffe auf mehr.« Lara bemerkte, dass Jerry nur mit halbem Ohr zuhörte, er war offenbar mit den Gedanken woanders, vermutlich bei Rizza. Wenn sie es recht betrachtete, wirkte er sogar regelrecht nervös.

»Haben Sie heute Abend schon Pläne zum Abendessen?«, platzte er plötzlich heraus.

»Noch nicht«, antwortete Lara ausweichend. »Darum kümmere ich mich später«, fügte sie rasch hinzu und hoffte, er würde das Thema damit fallen lassen.

»Hätten Sie Lust, mich in die Stadt zu begleiten? Ich gehe in einen Club, wo sehr gutes Essen serviert wird.«

Lara fühlte sich unwohl. Sie stand auf, ohne Jerry anzublicken, und fingerte an den Papieren auf ihrem Pult herum. Sie hatte fast mit dieser Frage gerechnet und sich schon eine entsprechende Antwort zurechtgelegt. Doch die Worte kamen ihr schwieriger als erwartet über die Lippen. »Wohnen Sie nicht in der Stadt?«

Die Frage schien ihn zu verunsichern. »Ich habe zwar eine Bleibe in der Stadt, aber dort halte ich mich selten auf, weil ich alle Siedlungen entlang des Mary River betreue«, sagte er.

»Aber dann ist es doch viel zu unbequem, mich nach dem Essen wieder zurück nach Shady Camp zu bringen.«

»Das macht mir überhaupt nichts aus. Kommen Sie mit?«

»Danke für die nette Einladung, Jerry, aber leider muss ich ablehnen. Ich habe kein …«

Sie wurde von Rex unterbrochen, der atemlos und aufgeregt an der Tür erschien. »Da bist du ja, Doc. Komm schnell. Rizza braucht dich.«

»Das Baby?«, fragte Jerry.

»Ich glaube, es kommt. Aber irgendetwas stimmt nicht.«

Mit diesen Worten drehte er sich um und stürmte davon, Jerry folgte ihm ohne ein weiteres Wort. Lara starrte durch die offene Tür hinter ihnen her. Sie fühlte sich unbehaglich und wanderte unruhig im Klassenraum auf und ab. Eigentlich hatte sie den Unterricht für den nächsten Tag vorbereiten wollen, doch sie konnte sich nicht konzentrieren. Nicht, solange Rizza in den Wehen lag, möglicherweise sogar mit Komplikationen. Und nicht, solange Jerry wegen ihrer ausstehenden Erklärung denken musste, sie hätte seine Einladung abgelehnt, weil sie ihn nicht mochte.

Nein, an Arbeiten war nicht zu denken, da konnte sie sich die Zeit auch anders vertreiben. Entschlossen trat sie ins Freie und machte sich auf den Weg zu Betty.

»Betty!«, rief sie schon beim Betreten des Ladens.

Betty erschien in der Verbindungstür zu ihrer Wohnung. »Stimmt etwas nicht?«

»Rex hat Jerry geholt, weil bei Rizza die Wehen eingesetzt haben. Was sollen wir jetzt tun?«

Betty schaute sie mit großen Augen an. »Wir? Wir können überhaupt nichts tun. Wenn Jerry bei ihr ist, ist alles in Ordnung. Er hat schon eine Menge Babys auf die Welt geholt, unter anderem auch eins von meinen.«

Laras Nervosität aber stieg. »Aber Jerry hat sich Sorgen gemacht, weil das Baby so groß ist. Er hat mir erzählt, dass er Rizza lieber in der Stadt in der Nähe des Krankenhauses wüsste. Aber dazu ist es jetzt ja zu spät.«

»Wenn das Baby jetzt kommt, ist es für alles zu spät. Die Kleinen haben ihren eigenen Stundenplan«, sagte Betty schmunzelnd. »Keine Sorge, alles wird gut«, fügte sie beruhigend hinzu.

»Aber Rex sagte, dass irgendetwas nicht stimmt.«

»Woher will er das wissen? Glauben Sie mir, Rizza wird froh sein, wenn das Baby endlich da ist. Sie hatte keine Lust mehr. Noch vor ein paar Tagen meinte sie, sie würde am liebsten ein Messer nehmen und es selbst herausschneiden.«

Allein die Vorstellung brachte Lara an den Rand einer Ohnmacht.

»Kommen Sie«, sagte Betty und griff stützend nach ihrem Arm. »Sie brauchen einen Drink.«

»Schenk der Frau etwas Starkes ein, Monty«, forderte Betty ihn auf, kaum dass sie neben Lara den Pub betreten hatte. »Sie ist weiß wie ein Laken.«

Die Welt um Lara begann sich immer schneller zu drehen, und sie spürte gerade noch, wie Betty sie auf einen Stuhl setzte und ihre Füße auf einen weiteren legte.

Monty brachte ihr einen Brandy. »Was ist passiert?«, erkundigte er sich bei Betty. »Hatte sie wieder eine unheimliche Begegnung mit einem Krokodil?«

»Bei Rizza haben die Wehen eingesetzt«, stellte Betty fest und befeuchtete ein Tuch, das sie Lara auf die Stirn legte. Die Kühle war angenehm.

Monty starrte sie an. »Aber ist das denn nicht gut?«

Betty antwortete nicht, warf Monty aber einen giftigen Blick zu. Er zuckte mit den Schultern und murmelte etwas zum Thema Frauen seien ihm ein Rätsel.

Als Lara bei ihrem dritten Brandy angelangt war, hatte sich fast das ganze Dorf im Pub versammelt. Alle sprachen über Rizza. Doris berichtete, sie hätte ihr Haus verlassen müssen, weil Rizza so laut schrie.

Als Lara das hörte, drohten ihr erneut die Sinne zu schwinden, und man brachte ihr eilig einen weiteren doppelten Brandy.

»Würde ich sie vom Pfarrhaus aus hören?«, fragte sie.

»Klar und deutlich«, erwiderte Doris.

»Dann gehe ich nicht heim. Wenn nötig, bleibe ich die ganze Nacht hier.«

»Die Wehen dauern dieses Mal offenbar länger als bei Rizzas erstem Kind«, stellte Betty schließlich fest. »Hoffentlich geht alles gut.« Die Sorge war ihrer Stimme jetzt deutlich anzuhören.

Zwei weitere Stunden vergingen quälend. Doris ging nach Hause und kam wieder zurück.

»Ich höre Rizza immer noch schreien, aber sie scheint völlig erschöpft zu sein. Rex sitzt vor der Tür und stützt den Kopf in die Hände. Er sagt, er hält es nicht mehr aus.«

»Da stimmt wirklich etwas nicht«, sagte Betty. »Ich nehme an, dass Jerry das Risiko, sie ins Krankenhaus zu bringen, nicht mehr eingehen will. Können wir irgendetwas tun?«

»Das habe ich Rex auch schon gefragt. Er hat nur den Kopf geschüttelt. Ich habe mich natürlich nicht nach Einzelheiten erkundigt, aber ich glaube, das Baby ist zu groß und steckt fest. Es sieht nicht gut aus.«

»Wo ist denn die arme kleine Carmel?«, fragte Betty plötzlich. Lara erschrak. Auch sie hatte nicht früher an die Kleine gedacht.

»Ich habe Pee Wee gebeten, sie auf dem Boot mitzunehmen. Sie sind hinausgefahren, damit sie ihre Mutter nicht hören muss«, sagte Joyce. »Wir haben verabredet, dass ich ein rotes Tuch über das Terrassengeländer hänge, wenn er sie zurückbringen kann.«

»Das war sehr lieb von dir, Joyce«, sagte Betty.

»Man konnte dem armen Mäuschen schließlich nicht zumuten, die Qualen ihrer Mutter anzuhören. Nicht, dass sie ihr Geschwisterchen am Ende ablehnt, wenn es denn einmal sicher auf der Welt ist.«

»Das wird schon«, meinte Betty, aber ihr Blick strafte ihre Worte Lügen.

Während der folgenden Stunde herrschte im Pub eine gedrückte Stimmung. Niemand hatte Augen für den herrlichen Sonnenuntergang über dem Billabong. Schnell senkte sich die Nacht herab. Als die Mücken allzu aggressiv wurden, brachte Peewee die kleine Carmel in den Pub. Betty nahm sie mit zu sich nach Hause, gab ihr zu essen und ließ sie mit ihren Kindern spielen.

Die Dorfbewohner saßen schweigend im Pub und trösteten sich gegenseitig. Mit jeder verstreichenden Minute schwand die Hoffnung auf ein glückliches Ende ein wenig mehr. Betty hatte Sandwiches gemacht, doch keiner rührte sie an. Lara war ziemlich betrunken und froh, dass sie nicht von ihrem Stuhl aufstehen musste.

Plötzlich stand ein sehr blasser Rex an der Tür. »Schön, dass ihr alle hier seid«, sagte er mit brüchiger Stimme. Er wirkte ausgezehrt und schien um zehn Jahre gealtert zu sein.

»Ist mit Rizza alles in Ordnung?«, war Bettys erste Frage. Damit sprach sie die Sorge aller Dorfbewohner aus, die mittlerweile das Schlimmste befürchteten.

»Sie ist sehr erschöpft, denn sie hatte es alles andere als leicht«, gab Rex mit Tränen in den Augen zurück.

»Und das Baby?«, wagte Betty nachzufragen.

Alle hielten den Atem an.

»Er ist noch ein bisschen mitgenommen, aber Jerry meint, dass mit dem Jungen alles in Ordnung ist.«

»Dann hast du also einen Sohn?«, fragte Colin erleichtert.

»Ja, Leute, ich habe einen Sohn«, bestätigte Rex lächelnd. Sofort brach Jubel aus. Man ließ ihn hochleben und gratulierte. »Einen richtig großen Jungen«, fügte er stolz hinzu.

»Und wem von euch sieht er ähnlich?«, wollte Monty wissen, wurde aber sofort von den Frauen verspottet, die wussten, dass es für diese Frage noch viel zu früh war.

»Er hat das dunkle Haar seiner Mutter, und zwar ziemlich viel. Und leider hat er meine großen Ohren geerbt.«

Monty gab dem frischgebackenen Vater das dringend benötigte Bier aus. Rex' Hände zitterten noch immer, als er das Glas erhob.

»Vielleicht solltest du lieber eine Kleinigkeit essen«, meinte Betty und bot ihm die Platte mit den Sandwiches an.

»Ob es an den großen Ohren lag, dass er feststeckte?«, ertönte plötzlich Colins Stimme.

Im Nu entstand eine unbehagliche Stille. Lara konnte nicht fassen, dass er diese Worte tatsächlich gesprochen hatte, und Bettys Blick nach zu urteilen, hätte sie ihn am liebsten umgebracht. Doch dann brachen alle in lautes Lachen aus. Auch Rex. Er lachte so sehr, dass ihm Tränen über das Gesicht liefen und er sich setzen musste. Er ließ seinen Gefühlen freien Lauf, die Sorge um Rizza hatte ihn sehr mitgenommen. Als er wieder zu

Atem kam, trank er genussvoll sein Bier und verspeiste ein Sandwich.

Eine halbe Stunde später kam auch Jerry in den Pub. Auch er wirkte erschöpft, als er die Ärmel seines Hemdes herunterrollte.

Rex sprang sofort auf. »Wie geht es Rizza? Und dem Kind?«

»Rizza ruht sich aus«, antwortete Jerry. »Sie sollte jetzt ein paar Stunden schlafen. Hoffentlich tut dein Sohn das auch.«

»Hier, Doc. Das hast du dir redlich verdient«, sagte Monty und stellte ihm ein Bier vor die Nase. Betty bot ihm ein Sandwich an.

»Eigentlich hat die arme Rizza die ganze Arbeit erledigt«, sagte Jerry. »Gut, dass sie eine so starke Frau ist, sonst hätte sie diese Anstrengung vielleicht nicht überlebt.«

»Wir werden dafür sorgen, dass sie sich ordentlich ausruhen kann«, erklärte Betty. Alle Frauen nickten und begannen sofort zu planen, wer was für sie erledigen konnte.

»Ich muss mit Ihnen reden«, sagte Lara in einem ruhigen Augenblick zu Jerry.

Er warf ihr einen irritierten Blick zu. »Haben Sie getrunken?«

»Ich habe drei oder vier Brandy getrunken«, musste Lara zugeben.

»Brandy! Aber Sie trinken doch sonst nie!«

»Eigentlich nicht, aber ich habe mir große Sorgen um Rizza gemacht. Mehr, als ich erwartet hätte.«

»Jetzt geht es ihr wieder gut. Und Ihnen würde eine ordentliche Portion Schlaf sicher auch guttun.«

»Ja, ganz sicher, allerdings möchte ich Ihnen vorher noch etwas Wichtiges sagen. Hätten Sie Lust, mich nach Hause zu bringen, wenn Sie mit Ihrem Bier und Ihrem Sandwich fertig sind?«

»Ich denke, das sollten wir verschieben«, gab Jerry zurück. »Der Tag war sehr anstrengend, und ich bin wirklich müde.«

»Ich will Ihnen ja auch nur erklären, warum ich Ihre Einladung zum Dinner abgelehnt habe.«

»Sie müssen mir nichts erklären«, sagte Jerry und sah sich vorsichtig um, als befürchte er, die anderen könnten ihr Gespräch hören. »Sie sind schließlich nicht verpflichtet, mit jedem Mann auszugehen, der Sie darum bittet.«

»Das weiß ich. Aber ich habe tatsächlich nichts anzuziehen …«

»Nichts anzuziehen?« Jerry wirkte beleidigt. »Eine dümmere Erklärung ist Ihnen nicht eingefallen?« Er leerte sein Bier, verabschiedete sich von den Anwesenden und ging.

Betty bemerkte sofort, dass Lara ziemlich durcheinander war, und setzte sich neben sie. »Was ist passiert?«

»Nichts! Ich gehe heim.« Lara stand auf, musste aber feststellen, dass sie nicht ganz sicher auf den Beinen war.

»Ich begleite Sie«, bot Betty an.

»Nicht nötig«, fauchte Lara. »Sie sind sicher müde.«

»Ich begleite Sie. Keine Widerrede!«

Die beiden Frauen machten sich auf den Weg. Ein silberner Pfad aus Mondlicht lag über dem friedlichen Billabong und setzte sich jenseits des Wassers auf der Lichtung fort, wo er von den langen Schatten hoher Bäume gekreuzt wurde. Die Stille der Nacht wurde nur vom Zirpen der Grillen und den gedämpften Stimmen der Dorfbewohner aus dem Pub unterbrochen.

Nach einiger Zeit begann Lara zu sprechen. »Ich wollte Jerry nur erklären, warum ich seine Einladung abgelehnt habe, aber meine Erklärung hat ihn offenbar verärgert.«

»Er war wahrscheinlich nur sehr müde«, meinte Betty ruhig.

»Das mag wohl sein, aber er ist auch ärgerlich auf mich. Ich glaube, er hält mich für ziemlich dumm.«

»Wieso das denn?«

»Wissen Sie, ich besitze nur drei Kleider, und er kann offenbar nicht verstehen, dass ich keines davon zu einem Dinner in der Stadt tragen will.«

»Ich glaube, ich kann Ihnen nicht ganz folgen.«

»Ich habe nichts anzuziehen. In Darwin habe ich mir drei Kleider gekauft, die ich tagein, tagaus trage. Die Kleider, die ich aus England mitgebracht habe, sind zu eng und zu warm für das

Klima hier. Und für ein neues Kleid fehlt mir ehrlich gesagt das Geld.«

»Wissen Sie, Männer können nicht verstehen, wenn wir Frauen ihnen zu erklären versuchen, dass wir nichts anzuziehen haben«, sagte Betty. »Ich habe mir seit über zwei Jahren kein neues Kleid gekauft, aber Colin versteht einfach nicht, dass ich mich darüber beklage. Er sagt dann nur, ich müsse ja immerhin nicht nackt herumlaufen.«

»Sie wollen doch nicht etwa vorschlagen …«

Betty musste lachen. »Natürlich nicht, Herzchen. Und keine Sorge, Jerry kommt bald zurück, um nach Rizza zu sehen. Und wenn er erst einmal richtig ausgeschlafen hat, sieht er einiges sicher klarer.«

Lara war nicht überzeugt. »Ach, Betty, ich glaube, ich bin zu eitel. In England habe ich mich regelmäßig mit den neuesten Modetrends beschäftigt. Mein Aussehen war mir sehr wichtig. Trotzdem habe ich mich oft darüber beschwert, dass Männer mich nur als hübsche Verpackung sahen und als jemand, mit dem sie sich zeigen konnten. Ich wollte zwar ernst genommen werden, aber ich wollte auch aussehen wie ein Filmstar. Irgendetwas stimmt nicht mit mir.«

»Sie sind eine wunderschöne junge Frau und würden selbst in einem Getreidesack noch attraktiv aussehen. Ich glaube, jedem Mann ist völlig egal, was Sie tragen, wenn Sie ihn erst einmal angelächelt haben. Sie könnten sogar nackt herumlaufen.«

Lara kicherte. »Na ja, diese Theorie werde ich wohl in absehbarer Zeit nicht ausprobieren«, erwiderte sie.

21

»Du sitzt hier draußen? Das überrascht mich jetzt aber!«, sagte Betty, als sie am Samstagmorgen die beiden Stufen zu Rizzas Veranda hinaufstieg und ihren Korb absetzte. Zu beiden Seiten der Tür standen Blumentöpfe der unterschiedlichsten Größen mit Chilibüschen, Zitronenbäumchen, Tomatenpflanzen und allerlei Kräutern. Dazwischen saß Rizza in einem Sessel und hatte ihre geschwollenen Knöchel auf einem umgedrehten Blumentopf hochgelagert. Neben und hinter dem Haus grünte ein wahrer Wald von Obstbäumen. Hier wurde jedes noch so kleine Plätzchen dazu genutzt, Essbares zu züchten. »Nach allem, was du vor gerade einmal zwei Tagen durchgemacht hast, solltest du besser noch im Bett liegen.«

»Die Frauen auf der Insel Taro bekommen ihre Kinder und gehen sofort wieder an ihre Arbeit«, entgegnete Rizza. »Sie würden die Hände über dem Kopf zusammenschlagen, wenn sie sähen, wie ich hier auf der Terrasse faulenze, während Margie das Haus putzt und Doris für mich wäscht.«

Betty hatte ihre Bemerkung nicht als Kritik gemeint, und Rizza sollte sich keinesfalls schuldig fühlen, dass sie sich ausruhte. »Weißt du, ich habe ja schon gehört, dass dein Baby ein echter Brummer ist, aber was ich jetzt hier sehe, ist wirklich außergewöhnlich. Niemand verliert einen solchen Hünen im Galopp und kehrt zu seinen Aufgaben zurück, als wäre nichts geschehen. Du hast großes Glück gehabt, denn das hätte auch ins Auge gehen können.« Das Baby, das Rizza im Arm hielt, war extrem groß für ein Neugeborenes. »Warum sitzt du hier draußen?«

»Mein Haus ist klein, und da drinnen werkeln drei Frauen herum, die alles auf ihre Art erledigen. Da wollten der kleine Billy und ich nicht im Weg stehen.« Rizza betrachtete das schlafende Kind in ihren Armen. Ihre Züge wurden weich. »Ist er nicht wunderschön?«, seufzte sie und hauchte einen Kuss auf seine Stirn.

Betty betrachtete das Baby ausgiebig. »Doch, ist er. Ist Billy die Abkürzung für William? Mein Vater hieß so, aber alle Welt nannte ihn nur Billy.« Vorsichtshalber erwähnte sie nicht, dass ihr Vater den Spitznamen gar nicht gern hörte und behauptete, es sei ein Name für eine Ziege.

»Rex wollte, dass er William Arnold Westly heißt. Ein wirklich schöner Name!«, sagte Rizza stolz. »Aber für ein Baby hört sich William viel zu erwachsen an. Deswegen nennen wir ihn Billy, solange er klein ist.«

»Schön, dich kennenzulernen, kleiner Billy Westly«, lächelte Betty. »Und ich bin wirklich erleichtert, dass es dir heute so viel besser geht, Rizza«, fügte sie hinzu. »Wenn Ruthie bei ihrer Geburt die Größe eines drei Monate alten Säuglings gehabt hätte, hätte sie garantiert heute keine Brüder.«

»Mir geht es tatsächlich viel besser«, sagte Rizza. »Ich sollte selbst putzen und waschen.«

»Quatsch!«, schimpfte Betty. »Was, wenn du gesundheitlich Probleme bekommst? Was passiert dann mit deinem Sohn? Traust du Rex zu, sich von morgens bis abends um Billy und Carmel zu kümmern?«

»Um Himmels willen, nein!«, rief Rizza. »Er mag ja ein ganz passabler Fischer sein, aber im Haushalt taugt er nicht viel.«

»Siehst du! Und weil von uns anderen auch niemand Lust hat, sich um ein Neugeborenes zu kümmern, solltest du dich lieber noch ein bisschen schonen.«

Natürlich meinte sie das nicht ernst, und Rizza wusste das auch. Am liebsten hätte Betty das Baby selbst in die Arme genommen. Sie vergötterte Kinder.

»Ich habe dir frisches Brot, Milch, Eier und das Abendessen mitgebracht«, sagte Betty und hob einen Topf aus dem Korb. »Es ist meine Hähnchenspezialität.«

»Hmmm, es riecht fantastisch. Vielen Dank, Betty.«

»Wo ist Carmel?«

»Rex hat sie mit aufs Boot genommen.«

Betty sperrte ungläubig die Augen auf. »Er ist fischen gegangen?«

Rizza nickte.

»Eigentlich sollte mich das nicht überraschen«, erklärte Betty. »Jede Wette, dass er gesagt hat, er wolle dir einen Gefallen tun.«

Erneut nickte Rizza. »Er meinte, er wolle mir und Billy ein wenig Ruhe und Frieden gönnen.«

Betty rollte mit den Augen. »Sie sind doch alle gleich«, brummte sie und dachte an Colin, der sich immer in den Pub verabschiedete, *um ihr nicht im Weg zu sein.* »Andererseits tun dir ein bisschen Ruhe und Frieden mit Sicherheit gut.«

In diesem Moment hörten sie Margie im Haus lauthals fluchen, dass sie sich einen Zeh an einem Stuhl gestoßen hatte. Sie lachten beide.

Betty war glücklich, Rizza lachen zu hören. Alle hatten sich solche Sorgen um die junge Frau gemacht!

Sie warf einen Blick zum Pfarrhaus hinüber. »Hat Lara deinen Sohn schon gesehen?«

»Sie war gestern Abend hier, blieb aber nur wenige Minuten«, berichtete Rizza. »Ich habe sie gefragt, ob sie Billy einmal halten wolle, und sie wirkte sehr glücklich, bis ich auf die schwierige Geburt zu sprechen kam. Da wurde sie sehr nervös und ziemlich blass. Ich fürchtete schon, sie würde wieder in Ohnmacht fallen.«

Betty schüttelte den Kopf. »Das ist noch gar nichts. Du hättest sie sehen sollen, als du in den Wehen lagst.«

»Wieso?«

»Jerry war gerade bei ihr, als Rex kam und ihm mitteilte, dass bei dir die Wehen eingesetzt hätten und dass irgendetwas nicht stimmte. Sie kam fast panisch zu mir, und wir sind dann zusammen in den Pub gegangen. Wir haben sie mit Brandy abgefüllt, damit sie nicht umkippt. Sie wollte noch nicht einmal nach Hause gehen, weil sie fürchtete, deine Schreie zu hören. Als Billy schließlich da war, hatte sie ganz schön einen sitzen!«

Rizza staunte. »Wie will sie denn je eigene Kinder bekommen?«

»Ich nehme an, sie geht ins Krankenhaus und lässt sich mit diesem Lachgas einnebeln, das man heutzutage oft benutzt.«

»Hast du auch welches bekommen?«, erkundigte sich Rizza, die erst seit drei Jahren in Shady Camp lebte und die Geburt von Bettys Kindern nicht miterlebt hatte.

»Nein. Richie habe ich zwar im Krankenhaus bekommen, aber ich war schon zu weit für irgendwelche Schmerzmittel. Als ich Ruthie und Robbie bekam, gab es hier im Dorf noch eine Hebamme, die mir eine große Hilfe war. Auf Colin kann man sich in diesen Dingen nicht verlassen.« Sie schnaubte verächtlich. »Als Ronnie sein Kommen ankündigte, hatte Jerry gerade seinen Dienst hier angetreten, er hat mir bei der Entbindung geholfen. Leider war er nicht erreichbar, als Richie kam, und so fuhr Colin mich durch eines der wüstesten Gewitter, die ich je erlebt habe, ins Krankenhaus. Dieses Unwetter werde ich nie vergessen. Es blitzte und donnerte und regnete wie aus Kübeln. Colin war so besorgt, dass ich das Baby im Auto bekommen könnte, dass er beinahe einen Unfall gebaut hätte. Wie durch ein Wunder schafften wir es in die Stadt, aber zwei Straßen von der Klinik entfernt war das Benzin plötzlich alle und ich musste den Rest laufen.«

»Durch den Regen?«

»Durch den strömenden Regen. Colin hatte den Schirm zu Hause vergessen. Ich war nass bis auf die Haut. Ich brauche dir wahrscheinlich nicht zu erzählen, dass das Personal von meinem Ehemann nicht besonders viel hielt. Und ich schwor mir, nie wieder ein Kind zu bekommen.« Sie rollte mit den Augen.

Rizza lachte schallend. »Das wundert mich nicht«, sagte sie.

»Ich glaube, wenn Lara bei einer Geburt zusehen müsste, könnten wir ganz sicher sein, dass das Thema Ehe und Familie für sie erledigt wäre«, fügte sie breit grinsend hinzu. »Manchmal frage ich mich, ob sie weiß, wo ihre Schüler herkommen.«

Betty lachte. »So, wie es aussieht, wird sie sich in nächster Zeit nicht einmal verabreden. Sie sagt, sie hat nichts anzuziehen.«

»Würde das überhaupt jemandem auffallen?«

»Natürlich nicht, aber es dürfte schwer werden, sie davon zu überzeugen.«

»Hat sie denn schon jemand gefragt? Hier im Dorf gibt es doch keinen Junggesellen, der altersmäßig zu ihr passt – abgesehen vielleicht von dem neuen Krokodiljäger.«

»Du vergisst Jerry Quinlan«, half Betty nach.

»Stimmt ja!«, rief Rizza erfreut. »Es wird tatsächlich höchste Zeit, dass er endlich heiratet und seinen eigenen Babys auf die Welt hilft.«

»Er hat ein Auge auf Lara geworfen«, sagte Betty.

»Glaubst du?«

»Dem zittern doch schon die Knie, wenn er sie nur sieht! Ist dir das etwa nicht aufgefallen?«

»Ich war gerade anderweitig beschäftigt. Aber Lara ist ja auch wirklich eine hübsche Frau. Wäre es nicht toll, mal wieder ein Liebespaar im Dorf zu haben?«

In diesem Augenblick hörten sie ein Auto.

»Wenn man vom Teufel spricht«, grinste Betty. »Irgendetwas zieht unseren Doc hier unwiderstehlich an.«

»Guten Morgen, die Damen«, grüßte Jerry, als er ausstieg. Er sah ausgeruht und erholt aus.

»Hallo, Jerry«, antworteten Rizza und Betty wie aus einem Mund.

»Wie geht es dir heute, Rizza?«, erkundigte sich der Arzt und holte seine Tasche vom Beifahrersitz.

»Schon viel besser, vielen Dank«, antwortete Rizza. »Allerdings habe ich noch immer Elefantenbeine.« Sie blickte zu der

Stelle hinunter, wo früher einmal ihre Knöchel gewesen waren. »Aber der kleine Billy macht sich toll.«

»Er heißt also Billy?«

»William Arnold Westly. Der Vater und der Großvater von Rex hießen Arnold.«

»Ein ganz schön wuchtiger Name für einen kleinen Jungen«, meinte Jerry, trat auf die Veranda und betrachtete den schlafenden Säugling. »Kann es sein, dass er in den zwei Tagen nochmal zwei Pfund zugelegt hat?«, scherzte er.

Rizza lächelte stolz. »Er mag meine Milch.« Ihre Brüste waren prall gefüllt, und es war deutlich zu sehen, dass der kleine Billy nicht hungern musste.

»Um deine Knöchel brauchst du dir keine Sorgen zu machen«, fuhr Jerry fort. »Sie werden bald wieder sichtbar.« Er griff nach dem Händchen des Säuglings und streichelte über die weiche, neue Haut.

»Ich bin dir unendlich dankbar, Jerry, dass du ihn sicher auf die Welt geholt hast«, sagte Rizza leise. »Eine Zeit lang dachte ich, er würde es nicht schaffen.«

»Die schwere Arbeit hast du ganz allein geleistet, Rizza. Du warst sehr tapfer«, sagte Jerry anerkennend.

»Zeitweise hatte ich Angst, dass mir die Kraft zum Pressen fehlen würde. Ich glaube, ich war noch nie im Leben so erschöpft. Und ich hätte es wohl auch nicht geschafft, wenn du mir nicht ständig Mut zugeredet hättest.«

»Ich wundere mich immer wieder über die Ausdauer von Müttern. Das ist schon etwas ganz Besonderes.«

»Alle im Dorf sind erleichtert, dass es Rizza und dem Baby gut geht«, sagte Betty. »Und das haben wir dir zu verdanken, Jerry.«

Jerry wehrte das Lob erneut ab. »Das Wunder eines neuen Lebens verleiht meiner Arbeit erst wirklich Sinn.«

»Gut, dass du kein Geld dafür verlangst, was, Doc?«, grinste Rizza.

»Ich komme mit eurer Bezahlmethode durchaus zurecht«,

stimmte Jerry lächelnd zu. Auch Betty grinste. Sie dachte an die Naturalien in Form von Obst, Hühnern oder Eiern, die er häufig anstelle eines Honorars von den Dorfbewohnern erhielt. Es war ihm auch schon passiert, dass ihm ein dankbarer Vater für eine geglückte Behandlung die Hand seiner Tochter angeboten hatte.

»Und du, Betty? Wie geht es dir?«, unterbrach er ihre Gedanken.

»Bestens. Alles läuft wie immer. Rizza und ich haben gerade darüber gesprochen, dass wir manchmal ganz gern zum Essen in die Stadt ausgehen würden, aber leider nichts zum Anziehen haben.« Betty blinzelte Rizza zu, die sich sichtlich bemühte, nicht loszuprusten. »Ein typisches Frauenproblem.«

Jerry richtete sich auf und warf Betty einen prüfenden Blick zu. Er äußerte sich jedoch nicht, deshalb wusste sie nicht, was er dachte.

»Mein Colin versteht einfach nicht, warum ich mich beklage, dass ich nichts zum Anziehen habe. Es ist ihm völlig gleich, was ich trage, wenn ich nicht nackt gehe. In diesem alten Kleid hier würde er mich sogar zu einer Audienz bei König George mitnehmen, ohne das Geringste dabei zu finden.«

Jerry schmunzelte und warf einen flüchtigen Blick in Richtung Pfarrhaus. »Was riecht hier eigentlich so köstlich?«

»Meine Hähnchenspezialität«, erklärte Betty stolz und zeigte auf den Topf, der mit Kräutern geschmorte und mit Käse überbackene Hähnchenstücke, Zwiebeln und Tomaten enthielt.

»Hmmm«, schwärmte Jerry. »Wenn ich Rizza untersucht habe, komme ich rüber in den Laden.«

»Zu mir? Warum? Hast du Hunger? Hähnchen habe ich noch in Hülle und Fülle übrig.«

»Zum Mittagessen ist es noch zu früh. Aber du kannst mir vielleicht einen Gefallen tun.« Erneut blickte er zum Pfarrhaus hinüber, woraufhin Betty ihrer Freundin einen vielsagenden Blick zuwarf.

Robbie Jeffries klopfte an Laras Hintertür. »Ich hab hier was für Sie, Miss Penrose«, erklärte er und reichte ihr ein zusammengefaltetes Stück Papier.

»Von wem ist es?«, wollte Lara wissen.

»Null Ahnung«, behauptete das Kind.

»Ich weiß es nicht«, korrigierte Lara, obwohl sie an der inhaltlichen Richtigkeit der Aussage zweifelte. Robbie rannte davon. »Bis Montag in der Schule«, rief Lara ihm hinterher.

Sie setzte sich an den Küchentisch und faltete das Blatt auseinander.

»Dies ist eine Einladung für Miss Lara Penrose zu einem Abendessen um 19:00 Uhr auf dem Bootsanleger. (Zwanglose Kleidung erwünscht)«

Verwundert drehte Lara das Papier um, doch nirgends fand sich ein Hinweis auf den Absender. Die Einladung konnte eigentlich nur von Rick stammen, aber ein Blick aus dem Küchenfenster zeigte ihr, dass sein Boot noch nicht zurück war. Die heutige Krokodilsumsiedlung schien zu dauern. Aber vielleicht hatten ja auch die Dorfbewohner einen gemeinsamen Imbiss organisiert.

Heute Abend werde ich mehr wissen, dachte sie.

Lara betrachtete ihr Äußeres im Badezimmerspiegel, nachdem sie sich umgezogen hatte. Sie erkannte sich kaum wieder. Ihr Haar musste unbedingt geschnitten und gelegt werden, aber für diesen Abend hatte sie es hinter die Ohren zurückgestrichen. Noch nicht einmal Lockenwickler besaß sie! Verglichen mit ihrem früheren Erscheinungsbild, fühlte sie sich mehr als schlicht, obwohl sie ein wenig Schminke aufgetragen hatte. Aber ihre geliebten Hüte, die maßgeschneiderten Kostüme und die hochhackigen Schuhe konnte sie hier getrost beiseitelassen. Am Morgen hatte sie ihre drei ehemals neuen Kleider gewaschen, die dank der Hitze längst getrocknet waren. Das war ein angenehmer Nebeneffekt der Trockenzeit. Auf der Rückseite des Hauses befand sich ein kleiner Dachvorsprung mit einer darunter befestigten Wäscheleine, die sie vermutlich während der Monsunzeit als Trockenstelle benutzen würde.

Um 19:00 Uhr machte Lara sich auf den Weg zum Anleger. Zwar trug sie eines der kühlen Baumwollkleider, hatte sich aber im letzten Moment entschlossen, statt der Sandalen ein Paar Schuhe mit Absätzen anzuziehen, weil sie nicht weit laufen musste und sich endlich wieder einmal wie die feminine Frau fühlen wollte, die sie früher einmal gewesen war.

Der Himmel im Westen glühte in den tiefroten und goldenen Farben des Sonnenuntergangs, die vom ruhigen Wasser des Billabong reflektiert wurden. Lara war voller Bewunderung für diesen atemberaubend schönen Anblick. Vögel und Enten waren verstummt und bereiteten sich auf die Nacht vor. Bis hierher war keine Menschenseele zu sehen, was Lara verwirrte.

Am Ende des Anlegers erblickte sie einen Tisch und drei Stühle, zwei davon am Tisch, einer ein wenig abgerückt. Und die Silhouette einer vertrauten Gestalt. Jerry! Sie lächelte. Was für eine nette Idee, ein Abendessen in Shady Camp zu organisieren! Sie ging über den Anleger auf ihn zu und war sich plötzlich des lauten Klackens ihrer Absätze auf den Holzbrettern bewusst. Das Geräusch störte die friedliche Stille, und sie bemühte sich, Haltung zu bewahren.

»Guten Abend«, begrüßte Lara Jerry, als sie ihn erreichte. Er sah in seinem weißen Hemd und der leichten hellen Hose ausgesprochen attraktiv aus. »Das nenne ich einmal eine gelungene Überraschung.« Sie ließ ihren Blick anerkennend über den gedeckten Tisch gleiten. In der Mitte stand eine brennende Kerze, daneben eine Flasche Wein und ein Topf. Weißes Geschirr, blankes Besteck und schimmernde Gläser waren auf dem weißen Tischtuch angeordnet. Das Ganze sah sehr elegant aus, und es duftete verführerisch nach Essen.

Jerry lächelte. »Guten Abend. Wie schön, dass Sie meiner Einladung gefolgt sind«, sagte er, während er einen Stuhl für sie zurückzog.

»Sehr gerne. Das haben Sie toll gemacht«, sagte sie, als sie sich setzte.

»Nun, nachdem Sie nicht mit mir zum Essen in die Stadt fahren wollten, musste ich mir etwas anderes überlegen«, erklärte Jerry, dessen Miene jetzt ernst war. Er wirkte regelrecht angespannt.

»Autsch!« Sie klatschte sich mit der flachen Hand auf die Wade. »Die Mücken verlieren wirklich keine Zeit.« Sie schlug sich auf den Arm.

Jerry griff in seine Tasche und holte eine Creme heraus. »Das hier duftet zwar nicht besonders angenehm, hält aber die Mücken fern«, sagte er und reichte ihr den Tiegel.

»Ich habe mich aus lauter Verzweiflung schon mit Fliegengift eingesprüht«, lächelte Lara schuldbewusst. »Schlimmer kann die Creme auch nicht riechen. Ich habe gehört, dass die Männer im Pub sich schon über mich lustig machen. Ich rieche so ekelhaft, sagen sie, dass die Krokodile mich nicht einmal dann fressen würden, wenn ich ihnen auf einem Tablett serviert würde.«

»Sprühen Sie sich lieber nicht mit diesem Zeug ein. Das Gift darin wird durch die Haut absorbiert«, sagte Jerry ernst, schüttelte dann aber den Kopf. »Entschuldigung. Manchmal kann ich noch nicht einmal in meiner Freizeit über meinen Schatten springen.«

»Schon gut«, meinte Lara, »immerhin ist die Information, dass ich gerade dabei bin, mich zu vergiften, nicht ganz unwichtig für mich.« Sie griff in den Tiegel und verrieb die Creme auf Armen und Beinen. Sie roch tatsächlich nicht sehr angenehm. »Woraus besteht dieses Zeug?«

»Der Hauptbestandteil stammt aus einer Pflanze, die von den Aborigines gegen Mücken verwendet wird. Gemeinsam mit einem Wissenschaftler habe ich aus dem Saft der Pflanze diese Rezeptur entwickelt, weil viele meiner Patienten in den Sumpfgebieten leben, wo es massenhaft Mücken gibt, die Malaria und andere Krankheiten übertragen können.«

»Na ja, der Geruch ist egal – Hauptsache, es wirkt«, sagte Lara und reichte ihm den Tiegel.

»Behalten Sie die Creme. Die Mücken scheinen frisches Blut und eine weiche Haut besonders zu mögen. Und jetzt hoffe ich, dass Sie hungrig sind.«

»Und wie! Und, um mal von einem anderen Geruch zu sprechen – irgendetwas hier duftet unglaublich köstlich.«

Jerry nahm den Deckel vom Topf und servierte Lara eine Portion Hähnchenfleisch.

»Das haben Sie doch nicht selbst gekocht, oder?«, stieß Lara hervor, als ein unwiderstehliches Aroma vom Teller aufstieg. »Oh, entschuldigen Sie! Ich wollte damit natürlich nicht andeuten, dass Sie nicht kochen können!«

»Zwar bin ich auf diesem Gebiet nicht ganz unerfahren, aber ich wollte Ihnen kein Gericht zumuten, das ich den ganzen Weg von der Stadt bis hierher hätte transportieren müssen.«

»Und wer ist dann für diese Delikatesse verantwortlich?«

»Betty.« Er schenkte Lara ein Glas Wein ein. »Und Monty behauptet, dass dies hier einer seiner besten Weine ist, aber ich bezweifle, dass er Sie besonders beeindrucken wird.«

Lara kostete einen Schluck. »Er ist ganz passabel«, lächelte sie. »Allerdings bin ich in letzter Zeit leicht zufriedenzustellen.«

»Betty wollte zusätzlich noch einen Salat machen, aber ich wollte ihr nicht so viel Arbeit zumuten. Sie hat auch so genug zu tun.«

War das Abendessen etwa Bettys Idee gewesen? Lara bemerkte erstaunt, dass ihr der Gedanke nicht gefiel, er tat der Romantik gewissermaßen einen Abbruch.

»Aber die Idee, hier draußen auf dem Anleger zu dinieren, stammt von mir«, fuhr Jerry fort, als hätte er ihre Gedanken gelesen. »Ich habe Betty nicht gebeten, für uns zu kochen. Heute Mittag bot sie mir dieses Hähnchengericht an, weil sie sehr viel davon gekocht und auch Rizza damit versorgt hatte. Das brachte mich auf den Gedanken. Aber natürlich brauchte ich ein wenig Hilfe bei der Durchführung. Den Tisch und die Stühle habe ich im Pub geborgt, Tischtuch, Teller und Besteck gehören ebenfalls Betty, die meine Idee sehr gut fand.«

»Oh«, sagte Lara glücklich. Dann kostete sie von dem Hähnchen, das genauso gut schmeckte, wie es duftete.

»Lecker, nicht wahr?«, meinte Jerry deutlich entspannter.

»Ich glaube, dass ich seit meiner Ankunft hier nichts so Köstliches mehr gegessen habe«, erwiderte Lara. »Es ist schon erstaunlich, wie schnell man Fisch leid werden kann.«

»Da haben Sie recht.«

»Mir kommt es vor, als wäre ich schon Ewigkeiten nicht mehr zum Essen ausgegangen«, sagte Lara und blickte sich um. »Hier draußen auf dem Anleger zu speisen verleiht dem Ausdruck ›zum Essen ausgehen‹ eine völlig neue Bedeutung.«

»Im Dorf gibt es eben nur den Pub«, nickte Jerry. »Außerdem würden uns dort alle beobachten.«

»Nein, das hier ist viel schöner«, begeisterte sich Lara. »Und vor allem wirklich einzigartig!« Sie konnte es kaum erwarten, ihrem Vater darüber zu schreiben.

Die Sonne war längst untergegangen. Millionen Sterne funkelten am klaren schwarzen Himmel. Die Mücken hielten sich jetzt von Lara fern, und so konnte sie die wunderbare Stimmung in vollen Zügen genießen. Sogar ein leises Lüftchen regte sich, was sie als sehr angenehm empfand.

»Glauben Sie, dass wir von hungrigen Krokodilen beobachtet werden?«, fragte sie scherzhaft, obwohl sie genau wusste, was möglicherweise unter der ruhigen Wasseroberfläche lauerte.

»Mit Sicherheit«, antwortete Jerry und nippte an seinem Wein.

Laras Lächeln erlosch, aber sie bemühte sich, die beängstigende Vorstellung zurückzudrängen. Sie wollte, dass Jerry den Abend genoss, er hatte sich so viel Mühe gegeben.

»Hier auf dem Anleger kann uns aber nichts passieren«, fügte Jerry hinzu.

Lara blickte sich um. Der Anleger bot genügend Platz für mehrere Boote. Sie saßen am Ende des Stegs, wo der Platz frei war, an dem sonst Ricks Boot vertäut lag. Mit einem Mal vernahm sie in der Ferne ein leises Motorengeräusch, das schnell näher kam. Vielleicht war das sogar Ricks Boot? Und noch ein anderes Geräusch war zu hören: Jemand ging über den Anleger. »Da kommt jemand«, sagte Lara in dem Glauben, dass es sich um einen der Fischer des Dorfes handelte.

»Hoffentlich unsere Unterhaltung«, lautete Jerrys rätselhafte Antwort.

»Unterhaltung?«, hakte Lara gleichermaßen entzückt wie neugierig nach.

»Ich hoffe, Sie mögen Geigenmusik«, sagte Jerry. »Und ich hoffe, der Geiger ist so gut, wie er behauptet. Ich habe ihn nämlich noch nie spielen hören«, fügte er amüsiert hinzu.

Laras Neugier wuchs, und sie spähte angestrengt in die Dunkelheit, aus der jetzt langsam jemand an Konturen gewann. Der Geiger hinkte.

»N'Abend, Leute«, begrüßte Monty sie, als er nah genug herangekommen war. Er war frisch gewaschen und trug ein Hemd, in dem er sich alles andere als wohlzufühlen schien, denn er zerrte ständig am Kragen und hatte die Ärmel hochgerollt.

»Guten Abend, Monty«, erwiderte Lara den Gruß. »Ich wusste gar nicht, dass verborgene Talente in Ihnen schlummern.«

»Warten Sie lieber ab, ehe Sie von Talent sprechen. Noch haben Sie mich nicht spielen hören«, sagte Monty und öffnete den Geigenkoffer, der eine sehr alte Violinc enthielt. »Die ist seit vielen Jahren in Familienbesitz. Ich hoffe, sie ist nicht allzu sehr verstimmt. Ich werde mein Bestes geben.«

Das Motorengeräusch wurde lauter.

Monty setzte sich auf den dritten Stuhl, schob seinen Bart beiseite, klemmte die Geige unter das Kinn und begann zu spielen. Die Geige war zwar tatsächlich ein wenig verstimmt, klang aber alles andere als schlecht. Die Melodie wurde über den Billabong getragen, doch der Bootsmotor war lauter. Monty spielte unbeirrt weiter, aber der laute Motor machte jeden Versuch, eine romantische Stimmung zu schaffen, zunichte. Als das Boot – es war tatsächlich Ricks – schließlich knatternd und tuckernd am Steg anlegte, hörte er auf zu spielen. Rick schaltete den Motor aus und sprang auf den Anleger, um sein Boot zu vertäuen.

»Was ist denn das?«, fragte er neugierig. Er ließ seinen Blick über den Tisch mit der Kerze und dem Wein und über Monty mit der Geige gleiten. Dann fixierte er Jerry eine geraume Weile geradezu, bevor er sich an Lara wandte. »Ich scheine schon wieder im falschen Moment zu kommen«, sagte er ruhig. »Es tut mir leid, dass ich Ihren ganz besonderen Abend unterbrochen habe.«

Lara hörte, wie Jerry ein verächtliches Schnauben ausstieß. Sie selbst freute sich, dass Rick gesund zurückgekehrt war. »Wir essen hier zu Abend«, sagte sie und spürte, dass sie errötete.

»Ich kann auf die andere Seite des Billabong fahren und dort vor Anker gehen, bis Sie Ihre Mahlzeit beendet haben«, bot Rick an.

»Aber das ist doch nicht nötig, oder, Jerry?«, wandte Lara sich an den Arzt.

»Nein, durchaus nicht«, bestätigte Jerry ohne jeden Funken Begeisterung.

»Wie ist es mit dem Krokodil gegangen?«, fragte Lara.

»Sehr gut. Es war ein ziemlich großes Exemplar, aber es hat jetzt viele Meilen entfernt von hier im Mary River ein neues Zuhause gefunden.«

»Sehr gut«, sagte Lara. »Eines weniger, um das ich mir Sorgen machen muss.« Sie hatte immer noch Angst vor dem Riesenkrokodil. Und wenn es jetzt gerade unter dem Anleger lauerte? Allein der Gedanke ließ sie schaudern.

»Genießen Sie Ihren Abend«, sagte Rick und kletterte an Bord seines Bootes.

»Ich gehe dann auch mal wieder«, meldete sich Monty zu Wort. »Colin vertritt mich an der Bar, aber ich fürchte, er vertrinkt den gesamten Umsatz.«

»Vielen Dank, Monty«, sagte Jerry.

»Ja, vielen Dank«, pflichtet Lara ihm bei. »Die Musik war schön.«

»Na, wenn das mal stimmt«, meinte Monty. »Ich sollte vielleicht wieder öfter üben.« Mit diesen Worten humpelte er davon.

Lara nippte an ihrem Wein und lächelte Jerry zu. Er wirkte angespannt. »Das Hühnergericht ist wirklich fantastisch«, lobte sie erneut.

»So riecht es auch!«, rief Rick vom Boot. Im Licht seiner Bordlampe konnte Lara sein freches Grinsen erkennen.

Plötzlich kam Lara der Gedanke, dass Rick sehr hungrig sein musste. Als sie überdies entdeckte, dass er seine Angel auswarf, überkamen sie Schuldgefühle. »Angeln Sie sich Ihr Abendessen?«, rief sie zu ihm hinauf.

»Ja. Hoffentlich beißt einer an«, antwortete er, sicherte seine Angel und kümmerte sich um andere Dinge an Bord.

Lara blickte zu Jerry, doch der konzentrierte sich auf seinen Teller. Der Topf war noch mehr als zur Hälfte gefüllt, aber es stand ihr nicht zu, Rick etwas davon anzubieten, obwohl sie es gern getan hätte.

Rick begann, Holz auf den Steg abzuladen. »Beachten Sie mich gar nicht«, sagte er, »aber ich muss dieses Holz abladen, sonst kann ich nicht in meine Kombüse, um den Fisch zuzubereiten – falls ich überhaupt einen fange.«

Lara schämte sich, vor ihm zu essen. »Wozu brauchen Sie das Holz?«, erkundigte sie sich.

»Um eine weitere Falle zu bauen.«

Wahrscheinlich für das Riesenkrokodil, dachte Lara, doch das sollte vorerst ein Geheimnis zwischen ihr und Rick bleiben. »Und woher haben Sie es?«

»Nachdem ich das Krokodil gut untergebracht hatte, bin ich an der Küste entlang bis Darwin gefahren, dort habe ich es in einem Sägewerk gekauft. Das ist auch der Grund für meine späte Rückkehr.«

Einige Bretter waren lang und sahen sehr schwer aus. Es war offensichtlich, dass das Abladen Rick große Mühe bereitete. Als er sich mit einem besonders großen Stück abmühte, sprang Jerry auf und ging ihm zur Hand.

»Danke«, sagte Rick anerkennend. »Mit den kleineren Brettern komme ich allein zurecht.«

Aber nachdem er das Holz auf dem Steg abgelegt hatte, rieb er sich die Schulter. »Ist alles in Ordnung?«, fragte Lara besorgt. Sie spürte Jerrys prüfenden Blick auf sich.

»Alles bestens«, erwiderte Rick. Sein freches Grinsen war auch wieder da.

Lara ahnte, dass er seine Schmerzen hinunterspielte und erzählte Jerry von Ricks Kriegsverletzung. Sofort erbot sich Jerry, einen Blick auf die Schulter zu werfen.

»Da ist nichts als eine Narbe zu sehen«, meinte Rick. »Die Truppenärzte haben gesagt, dass man nichts weiter tun kann. Ich muss mein Leben einfach damit weiterleben, und genau das versuche ich zu tun.«

»Eine anerkennenswerte Haltung«, lobte Lara.

»Wie man's nimmt. Viele zurückgekehrte Soldaten sind weitaus schlimmer dran als ich. Ich bin wenigstens noch im Besitz all meiner Gliedmaßen«, sagte Rick und machte sich wieder an die Arbeit.

Lara fand es unhöflich, in seiner Anwesenheit weiterzuessen, zumal genug Hähnchen für alle da war. Aber Jerry schien Rick nichts anbieten zu wollen. »Hätten Sie nicht Lust, sich zu uns zu setzen und uns beim Vertilgen dieses köstlichen Gerichts zu unterstützen?«, ergriff sie schließlich die Initiative, wobei sie Jerry einen Zustimmung heischenden Blick zuwarf.

»Mr Marschall zieht möglicherweise einen frisch gefangenen Fisch vor«, meinte Jerry steif.

»Ja, es gibt wirklich nichts Besseres als einen Barra zum Abendbrot«, stimmte Rick ihm fröhlich zu.

»Sehen Sie«, wandte Jerry sich an Lara.

»Allerdings ist es viele Wochen her, dass ich zum letzten Mal Hühnchen hatte«, fügte Rick hinzu.

»Dann setzen Sie sich zu uns«, forderte Lara ihn auf. »Wir haben einen Stuhl für Sie, aber Teller und Besteck müssten Sie selbst mitbringen.«

»Sind Sie ganz sicher, dass ich nicht störe?«, fragte Rick mit einem amüsierten Blick in Richtung Jerry.

»Wo Sie schon einmal hier sind, können Sie auch mit uns essen«, antwortete Jerry resigniert.

Lara hielt diese Bemerkung für wenig einladend, aber Rick schien das nicht zu bemerken. »Soll ich auch ein Glas mitbringen?«, erkundigte er sich fröhlich.

»Sicher!«, rief Lara, als Jerry schwieg.

Schnell war Rick zurück und setzte sich mit zufriedener Miene an den Tisch. »Eine wahrhaft unerwartete Überraschung«, stellte er beglückt fest. Angesichts seiner ansteckend guten Laune musste Lara unwillkürlich lächeln, Jerry jedoch blieb mürrisch.

Lara legte Rick eine ordentliche Portion Hühnchen auf.

»Das ist einmal eine willkommene Abwechslung zum ewigen Fisch«, sagte Rick und griff beherzt zu. »Und unglaublich köstlich obendrein«, fügte er nach dem ersten Bissen hinzu. »Meine Abfälle vom Schiff verfüttere ich meist an die Enten und Gänse, aber ich bringe es einfach nicht übers Herz, eines dieser Tiere zu schlachten.«

»Und warum?«, fragte Jerry kritisch. Lara meinte, Ärger in seiner Stimme zu hören.

»Es hat etwas mit Vertrauen zu tun«, antwortete Rick.

»Wie meinen Sie das?«, wollte Jerry wissen.

»Seit ich sie regelmäßig füttere, vertrauen mir die Enten und Gänse. Sobald sie mein Boot hören, kommen sie mit all ihren Küken angeschwommen und schauen, was ich für sie mitgebracht habe. Es wäre einfach nicht richtig.« Er blickte Lara an. »Ich weiß, dass ich ein zu weiches Herz habe«, gab er zu. »Insbesondere für einen ehemaligen Soldaten.«

»Ich finde das sehr süß«, sagte Lara und schenkte ihm ein warmes Lächeln. »Sie haben ein gutes Herz.« Allmählich begann sie zu verstehen, warum er keine Krokodile tötete.

»Aber dieses Hühnchen hier lebte vor nicht allzu langer Zeit auch noch«, betonte Jerry.

Rick hob den Kopf, seine Miene war ernst. Nach einer Weile senkte er den Blick wieder auf das Fleisch auf seinem Teller, legte langsam das Besteck auf den Tisch und lehnte sich in seinem Stuhl zurück. Er wirkte bestürzt und hielt den Blick unablässig auf seinen Teller gerichtet.

Lara sah schweigend zu. Sie konnte sich nicht recht vorstellen, was in seinem Kopf vorging, wo er doch offensichtlich ein tiefes Mitgefühl für alle Lebewesen hegte. Auch war ihr nicht klar, was Jerry mit seiner Bemerkung bezweckte.

Sie warf ihm nachdenklich einen Blick zu. Der Arzt rutschte unruhig auf seinem Stuhl hin und her. »Tut mir leid«, entschuldigte er sich schließlich verlegen. »Ich weiß ja, dass das etwas ganz anderes ist. Immerhin kannten Sie das Huhn nicht, ehe … Bitte vergessen Sie, was ich gesagt habe.«

Aus Ricks Richtung ertönte ein dumpfer, erstickter Laut. Lara wandte sich ihm zu, und als ihre Blicke sich trafen, erkannte sie das schalkhafte Glitzern in seinen Augen. Sie spürte, wie das Lachen aus ihr hervorsprudeln wollte, und legte eilig die Hand über den Mund, konnte aber ein ebenfalls ersticktes Geräusch nicht ganz unterdrücken.

Schließlich brachen sie beide in lautes Gelächter aus.

»Tut mir leid«, sagte Rick, als er sich wieder gefangen hatte. »Aber Sie sind drauf reingefallen, nicht wahr? Nein, so verweichlicht, dass ich kein Hühnchen esse, bin ich wirklich nicht. Ich habe auch kein Problem damit, mir Fisch zum Abendbrot zu angeln.«

»Sehr witzig«, murmelte Jerry und leerte sein Glas in einem Zug.

Lara war es ein Rätsel, dass er die Komik der Situation nicht verstand. »Mich konnten Sie nicht zum Narren halten, Rick«, erklärte sie stolz.

»Offenbar haben Sie den gleichen Humor wie ich«, grinste Rick sie an. »Ach übrigens, was riecht hier eigentlich so merkwürdig?« Er blickte sich auf dem Anleger um.

Lara ahnte, dass er die Creme meinte, die sie auf ihren Armen und Beinen verteilt hatte. »Es ist ein Mittel zur Abwehr von Mücken«, erklärte sie und hielt ihm ihr Handgelenk vor die Nase. »Ich war kaum hier, als diese Blutsauger auch schon über mich herfielen. Jerry hat mir eine Creme gegeben, die er zusammen mit einem Wissenschaftler entwickelt hat.«

Rick schnüffelte an ihrem Handgelenk und rümpfte die Nase. »Als Krokodilabwehr würde sie vermutlich auch ihren Zweck erfüllen«, witzelte er.

Lara musste lachen. »So schlimm ist es doch sicher nicht, oder?«

Rick lachte ebenfalls. »Schlimmer!«, neckte er sie.

»Schluss jetzt!«, sagte Lara, obwohl sie den Scherz nicht persönlich nahm. »Schmeckt Ihnen der Wein?«, wechselte sie das Thema.

Rick nickte. »Nicht schlecht für einen Tropfen der Sorte ›Bahndamm Schattenseite‹.«

Lara musste schon wieder lachen.

22

»Ich helfe Ihnen, den Tisch und die Stühle in den Pub zurückzubringen«, bot Rick an, als die Mahlzeit beendet war und Jerry begann, die Utensilien zusammenzuräumen.

»Nicht nötig«, lehnte Jerry ab. Er stapelte die Stühle aufeinander und hoffte, dass er noch ein paar Minuten allein mit Lara verbringen konnte, wenn er sie zum Pfarrhaus zurückbegleitete. Wenigstens diesen Teil des Abends sollte Rick ihm nicht verderben.

»Das ist ja wohl das Mindeste, nachdem Sie ein so köstliches Mahl mit einem hungrigen Krokodiljäger geteilt haben«, wandte Rick ein. Lara griff nach dem Topf und der Kerze, während Jerry Teller, Besteck und Gläser in das Tischtuch wickelte und alles in einem Korb verstaute, der unter dem Tisch gestanden hatte.

»Ich hole die Sachen später ab«, sagte er.

»Quatsch. Nun bin ich doch schon hier, da kann ich auch helfen«, widersprach Rick. Weil der Tisch ziemlich leicht war, nahm er auch noch den Korb und machte sich mit Lara auf den Weg zum Pub. Jerry folgte mit den Stühlen.

Bei Kerzenschein gingen sie auf die Lichter des Hotels zu. Jerry holte auf, und Lara dankte ihm für den gelungenen Abend. »Ich fand es geradezu zauberhaft, auf dem Anleger am Billabong zu speisen«, sagte sie dankbar.

»Sind Sie eigentlich schon einmal mit dem Boot hinausgefahren?«, wollte Rick wissen.

»Bisher noch nicht.«

»Dann waren Sie also noch nicht fischen und haben den Rest des Billabong auch noch nicht gesehen?«

»Einige Fischer haben mir bereits einen Ausflug angeboten«, erwiderte Lara, »aber ich hatte bisher zu viel mit den Vorbereitungen für die Schule zu tun.«

»Hätten Sie denn Lust, morgen mit mir hinauszufahren?« Der folgende Tag war ein Sonntag und schulfrei.

Zufrieden registrierte Jerry, dass Lara zögerte. Vermutlich musste sie noch den Unterricht für die kommende Woche vorbereiten.

»Auch Lehrer müssen sich doch manchmal entspannen, oder?« Rick blieb beharrlich.

»Stimmt schon. Und außerdem sollte ich die nähere Umgebung für den Heimatkundeunterricht besser kennenlernen.«

»Ich zeige Ihnen gern jeden Winkel des Billabong. Und ich bringe Ihnen das Angeln bei.«

»Das hört sich gut an«, freute sich Lara. »Vielen Dank für die Einladung.«

Jerry registrierte die Zusage enttäuscht, schwieg aber weiter. »Sie sind natürlich ebenfalls eingeladen, Doc«, fügte Rick hinzu.

Jerry fühlte sich versucht, zuzusagen, nur um Ricks Plan zu durchkreuzen, mit Lara allein zu sein. Doch dann schämte er sich dieser Anwandlung. Ein solches Verhalten passte nicht zu ihm. »Leider muss ich morgen nach einem Patienten in McMinns Lagoon sehen«, erklärte er und bemühte sich, nicht so niedergeschlagen zu klingen, wie er sich fühlte.

»Oh, wie schade, Jerry«, rief Lara aufrichtig.

»Ja, wirklich schade«, pflichtete Rick ihr bei. »Vielleicht ein anderes Mal, Doc.«

»Haben Sie denn nie frei, Jerry?«, erkundigte sich Lara.

»Leider nicht oft. Hier und da einmal ein paar Stunden. Patienten gibt es immer, und Vertretungsärzte sind hier draußen rar.«

»Sie sind sehr pflichtbewusst, Jerry«, stellte Lara fest. »Wirklich bewundernswert.«

Jerry freute sich über das Lob. »Ich habe diesen Beruf gewählt, um denen zu helfen, die es am nötigsten brauchen. Und das sind hier im Territory nun einmal die Leute in den abgelegenen Siedlungen, die es selten in die Stadt schaffen.«

»Die können von Glück reden, dass es Sie gibt«, strahlte Lara ihn an.

In Jerry keimte neue Hoffnung, dass er bei Lara vielleicht doch eine Chance hatte.

Betty, Colin und Monty unterhielten sich im Pub mit einigen Dorfbewohnern, als das Trio eintrat. Den ganzen Abend hatten sie spekuliert, wie das Dinner wohl gelaufen war, vor allem nach Montys Rückkehr mit der Nachricht, dass Ricks Ankunft Jerrys Pläne eines romantischen Abends unter Sternen wohl durchkreuzt hatte.

Betty beobachtete die beiden Männer sehr genau. Ihr war schon vorher aufgefallen, dass Rick von heiterem Gemüt war, und das war an diesem Abend nicht anders. Da sie den Tag meist mit den Miesepetern Colin und Monty verbrachte, freute sie sich sehr über die fröhliche Lebenseinstellung des jungen Mannes. Ein einziger Blick auf Jerry aber verriet ihr, dass der Arzt alles andere als glücklich war. Sie lächelte ihm ermutigend zu.

Lara bedankte sich bei Jerry für den schönen Abend und danach bei Betty und Monty für ihren Anteil daran.

»Das Essen war ein Gedicht, Betty. Und dann dieser schön gedeckte Tisch unter dem Sternenhimmel! Der Billabong ist bei Nacht einfach wundervoll! Und Montys Geigenspiel hat den Abend noch angenehmer gemacht.«

»Ich spiele besser, wenn ich betrunken bin«, ließ sich Monty vernehmen.

»Du *glaubst* nur, dass du dann besser spielst«, spöttelte Colin.

»Na und? Hast du vielleicht irgendwelche verborgenen Talente?«, fauchte Monty ihn an.

»Aber ja. Das Talent, beschäftigt auszusehen, obwohl er nichts tut«, lachte Betty.

Alle amüsierten sich, nur Jerry war außergewöhnlich still.

»Morgen werden Sie dann sehen, wie schön der Billabong auch in der Frühe sein kann«, sagte Rick, als er sich beruhigt hatte.

Betty blickte Lara an. »Haben Sie einen Ausflug geplant?«

»Rick nimmt mich morgen früh auf dem Boot mit hinaus«, erzählte Lara.

»Wir sollten früh aufbrechen, solange es noch einigermaßen kühl ist«, schlug Rick vor. »Der frühe Morgen und der späte Abend sind auf Binnengewässern die besten Zeiten.«

»Dann sollte ich wohl jetzt besser schlafen gehen«, meinte Lara. »Gute Nacht allerseits.«

»Ich begleite Sie nach Hause«, bot Jerry hastig an.

»Vielen Dank, Jerry, aber Rick hat den gleichen Weg wie ich, und Sie sind sicher müde. Auf Wiedersehen und nochmals vielen Dank. Es war ein wunderschöner Abend.«

Jerry sah Rick und Lara nach, die in die Dunkelheit davoneilten. Dann drehte er sich zur Bar um und bestellte einen Whisky.

»Der Abend scheint nicht so verlaufen zu sein, wie du es dir gewünscht hattest, nicht wahr?«, sprach Betty ihn an.

»Das ist noch maßlos untertrieben«, knurrte Jerry, ehe er tief Luft holte. »Entschuldige, Betty, ich wollte meine Enttäuschung nicht an dir auslassen. Alles ging einigermaßen gut, bis dieser Krokodiljäger daherkam und alles mit seinen *jovialen Possen* verdarb.«

»*Joviale Possen!* Klingt interessant.«

»Er hat Lara erzählt, er könne keine Enten oder Gänse töten, weil sie ihm *vertrauen!* Hast du je von einem Jäger gehört, der aus einem solchen Grund keine Enten umbringen kann?«

»Meines Erachtens dürfte er sich gar nicht Krokodiljäger nennen, wenn er die Bestien nicht erschießt«, mischte Monty sich ein. »Und jetzt höre ich, dass er auch keine Enten tötet. Allmählich habe ich den Eindruck, dass er ein bisschen seltsam ist.«

»Er ist nicht seltsam. Er hat eben ein großes Herz«, wandte Betty ein. Sie fand Rick ausgesprochen nett und war der Meinung, dass die Männer im Dorf – Jerry eingeschlossen – einfach nur eifersüchtig waren. Aber das wagte sie nicht laut auszusprechen.

»Nun, zumindest hat er mit seiner soften Art Lara tief beeindruckt«, fuhr Jerry fort.

»Du wirst doch hoffentlich wegen eines kleinen Rückschlags nicht den Schwanz einziehen?«, stichelte Monty.

»Natürlich nicht«, seufzte Jerry. »Und wenn die Krokodile weg sind, ist auch Rick wieder weg.« Er kippte seinen Whisky, wünschte allen eine gute Nacht und verschwand. Kurz darauf ertönte das Knattern seines Motors.

»Armer Jerry«, sagte Betty. So sehr sie Rick auch mochte – sie wünschte sich von Herzen, dass Jerry bald eine Frau fand und eine Familie gründete.

»Wenn er auch nur ansatzweise Grips im Kopf hat, kämpft er um Lara«, sagte Monty.

Als die ersten Sonnenstrahlen die Dunkelheit vertrieben, ging Lara zum Anleger. Sie hatte gut geschlafen und von Jerry, Rick und dem Billabong geträumt.

Rick wartete bereits auf sie. Er stand mit einer dampfenden Teetasse auf dem Schiffsdeck.

»Bitte um Erlaubnis, an Bord kommen zu dürfen, Herr Kapitän«, rief Lara ihm fröhlich zu. Ricks Haar war noch feucht und leicht gelockt. Er sah sehr attraktiv aus.

»Erlaubnis erteilt«, sagte Rick mit einem warmen Lächeln und half ihr auf sein knapp acht Meter langes Holzboot. »Ich hatte gerade überlegt, ob ich Sie wecken müsste.«

»Ich bin schon seit einiger Zeit auf den Beinen.« Ihr fiel auf, dass sie sich – abgesehen von ihrem ersten Treffen – in Ricks Gesellschaft immer entspannt fühlte.

»Dann hätten Sie früher kommen sollen. Sie hätten Frühstück machen oder das Deck schrubben können«, scherzte Rick.

»Ich bin doch kein Leichtmatrose, Sir! Passen Sie bloß auf, was Sie sagen, sonst gibt es eine Meuterei.«

Rick lachte. »Meuterer müssen über die Planke gehen, und Sie wissen, was das bedeutet. Frühstück für die Krokodile!«

Lara tat, als würde sie gleich in Ohnmacht fallen. »Ich gebe auf, Sir. Reichen Sie mir den Schrubber – ich schrubbe!«

»Nicht heute Morgen, schöne Frau. Heute machen wir eine Rundfahrt. Und die erste Regel an Deck dieses Schiffes lautet: Alle Anwesenden duzen sich.« Er nickte ihr zu. Lara lächelte. Diese Regel gefiel ihr. Rick ging ihr voraus in die Kajüte. »Dieses Schiff wurde übrigens extra für den Vorbesitzer in Port Adelaide gebaut«, erklärte er. »Seine Frau und er sind fünf Jahre lang um die Nordküste Australiens, zu den Pazifischen Inseln, nach Neuseeland und nach Norfolk Island gesegelt. Dann wurde die Frau nierenkrank und musste regelmäßig in die Klinik. Daraufhin haben sie mir das Boot verkauft. Und das hier«, sagte er stolz, während er auf die kleine Küche wies, die auf den ersten Blick gut ausgestattet und vor allem gut aufgeräumt aussah, »ist die Kombüse. Ich habe gerade Wasser aufgesetzt. Möchtest du eine Tasse Tee?«

»Ich habe gerade erst eine getrunken, vielen Dank. Hast du die ganze Nacht hindurch hier geputzt?«

»Bei der Armee mussten wir immer Ordnung halten«, erwiderte Rick mit einem leichten Lächeln. »Außerdem ist es die einzige Möglichkeit, auf so engem Raum zu leben. Vor allem bei rauer See. Alles muss sicher an seinem angestammten Platz verstaut sein.«

Als Nächstes zeigte Rick Lara die Kabine mit dem Schlafplatz, die zwar auch nicht gerade groß war, aber sehr gemütlich aussah. Die Koje war ausreichend bemessen und hübsch zurechtgemacht, und die Schränke wirkten geräumig. Lara fiel auf, dass kein einziges Teil herumstand oder -lag. Noch nicht einmal ein Paar Schuhe.

»Ist das noch eine Kabine?«, erkundigte sie sich beim Anblick einer weiteren Tür.

Rick lächelte. »Dieses Boot hier war genau das, wonach ich gesucht habe, aber diese Kabine ist einer der Hauptgründe, warum ich es dann auch tatsächlich gekauft habe.« Er öffnete die Tür, hinter der sich eine kompakte Duschkabine befand. Es gab sogar eine abgetrennte Toilette. »Nicht jedes Boot hat so was«, sagte er stolz. »Für den Betrieb nutze ich das Wasser des Billabong. Es ist zwar nicht heiß, aber hier im Territory, wo es nie kalt wird, ist das auch gar nicht nötig.«

»Das ist ja richtig modern.«

»Ich finde, es gibt nichts Schlimmeres, als sich in einem Eimer zu waschen und zu … Na ja, du weißt schon.«

»Das kann ich nachvollziehen.« Lara inspizierte zwei weitere, mit je zwei Kojen ausgerüstete Kabinen sowie einen Aufenthaltsraum mit einem Esstisch. Draußen an Deck gab es viel Platz, insbesondere für Angler und ihre Ausrüstung, sowie ein kleines Segel. Lara war beeindruckt.

»Jetzt verstehe ich, warum du auf deinem Boot lebst. Es ist wunderschön und sehr bequem. Und du hast hier alles, was du brauchst.«

»Vor allem die Freiheit, jeden Tag in einer anderen Umgebung aufwachen zu können und nichts zu hören als die Brandung oder die Vögel der Lagune«, schwärmte Rick. »Es ist so friedlich. Ich versuche zwar, mir nichts anmerken zu lassen, aber der Krieg hat bei mir nicht nur körperliche, sondern auch seelische Narben hinterlassen. Manchmal meine ich immer noch, Gewehrfeuer und die Schreie meiner verwundeten Kameraden zu hören, ich habe Albträume und wache schweißgebadet auf. Vielleicht klingt es für jemanden, der das alles nicht erlebt hat, verrückt, aber das Leben, das ich jetzt führe, scheint meine Seele zu heilen.«

»Ich finde absolut nicht, dass es sich verrückt anhört.« Seit ihrer Zeit im Gefängnis wusste Lara, wie stark die Sehnsucht nach Weite und Freiheit sein konnte. »Ich weiß zwar nicht, wie es sich anfühlt, einen Krieg mitzumachen, aber ich verstehe, warum dir dieser Lebensstil zusagt.«

Rick staunte. »Es gibt nicht viele Frauen, die verstehen, warum ein Mann lieber auf einem Boot als in einem Haus mit Lattenzaun drumherum lebt.«

Seine Bemerkung stimmte Lara nachdenklich. »Vor noch nicht allzu langer Zeit habe ich vermutlich auch zu dieser Kategorie von

Frauen gehört. Aber inzwischen hat sich viel verändert. Im Einklang mit der Natur und draußen an der frischen Luft zu sein ist nicht unbedingt eine Selbstverständlichkeit.« Sie zwang sich zu einem Lächeln, um die schreckliche Erinnerung an eine winzige Zelle mit Gittern vor den Fenstern zu verbergen. Kurz überlegte sie, ihm dieses Geheimnis anzuvertrauen, doch dieser Tag war nicht der richtige Zeitpunkt. Sie war sich noch nicht sicher, ob Rick seine Meinung über sie ändern würde, wenn er erfuhr, dass sie schon einmal im Gefängnis gesessen hatte. »Fahren wir irgendwann auch einmal los?«, fragte sie stattdessen.

»Natürlich!« Rick sprang auf den Anleger und löste das Tau. Kurz darauf erwachte der Motor knatternd zum Leben und sie legten ab.

Über einen Teil des Decks war neben dem Segel eine Plane gespannt, welche die Strahlen der höher steigenden Sonne abhielt. Während das Boot durch das stille Wasser glitt, spürte Lara eine kühle, erfrischende Brise auf dem Gesicht. Sie schloss die Augen und genoss die Ruhe. Dass Rick sie dabei beobachtete, bemerkte sie nicht. Die Fahrt auf dem ruhigen Wasser des Billabong fühlte sich ganz anders an als die auf hoher See. Es war unglaublich still. Sie trat neben Rick ans Steuer und lächelte versonnen.

»Wir haben gerade die Phase des sogenannten ›Ablaufs‹ hinter uns« erklärte Rick. »Das bedeutet, dass das warme Wasser aus den Auen durch Gezeitenkanäle abläuft, was bei den Barramundi für eine wahre Fresswut sorgt. Einige dieser Fische bringen es auf fünfzig, manchmal sogar sechzig Pfund.«

»Meine Güte, von einem solchen Fisch wird ja eine ganze Familie satt«, rief Lara.

»Genau aus diesem Grund werden unsere Angeltouren immer beliebter«, sagte Rick. »Amerikanische Touristen fischen für ihr Leben gern nach Barra. Leider kommen seit der Bedrohung Australiens durch die Japaner in letzter Zeit weniger.«

»Glaubst du, dass es tatsächlich zu einem Angriff kommt?«, fragte Lara. Sie machte sich Sorgen, wie alle anderen auch.

»Es ist zumindest möglich. Ich habe in letzter Zeit häufiger japanische Flugzeuge gesichtet, wenn ich draußen war, und mich natürlich gefragt, ob sie militärische Ziele auskundschaften. Glücklicherweise befindet sich in den Sümpfen nichts von größerem Interesse, und deshalb bezweifele ich, dass wir hier bombardiert werden.«

»Die Leute im Dorf sagen das auch. Trotzdem beharrt Monty darauf, seinen Luftschutzraum zu bauen. Ich hoffe inständig, dass Darwin nicht bombardiert wird, aber ich bin auch ganz froh, dass ich nicht in der Stadt lebe.«

»Sagtest du gerade Luftschutzraum?«, fragte Rick verwundert.

»Oh ja. Monty und die anderen Männer aus dem Dorf haben bereits angefangen, hinter dem Pub zu graben. Der Raum soll angeblich ausreichend groß werden, um alle Bewohner von Shady Camp aufzunehmen.«

Rick schwieg, und auch Lara hing ihren Gedanken nach. Das Thema war bedrohlich und passte so gar nicht zu der herrlichen Natur um sie herum. Sie ließ ihren Blick über die Umgebung schweifen. In einigen Teilen des Billabong bildeten die blühenden Seerosen dichte Teppiche. Lara beobachtete Jabirus und Ibisse, die im seichten Wasser zwischen den Pflanzen wateten und nach Beute suchten. Kleine Vögel mit leuchtend blauen oder roten Köpfen schossen auf der Jagd nach Insekten kreuz und quer über die Blüten.

»Ein Billabong führt eigentlich Süßwasser, aber der von Shady Camp mündet an einer natürlichen Felsbarriere in ein Tidegewässer«, sagte Rick. »Dort ist ein wunderbarer Platz zum Fischen.«

Lara war froh, dass er das Thema wechselte. »Ich weiß ja, dass jetzt Trockenzeit ist und dass es seit Monaten nicht geregnet hat – trotzdem ist hier ziemlich viel Wasser.«

»Auch wenn es nicht so aussieht, sind die Pegel der Billabongs im Moment sehr niedrig und die Auen liegen schon trocken«, antwortete Rick und zeigte auf die weiten, ausgedörrten Flächen zu beiden Seiten des Gewässers. »Das ändert sich in der Regenzeit.

Nach einem ordentlichen Monsun stehen Bachläufe und Auen unter Wasser und vereinigen sich mit dem Billabong zu einer riesigen Wasserfläche.«

Auf der Weiterfahrt bemerkte Lara ausgedehnte Moorgebiete, die von Land aus vermutlich völlig unzugänglich und selbst mit einem Boot kaum erreichbar waren, und stellte sich vor, wie das Gebiet während der Regenzeit wohl aussehen mochte.

»Schau, dort drüben«, flüsterte Rick und zeigte zum Ufer, wo sich ein Salzwasserkrokodil sonnte. »Es ist bestimmt drei Meter lang.«

Es war zwar nicht annähernd so groß wie Laras Riesenkrokodil, wirkte aber auch recht furchteinflößend.

Lara schauderte. »Es wird doch hoffentlich nicht bis ins Dorf kommen, oder?«

Rick schüttelte den Kopf. »Sein Territorium ist hier, und wir können davon ausgehen, dass es hierbleibt. Wenn nicht, fange ich es ein und bringe es weit weg.«

Die Rundfahrt ging weiter. Lara entdeckte viele Krokodile an den Ufern des Billabong – nur wenige Kilometer von Shady Camp entfernt. Rick zeigte ihr auch schwimmende Krokodile. Einige Exemplare kamen so nah an das Boot heran, dass Rick ihr die unterschiedliche Schnauzenform der Salties und Süßwasserkrokodile demonstrieren konnte. Im Schilf tummelte sich eine Herde Spaltfußgänse, die sich friedlich in der Morgensonne putzten. Plötzlich flogen alle laut schnatternd auf.

»Da muss ein Krokodil in der Nähe sein«, sagte Rick und stoppte den Motor.

Und schon tauchte ein riesiger Krokodilkopf mit einer Gans in der Schnauze aus dem Wasser. Lara krallte sich keuchend an Ricks Arm. Rick erklärte ihr, dass Krokodile nicht kauen können und dass sie den Kopf über der Wasseroberfläche halten müssen, um ihre Beute zu verschlingen. »Sie haben hinten in der Kehle eine Art Klappe, die zum Fressen geöffnet sein muss, die sich aber beim Schwimmen schließt, damit sie kein Wasser schlucken.«

»Das ist ja widerlich!« Lara wendete sich von dem schauerlichen Anblick ab.

Rick legte ihr einen Arm um die Schultern und steuerte das Boot in eine andere Richtung. »Aber so ist das Leben in freier Wildbahn, Lara. Auch dieser wundervolle Ort kann manchmal grausam sein.«

Lara wusste, dass er recht hatte, versuchte aber trotzdem, ihre Gedanken in eine andere Richtung zu lenken. »Ich fand es übrigens nett von dir, dass du Jerry auch für heute eingeladen hast«, sagte sie.

»Das Angebot war ernst gemeint. Trotzdem bin ich froh, dass er keine Zeit hatte«, lächelte Rick sie an.

Lara ging nicht weiter darauf ein, aber auch sie freute sich darüber. Es gefiel ihr, dass sie nur zu zweit waren und sich ein wenig besser kennenlernen konnten.

Inzwischen tuckerten sie an schattigen Bäumen entlang, die sich tief über das Wasser neigten. Noch hatte die Sonne ihren Höchststand nicht erreicht, aber es wurde schnell heißer, und der Schatten kam gerade recht. Rick stoppte den Motor und vertäute das Boot an einem dicken Ast.

»Wie wäre es mit einer Tasse Tee vor der ersten Angel-Lektion?«

»Eine fantastische Idee!«, freute sich Lara. Im Wasser spiegelten sich ein paar tote Bäume. Ihre weißlichen Stämme und die ausgeblichenen Äste hoben sich bizarr von der dichten grünen Vegetation dahinter ab. Rick zeigte Lara ein paar Eisvögel, die sich auf den Zweigen sonnten.

»Wieso sind diese Bäume eingegangen?«, wollte Lara wissen.

»Möglicherweise durch das Eindringen von Salzwasser in den Billabong. Das haben sie nicht überlebt.«

Nach einer Tasse Tee und einem Marmeladenbrot bestückte Rick seine Angel mit einem kleinen Fisch aus seiner Köderschachtel und begann mit dem Unterricht.

»Unter den überschwemmten Wurzeln und Ästen lauern mit

Sicherheit Barras auf Beute«, sagte er leise, während er ein Gewicht an die Angelschnur hängte. »Wir werfen die Angel aus und holen sie ganz langsam wieder ein. Das machen wir so lange, bis ein Barra anbeißt.« Er zeigte ihr die einzelnen Handgriffe und wie man verhinderte, dass die Angelschnur sich in den Wurzeln verhedderte. Dann war Lara an der Reihe.

»Wenn ein Barra anbeißt, spürst du es sofort. Das ruckt ganz ordentlich«, sagte Rick. »Er wird nämlich versuchen, abzuhauen.«

Aufgeregt und auch ein wenig nervös machte Lara sich ans Werk.

»Es ist nicht ganz einfach, einen Barra ins Boot zu holen, ohne dass die Schnur reißt, aber ich zeige dir, wie das geht, wenn einer angebissen hat.«

Lara warf die Angel aus und holte langsam die Schnur wieder ein, ehe sie sie erneut auswarf. Sie gab ihr Bestes, einen Barra anzulocken, rechnete aber nicht wirklich damit, einen zu fangen.

Plötzlich spürte Lara einen Ruck in der Rute und schrie auf. »Irgendetwas ist da gerade passiert, Rick. Ich habe es genau gespürt. Was soll ich jetzt machen?«

»Bleib ganz ruhig«, sagte Rick, der gerade einen weiteren Haken mit einem Fisch bestückte.

Entsetzt bemerkte Lara, dass ihre Spule sich jetzt abrollte. »Was passiert hier?«, quietschte sie.

»Wow«, staunte Rick und legte seine eigene Angel beiseite. »Das ist ein gutes Zeichen. Entweder hast du einen ziemlich fetten Barra oder vielleicht sogar einen Knochenzüngler am Haken.«

»Hilf mir, Rick!«, rief Lara. »Es fühlt sich an, als hätte ich Moby Dick an der Leine!«

Rick legte die Arme um Lara und zeigte ihr, wie sie die Spule aufrollen konnte, ohne dass die Schnur riss. Er zog zunächst an der Schnur, kurbelte an der Spule, lockerte dann die Spannung und begann wieder von vorn. Von seinen starken Armen umschlungen, fühlte Lara sich abgelenkt.

»Da hängt irgendetwas sehr Schweres am Haken«, flüsterte er

aufgeregt in ihr Haar. »Wie es aussieht, ist dein erster selbst gefangener Fisch ein ziemlich dicker Barra.«

Aufgeregt sah Lara zu, wie der Fisch langsam in Richtung Oberfläche kam. Als Rick ihn bis zum Bootsrumpf gezogen hatte, holte er ihn mithilfe eines Keschers aus dem Wasser. »Nun schau sich einer das an«, rief er voller Stolz. »Das ist vielleicht ein Mordskerl!« Er lachte glücklich und bemühte sich, das Netz, das kaum groß genug für den Fisch war, über die Reling zu hieven.

»Der ist ja wirklich riesig«, stellte Lara mit gemischten Gefühlen fest. Sie hielt die Stange des Keschers, während Rick den Haken aus dem Fischmaul entfernte und das Tier dann mit beiden Händen umklammerte. Der Fisch war glitschig und wand sich, doch es gelang ihm, ihn hochzuhalten. »Der wiegt mindestens fünfundzwanzig Pfund, vielleicht sogar dreißig«, erklärte er strahlend. »So viel zum Thema Anfängerglück!«

»Er ist … wunderschön.« Doch ihre Begeisterung hielt sich in Grenzen, als sie den Fisch betrachtete, der verzweifelt schnappte. Seine Flossen hatten eine ungewöhnliche Form, und sein Schwanz war golden. Er schien sie anzusehen und um sein Leben zu betteln.

»Was ist?«, fragte Rick, als er Laras trauriges Gesicht sah.

»Dieser arme Fisch lebt sicher schon viele Jahre«, sagte sie und stellte sich vor, wie er als winzige Brut ausgesehen haben mochte.

»Ich schätze ihn auf zwanzig Jahre oder mehr. Und du hast ihn heute gefangen.«

»Ich möchte nicht dafür verantwortlich sein, dass heute der letzte Tag seines Lebens ist.«

Rick starrte sie einen Moment lang stumm an. »Willst du, dass ich ihn wieder ins Wasser werfe? Eigentlich sollte er unser Mittagessen sein.«

Lara riss die Augen auf. »Mittagessen? Auf gar keinen Fall! Wirf ihn wieder ins Wasser. Bitte, Rick!«

Rick lächelte, und sein Blick wurde warm. »Du bist genau so schlimm wie ich mit meinen Enten«, sagte er und hielt den Barra über die Reling. »Bist du ganz sicher?«

Lara nickte. »Lass ihn frei.«

»Heute scheint sein Glückstag zu sein«, grinste Rick, während er den Fisch zurück ins Wasser fallen ließ. Gemeinsam sahen sie zu, wie er in die Freiheit davonschwamm.

»Danke«, flüsterte Lara und legte ihre Hand auf Ricks Arm. Sie war sehr erleichtert, dass er ihr die Sache nicht übelnahm. »Ich hätte diesen Fisch niemals essen können. Ich glaube, du verstehst das.«

Rick wandte ihr sein Gesicht zu. »Du weißt, dass ich es verstehe«, sagte er zärtlich und legte seine Hände auf ihre Schultern. »Aber es war trotzdem aufregend, ihn zu fangen, nicht wahr?«

Lara nickte. »Und noch besser fühlte es sich an, ihn wieder freizulassen«, erklärte sie. Sie schaute in seine warmen dunklen Augen, und ihr Herz begann heftig zu pochen. Sein zärtlicher Blick streifte ihre leicht geöffneten Lippen. Sie war sich sicher, dass er überlegte, sie zu küssen, und wünschte, er würde es tun.

»Ich hoffe, es macht dir nichts aus, noch einmal Marmeladenbrote zu essen«, sagte er lächelnd.

Lara schüttelte den Kopf. Sie war unfähig zu sprechen und wollte nicht, dass dieser Augenblick jemals vorüberging. Aber Rick nahm die Hände von ihren Schultern.

»Und bedeutet das jetzt, dass wir nie mehr miteinander fischen gehen?«, fragte er mit einem Lachen in der Stimme.

Lara blickte ihn an. »Nicht unbedingt. Aber ich glaube, ich sehe dir lieber dabei zu.«

»Muss ich dann alle Fische wieder hineinwerfen?«

»Mal sehen«, erklärte Lara mit einem kecken Grinsen.

An diesem Abend fühlte Lara sich zu unruhig, um zu lesen, und ging stattdessen in den Pub.

Gegen vier Uhr war sie nach Shady Camp zurückgekehrt, weil Rick vor Einbruch der Dunkelheit noch eine Krokodilfalle inspizieren wollte. Er hatte ihr jeden Winkel des Billabong gezeigt und war sogar ein Stück den Sampan Creek hinuntergefahren. Lara hatte jede Sekunde in seiner Gesellschaft genossen.

»Nun, wie war Ihr Tag?«, erkundigte sich Betty interessiert.

»Es war wundervoll«, schwärmte Lara. »Ich hatte ja keine Ahnung, wie groß und wie schön dieser Billabong ist.«

»Haben Sie auch geangelt?«, rief Colin.

»Und wie! Ich habe einen riesigen Barra gefangen.«

Monty lachte. »Was nennen Sie riesig? Alles, was weniger als zwanzig Pfund wiegt, wird hier in der Gegend als Kleinvieh abgetan.«

»Rick meinte, mein Barra hätte annähernd dreißig Pfund gewogen«, erzählte Lara stolz.

»Wow!«, entfuhr es Betty. »Nicht schlecht für einen ersten selbst gefangenen Fisch.«

»Ich bin gespannt, was Rex dazu sagt«, meinte Colin.

»Hat er gut geschmeckt?«, erkundigte sich Betty.

»Keine Ahnung!« Lara blickte in drei fragende Gesichter. »Ich habe Rick gebeten, ihn wieder ins Wasser zu werfen.«

»Wie bitte?« Monty starrte sie an. »Das ist eine Todsünde!«

»Der arme Kerl japste und hat bestimmt einige Jahre gebraucht, um so groß zu werden. Da war mir ein Marmeladenbrot als Mittagessen einfach lieber.«

»Ein Marmeladenbrot«, wiederholte Colin verwirrt.

»Oh mein Gott!«, seufzte Monty kopfschüttelnd. »Da ist wirklich Hopfen und Malz verloren.« Die beiden Männer wandten sich ab.

Es überraschte Lara keineswegs, dass man sie für verrückt hielt, doch sie bereute ihre Entscheidung nicht. »Sie verstehen es vielleicht nicht«, sagte sie zu Betty, »aber Rick hat es mir nicht krummgenommen.«

»Kümmern Sie sich nicht um die beiden«, erwiderte Betty. »Für die Männer hier in der Gegend ist Fischen geradezu eine Religion.«

»Ich fürchte, ich habe ihnen wieder einen Grund geliefert, sich über mich lustig zu machen.« Lara dachte an das Riesenkrokodil und die Witze über ihren Insektenspraygeruch.

Betty rückte ein Stück näher. »Finden Sie nicht auch, dass wir uns allmählich alle duzen sollten?«

Lara nickte zustimmend. Nur zu gern wollte sie sich ganz in die Dorfgemeinschaft integrieren. Die Männer nickten ihr freundlich zu und hoben ihr Glas in ihre Richtung.

»Mich interessiert jedenfalls brennend, ob es zwischen dir und dem schönen Krokodiljäger gefunkt hat«, fuhr Betty im Flüsterton fort.

»Ich glaube, er wollte mich küssen«, flüsterte Lara zurück.

»Und er hat es nicht getan?«

»Nein. Leider nicht. Ich hätte es mir gewünscht.«

Bettys Augen leuchteten auf, und Lara errötete. Selten hatte sie etwas derart Persönliches verraten, obwohl es der Wahrheit entsprach.

»Ich bin früher häufig mit potenziellen Verehrern ausgegangen«, gestand sie. »Meistens habe ich mich davor gefürchtet, dass sie mich küssen würden. Aber heute war es ganz anders. Rick ist nicht so wie die Männer, die ich bisher gekannt habe. Er macht mir nicht ununterbrochen Komplimente, dafür bringt er mich zum Lachen. Ich wünschte, er hätte mich geküsst.«

»Vielleicht beim nächsten Mal«, machte Betty ihr Mut.

»Du musst mich für ganz schön schamlos halten, so etwas zu sagen.«

»Wenn ich mit einem so gut aussehenden Mann hinausgefahren wäre, würde ich sicher genauso denken«, erklärte Betty augenzwinkernd. »Jetzt wissen wir also, dass ihr nicht herumgeknutscht habt. Was habt ihr dann den ganzen Tag getan?«

»Rick hat mir jeden Winkel des Billabong gezeigt. Irgendwann sind wir an einer sehr hübschen Stelle im Sampan Creek vor Anker gegangen und haben uns stundenlang über alle möglichen Themen unterhalten, angefangen bei unseren Familien und wie wir aufgewachsen sind. Rick ist ein fantastischer Zuhörer und erkennt in allem immer auch den positiven Aspekt – sogar in seiner Kriegsverletzung. Ich bewundere an ihm, dass er nicht verbittert ist, obwohl er sagt, dass es ihn gefühlsmäßig sehr mitgenommen hat.«

»Du scheinst von unserem Mr Marshall ja sehr angetan zu sein«, stellte Betty mit hochgezogenen Augenbrauen fest.

»Er ist einfach toll, Betty. Auch wenn ich mich auf den Tag freue, an dem alle Krokodile hier verschwunden sind, wird es mir nicht leichtfallen, Rick wieder ziehen zu lassen.«

»Und was ist mit Jerry? Magst du ihn auch?«

»Ich bewundere Jerry und finde ihn ebenfalls attraktiv, wenn auch auf ganz andere Weise. Aber er wirkt eigentlich immer, als fühle er sich unbehaglich, und dann bin auch ich sofort angespannt. Und wenn ich dann einmal einen Scherz mache, um ihn auf andere Gedanken zu bringen, versteht er ihn nicht.«

»So ist er eigentlich sonst nicht. Er war immer selbstbewusst, charmant und meistens auch ziemlich witzig, seit ich ihn kenne. Aber sobald du in der Nähe bist, verändert er sich. Ich wünschte, du könntest den wahren Jerry einmal kennenlernen.«

Lara ging nicht darauf ein. »Ich mag Männer, die selbstbewusst sind und nicht so tun, als ob«, sagte sie schließlich. »Rick ist immer er selbst, ob man es nun mag oder nicht. Aber ich habe keine Ahnung, was er für mich empfindet. Ich weiß nicht, ob er diese Anziehung ebenfalls spürt, und das finde ich anstrengend.«

»Ich kann mir keinen gesunden Mann vorstellen, der sich nicht von dir angezogen fühlt, Lara«, meinte Betty. »Darüber würde ich mir nun wirklich keine Sorgen machen.«

»Und warum hat er mich dann nicht geküsst?«, fragte Lara. Ihre Stimme war lauter geworden, und Colin und Monty wandten sich zu ihnen um. Lara war die Situation furchtbar peinlich.

»Wenn du willst, frage ich ihn«, bot Colin grinsend an.

»Das wirst du schön bleiben lassen, Colin Jeffries«, befahl Lara und stand auf. »Kein Wort zu ihm!«, warnte sie noch einmal, als sie den Pub verließ.

Colin und Monty lachten. Betty warf ihnen einen wütenden Blick zu und ging hinaus, um nach den Kindern zu sehen.

23

Ende September 1941

»Ich habe wunderbare Nachrichten, Jiana«, rief Lara aufgeregt. Ein wütendes Donnergrollen direkt über dem Dorf ließ sie zusammenzucken, doch sie wusste, dass es sich nur um eine leere Drohung handelte. Seit Wochen schon schoben sich jeden Nachmittag dunkle Gewitterwolken zusammen und versprachen Regen, der aber nie kam.

Lara hatte die junge Aborigine für den Nachmittag zu einem Treffen in die Schule gebeten, obwohl gerade Ferien waren. »Es hat zwar Wochen gedauert, aber jetzt ist es offiziell: Du bist die neue Referendarin in Shady Camp! Und vom nächsten Schuljahr an bekommst du ein Gehalt.«

Jiana starrte sie mit offenem Mund an. »Aber das ist ja schon nächste Woche!«

»Ganz genau. Ab dem kommenden Montag bist du offiziell Angestellte der Kultusbehörde.«

»Die Regierung will wirklich eine ›Schwarze‹ als Referendarin einstellen?«

»Ich wünschte, du würdest dich nicht immer selbst so sehen. Du bist eine junge Dame, und ja, sie haben zugestimmt, *dich* einzustellen – dich, eine Aborigine-Frau. Soweit ich weiß, bist du damit die erste Aborigine-Lehrerin im Northern Territory. Ist das nicht fantastisch?«

»Ich kann es einfach nicht glauben«, sagte Jiana.

»Doch, glaub es. Dein Antrag wurde heute Nachmittag in aller

Form angenommen.« Lara zeigte ihr zum Beweis die Papiere. »An zwei Tagen in der Woche musst du aufs College in die Stadt. Colin hat versprochen, dich zu fahren. Herzlichen Glückwunsch, *Miss Chinmurra.*« Lara schloss sie in die Arme. »Jetzt bist du ganz offiziell meine Assistentin.«

Lara freute sich. Jiana half nun schon seit mehr als zwei Monaten in der Schule und hatte sieben weitere eingeborene Schüler mitgebracht, darunter zwei Jungen, die bereits älter als zehn Jahre waren. Lara war ihr dafür sehr dankbar und freute sich nicht nur daran, dass ihre neuen Schüler lesen und schreiben lernten, sondern auch über deren zunehmendes Vertrauen. Ohne Jiana hätte sie ganz sicher nicht so viele Aborigine-Schüler gehabt.

Anfang August hatte sich Lara heimlich an die Behörde gewandt und um eine Referendarin gebeten. Da sie so viele Schüler vorzuweisen hatte und das Alter der Kinder breit gefächert war, wurde ihre Bitte positiv beschieden. Daraufhin schlug sie Jiana vor, eine Bewerbung einzureichen. Jiana war begeistert, und Lara half ihr beim Ausfüllen der Papiere. Natürlich wurde auch nach der Nationalität gefragt. Sie schrieben »Aboriginal« und warteten mit Spannung auf die Antwort.

Jiana hatte große Bedenken, insbesondere weil ihre Mutter ihr wiederholt sagte, dass die Regierung »den Schwarzen« – wie sie sich ausdrückte – niemals half. Lara schob die Bedenken beiseite und gab die Bewerbung persönlich in der Kultusbehörde ab. Ein Beamter prüfte die Papiere und musterte sie mit einem seltsamen Blick.

»Die Bewerberin ist eine Eingeborene?«, fragte er.

»Ja, das ist sie.«

»Ihnen ist hoffentlich bekannt, dass sie einige Tests bestehen muss«, fuhr er süffisant fort.

»Aber natürlich«, trumpfte Lara auf. »Bestimmen Sie Ort und Zeit – sie wird da sein.«

Zum festgesetzten Datum erschien eine sehr nervöse Jiana

zum Test, den sie überraschend einfach fand und mit Bravour meisterte. Trotzdem musste ihre Bewerbung noch genehmigt werden. Sie warteten zwei lange Wochen. Nichts geschah.

Lara begann nachzuforschen, ob Jiana überhaupt als Referendarin in Erwägung gezogen wurde. Als sie eine negative Antwort erhielt, wurde sie wütend und zog in den Kampf. Mehrfach fuhr sie in die Stadt und übte Druck auf die Behörde aus. Man wies sie mit allerlei Ausreden ab, warum es unmöglich sei, Jiana einzustellen, doch keines der Argumente war stichhaltig. Lara vermutete rassistische Beweggründe hinter der Entscheidung. Ein Teil des Problems lag auch darin begründet, dass man davor zurückschreckte, als erste Regierungsbehörde in Darwin eine Aborigine einzustellen. Nachdem Lara jede einzelne Ausrede hatte widerlegen können und es trotzdem nicht weiterging, drohte sie damit, an die Öffentlichkeit zu gehen und publik zu machen, dass die Regierung zwar die Kinder der Eingeborenen aus ihren Familien holte und sie zu assimilieren versuchte, ihnen dann aber nicht einmal die Chance gab, ihre Bildung später auch zu nutzen. Laras entschlossene Drohungen kamen genau zur rechten Zeit und waren von Erfolg gekrönt, da einige Abgeordnete kurz vor der Wiederwahl standen.

»Werde ich mit richtigem Geld bezahlt?«, fragte Jiana nun erstaunt.

»Natürlich! Zwar bekommen Referendare nicht gerade viel, aber die Bezahlung steigt mit jedem Jahr. Nach drei Jahren bist du eine fertig ausgebildete Lehrerin und erhältst das volle Gehalt.«

Jiana war außer sich vor Begeisterung. »Jetzt muss ich den alten Knacker hoffentlich doch nicht heiraten«, freute sie sich. Jianas Mutter drängte ihre Tochter immer heftiger, Willie Doonunga zu heiraten. Lara kannte Willie, und bei dem Gedanken, dass Jiana dem merkwürdigen Alten zur Frau gegeben werden sollte, wurde ihr fast schlecht. Sie hoffte, dass die Mutter diesen Wunsch nun, da Jiana als Lehrerin arbeiten würde, aufgab. Dabei wusste sie sehr wohl, dass Eigenständigkeit für eine Frau in Jianas Kultur keine Rolle spielte. Die Frauen der Aborigines konnten sich in jeder Hinsicht auf ihren Stamm verlassen. Aber jeder Stamm hatte seine eigenen Regeln und bestrafte diejenigen, die sie missachteten. Willie war ein angesehener Stammesältester und hatte seinerseits Druck auf Jiana ausgeübt, da Jianas Nein zu einer Ehe mit ihm zunehmend zu Ärger in der Gemeinschaft führte. Nun hoffte Lara, dass ein eigenes Einkommen Jiana zumindest mehr Zeit verschaffte.

»Nein, ich glaube nicht, dass du den alten ›Knacker‹ jetzt heiraten musst«, gab Lara lächelnd zurück. »Ab sofort hast du ein eigenes Einkommen und kannst deine eigenen Entscheidungen treffen. Du bist jetzt unabhängig«, versuchte sie, der jungen Frau Mut zuzusprechen. Sie hoffte wirklich, dass sich an der Situation jetzt einiges ändern würde.

Nachdem Jiana offiziell zur Referendarin ernannt worden war, verging die Zeit rasch. Der September ging in den Oktober über. Jeden Freitagnachmittag fuhr Lara mit Colin in die Stadt. Sie holten Jiana vom College ab und nahmen das wöchentliche Gehalt der beiden Lehrerinnen in Empfang. Lara freute sich jedes Mal an Jianas Glück und Stolz, wenn sie ihr Geld zählte. Das Selbstvertrauen der jungen Referendarin wuchs zusehends. Gleich mit ihrem ersten Gehalt erfüllte sie das Versprechen, dass sie sich mit ihrer Flucht von den Carltons gegeben hatte: Sie schickte das Geld zurück, das sie Mrs Carlton gestohlen hatte. Sie bat um Entschuldigung für ihre Tat und versuchte zu erklären, dass sie aus Verzweiflung und Heimweh gehandelt hatte. Außerdem bedankte sie sich bei Mrs Carlton für die Ausbildung und berichtete, was sie inzwischen erreicht hatte. Nachdem die Last der Schuld von ihr genommen war, fühlte sich Jiana, zum ersten Mal, seit man sie als Kind ihrer Familie fortgenommen hatte, wirklich frei, wie sie Lara verriet.

Seit ihrer Ankunft in Shady Camp hatte Lara zwei Briefe von

ihrem Vater erhalten. Weil er nicht gern schrieb, bedeuteten sie Lara umso mehr. Sie selbst schrieb ihm jede Woche und berichtete von ihren Fortschritten in der Schule. Auch von dem fast dreißig Pfund schweren Barra, den sie gefangen hatte, schrieb sie ihm. Sie wusste genau, dass er laut auflachen würde, wenn er las, dass sie den Fisch wieder ins Wasser geworfen hatte, ohne ihm eine Flosse zu krümmen.

Auch Rick erwähnte Lara in ihren Briefen. Sie berichtete, dass sie einen Krokodiljäger eingestellt habe, weil die Krokodile Kinder und Haustiere im Dorf bedrohten. Das Riesenkrokodil in ihrer Küche verschwieg sie ihm, obwohl sie sicher war, dass ihr Vater ihr jedes Wort glauben würde. Sie wollte vermeiden, dass er sich Sorgen machte. Zwar berichtete sie, dass Rick die Krokodile nicht erschoss, sondern umsiedelte, versuchte aber, möglichst nicht so zu klingen, als bewundere sie ihn dafür. Überhaupt bemühte sie sich um einen neutralen Ton, wenn es um Rick ging, denn noch wollte sie ihrem Vater nicht gestehen, dass sie sich in den jungen Mann verliebt hatte.

Sie verbrachte viel Zeit mit Rick, sie lachten oft und redeten über fast alles. Sie waren sich so nah, wie gute Freunde es nur sein konnten. Lara ahnte längst, dass er nicht nur geschwisterliche Gefühle für sie hegte, die Spannung zwischen ihnen war so gegenwärtig wie die hohe Luftfeuchtigkeit. Lara wusste, dass Rick beileibe nicht schüchtern war, und zerbrach sich den Kopf, warum er keine Anstalten machte, sie zu küssen. Ihre einzige Vermutung war, dass er Ehe und Familie grundsätzlich ablehnte, weil sie nicht zu seiner Art Leben passten. Es brach ihr zwar fast das Herz, aber es gab nichts, was sie dagegen hätte tun können.

Walter schrieb seiner Tochter, dass er noch immer für Lord Hornsby arbeitete, obwohl die Beziehung zu seinem Chef sehr gelitten hatte, und dass er weiterhin nach einer anderen Arbeit suchte. Er schrieb es nie ausführlich, aber zwischen den Zeilen konnte Lara lesen, dass er sie sehr vermisste und die Tage bis zu ihrer Rückkehr nach England zählte. Sie hoffte, dass er eines Tages ihre Einladung annehmen und sie in Shady Camp besuchen würde.

»Ich hätte nie gedacht, dass ich den Regen einmal so sehr vermissen würde«, sagte Lara eines Tages während einer nachmittäglichen Unterrichtsstunde zu Betty. Colin war unter Zuhilfenahme fadenscheiniger Ausreden bislang nicht ein einziges Mal aufgetaucht, aber Lara hatte entschieden, ihn nicht zu bedrängen. Betty hingegen war begeistert und machte große Fortschritte.

Seit Laras Ankunft in Darwin hatte es noch kein einziges Mal geregnet, und die schwülen Vorboten des Monsuns waren für alle schwer zu ertragen. »Ich fühle mich wie in einem Dampfkochtopf kurz vor der Explosion. Wenn der Regen endlich einsetzt, werde ich sofort hinausgehen und mich nassregnen lassen.«

»Wenn es so weit ist«, entgegnete Betty, »wirst du dir wünschen, dass es aufhört. Aber ich sehne mich auch nach Abkühlung.«

»Nicht umsonst nennt man den Oktober den Monat der Selbstmorde«, meinte Monty, als Lara sich über die feuchte Schwüle beklagte und zum wiederholten Male um Eiswürfel bat.

»Monat der Selbstmorde?«, wiederholte Lara schockiert.

»Ja, die schwüle Hitze macht die Leute völlig verrückt«, erklärte Monty.

»Dich nicht«, witzelte Betty. »Du trinkst einfach nur mehr.«

»Auf diese Weise werde ich besser damit fertig«, redete Monty sich heraus. »Wenn ich betrunken bin, stört mich nichts mehr.«

Betty rollte mit den Augen. »Jetzt verstehe ich, warum dich überhaupt nie etwas stört.«

Monty und die Männer hatten angefangen, ihre freie Zeit in dem inzwischen fertiggestellten Luftschutzraum zu verbringen. Boden und Wände bestanden aus Lehm, für das Dach hatten sie Holzbalken verlegt. Weil der größte Teil des Bauwerks unterirdisch lag, war es dort erstaunlich kühl. So kühl, dass Monty Tische und Stühle hineingestellt und eine Bar daraus gemacht hatte, die er *The Shady Camp Underground Cavern* nannte. Seit Neuestem schlief er dort auch.

Was die Kenntnisse in Bautechnik betraf, so traute Betty weder ihrem Mann noch Monty über den Weg und hatte ihren Kindern verboten, den Luftschutzraum zu betreten.

»Ich habe Angst, dass das Ding zusammenbricht«, sagte sie zu Colin und bezweifelte auch, dass der Raum in der Regenzeit wirklich wasserdicht war.

»Wenn er nicht sicher wäre, würden wir nicht so viel Zeit dort verbringen«, widersprach Colin.

»Du würdest deine Zeit auch damit verbringen, zwischen Krokodilen herumzuschwimmen, wenn du dich damit vor der Arbeit drücken könntest«, gab Betty zurück.

Die einzigen Arbeiten, die Colin regelmäßig übernahm, waren das Abholen von Ware aus der Stadt und das Entladen im Dorf. Die restliche Zeit verbrachte er mit Monty im Pub. Allerdings schien es ihm nichts auszumachen, Jiana regelmäßig ins College zu fahren und dort auch wieder abzuholen. Betty hasste sich für ihren Anflug von Eifersucht, konnte sich aber nicht dagegen wehren. Jiana war jung, schlank und attraktiv, und Betty fiel auf, dass Colin ständig über sie sprach, seit sie häufiger Zeit miteinander verbrachten. Nach vier Kindern hatte Betty die Hoffnung aufgegeben, je wieder eine schlanke Taille zu bekommen, und sie war zu abgearbeitet und erschöpft, um sich Gedanken um ihr Aussehen zu machen. Hinzu kam, dass Colin es nie für nötig hielt, ihr ein Kompliment zu machen oder sich auch nur zu bedanken. Immer öfter musste Betty an ihre Familie in Tasmanien denken. Vor allem, seit im Dorf kein Hehl mehr aus der Bedrohung durch die Japaner gemacht wurde.

Gegen Ende einer für Betty alles andere als angenehmen Woche betrat Rick eines Nachmittags den Laden. Er hatte seine neue Krokodilfalle gebaut, und im Pub sprach man über nichts anderes mehr. Weil die Falle um einiges größer war als das frühere Exemplar, gingen die Männer davon aus, dass Rick Lara die Geschichte vom Riesenkrokodil glaubte. Allerdings bestätigte er die allgemeinen Vermutungen mit keinem Wort, was die männliche Dorfbevölkerung außerordentlich enttäuschte. Das wiederum enttäuschte Betty, denn sie interessierte sich brennend dafür, ob Rick romantische Gefühle für Lara hegte. Als Rick nun eintrat, um das für seine Falle georderte Fleisch abzuholen, fand Betty, dass er in Bezug auf seine Gefühle für Lara lange genug um den heißen Brei geschlichen war.

Dass Lara in Rick verliebt war, merkte vermutlich jeder – auch wenn sie nie darüber sprach. Betty verstand ihre Haltung nur allzu gut, denn immerhin hatte Rick sie bisher weder geküsst noch anderweitig Andeutungen gemacht. Er war freundlich zu ihr, half ihr, wo er konnte, und brachte sie oft zum Lachen. Aber von Romantik war keine Spur zu sehen! Betty entschied, dass der junge Mann einen kleinen Schubs brauchte, was allerdings einiges an Raffinesse erforderte. Die jedoch war leider nicht gerade ihre Stärke.

Sie reichte Rick das große Stück Rindfleisch, das er bestellt hatte. »Es war nicht im Kühlschrank, ganz wie du wolltest«, sagte sie. »Ich bin heilfroh, dass du es endlich abholst.« Das Fleisch war in eine zur Käseaufbewahrung gedachte Stofftasche verpackt, die dem strengen Geruch keinen Einhalt gebieten konnte. »Die Tasche kannst du irgendwo vergraben, wenn du sie nicht mehr brauchst. Ich will sie nicht zurück.«

»Danke, Betty. Krokodile lieben das Fleisch eben sehr gut abgehangen«, grinste Rick.

»Du bist ja jetzt schon viele Wochen hier im Dorf«, fuhr Betty fort. »Eigentlich müsstest du die meisten Krokodile doch inzwischen umgesiedelt haben.«

»Stimmt. Ich bin aber noch hinter einem ganz bestimmten Tier her, das sich als besonders widerspenstig erweist. Vielleicht klappt es ja damit.« Er zeigte auf das Stück Rindfleisch, bezahlte und wandte sich zum Gehen.

Doch so schnell ließ sich Betty nicht abspeisen. »Wenn du das Krokodil gefangen hast, ziehst du dann weiter?«

»Ich habe es nicht besonders eilig, Shady Camp zu verlassen.«

»Ach ja?«, fragte sie erfreut. »Und warum nicht?«

»Bei meiner Kundschaft hat sich längst herumgesprochen, dass ich von hier aus Angeltouren veranstalte. Es könnte also durchaus sein, dass ich noch ein wenig bleibe. Das macht dir doch hoffentlich nichts aus?«

»Aber nein, überhaupt nicht«, log Betty enttäuscht, denn sie hatte auf einen sehr viel romantischeren Grund gehofft. »Die Angler kommen ins Dorf, geben hier Geld aus und gehen in den Pub. Genau genommen bist du wirklich gut fürs Geschäft.«

»Das freut mich«, erwiderte Rick. »Ihr wart auch alle sehr freundlich zu mir.«

»Wir haben dich gern hier bei uns. Und du warst auch immer eine angenehme Gesellschaft für Lara. Genau wie Jerry. Für eine so hübsche junge Frau wie Lara bietet das Dorf nicht gerade viel Abwechslung.«

»Ich glaube, ihr gefällt es ganz gut hier. Ich weiß, dass ihr die Herausforderung, die Schule wieder auf Vordermann zu bringen, sehr viel Freude macht.«

»Den Eindruck habe ich auch. Außerdem glaube ich, dass es zwischen Lara und Jerry gefunkt hat. Ist dir das nicht auch aufgefallen?«

»Nein, eigentlich nicht.«

»Also, mir schon. Und auch einigen der anderen Frauen.«

»Lara ist wirklich toll. Eine ganz besondere Frau.«

»Das würde Jerry sofort unterschreiben. Ich weiß von ihm selbst, dass er sich von Lara sehr angezogen fühlt, und würde mich nicht wundern, wenn in Shady Camp bald die Hochzeitsglocken läuteten.«

Rick warf Betty einen ausdruckslosen Blick zu. Er wirkte so entspannt, als wäre ihm die Vorstellung völlig egal.

Betty ärgerte sich über seine Reaktion. Ihr gefiel nicht, dass er

Laras Freundschaft als Selbstverständlichkeit hinnahm, und sie beschloss, noch einen draufzusetzen. »Normalerweise irre ich mich in solchen Dingen nie.«

»Hat Jerry gesagt, dass er Lara einen Antrag machen will?«

»Nicht ausdrücklich, aber ich habe zufällig gehört, wie er sich bei einer der Frauen nach einem guten Juwelier in der Stadt erkundigte. Sicher ist er auf der Suche nach einem Verlobungsring.«

»Nicht unbedingt. Vielleicht hat er auch einfach nur Konversation betrieben«, meinte Rick lässig.

Bettys Ärger wuchs. »Das glaube ich nicht. Ich kenne Jerry schon sehr lange und bin sicher, dass er sehr in Lara verliebt ist. Es ist nur noch eine Frage der Zeit, bis auch sie es bemerkt und feststellt, dass er ein guter Fang ist.«

»Jerry ist ein netter Kerl, aber ich glaube nicht, dass Lara etwas für ihn empfindet, Betty. Immerhin gehören zwei dazu, um romantische Gefühle zu entwickeln.«

»Da gebe ich dir recht«, nickte Betty und überlegte, warum Rick diese Erkenntnis nicht auf sich selbst und Lara bezog. »Und ich bin sicher, dass es auf Jerry und Lara zutrifft«, erklärte sie auf eine Art, die Rick glauben machen sollte, dass sie gut informiert war.

»Ich denke, du irrst dich, Betty«, sagte Rick. Zum ersten Mal lag ein Hauch Unsicherheit in seiner Stimme.

Betty hob eine Augenbraue, antwortete aber nicht. Ihre Reaktion hatte die gewünschte Wirkung.

»Hat sie denn etwas gesagt?«

»Sie sagt, dass sie Jerry sehr gern hat«, behauptete Betty, was tatsächlich nur geringfügig übertrieben war.

»Das bedeutet nicht viel.«

»Es geht auch mehr darum, *wie* sie es gesagt hat. Sie sagt auch, dass sie sein Engagement für Menschen mag, und ich weiß, wie wichtig ihr das ist. Lass uns einfach abwarten, was passiert. Ich bin jedenfalls ziemlich sicher, dass Jerry etwas sehr Romantisches vorhat. Vielleicht ist es der Heiratsantrag, von dem ich gesprochen habe. Aber sag Lara bitte nichts davon. Wir wollen ihr die Überraschung schließlich nicht verderben.«

»Natürlich nicht«, versprach Rick. Er verließ den Laden mit sehr nachdenklichem Gesicht.

Betty lächelte. Jetzt hat er etwas, über das er grübeln kann, dachte sie.

24

Oktober 1941

Nachdem die Kinder um halb drei nach Hause gegangen waren, brühte Lara eine Tasse Tee auf. Nachmittags lag die Rückseite des Pfarrhauses im Schatten der Teebäume rings um die Lichtung. Außerdem stand nicht weit von der Hintertür entfernt ein großer Baobab. Es war ein angenehmes Plätzchen, um draußen zu sitzen und die Diktate der Kinder zu korrigieren. Wenn eine Brise aufkam, raschelten die Blätter wie federleichte Windspiele – ein Geräusch, das zusammen mit der Sinfonie aus Vogelstimmen und dem Quaken der Frösche sehr beruhigend wirkte. An diesem Tag allerdings wehte kein Wind. Auch alle Vögel und sogar die Gänse und Enten waren verstummt. Die Luft fühlte sich erdrückend still und brütend heiß an. Mehr denn je wünschte sich Lara, sie könnte kurz in die erfrischenden Fluten des Billabong eintauchen.

Lara blätterte die Diktate durch und bemerkte mit einem gewissen Stolz, wie viel sie in dieser kurzen Zeit schon erreicht hatte. Nicht nur, dass die Kinder beeindruckende Fortschritte gemacht hatten, sie entwickelten auch Spaß am Lernen – und es gab wohl nichts, was einem Lehrer größere Freude bereitete. Gerade heute war Joyce zu Besuch gewesen und hatte etwas zum Thema Pflanzen erzählt. Das anfänglich äußerst geringe Interesse der Kinder war schnell in Begeisterung umgeschlagen, als Joyce ihnen Ableger zur Verfügung stellte, welche sie eigenhändig einpflanzen durften. Als Joyce dann auch noch einen Preis auslobte für die Pflanze, die am besten wuchs, machten sich alle eifrig ans Werk.

Joyce versprach, einen Monat lang einmal pro Woche vorbeizuschauen, um die Fortschritte zu begutachten. Lara war das Gefühl nicht losgeworden, dass die Unterrichtsstunde Joyce ebenso viel Spaß bereitet hatte wie den Schülern.

Jiana war mit den Kindern der Aborigines in die Siedlung zurückgekehrt. Der Gedanke an ihre Referendarin stimmte Lara fröhlich. Jiana hatte sich als sehr zielstrebig erwiesen und machte mit ihrem deutlich gestiegenen Selbstwertgefühl gerade den Aborigine-Schülern viel Mut. Vor allem die älteren Kinder sahen sie als Vorbild. Jiana führte ihnen als lebender Beweis vor Augen, dass man einer düsteren Zukunft ohne große Hoffnung auf Besserung durchaus entkommen konnte. Schon öfter hatte Lara die Eltern der eingeborenen Schüler in der Nähe der Schule bemerkt und beobachtet, wie sie sich die Nasen an den Fenstern plattdrückten. Zunächst aus Neugier, die sich allerdings schnell in Achtung verwandelte, als sie erkannten, was ihre Kinder leisteten. Der Stolz, den die Eltern ihren Kindern entgegenbrachten, vermittelte Lara ein positives Gefühl. Ihre Verbannung nach Australien war zwar als Bestrafung gedacht, aber hier konnte sie in den zwei Jahren wirklich viel verändern.

Rick saß auf seinem Schiffsdeck, putzte Fisch und verfütterte die Abfälle an zwei junge Pelikane, die sich seit einiger Zeit regelmäßig am Billabong einfanden. Wenn Lara den Kopf hob, konnte sie ihn sehen, und da sein Blick ebenfalls immer wieder zu ihr hinüberwanderte, trafen sich ihre Blicke. Rick winkte und lächelte. Sie erwiderte seinen Gruß, ehe er sich wieder seinem Fisch widmete und Lara Fehler in den Diktaten markierte. Insgeheim wünschte sie sich, dass es zwischen ihnen anders liefe.

»Guten Tag, Lara.« Jerry kam um das Pfarrhaus herum.

Lara fuhr zusammen. »Jerry!«, rief sie. Ihr fiel auf, wie müde der Arzt aussah, und sie dachte daran, wie viele Patienten er zu betreuen hatte.

»Arbeitest du?«, erkundigte er sich.

Lara fragte sich, ob er sie erneut zum Dinner ausführen wollte.

Vielleicht sollte sie dieses Mal zusagen, anstatt Rick anzuschmachten, der offenbar nicht mehr als eine gute Freundin in ihr sah. »Ich korrigiere gerade Diktate. Besuchst du Patienten im Dorf?«

»Ich kam gerade vorbei und wollte wissen, ob mich hier zufällig gerade jemand braucht. Ich habe nach Rizza und Billy gesehen, ihnen geht es sehr gut. Charlie hat sich beim Abstieg in Montys Luftschutzraum den Knöchel verknackst, ansonsten sind im Dorf alle gesund und munter. Und wie geht es dir?«

»Abgesehen davon, dass ich mich nach Regen sehne, könnte es gar nicht besser sein. Von Charlies Sturz in Montys *Underground Cavern* habe ich gehört«, grinste Lara.

»So nennt er das Ding also?« Jerry setzte sich an den Tisch.

»Ja, es hat bei den Herren der Schöpfung als Zweigniederlassung des Pubs für Furore gesorgt, weil es dort unten so schön kühl ist. Ich habe gehört, dass Kiwi bei Charlies Sturz beinahe von der Schulter seines Herrn gepurzelt wäre, er sich in sein Ohrläppchen verbissen und damit eine ziemliche Schweinerei angerichtet hat. Betty hat erzählt, dass überall Blut war.«

»Aha! Ich hatte mich schon gefragt, woher die schorfige Stelle an seinem Ohr stammt. Aber er hat meine Besorgnis einfach abgetan. Wenn ich jetzt darüber nachdenke, sah er dabei ziemlich verlegen aus.« Jerry musste lachen. Zum ersten Mal, seit Lara ihn auf ihrem Küchenfußboden kennengelernt hatte, erlebte sie den Arzt so unbeschwert. Seine gute Laune sorgte dafür, dass auch sie sich entspannte.

»Man muss sich nur die Palette an Ausdrücken vorstellen, die Kiwi in dieser Situation wahrscheinlich ausgestoßen hat«, kicherte sie.

»Nicht nur das. Ich nehme an, dass er von Charlie gleich noch ein paar dazugelernt hat. Ein Papageienbiss ins Ohr muss höllisch wehtun!«

Obwohl ihnen Charlie natürlich leidtat, mussten beide laut lachen.

Jerry blieb noch eine Viertelstunde. Lara fühlte sich in seiner Gegenwart wohl, sie lachten viel und waren beide deutlich entspannter als jemals zuvor. Dann wollte Jerry der *Underground Cavern* einen Besuch abstatten. Sie verabredeten sich gegen vier auf einen Drink im Pub.

Lara beendete ihre Korrekturen und ging ins Haus. Als sie die Diktate gerade in die Schublade ihres Pultes im Klassenzimmer legen wollte, hörte sie draußen ein lautes Donnergrollen, das sie gleich als weiteres leeres Versprechen auf Regen abtat. Sie ging ins Pfarrhaus und schenkte sich ein Glas Wasser ein. Sie wollte vor dem Treffen mit Jerry noch duschen.

Plötzlich brach draußen die Hölle los. Zum Donner gesellte sich ein ohrenbetäubendes Trommeln auf dem Blechdach. Erschrocken warf Lara einen Blick aus dem Küchenfenster: Vom hochgezogenen Dach des Pfarrhauses strömten wahre Sturzbäche!

»Es regnet!«, rief sie aufgeregt und hätte nur zu gerne ihre Freude mit jemandem geteilt. Endlich regnete es! Ungläubig starrte sie aus dem Fenster. Die Oberfläche des Billabong wurde von riesigen, schnurgerade herabprasselnden Tropfen aufgewühlt. So etwas hatte sie noch nie gesehen. Der Regen klatschte geradezu auf die Decks der am Anleger vertäuten Boote. Plötzlich kam ihr der Gedanke, dass dies möglicherweise die Vorboten eines Zyklons sein könnten und mit ihm die Geschichten von massiver Zerstörung, die man ihr erzählt hatte. Bestand wohl Anlass zur Sorge? Andererseits wehte draußen kein Wind, es gab nur diesen herrlichen Regen, nach dem sie sich so lange gesehnt hatte.

Lara lief zur Hintertür und beobachtete, wie die Wassermassen wie eine Wand vom Dach stürzten. Wäre das Gelände nicht ein wenig abschüssig gewesen, stünde ihre Küche bereits jetzt unter Wasser. Sie streifte die Sandalen ab, trat hinaus in den Regen und wandte ihr Gesicht zum Himmel. So lange hatte sie auf Regen gewartet! Es fühlte sich wundervoll an, wie die Tropfen auf ihrem Gesicht zerplatzten. Barfuß lief sie weiter, umrundete die Kirche und trat selig lachend in die Mitte der Lichtung. Innerhalb von

Sekunden war ihr Kleid ganz und gar durchnässt und klebte wie eine zweite Haut an ihrem Körper, doch es fühlte sich keineswegs unbehaglich, sondern fantastisch kühl an. Zum ersten Mal seit ihrer Ankunft im Territory fühlte sie sich tatsächlich angenehm abgekühlt.

Mit erhobenen Armen und zum Himmel gewandtem Gesicht feierte Lara das herrlich kühle Regengefühl. Fröhlich lachend tanzte sie auf der Stelle. Ihr Haar triefte. In ihren Wimpern hingen kleine Tropfen. Sie streckte die Zunge hinaus und kostete das süße Nass. Der Boden unter ihren Füßen weichte auf. Sie grub ihre Zehen in den Matsch und genoss das befreiende Gefühl, ganz mit der Erde verbunden zu sein. Sie gluckste wie ein fröhliches Kind und sprang in die Pfützen, dass das Wasser hoch aufspritzte. Am liebsten hätte sie sich über den Boden gerollt.

Plötzlich bemerkte sie, dass Rick vor ihr stand. »Ist der Regen nicht herrlich, Rick?«, rief sie übermütig. Auch er war von Kopf bis Fuß durchnässt. Sein Hemd klebte am Oberkörper, und aus seinen Haaren rann Wasser über sein Gesicht.

»Liebst du Jerry Quinlan?«, fragte er nur.

»Wie bitte? Wieso fragst du?«

»Liebst du ihn?«

»Nein, natürlich nicht«, antwortete Lara verstört. »Ich mag ihn, aber …« Sie brach gerade noch rechtzeitig ab, ehe ihr ein *Ich liebe dich* entfahren konnte.

Rick runzelte die Stirn. »Ich will nicht mehr für dich arbeiten«, erklärte er sehr ernst.

»Was?« Lara ließ die Arme sinken und fragte sich, was mit dem fröhlichen Rick geschehen war, der sie immer zum Lachen brachte. Der Mann, der hier vor ihr stand, war ihr unbekannt.

»Ich arbeite nicht mehr für dich. Ich will nicht mehr dein Angestellter sein.«

Perplex musterte sie den Krokodiljäger. Die Situation kam ihr erschreckend unwirklich vor. »Und … und was ist mit dem Riesenkrokodil? Das hast du doch noch nicht gefangen.«

»Ich habe immer noch vor, es einzufangen. Aber ich will nicht, dass du mich dafür bezahlst.«

»Das wäre nicht fair«, widersprach Lara. Rick nahm ohnehin schon sehr wenig Geld für seine Arbeit.

»Du bist ab sofort nicht mehr mein Boss. Ist das klar?«

Lara fragte sich, warum er sich so anders verhielt als sonst und ob es etwas mit Jerry zu tun hatte. »Habe ich dich irgendwie gekränkt? Oder hat Jerry es getan?«

»Nein. Ich möchte nur nicht mehr für dich arbeiten. Hast du das verstanden, Lara?«

»Wie du meinst«, sagte sie bestürzt. »Trotzdem verstehe ich nicht, was sich plötzlich geändert hat.«

»Alles!« Rick trat sehr dicht an sie heran, nahm ihr nasses Gesicht in beide Hände und blickte ihr tief in die Augen. Aber statt der erwarteten Wut sah Lara nichts als eine tiefe, bewegende Zärtlichkeit.

Sie spürte seine Leidenschaft und legte ihre Hände auf seine, obwohl sie nicht verstand, was in ihm vorging.

»Mein Gott, wie schön du doch bist«, flüsterte Rick heiser.

Lara brachte kein Wort hervor. Nie zuvor hatte er etwas Ähnliches zu ihr gesagt. Ungläubig blickte sie in seine dunklen Augen, und ehe sie sich versah, schloss er sie fest in seine Arme und berührte ihren Mund sanft mit seinen Lippen. Der Moment, den sie so sehr herbeigesehnt und auf den sie so lange gewartet hatte, war endlich da. Und das Gefühl, das sie dabei empfand, war noch viel schöner, als sie es sich je erhofft hatte. Selig gab sie sich seinen starken Armen hin.

Betty rannte auf der Suche nach Colin zum Pub hinüber. Das Dach des Dorfladens hatte ein Leck genau über der Ladentheke. Zwar hatte sie einen Eimer aufgestellt, aber der Regen prasselte so heftig, dass sie ihn ständig leeren musste. Colin musste das Loch flicken, ehe weiterer Schaden entstand.

»Natürlich ist er wieder nicht da«, brummte sie verärgert, als sie die Bar leer vorfand. »Er ist nie da, wenn man ihn braucht.« Jetzt musste sie ihn auch noch aus dem Luftschutzkeller holen. Bei diesem Regen!

Sie blickte aus dem Fenster und sah Lara und Rick in einiger Entfernung auf der Lichtung stehen. In diesem Moment hörte sie Montys und Colins Stimmen durch die Hintertür. Sie beratschlagten lautstark, was man gegen das in den Luftschutzraum eindringende Wasser unternehmen konnte. Betty aber war von dem, was dort draußen passierte, so fasziniert, dass sie sich nicht einmal umdrehte, als sie den Raum betraten.

»Nun seht euch das an«, murmelte sie vor sich hin. Sie lächelte zufrieden und beglückwünschte sich im Stillen dafür, Rick ein wenig auf die Sprünge geholfen zu haben.

»Regen? Habe ich schon gesehen«, knurrte Colin. Er hasste die Monsunzeit, wenn nichts richtig trocken wurde und draußen alles matschig war.

»Doch nicht der Regen«, fauchte Betty ungeduldig. »Schau doch mal da rüber. Da sind Lara und Rick.«

»Was tun sie denn dort draußen? Wenn sie nicht aufpassen, werden sie noch vom Blitz erschlagen.«

»Was glaubst du wohl, was sie da tun?«, zischte Betty. »Rick küsst sie.«

»Oh«, meinte Colin, »das wurde aber auch Zeit. Sie haben sich allerdings einen seltsamen Ort dafür ausgesucht.«

Betty seufzte frustriert auf. »Ich halte es für ausgesprochen romantisch.«

»Was ist romantisch daran, sich im Regen zu küssen?«, fragte Colin und setzte sich an die Bar.

»Dass du das nicht weißt, überrascht mich keineswegs«, schmollte Betty.

»Na, irgendwann wird auch Colin mal romantisch gewesen sein, oder?«, mischte Monty sich ein.

»Klar war ich das«, gab Colin empört zurück. »Immerhin haben wir vier Kinder.«

»Ehrlich gesagt habe ich keine Ahnung, wie das passieren konnte«, murmelte Betty.

»Armer Jerry«, seufzte Monty.

»Warum sagst du das?«, wollte Betty wissen.

»Weil Lara sich eigentlich heute Nachmittag mit ihm hier treffen wollte. Ich glaube, er wollte es nochmal probieren.«

»Laras Herz schlägt schon seit einiger Zeit für Rick«, sagte Betty. Dann wandte sie sich wieder an Colin. »Und jetzt mach, dass du nach Hause kommst, das Dach ist undicht, und wenn wir nicht aufpassen, ist der Laden in null Komma nix vollgelaufen.« Entschlossen wandte sie sich in Richtung Tür – und stand vor Jerry. Der junge Arzt stand wie vom Donner gerührt da und betrachtete das Paar, das sich noch immer in den Armen hielt. Vermutlich hatte er jedes Wort mitbekommen. Er hatte Charlie beim Erklimmen der Stufen des Luftschutzkellers geholfen, deshalb war er erst später in die Bar gekommen.

»Es tut mir so leid, Jerry«, flüsterte Betty.

»Aus dem Drink mit Lara wird wohl heute nichts«, stellte Jerry verbittert fest und verließ das Hotel.

Betty sah seinem Auto nach. »Wenn zwei Männer dieselbe Frau lieben, endet es für einen mit einem gebrochenen Herzen«, sagte sie.

Irgendwann löste Rick seine Lippen von Lara. Aber er hielt sie weiter so fest umschlungen, als wolle er sie nie mehr gehen lassen.

»Auf diesen Kuss zu warten hat sich wirklich gelohnt«, flüsterte Lara atemlos. »Trotzdem würde mich interessieren, warum es so lange gedauert hat.« Zwar war sie auch früher schon geküsst worden, aber noch nie im strömenden Regen und noch nie von einem Mann, den sie wirklich liebte.

»Schon tausendmal hätte ich dich gern geküsst«, gab Rick mit dem ihm typischen, frechen Grinsen zu. »Schon seit ich dich zum ersten Mal auf meinem Boot mitgenommen habe. Und noch nie ist es mir so schwergefallen, mich bei etwas zurückzuhalten.«

»Und ich habe mir schon tausendmal gewünscht, du würdest mich küssen«, entgegnete Lara. »Warum hast du es nie getan? Hast du wirklich geglaubt, dass ich Jerry liebe?«

»Bis heute habe ich ehrlich gesagt nie genauer darüber nachgedacht, was zugegebenermaßen arrogant war. Aber du hast mich für meine Arbeit bezahlt. Ich hatte einen Job zu erledigen, zu dem ganz bestimmt nicht gehörte, meinen Chef auszunutzen. Es wäre nicht richtig gewesen.«

»Und warum hast du nichts gesagt? Ich hätte dich schon vor Wochen gefeuert und mich mit den Krokodilen arrangiert. Überleg doch mal, wie viele Küsse wir versäumt haben!«

»Ich verspreche dir, jeden einzelnen nachzuholen«, sagte Rick und drückte ihr einen Kuss auf die Nasenspitze.

»Dann solltest du jetzt sofort damit anfangen«, meinte Lara keck.

»Genau das hatte ich vor«, sagte Rick und widmete sich wieder ihren Lippen.

25

19. Februar 1942

»Ich hoffe natürlich, dass ihr euer Gehalt ausgezahlt bekommt, aber ehrlich gesagt bezweifele ich, dass heute jemand im Büro ist«, sagte Colin zu Lara und Jiana auf dem Weg in die Stadt. Als wäre sein Fahrstil nicht für sich allein schon haarsträubend genug, wich er halsbrecherisch dem nächsten wassergefüllten Schlagloch auf dem Arnhem Highway aus. Das Auto schlingerte zur Seite und rammte fast einen Baum.

»Pass doch auf, Colin«, schimpfte Lara. Sie hielt Colins Fahrweise für gefährlicher als einen Angriff der Japaner. Die arme Jiana schlidderte samt dem Müll auf dem Rücksitz hin und her. Auf diese Weise wurden die hundertdreißig Kilometer bis Darwin zum Abenteuertrip.

Lara wusste, dass sich Colins Bemerkung auf die Tatsache bezog, dass Singapur nur wenige Tage zuvor an die Japaner gefallen war. Colin vermutete, dass man die wenigen Zivilisten, die noch in Darwin geblieben waren, inzwischen evakuiert hatte. Als die Japaner im Dezember des Vorjahres Pearl Harbour bombardiert hatten, waren zwar alle Australier schockiert gewesen, trotzdem schien der Krieg noch immer in weiter Ferne zu sein. Inzwischen war Singapur erobert, und damit befand sich der Feind in Reichweite. Jetzt hatten plötzlich alle Angst, und auch in Shady Camp wurde über nichts anderes mehr gesprochen.

Vor allem Betty regte sich häufig auf und machte sich große Sorgen. Zwar war sie schon seit einiger Zeit nicht mehr richtig glücklich, außerdem machte ihr die Hitze zunehmend zu schaffen, aber mit den Japanern im Nacken hielt sie es mit jedem Tag für wichtiger, die Kinder nach Tasmanien zu bringen. Colin war zwiegespalten, denn einerseits wäre er gern in Shady Camp geblieben, andererseits wollte er seine Familie nicht verlieren. Betty hatte ihm angedroht, im Zweifel auch allein zu gehen.

Alle Schulen in der Stadt und auch Jianas College hatten nach der Schließung über die Weihnachtsferien im neuen Jahr nicht wieder geöffnet, weil sowohl Lehrer als auch Schüler in die Sicherheit der Städte im Süden des Kontinents geflohen waren. In der Kultusbehörde hielt nur noch eine Notbesetzung das tägliche Geschäft aufrecht, sodass die Frauen ihr Gehalt abholen konnten.

»Nun, vielleicht ist ja heute jemand da«, sagte Lara. Sie hatte ebenfalls überlegt, sich evakuieren zu lassen, vielleicht war es in einem solchen Fall sogar möglich, nach England zurückzukehren, ohne die drohende Gefängnisstrafe absitzen zu müssen. Aber alle Bewohner von Shady Camp blieben im Ort, weil sie glaubten, weit genug entfernt von der Stadt und im Sumpf fast verborgen zu sein. Der Entschluss der Dorfbewohner sowie die Tatsache, dass auch Rick bleiben wollte, hatten Laras Entscheidung beeinflusst. Sie blieb.

»Glaubst du, dass du noch irgendwo Nachschub für den Laden bekommst?«, fragte Jiana vom Rücksitz. Sie rutschte unruhig herum, als wäre ihre Position unbequem, und plötzlich sah Lara aus dem Augenwinkel, dass sie eine Angelspule aus dem Auto warf. Zum Glück hatte Colin es nicht bemerkt, sein Blick war konzentriert auf die Straße gerichtet. »Schon letzte Woche hast du festgestellt, dass es kaum noch Proviant gab«, fügte Jiana hinzu, als sei nichts geschehen.

»Irgendetwas werde ich schon bekommen«, erklärte Colin. »Natürlich weiß ich, dass alles, was aus dem Süden hergeschickt wird, bei unseren Truppen landet, die am Behelfsflughafen in Batchelor lagern. Aber ich finde das richtig.« Die kleine Stadt war früher eine Aborigine-Siedlung gewesen, lag aber strategisch günstig.

Daher hatte die australische Armee an diesen Ort einen Flugplatz samt Feldlager für ihre eigenen Soldaten und für die Soldaten der amerikanischen Airforce gebaut. »Sie brauchen die Sachen sicher nötiger als wir. Wir können unser Essen immer noch aus dem Busch und dem Billabong besorgen. Krokodilfleisch schmeckt gar nicht übel. Ich muss allerdings Ausschau nach einem Pub halten, der noch Bier hat und mir welches verkauft. Monty rationiert nämlich jetzt schon das Bier, für den Fall, dass wir keinen Nachschub bekommen, und ich weiß nicht, wie lange ich mit höchstens zwei Bier täglich durchhalte.«

Colin parkte seinen ramponierten Ford auf der Smith Street zwischen zwei Militärfahrzeugen. Nur die Anwesenheit der Soldaten und einiger weniger Beamte sorgte dafür, dass Darwin nicht wie eine Geisterstadt wirkte. So gut wie alle Läden waren geschlossen und hatten die Schaufenster verbarrikadiert, und außer Colins Auto parkte nur noch ein einziges Zivilfahrzeug in der Straße.

Colin blickte auf die Uhr. »Es ist jetzt neun Uhr fünfunddreißig. In genau einer Stunde treffen wir uns wieder hier.«

Lara folgte seinem Blick zum Victoria Hotel. Die Bar hatte geöffnet – ein Geschenk des Himmels für einen Mann, den es nach einem kühlen Bier dürstete. Zumal die meisten anderen Bars ebenfalls verrammelt waren. »Du wirst im Pub aber doch hoffentlich nichts trinken?«, fragte sie, die sehr wohl wusste, dass Betty so etwas keinesfalls gutheißen würde. »Du hast schließlich gerade erst gefrühstückt.«

»Irgendwo auf dieser Welt wird gerade zu Mittag gegessen«, erklärte Colin grinsend. »Außerdem brauche ich das Bier für Monty, das weißt du doch. Also bis in einer Stunde.«

»Dir ist wirklich jede Ausrede recht«, murmelte Lara und machte sich mit Jiana auf den Weg.

Auf der Straße drehten sich fast alle Soldaten nach den beiden jungen Frauen um. Plötzlich entdeckte Lara in einiger Entfernung einen Rücken, der ihr bekannt vorkam, und der sich schon allein durch seine ausladende Form und seine eigenwillige Bekleidung von den durchtrainierten GIs hervorhob. »Sid!«, rief sie. Der Mann drehte sich um.

»Lara!« Sid freute sich sichtlich, sie zu sehen. Er rannte auf Lara zu und nahm sie fest in die Arme. »Wie schön, Sie hier zu sehen!«, erklärte er fröhlich. »Ich habe mich schon oft gefragt, wie es Ihnen wohl ergangen ist, trotzdem habe ich nicht damit gerechnet, Sie hier mitten auf der Straße zu treffen.« Er streifte Jiana mit einem Blick, und sein Lächeln wurde noch breiter.

Auch Lara war erfreut über die Begegnung. Sie wand sich aus seiner Umarmung. »Alle Bewohner von Shady Camp sind im Dorf geblieben. Die Männer haben hinter dem Pub einen Luftschutzkeller gebaut, der im Notfall die gesamte Dorfbevölkerung aufnehmen kann.«

»Das nenne ich einmal vorausschauende Planung – ein Luftschutzraum gleich neben dem Pub. Klingt ganz so, als wären mir die Leute von Shady Camp sehr sympathisch.« Er lachte.

»Haben Sie etwa so früh am Morgen schon getrunken?«, erkundigte sich Lara.

»Finden Sie es früh? Für mich fühlt es sich an wie Mittag. Immerhin bin ich seit halb fünf heute Morgen auf den Beinen.« Er grinste sie verlegen an. »Wie läuft es mit der Schule?«

»Ganz hervorragend. Diese junge Dame hier ist übrigens Jiana, meine Referendarin. Jiana, darf ich dir Sid vorstellen? Ich habe dir ja erzählt, dass ich an Bord der *MS Neptuna* nach Australien kam. Sid hat auf dem Schiff gearbeitet und sich sehr zuverlässig um die Passagiere gekümmert. Für uns Damen an Bord organisierte er sogar ab und zu eine Flasche Rum.«

»Und trotzdem haben sie mich den letzten Nerv gekostet«, scherzte Sid.

Lara lachte. »Sind Sie mit der *Neptuna* hier?«

»Aber sicher. Sie liegt unten im Hafen. Wir transportieren allerdings keinen Reis mehr. Ich bin gerade auf dem Weg zurück zum Schiff. Ist das zufällig auch Ihre Richtung? Ich würde nämlich gern mehr über die Schule erfahren.«

»Wir sind auf dem Weg zur Kultusbehörde, wissen aber nicht, ob überhaupt noch jemand dort ist. Aber wir begleiten Sie trotzdem. Es ist kein allzu großer Umweg.« Gemeinsam machten sie sich auf den Weg.

»Ich freue mich ehrlich, dass Sie nicht mehr so blass sind. Sie waren ja so weiß wie ein Bettlaken«, erklärte Sid angesichts des warmen Goldtons von Laras Armen und Beinen.

»Ich verbringe meine Freizeit häufig auf einem Fischerboot«, gestand Lara mit verlegenem Lächeln. Sie liebte es, mit Rick auf den Billabong hinauszufahren, selbst bei Gewitter und im strömenden Regen.

»Sie gehen angeln? Das hätte ich Ihnen nie im Leben zugetraut!«

»Oh nein, ich angele nicht. Einmal habe ich es versucht und sogar einen riesengroßen Barra gefangen.« Sie verschwieg ihm die Information, dass sie den Fisch zurück ins Wasser geworfen hatte, das hätte ihn vermutlich enttäuscht.

Sid blickte sie eine Sekunde lang verwirrt an, dann lächelte er. »Da ich davon ausgehe, dass Sie Ihr Herz auch nicht an Boote zu verlieren pflegen, nehme ich an, dass Sie in einen Fischer verliebt sind.«

Lara bemerkte das vertraute Augenzwinkern. »Stimmt.« Sie errötete.

»Hoffentlich ist er ein anständiger Kerl, sonst garantiere ich für nichts«, polterte Sid scherzhaft.

»Er ist der Allerbeste«, erklärte Lara stolz. Sie freute sich wirklich, Sid getroffen zu haben. Sein manchmal etwas rauer Humor hatte ihr gefehlt.

Als sie die Kuppe des Stokes Hill erreichten, von der aus man den gesamten Hafen überschauen konnte, fiel Lara auf, wie stark sich Darwin Harbour seit ihrer Ankunft verändert hatte. Im Hafen herrschte rege Betriebsamkeit. Amerikanische und australische Kriegsschiffe fuhren Patrouille oder kehrten zurück, andere Schiffe lagen weiter draußen vor Anker. Auf der östlichen Landzunge standen mehrere Boote, die aussahen wie Wasserflugzeuge, sogenannte Flugboote. Sie hatten Stützschwimmer unter den Tragflächen und wurden für Patrouillenflüge und zur Seenotrettung benutzt.

»Dort liegt die *Neptuna*.« Sid zeigte stolz auf das Schiff, das neben vielen anderen an der rechten Verlängerung des Piers vor Anker lag.

Lara lächelte. Abgesehen von der Hitze im Suezkanal und ihrem anfänglich so starken Heimweh hatte sie eigentlich nur gute Erinnerungen an ihre Zeit auf der *Neptuna*. Oft dachte sie an Suzie Wilks und fragte sich, wie es ihr wohl ging.

»Im Augenblick transportieren wir Wasserbomben«, flüsterte Sid, »aber das bleibt bitte unter uns.«

»Meine Güte, Sid«, meinte Lara beunruhigt, »das hört sich aber ziemlich gefährlich an.«

»Ganz ehrlich: Ich glaube, die komplette Crew ist erleichtert, wenn das Schiff endlich entladen ist. Eigentlich hätte die Ladung schon gestern gelöscht werden sollen, aber es gab Streit mit den Hafenarbeitern. Den haben wir glücklicherweise gestern Abend im Pub beigelegt, und sie haben versprochen, heute im Laufe des Tages alles zu entladen.« Er blickte auf seine Uhr. Es war drei Minuten vor zehn. »Inzwischen müssten sie angefangen haben. Ich glaube, uns allen fällt ein Stein vom Herzen, wenn sie fertig sind.«

Lara wollte nachfragen, wofür die Wasserbomben gedacht waren, aber Sid blickte mit einem Mal abgelenkt zum Himmel. Irgendwo in der Ferne dröhnten Flugzeugmotoren.

»Was ist das?«, fragte Lara und lauschte angestrengt. Das Dröhnen kam näher. Sid wirkte plötzlich sehr besorgt. Mit einer Hand beschirmte er die Augen und suchte den Himmel ab. Auch die Hafenarbeiter unterbrachen ihre Arbeit und blickten in den blauen, mit ein paar Wölkchen betupften Himmel hinauf.

»Klasse!«, freute sich Sid, als er die Flugzeuge in der Ferne ausmachte. »Ich schätze, das sind Curtiss P-40 Warhawks.«

»Das ist gut, oder?«, fragte Jiana.

»Kann man wohl sagen!«, erwiderte Sid. Alle drei entspannten sich.

Aber schon eine Minute später war plötzlich der ganze Himmel voller Flugzeuge, die zunehmend an Höhe verloren. Und je tiefer sie sanken, desto deutlicher war der rote Punkt unter den Tragflächen auszumachen.

»Oh Gott! Das sind Japse!«, schrie Sid entsetzt auf. »Eskortiert von Zero Fightern!« Die schweren Bomber kamen näher.

Im Hafen brach Chaos aus. Alle versuchten sich so schnell wie möglich in Sicherheit zu bringen. Einige Männer sprangen sogar ins Wasser.

»Was ist denn los?«, rief Lara, die sich über die wachsende Panik wunderte.

»Versteckt euch! Schnell!«, brüllte Sid und rannte den Hügel hinunter in Richtung des Hafens.

»Kommen Sie zurück, Sid!«, schrie Lara hinter ihm her. »Gehen Sie nicht da hinunter!« Sie hörte eine Art hohen Pfeifton und sah entsetzt, dass die Flugzeuge Bomben ausgeklinkt hatten, die nun zu Boden segelten. Schon donnerten die ersten Explosionen. Hinter ihnen wurde das Parlament getroffen, vor ihnen stand der Hafen unter schwerem Beschuss. Ein Flugboot explodierte, und ein amerikanisches Schiff sowie mehrere Hafengebäude wurden getroffen.

Lara hatte entsetzliche Angst um Sid, der geradewegs in das Inferno hineinlief. Sie schrie und schrie und bemerkte kaum, dass Jiana sie zu den dichten Büschen am Hang des Stokes Hill zerrte. Die japanischen Bomber donnerten direkt über ihre Köpfe hinweg.

»Wir müssen uns verstecken!«, rief Jiana durch den ohrenbetäubenden Lärm und zog Lara tief ins Buschwerk. Mit zerkratzten Armen und Beinen und von Dornen zerrissenen Kleidern kauerten sie in ihrem Versteck. Tief unter ihnen lag das Hafengelände, das von einem nicht enden wollenden Strom japanischer Bomber buchstäblich dem Erdboden gleichgemacht wurde. Die Flugzeuge flogen so tief, dass die beiden jungen Frauen durch die Blätter die Piloten sehen konnten.

Der Angriff war fürchterlich. In Staffeln flogen die Bomber über den Hafen und die Stadt und entluden ihre Last mit tödlicher Genauigkeit. Einige Flugzeuge bogen in Richtung Flugplatz und Fliegerhorst ab und klinkten dort ihre Bomben aus.

Der amerikanische Zerstörer *Peary* wurde versenkt. Nachdem auch andere Schiffe getroffen worden waren – unter ihnen auch der amerikanische Truppentransporter *Meigs* –, lag dichter schwarzer Rauch über den Kais. Durch den düsteren Qualm wirkten die brennenden Schiffe wie glühende Schemen. Es war ein geradezu surrealer Anblick.

In den kurzen Pausen zwischen den Explosionen hörte man das entsetzliche Schreien brennender und verletzter Menschen. Lara und Jiana hielten sich die Ohren zu, doch es half nicht. Wie gebannt starrten sie auf das, was sich vor ihren Augen abspielte.

Ein Volltreffer zerlegte den Pier in zwei Teile. Den Männern, die sich mit letzter Not von sinkenden oder brennenden Schiffen gerettet hatten, wurde der Weg an Land abgeschnitten. Entsetzt erkannte Lara, dass die *Neptuna* lichterloh brannte. Nur Sekunden später begann die Ladung zu explodieren. Bum! Bum! Bum! Lara dachte an Mick Thompson, den Koch auf der *Neptuna*, und an Kapitän Kevin Callahan. Sie konnten dieses Inferno unmöglich überlebt haben. »Sid!«, flüsterte sie unter Tränen. Ob er noch bis zum Schiff gekommen war? Jiana legte ihr tröstend den Arm um die Schulter.

Ein Öltanker wurde getroffen, ging in Flammen auf und schoss Feuergarben über den gesamten Hafen. Brennende Männer sprangen über Bord, aber da das Öl auf der Wasseroberfläche ebenfalls brannte, sprangen sie in den sicheren Tod. Ein japanisches Flugzeug kam im Tiefflug über den Hügel, geradewegs auf sie zu. Lara und Jiana duckten sich in Erwartung des Unvermeidlichen, doch das Flugzeug flog weiter, nahm die Straßen der Stadt unter Beschuss, beschrieb einen Bogen und feuerte dann auf die Hafenanlagen.

Wie durch ein Wunder gelang es einigen australischen Flugzeugen, aufzusteigen und zu den amerikanischen Patrouillenflugzeugen aufzuschließen. Sie nahmen die zahlenmäßig weit überlegenen Japaner unter Beschuss, mussten sich aber schon bald geschlagen geben. Und dann verschwanden die Japaner plötzlich so schnell, wie sie gekommen waren. Wenige Minuten später gab eine Sirene Entwarnung.

Jiana und Lara trauten sich erst nach einer Weile aus ihrem Versteck. Beide waren zutiefst schockiert, doch ihre Gedanken galten den Verletzten unten am Hafen. Sie wollten, nein, sie mussten helfen. Mit zitternden Beinen wankten sie den Hügel hinunter. Unten am Wasser herrschte ein unvorstellbares Grauen. Immer mehr Leichen wurden angespült, manche waren bis zur Unkenntlichkeit verbrannt und verströmten einen beißenden, Übelkeit verursachenden Geruch. Anderen fehlten Gliedmaßen. Hilflos und mit tränenüberströmten Gesichtern mussten die beiden Frauen mit ansehen, wie brennende Männer verzweifelt versuchten, schwimmend den brennenden Ölteppich zu durchqueren.

Soldaten der Armee und der Marine trafen ein. Ein Uniformierter befahl Jiana und Lara barsch, sofort zu verschwinden und die Stadt auf dem schnellsten Weg zu verlassen.

Trotz des beißenden Qualms, der über allem lag, suchte Lara mit den Augen zunehmend verzweifelt nach Sid. Jedem Überlebenden, der ihnen begegnete, schaute sie ins Gesicht. Vergebens. Sie würde sich vermutlich damit abfinden müssen, dass auch seine Leiche im Hafenbecken dümpelte. Die Überreste der *Neptuna* hatten Schlagseite. Ätzender schwarzer Rauch quoll aus den in Flammen stehenden Schiffen, brannte in Laras und Jianas Kehle und drang in ihre Kleider. Plötzlich kam Lara ein Gedanke.

»Lass uns nach Colin suchen«, sagte sie und griff nach Jianas Arm. »Komm. Er sucht uns sicher schon überall.« Ihr kam gar nicht in den Sinn, dass er vielleicht schon längst nicht mehr lebte.

Colin hatte in der Bar ein Glas Bier getrunken und sich von einem Einheimischen erklären lassen, wo er noch Gemüse und Fleisch kaufen konnte. Weil die Zeit drängte, fuhr er sofort die kurze Strecke nach Doctor's Gully. Die kleine Gemüsegärtnerei lag nur wenige Minuten entfernt, hier bauten George und Stella Carroll Obst und Gemüse auf einem Gelände an, das sie in den 1920er-Jahren von chinesischen Brüdern namens Ah Cheong erstanden hatten und das eine eigene Quelle besaß. Die Carrolls erklärten Colin, dass das Militär das Gelände bald übernehmen und es zu einem großen Stützpunkt für Flugboote ausbauen wollte. George und Stella ernteten alles, was reif wurde, und verkauften es an die Einheimischen, die in Darwin geblieben waren.

Colin hatte gerade sein Auto vollgeladen, als die japanischen Flugzeuge kamen. Gemeinsam mit den Carrolls verkroch er sich auf der Plantage und betete, dass Lara und Jiana in der Kultusbehörde in Sicherheit waren.

Nachdem die Japaner sich zurückgezogen hatten, fand Colin sein Auto unversehrt vor, und auch die bescheidene Behausung der Carrolls hatte keinen Treffer abbekommen. Andere Häuser ganz in der Nähe hatten dieses Glück nicht gehabt.

Starr vor Entsetzen, fuhr Colin durch die rauchigen, brennenden Straßen von Darwin. Viele Gebäude waren zerstört. Immer wieder musste er Trümmern ausweichen. Leichen lagen auf dem Boden, Verwundete wankten ziellos umher. Das Krankenhaus war schwer getroffen und teilweise zerstört worden. Schwestern bemühten sich, Patienten in Sicherheit zu bringen, Ärzte kümmerten sich um Verletzte.

Das Postamt war dem Erdboden gleichgemacht. Keiner der Postangestellten hatte überlebt. Als Colin sich der Kultusbehörde näherte, begann sein Herz zu rasen. Viele Regierungsgebäude in der gleichen Straße waren ausgebombt. Aber wo war die Kultusbehörde? Er hielt an, um sich zu orientieren – und da sah er, was geschehen war. Dort, wo vor einer Stunde noch die Kultusbehörde gestanden hatte, gähnte ein riesiges Loch. Das Gebäude hatte einen Volltreffer abbekommen. Rings um den Krater lagen Schutt und kokelnde Balken. Es gab keinen Hinweis auf Überlebende. Nichts als Stille und Staub.

»Mein Gott, nein!«, stöhnte Colin. Ihm wurde schlecht. Er stieg aus dem Wagen, sank mitten auf der Straße auf die Knie und übergab sich.

26

Hustend schritten Lara und Jiana den Stokes Hill hinauf. Der Geruch nach verbranntem Fleisch stach in ihre Nasen und verursachte ihnen Übelkeit. Die Bilder in ihren Köpfen und der dichte Qualm trieb ihnen Tränen in die Augen. Auch oben auf der Kuppe herrschten Chaos und Zerstörung. Menschen rannten aufgeregt durcheinander, andere wiederum wirkten wie benommen.

Zitternd und unfähig, das Grauen zu verarbeiten, das ihnen am Hafen begegnet war, hakten sie sich unter auf dem Weg in Richtung Smith Street. Sie beteten, dass sie Colin unversehrt finden würden, und wünschten sich nichts sehnlicher, als die Stadt so schnell wie möglich verlassen und sich in die Sicherheit von Shady Camp und in die Arme ihrer Lieben flüchten zu können.

Australische und amerikanische Soldaten patrouillierten in den Straßen, hoben Tote und Leichenteile auf und warfen sie auf Lastwagen, wo sie unter khakifarbenen Decken verschwanden. Mithilfe von Wellblechen bargen sie Schwerverletzte aus den Gräben und übergaben sie dem Roten Kreuz. Lara und Jiana hörten, wie ein Soldat mit tiefer Verachtung in der Stimme berichtete, dass die Japaner auch ein Schiff des Roten Kreuzes im Hafen angegriffen und schwer beschädigt hatten.

»Sind Sie verletzt?«, rief eine Frau in Rotkreuzuniform ihnen von der anderen Straßenseite zu, als Lara und Jiana von der Esplanade in die Knuckey Street abbogen.

Die jungen Frauen schüttelten nur stumm den Kopf und gingen weiter durch Rauchschwaden und Trümmer. Ungläubig starrten sie auf eine leere Parzelle, wo noch vor einer Stunde ein Haus gestanden hatte. Die meisten noch vorhandenen Gebäude wiesen schwere Schäden auf, nur einige wenige waren wie durch ein Wunder unversehrt geblieben. Kinderspielzeug, Möbelstücke, Kleider, Schuhe und eine Bibel lagen auf der Straße herum. An allen Ecken und Enden der Stadt waren Feuer ausgebrochen. Die Feuerwehr befand sich im Dauereinsatz. Die ganze Stadt versank im Chaos.

Immer wieder wurden Lara und Jiana von Verletzten zu Hilfe gerufen. Jedes Mal blieben sie stehen und halfen, so gut sie konnten, bis das Rote Kreuz kam. Meist waren die Verletzungen so schwer, dass sie nichts tun konnten, als dem Betreffenden die Hand zu halten, ein paar tröstende Worte zu murmeln und zu hoffen, dass er nicht starb. Erst jetzt ging Lara auf, warum man die Stadt evakuiert hatte. Nicht auszudenken, wie viele Frauen und Kinder sonst unter den Opfern gewesen wären! Sie hatte jetzt große Angst um Colin, wagte aber nicht, mit Jiana darüber zu reden.

Schließlich war Jiana am Ende ihrer Kräfte und begann hemmungslos zu schluchzen. Am liebsten hätte Lara es ihr gleichgetan, doch sie riss sich zusammen. Sie mussten Colin finden! Sie mussten herausfinden, ob es ihm gut ging!

Sie stützte Jiana und drängte sie immer wieder, weiterzugehen. Das schon vor dem Angriff weitestgehend verlassene Einkaufsviertel rund um die Mitchell Street war mit Armeelastwagen abgesperrt, weil sich lodernde Flammen durch die zerstörten Geschäfte fraßen. Soldaten mit Spürhunden durchsuchten die ausgebombten Gebäude nach möglichen Überlebenden.

Als Lara und Jiana schließlich die Smith Street erreichten, trauten sie kaum ihren Augen. Der größte Teil der Straße war durch eine Bombe zerstört worden, die mitten auf der Fahrbahn eingeschlagen war und einen von einer Straßenseite zur anderen reichenden, mehr als sechs Meter tiefen Krater hinterlassen hatte. Lara starrte in den Krater und versuchte, sich zu orientieren.

»Hat hier nicht Colins Auto gestanden?«, flüsterte sie. Colin hatte nicht direkt vor dem Hotel geparkt, sondern drei Häuser weiter, weil ein Armeelastwagen den Eingang blockierte.

Jiana nickte. »Aber wo ist es?«, schluchzte sie.

Auf der Straße entdeckten sie Metall und Glassplitter, und Lara glaubte, einen Motorblock zu erkennen. »Oh mein Gott«, flüsterte sie. »Ich weiß es nicht.« Vor ihrem inneren Auge sah sie die Gesichter der Jeffries-Kinder. Es war kaum zu ertragen.

Das Victoria Hotel war schwer beschädigt, gehörte aber zu den wenigen Häusern in der Straße, die noch standen. Lara erinnerte sich daran, wie Peggy ihr von den beiden Zyklonen berichtet hatte, die das Hotel überstanden hatte. Sie versuchte, Ruhe zu bewahren, und betete, dass Colin nicht in seinem Auto auf sie gewartet hatte, denn falls er während des Angriffs im Hotel gewesen war, bestand eine gewisse Hoffnung, dass er noch lebte.

Um das Hotel auf der anderen Seite des Kraters zu erreichen, stiegen Lara und Jiana mit zitternden Knien über die Reste eines ehemaligen Haushaltwarengeschäfts, von dem nur noch die Seitenwände und ein paar eingeknickte Deckenbalken übrig geblieben waren. Die Eingangstür zur Bar war verschwunden. Als sie das Gebäude betreten wollten, rief ein Soldat von der anderen Straßenseite: »Nicht betreten! Das Haus ist einsturzgefährdet!« Sie ignorierten ihn.

In der Bar herrschte ein heilloses Durcheinander. Flaschen und Gläser waren zersplittert, die Fensterscheiben eingedrückt. Durch die teilweise eingestürzte Decke waren die Holzbalken im Obergeschoss zu sehen. Doch das Gebäude schien verlassen zu sein. Sie fanden weder Verletzte noch Tote.

Lara und Jiana tasteten sich vorsichtig durch Glassplitter und Trümmer. Immer wieder riefen sie laut nach Colin. Die schöne Mahagonigarderobe hatte den Angriff unbeschadet überstanden und wirkte in dem Durcheinander wie ein Fremdkörper. Die antike Vase war zerstört, der große Spiegel zertrümmert. Gipsstaub und kleine Trümmerteile von der teilweise eingebrochenen Decke lagen zentimeterhoch auf dem Teppich. Auch die Zimmerpalmen waren mit Gipsstaub bedeckt, was ihnen das Aussehen schneebedeckter Christbäume verlieh.

Plötzlich tauchten wie aus dem Nichts Peggy Parker und ihr Mann Desmond mit gepackten Koffern vor ihnen auf. Peggys Kopf war verbunden, ihre Arme wiesen Schnitte und Schrammen auf. Desmond trug seinen offenbar gebrochenen Arm in einer Schlinge und hatte ebenfalls hässliche Abschürfungen an Gesicht und Armen.

»Was machen Sie denn hier in der Stadt, Miss Penrose?«, fragte Peggy überrascht, ehe ihr Blick auf das Blut auf Laras Armen fiel. »Sie sind ja verletzt!«

Lara betrachtete ihre zitternden Hände. »Das ist nicht mein Blut«, erklärte sie. »Wir haben versucht, einem stark blutenden Verletzten zu helfen.« Wieder stiegen ihr Tränen in die Augen. Nie würde sie das Bild dieses leidenden Menschen vergessen. »Wir beide hatten offensichtlich einen Schutzengel. Wir haben nur ein paar Kratzer abbekommen«, fügte sie hinzu. »Wir sind auf der Suche nach Colin Jeffries. Das ist der Mann, der mich vor einigen Monaten hier vom Hotel abgeholt hat. Erinnern Sie sich an ihn? Er muss heute Morgen hier in der Bar gewesen sein.«

Peggy nickte.

»Wir waren hier auf der Straße an seinem Auto verabredet, aber das Auto … es ist weg«, presste Lara mit einem Kloß im Hals hervor. »Wir hatten gehofft, dass er vielleicht hier ist und nicht …« Sie war unfähig, den Satz zu beenden.

»Außer uns ist niemand hier.« Peggy schüttelte den Kopf. »Und wir sind im Aufbruch. Eigentlich hatten wir vor, unserer treuen Gäste wegen zu bleiben, aber jetzt können wir froh sein, dass wir überhaupt noch leben. Wäre nicht in der Küche Feuer ausgebrochen, hätte es uns erwischt.«

»Sind in der Bar Männer gestorben?«

»Glücklicherweise nicht. Sie kamen alle mit in die Küche, um das Feuer zu löschen. Das hat uns das Leben gerettet. In der Bar hätte sicher keiner überlebt.«

Lara spähte durch die offene Tür in die verrußte Küche. »War Colin unter den Helfern?«

»Nein«, antwortete Peggy. »Er kam heute Morgen, trank ein Bier und verschwand sofort wieder.«

In diesem Moment stöhnte Desmond vor Schmerzen auf. »Wir müssen los«, sagte Peggy. »Sehen Sie zu, dass Sie die Stadt so schnell wie möglich verlassen.«

Draußen näherte sich ein Lastwagen der Armee und hielt vor dem Eingang. Die Soldaten halfen Peggy und ihrem Mann auf den Wagen. Lara und Jiana standen wie gelähmt am Hoteleingang und starrten benommen auf die Straße hinaus. Jiana weinte, und nun ließ auch Lara ihren Tränen freien Lauf.

»Los, Mädchen, kommt rauf, wir müssen abfahren«, rief ein Soldat ihnen zu. »Die Japsen kommen zurück!«

Lara schniefte. »Was?«, fragte sie entsetzt. Zwar hatte sie auf dem Weg auf den Hügel mehrfach ähnliche Warnungen gehört, sie aber nicht geglaubt. Aber wenn ein Soldat sie aussprach, gab es wohl keine Zweifel.

»Jetzt macht schon! Wir müssen hier weg!«, drängte der Soldat. Lara und Jiana blickten sich zögernd an. Da sprang der Mann von der Ladefläche, packte sie an den Armen und führte sie zum Wagen, wo ein anderer Soldat ihnen hineinhalf.

Das Armeefahrzeug verließ die Stadt. Überall bot sich das gleiche Bild. Häuser brannten oder waren bis auf die Grundmauern zerstört. Unter der Plane drängten sich ein gutes Dutzend zum Teil verletzte Zivilisten sowie mehrere bewaffnete Soldaten. Es war sehr eng. Lara versuchte einen der Soldaten von der Idee zu überzeugen, dass sie unbedingt nach Shady Camp zurückmussten.

»Wir fahren zunächst nach Palmerston und von dort nach Alice Springs«, antwortete der Uniformierte. »Extrawürste gibt es nicht.«

»Aber wir müssen dringend nach Hause«, flehte Lara. »Jiana hat in Shady Camp eine Familie, die auf sie wartet, und ich bin die

Lehrerin des Ortes.« Noch wusste sie nicht, wie sie Betty beibringen sollte, dass Colin nicht mehr heimkommen würde. Und Rick machte sich vermutlich große Sorgen. Hoffentlich kam er nicht auf die Idee, in der Stadt nach ihnen zu suchen!

Der Soldat zuckte die Schultern. »Wir müssen uns in Sicherheit bringen, ehe die verdammten Japsen wiederkommen und alles in Schutt und Asche bomben.«

»Was sollen wir tun?«, flüsterte Lara Jiana zu. »Ist es möglich, von Palmerston aus nach Hause zu laufen?«

»Das sind ungefähr hundertzehn Kilometer«, meldete sich einer der Soldaten zu Wort, der Laras Frage mitbekommen hatte. »Und wir werden es keinesfalls zulassen. Nicht in dieser Situation.«

Lara antwortete nicht. Sie musste unbedingt in Shady Camp sein, ehe Rick etwas Verrücktes tat. Ihm war zuzutrauen, dass er auf der Suche nach ihr in die Bucht von Darwin schipperte. Außerdem würde sie sich erst wieder wirklich sicher fühlen, wenn er sie in seine starken Arme nahm. Und Jiana musste dringend zu ihrer Familie, damit die Sippe sich keine Sorgen machte. Auch durften sie Betty nicht im Ungewissen lassen.

»Der Lkw wird vielleicht auf dem Stuart Highway noch einmal anhalten«, raunte Jiana ihr ins Ohr. »Vielleicht kommen wir von dort aus heim.«

In Palmerston legte der Wagen einen kurzen Halt ein. Einige Schwerverletzte wurden in das Lazarett der Robertson Barracks gebracht. Da auch Desmond Parkers Arm gerichtet werden musste, ehe er die lange Reise in den Süden antreten konnte, stiegen auch er und Peggy hier aus.

Während des Verladens begannen plötzlich die Sirenen zu heulen. Fliegeralarm!

»Mist! Die Japsen kommen zurück!«, schimpfte ein Soldat, der fast noch ein Kind war.

»Was sollen wir denn jetzt machen?«, fragte ein verängstigter Passagier.

»Gar nichts. Stillsitzen«, antwortete der Soldat. »Jede noch so kleine Bewegung könnte gefährlich werden.«

Jiana klammerte sich an Laras Arm und begann zu schluchzen. Lara hatte so große Angst, dass sie nicht einmal mehr weinen konnte. Stumm und mit pochendem Herzen kauerte sie unter der Plane.

Nach kurzer Diskussion mit seinen Kameraden entschloss sich der Fahrer, den Lkw wenige Meter weiter unter das Blätterdach einiger Bäume zu fahren. Sie hofften, auf diese Weise aus der Luft weniger sichtbar zu sein.

Über sein Funkgerät erfuhr der Fahrer, dass die Japaner dieses Mal den Fliegerhorst der australischen Luftwaffe in Parap, einem Vorort von Darwin, unter Beschuss genommen hatten.

»Jetzt können wir nur noch beten, dass sie nicht auch nach Palmerston kommen und die Robertson Barracks bombardieren«, sagte er zu den verbliebenen Passagieren. Außerdem berichtete er, dass die Japaner offenbar ausgezeichnet über die strategisch wichtigen Ziele informiert waren, was daran lag, dass viele Japaner in der Vergangenheit als Perlenarbeiter in Darwin und entlang der australischen Westküste angestellt waren. Die Zahl der Opfer des ersten Angriffs, so hatte der Fahrer den Funksprüchen entnommen, lag nach ersten Schätzungen bei mehr als zweihundert. Acht Schiffe waren versenkt und vierundzwanzig Flugzeuge der Alliierten abgeschossen worden.

Nach äußerst angespannten zwanzig Minuten erfolgte endlich Entwarnung. Der Lastwagen setzte zurück und nahm Passagiere auf, die gesund genug für die lange Reise waren. Der Fahrer beschloss, im nächstgelegenen Humpty-Doo zu tanken, auch wenn das einen kurzen Umweg über den Arnhem Highway beinhaltete. Lara und Jiana tauschten einen Blick aus. Das lag auf direktem Wege nach Shady Camp. Diese Chance würden sie sich nicht entgehen lassen. Dann ging es auf dem Stuart Highway weiter.

Nach ungefähr 20 weiteren Kilometern hielt der Lkw an der Tankstelle kurz vor Humpty-Doo. Alle Passagiere, die laufen konnten, durften für ein paar Minuten aussteigen, sich die Beine vertreten und die Toiletten der Tankstelle aufsuchen. Die Soldaten mahnten dennoch zur Eile, weil sie vor einem möglichen weiteren Angriff so viel Wegstrecke wie eben möglich zurücklegen wollten.

Lara und Jiana taten so, als wollten sie zur Toilette gehen, die sich hinter der Tankstelle befand. Von dort aus huschten sie in ein etwa hundert Meter entferntes Dickicht, das von der Straße aus nicht einsehbar war.

Wie Lara gehofft hatte, konnten die Soldaten keine Zeit mit der Suche nach ihnen verschwenden. Ein Uniformierter umrundete das Gebäude im Laufschritt, dann fuhr der Armeelastwagen ohne die beiden jungen Frauen weiter.

»So, Jiana, jetzt sind wir also auf uns selbst gestellt«, sagte Lara und rang um Fassung. Sie mühte sich, ihre Gedanken zu ordnen, und hoffte, die richtige Entscheidung getroffen zu haben.

Seit sie Palmerston verlassen hatten, war Jiana deutlich ruhiger geworden. »Glaubst du wirklich, dass du eine Strecke von ungefähr hundert Kilometern oder sogar mehr zu Fuß bewältigen kannst?«, fragte sie jetzt nachdenklich. »Für eine Weiße ist das ziemlich viel, so weit bist du sicher noch nie gelaufen.«

»Es wird schon irgendwie gehen. Hauptsache, du weißt, wo es langgeht.«

»Wie kommst du darauf, dass ich den Weg kenne?«, fragte Jiana.

»Ich bin einfach davon ausgegangen … Du findest doch zurück nach Hause, oder?«

»Ich habe seit der Zeit, in der ich ganz klein und noch bei meiner Familie war, keine Wanderungen mehr gemacht.«

»Aber du hast doch auch von Tennant Creek zurückgefunden.«

»Ja, das war weit«, meinte Jiana. »Ich habe mich bei meinen Landsleuten durchgefragt.«

»Wir müssen auf jeden Fall irgendwie nach Hause kommen«, sagte Lara. »Vielleicht nimmt uns ja jemand ein Stück mit.«

»Vielleicht. Aber wenn nicht, müssen wir dem Arnhem Highway in diese Richtung folgen. Da entlang«, sie zeigte nach Osten, »müssen wir uns in die Büsche schlagen. Allerdings müssen wir dann den Mary River überqueren. Und der ist ganz schön breit.«

»Gibt es im Mary River Krokodile?«

»Im Territory gibt es in allen Flüssen Krokodile.«

»Ich schwimme garantiert nicht durch einen krokodilverseuchten Fluss«, erklärte Lara. »Gibt es keinen Weg, bei dem wir keinen Fluss überqueren müssen?«

»Nein, wir befinden uns hier in einem Sumpfland. Hier gibt es überall Bäche und Flüsse.«

»Gut, dann laufen wir den Arnhem Highway entlang. Hoffentlich sind nicht zu viele Armeelastwagen unterwegs. Die würden uns kurzerhand aufladen und nach Süden bringen.«

»Der Weg ist wirklich verdammt weit«, warnte Jiana erneut. »Außerdem haben wir kein Wasser. Und ohne Wasser kommen wir nicht weit.«

»Vielleicht finden wir ja welches hier in Humpty-Doo«, meinte Lara. Zwischen den Bäumen hindurch waren in einiger Entfernung Häuser zu sehen.

»Die Leute sind wahrscheinlich längst alle evakuiert«, entgegnete Jiana.

»Da magst du recht haben, aber vielleicht treiben wir ja in einem der Häuser ein Behältnis auf, in dem wir Wasser transportieren können.«

»Gut möglich«, nickte Jiana. Weder ihr noch Lara behagte die Aussicht auf eine Hundertkilometertour durch die glühende Hitze, doch ihnen blieb keine andere Wahl.

27

Als Colin Shady Camp erreichte und den Wagen abbremste, wagte er kaum zu glauben, dass er es tatsächlich geschafft hatte und noch lebte. Er hatte die Strecke wie in Trance zurückgelegt und konnte sich an nichts erinnern. Seine Gedächtnislücke begann mit der zweiten Bombenstaffel, als er gerade den Stadtrand von Darwin erreicht hatte. Vernünftig wäre gewesen, anzuhalten und irgendwo Schutz zu suchen, aber er hatte stattdessen das Gaspedal durchgetreten und war mit Höchstgeschwindigkeit in Richtung Highway gerast. Immer in der Gewissheit, dass sein letztes Stündlein geschlagen hatte. Im Rückspiegel hatte er die Einschläge hinter sich beobachten können. Obwohl er nie besonders fromm gewesen war, hatte er begonnen, aus tiefstem Herzen zu beten.

Colin war sich durchaus bewusst, dass er sein Leben aufs Spiel gesetzt hatte, doch der Schock hatte ihn geradezu betäubt. Immer wieder fragte er sich, warum er überlebt hatte, während Lara und Jiana dieses Glück offenbar nicht zuteil geworden war – doch auf keine seiner Fragen gab es eine Antwort. Nichts machte mehr Sinn. Er empfand es geradezu als Schuld, dass er überlebt hatte. Es war das schmerzlichste Gefühl seines Lebens.

Vor dem Laden kam er zum Stehen und blickte sich um. Das kleine Dorf, das seit über zehn Jahren sein Zuhause war, sah noch genauso aus, wie er es verlassen hatte: friedlich und unberührt vom Kriegsgräuel. Doch nichts würde mehr sein wie früher, nachdem die beiden jungen Lehrerinnen Opfer der japanischen Bomben geworden waren.

Colin schaffte es gerade noch, auszusteigen, dann gaben seine Beine unter ihm nach. Er sank auf den Boden und begann unkontrolliert zu zittern. Ihm war, als wäre sein Körper fremdgesteuert.

Betty befüllte gerade Säcke mit Reis, als Colins Auto vorfuhr. Durch das Fenster beobachtete sie, wie er in sich zusammensackte. Sofort stürmte sie nach draußen, wie auch Monty und Charlie aus dem Pub.

»Colin? Was ist mit dir?«, fragte Betty ängstlich. Ihr war sofort klar, dass etwas passiert sein musste. Sein Blick war starr, und er bebte am ganzen Körper. Hastig untersuchte sie ihn auf sichtbare Verletzungen, fand aber nichts, was ihr eine Erklärung bot. »Bist du etwa krank?«

Charlie kniete sich neben Colin.

»Was hat er?«, erkundigte sich Monty.

»Für mich sieht es aus, als hätte er einen Schock«, sagte Charlie. »Ich habe während meiner Zeit als Soldat ähnliche Symptome bei Kameraden erlebt, aber ich frage mich, warum es jetzt Colin erwischt hat?«

Betty zuckte beunruhigt die Schultern. Eigentlich war heute alles wie immer gewesen. Vielleicht hatte sie heute ein paar mehr Flugzeuge als sonst gehört, aber ansonsten … »Wo sind Lara und Jiana?«, fragte Betty. »Wollten sie noch in der Stadt bleiben?«

Zähneklappernd schüttelte Colin den Kopf.

»Hattet ihr einen Unfall?«, erkundigte sich Monty.

Betty erschrak. Vielleicht lagen die Frauen verletzt irgendwo an der Straße und Colin war gekommen, um Hilfe zu holen. Ein Blick auf den Wagen zeigte ihr jedoch, dass Colins Gefährt eigentlich nicht schlimmer aussah als sonst.

»Das Gebäude … es war weg«, stieß Colin schließlich heiser hervor.

»Welches Gebäude?«

Colins Zittern verstärkte sich.

»Helft mir, ihn auf die Füße zu bekommen«, forderte Betty

Monty und Charlie auf. Gemeinsam richteten sie Colin auf und brachten ihn in den Pub, wo sie ihn auf einen Stuhl setzten.

Monty schenkte ihm einen großen Whisky ein. »Trink das«, forderte er ihn auf.

Colins Hände zitterten so stark, dass Betty ihm das Glas an die Lippen führen musste. Er trank es in vier Zügen leer. Betty und seine Freunde warteten geduldig.

Eine Minute später ging es Colin geringfügig besser.

»Kannst du uns jetzt sagen, was passiert ist?«, fragte Betty sanft. Sie hatte ihren Mann noch nie so gesehen und war zutiefst beunruhigt.

»Die … die Japse haben die Stadt bombardiert«, flüsterte Colin.

»Was?« Betty war entsetzt. »Deshalb ist auch das Funkgerät ausgefallen«, sagte sie zu Monty. Die zivile Funkstation lag in Darwin an der Ecke von Whitfield und Smith Street. Monty pflegte den Funkverkehr abzuhören, um die Dorfbewohner über das auf dem Laufenden zu halten, was jenseits ihrer kleinen Gemeinde im Rest der Welt vor sich ging. Um kurz nach zehn an diesem Morgen hatte er plötzlich keinen Empfang mehr gehabt, und seither hatte das Gerät keinen Pieps mehr von sich gegeben.

»Was ist mit Jiana und Lara?«, erkundigte sie sich ängstlich. »Wo sind sie? Sind sie verletzt? Hast du sie ins Krankenhaus gebracht?«

»In der Stadt sind wir getrennte Wege gegangen, wollten uns aber um halb elf an der Stelle in der Smith Street treffen, wo sie ausgestiegen waren.« Seine Augen füllten sich mit Tränen. »Ich bin dann nach Doctor's Gully weitergefahren, um Ware für das Geschäft zu besorgen. Als ich gerade dort angekommen war, fingen die verdammten Japse an, die Stadt zu bombardieren. Nach der Entwarnung bin ich sofort zur Smith Street gefahren, weil ich hoffte, dass Lara und Jiana dort auf mich warteten – aber die Straße gab es eigentlich nicht mehr. Eine Bombe war genau an der Stelle eingeschlagen, wo ich geparkt hatte, und hat einen riesigen

Krater hinterlassen. Wenn die beiden dort gestanden haben …« Er brach ab und schluckte schwer.

»Aber vielleicht waren sie ja nicht dort, als die Bombe fiel«, versuchte Monty ihn zu trösten.

»Es gibt eigentlich nur zwei Stellen, an denen sie sich aufgehalten haben können. Entweder auf dem Parkplatz, wo ich sie habe aussteigen lassen, oder in der Kultusbehörde. Ich bin dann natürlich sofort zu der Straße gefahren, in der die Kultusbehörde einmal stand.«

»*Stand?*«, wiederholte Charlie ungläubig.

»Das Gebäude war nicht mehr da. Wie vom Erdboden verschluckt. Es hat einen direkten Treffer abbekommen.«

»Oh Gott«, stöhnte Betty.

»Fast die gesamte Straße ist zerstört. Dort gibt es nichts als Schutt … und Staub. Ich habe keinen Überlebenden gesehen. Keinen einzigen …« Colin suchte den Blick seiner Frau. »Mein Gott, Betty – die Frauen sind tot.« Er schlang seine Arme um sie, legte seinen Kopf an ihren Bauch und begann zu schluchzen wie ein Kind.

Betty hielt ihn fest. Monty und Charlie sahen einander hilflos an. Der Schock saß tief, bei allen. Keiner von ihnen konnte sich vorstellen, dass sie Lara und Jiana nie mehr wiedersehen sollten.

»Schon gut, Junge«, sagte Monty und tätschelte Colins Schulter. »Es ist nicht deine Schuld.« Was sonst hätte er sagen sollen?

Colin hob den Kopf und schniefte. »Die Armee sammelte in den brennenden Straßen Leichen ein. Ich bin auch an den Trümmern der Hafenanlage vorbeigefahren. Überall waberte dichter schwarzer Qualm, und man konnte die brennenden Schiffe nur als düsteres Glühen erkennen. Ich nehme an, dass auch ein Tanker getroffen wurde, denn das Meer stand in hellen Flammen. Es war unvorstellbar schrecklich, und ich glaube, ich werde den Anblick nie wieder vergessen können. Nie mehr!« Erneut begann er zu schluchzen.

Betty blickte auf ihren Mann und wusste, dass jeder Versuch, ihn zu trösten, vergeblich sein würde. Das, was er erlebt hatte, musste entsetzlich gewesen sein, sonst wäre er nie im Leben vor seinen Freunden in Tränen ausgebrochen. Betty wusste, dass Colin sich lieber einen Arm oder ein Bein abgeschnitten hätte, als im Beisein dieser Männer die Fassung zu verlieren. Sie legte ihre Arme um ihn und spürte, wie sein Körper vor Schmerz bebte. Nun kamen ihr ebenfalls die Tränen. »Die beiden können nicht tot sein«, flüsterte sie. »Es ist einfach unmöglich.«

»Was sagst du da?«, fragte Jerry. Niemand hatte ihn eintreten hören.

Betty drehte sich um und blickte ihn an. Der junge Arzt erstarrte und verstand offenbar sofort, dass etwas Schreckliches geschehen sein musste. Sein Blick wanderte zu Colin.

»Jerry, die Japse haben Darwin bombardiert«, sagte Betty leise. »Colin geht es gar nicht gut. Kannst du ihm helfen?«

»Ist er verletzt?«

»Nein, körperlich scheint alles in Ordnung zu sein.«

»Dann sollten wir ihn ins Bett bringen.«

Nachdem Jerry Colin ins Bett gesteckt und ihm eine Beruhigungsspritze gegeben hatte, nahm der Arzt Betty beiseite. »Was genau hat Colin erzählt?«, fragte er ernst.

Vor diesem Augenblick hatte Betty sich gefürchtet. Sie schluchzte.

»Er ist mit Jiana und Lara in die Stadt gefahren. Die beiden Frauen wollten in der Kultusbehörde ihr Gehalt abholen«, begann sie. Sie tupfte sich die Augen, aber als sie an Jianas Familie dachte, die ihre Tochter nun zum zweiten Mal verloren hatte, begann sie erneut zu schluchzen. Jerry legte ihr einen Arm um die Schulter. »Willst du damit sagen, dass Jiana und Lara verletzt sind? Sind sie noch in der Stadt?«

Betty schüttelte den Kopf. Sie wusste, dass Jerry Lara sehr gern hatte. Die Nachricht würde ihn schwer treffen. Und dann war da auch noch Rick. Irgendwer musste ihm sagen, dass Lara nicht mehr nach Hause kommen würde.

»Colin sagt, dass die Behörde, wo Lara und Jiana ihr Geld in Empfang nehmen wollten, bis auf die Grundmauern zerstört ist. Es scheint nichts übrig zu sein. Er glaubt, dass die beiden zur Zeit des Angriffs dort waren.«

»Oh Gott«, stöhnte Jerry und wurde blass. »Aber ganz sicher ist er sich nicht?«

»Ziemlich sicher. Sonst ginge es ihm auch nicht so schlecht. Er hat nach den beiden gesucht.«

»Natürlich hat er das getan, Betty. Aber er kann sie auch einfach nur nicht gefunden haben. Wenn sie sich getrennt hatten, ist doch gar nicht sicher, ob sie zum fraglichen Zeitpunkt tatsächlich in der Kultusbehörde waren.«

Betty begriff, dass Jerry Laras und Jianas Tod nicht akzeptieren würde, bis ihm ein Beweis vorlag. »Das Gebäude steht nicht mehr, Jerry. Dort gibt es nur noch Schutt und Staub. Wir werden wohl nie erfahren, wer sich darin aufgehalten hat.«

»Nein, aber genau das ist auch der Grund, warum wir die Hoffnung nicht aufgeben dürfen«, übte sich Jerry in Optimismus.

Betty wollte ihn nicht verletzen, fand aber, dass er der Wahrheit ins Gesicht sehen sollte. »Würden sie noch leben, kämen sie doch sicher nach Hause, oder?«

»Sicher, sofern das machbar ist. Es gibt aber nun einmal kaum eine Möglichkeit, Shady Camp ohne Fahrzeug zu erreichen. Wie sollten sie das anstellen?«

»Das weiß ich doch auch nicht. Aber sie würden uns doch nicht im Ungewissen lassen! Ganz sicher nicht.«

»Absichtlich natürlich nicht. Aber sie könnten zum Beispiel verletzt sein. Betrachten wir sie fürs Erste als vermisst, bis wir Näheres wissen. Ich sollte vielleicht in die Stadt fahren und nach ihnen suchen. Falls das Krankenhaus noch steht, braucht man dort sicher jeden verfügbaren Arzt. Wer weiß, möglicherweise sind die beiden ja auch im Krankenhaus. Wir dürfen nicht von ihrem Tod ausgehen, solange wir nicht sicher sind.«

»Die Japaner bombardieren die Stadt, Jerry. Wenn du hinfährst, überlebst du es vielleicht nicht«, wandte Betty ein. »Die Leute hier im Sumpfland sind zwar geblieben, aber die Städter wurden zum größten Teil evakuiert. Es gibt also sicher haufenweise Militärärzte, die sich um die Verletzten kümmern können.«

»Wahrscheinlich hast du recht. Außerdem hat der kleine Billy Westly Fieber und bereitet mir deshalb einiges an Kopfzerbrechen. Übrigens können wir uns keineswegs darauf verlassen, dass wir hier draußen in Sicherheit sind. Auch Shady Camp könnte bombardiert werden.«

Betty erschrak. »Ich weiß. Sobald Colin wieder einigermaßen gesund ist, ziehen wir nach Süden. Ich will zurück nach Tasmanien. Die Kinder sollen aus der Gefahrenzone heraus. Und wenn Colin sich weigert, gehe ich eben allein mit ihnen.«

»Du musst das tun, was du für richtig hältst. Aber vielleicht möchte Colin nach den Erlebnissen des heutigen Tages ebenfalls weg. Ansonsten sollten wir vorerst fest daran glauben, dass die Frauen leben.«

»Und was sagen wir Jianas Mutter?«

»Dass sie im Augenblick noch vermisst wird. Apropos Mutter: Hoffentlich geht es meiner Mutter einigermaßen gut. Sie ist auf der Mount Bundy Station.«

Betty hatte Jerrys Mutter Beatrice schon bei mehreren Gelegenheiten getroffen. Sie war Mitte sechzig, ausgebildete Krankenpflegerin und hatte in jüngeren Jahren zusammen mit Jerry bei den Aborigines in deren Dörfern im Sumpfland gearbeitet. Betty hatte angenommen, dass man sie längst nach Alice Springs evakuiert hatte. »Was macht sie denn in Mount Bundy?«

»Du weißt ja, wie starrköpfig sie sein kann. Sie hat sich geweigert, ohne mich nach Alice Springs zu gehen. Also verabredeten wir einen Kompromiss. Sie ist jetzt bei Freunden, die eine Rinderfarm bewirtschaften und ein Pedal-Radio besitzen, um mit anderen Farmen in Kontakt zu bleiben. Möglicherweise hat sie schon von der Bombardierung gehört und macht sich Sorgen. Silvia und Gerry Eeles in Corroboree Billabong haben ebenfalls ein Pedal-

Radio. Sie lassen mich sicher nachher mit der Mount Bundy Station telefonieren. Ich will meiner Mutter nur mitteilen, dass ich während des Angriffs nicht in der Stadt war. Tue ich es nicht, wird sie Mittel und Wege finden, hier aufzukreuzen.«

Rick kam von einer zweitägigen Angeltour mit drei übermütigen amerikanischen Soldaten zurück, die eine Ausgangserlaubnis bekommen hatten. Es war bereits seine zweite Übernachtungsfahrt innerhalb von vier Tagen. Den ersten Ausflug hatte er mit zwei australischen Soldaten unternommen, die freundlich und von angenehmer Gesellschaft waren, die Amerikaner hingegen hatte er nur als laut und anstrengend empfunden. Auf beiden Fahrten hatten sie immer wieder japanische Flugzeuge auf Erkundungsflügen gesichtet und darüber diskutiert, ob es zu einem Angriff kommen würde. Die Amerikaner hatten großspurig getönt, jederzeit bereit zu sein, während die Australier besorgt waren und Angst um ihre Familie und Freunde hatten. Sie schätzten die Chancen für einen Angriff auf Darwin höchstens fifty-fifty ein, bereiteten sich aber trotzdem auf den Ernstfall vor.

Rick wusste, dass Lara in die Stadt gefahren war, um ihr Gehalt abzuholen. Er säuberte sein Schiff und fuhr dann noch einmal hinaus, weil er nach dem anstrengenden Turn ein wenig Zeit für sich brauchte. Am Abend wollte er sich dann mit Lara treffen. Er war mehrere Kilometer vom Dorf entfernt, als plötzlich der Bootsmotor aussetzte. Rick warf den Anker aus und begann mit der Fehlersuche. Schnell stellte er fest, dass er den Defekt vor Einbruch der Dunkelheit nicht beheben können würde, also musste er sich auch damit abfinden, Lara an diesem Abend nicht mehr zu sehen. Er hoffte nur, dass sie sich keine Sorgen um ihn machte.

28

»Ich kann beim besten Willen nichts Vernünftiges finden«, sagte Lara zu Jiana, während sie den Garten eines weiteren verlassenen Hauses in Humpty-Doo durchstöberten. Das Gras hinter dem Haus war lange nicht gemäht worden. Jiana hatte sie vor Schlangen gewarnt, also stocherte Lara vorsichtig darin herum, auf der Suche nach einer Flasche oder einem vergleichbaren Behältnis. Überall liefen Hühner frei herum, und Katzen von der Größe kleiner Hunde strichen durch die verwilderten Gärten.

Die beiden Frauen hatten an viele Türen geklopft, aber in dem kleinen Dorf, das bisher noch von keiner Bombe getroffen worden war, schien es kein menschliches Leben mehr zu geben. Humpty-Doo sah aus, als hätten die Bewohner alles stehen und liegen gelassen und wären um ihr Leben gerannt. Zurückgeblieben war eine schaurige Geisterstadt. Zwar besaß jedes der Häuser eine Regenwasserzisterne, doch bisher hatten die beiden jungen Frauen nur einen rostigen Eimer gefunden, in dem man Wasser hätte transportieren können. Der jedoch erschien ihnen dennoch nicht geeignet.

Plötzlich hörten sie ein Klicken. Jemand hatte ein Gewehr entsichert.

»Bleibt, wo ihr seid! Zwielichtiges Gesindel!«

Lara und Jiana hielten sofort inne, drehten sich langsam um und blickten erschrocken in den doppelten Lauf einer altmodischen Flinte, die von den zittrigen Händen eines Mannes in einem verblichenen Kampfanzug gehalten wurde. Der Mann erinnerte Lara an Charlie und war auch mindestens so alt. Sowohl das Gewehr als auch die Uniform und erst recht die zittrigen Hände boten für sich allein genommen schon genügend Grund zur Sorge, doch was Lara noch viel mehr beunruhigte, waren die dicken Brillengläser des alten Mannes.

»Wir sind keine Diebe, Sir«, sagte Lara behutsam. »Schießen Sie bitte nicht auf uns.« Sie hoffte, dass er ihre Stimme als weiblich erkannte, denn sie war überzeugt, dass seine Augen zu schwach waren, um zu erkennen, dass er zwei Frauen vor sich hatte.

»Warum schnüffelt ihr dann um die Häuser herum?«, fragte der Mann unfreundlich, ohne das Gewehr zu senken.

»Wir sind auf der Suche nach Wasser«, sagte Lara.

»Gleich hinter euch steht eine Zisterne«, gab der Mann grimmig zurück.

»Ich weiß, aber wir brauchen etwas, worin wir Wasser transportieren können«, erklärte Lara nervös. »Wir haben an alle möglichen Türen geklopft, aber niemand hat geöffnet.«

»Das Dorf ist evakuiert. Ich bin als Einziger geblieben, um mein Haus und die Häuser meiner Nachbarn vor Plünderern zu schützen.«

»Wir würden nie etwas stehlen«, sagte Lara, die nicht recht wusste, ob sie den Mann für mutig oder verrückt halten sollte. »Wir wollen nur etwas Trinkwasser für unseren Heimweg mitnehmen. Können Sie uns vielleicht helfen?«

Der Mann senkte das Gewehr. »Wie seid ihr hergekommen?«

Lara warf Jiana einen Blick zu. »Mit einem Armeelastwagen aus Darwin«, gestand sie schließlich. »Ein Transporter auf dem Weg nach Alice Springs. Als er einen Tankstopp einlegte, sind wir weggelaufen und haben uns hier versteckt. Wir wollen nach Hause. Nach Shady Camp. Sicher wissen Sie, dass der Weg dorthin ziemlich weit ist. Es wäre zu gefährlich, ohne einen Tropfen Wasser loszuziehen.«

»Wollt ihr ein Auto stehlen?« Erneut zielte er auf Lara und Jiana.

»Nein, Sir. Natürlich nicht. Wir haben vor, zu laufen.«

»So weit könnt ihr nicht laufen«, stellte der Mann barsch fest, ließ das Gewehr aber wieder sinken und beäugte die beiden jungen Frauen so ungläubig, als wären sie völlig übergeschnappt.

»Wir müssen, Sir«, entgegnete Lara bewegt. Sie war den Tränen nah. »Eine andere Möglichkeit gibt es nicht.«

Der alte Mann sah plötzlich sehr grimmig aus. Er trat auf Lara und Jiana zu, um sie genauer in Augenschein zu nehmen. »Wie heißt ihr?«, fragte er misstrauisch.

»Mein Name ist Lara Penrose, Sir, und das ist Jiana Chinmurra. Wir sind Lehrerinnen in Shady Camp.«

»Ich heiße Leroy Evans, also hör endlich auf, mich dauernd Sir zu nennen. Shady Camp müsste doch längst evakuiert worden sein.«

»Nein, alle sind geblieben. Die Männer haben einen Luftschutzbunker gebaut, sind aber ziemlich sicher, dass er nicht gebraucht wird. Unser kleines Dorf im Sumpfland hat nicht die geringste militärische Bedeutung.«

»Aber ganz in der Nähe des Dorfes befindet sich ein Funkturm, dessen Existenz vom Militär immer geheim gehalten wurde. Seid also nicht allzu sicher, dass die Japse euch nicht doch noch bombardieren«, sagte Leroy. »Wie seid ihr in die Stadt gekommen?«

Sowohl Lara als auch Jiana wunderten sich über die angebliche Existenz eines Funkturms und überlegten, ob die Information der Wahrheit entsprach. »Der Besitzer des Dorfladens, Colin Jeffries, hat uns hingefahren.«

»Und warum fährt er euch nicht auch wieder zurück?« Leroy blickte sich um.

Lara atmete tief ein. »Wir haben uns getrennt und uns eine Stunde später an der Stelle verabredet, wo er uns hatte aussteigen lassen. Als wir wiederkamen, war das Auto … verschwunden.«

»Verschwunden? Ist der Kerl etwa ohne euch gefahren? Was für ein Feigling.«

»Nein, Sir … Leroy. So etwas würde Colin nie tun.« Laras Augen füllten sich mit Tränen. »Ich muss seiner Frau und den Kindern die Nachricht überbringen, dass er nicht mehr heimkommt. Ich darf sie nicht im Ungewissen lassen.« Langsam rannen zwei Tränen über ihre Wangen.

»Nicht weinen. Ich kann Frauen nicht weinen sehen. Das halte ich nicht aus«, sagte Leroy und scharrte verlegen mit den Füßen.

Lara putzte sich die Nase. Jiana übernahm das Reden. »Haben Sie vielleicht etwas, worin wir Wasser transportieren können?«, fragte sie ungeduldig. Sie blickte zum Himmel, wo die Sonne unerbittlich höher stieg.

»Ein Wasserbehälter ist euer kleinstes Problem«, knurrte Leroy.

»Wie meinen Sie das?«

»Wenn ihr da draußen überhaupt überlebt – woran ich große Zweifel habe –, dann braucht ihr für diese Entfernung mehrere Tage, wenn nicht gar eine Woche. Ihr seid in keiner Weise vorbereitet. Abgesehen davon, dass ihr weder Wasser noch Proviant habt, sind eure Schuhe nicht dazu geeignet, durch den Busch zu laufen. Außerdem habt ihr keine Hüte, um euch vor der Sonne zu schützen. Du schaffst es vielleicht«, setzte er hinzu und deutete auf Jiana. »Aber du hast nicht die geringste Chance.« Dies ging an Lara. »Mit deinem blonden Haar, der hellen Haut und deinen höchstens für die Stadt geeigneten Sandalen hältst du nicht einmal einen halben Tag durch – geschweige denn eine Woche.«

»Ich bin widerstandsfähiger, als ich aussehe«, sagte Lara trotzig. »Und wir gehen. Egal wie.«

»Das lasse ich nicht zu«, widersprach Leroy.

»Sie können uns nicht hindern.«

Erneut hob er das Gewehr.

»Wollen Sie uns etwa erschießen?«, fauchte Lara.

»Natürlich nicht. Aber ich werde euch nicht unvorbereitet hier fortgehen lassen. Und wenn ihr beide Weiße wärt, würde ich euch überhaupt nicht gehen lassen. Kommt mit«, forderte er sie auf. Als Lara und Jiana zögerten, setzte er wieder seine grimmige Miene auf. »Wenn ihr überleben wollt, tut ihr, was ich sage.«

Lara und Jiana warfen sich einen Blick zu und folgten Leroy dann zu seinem nahe gelegenen Haus. Auf der Veranda des bescheidenen Holzhauses, das auf niedrigen Pfählen stand, zögerten sie erneut.

»Lass uns weglaufen«, raunte Jiana Lara zu.

Daran hatte auch Lara schon gedacht. Leroy kam ihr seltsam und unberechenbar vor.

Der alte Mann verschwand im Haus. Sie hörten etwas klappern.

»Aber wenn wir weglaufen, erschießt er uns«, flüsterte Lara.

»Vielleicht sucht er gerade nach einer Schnur, um uns zu fesseln«, zischte Jiana.

»Meinst du wirklich?«, fragte Lara beunruhigt.

»Was soll er sonst tun?«

»Du hast recht. Verschwinden wir!«, sagte Lara.

Sie drehten sich um und schrien auf. Hinter ihnen stand ein ungeheuer großer Schäferhund, der wild entschlossen schien, sie keinen Schritt an sich vorbeizulassen.

»Wie ich sehe, habt ihr euch schon mit Levi bekannt gemacht«, sagte Leroy, der schwer beladen aus der Vordertür trat.

Erschrocken drehten sich die beiden jungen Frauen um.

»Beißt er?«, fragte Lara vorsichtig.

»Nur, wenn es unbedingt sein muss«, sagte Leroy und warf Schuhe und Hüte vor die Füße der jungen Frauen. »Das Zeug hier gehört meiner Frau. Ich schätze, sie hat ungefähr die gleiche Größe wie ihr.«

Lara betrachtete ein Paar völlig aus der Mode gekommener Schnürstiefel. »Wir können doch nicht die Sachen Ihrer Frau nehmen«, versuchte sie zu argumentieren.

»Louise kann sie nicht mehr brauchen«, erklärte er. »Sie sitzt seit fünf Jahren im Rollstuhl.«

»Oh, das tut mir wirklich leid. Aber trotzdem …«

»Die Sachen entsprechen vielleicht nicht mehr der neuesten Mode, aber Louise war früher viel im Busch unterwegs, und deswegen sind dies hier dafür ganz hervorragend geeignete Schuhe. Das kannst du mir glauben.«

»Meine Sandalen sind recht bequem«, versuchte Lara es erneut.

»Was nutzt alle Bequemlichkeit, wenn die Füße scharfen Gräsern und spitzem Bambus ausgesetzt sind? Deine Haut wird innerhalb kürzester Zeit in Fetzen herunterhängen. Und selbst wenn es nicht so wäre: Wenn dich Rote Feuerameisen beißen, wäre es dir wahrscheinlich lieber, im Bombenhagel von Darwin zu stehen.« Mit diesen Worten verschwand er wieder im Haus.

Lara warf Jiana einen fragenden Blick zu. »Stimmt das mit den Feuerameisen?«

»Bisse von Feuerameisen sind extrem schmerzhaft«, gab Jiana zu und blickte auf ihre eigenen Füße hinunter, die ein oder zwei Nummern größer waren als die von Lara. »Meine Füße sind zu groß für diese Schuhe«, erklärte sie, allerdings trug sie praktische geschlossene Sandalen. Laras Schuhwerk hingegen bestand nur aus ein paar Riemchen. »Aber du solltest sie anprobieren.«

Den hechelnden Levi im Nacken, setzte sich Lara auf die Verandastufen und probierte die Stiefeletten an. Sie passten perfekt, obwohl es die hässlichsten Schuhe waren, die sie je gesehen hatte. Anschließend setzten sowohl Lara als auch Jiana einen Hut mit breiter Krempe auf. Leroy kam mit Feldflaschen, einem Kompass, einer Karte und einem Rucksack aus dem Haus und warf einen beifälligen Blick auf Laras Füße. Dann breitete er die Karte aus und studierte sie. »Seid ihr ganz sicher, dass ihr das machen wollt?«

»Ganz sicher«, sagte Lara. Jiana nickte.

»Und ihr seid euch auch darüber im Klaren, dass ihr nicht auf halber Strecke eure Meinung ändern könnt? Denn dann steckt ihr mitten im Busch, und außer den Aborigines kann euch niemand helfen.«

»Wir wissen genau, was wir tun«, behauptete Lara mit mehr Zuversicht, als sie in Wirklichkeit empfand. »Wir wollen unbedingt nach Hause.«

»Ich habe nicht so viel zu essen, dass ich es mit euch teilen könnte. Ihr müsst euch also eine Woche lang im Busch ernähren.«

»Das wissen wir«, sagte Lara, obwohl sie bisher nicht darüber nachgedacht hatte.

Leroy blickte Jiana an. »Ich höre dir an, dass du Bildung genossen hast. Aber findest du dich auch im Busch zurecht? Weißt du, wie man etwas zu essen und Wasser findet?«

Jiana nickte. »Natürlich weiß ich das. Ich bin eine Larrakia«, fügte sie stolz hinzu.

»Also gut«, sagte Leroy. Dann zeigte er Lara und Jiana, wie sie die Karte benutzen sollten. »In meinem Tank ist genügend Sprit, dass ich euch auf dem Arnhem Highway ein gutes Stück nach Osten bringen kann. Weiter geht nicht, weil der Treibstoff rationiert worden ist.«

»Trotzdem wäre es uns eine große Hilfe, Leroy. Vielen Dank.« Lara bereute längst, dass sie so schlecht über ihn gedacht hatte.

»Bedankt euch lieber nicht. Ich bin mir nämlich überhaupt nicht sicher, ob ich euch einen Gefallen tue. Ihr müsst auf eurem Heimweg eine Menge Billabongs umrunden und Bäche und Flüsse überqueren. Hütet euch vor Krokodilen. Ich habe euch etwas Verbandsmaterial in den Rucksack gepackt. Und du kennst dich wahrscheinlich in Buschmedizin aus«, fügte er an Jiana gewandt hinzu.

»Wir kommen schon klar«, entgegnete die junge Frau zuversichtlich.

Leroy blieb skeptisch. »Ihr solltet das Verbandsmaterial trotzdem mitnehmen. Wer weiß, vielleicht könnt ihr es ja brauchen.«

Leroy öffnete eine kleine Garage, die aussah, als könne sie einer steifen Brise kaum standhalten, und holte sein Auto heraus. Der Ford war das gleiche Modell wie der von Colin, aber da endeten die Gemeinsamkeiten auch schon. Leroy hatte sein Auto offenbar immer gepflegt und erzählte, dass der Wagen ihn trotz vieler gefahrener Kilometer noch nie im Stich gelassen hatte.

Sie fuhren auf den Arnhem Highway. Auf der Straße herrschte

kaum Verkehr, weil die meisten Fahrzeuge auf dem Stuart Highway in Richtung Süden unterwegs waren.

»Wie schlimm sieht es in der Stadt aus?«, erkundigte sich Leroy. Er fuhr etwa ein Viertel der Geschwindigkeit, die sie von Colin gewöhnt waren. »Ich habe Bomber in Richtung Batchelor fliegen sehen.«

»Es war die reinste Hölle«, antwortete Lara, die sich wünschte, er würde ein wenig schneller fahren. »Wir standen gerade auf dem Stokes Hill, als die Flugzeuge kamen und den Hafen bombardierten. Wir haben uns unter Büschen versteckt und konnten von dort die schrecklichen Ereignisse im Hafen wie von einem Logenplatz verfolgen. Ich glaube, diese furchtbaren Bilder werden uns für immer begleiten.«

»Ich war im Krieg und weiß, was du meinst«, sagte Leroy. »So etwas vergisst man wirklich nie.«

»Die Soldaten haben gesagt, dass der erste Angriff mehr als zweihundert Opfer gefordert hat«, berichtete Lara. »Man kann sich kaum vorstellen, was passiert wäre, wenn man die Stadt nicht vorher evakuiert hätte.«

»Ich habe darauf bestanden, dass meine Louise auch geht. Eigentlich wollte sie lieber bei mir bleiben.«

»Aber warum sind Sie nicht weggegangen, Leroy? Was bedeutet schon Besitz, wenn das eigene Leben in Gefahr ist?«

»Schon aus Prinzip. Plünderer sind der letzte Abschaum. Außerdem muss schließlich jemand die Tiere füttern, die im Dorf geblieben sind. Es wäre Sünde, sie verhungern zu lassen.«

»Sie haben ein gutes Herz«, sagte Lara und meinte es ehrlich.

Leroy lächelte verschämt.

»Haben Sie eine Möglichkeit, sich in Sicherheit zu bringen, falls Humpty-Doo bombardiert wird?«, erkundigte sich Lara.

»Hinter meinem Haus befindet sich ein ausgetrocknetes Bachbett, wo Levi und ich uns verstecken können.«

Leroy fuhr, so weit sein Tank es zuließ, hielt einige Meilen westlich der Stelle, wo der Adelaide River den Highway kreuzt, ließ die beiden aussteigen und wünschte ihnen alles Gute. Sie bedankten sich von ganzem Herzen, denn er hatte ihnen viele Stunden Fußmarsch unter heißer Sonne erspart. Für sie war es ein Geschenk des Himmels, ihn getroffen zu haben.

Sie machten sich auf den Weg. Lara hoffte inständig, dass sie nicht vom Regen in die Traufe kamen.

29

Nach fünf langen, unglaublich heißen Stunden Fußmarsch konnte Lara nicht mehr. Zwischen hohen Termitenbauten, die wie Wächter strammstanden, bestand sie auf einer Pause. Die Bauten sahen fast aus wie dicke Baumstümpfe ohne Äste und boten willkommenen Schatten. Selbst der kleinste von ihnen maß immer noch mindestens stolze zwei Meter.

Rick hatte Lara viel über Termitenbauten erzählt und ihr erklärt, dass sie im Inneren immer kühl blieben. Lara beneidete die Termiten um ihren Einfallsreichtum. Nie im Leben war ihr so heiß gewesen. Und durstig war sie obendrein. Jeder Tropfen Wasser, den sie trank, schien gleich wieder als Schweiß zu verdunsten. Die Feldflaschen waren nicht einmal mehr zur Hälfte gefüllt. Sie mussten möglichst bald einen Süßwasser-Billabong finden.

Schon kurze Zeit, nachdem Leroy sie verlassen hatte, überkam Lara eine tiefe Dankbarkeit für die hässlichen Schnürstiefel und den Hut. Der Boden war uneben und steinig. Überall wuchsen harte, scharfkantige Gräser, und die Sonne brannte erbarmungslos vom Himmel. Ohne den Hut hätte sie längst einen Sonnenstich.

Zwar fanden sich hier und da ein paar Gummibäume, aber sie boten kaum Schatten, weil sie nach einem Buschfeuer noch sehr kleine Blätter hatten. Und was die Ameisen anging, so hatte Leroy recht gehabt. Noch nie hatte Lara derart große und angriffslustige Ameisen gesehen. Manche waren fast zweieinhalb Zentimeter lang, und manchmal mussten sie ein Stück rennen, um den Tieren zu entkommen.

»Was ist denn das da drüben?«, fragte Lara. In einiger Entfernung glaubte sie, zwischen Bambusgestrüpp ein großes, braunes Gewässer entdeckt zu haben, traute aber ihren Augen nicht recht, weil die Sonne so stark blendete.

»Das müsste der Adelaide River sein«, sagte Jiana, nachdem sie einen Blick auf die Karte geworfen hatte.

»Aber das Wasser ist braun«, wandte Lara ein. Hatte Jiana sich geirrt? Flüsse waren doch nicht braun!

»Stimmt«, bestätigte Jiana. »Das kommt von dem Schlamm, den der Fluss mitführt.«

»Müssen wir dem Fluss folgen?« Lara hätte ihre Seele für ein kühlendes Tauchbad verkauft – trotz des schmutzigen Wassers – aber sie wusste natürlich, dass das unmöglich war.

»Wir müssen ihn überqueren.« Jiana sprach die Worte aus, als wäre es eine ganz alltägliche Sache.

»Überqueren? Wie sollen wir das denn anstellen? Wir können schließlich nicht fliegen. Es gibt keine Brücke, und zu schwimmen wäre lebensgefährlich.«

»Vielleicht finden wir irgendwo einen Eingeborenen mit einem Kanu«, antwortete Jiana ruhig.

»Ein Kanu?«, echote Lara ungläubig.

»Klar. Sie machen sie aus Bäumen.«

»Würdest du diesen Fluss wirklich in einem winzigen Kanu überqueren?«

»Sicher. Warum nicht?«

»Das kann ich dir verraten: Ich habe eine Menge Krokodile gesehen, die groß genug waren, um ein ganzes Kanu mit einem Bissen zu verschlingen und es höchstens für eine Vorspeise zu halten«, fauchte Lara.

Jiana lächelte. »Meine Landsleute sind ständig mit Kanus unterwegs. Glaub mir, der Fluss ist kein unüberwindliches Hindernis«, sagte sie beruhigend.

Sie gingen zum Ufer hinunter. Lara hielt nervös Ausschau nach Krokodilen, aber der Fluss lag friedlich da. Auch am Ufer sonnte sich keines der Tiere, was noch beruhigender war. Der Gedanke an ein Kanu schien ihr schon etwas weniger bedrohlich.

»Anscheinend haben die Krokodiljäger ganze Arbeit geleistet. Ich kann kein einziges entdecken«, sagte sie.

Jiana hob einen Stein auf und warf ihn ins Wasser, wo er ungefähr fünf Meter vom Ufer entfernt auf die Oberfläche klatschte.

»Warum hast du das gemacht?«, erkundigte sich Lara, doch Jiana bedeutete ihr zu schweigen.

Innerhalb weniger Sekunden tauchten mehrere große Krokodile aus dem schlammigen Wasser auf. Eines von ihnen schwamm auf sie zu, sodass sie seinen ganzen Körper sehen konnten. Es war angsteinflößend riesig, bestimmt über vier Meter lang. In unmittelbarer Nähe des ersten tauchte ein weiteres auf und griff den Kontrahenten sofort an. Der Fluss begann buchstäblich zu kochen. Die Tiere schnappten mit ihren mächtigen Kiefern und rollten im Wasser umeinander. Binnen kürzester Zeit war das braune Wasser blutrot gefärbt. Das wiederum erregte andere Krokodile, die nun ebenfalls zu kämpfen begannen.

Erschrocken sprang Lara rückwärts und schnappte nach Luft. »Auf keinen Fall überquere ich diesen Fluss in einem winzigen Kanu«, erklärte sie. »Und über Nacht können wir hier schon einmal überhaupt nicht bleiben.«

»Alles wird gut, du wirst schon sehen«, sagte Jiana sanft.

Lara betrachtete sie nachdenklich. Wenn sie es recht betrachtete, hatte sie keine Wahl. Sie musste Jiana vertrauen. Und die junge Frau hatte seit ihrer Rückkehr zu ihrem Stamm viel über das Leben im Busch gelernt.

Allmählich wurden die Schatten länger. Zwar empfand Lara es als angenehm, dass die Sonne endlich unterging, doch vor der Nacht unter freiem Himmel fürchtete sie sich sehr. Immer wieder musste sie sich vor Augen führen, dass Jiana ganz auf sich allein gestellt diese Erfahrung bereits gemacht hatte und unbeschadet davongekommen war. Trotzdem würde Lara während der ganzen Nacht mit Sicherheit kein Auge schließen.

»Zunächst machen wir ein Feuer. Das hält uns die Krokodile vom Hals«, sagte Jiana.

Lara getraute sich nicht, ihr zu sagen, wie hungrig sie war. Ihr Magen knurrte vernehmlich. Außerdem hatte sie Zweifel, dass ein Feuer sie zuverlässig vor einem hungrigen und listigen Krokodil schützen konnte, sprach ihre Bedenken aber nicht aus. Stattdessen nahm sie sich vor, sich mit einem dicken Knüppel zu bewaffnen und die ganze Nacht wach zu bleiben.

Jiana wählte eine kleine, auf einer Seite von Felsen geschützte Lichtung als Lagerplatz. Die jungen Frauen sammelten Holz, das Jiana keinen Meter von den Felsen entfernt aufschichtete und anzündete. Lara fühlte sich inzwischen vor Hunger und Durst derart geschwächt, dass sie sich setzen musste. Sie lehnte sich an die Felsen und schloss die Augen. Als sie sie kurz darauf wieder öffnete, hatte Jiana bereits nach Nahrhaftem gesucht und Buschpflaumen, Yamswurzeln und leicht bitter schmeckende Beeren gefunden. Die Yams legte sie zum Rösten neben die Glut des Lagerfeuers, Pflaumen und Beeren aßen sie sofort. Lara war so hungrig, dass es ihr gleich war, was sie aß. Herzhaft biss sie in die unbekannten Früchte.

Nachdem sie den ersten Hunger notdürftig gestillt hatten, machte sich Jiana erneut auf Nahrungssuche. Inzwischen war es fast völlig dunkel geworden. Zwar machte Lara sich Sorgen um ihre Begleiterin, traute sich jedoch nicht, die Sicherheit des Feuers zu verlassen, und hatte ein schlechtes Gewissen, weil sie untätig herumsaß. Jiana hingegen war der Meinung, dass sie allein ohnehin mehr Erfolg hätte.

Lara blieb zurück und lauschte den nächtlichen Geräuschen im Busch. Vom Fluss her hörte sie Frösche. In den Bäumen zirpten Zikaden. Die Raschellaute auf dem Boden flößten ihr Unbehagen ein. Am Himmel glitzerten Millionen Sterne, und eine schmale Mondsichel verbreitete ein schwaches Licht. Trotzdem fühlte Lara sich in der Nähe des Feuers am sichersten.

Die Zeit verging. Jiana war noch immer nicht zurück. Unwillkürlich begann Lara, sich die schrecklichsten Dinge auszumalen. War Jiana etwa einem Krokodil zum Opfer gefallen? Lara steigerte sich in ihre Panik.

»Jiana!«, schrie sie hysterisch in die Dunkelheit.

»Warum schreist du denn so?«, kam Jianas Stimme aus nächster Nähe. Sie trat in den Lichtkreis des Feuers und legte etwas in die Glut.

»Ich hatte solche Angst, dass dir etwas passiert wäre«, sagte Lara erleichtert und ein wenig beschämt.

Jiana schüttelte den Kopf. »Im Busch kenne ich mich aus«, tröstete sie die Freundin. »Du brauchst dir wirklich keine Sorgen um mich zu machen.«

Plötzlich stieg Lara ein angenehmer Röstduft in die Nase. Ihr lief das Wasser im Mund zusammen. Sie lehnte sich an die Felsen und schloss die Augen.

Kurz darauf reichte Jiana ihr ein großes Blatt, auf dem sie das Essen wie auf einem Teller angerichtet hatte.

Hungrig machte Lara sich über den Inhalt her. Das Essen schmeckte ihr. Die Yams waren knusprig und als Gemüse erkennbar. Dazu gab es etwas von weicher, fleischiger Konsistenz, das gar nicht einmal schlecht schmeckte, und etwas, das Lara an gegrilltes Hähnchen erinnerte, aber viele kleine Knochen hatte. Lara verschlang alles bis auf den letzten Bissen und leckte sich anschließend sogar die Finger. Erst danach erkundigte sie sich bei Jiana, was sie eigentlich gegessen hatte.

»Hat es dir geschmeckt?«, fragte Jiana.

»Ich würde es vielleicht nicht unbedingt in einem Restaurant bestellen, aber ich hatte solchen Hunger, dass ich auch Erde gegessen hätte, ohne mich zu beschweren. Ganz ehrlich, ich hatte den ganzen Tag einen Geschmack wie verbranntes Öl im Mund. Eine andere Geschmacksrichtung kam mir da sehr gelegen.«

Jiana nickte. »Das ging mir genauso. Und du hast heute deine erste Busch-Mahlzeit zu dir genommen. Sie bestand aus Yamswurzeln, einem kleinen Vogel und ein paar Witchetty-Maden.«

Lara traute ihren Ohren nicht und warf Jiana einen prüfenden Blick zu. Sicher würde sie gleich herausprusten, dass sie nur einen Scherz gemacht hatte! Doch Jiana blieb ernst, und Lara zuckte die Schultern. »Eine Bitte«, sagte sie. »Wenn ich dich das nächste Mal frage, was wir gegessen haben, möchte ich die Wahrheit lieber nicht wissen.«

Jiana lächelte. »Ich glaube fast, es könnte mir gelingen, aus einer Engländerin eine echte Aborigine zu machen!«

Gemeinsam leerten sie die erste Feldflasche. Am nächsten Tag würden sie sich unbedingt um Trinkwasser kümmern müssen. Sie warfen mehr Holz ins Feuer und legten sich auf den Boden.

»Bist du sicher, dass die Krokodile sich nicht ans Feuer trauen?«, flüsterte Lara, die ihre Augen vor Müdigkeit kaum offen halten konnte.

»Feuer macht ihnen Angst«, versicherte Jiana.

»Und was ist mit Schlangen und Spinnen?«, fragte Lara schlaftrunken.

»Da kann ich dir nichts versprechen«, raunte Jiana zurück.

Bei Tagesanbruch erwachte Lara, weil sich etwas Spitzes in ihren Rücken bohrte. »Hör auf, Jiana«, murrte sie, »ich stehe ja schon auf.« Sie hatte auf dem harten Boden alles andere als gut geschlafen und fühlte sich steif und wie zerschlagen. Immer, wenn sie gerade kurz vor dem Einschlafen gewesen war, war irgendetwas über ihr Bein oder ihren Arm gekrabbelt. Ihr entsetztes Schreien hatte Jiana mehrfach aus dem Schlaf gerissen, und so waren beide ziemlich übermüdet. Lara blinzelte und erblickte eine Gestalt, die über sie gebeugt stand. Und die sie plötzlich an den Haaren zog.

»Autsch!«, schimpfte sie und stellte dann fest, dass sie von einem halben Dutzend junger, männlicher, bis zu den Zähnen bewaffneter Aborigines umringt war.

»Verschwindet!«, kreischte sie und sprang auf, doch die Felsen in ihrem Rücken gestatteten kein Entkommen. Jiana war nirgends zu sehen.

»Was wollt ihr?«, fragte sie. Einer der jungen Männer griff erneut nach ihrem Haar. Lara wich bis zu den Felsen zurück und schrie nach Jiana.

Jiana kam vom Fluss angerannt. »Was ist denn nun schon wieder?«

»Siehst du das denn nicht?«, fauchte Lara, die sich ärgerte, dass Jiana so ruhig war.

Ohne Jiana auch nur eines Blickes zu würdigen, begannen die jungen Männer zu diskutieren. Offensichtlich ging es dabei um Lara, denn sie warfen ihr immer wieder prüfende Blicke zu.

»Was wollen die Kerle von mir?«, fragte Lara entrüstet, klopfte ihr staubiges Kleid ab und fuhr sich mit den Fingern durch das Haar. Sie war überzeugt, dass sie ganz fürchterlich aussah und die jungen Männer sich darüber das Maul zerrissen. Dabei wusste sie selbst kaum, wo sie hinschauen sollte. Alle Männer waren hochgewachsen, schlank und hatten einen athletischen Körperbau. Und sie trugen nur ein Stück Tierhaut über ihren Genitalien.

Jiana sprach die Männer in ihrer Muttersprache an, doch deren Aufmerksamkeit galt allein Lara. »Sie verstehen nicht, warum du das Haar einer alten Frau, aber ein junges Gesicht hast«, lachte Jiana.

»Was soll das heißen: Haar einer alten Frau? Ich weiß natürlich, dass ich nicht sehr gepflegt aussehe, aber das finde ich doch ein bisschen übertrieben.«

»Sie haben noch nie jemanden mit deiner Haarfarbe gesehen«, erklärte Jiana.

»Ach so!« Jetzt verstand Lara. »Weil ich blond bin! Natürlich!« Erleichtert nahm sie zur Kenntnis, dass die jungen Männer sich ausschließlich für ihre Haarfarbe interessierten. »Deshalb also haben sie an meinen Haaren gerissen. Aber warum haben sie mich mit einem Speer gepiekst?«

»Auf dem Felsen hinter dir lag eine Braunschlange. Sie dachten, du wärst tot.«

»Eine Braunschlange!« Lara bekam eine Gänsehaut und fragte

sich, ab das Tier in der Nacht vielleicht über sie hinweggekrochen war. Ihre Knie wurden weich. Sie musste sich setzen.

Jiana wandte sich an die Männer.

»Sie sagen, dass eine Meile flussaufwärts ein Fischer wohnt, der ein Boot besitzt«, übersetzte sie. »Vielleicht bringt er uns über den Fluss. Wenn nicht, dann haben die Jungs hier zwei Kanus zur Verfügung. Allerdings wollen sie als Bezahlung für das Übersetzen eine Haarlocke von dir.«

»Ist das dein Ernst?«

Jiana grinste breit und reichte ihr die Buschpflaumen und Beeren, die sie gesammelt hatte. »Danke, Jiana. Ich muss gestehen, dass ich mich an deinen merkwürdigen Sinn für Humor erst noch gewöhnen muss. Aber könnte es vielleicht sein, dass diese Männer hier irgendwo ein Lager und eine Tasse Tee für uns haben?«

Jiana brach in schallendes Lachen aus. »Wer hat hier einen merkwürdigen Sinn für Humor?«

»Dann nichts wie auf zu diesem Fischer. Hoffentlich ist er so zivilisiert, dass er uns einen Tee anbieten kann. Außerdem fühle ich mich auf einem Boot wahrscheinlich sicherer als in einem Kanu.«

30

Sobald es hell genug war, begann Rick mit der Reparatur des Motors. Als die Maschine endlich wieder lief, fühlte er sich so unruhig, dass er beschloss, eine Weile zu angeln, was ihn für gewöhnlich beruhigte. Geruhsam tuckerte er von einem Fischgrund zum nächsten. Als er an einem Schilfdickicht ungefähr fünfzig Meter vom Sampan Creek entfernt vorüberfuhr, stach ihm plötzlich der Geruch von fauligem Fleisch in die Nase. Auf der Suche nach dem Ursprung des Gestanks fand Rick einen toten Ibis. Millionen Fliegen surrten um den Kadaver des alten Vogels, und sicher würde schon bald ein Krokodil die leichte Beute entdecken. Rick beschloss, den Kadaver als Köder für eine Falle zu verwenden, doch der Ibis war sehr weit vom Ufer entfernt. Hinzuwaten war zu gefährlich, daher zog er das tote Tier mithilfe einer Stange vom Boot aus heran. Wegen der großen Hitze verweste der Kadaver schnell und verströmte einen Geruch, den ein Krokodil als appetitlich ansehen mochte, der Rick aber würgen ließ.

Er vertäute das Boot an einem überhängenden Ast, kletterte ans Ufer und machte sich auf den Weg zu einer seiner kleineren Fallen. Den toten Vogel zog er an einer langen Angelschnur hinter sich her, um so wenig wie möglich davon riechen zu müssen. Als er seine Falle erreichte, musste er entsetzt feststellen, dass sie zertrümmert und das Köderfleisch fort war. Er wusste, dass seine Fallen äußerst stabil waren, also konnte nur ein ganz bestimmtes Krokodil den Schaden angerichtet haben. Der Boden um die Falle war aufgeweicht, und so brauchte Rick nicht lange, um den kompletten Fußabdruck eines großen Krokodils im Schlamm zu entdecken. Dem Tier fehlte ein Zeh.

Rick empfand gleichermaßen Freude und Angst. Freude, weil er endlich eine Spur gefunden hatte, und Angst, weil das Riesenkrokodil in der Nähe sein musste. Ein Tier dieser Größe hatte einen unersättlichen Appetit, und der Geruch des toten Ibisses musste ihm verführerisch erscheinen. Er löste den Vogel vom Haken, rannte eilig zurück zum Boot, sprang an Bord und wollte gerade den Motor anlassen, als er aus dem Augenwinkel eine Bewegung in der Nähe des Schilfdickichts wahrnahm. Einer der größten Krokodilsköpfe, die er je gesehen hatte, tauchte aus den Tiefen des Billabong empor. Er erinnerte sich an das, was Lara ihm über das Riesenkrokodil erzählt hatte. Mit der Größe hatte sie keinesfalls übertrieben, im Gegenteil. Das Tier war mindestens fünfeinhalb Meter lang.

Langsam schwamm das riesige Tier auf Ricks Boot zu, ohne ihn aus den Augen zu lassen. Rick trat vorsichtshalber von der Reling zurück, um ein Kentern zu verhindern. Frech schwamm das Krokodil längsseits. Rick konnte der Versuchung, doch noch einmal einen Blick über die Reling zu wagen, nicht widerstehen. Ehrfürchtig betrachtete er die herrliche Kreatur, die er auf mindestens achtzig Jahre und fast eine Tonne Gewicht schätzte. Und so schnell, wie es aufgetaucht war, verschwand das Tier schließlich wieder unter der Oberfläche des Billabong.

Rick überschlug die Daten im Kopf. War seine große Falle für ein so großes Krokodil wirklich ausreichend? Und würde sie halten? In seine erwartungsvolle Freude über die Entdeckung mischte sich die Sorge, Krokodiljäger könnten das herrliche Wesen töten, ehe ihm die Umsiedlung gelang. Das durfte unter keinen Umständen geschehen. Das Tier war viel zu außergewöhnlich, um sein Leben derart sinnlos zu verlieren.

Rick ließ den Motor an und machte sich dann eilig daran, die Falle aufzustellen. Er konnte es kaum erwarten, Lara zu erzählen, dass er ihr Krokodil wieder mit eigenen Augen gesehen hatte, in voller Größe und aus nächster Nähe. Das erste Mal war lange her, und damals hatte er nur einen kurzen Blick, zudem in der Dämmerung, auf das Tier erhascht.

Lara und Jiana folgten dem Fluss Richtung Osten. Die jungen Aborigines waren zu Laras großer Erleichterung in westliche Richtung aufgebrochen. Der Morgen erwies sich als angenehm kühl, trotzdem sehnte sich Lara von ganzem Herzen nach einer erfrischenden Dusche und einem sauberen Kleid. Nach ungefähr einer halben Stunde Fußmarsch in Sichtweite des Flusses stieg ihnen der herbe Geruch eines Holzfeuers in die Nase. Sie mussten der Fischerhütte ganz nah sein. Insgeheim hoffte Lara, dass sie dort mitten in die Frühstücksvorbereitungen platzten. Sehnsüchtig träumte sie von einem großen Becher Tee, den sie sogar ohne Milch und Zucker getrunken hätte. Und falls der Fischer gerade dabei wäre, Eier zu braten – umso besser.

Fünf Minuten später erreichten sie das Lager. Zu Laras großer Überraschung entdeckten sie eine nur spärlich bekleidete Aborigine an einer Feuerstelle vor einer nachlässig zusammengezimmerten Hütte. Mehrere Kinder unterschiedlichen Alters tobten herum, die meisten waren nackt. Das jüngste Kind nuckelte noch an den hängenden Brüsten seiner Mutter. Ein Mann war weit und breit nicht zu sehen.

»Hallo!«, begrüßte Jiana ihre Landsmännin, welche die beiden Frauen verblüfft beäugte, aber nicht antwortete. Als Jiana begann, in ihrer Muttersprache zu sprechen, antwortete die Frau zwar, wandte den Blick aber nicht von Lara. Lara ahnte bereits, dass auch sie von ihren blonden Haaren fasziniert war.

»Der Fischer ist der Ehemann dieser Frau«, dolmetschte Jiana. »Sie sagt, dass er unten am Fluss ist.« Lara sah sich suchend um. Die Hütte stand in einem Wäldchen aus Eukalyptus- und Eisenholzbäumen, zahlreiche Tierschädel und Schlangenhäute lagen herum. Das Wasser konnte man von hier aus nicht sehen.

»Was für ein Glück, dass du die Sprache der Einheimischen

sprichst«, freute sich Lara. Wenn der Fischer sich am Fluss aufhielt, hatte er offenbar keine Angst vor Krokodilen. Beeindruckend.

»Die Frau ist vom Stamm der Limilngan-Wulna, der in diesem Gebiet ansässig ist. Meine Sprache unterscheidet sich ein wenig von ihrer, aber wir können uns verständigen.«

»Ist der Fischer ein Weißer?«

»Ist er. Das sieht man doch schon an den hellen Kindern. Ihre Haut ist wie meine.«

»Ich finde, sie haben ganz unterschiedliche Farbtöne«, sagte Lara, die insgeheim Mitleid mit der Frau empfand. Die Kinder waren altersmäßig nicht weit auseinander, sie musste sie sehr schnell nacheinander bekommen haben.

»Wer sind Sie, und was haben Sie hier zu suchen?«, bellte plötzlich eine raue, unfreundliche Stimme hinter ihnen.

Lara und Jiana drehten sich um. Hinter ihnen stand ein Mann, der sich umständlich die Hose hochzog. Neben ihm lag eine Schaufel, und es war nicht schwer zu erraten, was er gerade getan hatte. Er war extrem dünn und vermutlich nicht so alt, wie sein gekrümmter Rücken und das ergrauende Haar vermuten ließen. Auch sein langer, wirrer Bart war pfeffer- und salzfarben, und sein Haar hätte schon vor fünf Jahren dringend geschnitten werden müssen. Seine Haut war tief gebräunt und derb wie Leder. An dem ärmellosen, schmutzigen und verschwitzten Hemd fehlten die Knöpfe, und seine unterhalb der Knie abgeschnittene Hose wurde von einer Kordel gehalten.

»Wir sind zu Fuß unterwegs nach Hause«, erklärte Jiana.

Der Mann runzelte argwöhnisch die Stirn. »Und wo soll das sein?«

»Shady Camp«, erwiderte Jiana.

Beunruhigt stellte Lara fest, dass die Frau des Fischers zunehmend nervös wurde.

»Wir müssen über den Fluss und hatten gehofft, dass Sie vielleicht ein Boot haben«, fügte Lara hinzu.

»Ach ja?«, sagte der Mann und kam näher. Er sah genauso unfreundlich aus, wie er sich anhörte.

»Haben Sie ein Boot?«, erkundigte sich Lara höflich.

»Schon, aber ich benutze es so gut wie nie.«

»Gestatten Sie, dass ich uns vorstelle: Ich bin Lara Penrose, und die junge Dame hier heißt Jiana Chinmurra. Wir sind die Lehrerinnen von Shady Camp. Gestern sind wir vom Arnhem Highway bis hier gelaufen und müssen nun über den Fluss. Wir wären Ihnen dankbar, wenn Sie uns dabei helfen könnten.«

»Wie dankbar?«

Lara starrte ihn an.

»Wie meinen Sie das, Mr …«

»Haben Sie Geld?«

»Ein wenig. Aber erwarten Sie tatsächlich eine Bezahlung? So weit ist es doch nun auch wieder nicht«, entgegnete Lara patzig. Sie hätte ihm wahrscheinlich sowieso Geld angeboten, fand es aber unhöflich, dass er es einforderte.

»Treibstoff für das Boot ist nicht billig«, sagte der Mann. »Und er wird immer teurer.«

Lara ahnte, dass ihnen keine andere Wahl blieb, und holte ihre Börse aus dem Rucksack. »Ich habe noch ein Pfund und ein paar Münzen. Wir waren in Darwin, um unser Gehalt abzuholen, als die Stadt bombardiert wurde.«

»Bombardiert?«

»Haben Sie gestern nicht den Lärm gehört oder die Flugzeuge gesehen?«

»Ich habe zwar Flugzeuge gesehen, aber die waren so hoch, dass ich nicht erkennen konnte, ob es unsere oder die der Japse waren. Ich habe auch etwas gehört, was ich für entfernten Donner hielt. Dann waren das wahrscheinlich die Bomben.«

»Darwin wurde gestern Morgen gegen zehn Uhr von den Japanern angegriffen. Jiana und ich standen gerade auf dem Stokes Hill, als es losging. Wir haben gesehen, wie Schiffe in Flammen standen und sanken und wie Männer bei lebendigem Leib verbrannt sind oder in Stücke zerfetzt wurden. Es sind Bilder, die wir sicher nie im Leben vergessen werden.« Sie spürte, wie sie beim Sprechen wieder von Gefühlen überwältigt wurde.

Laras Worte rührten den Fischer. Mit einem Mal änderte sich seine Haltung. »Ich habe mich hier im Busch niedergelassen, um nicht eingezogen zu werden. Kann sein, dass Sie mich für feige halten – aber zwei meiner Brüder sind 1915 in Frankreich gefallen. Ich selbst war damals noch zu jung für den Krieg. Der Tod meiner Brüder hat meiner Mutter das Herz gebrochen. Sie hat sich nie mehr davon erholt und ist letztendlich daran gestorben. Und wofür sind meine Brüder gefallen? Jetzt herrscht schon wieder Krieg, und ich werde bestimmt niemandem dabei helfen, die Brüder oder Söhne anderer Menschen zu töten.«

»Sie haben recht. Dieses ganze Sterben ist so sinnlos!«, stimmte Lara ihm zu.

»Ich heiße übrigens Burt Watson, und dies ist meine Frau Dorrie. Mögen Sie vielleicht eine Tasse Tee? Mit Milch und Zucker kann ich allerdings nicht dienen. Der nächste Laden befindet sich in Middle Point, und so weit war ich schon lange nicht mehr, weil ich nicht genügend Sprit für das Boot habe.«

»Unter diesen Umständen bestehe ich darauf, dass Sie mein Geld annehmen«, sagte Lara, die nun ebenfalls milder gestimmt war. Sie drehte ihre Geldbörse um und schüttete ihr gesamtes Geld aus.

»Nein, das kann ich nicht annehmen«, sagte Burt. »Wenn Darwin bombardiert worden ist, ist unsicher, wann Sie das nächste Mal Lohn bekommen.«

»Natürlich können Sie es annehmen. Sie haben eine ganze Menge Kinder zu ernähren, und das Leben hier am Fluss ist sicher nicht leicht.«

»Dorrie hat mich gelehrt, wie man von der Natur lebt. Wir kommen gut zurecht, und die Kinder müssen nicht hungern. Ich habe sicher noch genügend Treibstoff im Tank, um Sie über den Fluss zu bringen und auch wieder heimzukommen.«

»Vielen Dank. Und jetzt würde ich meinen rechten Arm für eine Tasse Tee geben.«

»Kommt sofort.« Er wies Dorrie an, saubere Becher zu holen. »Wir haben noch ein wenig Fleisch vom Frühstück übrig. Möchten Sie das haben?«

»Oh gern! Ich glaube, ich würde im Augenblick alles essen«, sagte Lara dankbar und hoffte, dass er vielleicht unten am Fluss eine Ente gefangen hatte.

»Das ist gut. Wir leben nämlich praktisch ausschließlich von Krokodilfleisch.«

»Krokodilfleisch!« Lara war so hungrig, dass sie es gern probieren wollte.

Lara und Jiana bekamen je einen Becher schwarzen Tee und ein Stück in einer Pfanne über dem Feuer gebratenes Fleisch in die Hand gedrückt. Jiana biss herzhaft hinein. Lara schloss die Augen und kostete vorsichtig von dem Fleisch. Und irgendwie bekam sie es tatsächlich hinunter. Auch ohne Messer und Gabel.

Als Burt sie nach einem langen Gespräch über den Krieg zu seinem Boot führte, blieb Laras Mund vor Staunen offen stehen.

Während des Frühstücks hatten sie erfahren, dass Burt und Dorrie vor etwa einem Jahr aus der Nähe von Adelaide in die Hütte am Fluss gezogen waren. Durch ihre isolierte Lage hatten sie weder von der Evakuierung Darwins erfahren, noch hatten sie gewusst, dass Pearl Harbour bombardiert worden und Singapur an die Japaner gefallen war. Die Neuigkeiten trafen sie wie ein Schock.

Burts Boot ankerte unter einem großen Roten Eukalyptus. Die unbarmherzige Sonne hatte längst die Farbe vom Holz verbannt, nur ein wenig Blau und Grün war noch zu sehen. Es besaß ein kleines Sonnensegel, das an einigen Stellen unter dem Gewicht welker Blätter und Zweige eingerissen war.

Lara und Jiana nahmen Platz, während Burt mit dem Außenbordmotor kämpfte, der sich standhaft weigerte, anzuspringen. Er stotterte und qualmte, während Burt fluchte und schimpfte. Lara war verzweifelt. Sie würde sich weiterhin weigern, eine Überquerung des Flusses im Kanu auch nur in Erwägung zu ziehen, und setzte ihre gesamte Hoffnung auf dieses alte Fischerboot. Und irgendwann erwachte der Motor doch noch spuckend zum Leben. Lara betete, dass er bis zum gegenüberliegenden Ufer in etwa hundert Metern Entfernung durchhalten würde.

Jiana holte das Tau ein, während Lara Dorrie und den Kindern zuwinkte, die ihnen vom Ufer aus nachsahen. Sie verspürte eine überwältigende Erleichterung, als sich das Boot tatsächlich langsam in Bewegung setzte.

Nach ungefähr zwanzig Metern bekam Lara plötzlich nasse Füße. Ein Blick nach unten zeigte ihr, dass Wasser im Boot stand.

»Burt, wir sinken!«, rief sie entsetzt.

Burt aber blieb ruhig. »Das alte Mädchen zieht immer ein bisschen Wasser. Keine Sorge, wir schaffen es bis zum anderen Ufer«, erklärte er.

Mitten auf dem Fluss, inmitten neugieriger Krokodile, setzte der Motor plötzlich wieder aus.

»Was ist?«, fragte Lara, während Burt vergeblich versuchte, die Maschine in Gang zu bringen.

»Wenn ich es wüsste, würde ich das verdammte Teil reparieren«, schimpfte Burt und fummelte an dem Außenborder herum.

Laras und Jianas Schuhe waren inzwischen vollkommen durchnässt. Seit das Boot nicht mehr fuhr, schien das Wasser schneller einzudringen.

»Ich glaube wirklich, dass wir sinken, Burt«, jammerte Lara und starrte auf mehrere Augenpaare, die das Boot unmittelbar oberhalb der Wasseroberfläche fest im Blick hatten. Gleich würden sie hungrigen Krokodilen als Frühstück dienen! »Bitte, tun Sie doch etwas!«

»Was glauben Sie, was ich hier mache?«, schnauzte er sie ungeduldig an.

»Vielleicht ist ja kein Treibstoff mehr drin«, meinte Lara. Immerhin eine Möglichkeit.

»Sprit ist noch genug da, aber vielleicht ist die Treibstoffleitung verstopft.«

»Ist das etwas Ernstes?«

»Immerhin ist der Motor stehen geblieben.«

»Haben Sie vielleicht Ruder?«, fragte Lara verzweifelt.

»Das nicht, aber vielleicht könnten Sie sich den Eimer da unter Ihrer Bank schnappen und anfangen, Wasser zu schöpfen.«

Lara wurde blass. »Dann glauben Sie also auch, dass wir sinken?«

»Keine Ahnung. Ich habe dieses Boot seit Monaten nicht benutzt.« Wieder und wieder versuchte er, den Motor anzulassen. Lara tastete unter ihrem Sitz und fand den Eimer. Ihre Füße standen nun schon bis zu den Knöcheln im Wasser. Ihr schwindelte vor Angst. Jiana nahm ihr den Eimer ab und begann, Wasser aus dem Boot zu schöpfen und in den Fluss zu kippen. In ihrer Verzweiflung lehnte sich Lara über Bord und versuchte, mit den Händen zu rudern.

»Das würde ich an Ihrer Stelle lieber nicht tun«, raunzte Burt sie an und zerrte sie von der Bordwand weg. »Diese Krokodile da können prima springen und Sie über Bord ziehen. Dabei würde das Boot kentern, und dann müssten wir alle dran glauben.«

Er platzierte Lara kurzerhand auf dem Boden des Bootes. Sie landete mit ihrem Allerwertesten im Wasser und dachte sofort, das Boot ginge nun endgültig unter.

»Mein Gott«, schrie sie, »wir sterben.« Sie bedeckte ihr Gesicht mit den Händen.

»Noch ist es nicht so weit«, erklärte Burt entschlossen. Er schraubte weiter am Motor, während Jiana aus Leibeskräften Wasser schöpfte.

Lara spähte von ihrer Position am Boden des Bootes vorsichtig über die Bordwand. Mehrere Krokodilaugenpaare beobachteten sie und warteten ruhig ab. Laras Herz pochte zum Zerspringen. Plötzlich musste sie daran denken, wie Rick ihr erzählt hatte, dass Krokodile den Herzschlag ihrer Beute im Wasser weit über einen Kilometer hören konnten.

»Tun Sie doch was, Burt!«, kreischte sie. »Ich will nicht so sterben.«

»Da sind Sie nicht die Einzige«, grummelte er und blickte zu seiner Familie am Ufer hinüber.

In diesem Augenblick erwachte der Motor zum Leben und das Boot setzte sich in Bewegung. Lara blieb auf dem nassen Boden sitzen und betete, dass sie es bis ans Ufer schaffen würden.

31

Als Jerry am 20. Februar nachmittags den Laden betrat, fiel ihm auf, dass Betty sehr müde wirkte. Er wusste, dass er selbst kaum besser aussah, er hatte in der Nacht kaum ein Auge zugetan. Da er weder Colin noch Monty im Pub gesehen hatte, ging er davon aus, dass sie sich im Luftschutzbunker einen zur Brust nahmen. Vermutlich war Bettys bessere Hälfte seit seiner Rückkehr aus der Stadt nicht mehr nüchtern gewesen. »Wie geht es Colin?«, erkundigte er sich.

»Körperlich geht es ihm besser«, sagte sie sanft. »Er schläft jetzt. Zumindest schlief er vor einer halben Stunde, als ich das letzte Mal nach ihm gesehen habe.«

»Und was ist mit seinem Seelenzustand?«

»Nicht so gut«, antwortete Betty.

»Fühlt er sich schuldig, weil er ohne Lara und Jiana heimgekommen ist?«

»Er hat es zwar nicht ausdrücklich gesagt, aber ich bin sicher, dass er sich für das, was ihnen passiert ist, verantwortlich fühlt. Außerdem ist er felsenfest davon überzeugt, dass die beiden nicht mehr leben. Und weil ich das wahre Ausmaß der Zerstörung nicht gesehen habe, fehlen mir die Gegenargumente. Aber die größte Sorge macht mir, dass er kein Bier will. Den ganzen Tag noch nicht.«

»Das ist wirklich kein gutes Zeichen«, stellte Jerry betroffen fest. Das hätte er bei Colin nie erwartet.

»Wem sagst du das? Ehrlich gesagt war ich davon ausgegangen, dass er sich tagelang sinnlos betrinken würde. Das hätte ich verstanden, weil ich ihn so kenne. Aber ein nicht trinkender Colin ist wie ein Fremder.«

»Ich kann deine Sorge gut nachvollziehen, Betty«, sagte Jerry bekümmert.

»Charlie und Rex waren gestern Abend bei Netta Chinmurra. Ich habe es nicht übers Herz gebracht, selbst hinzugehen, weil ich ihr nicht überzeugend ins Gesicht sagen konnte, dass ich an eine Rückkehr ihrer Tochter glaube. Die Männer haben ihr erzählt, dass es einen Angriff auf Darwin gegeben hat und dass Jiana vermisst wird. Natürlich haben sie versucht, ihr Hoffnung zu machen, aber Netta ist zusammengebrochen. Und ich verstehe ihren Schmerz nur allzu gut. Ich wüsste nicht, was ich täte, wenn eines meiner Kinder betroffen wäre. Charlie hat berichtet, dass die Aborigines gestern Abend Trauerzeremonien abgehalten haben.«

Jerry empfand tiefes Mitleid mit Netta, wollte aber die Hoffnung nicht aufgeben, dass die Frauen überlebt hatten. »Rex hat mich letzte Nacht auf seinem Boot übernachten lassen«, berichtete er. »Aber ich habe kein Auge zugetan. Heute Morgen bin ich als Erstes zur Tankstelle nach Corroboree gefahren, wo Gerry mir mitgeteilt hat, dass der Treibstoff inzwischen streng rationiert wird. Nur wichtige Dienstleister bekommen überhaupt noch etwas. Dazu gehören auch wir Ärzte. Der Rest geht an die Armee. Aber die Menge, die mir zugeteilt worden ist, reicht leider nicht, um in die Stadt zu fahren, dazu müsste ich dann meine Patienten im Sumpfgebiet vernachlässigen.«

»Unter diesen Umständen werden wir wohl nicht herausbekommen, was mit Lara und Jiana geschehen ist. Um ehrlich zu sein, empfinde ich diesen Zustand als quälend. Was ist übrigens mit Rick Marshall? Hattest du schon Gelegenheit, ihn zu informieren?«

»Nein. Sein Boot war gestern Abend nicht da. Entweder siedelt er gerade ein Krokodil um, oder er betreut eine Angeltour.«

»Gestern waren zwei Amerikaner im Dorf. Sie kamen von einer Angeltour mit Rick und haben im Pub einen Absacker getrunken. Die beiden hatten eine Ausgangsgenehmigung für zwei Tage und keine Ahnung, dass Darwin bombardiert worden war.

Erst als Monty es ihnen erzählte, brachen sie sehr hastig auf. Charlie war am Anleger, um mit Rick zu sprechen, aber sein Boot war schon wieder weg.«

In diesem Moment flog die Ladentür auf.

»Hallo, Betty, hallo, Jerry«, keuchte Rick außer Atem. »Ich bin auf der Suche nach Lara. Sie ist weder zu Hause noch in der Schule. Wisst ihr vielleicht etwas?«

Betty warf Jerry einen Blick zu. »Wir haben uns gerade gefragt, wo du warst, Rick.«

»Ich bin gestern Abend noch einmal zum Fischen hinausgefahren und bekam unterwegs Probleme mit dem Motor. Dann musste ich leider die ganze Nacht draußen bleiben, weil es zum Reparieren zu dunkel wurde. Ich hoffe, Lara hat sich keine allzu großen Sorgen gemacht. Wisst ihr vielleicht, wo ich sie finden kann?«

Jerry hatte den Eindruck, dass er Lara offenbar wichtige Neuigkeiten mitteilen wollte, was es ihm noch schwerer machte, ihm die Fakten mitzuteilen. »Wir wissen auch nicht, wo sie ist, Rick.«

Verwirrt blickte Rick ihn an. In Shady Camp gab es nicht allzu viele Möglichkeiten, spurlos zu verschwinden. »Vielleicht weiß Rizza ja mehr«, sagte er und wandte sich zur Tür.

»Darwin ist gestern von den Japanern bombardiert worden«, platzte Betty heraus.

Rick wirbelte herum. »Wann gestern?«

»Als Colin mit Lara und Jiana in der Stadt war«, antwortete Betty.

Rick zuckte zusammen. »Aber es ist doch alles in Ordnung, oder?« Er suchte in Jerrys Blick nach einer Bestätigung. »Es geht ihnen gut, nicht wahr?«

»Colin ruht sich gerade aus, Rick«, warf Jerry ein.

»Und wo ist Lara?«

»Colin kam ohne die beiden Frauen aus der Stadt zurück«, gestand Betty.

»Was?«

»Nach jetzigem Wissensstand sind sie vermisst«, fügte Jerry hinzu.

»Vermisst? Was genau soll das heißen?« Rick blickte Betty fragend an.

»Colin konnte sie in der Stadt nicht finden. Es war ein schwerer Angriff, aber wir werden nicht mit dem Schlimmsten rechnen, ehe wir nicht Näheres wissen.«

»Die beiden wollten doch ihr Gehalt abholen. War Colin auch in der Kultusbehörde?«

»Er war dort«, bestätigte Betty sanft. »Das Gebäude wurde getroffen, Rick. Außer Trümmern ist nichts davon übrig geblieben.« Sie kämpfte gegen die Tränen an.

»Wir wissen allerdings nicht, ob sich Lara und Jiana zum Zeitpunkt des Treffers tatsächlich in der Kultusbehörde aufgehalten haben«, fügte Jerry hinzu.

»Aber wo sind sie dann?«, polterte Rick aufgebracht. »Wenn sie unverletzt durch die Straßen gelaufen wären, hätte Colin sie sicher gesehen. Darwin ist schließlich keine Großstadt.«

»Offenbar herrschte in der Stadt das blanke Chaos. Überall brannte es. Das Rote Kreuz hat Überlebende eingesammelt und mitgenommen. Er kann sie also durchaus übersehen haben«, erklärte Jerry in der Hoffnung, Rick beruhigen zu können.

»War er im Krankenhaus?«

»Niemand durfte in die Nähe des Krankenhauses. Es wurde schwer beschädigt«, meldete sich Colin von der Verbindungstür zur Wohnung. Mit gequältem Gesicht trat er auf seine Frau und die beiden Männer zu. »Man brachte die Patienten zur Behandlung nach draußen, um die Zerstörung im Innern begutachten zu können. Das Rote Kreuz fuhr mit Lastwagen umher und sammelte Verletzte von der Straße. Ich vermute, man hat sie in Armeelazarette in der Umgebung gebracht, aber Genaueres weiß ich auch nicht. Ich hatte einen Schock und bin einfach losgefahren …«

»Aber ihr seid doch auch der Meinung, dass die beiden noch

leben und sich an einem unbekannten Ort aufhalten, oder?«, fragte Rick leise. »Ihr denkt nicht, dass sie …«

»Ganz ehrlich – ich glaube nicht, dass sie es geschafft haben«, gab Colin zu.

Rick sog tief die Luft ein.

»Ich bin sicher, dass sie in der Kultusbehörde waren«, fuhr Colin fort. »Wären sie auf der Straße herumgelaufen, hätte ich sie vermutlich gefunden.«

Rick wankte. Alle Farbe war aus seinem Gesicht gewichen, und er sah aus, als müsse er sich übergeben. Ohne ein weiteres Wort drehte er sich auf dem Absatz um, verließ den Laden und warf die Tür hinter sich unsanft ins Schloss.

»Du hättest mehr Feingefühl an den Tag legen sollen, Colin«, kritisierte Jerry. »Immerhin gibt es bisher keinen Beweis dafür, dass die beiden nicht mehr leben.«

»Es wird auch keinen geben«, konterte Colin verärgert. »Im Gegensatz zu dir habe ich die Überreste der Kultusbehörde gesehen. Glaub mir, da gibt es nichts mehr zu identifizieren.«

Rick hatte das Gefühl, etwas tun zu müssen. Eilig berechnete er die Menge an Treibstoff, die er noch hatte. Zwar reichte es nicht, um in die Bucht von Darwin zu gelangen, doch das würde ihn nicht davon abhalten, Lara zu suchen. Irgendwo würde er schon Sprit auftreiben. Er versuchte es zunächst bei Rex Westly.

»Hast du noch Treibstoff übrig?«, fragte er ohne Umschweife.

»Mal sehen, was ich erübrigen kann«, sagte Rex, ohne Fragen zu stellen. Alle im Dorf wussten um die Situation und waren nur zu gern bereit zu helfen. »Leider ist es nicht viel, aber vielleicht hat Charlie ja noch Vorräte.«

Rick war gerade dabei, seinen Tank mit dem von Charlie und Rex überlassenen Treibstoff zu füllen, als Jerry den Anleger betrat. »Ich würde gern mitfahren«, sagte er.

»Und wieso hast du dich nicht sofort in dein Auto gesetzt, als Colin ohne die Frauen zurückkam?«

»Ich war drauf und dran, aber erstens brauchen mich meine Patienten hier im Sumpfland, und zweitens sind die Angriffe auf Darwin noch nicht vorbei. Mittlerweile denke ich aber, dass ich trotzdem hätte fahren sollen. Allerdings wurde das Benzin inzwischen so streng rationiert, dass ich nicht mehr bis Darwin komme.«

»Ich halte es auch für besser, dass du hierbleibst. Für den Fall, dass Shady Camp ebenfalls bombardiert wird«, sagte Rick.

Jerry nickte. »Viel Glück«, sagte er. »Auch wenn meine Meinung vielleicht unwichtig ist – aber ich glaube, dass Colin sich irrt. Ich bete, dass du die Frauen findest.«

Charlie hatte Rick gewarnt, in der Dunkelheit zu fahren, weil er glaubte, dass die Japaner Schiffe und Unterseeboote im Golf stationiert hatten. Auch Rex riet Rick von einer Fahrt nach Darwin ab. Rick hörte die beiden zwar an, wusste aber, dass nichts auf der Welt ihn abhalten konnte, nach Lara und Jiana zu suchen.

Es war bereits dunkel, als er durch die Gezeitenkanäle in Richtung des Leuchtturms von Cape Hotham tuckerte. Zwar musste er zwischen den Vernon Islands hindurch, um den Beagle Gulf zu erreichen, aber er kannte die Strecke wie seine Westentasche, obgleich er sie normalerweise bei Tageslicht zurücklegte. Glücklicherweise war der Himmel klar. Der Wind kam von achtern, und der Mond schien gerade hell genug, dass er sehen konnte, wo er hinfuhr. Auch waren keine Anzeichen für Gewitter zu sehen, und Rick registrierte erleichtert, dass offenbar keine japanischen Schiffe unterwegs waren.

Immer wieder wanderten seine Gedanken zu Lara. Wie sehr er sie doch liebte! Schon jetzt konnte er sich ein Leben ohne sie nicht mehr vorstellen.

Rick hatte nicht vor, den Hafen von Darwin anzusteuern, sondern fuhr in einen schmalen Meeresarm in der Nähe von Doctor's Gully. Als er sein Ziel erreichte, ging es bereits auf Mitternacht zu.

Das Haus von George und Stella Carroll, die er seit vielen Jahren kannte, lag in tiefer Dunkelheit. Weil er die beiden nicht wecken wollte, vertäute er sein Boot an ihrem kleinen Anleger und beschloss, zu Fuß zum Krankenhaus zu gehen. Kaum war er um die Hausecke gebogen, als er einen unsanften Stoß zwischen die Schulterblätter bekam. Er drehte sich um und blickte in den Doppellauf eines Gewehrs. Sofort dachte er an die Japaner. Waren sie etwa auf dem Landweg in die Stadt eingedrungen? Eine Taschenlampe flammte auf.

»Rick! Was zum Teufel …«

Rick erkannte die Stimme sofort. »George«, sagte er und blinzelte. »Du blendest mich.«

»Du kannst von Glück reden, dass ich dich nicht erschossen habe«, grunzte George. »Wieso schleichst du hier in der Dunkelheit herum?«

»Was ist denn da los, Liebling?«, fragte Stella und bog um die Hausecke.

»Rick Marshall ist hier«, antwortete George.

Stella war ganz in Schwarz gekleidet. Sogar ihr blondes Haar hatte sie unter einem schwarzen Tuch verborgen. Auch sie war bewaffnet, allerdings mit einer Mistgabel. »Mensch, Rick, stell dir mal vor, George hätte auf dich geschossen«, schimpfte sie.

»Da habe ich ja nochmal Glück gehabt«, versuchte Rick zu scherzen. »Seit wann besitzt du überhaupt eine Flinte, George?«

»Schon seit Jahren. Ich hätte mir allerdings nicht träumen lassen, dass ich sie einmal würde benutzen müssen. Was glaubst du wohl, wie viel Angst ich hatte, als auf einmal ein wildfremdes Boot an meinem Anleger lag. Ich dachte allen Ernstes, wir würden überfallen.«

»Und ich dachte, du wärst ein Plünderer«, erklärte Stella.

»Tut mir wirklich leid, wenn ich euch erschreckt habe«, entschuldigte sich Rick und überlegte, wie ernst die Lage sein musste, wenn diese beiden ihr Haus mit Waffengewalt verteidigten.

»Die Stadt ist nicht mehr sicher«, erläuterte George knapp. »Was zum Teufel hast du hier zu suchen?«

»Die Frau, die ich liebe, muss irgendwo hier in der Stadt sein«, sagte Rick. »Und ich gehe nicht fort, bevor ich sie gefunden habe.«

»Das ist ja mal eine Neuigkeit! Bisher war deine einzige große Liebe der Fischfang«, scherzte George, bevor er wieder ernst wurde. »Du bist verrückt, Rick. Darwin ist inzwischen dreimal bombardiert worden. Außer Soldaten und einigen wenigen Zivilisten hält sich so gut wie niemand mehr in der Stadt auf. Wenn die Frau, die du suchst, die Angriffe überlebt hat, ist sie wahrscheinlich längst nicht mehr hier.«

»Es sei denn, sie wurde verletzt«, wandte Rick ein. Er wollte einfach nicht glauben, dass Lara tot war, so überzeugt Colin auch sein mochte.

»Wenn ihre Verletzungen nicht lebensgefährlich sind, ist sie mit Sicherheit längst evakuiert worden.«

»Und wenn doch?«

»Dann ist sie vermutlich noch da.«

»Ich habe gehört, dass das Krankenhaus getroffen wurde. Werden dort noch Verletzte behandelt?«

»Das Krankenhaus wurde zwar bombardiert, ist aber teilweise noch in Betrieb. Soweit ich weiß, hat dort niemand sein Leben verloren«, erwiderte George. »Die erste Angriffswelle galt dem Hafen, und dort hat es viele Tote gegeben. Im Hafen lagen insgesamt fünfundvierzig Schiffe. Das Hospitalschiff *Manunda* hat auch einen Treffer abbekommen, sank aber nicht. Aber an Bord starben mehrere Menschen, darunter eine Krankenschwester. Ich glaube, dass auch auf diesem Schiff Verletzte aus der Stadt behandelt werden.«

»Gut, dann nehme ich mir nach dem Krankenhaus auch noch die *Manunda* vor«, sagte Rick. »Aber wieso ist Stella noch hier, George? Wäre es nicht sicherer für sie, nach Süden zu gehen?«

»Wir sind keine Deserteure, im Gegensatz zu einigen Leuten von der Luftwaffe«, erklärte George stolz.

»George, das ist nicht fair«, wandte Stella ein. »Die Kompanieobersten der Luftwaffe haben ihren Leuten geraten, sich im Busch zu verstecken. Einige nahmen sich den Rat zu Herzen, liefen in den Busch und verschwanden auf Nimmerwiedersehen«, fügte Stella hinzu.

»In der Stadt hat es Plünderungen gegeben, und zwar sowohl vonseiten der Militärpolizei als auch durch Zivilisten«, berichtete George. »In einigen Fällen verstehe ich es, wenn zum Beispiel Gebrauchsgegenstände für die Soldaten beschlagnahmt werden. Aber einem unserer Nachbarn hat man das Klavier geklaut, wahrscheinlich hat man es längst nach Süden gebracht. Es hat ihm fast das Herz gebrochen, denn das Klavier war seit Generationen im Besitz der Familie.«

»Trotzdem ist Besitz es nicht wert, dafür sein Leben aufs Spiel zu setzen«, sagte Rick.

»Das australische Militär will das Gebiet um Doctor's Gully zum Stützpunkt für Flugboote ausbauen, falls überhaupt noch welche übrig sind. Wir halten es für unsere Pflicht, es bis dahin zu schützen.«

»Und wenn uns irgendjemand etwas wegnehmen will, das uns gehört, und George erschießt ihn nicht sofort, bekommt er meine Mistgabel an der Stelle zu spüren, wo es am meisten wehtut«, trumpfte Stella angriffslustig auf.

»Wer sich mit euch anlegt, ist selbst schuld«, sagte Rick. Er meinte es ernst.

»Vielleicht ist deine Freundin nach Hause gegangen«, wechselte George das Thema. »Wohnt sie in der Stadt?«

»Nein, sie kommt aus Shady Camp. Sie ist die Lehrerin des Dorfes.«

»So ein Zufall!«, rief George. »Während der ersten Angriffswelle war der Ladenbesitzer gerade bei uns.«

»Wir haben uns alle in der Plantage versteckt«, fügte Stella hinzu.

»Colin war hier? Ich weiß, dass er Lara und eine andere junge Frau in die Stadt mitgenommen hat. Er sagte, dass er nach dem Angriff nach ihnen gesucht, sie aber nicht gefunden hat, und kam ohne sie zurück.«

»Dann konnten die jungen Damen also nicht nach Hause und hingen während der zweiten und dritten Staffel auch noch hier fest. Wer weiß, was mit ihnen geschehen ist.«

Rick spürte, wie sein Mut sank.

»Du darfst nicht aufgeben«, ermutigte George ihn. »Wir haben die Angriffe schließlich auch überlebt. Sag mal, hast du eine Taschenlampe?«

»Leider nicht. Daran habe ich nicht gedacht.«

»Dann nimm die hier«, sagte George und gab ihm seine. »Du kannst auch mein Motorrad haben, aber sieh zu, dass es nicht geklaut wird. Die Soldaten haben zwar das gesamte Benzin aus meinem Auto abgezapft, aber von meinem Motorrad wussten sie glücklicherweise nichts. Falls Stella und ich später doch noch fliehen müssen, hätten wir dann zumindest einen fahrbaren Untersatz.«

»Vielen Dank, George. Ich werde es mit meinem Leben schützen.«

»Das wäre vielleicht etwas übertrieben. Pass auf dich auf, Junge. Wir sehen uns später.«

Rick überprüfte jede intakte Station des Krankenhauses. Die zerstörten Abteilungen hatte man abgeschlossen, und in den zugänglichen Stationen waren die meisten Betten leer. Zuvor hatte er die Liste der aus dem Krankenhaus abtransportierten Verletzten überprüft, und obwohl ihm erklärt worden war, dass die Klinik niemanden aufgenommen hatte, auf den die Beschreibung von Lara oder Jiana passte, bestand er darauf, selbst nachzuschauen. Auch ins Leichenschauhaus ließ man ihn, denn viele der Toten waren noch nicht identifiziert. Ein Bediensteter zeigte ihm die weiblichen Leichen, die altersmäßig infrage kamen. Während Rick jedes einzelne leblose Gesicht betrachtete, von denen einige sehr zerschunden waren, pochte sein Herz wie wild. Er war traurig und ihm war übel.

»Mindestens fünfzig der Getöteten werden wir wohl nie identifizieren«, erklärte der sehr freundliche Bedienstete schließlich. »Ich will nicht behaupten, dass die, nach denen Sie suchen, dazugehören – aber Sie sollten das im Hinterkopf behalten.«

Rick antwortete nicht, fühlte sich aber innerlich vollkommen erschöpft. Er weigerte sich immer noch, zu glauben, dass Lara und Jiana sich im Moment des Angriffs in der Kultusbehörde aufgehalten hatten.

Die Stadt war in einem fürchterlichen Zustand. Trotz der defekten Beleuchtung konnte Rick erkennen, dass die meisten Gebäude beschädigt waren. Nur wenige Menschen waren unterwegs.

Das Chaos und die Zerstörung in der Umgebung der Hafenmolen waren ein noch schlimmerer Schock. Die Bomben hatten alle Anlagen dem Erdboden gleichgemacht. Nur wenige Schiffe waren gar nicht oder nur wenig beschädigt wie die *Manunda*. Im Wasser waren die Masten gesunkener Schiffe zu sehen. Das Ufer war übersät mit Trümmern und Abfall.

Nachdem Rick auch die *Manunda* erfolglos durchsucht hatte, die an einem noch intakten Stück der Mole vertäut war, wusste Rick nicht, was er noch unternehmen konnte. Ziellos fuhr er durch die verlassenen Straßen. Plötzlich fand er sich in der Straße wieder, in der kaum zwei Tage zuvor noch die Kultusbehörde gewesen war, jetzt aber kein Stein mehr auf dem anderen stand. Rick stieg ab und betrachtete die Trümmer. Plötzlich wurde ihm bewusst, dass er vielleicht genau an der Stelle stand, wo Lara und Jiana getötet worden waren.

»Oh Gott«, stöhnte er.

»Sind Sie okay, Sir?«

Rick wandte sich um und schüttelte den Kopf. »Ich suche nach jemandem«, sagte er zu dem Soldaten, »nach zwei jungen Frauen, die am 19. in der Stadt waren.«

»Sie stehen vor den Trümmern der Kultusbehörde.«

»Das weiß ich.«

»Waren die Frauen dort, als es passierte?«

Rick nickte.

»Soviel wir wissen, hielten sich während des Angriffs ein paar Angestellte in den Büros auf. Über weitere Besucher wissen wir nichts«, erklärte der Soldat.

»Ich dachte, die beiden wären vielleicht verletzt worden und im Krankenhaus, doch dort habe ich sie leider nicht gefunden«, berichtete Rick.

»Haben Sie auch auf der *Manunda* nachgesehen?«

»Ja. Und ich habe die Liste der Evakuierten überprüft.«

»Dann kann ich Ihnen auch nicht weiterhelfen, Sir, so leid es mir tut.« Er blickte auf seine Uhr. »Ich muss jetzt gehen. Bleiben Sie bitte nicht mehr so lang, denn es könnte jederzeit einen neuen Angriff geben.«

Rick nickte. Fast wünschte er sich einen Angriff. Er sehnte sich danach, am gleichen Ort zu sterben wie Lara. Inmitten der Trümmer fiel er tränenüberströmt auf die Knie.

»Warum, Lara? Warum musstest du ausgerechnet hier sein, als die Japaner kamen?«, schluchzte er. Wie grausam das Leben doch sein konnte.

Mit halsbrecherischer Geschwindigkeit fuhr Rick das Motorrad zurück zu den Carrolls und verbarg es in seinem Versteck. Erleichtert stellte er fest, dass seine Freunde nicht zu sehen waren, denn ihm war weder nach Reden noch nach Mitleid zumute. Noch sah er sich nicht in der Lage, laut auszusprechen, dass Lara und Jiana höchstwahrscheinlich tot waren. Leise betrat er den Anleger, kletterte auf sein Boot und machte sich auf den Weg in Richtung Vernon Islands. Als die Inselgruppe in Sicht kam, wurde der Himmel im Osten bereits rosa. Aber Rick konnte den Anblick der herrlich gold, lila und rot gefärbten Dunststreifen am Horizont nicht genießen. Der anbrechende Tag führte ihm nur einmal mehr seinen Schmerz vor Augen. Wie sehr hatte Lara Sonnenauf- und -untergänge geliebt!

Rick wandte sein Gesicht in den Wind und ließ seinen Tränen freien Lauf. Er dachte an Laras Lächeln, an ihre Schönheit, ihre

Intelligenz, ihren Humor und ihre fröhliche Art. All das hatte er verloren. Er würde sie nie mehr wiedersehen. Und er würde die brutale Wahrheit akzeptieren müssen, so unmöglich das auch schien.

Die Flugzeuge, die sich von Westen her näherten, nahm Rick über dem Summen seines Bootsmotors kaum wahr. Und wennschon! Sollten sie doch kommen! Auch wenn ihm sein Leben vor Lara niemals leer erschienen war, konnte er sich ein Weiterleben ohne sie nicht vorstellen. Er hatte erfahren, was es heißt, eine Frau tief und innig zu lieben.

Die Flugzeuge flogen jetzt niedriger. Rick hörte das hohe Pfeifen fallender Bomben rechts hinter ihm. Auf dem Festland und auf den Inseln Bathurst und Melville gab es Explosionen. Auch Maschinengewehrfeuer war zu hören, aber Rick verschwendete nicht einen Gedanken an seine eigene Sicherheit. Wenn er sein Leben tatsächlich verlieren sollte, wäre er endlich wieder mit Lara vereint. Die Vorstellung erschien ihm tröstlich.

Er umrundete Cape Hotham und wunderte sich nicht einmal, dass man ihn nicht erwischt hatte. Er agierte ohne jedes Gefühl und rein mechanisch. Zwei Stunden später bog er instinktiv nicht in den Mary River ab, sondern fuhr weiter die Küste entlang bis zum Thring Creek, den er bei Flut erreichte. Er fuhr hinein und schipperte weiter bis Point Stuart. Er wusste selbst, dass dieser Umweg nichts als eine Flucht war, und schalt sich selbst seiner Feigheit, aber er fühlte sich einfach noch nicht bereit, sich den Bewohnern in Shady Camp zu stellen. Die Aborigine-Gemeinschaft in Point Stuart war ihm gut bekannt. Er wusste, dass man ihn dort willkommen heißen würde, ohne Fragen zu stellen.

Mehrere Kilometer flussaufwärts vertäute er sein Boot unter ein paar schattigen Bäumen. Nachdem er den Motor abgeschaltet hatte, herrschte nur noch tiefe Stille ringsum. Er ließ sich auf sein Bett fallen, rollte sich zusammen und begann zu schluchzen. Wenige Minuten später war er eingeschlafen.

32

21. Februar 1942

»Ich kann beim besten Willen keinen einzigen Schritt mehr laufen«, stöhnte Lara, während sie ihre mit Blasen bedeckten, schmerzenden Füße durch den Staub schleifte.

Nachdem sie die abenteuerliche Bootsfahrt mit Burt Watson wie durch ein Wunder überlebt hatten, waren sie stundenlang weitergewandert und hatten schließlich knapp dreizehn Kilometer östlich des Adelaide River gelagert. Sie waren so müde, dass sie sofort einschliefen.

Kaum war die Sonne aufgegangen, wanderten sie weiter. Viele Stunden lang. Am frühen Nachmittag fühlte Lara sich schwächer denn je.

»Ich bin so entsetzlich durstig«, keuchte sie. Vor zwei Stunden, während der heißesten Zeit des Tages, war ihnen das Trinkwasser ausgegangen.

»Der Billabong muss ganz in der Nähe sein. Dort bekommen wir Wasser, so viel wir wollen.«

»Wie weit denn noch?« Laras Zunge fühlte sich an wie vertrocknetes Gras. Die Sonne hatte sich hinter dicken Wolken verborgen, aber nach Regen sah der Himmel leider nicht aus.

»Nicht mehr weit. Geh einfach weiter.« Jiana griff nach Laras Arm und stützte sie.

»Können wir in diesem Billabong vielleicht schwimmen?«, erkundigte sich Lara hoffnungsvoll. Sie fühlte sich überhitzt und schmutzig und konnte an nichts anderes mehr denken als an Wasser.

»Durchaus, vorausgesetzt, es ist genügend Wasser da und es ist nicht gekippt.«

»Weil es keinen Abfluss hat?«

»Ja, stehendes Gewässer kippt leicht.«

Sie hatten einen guten Monsun gehabt, aber in der letzten Zeit war es sehr heiß gewesen. Es war durchaus möglich, dass viel Wasser verdunstet war.

»Ich würde alles für etwas zu trinken und eine vernünftige Mahlzeit geben«, stöhnte Lara. Den ganzen Tag über hatten sie nicht viel mehr als ein paar Früchte zu sich genommen, an denen Lara sich längst übergessen hatte. Sie wusste, dass es Jiana nicht anders ging. Sie brauchten dringend Nahrung.

»Leroy hat uns eine kleine Bratpfanne in den Rucksack gesteckt. Vielleicht finde ich ja irgendwo ein paar Eier«, sagte Jiana.

Schon bei dem Gedanken lief Lara das Wasser im Mund zusammen. Sofort fasste sie wieder Mut. »Eier? Tatsächlich?« Natürlich wusste sie, dass es sich nicht um Hühnereier handeln würde, doch das war ihr völlig gleich.

»Mal sehen. Vielleicht. Lass uns weitergehen. Ich halte in der Zwischenzeit die Augen offen.«

Eine Stunde später blieb Lara stehen. »Ich kann nicht mehr weitergehen, Jiana«, flüsterte sie heiser. Sie war einer Ohnmacht nah.

»Aber da vorn ist doch schon der Billabong«, drängte Jiana mit besorgter Stimme.

»Das hast du eben auch schon gesagt, aber seither sind wir viele Kilometer gelaufen.«

»Aber dort zwischen den Bäumen sehe ich Wasser«, sagte Jiana und deutete nach vorn.

»Wo?« Lara blinzelte und ging schwankend ein paar Schritte weiter. Ihre Augen schienen ihr einen Streich zu spielen. Sie sah nichts als Bäume.

»Aber es ist wirklich da«, versicherte Jiana. »Du musst nur weitergehen.«

Lara schleppte sich noch dreißig Meter weiter. Dann sah auch sie den Billabong. Er war so groß wie eine Talsperre in England und auf einer Seite von sumpfigem Grasland, auf der anderen von Felsen und Bäumen umgeben. Noch nie im Leben hatte Lara sich so über den Anblick von Wasser gefreut.

»Das also ist der Billabong, von dem Burt gesprochen hat«, sagte Jiana zu Lara, die sich nicht erinnern konnte, dass Burt etwas von einem Gewässer gesagt hatte. Sie sah sich bereits in den Fängen eines hungrigen Krokodils. Glücklicherweise konnte Jiana sich an Burts Worte erinnern. »Hier gibt es keine Krokodile. Jetzt ruhen wir uns aus, nehmen ein Bad und suchen uns etwas Gutes zu essen.«

Lara fühlte sich wie im Paradies.

»Vielleicht finde ich ein paar Vogeleier«, sagte Jiana.

»Ich esse alles, sofern es keine Früchte sind.« Aufgeregt lief Lara zum Wasser hinunter, blieb am Ufer aber stehen und beobachtete die Wasseroberfläche und die gegenüberliegende Seite, wie sie es inzwischen bei jedem Gewässer tat. »Wie können wir sicher sein, dass hier keine Krokodile leben?«, fragte sie Jiana.

»Weil es Süßwasser ist und zu weit entfernt von gezeitenabhängigen Wasserläufen und Überflutungsgebieten«, antwortete Jiana.

Damit gab es für Lara kein Halten mehr. Sie schüttelte die Schuhe von ihren wunden Füßen, warf ihren Hut ans Ufer und watete im Kleid in das kühle Wasser. Sie seufzte vor Lust, schöpfte Wasser mit den Händen und trank gierig.

Das Wasser des Billabong schmeckte weitaus besser als die letzten Vorräte vom Adelaide River. Nachdem Lara ihren Durst gestillt hatte, tauchte sie ganz unter. Das Gefühl der Abkühlung war reinste Glückseligkeit. Zum ersten Mal seit Tagen lag wieder ein Lächeln auf ihrem Gesicht. Sie legte sich auf den Rücken und ließ sich im Schatten der Bäume treiben. Das Wasser war so herrlich, dass sie zu träumen glaubte. »Ist das hier die Wirklichkeit, Jiana?«, wagte sie schließlich zu fragen.

»Ist es«, bestätigte Jiana, die mit der Suche nach Essbarem beschäftigt war.

»Ich glaube, hier gehe ich nie wieder weg«, erklärte Lara. »Nie wieder!«

Jiana legte ihre Sandalen und den Rucksack ab und watete ebenfalls ins Wasser. Sie stillte ihren Durst und badete ausgiebig, bevor sie die Feldflaschen aus dem Rucksack zog und vom Ufer aus füllte. Plötzlich verharrte sie mitten in der Bewegung und starrte ins Wasser.

»Was ist?«, fragte Lara beunruhigt.

»Psst. Beweg dich nicht«, flüsterte Jiana und tastete vorsichtig nach einem am Ufer liegenden Ast.

»Warum denn?«

»Nicht bewegen«, zischte Jiana.

Lara nahm das Drängen in ihrer Stimme wahr und bekam es mit der Angst. Nein, sie konnte beim besten Willen nicht stillhalten. Hastig stieg sie aus dem Wasser.

»Was ist denn los?«, fragte sie atemlos, als sie tropfnass am Ufer stand.

»Ich hatte dir doch gesagt, du sollst dich nicht bewegen«, entgegnete Jiana verärgert.

Lara begann, sich die Schuhe anzuziehen, um im Notfall wegrennen zu können. »Ich hatte aber keine Lust, abzuwarten, ob mich ein Krokodil fressen will.«

»Aber du weißt doch, dass es in diesem Billabong keine Krokodile gibt.«

»Und warum sollte ich dann stillhalten?«

»Damit du den Fisch nicht verjagst, den ich aufspießen wollte«, sagte Jiana und zeigte Lara den spitz zulaufenden Ast. »Nun ist er fort. Er wäre ein wunderbares Abendessen gewesen.«

Lara konnte den knusprig gebratenen Fisch geradezu vor sich sehen. Ihr Magen begann vernehmlich zu knurren. »Warum hast du denn nichts gesagt?«

»Weil ich den Fisch nicht verjagen wollte.«

»Tut mir ehrlich leid«, entschuldigte sich Lara. »Meinst du, er kommt noch einmal zurück?«

»Wer weiß«, meinte Jiana und starrte aufmerksam ins von überhängenden Zweigen überschattete Wasser. »Er hat sich unter einem dicken, schwimmenden Ast versteckt.«

Sofort musste Lara daran denken, wie sie kurz nach ihrer Ankunft in Shady Camp ein Krokodil mit einem schwimmenden Baumstamm verwechselt hatte. »Bist du ganz sicher, dass es ein Ast ist?«, wollte sie wissen, trat neben Jiana und spähte ebenfalls ins Wasser. »Ich sehe ihn«, sagte sie und kreischte dann auf: »Er hat Beine!« Mit einem Satz entfernte sie sich vom Ufer.

»Das sind keine Beine, das sind Zweige«, gab Jiana verärgert zurück.

»Glaube ich nicht«, keuchte Lara und zog sich noch weiter zurück. »Jedenfalls gehe ich sicher nicht mehr in dieses Wasser, und auch du solltest dich vom Ufer fernhalten.«

»Du gehst jetzt und suchst Feuerholz«, bestimmte Jiana. »Und wehe, du kreischst noch einmal«, fügte sie grimmig hinzu.

Als Lara zum Lagerplatz zurückkehrte, stand Jiana lachend vor einem großen Fisch, der auf den Felsen zuckte.

»Du hast ihn tatsächlich gefangen«, stellte Lara bewundernd fest. »Und das einfach nur mit einem Stock.«

»Wir hatten Glück, dass der hier herumlag«, sagte Jiana. »Jemand hat das Ende bearbeitet und zugespitzt. Wahrscheinlich haben meine Landsleute ihn benutzt.«

Sie machte sich daran, aus kleineren Steinen einen Ring zu legen, in dem sie Späne und Feuerholz aufschichtete und anzündete. Als sich Glut gebildet hatte, stellte sie die Bratpfanne darüber. Der Fisch war so groß, dass er über den Rand der Pfanne hing, und brutzelte duftend. Lara zog ihr Kleid aus und wusch es im Billabong, und auch Jiana entkleidete sich und reichte Lara ihr Kleid zum Waschen, während sie selbst den Fisch beaufsichtigte und dann und wann wendete. Obwohl es Lara merkwürdig erschien, sich nur in Unterwäsche im Freien aufzuhalten, fühlte sie sich keineswegs unbehaglich. Kein Mensch war in der Nähe, und auch Jiana wirkte sehr entspannt. Es war einfach wunderbar, sich endlich einmal kühl und sauber zu fühlen.

Als der Fisch gar war und die Kleider zum Trocknen über zwei Büschen hingen, setzten Lara und Jiana sich in den Schatten und aßen mit den Fingern. Schon der Duft war köstlich gewesen, der Geschmack aber übertraf ihn noch.

»Glaubst du, dass wir unterwegs noch auf weitere Billabongs wie diesen hier treffen?«, fragte Lara und leckte sich die Finger.

»Wir sind nicht mehr weit vom Corroboree Billabong und dem Sumpfland entfernt«, antwortete Jiana nach einem Blick auf die Karte. »Ungefähr noch einen Tagesmarsch.«

»Aber dort sind Krokodile«, nickte Lara entmutigt.

»Und außerdem müssen wir noch den Mary River überqueren«, fügte Jiana hinzu.

Lara stöhnte.

»Aus diesem Grund sollten wir so bald wie möglich aufbrechen«, schlug Jiana vor. »Vor Einbruch der Dunkelheit können wir noch ein paar Stunden laufen.«

»Ach, lass uns doch noch ein Weilchen ausruhen«, bettelte Lara. Es widerstrebte ihr, die kühle Oase zu verlassen. Am liebsten hätte sie sich ans Ufer gelegt, die Augen geschlossen und ihre wunden Füße ins krokodilfreie Wasser gehalten.

»Gut. Aber nur noch ein paar Minuten«, stimmte Jiana zu.

Die beiden jungen Frauen legten sich auf einen Felsen im Schatten, schlossen die Augen und ließen ihre Füße in den Billabong hängen. Ihre Unterwäsche und ihr Haar waren noch feucht, und sie fühlten sich kühl und entspannt. Nur Vogelgezwitscher und das leise Rascheln der Blätter im warmen Wind waren zu hören. Ansonsten herrschte wunderbare Stille.

Kurz darauf berührte Jiana Laras Arm.

»Bitte, nur noch ein paar Minuten«, murmelte Lara schlaftrunken.

»Steh auf«, drängte Jiana.

Lara öffnete die Augen. »Aber du hast doch gesagt, wir könnten uns noch ein wenig ausruhen«, beklagte sie sich. Verwirrt stellte sie fest, dass Jiana über ihre Schulter hinweg in eine andere Richtung blickte. Sie drehte sich um und hielt die Luft an. Drei sehr spärlich bekleidete halbwüchsige Aborigines starrten sie mit breitem Grinsen an. Lara sprang auf, riss ihr Kleid vom Busch und hielt es vor ihren Körper.

»Wo sind die Kerle so plötzlich hergekommen?«, fragte sie Jiana, während sie überlegte, wie lange die jungen Männer schon dort gestanden und die »Aussicht« bewundert hatten.

Auch Jiana zog ihr Kleid vom Busch und verbarg ihre nur notdürftig bedeckte Blöße. Sie standen sich eine Weile schweigend gegenüber, doch schließlich sprach Jiana die Männer in der Sprache der Larrakia an. Einer gab ihr eine kurze Antwort, ehe die drei sich in eine lebhafte Diskussion vertieften.

Jiana sprach die jungen Männer erneut an, woraufhin sie sich widerstrebend, aber gehorsam abwandten. Hastig zogen die Frauen ihre Kleider über.

»Was sollen wir jetzt bloß tun?«, flüsterte Lara.

»Alles in Ordnung. Sie sind harmlos«, entgegnete Jiana.

Als die Jungen sich auf Jianas Geheiß wieder umdrehten, errötete Lara. Jiana war sehr gelassen. Sie wechselte einige Worte mit den Aborigines und wandte sich dann an Lara.

»Sie bringen uns zum Corroboree Billabong«, sagte sie.

Lara blinzelte überrascht. »Können wir da nicht allein hingehen?«

»Vielleicht. Aber mit ihnen ist es besser. Erstens können sie unterwegs jagen, was die Nahrungsbeschaffung erleichtert, und zweitens ist es mit ihnen leichter, das nächste Dorf am Billabong zu erreichen.«

Der Gedanke an ein Dorf gefiel Lara. Plötzlich fiel ihr ein, dass Jerry Patienten am Corroboree Billabong hatte. Vielleicht haben wir ja Glück und er ist zufällig gerade da, dachte sie aufgeregt. Das könnte uns mehrere Tage Fußmarsch ersparen.

33

»Ich habe das Radio repariert«, sagte Monty, als er atemlos den Laden betrat, wo Charlie und Rex sich mit Betty und Colin unterhielten. »Eben habe ich gehört, dass Darwin noch einmal bombardiert worden ist und dass die Japaner es jetzt auf die Funktürme abgelegener Ortschaften hier im Norden abgesehen haben. Dabei ist mir eingefallen, dass mir irgendwann mal jemand erzählt hat, dass es hier in der Gegend einen geben soll. Gesehen habe ich ihn allerdings noch nie.«

»Er befindet sich ungefähr sechseinhalb Kilometer entfernt in der Nähe der Melaleuca-Farm«, sagte Rex.

»Sechseinhalb Kilometer!«, schrie Betty auf. »Warum hast du uns noch nie davon erzählt?«

»Weil es noch nie ein Thema war und weil der Turm sich in völlig unwegsamem Gelände befindet. Ich glaube, er steht auf einem Hügel oberhalb von Melaleuca Station«, sagte Rex. »Gesehen habe ich ihn selbst auch noch nie. Ich weiß das auch nur, weil ein Büffeljäger mir davon berichtet hat.«

»Wenn es in der Nähe von Melaleuca Station ist, müssten Tom und Martha Bolton mehr darüber wissen. Haben sie nicht drei Kinder?«, warf Charlie ein.

»Na toll«, kreischte Betty. »Jetzt bombardieren die Japse unschuldige Menschen in den Sumpfland-Gemeinden, und wir können nicht fliehen, weil es keinen Sprit mehr gibt! Das alles ist allein deine Schuld, Colin. Wir hätten die Kinder schon vor Wochen hier rausbringen sollen! Aber nein, der Herr wollte ja nicht! Wenn meinen Kleinen irgendetwas passiert …«

»Wir sind aber doch in Sicherheit, Betty«, versuchte Monty sie zu beruhigen. »Schließlich haben wir unseren Luftschutzraum.«

Betty verschränkte die Arme und blickte ihn beleidigt an. »Der Scheiß-Luftschutzraum steht doch bei Regen sofort unter Wasser!«

Dagegen konnte Monty nichts erwidern. Obendrein machte er sich Sorgen um Colin. Seit zehn Jahren hatte er es nicht ein einziges Mal zwölf Stunden ohne Bier ausgehalten – von Tagen ganz zu schweigen. Jetzt aber nutzte selbst der beste Überredungsversuch nichts. Zwar würde das Bier in absehbarer Zeit sicher rationiert werden, aber das war auch egal, wenn Colin nichts trank.

Charlie und Rex hingegen dachten bei Montys Nachricht sofort an Rick. Er war noch immer nicht wieder im Dorf aufgetaucht, und sie machten sich ernsthaft Sorgen um ihn. Schon am Morgen hatten sie auf dem Anleger gesessen, auf ihn gewartet und Vermutungen angestellt, warum er nicht wiederkam. Natürlich konnten sie nicht ausschließen, dass sein Boot auf der Fahrt nach Darwin angegriffen worden war, oder dass Darwin vielleicht auf dem Landweg eingenommen worden und Rick in Gefangenschaft geraten war. Jetzt, wo sie wussten, dass die Japaner Darwin erneut angegriffen hatten, fürchteten sie, dass er nicht mehr lebte. Bestimmt hätte er anderenfalls Lara und Jiana längst heimgebracht oder zumindest berichten können, was mit den Frauen geschehen war. Mit jeder Stunde schwand ein Stück Hoffnung, auch nur einen der drei lebend wiederzusehen.

Die Gemeinde hatte vereinbart, dass bei der ersten Sichtung von Flugzeugen sofort die Schulglocke geläutet werden sollte. Dann sollte jeder sofort zum Luftschutzraum kommen. Niemand wusste, ob dieser Plan wirklich funktionieren würde, bis Margie eines Tages glaubte, Flugzeuge zu hören. Panisch rannte sie zur Schule und läutete die Glocke. Innerhalb weniger Minuten drängte sich die gesamte Dorfbevölkerung im Bunker, um schließlich festzustellen, dass Margie sich geirrt hatte. Die Geräusche waren von

Beamten der Regierung verursacht worden, die sich ein Bild vom Zustand der nicht evakuierten Gebiete machen wollten. Sie benutzten Flugboote, die relativ einfach auch in seichten Gewässern landen konnten, die aber mit ihren riesigen Propellern ein ganz anderes Geräusch verursachten als ein Außenbordmotor.

Alle Dorfbewohner ärgerten sich über Margie, freuten sich aber über den gelungenen Probelauf. Die Regierungsbeamten gingen davon aus, dass der Ort längst evakuiert war, denn sie konnten keine Menschenseele entdecken. Betty hatte sogar die Ladentür abgeschlossen, ehe sie den Luftschutzraum aufsuchte. »Schließlich will ich vermeiden, dass die Japsen unsere Ware klauen«, hatte sie sich herausgeredet. Später fand sie eine Nachricht der Regierung an der Ladentür, dass man Shady Camp erfolgreich inspiziert habe.

»Wir sollten eine Wachmannschaft einrichten, die im Turnus Ausschau nach Flugzeugen hält«, schlug Rex vor. »Ich sage allen Bescheid.«

22. Februar 1942

»Wir sind jetzt ganz in der Nähe von Corroboree Billabong«, sagte Jiana zu Lara. Sie befanden sich am Rand einer weiten Flussebene, in der sich ganze Trupps von schreienden Spaltfußgänsen und anderen Wasservögeln aufhielten. Die beiden Frauen liefen hinter den drei Aborigine-Jugendlichen her, mit denen sie die letzte Nacht sogar in einem gemeinsamen Lager verbracht hatten. Lara fand die Jungen inzwischen sehr nett. Sie lachten und scherzten den ganzen Tag, sodass sie sich in ihrer Gesellschaft deutlich entspannte. Sie hatten Jiana erzählt, dass sie in der Nähe von Corroboree an einem Initiationsritus für junge Männer teilnehmen wollten, zu dem keine Frauen zugelassen waren. Jiana versuchte, Lara zu erklären, dass es sich um eine vermutlich ziemlich schmerzhafte Zeremonie handelte, denn alle jungen Männer, die sich ihr unterwarfen, behielten viele Narben am Körper zurück. Lara hielt solche Praktiken für barbarisch, sagte aber nichts.

Noch immer sehnte sie sich nach dem Billabong, den sie hinter sich gelassen hatten. Noch nie war ihr so heiß gewesen wie während der letzten beiden Tage. Sie hatte das Gefühl, langsam zu zerfließen, und wollte nichts lieber, als in kühles Wasser einzutauchen. Trotzdem war sie sehr dankbar, dass sie zumindest Trinkwasser hatten und dass die jungen Eingeborenen dafür sorgten, den Hunger der kleinen Gruppe mit dem Fleisch einer Wasserpython, Maden und Früchten zu stillen. Lara aß alles und bemühte sich, nicht über die Speisen nachzudenken. Sie hatte einen Punkt erreicht, wo ihr das Ganze fast surreal erschien. Die Situation, in der sie sich befanden, war ihr kaum noch begreiflich. Manchmal fragte sie sich, wie sie ihrem Vater beibringen sollte, dass sie Schlangen- und Krokodilfleisch und sogar Würmer gegessen hatte. Wäre sie nicht so erschöpft gewesen, hätte sie sich über diesen Gedanken wahrscheinlich amüsiert. So aber hoffte sie nur, dass er noch nicht von der Bombardierung Darwins gehört hatte, wusste aber gleichzeitig, wie unrealistisch diese Vorstellung war.

Unterwegs bemühte sie sich, ihren Blick auf den Boden vor ihren Füßen oder die Gänse zu richten, denn die Hinterteile der vor ihnen laufenden Jugendlichen waren völlig nackt, was Lara allenfalls verwirrend fand – noch etwas, das ihr Vater vermutlich kaum glauben würde.

»Vielleicht hat Jerry Quinlan ja einen Patienten im Dorf«, sagte sie zu Jiana. »Er wäre vermutlich ziemlich überrascht, uns zu sehen.« Die Hoffnung, ihn vielleicht zu treffen, machte ihr das Herz leichter.

»Was ist das für ein Geräusch?«, flüsterte Jiana plötzlich. »Hörst du das auch?«

»Was denn? Meinst du die Gänse?«

»Flugzeuge!«, rief Jiana beunruhigt.

»Ich höre keine Flugzeuge«, sagte Lara. »Obwohl … warte …« Sie lauschte angestrengt und vernahm das Dröhnen weit entfernter Motoren. »Könnten das Boote sein? Vielleicht kommen die Geräusche vom Billabong. Du hast gesagt, er ist nicht mehr weit entfernt.«

Jiana schüttelte den Kopf und wandte den Blick zum Himmel.

»Aber das können doch keine Flugzeuge sein ... Doch nicht hier draußen. Oder?« Lara hob ungläubig den Kopf. Die Geräusche kamen tatsächlich von oben.

»Bitte! Nicht schon wieder!« Lara betete, dass es nicht die Japaner waren, wusste aber tief im Innern, dass dieser Wunsch nicht in Erfüllung gehen würde. Entsetzliche Erinnerungen kehrten grausam deutlich zurück. Erinnerungen, die nach Rauch, Pulver und Tod rochen. Lara wusste, dass sie sich davon nie mehr befreien können würde.

Sie sah Jiana an, dass sie ähnliche Qualen litt. »Dort«, flüsterte sie und deutete nach Westen.

Lara beschirmte ihre Augen mit der Hand und sah Flugzeuge genau auf sich zukommen. Ihr Herz hämmerte zum Zerspringen. Schnell wurden die roten Punkte unter den Tragflächen sichtbar. »Mein Gott«, stöhnte sie. »Die Japaner!«

»Lauf!«, schrie Lara und griff nach Jianas Arm. Sie rannten auf ein fünfzig Meter entferntes Pandane-Dickicht zu und machten den Jugendlichen hektische Zeichen, ihnen zu folgen.

Die jungen Männer blickten den beiden verständnislos hinterher. Sie zeigten nicht die geringste Spur von Angst und verstanden die Zeichen ihrer Begleiterinnen offensichtlich nicht. Bald waren die Flugzeuge genau über ihnen. Die drei Aborigines standen reglos und blickten starr vor Staunen in den Himmel hinauf. Erst jetzt ging Lara auf, dass sie vermutlich noch nie im Leben Flugzeuge gesehen hatten. Sie waren einfach nur neugierig. Aus dem Schutz des Dickichts rief Jiana nach ihnen, doch der Lärm der Flieger übertönte alles andere.

Die Flugzeuge entfernten sich über die Baumwipfel. Kurz darauf hörten sie das Pfeifen fallender Bomben und nachfolgender Explosionen. Sie duckten sich und bedeckten ihre Gesichter, um sich vor den schrecklichen Bildern in ihren Köpfen zu schützen, die sofort heraufkamen. Als sie schließlich wieder aufblickten, waren die Aborigines verschwunden.

»Sie sind weggelaufen«, sagte Lara ungläubig. »Oder glaubst du, sie haben sich doch noch versteckt?«

»Sie haben Angst bekommen«, vermutete Jiana. »Kein Wunder.«

»Aber die Japaner haben doch nicht etwa das Dorf Corroboree bombardiert?«, überlegte Lara bestürzt. »Welchen Sinn sollte das haben? Ein winziges Fischerdorf stellt doch keinerlei Bedrohung für sie dar.«

»Aber was sollten sie denn sonst bombardiert haben? Ich verstehe das nicht«, fragte Jiana.

Die Frauen warteten noch fünf weitere Minuten unter den Bäumen, dann kehrten die Flugzeuge wieder. Aus ihrem Versteck beobachteten sie, wie sie zurück in Richtung Westen flogen, nachdem sie ihre tödliche Last abgeladen hatten.

»Glaubst du, dass sie auch Shady Camp bombardiert haben?«, überlegte Lara verunsichert. Konnten die Flugzeuge die Entfernung in dieser Zeit zurückgelegt haben? Wohl eher nicht.

»Ich weiß es nicht«, erwiderte Jiana traurig.

Erst geraume Zeit später machten sie sich besorgt und nervös wieder auf den Weg. Sie spitzten die Ohren und blickten zum Himmel hinauf, vor allem dann, wenn weit und breit keine Deckung in Sicht war.

»Wir hätten doch lieber aus Shady Camp fliehen sollen«, sagte Lara irgendwann. »Dann bestünde zumindest keine Gefahr für die Menschen. Weißt du noch? Leroy sprach von einem Funkturm in der Nähe von Shady Camp. Ich habe außer ihm noch nie jemanden darüber reden hören. Vielleicht wissen die anderen gar nicht, dass er da ist. Vielleicht gab es auch einen Funkturm in der Gegend von Corroboree.«

»Meine Familie hat nie etwas über einen Funkturm gesagt. Wenn sie überhaupt wissen, was ein Funkturm ist. Aber vielleicht befindet er sich ja auf der anderen Seite des Billabong.«

»Gut möglich«, sagte Lara. »Aber das muss noch lange nicht heißen, dass das Dorf bombardiert wird.« Ihr kam ein schrecklicher Gedanke. Sie nahm den langen, mühsamen Weg auf sich, um zu Rick zurückzukehren. Was aber, wenn er gar nicht mehr lebte? Die Vorstellung war quälend.

Nach scheinbar endlosen Stunden erreichten die Frauen den Corroboree Billabong. Lara fühlte sich zu Tode erschöpft und durstig. Ihre Feldflaschen waren schon seit einiger Zeit leer. Der Anblick des Wassers erinnerte sie an den letzten Billabong. Ob sie auch hier trinken und baden konnten?

Jiana schlug Lara vor, sich auszuruhen. Sie selbst wollte die Feldflaschen füllen und sich um etwas zu essen kümmern.

»Aber du musst dich doch auch ausruhen«, protestierte Lara schwach, während sie sich unter einen Baum sinken ließ, der nicht weit vom Ufer entfernt stand. »Du bist sicher genau so müde wie ich.« Ihr war zu heiß, und sie war zu müde und durstig, um überhaupt Hunger zu verspüren.

»Ich ruhe mich aus, wenn ich Wasser geholt und etwas zu essen gefunden habe«, erklärte Jiana erschöpft.

»Setz dich doch wenigstens für ein paar Minuten hin«, drängte Lara.

»Lieber nicht. Bin gleich wieder da«, verkündete Jiana knapp.

Lara bewunderte sie. Ohne Jiana, das wusste sie genau, hätte sie die Wanderung nicht überlebt. Verträumt blickte sie auf den Billabong hinaus. Das Wasser glitzerte im Sonnenlicht, und an den seichten Stellen blühten rosa Seerosen. Der friedliche Anblick ließ die Gefahr unter der Wasseroberfläche und das karge, heiße Land ringsum leicht vergessen.

Das Dorf war von Laras Position aus nicht zu sehen, konnte aber nicht allzu weit entfernt sein. Wie würden sie über den Billabong kommen? Viel zu müde, um darüber nachzudenken, schloss Lara die Augen.

Einer inneren Eingebung, vielleicht auch ihrem Überlebenstrieb folgend, öffnete sie plötzlich die Augen. Unmittelbar vor ihr stand ein Krokodil. Sein weit geöffneter Rachen zeigte zwei Reihen beängstigend spitzer Zähne. Lara versuchte zu schreien, aber kein Laut drang über ihre Lippen. Verzweifelt bemühte sie sich, aufzustehen, strauchelte jedoch, taumelte rückwärts gegen den Baum und schrammte sich den Rücken auf. Das Krokodil pirschte vorwärts. Ihr letztes Stündlein hatte geschlagen – dessen war sich Lara sicher.

In diesem Moment peitschte hinter ihr ein Schuss, und Lara schrie auf. Das Krokodil lag mit mindestens drei Metern Länge und einem Einschussloch zwischen den Augen reglos vor ihren Füßen.

»Da haben Sie sich aber eine ziemlich blöde Stelle für ein Nickerchen ausgesucht«, knurrte eine Männerstimme missbilligend, dann tauchte ihr Besitzer zwischen den Bäumen hinter Lara auf. »Wäre ich nicht zufällig vorbeigekommen, hätten Sie diesem Krokodil jetzt als saftige Mahlzeit gedient.«

Lara starrte ihn an, dann schüttelte sie ihre Lähmung ab. »Mussten Sie es unbedingt töten?«, war die erste Frage, die ihr über die Lippen kam.

Der Mann schaute sie überrascht an. »Wir hätten es natürlich freundlich bitten können, umzudrehen und sich unauffällig zu entfernen, aber irgendetwas sagt mir, dass es vermutlich nicht gehorcht hätte.«

Lara wurde klar, wie dumm ihre Frage angesichts der Situation geklungen haben musste, auch wenn sie inzwischen Ricks Ansichten über Tierschutz teilte. »Sie hätten auf den Boden unmittelbar davor zielen können. Es hätte sich erschreckt und wäre sicher verschwunden.«

Der Retter schüttelte den Kopf. »Ich bin froh, dass der Schuss es überhaupt stoppen konnte. Einmal habe ich ein Dutzend Kugeln auf ein Krokodil abgefeuert, aber es lebte immer noch und kam weiter auf mich zu. Alles hängt davon ab, wo man trifft.«

Was für eine schreckliche Geschichte, dachte Lara. Rick würde sie sicher ganz und gar nicht gefallen.

Jiana kam angerannt. Lara rappelte sich auf, aber ihre Knie fühlten sich noch immer weich an.

»Ich habe den Schuss gehört. Bist du in Ordnung, Lara?«, erkundigte sich Jiana besorgt und warf einen erschrockenen Blick auf das tote Krokodil.

»Ja, alles in Ordnung, dank dieses Gentleman dort«, antwortete Lara.

Der Mann, der ihr zweifellos das Leben gerettet hatte, war zwischen Ende vierzig und Anfang fünfzig, unrasiert, trug ein offenes, kurzärmeliges Hemd, Shorts und Segelschuhe aus Stoff. Sein Haar musste dringend geschnitten werden, und seine ledrige Haut war wettergegerbt und so braun, dass die blauen Augen wie helle Edelsteine in seinem Gesicht wirkten.

»Es ist verflixt lange her, dass jemand mich einen Gentleman genannt hat«, sagte er, richtete sich auf und hielt sein Hemd zu. »Mein Name ist Ross. Ross Crosby.«

»Wo kommen Sie denn so plötzlich her, Ross?«, wollte Lara wissen.

»Ich lagere ungefähr zweihundert Meter von hier«, berichtete er und zeigte in Richtung der Bäume hinter ihnen. »Beim Sammeln von Feuerholz fiel mir dieser Knabe hier auf«, er zeigte auf das Krokodil, »der mit sichtlichem Interesse auf das Ufer zumarschierte. Was ihn so faszinierte, konnte ich nicht erkennen. Glücklicherweise habe ich immer ein Gewehr bei mir, für den Fall, dass ich mal von einem hungrigen Krokodil überrascht werde.«

»Ich hatte wirklich Glück, dass Sie gerade hier entlangkamen«, sagte Lara und legte eine Hand auf ihr wummerndes Herz.

»Wussten Sie denn nicht, dass es in diesem Billabong vor Krokodilen geradezu wimmelt?«

»Doch, eigentlich schon. Wir wohnen in Shady Camp, sind vom Arnhem Highway bis hierher gelaufen und ziemlich erschöpft. Deshalb waren wir wohl etwas unachtsam. Ich bin übrigens Lara Penrose, und meine Freundin hier heißt Jiana Chinmurra.«

»Sie sind vom Arnhem Highway bis hierhin gelaufen?«, staunte Ross. »Das kann ich ehrlich gesagt kaum glauben.«

»Kein Wunder, ich kann es selbst kaum glauben. Aber es stimmt. Wir sind in den ersten Angriff auf Darwin geraten und später in Humpty-Doo einem Evakuierungstransport entwischt. Ein Einwohner brachte uns ein gutes Stück den Arnhem Highway entlang. Wir wollen unbedingt nach Hause, haben aber noch ein gutes Stück vor uns.«

»Das kann man wohl sagen. Von hier bis Shady Camp sind es noch ein paar Kilometer.«

»Haben Sie vorhin die japanischen Flugzeuge gesehen?«

»Habe ich«, bestätigte Ross. »Ich war gerade mit dem Boot beim Angeln, als ich die Bomber hörte, und habe mich unter den Bäumen am Ufer versteckt, um nicht gesehen zu werden.«

»Wissen Sie zufällig, ob das Dorf Corroboree bombardiert wurde?«

»Sie sind nur darüber hinweggeflogen. Ich glaube, sie hatten es auf einen Funkturm in der Nähe abgesehen.«

»Oh, wirklich? Wir haben nämlich gehört, dass es in der Nähe von Shady Camp ebenfalls einen Funkturm geben soll.«

»Ich kann mir nicht vorstellen, dass sie so weit geflogen sind«, sagte Ross. »Aber wenn es dort tatsächlich einen gibt, würde ich mich nicht wundern, wenn sie zurückkämen und ihn ebenfalls bombardierten.«

»Dann glauben Sie also nicht, dass Shady Camp angegriffen wurde?«

»Eher nicht. Sie haben es auf militärische Ziele abgesehen.«

Lara fühlte sich unendlich erleichtert. »Kennen Sie Dr. Quinlan?«

»Selbstverständlich kenne ich ihn. Wieso?«

»Wissen Sie zufällig, ob er in der Gegend ist? Soweit ich weiß, hat er Patienten in Corroboree.«

»Keine Ahnung. Aber ich war heute auch den ganzen Tag auf dem Billabong. Warum fragen Sie? Brauchen Sie einen Arzt?«

Lara wurde wieder bewusst, wie müde sie war. Sie lehnte sich an den Baum hinter ihr. »Nein, ich hatte nur gehofft, er könnte uns nach Hause fahren«, sagte sie. Plötzlich ging ihr auf, dass sie seit dem Aufeinandertreffen mit Ross nicht ein einziges Mal darüber nachgedacht hatte, wie sie aussah und ob sie präsentabel war. Diese Erkenntnis ließ sie staunen, und sie hätte fast sogar gelächelt.

Jiana hatte die Feldflaschen an einem Bachlauf gefüllt, der für Krokodile zu seicht war. Nun reichte sie Lara eine davon. Lara trank durstig.

»Falls Sie hungrig sind – ich will gleich ein paar Würstchen braten und würde mich über Gesellschaft freuen.«

»Würstchen!« Bei der Aussicht auf ganz normales Essen lief Lara das Wasser im Mund zusammen. »Hätten Sie vielleicht zufällig auch ein Ei?«

»Aber sicher!«, sagte Ross. »Zu meinem Lager geht es dort entlang. Bitte folgen Sie mir.«

Noch nie hatte etwas Lara so gut geschmeckt wie die Würstchen und die Eier, die Ross ihnen servierte. Dennoch wanderten ihre Gedanken immer wieder nach Shady Camp.

»Ist Ihr Boot fahrtüchtig, Ross?«, erkundigte sie sich beim Anblick seines an einem Baum vertäuten Bootes. Zwar war es nicht sehr groß und sah etwas ramponiert aus, aber es schien allemal besser instand gehalten zu sein als der Kahn von Burt Watson. Ross hatte erzählt, dass er seit über zehn Jahren vom Fischfang in den Billabongs lebte – seit seine Frau ihn verlassen hatte und mit den Kindern nach Süden gezogen war, weil ihr sowohl das Leben als auch das Wetter im Norden nicht gefallen hatten. Lara hatte den Eindruck, dass noch mehr hinter dieser Trennung steckte. Wahrscheinlich war er zu oft und zu lang zum Fischen unterwegs gewesen und hatte seine Frau mit den Kindern allein gelassen.

»Es hat kein Leck, falls Sie darauf hinauswollen«, sagte er jetzt.

»Schön«, antwortete Lara, »und wie steht es mit dem Sprit? Haben Sie noch welchen?«

»Aber sicher. Warum fragen Sie?«

»Ich weiß, es klingt unverschämt – umso mehr, als Sie gerade Ihre Mahlzeit mit uns geteilt haben –, aber könnten Sie uns über den Billabong bringen?«

Ross reagierte überrascht. »Aber die Gegend dort drüben ist ziemlich unwegsam. Ich kann mir nicht vorstellen, dass Sie dort noch weit kommen. Was haben Sie vor?«

»Wir laufen einfach weiter, bis wir zu Hause sind«, sagte Lara, obwohl sie sich allein bei dem Gedanken daran noch erschöpfter fühlte.

Ross schüttelte den Kopf.

»Tut mir leid«, nickte Lara resigniert. »Ich hätte nicht fragen sollen. Schließlich waren Sie uns gegenüber sehr gastfreundlich.«

»Shady Camp ist kilometerweit entfernt. Die Strecke verläuft durch unwegsames Gebiet und führt über viele Bäche.«

»Das wissen wir«, sagte Lara. »Wir werden sicher eine andere Möglichkeit finden, den Billabong zu überqueren. Vielen Dank für Ihre Gastfreundschaft. Ich kann Ihnen gar nicht sagen, wie gut mir das Essen geschmeckt hat.«

»Was ich meinte, war: Ich fahre Sie nicht über den Billabong, sondern ich bringe Sie nach Hause«, sagte Ross. »Der Corroboree Billabong wird vom Mary River gespeist, genau wie der Shady Camp Billabong.«

Lara konnte ihr Glück kaum fassen. »Ist das wirklich Ihr Ernst? Sie würden uns wirklich nach Hause bringen?«

»Auf keinen Fall lasse ich zwei Frauen einen derart langen Weg zu Fuß zurücklegen. Es grenzt schon an ein Wunder, dass Sie es bis hierher geschafft haben. Und außerdem sind Sie so erschöpft, dass Sie das beinahe das Leben gekostet hätte.«

»Gott segne Sie, Ross«, sagte Lara unendlich dankbar. Doch dann kam ihr ein Gedanke. »Das Militär hat das Benzin rationiert. Sie können doch unseretwegen nicht Ihren gesamten Sprit verbrauchen.«

Ross lachte. »Ich habe einen ganzen Tanklaster voller Sprit, von dem das Militär nichts weiß. Es ist so viel Benzin, dass ich damit jeden Krieg überstehe – aber behalten Sie das bitte für sich.«

»Ein Tanklastzug! Wenn die Soldaten den finden, haben Sie nicht mehr lange davon.«

»Ich wage zu bezweifeln, dass die Soldaten eigens hier herauskommen, um nach Benzin zu suchen. Der Laster ist im Übrigen schon seit Jahren nicht mehr verkehrstüchtig, daher würde niemand auch nur ahnen, dass noch Treibstoff drin ist. Trotzdem habe ich ihn für alle Fälle so gut im Busch versteckt, dass er weder aus der Luft noch vom Fluss aus gesehen werden kann. Wann sollen wir losfahren?«

34

Während Ross sein Lager zusammenpackte und das Feuer löschte, zogen dunkle Wolken am Himmel auf.

»Wenn es doch endlich regnen würde«, seufzte Lara, als die Luftfeuchtigkeit schier unerträglich wurde.

»Ihr Wunsch wird in Erfüllung gehen«, meinte Ross.

»Ich bewundere Ihren Optimismus, denn ich bin fast sicher, dass es mal wieder trocken bleibt«, entgegnete Lara. Seit sie Humpty-Doo verlassen hatten, war der Himmel fast jeden Nachmittag grau gewesen, doch Laras Hoffnung auf Regen wurde jedes Mal enttäuscht.

»Heute garantiert nicht«, widersprach Ross. »Es stimmt zwar, dass es in den vergangenen Tagen kaum geregnet hat – was eigentlich unüblich für diese Jahreszeit ist –, aber heute tut mir mein Kreuz höllisch weh. Glauben Sie mir, es wird regnen. Wissen Sie, vor zehn Jahren bin ich an Deck eines Fischtrawlers ausgerutscht und habe mir einen Wirbel angebrochen. Seit diesem Tag ist mein Rücken der zuverlässigste Wetterbericht, den man sich denken kann. Wenn mein Herz nicht so an diesem Billabong hängen würde, wäre ich schon längst im Süden, denn mein Rücken treibt mich vor jedem Regen fast in den Wahnsinn.«

Eine Stunde später war es so weit. Kaum hatte Ross ein Fass Treibstoff aus seinem versteckten Tanklastzug geholt, prasselten die ersten dicken, harten Tropfen nieder.

»Sehen Sie«, triumphierte Ross. »Mein Rücken irrt sich nie.«

Im strömenden Regen steuerte Ross sein Boot auf den Billabong hinaus. Das kleine Gefährt bot kaum Schutz vor der Witterung. Selbst die Schlafkajüte war zu eng für die beiden Frauen. Lara und Jiana drängten sich unter dem völlig unzureichenden Sonnendach, um die zuckenden Blitze nicht sehen zu müssen. Dort wurden sie zwar ordentlich nass, was sich aber ausgesprochen angenehm anfühlte, denn der Regen war kühl und wusch den Schweiß und den Staub von ihren Gesichtern. Ross entschuldigte sich für den Mangel an Raum, den er damit begründete, dass das Boot für ihn allein genau die richtige Größe habe.

»Ich könnte unter einem Baum anlegen, bis das Gewitter vorbei ist«, bot er an. »Allerdings können Bäume bei einem Gewitter auch gefährlich werden.«

»Wieso?«, wollte Lara wissen und erinnerte sich plötzlich an Sid, der am Tag ihrer Ankunft in Darwin dieselbe Warnung ausgesprochen hatte. Sid. Der Gedanke an ihn trieb Lara die Tränen in die Augen, doch bevor sie weitere Bilder von ihm heraufbeschwören konnte, zerriss plötzlich ein greller Blitz die Wolken und schlug in die Spitze eines hohen Gummibaums auf dem gegenüberliegenden Ufer ein. Der Baum explodierte buchstäblich. Glühende Funken flogen in alle Richtungen. Lara und Jiana kreischten erschrocken auf und hielten sich die Ohren zu. Der komplette Baumwipfel war verschwunden, die unteren Äste brannten.

»Tun Sie, was Sie wollen«, sagte Lara ernst. »Aber halten Sie sich bitte fern von Bäumen.«

Der Corroboree Billabong war viel breiter als der Shady Camp Billabong. Es dauerte eine gefühlte Ewigkeit, bis sie den gewundenen und von vielen Zuläufen gespeisten Mary River erreichten. Bis Shady Camp regnete es ununterbrochen weiter. Obwohl es allmählich dunkel wurde, hielt Lara angestrengt Ausschau nach Ricks Boot.

Plötzlich steuerte Ross sein Boot unter ein paar hängende Baumzweige und stoppte den Motor.

»Warum halten wir an?«, erkundigte sich Lara, die ein menschliches Bedürfnis ihres Skippers vermutete.

»Ich höre Flugzeuge«, antwortete Ross besorgt.

»Aber nein«, wiegelte Jiana ab. Sie fieberte dem Wiedersehen mit ihrer Mutter entgegen, von der sie nur noch wenige Kilometer trennten.

»Schauen Sie doch selbst«, sagte Ross und spähte zwischen den triefenden Zweigen hindurch.

Jetzt hörten die Frauen es auch. Nur Minuten später donnerten drei japanische Bomber im Tiefflug über sie hinweg. Beim Anblick der roten Punkte unter den Tragflächen kehrten die schrecklichen Erinnerungen zurück.

»Scheiß-Krieg«, fluchte Lara. Jiana blickte sie erstaunt an, doch Lara dachte nicht einmal daran, sich für den Kraftausdruck zu entschuldigen. »Warum verschwinden die Japaner nicht einfach und lassen uns in Ruhe? Der Blitz soll sie alle treffen!«

»Warum machen sie das überhaupt?«, fragte Jiana.

»Weil die Japaner Java und Timor erobern wollen und der Norden Australiens von den Alliierten als Basis genutzt wird, das zu verhindern. Im Dezember haben sie schon Ambon, Celebes und Borneo eingenommen. Und wenn sie Australien gleich mit annektieren könnten, wäre das für sie eine Art Zugabe«, sagte Ross.

»Wollen Sie damit sagen, dass wir angegriffen werden, weil die Amerikaner uns als Stützpunkt benutzen?«

»Ganz genau. In der Bucht von Darwin lagen bis vor ein paar Tagen amerikanische und australische Kriegsschiffe, außerdem Handelsschiffe, Segelschiffe und Flugboote. Für die Japaner ein geradezu gefundenes Fressen.«

»Und ich dachte immer, die Amerikaner wären hier, um uns zu verteidigen«, stellte Lara ungläubig fest.

»So war es auch gedacht, aber sie wurden überrascht – genau wie in Pearl Harbour.«

Drei heftige Explosionen schreckten sie auf. Bum! Bum! Bum! Lara und Jiana blickten sich in stummem Einverständnis an. Beide dachten an Shady Camp und die Menschen, die sie liebten, und beide verzehrten sich fast vor Sorge um sie.

»Ich nehme an, sie haben den anderen Funkturm drüben im Sumpfland bombardiert«, sagte Ross. »Ich habe mir schon fast gedacht, dass sie es tun würden.«

»Sind Sie sicher, dass der Angriff nicht dem Dorf galt?«, fragte Lara.

»Eigentlich schon, aber wir sind noch nicht nah genug dran für eine sichere Antwort.«

Als sie sich dem Anleger von Shady Camp näherten, war die Nacht hereingebrochen. Ängstlich überlegten die jungen Frauen, was sie im Dorf erwarten würde. Lara registrierte enttäuscht, dass Ricks Boot nirgendwo zu sehen war, und fragte sich, ob er sich etwa auf die Suche nach ihr gemacht hatte. Ross erklärte den Frauen, dass er in Shady Camp auf seinem Boot übernachten wolle, ehe er sich auf den Rückweg zum Corroboree Billabong machte, weigerte sich aber, am Anleger zu ankern, sondern zog ein paar weiter entfernte Bäume vor. Zwar sprach er seine Furcht vor einem neuerlichen Angriff der Japaner nicht aus, aber Lara verstand ihn auch so.

»Fahren Sie morgen bloß nicht weg, ohne sich zu verabschieden«, sagte sie, ehe sie ausstieg. Ross versprach es, und die beiden Frauen kletterten auf den Anleger. »Irgendwann werden wir uns für Ihre Freundlichkeit revanchieren«, rief Lara ihm zu.

»Das ist doch nicht nötig«, entgegnete Ross. »Ich bin froh, dass Sie wieder heil zu Hause sind.«

»Wir werden Sie jedenfalls nie im Leben vergessen«, erklärte Lara bewegt.

»Ich war nur zufällig zur richtigen Zeit am richtigen Ort«, wand sich Ross, dem die Rolle des Helden sichtlich peinlich war.

»Verstehe. Aber dann gebe ich Ihnen morgen im Pub wenigstens ein paar Bier aus.«

Ross strahlte. »Das ist mal ein wirklich guter Vorschlag.«

»Die Dorfbewohner werden Ihnen gefallen. Es sind nette Leute. Und ich biete Ihnen natürlich auch gerne an, morgen mein

Bad im Pfarrhaus zu benutzen, wenn Sie möchten«, fügte Lara hinzu.

»Haben Sie eine richtige Dusche mit viel Wasser?«

»Ja, und die Zisternen sind voll. Ich habe sogar eine Badewanne.«

»Wow! Normalerweise benutze ich einen rostigen Eimer mit Löchern im Boden, den ich an einen Ast hänge. Aber jetzt muss ich erst einmal schlafen. Morgen nehme ich Ihr Angebot sehr gern an«, grinste Ross zufrieden.

Weil es wieder heftiger regnete, eilten Lara und Jiana in den Schutz des Pfarrhauses. Alles sah noch genau so aus, wie Lara es verlassen hatte. Wie herrlich war es doch, endlich wieder zu Hause zu sein!

Überrascht ging Lara auf, dass sie Shady Camp und das Pfarrhaus tatsächlich als ihr Zuhause ansah. Dank der Dorfbevölkerung und vor allem dank Rick war es in den letzten Wochen dazu geworden. Lara fühlte sich als Teil einer großen Familie. Am schönsten wäre natürlich gewesen, wenn Rick sie begrüßt hätte. Es ärgerte sie, dass er sich Sorgen um sie hatte machen müssen.

»Ich will mich nur kurz waschen und umziehen, ehe ich zu Betty hinübergehe«, sagte Lara, die sich vor der Begegnung fürchtete. Das, was sie Colins Frau mitteilen musste, war zu schrecklich.

»Und ich laufe auf dem schnellsten Weg nach Hause zu meiner Mutter«, erklärte Jiana.

»Natürlich. Was glaubst du, wie sie sich freuen wird!« Netta musste fast krank vor Sorge sein.

Hastig wusch sich Lara und wechselte die Kleidung. Endlich fühlte sie sich wieder wie ein menschliches Wesen. Sauberkeit und frische Wäsche würden ihr wohl nie wieder selbstverständlich erscheinen. Sie griff nach ihrem Regenschirm und machte sich schweren Herzens auf den Weg zum Laden.

Zu Laras größter Überraschung lag das Geschäft vollkommen dunkel da. Auch wenn es normalerweise abends nicht geöffnet hatte, so war die Tür nie abgeschlossen, damit Kunden oder Besucher Zugang zu den Privaträumen der Jeffries' hatten. Heute aber war sie verriegelt. Das hatte Lara noch nie erlebt. Auch der Pub lag verlassen da. Die Läden waren zu, die Tür abgeschlossen. Merkwürdig! Lara blickte sich um. In keinem einzigen Haus brannte Licht. Da fiel ihr plötzlich der Luftschutzraum ein.

Lara ging um das Hotel herum und hob die Falltür des Luftschutzkellers. Doch anstatt von Licht und den Gesichtern der Dorfbewohner begrüßt zu werden, wie sie es erwartet hatte, starrte sie in tiefe Dunkelheit. Kein Geräusch war zu hören. Sie ärgerte sich, dass sie keine Taschenlampe bei sich trug. »Ist da jemand?«, rief sie. Aber nichts regte sich.

»Sie sind tatsächlich evakuiert worden«, sagte sie laut in die Finsternis und konnte es nicht fassen. Da war sie viele, viele Kilometer durch den Busch nach Hause gewandert, und kein Mensch war mehr da!

Im Pfarrhaus wartete Jiana auf sie.

»Das Dorf ist wie ausgestorben«, berichtete Lara schockiert.

»In unserer Siedlung ist auch niemand«, sagte Jiana. »Aber wo können sie sein?«

»Vermutlich evakuiert«, sagte Lara. »Wahrscheinlich haben sie befürchtet, dass das Dorf nun doch bombardiert würde, und hatten Angst, dass der Luftschutzraum nicht genügend Schutz bietet. Eine andere Erklärung fällt mir beim besten Willen nicht ein.«

Jiana schüttelte den Kopf. »Meine Mutter wäre nie im Leben fortgegangen. Sie hätte gewartet, bis ich nach Hause komme, wie sie es auch früher schon getan hat.«

»Es ist wirklich seltsam«, stimmte Lara ihr zu. Sie konnte sich nicht vorstellen, dass Betty gegangen war, ohne zu wissen, wo Colin sich aufhielt. »Vielleicht finden wir bei Tageslicht irgendwelche Anhaltspunkte.«

Jiana duschte und zog eines von Laras sauberen Kleidern an. Dann legten sich beide auf Laras Bett und schliefen einige Stunden.

23. Februar 1942

In der Morgendämmerung erwachte Lara vor Jiana. Sie ging in die Küche, um Tee aufzusetzen, und sah vor dem Fenster plötzlich einen Kopf.

»Rick!«, rief sie glücklich.

Als sie aber die Tür öffnete, saß Ross draußen. Sie verbarg ihre Enttäuschung und bat ihn herein.

»Warum haben Sie nicht angeklopft?«, erkundigte sie sich. »Ich bin schon seit einiger Zeit wach.«

»Sie waren gestern so erschöpft, dass ich Sie in Ruhe ausschlafen lassen wollte. Hat man sich im Dorf gefreut, Sie wiederzusehen?«

»Offenbar ist keine Menschenseele hier«, antwortete Lara noch immer verwirrt.

»Ja, mir ist auch aufgefallen, dass es hier sehr ruhig ist.«

»Das ist allerdings nicht unüblich«, erklärte Lara. Dabei fiel ihr auf, wie sehr sie sich daran gewöhnt hatte.

»Vielleicht wurde das Dorf evakuiert.«

»Schon möglich, aber Jiana ist überzeugt, dass die Bewohner der Aborigine-Siedlung hiergeblieben wären.«

Schlaftrunken betrat Jiana die Küche. »Sie wären ganz sicher nicht weggegangen«, bekräftigte sie Laras Aussage.

Ross verschwand im Bad, während Lara sich um den Tee kümmerte. »Meinst du, sie haben sich vielleicht im Busch versteckt?«, wandte sie sich an Jiana.

»Kann schon sein«, antwortete Jiana. »Ich mache mich gleich auf die Suche.«

»Bestimmt hatten sie Angst, dass das Dorf bombardiert oder von den Japanern besetzt werden könnte«, überlegte Lara und hoffte, dass alle in Sicherheit waren. »Sonst wären sie nie und nimmer gegangen.«

Während des Frühstücks dachte Lara über ihre Lage nach. Wie Jiana war auch sie überzeugt, dass die Aborigines nicht weit entfernt sein konnten. »Was hältst du davon, die Schulglocke zu läuten? Eines der Kinder hört sie sicher, und dann wissen sie, dass wir wieder da sind.«

Jiana fand die Idee ausgezeichnet.

»Ich bleibe keine Nacht länger in dieser stinkenden Höhle«, beschwerte sich Betty. Sie war mit den Nerven am Ende. »Man fragt sich, was schlimmer ist: Montys unter Wasser stehender Schutzraum oder der Gestank von Fledermauspipi. Ich gehe jetzt jedenfalls nach Hause! Und wenn ein Japaner es wagt, sich mir in den Weg zu stellen, muss er sich warm anziehen.« Insgeheim fragte sie sich, ob sie den scharfen Ammoniakgeruch wohl je wieder aus ihrer Nase bekommen würde. Die Höhle war kleiner als der Luftschutzraum und voller Fledermäuse. Als Rex beim Anflug der japanischen Bomber die Schulglocke geläutet hatte, schlugen die Aborigines die Höhle als Unterschlupf vor. Da eine Wand von Montys Luftschutzraum eingestürzt war – Monty gab den nahen Bombeneinschlägen und dem Regen die Schuld, Betty und ein paar andere zogen eher seine Baukünste in Zweifel – und ihnen keine andere Wahl blieb, drängten sich alle Bewohner von Shady Camp unter schwierigsten Bedingungen wie die Ölsardinen aneinander.

»Ich komme mit, Mama!«, erklärte Robbie eifrig. Er hatte die ganze Nacht hindurch gemault, aber die Aussicht auf eine Angelpartie hellte seine Laune sofort auf. Auch Richie und Ronnie hatten keine Lust mehr. Die ganze Nacht in einer Höhle herumzusitzen war entsetzlich langweilig.

Während der letzten Tage hatte Ruthie eine enge Bindung an ihren Vater aufgebaut. In der Höhle saß sie dicht neben ihm und schmiegte sich an ihn. Noch nie hatte sie ihn so still und traurig erlebt. Betty wusste, dass sie sich große Sorgen machte. Ihre jüngeren Brüder bekamen noch nicht viel davon mit, aber Ruthie wusste, dass ihr Dad sich für das Verschwinden von Lara verantwortlich fühlte. Zwar hatte er nichts gesagt, aber sie spürte es und wusste nicht, wie sie ihn trösten sollte. Hinzu kam, dass ihr Bettys Ärger auf Colin nicht verborgen blieb.

Colin haderte noch immer mit dem Schicksal von Lara und Jiana, aber er genoss die ruhige Gesellschaft seiner Tochter.

»Niemand geht irgendwo hin, bis ich nachgesehen habe, ob das Dorf sicher ist«, sagte Rex Westly.

»Hört doch mal!«, rief Harry Castle plötzlich aufgeregt.

»Was denn? Ich höre nur Zikaden und das Zwitschern der Fledermäuse«, grummelte Betty und hoffte, dass Harry keine Bombenexplosionen meinte.

»Nein, hört doch mal! Die Schulglocke läutet«, sagte Harry und klatschte in die Hände.

»Erzähl keinen Unsinn, Harry«, wies Joyce ihn zurecht. »Es ist niemand im Dorf, der sie läuten könnte.«

»Aber ich höre sie ganz deutlich«, beharrte Harry. »Sicher ist Miss Penrose zurückgekommen.« Er strahlte glücklich. Wie alle Kinder des Dorfes hatte er bestürzt auf Laras Schicksal reagiert. Die Lehrerin war bei allen Kindern sehr beliebt.

»Harry, du regst die Kleinen auf«, sagte Joyce streng. »Du weißt genau, dass Miss Penrose nicht mehr zurückkommt. Und im Dorf ist sonst niemand, der die Glocke läuten könnte.«

»Vielleicht ist es Miss Chinmurra.«

Netta blickte auf und stellte eine Frage auf Larrakia. Willie Doonunga, der ein wenig Englisch verstand, übersetzte ihr, was Harry gesagt hatte.

»Jetzt höre ich es auch«, sagte Tom. »Miss Penrose läutet die Glocke immer zweimal langsam und dreimal schnell.«

»Genau«, nickte Robbie. »Sie hat mir gezeigt, wie ich es machen soll.«

»Schluss damit, Kinder«, sagte Betty mit einem Blick auf Colin, der sehr beunruhigt wirkte. Netta strahlte. Die Ärmste! Sicher würde sie bald wieder enttäuscht.

»Wartet«, meldete sich plötzlich Peewee zu Wort. »Ich höre es auch. Und es klingt tatsächlich wie unsere Schulglocke.«

»Quatsch, Peewee!«, sagte Joyce. »Du weißt doch, dass das nicht möglich ist. Das ganze Dorf ist *hier.*«

Obwohl keiner der Erwachsenen ernsthaft glaubte, dass es wirklich die Schulglocke war, die läutete, verstummten alle und lauschten angestrengt. Und einer nach dem anderen hörte das Läuten.

Und dann gab es kein Halten mehr. Die Kinder stürmten aus der Höhle, dicht gefolgt von ihren Eltern.

Lara und Jiana standen vor der Schule, so wie sie es an Schultagen zu tun pflegten, um ihre Schüler zu begrüßen.

»Es hat keinen Sinn, Jiana«, sagte Lara enttäuscht. »Sie sind nicht da. Niemand hat die Glocke gehört.«

»Läute noch einmal«, drängte Jiana.

Lara gehorchte und läutete wieder und wieder die Glocke.

Von ihrem Standort aus konnte Jiana den Pfad einsehen, der zum Dorf der Aborigines führte. Die Kinder kamen als Erste. Lachend schlängelten sie sich aus dem Buschwerk neben dem Pfad, angeführt von Harry, dem Robbie und die anderen auf dem Fuß folgten. Jiana rief nach Lara und deutete in Richtung der anderen. Als die Kinder Lara und Jiana entdeckten, jauchzten sie fröhlich und rannten auf die beiden Lehrerinnen zu, so schnell ihre kurzen Beine sie trugen. Lara und Jiana waren vor Glück den Tränen nah.

Die ersten Jungen erreichten Lara und Jiana und umarmten sie gerade innig, da trat Betty aus dem Dickicht neben dem Pfad. Wie vom Donner gerührt blieb sie stehen und schlug sich die Hand vor den Mund. Selbst aus dieser Entfernung konnte Lara erkennen, dass sie weinte. Weil sie annahm, dass Betty um Colin trauerte, hatte auch sie plötzlich wieder einen Kloß im Hals.

Hinter Betty tauchten Monty und Charlie mit Kiwi auf der Schulter auf, wiederum dahinter folgten einige Aborigines. Jiana ging ihrem Stamm entgegen, langsam zunächst, dann immer schneller. Als schließlich ihre Mutter aus dem Dickicht trat, begann sie zu rennen.

Beim Anblick ihrer Tochter wäre Netta beinahe in Ohnmacht gefallen. Sie zitterte so, dass sie von Nellie und Jinney gestützt werden musste. Jiana erreichte ihre Mutter und schlang ihre Arme um sie. Alle Mitglieder des Stamms umringten die beiden, die gleichzeitig lachten und weinten.

Dann tauchten Rizza, Carmel und Rex mit Baby Billy auf, der in den Armen seiner Mutter schlief. Sie schlossen sich Betty, Monty und Charlie an und gingen strahlend auf Lara zu. Nach und nach versammelten sich alle Bewohner des Dorfes, einschließlich sämtlicher Hunde und Katzen. Alle waren außer sich vor Freude.

Colin hatte sich nicht vom Fleck gerührt. Er blickte auf seine Tochter hinunter, die still neben ihm auf dem Sandboden saß. »Du weißt auch, dass es nicht Miss Penrose sein kann, die die Schulglocke läutet, nicht wahr?«, sagte er bewegt.

Ruthie blickte zu ihrem Vater auf. »Ich weiß, dass du traurig bist, Papa. Aber das, was passiert ist, war nicht deine Schuld.«

»Das verstehst du nicht, Ruthie«, entgegnete Colin sanft. Wie hätte er dem Kind auch erklären sollen, dass es sehr wohl sein Fehler war? Er hätte sich um die beiden jungen Frauen kümmern müssen. Er hätte sie mit nach Doctor's Gully nehmen sollen. Dort hätten sie sich in den Plantagen verstecken können und wären nicht in einem Gebäude gelandet, das den Angriff nicht überstanden hatte. Oder er hätte sie gleich zum Ministerium fahren können und sie nicht auf dem Parkplatz vor dem Pub aussteigen lassen sollen. Dann wären sie längst weg gewesen, als die Bombe die Kultusbehörde traf. Immer wieder hatte er alle Möglichkeiten durchgespielt. Hätte er sich nur anders verhalten!

»Manchmal erwischt es leider die Allerbesten«, murmelte er und wünschte, er wäre anstelle von Lara und Jiana gestorben.

Betty umarmte Lara so fest, dass die junge Frau fast keine Luft mehr bekam, und lächelte glücklich. »Du lebst!«, flüsterte sie bewegt. »Du lebst!«

»Ja, *ich* lebe«, nickte Lara und fühlte sich entsetzlich. Betty machte einen so glücklichen Eindruck! Warum würde ausgerechnet sie der armen Frau das Herz brechen müssen? Nach und nach scharten sich alle Dorfbewohner um die junge Lehrerin. Jeder wollte sie umarmen und küssen. Lara nahm einen merkwürdig stechenden Geruch wahr, sagte aber nichts dazu.

»Tut mir leid, dass wir alle nach Fledermauspipi riechen«, sagte Betty lachend, »aber wir haben die ganze Nacht in einer Höhle verbracht. Es war schrecklich!«

Sie blickte besorgt in Laras müdes Gesicht. »Du bist dünn geworden«, stellte sie fest. Sie spürte, dass die junge Frau etwas auf dem Herzen hatte. »Wurdest du bei dem Angriff verletzt?«

»Nur ein paar Kratzer, aber …« Lara suchte vergeblich nach den richtigen Worten. »Wir konnten Colin nicht finden, Betty«, sagte sie schließlich mit Tränen in den Augen. Sie warf einen Blick auf die Kinder, die lachend zu ihr aufschauten, und hätte sich am liebsten vor der Aufgabe gedrückt. Aber es musste sein.

»Er konnte euch auch nicht finden«, sagte Betty. »Er war überzeugt, dass ihr tot seid.«

Lara starrte Betty an. »Woher weißt du das?«

»Er hat es uns gesagt. Seit Tagen versucht er uns zu überzeugen, dass ihr beide nicht überlebt habt. Gott sei Dank hat er nicht recht behalten. Es grenzt wirklich an ein Wunder!« Sie strahlte vor Glück.

»Dann ist … dann ist Colin hier?« Lara blickte sich um, konnte ihn aber nirgends entdecken. »Geht es ihm gut? Ist er nicht tot?«

»Nein, tot ist er nicht, aber er hat sich sehr verändert. Seit er wieder da ist, hat er kein Bier mehr angerührt und bringt mich damit fast zur Verzweiflung.«

»Mich auch«, mischte Monty sich ein. »Ich habe meinen Saufkumpel verloren.«

»Er ist überzeugt, dass er allein schuld daran ist, dass ihr nicht überlebt habt«, berichtete Betty. »Er fühlt sich ganz schrecklich.«

»Aber wir haben doch …«

»Ja, das sehen wir«, lachte Betty und nahm sie erneut in die Arme.

Lara wurde von einer Welle der Erleichterung überrollt, und sie brach in ein unbeschwertes Gelächter aus. »Und ich habe mich so davor gefürchtet, dir und den Kindern erklären zu müssen, dass Colin … Wo ist er überhaupt? Ich will ihn mit eigenen Augen sehen.«

»Eigentlich müsste er auch hier irgendwo sein.« Betty drehte sich um. »Robbie, bring Lara zu deinem Vater. Ich muss mich jetzt erst einmal duschen und umziehen, dann setze ich Teewasser auf. Und nach einer schönen Tasse Tee stecke ich alle Kinder in die Badewanne.«

Unterwegs erkundigte sich Lara bei Ronnie, warum die Bewohner nicht den Luftschutzraum aufgesucht hatten.

»Weil er seit dem Beginn der Regenzeit unter Wasser steht. Außerdem ist eine Wand zusammengebrochen. Mama hat deswegen fast einen Anfall bekommen und war natürlich froh, dass wir nicht gerade drinsaßen.«

»Und wo wart ihr dann? Deine Mama hat von einer Höhle gesprochen.«

»Die Aborigines kannten diese Höhle. Es gibt dort Massen von Fledermäusen, und es stinkt ganz fürchterlich. Mama und die anderen Frauen haben sich die ganze Nacht darüber beschwert und ziemlich geschrien, als die Fledermäuse umhergeflattert sind.«

»Das kann ich mir lebhaft vorstellen«, sagte Lara schaudernd.

Kurz bevor sie ins Dickicht eintauchten, drehte sich Lara zu Jiana um, die immer noch ihre Mutter umarmte. »Colin ist hier, Jiana. Er lebt«, rief sie fröhlich. Jiana winkte und lachte.

Robbie führte Lara einen schmalen Trampelpfad entlang. »Da oben ist die Höhle, in der Papa sitzt«, sagte er und zeigte auf eine felsige Klippe. »Ich gehe dann mal fischen«, fügte er hinzu und rannte davon, ehe sie ihn ermahnen konnte, zuerst seine Mutter zu fragen.

Zwar war Lara bei dem Gedanken an die Fledermäuse nicht ganz wohl, trotzdem schritt sie mutig auf die Höhle zu. Bereits vom Eingang aus erkannte sie Colin, der gerade aufstand und sich den Sand von der Hose klopfte. Ruthie stand neben ihm.

»Wir sollten dann auch gehen«, sagte Colin zu Ruthie und drehte sich zum Höhleneingang um.

»Gott schütze uns«, stieß er hervor und wurde blass. »Ein Gespenst!«

»Miss Penrose!«, rief Ruthie und rannte mit ausgebreiteten Armen auf Lara zu. Lara fing sie auf und drückte sie an sich.

»Ich wusste die ganze Zeit, dass Sie nicht tot sind«, erklärte Ruthie und umarmte sie.

»Sei mir nicht böse, Ruthie, aber du stinkst«, sagte Lara und rümpfte die Nase.

»Das ist nur Fledermauspisse«, sagte Ruthie und grinste breit, um Lara zu zeigen, dass sie während ihrer Abwesenheit einen Milchzahn verloren hatte.

Lara setzte sie ab. »Deine Mutter lässt gerade die Badewanne volllaufen. Lauf schnell heim. Ich muss noch kurz mit deinem Vater sprechen.«

»Au ja, baden!« Ruthie flitzte davon.

»Schön, dich zu sehen, Colin«, sagte Lara.

»Ich kann kaum glauben, dass du leibhaftig vor mir stehst«, stammelte Colin und berührte ihre Schulter, als wolle er sich überzeugen, dass sie keine Erscheinung war.

»Wir dachten auch, du wärst tot.«

»Wo wart ihr?«

»Das ist eine lange Geschichte. Zunächst sind wir kilometerweit durch den Busch gelaufen, ehe uns ein Fischer vom Corroboree Billabong aus eine Mitfahrgelegenheit nach Hause anbot.«

»Ich dachte, ihr wärt in der Kultusbehörde gewesen, als sie getroffen wurde«, krächzte Colin gerührt. »Komm her.« Er breitete die Arme aus. »Lass dich umarmen, damit ich weiß, dass du wirklich vor mir stehst.«

Auch Lara kämpfte mit den Tränen. Lange hielten sie einander umschlungen. Beide hätten nie geglaubt, dass es je noch einmal dazu kommen würde.

»Hier stinkt es wirklich ganz gewaltig«, sagte Lara schließlich und tupfte sich die Augen ab.

»Komm mit, Mädel«, schniefte Colin, legte ihr einen Arm um die Schulter und zog sie mit sich. »Jetzt habe ich Durst auf ein schönes, kühles Bier.«

Obwohl sie sich freute, dass er offensichtlich auf dem Wege der Besserung war, konnte sie der Versuchung nicht widerstehen, ihn zu ermahnen. »Nie vor dem Mittagessen«, sagte sie. »Zufällig weiß ich, dass du noch nicht einmal gefrühstückt hast.«

Dann fiel ihr auf, dass sie sich vor ein paar Tagen mit ganz ähnlichen Worten in Darwin von ihm verabschiedet hatte.

»Ich bin ganz sicher, dass irgendwo auf der Welt längst Mittagessenszeit ist«, grinste Colin.

35

»Ich hatte gehofft, dass Rick hier ist«, sagte Lara, als sie mit Colin zum Pfarrhaus ging. »Weißt du, wo er ist?«

»Keine Ahnung.« Colin errötete.

Lara hätte ihm am liebsten noch mehr Fragen gestellt, doch Colin sah plötzlich aus, als ginge es ihm nicht gut.

»Alles in Ordnung, Colin?«, fragte sie besorgt. »Stehst du noch unter Schock, dass ich wieder aufgetaucht bin?«

»Ja, das ist schon ein überwältigendes Gefühl«, bestätigte Colin. »So ganz wohl ist mir wirklich nicht, und außerdem stinke ich sicher wie ein Wiedehopf. Wie hältst du es bloß in meiner Nähe aus?«

»Genau so habe ich mich gefühlt, nachdem ich tagelang nicht meine Kleider wechseln konnte«, sagte Lara verständnisvoll. »Es war bestimmt scheußlich, in einer Fledermaushöhle zu schlafen. Du brauchst jetzt erst einmal eine Tasse Tee, etwas zu essen und ein schönes Bad.«

»Stimmt«, nickte Colin und warf ihr einen nachdenklichen Blick zu.

»Gut, dann treffen wir uns in einer Stunde im Pub. Es sei denn, du willst vorher noch ein Nickerchen machen.«

»Ich könnte jetzt bestimmt nicht schlafen, selbst wenn ich wollte«, sagte Colin ehrlich.

»Himmel, fast hätte ich vergessen, dass bei mir zu Hause ein Gast wartet!«

»Ein Gast? Du hast Besuch?«

»Sein Name ist Ross Crosby. Er hat uns vom Corroboree Billabong nach Hause begleitet. Ich habe ihm versprochen, ihn euch allen vorzustellen und ihm ein paar Bier auszugeben, weil er uns geholfen hat. Für Bier ist es aber noch zu früh, vielleicht sollte ich ihm erst einmal ein Frühstück anbieten.«

»Für ein Bier ist es nie zu früh«, erklärte Colin. »Wir sehen uns dann später im Pub.«

»Aber versprich mir, dass du zuerst zu Hause frühstückst. Danach schmeckt es dir nochmal so gut.«

»Ich verspreche es«, sagte Colin augenzwinkernd.

Anstatt nach Hause zu gehen, marschierte Colin geradewegs in den Pub, wo Monty gerade die Läden öffnete.

»Ich brauche jetzt ganz schnell ein Bier«, verkündete er.

»Das ist unser Colin, wie wir ihn kennen und lieben«, freute sich Monty. »Aber ist es nicht noch ein bisschen zu früh? Selbst für dich?«

»Ich habe tagelang nicht ein einziges Bier getrunken. Wie kann es da zu früh sein?«

»Da hast du nun auch wieder recht«, erklärte Monty und schenkte ein.

Colin leerte das Glas in einem Zug und seufzte zufrieden. »Das tat gut«, sagte er und wischte sich den Mund mit dem Handrücken ab.

»Du warst sicher ziemlich überrascht, Lara zu sehen«, meinte Monty.

»War ich. Aber jetzt will sie wissen, wo Rick ist. Was soll ich ihr bloß sagen?«

»Ganz einfach: die Wahrheit«, sagte Monty.

»Aber warum ausgerechnet ich?«

»Weil du derjenige warst, der Rick gesagt hat, sie wäre tot. Und genau das ist der Grund, warum er sich auf die Suche nach ihr gemacht hat.«

»Stimmt«, murmelte Colin, von Reue überwältigt. »Ich war mir so sicher …«

»Und was genau wirst du sagen?«

»Zumindest ganz sicher nicht, dass Rick tot sein könnte. Es ist zwar anzunehmen, aber wir wissen nichts Genaues.«

»Du scheinst deine Lektion wirklich gelernt zu haben, Colin.«

»Oh ja, das habe ich. Es war ein wunderbares Gefühl, Lara zu sehen, und ich freue mich von ganzem Herzen für Netta Chinmurra. Trotzdem weiß ich noch nicht genau, wie ich Lara beibringen soll, dass der Mann, den sie liebt, vermisst wird und möglicherweise tot ist.«

»Rick … wird vermisst? Und ist vielleicht … tot?« Lara stand mit starrem Blick an der Tür.

Colin wirbelte herum. »Lara!«

»Stimmt das, Colin?«, fragte Lara kaum hörbar.

»Wir wissen nicht, wo er ist. Ich hätte ihm nicht sagen dürfen, dass ich dich für tot hielt, denn eigentlich wusste ich ja nichts. Aber in Bezug auf dich habe ich mich ja auch geirrt, nicht wahr?«

»Du hast Rick gesagt, dass du mich für tot hältst?«

Colin ließ den Kopf hängen. »Ich dachte wirklich, du hättest den Angriff nicht überlebt, Lara.«

»Um Gottes willen«, stieß Lara hervor und ließ sich auf einen Stuhl fallen. »Und er hat dir nicht geglaubt und ist in die Stadt gefahren, um nach mir zu suchen, richtig?«

»Wir vermuten, dass es so ist«, warf Monty ein.

»Ihr hättet ihn aufhalten müssen!«

»Als ob das möglich gewesen wäre«, murmelte Colin. »Er hatte es sich nun mal in den Kopf gesetzt.«

»Eigentlich müsste er längst zurück sein. Aber das heißt noch lange nicht, dass ihm etwas passiert sein muss«, sagte Monty. »Er war ziemlich verzweifelt und brauchte vielleicht ein bisschen Zeit für sich. Wir sollten nicht immer gleich vom Schlimmsten ausgehen und auf jeden Fall weiter hoffen.«

»Warum hast du mir das nicht gleich gesagt?«, wandte sich Lara vorwurfsvoll an Colin.

»Ich wusste nicht, wie. Ich wollte dir doch nicht das Herz brechen«, rechtfertigte sich Colin. »Schließlich weiß ich, wie sehr du ihn liebst. Es tut mir wirklich leid, Lara.«

Lara stand auf. »Mir auch«, sagte sie knapp, drehte sich um und ging.

»Noch ein Bier?«, fragte Monty, als er sah, wie niedergeschmettert Colin war.

»Nein«, fauchte Colin und verschwand ebenfalls.

Monty schüttelte den Kopf. Vielleicht war das ja der Beginn der nächsten Trockenzeit.

»Ich habe Lara gerade nach Hause rennen sehen. Sie weinte«, sagte Betty, als Colin den Laden betrat. Sie war lange genug mit ihm verheiratet, um seinen schuldbewussten Ausdruck sofort richtig zu deuten. »Du hast ihr von Rick erzählt, nicht wahr?«

»Nicht alle Einzelheiten, aber sie weiß, was los ist.«

»Aber du hast ihr hoffentlich nicht gesagt, er wäre tot, oder?«

»Nicht so direkt.«

»Raus mit der Sprache! Was genau hast du ihr gesagt?«

»Sie kam zufällig dazu, als ich mit Monty sprach und zu ihm sagte, dass ich nicht wüsste, wie ich Lara erklären soll, dass Rick vermisst wird und möglicherweise tot ist.«

»Oh nein!«, stieß Betty hervor und rollte die Augen.

»Natürlich hat sie mich daraufhin ausgefragt. Ich sagte, wir wüssten nicht, wo Rick ist, und Monty sagte, dass Rick vielleicht nur etwas Zeit für sich braucht. Daraus schloss sie sofort, dass ich Rick erzählt habe, sie hätte den Angriff auf Darwin vermutlich nicht überlebt.«

»Und weil sie eine kluge Frau ist, ahnte sie, dass Rick sich auf die Suche nach ihr gemacht hat«, seufzte Betty.

»So war es.«

Betty seufzte. Eigentlich hatte sie zu Lara gehen und es ihr schonend beibringen wollen. »Kannst du nicht einmal im Leben etwas richtig machen?«, stöhnte sie.

Einige Zeit später klopfte Betty an Laras Tür. Ein Mann öffnete, aber Betty war nicht weiter überrascht, weil sie von Colin wusste, dass Lara einen Gast hatte. »Hallo, ich bin Betty Jeffries. Mein Mann Colin und ich führen den Dorfladen.«

»Ross Crosby«, stellte der Mann sich vor. »Ich habe Lara und Jiana am Corroboree Billabong kennengelernt und nach Hause gebracht.«

»Vielen Dank, dass Sie den beiden geholfen haben. Ich bin auf der Suche nach Lara. Ich denke, sie kann ein paar frische Eier, Brot und Milch gut gebrauchen.«

»Treten Sie doch bitte ein«, sagte Ross. »Lara ist in ihrem Schlafzimmer. Sie wollte ein paar Lebensmittel im Laden besorgen, aber als sie vorhin heimkam, hat sie geweint. Ich weiß nicht, warum, und ich wollte auch nicht zu neugierig sein. Vielleicht sollte ich jetzt besser gehen. Möglicherweise möchte sie lieber allein sein.«

Betty stellte Brot, Eier und Milch auf dem Tisch ab. »Ich kann Ihnen erklären, worum es geht. Inzwischen mache ich einfach Frühstück für Sie und Lara. Sie sind sicher hungrig.«

»Meinen Sie nicht, dass ich lieber gehen sollte?«

»Aber ganz und gar nicht.« Betty nahm eine Pfanne und stellte sie draußen auf den Campingkocher. Ross folgte ihr.

»Mein Mann hat Jiana und Lara am Tag des ersten Bombenangriffs nach Darwin gefahren. Sie hatten in der Stadt unterschiedliche Dinge zu erledigen und wollten sich im Anschluss wieder treffen, aber dann kam der Angriff der Japaner dazwischen. Colin war überzeugt, dass die jungen Frauen nicht überlebt hatten, kam völlig niedergeschmettert heim und erzählte Laras Freund von seinen Vermutungen. Der glaubte nicht an Laras Tod, und fuhr in die Stadt, um nach ihr zu suchen, und ist seither nicht zurückgekommen. Nun glauben natürlich alle, dass er nicht mehr lebt. Lara hat gerade eben erfahren, warum er nicht hier ist, und ist natürlich am Boden zerstört.«

»Ich verstehe. Das alles ist sehr traurig«, sagte Ross.

»Wie haben Sie die Frauen kennengelernt?«

»Ich traf sie zufällig am Corroboree Billabong. Offenbar waren sie vom Arnhem Highway aus bis dorthin gelaufen.«

Schockiert sah Betty ihn an. »Aber das sind ja unendlich viele Kilometer!«

»Kann man so sagen, Ich weiß nicht, wie sie es so weit geschafft haben, aber Lara schlief am Ufer des Billabong, während Jiana Wasser holte. Wahrscheinlich war sie total erschöpft. Glücklicherweise entdeckte ich sie gerade noch rechtzeitig.«

»Sie ist am Billabong eingeschlafen? Das hätte ins Auge gehen können«, meinte Betty.

»Wäre es auch beinahe. Ich musste ein über drei Meter langes Krokodil erschießen, das sich gerade über sie hermachen wollte.«

Betty schnappte nach Luft. »Gut, dass Sie gerade in der Nähe waren.«

»Schicksal, würde ich sagen. Ich war auf der Suche nach Feuerholz und habe immer ein Gewehr dabei, weil ich schon einige unliebsame Begegnungen mit Krokodilen hatte.«

»Es war auch nicht Laras erste Bekanntschaft mit einem Krokodil«, berichtete Betty. »Davor hatte sie schon zwei Mal das zweifelhafte Vergnügen. Wenn es stimmt, stand nur ein paar Tage nach ihrer Ankunft ein über fünf Meter langes Krokodil hier an ihrer Küchentür und hat sie zu Tode erschreckt.«

Ross nickte. »Auch, wenn es merkwürdig klingt – aber ich halte das für wahrscheinlich. Ich habe in den zehn Jahren, seit ich auf meinem Boot lebe, einige Riesenkrokodile zu Gesicht bekommen. Die Tiere sind ziemlich schlau. Wenn man mit Veteranen spricht, hört man manchmal haarsträubende Geschichten.«

»Die meisten hier im Dorf glauben ihr nicht. Ich persönlich weiß auch nicht, was ich davon halten soll. Lara scheinen die außergewöhnlichsten Dinge zu passieren. Hoffentlich gehört nicht ausgerechnet der Verlust ihres Freundes dazu, nachdem sie selbst die Bombardierung von Darwin überlebt hat.«

Nach dem Frühstück verabschiedete sich Ross. Lara hatte sich noch nicht wieder beruhigt und bat Betty, sie allein zu lassen. Dann schloss sie die Tür des Pfarrhauses. Die Kinder versuchten mehrfach, sie herauszulocken, aber sie fühlte sich außerstande, in ihrer Gegenwart so tun, als wäre nichts geschehen. Den ganzen Nachmittag über lag sie auf ihrem Bett und weinte.

Gegen Abend ging sie zum Anleger, blickte auf den Billabong hinaus und wünschte sich, Rick käme zurück. Aber er kam nicht. Sie legte sich wieder ins Bett, konnte aber nicht einschlafen, weil ihr all die wundervollen Dinge durch den Kopf gingen, die sie zusammen erlebt hatten. Sie sah sein verschmitztes Grinsen und seine warmen braunen Augen vor sich und konnte seine wunderbaren Küsse fast spüren. Wie sollte sie nur ohne ihn weiterleben? Einmal nickte sie kurz ein, wurde aber bald wieder wach und lauschte den Zikaden und den Nachtvögeln. Irgendwann beschloss sie, aufzustehen und sich nach draußen zu setzen. Sie bereitete sich einen Tee und wartete auf die Morgendämmerung.

Als die Sonne aufging und die ersten warmen Farben in den dunklen Himmel zauberte, ging Lara erneut zum Anleger. Der Anblick des leeren Liegeplatzes, wo Rick sein Boot zu vertäuen pflegte, brach ihr fast das Herz. Tränen stiegen ihr in die Augen, doch sie wischte sie ungeduldig fort. Ihr war klar, dass der Billabong und der Anleger sie immer an Rick erinnern würden. In der morgendlichen Stille, die nur dann und wann von den Lauten erwachender Vögel durchbrochen wurde, hörte sie in der Ferne das Tuckern eines Bootsmotors. Sofort keimte Hoffnung in ihr auf. Sie lauschte lange und starrte noch auf das Gewässer hinaus, als das Geräusch längst wieder verklungen war.

War Ricks Boot in einen Angriff geraten? War er aus der Luft beschossen worden? In Gedanken malte sie sich die verschiedensten Gefahrensituationen aus. Sie konnte das Gefühl kaum ertragen, dass er sein Leben gelassen hatte, um sie zu suchen.

»Komm zurück zu mir, Rick«, flüsterte sie unter Tränen.

Als sie hinter sich Schritte hörte, wirbelte sie herum. »Rick!«

»Tut mir leid, ich bin es nur«, sagte Rex.

Lara wurde von einer Welle der Enttäuschung erfasst.

»Ich habe dich vom Fenster aus beobachtet und wollte dir beichten, dass ich es war, der Rick den Sprit gegeben hat, den er für die Fahrt brauchte. Sollte ihm etwas passiert sein, bin ich zumindest zum Teil dafür verantwortlich. Ich habe ein furchtbar schlechtes Gewissen.«

»Du kannst nichts dafür, Rex. Wir alle wissen, wie entschlossen Rick alles angeht. Wenn er sich einmal etwas in den Kopf gesetzt hat, kann keine Macht der Welt ihn umstimmen.«

Rex sah sie dankbar an. »Er war ein feiner Kerl. Nein«, korrigierte er sich, »er ist ein feiner Kerl.«

»Glaubst du, er lebt?«

Rex hörte die Hoffnung in ihrer Stimme und dachte lange über die Antwort nach. »Ich glaube, er ist untröstlich, aber ich glaube nicht, dass er tot ist.«

»Dann sind wir beide untröstlich«, sagte Lara. »Ich bin viele Kilometer gewandert, um nach Hause zu kommen. Ich habe euch alle sehr gern, aber es war Ricks Liebe, die mir die Kraft gab, immer weiter zu gehen.«

»Und genau diese Liebe wird ihn auch wieder heimbringen«, versprach Rex.

Ross fuhr nicht sofort zurück zum Corroboree Billabong. Nach dem Abschied von Lara verbrachte er den Nachmittag damit, im Shady Camp Billabong zu fischen, ehe er sein Nachtlager aufschlug. Am nächsten Morgen bescherte ihm das Anglerglück eine Menge Fische. Auf der Suche nach einem guten Ankerplatz sah er ein großes Boot, das im Sampan Creek unter Bäumen vertäut lag. An Bord konnte Ross niemanden sehen. Und obwohl genau die richtige Tageszeit zum Angeln war, entdeckte er weder ein Lagerfeuer am Ufer noch hingen Angelschnüre über die Bordwand. Ross wunderte sich zwar, andererseits aber stand dem Besitzer das Recht auf Privatheit zu – und deshalb würde er sich nicht weiter darum kümmern. Als er jedoch gerade die Drosselklappe seines Bootsmotors öffnen wollte, hörte er jemanden rufen.

»Ist da jemand? Ich brauche Hilfe!«

Ross stoppte seinen Motor und sah sich um, konnte aber niemanden entdecken. »Sind Sie auf dem Boot?«

»Nein! Hier drüben im Schilf!«

»Im Schilf! Um Himmels willen!« Erschrocken wendete Ross sein Boot, fuhr in den Sampan Creek hinein und passierte das Schiff. Zwischen hohen Schilfrohren machte er ein Beiboot aus, auf dem ein riesiger Käfig stand, der fast die gesamte Länge und Breite der Jolle einnahm. In dem Käfig befand sich ein sehr großes und sehr wütendes Krokodil. »Wo sind Sie?«, rief Ross.

»Hier drüben«, antwortete Rick.

Ross steuerte an das Beiboot heran und entdeckte Rick halb liegend auf der abgewandten Seite. »Was zum Teufel machen Sie da?«

»Mein Arm ist unter der Falle eingeklemmt.«

Sofort legte Ross sein Gewehr an und zielte auf das Krokodil.

»Was haben Sie vor?«, rief Rick.

»Keine Sorge, ich nehme nicht Sie aufs Korn, falls Sie das befürchten.«

»Nicht auf das Krokodil schießen!«, flehte Rick.

»Ich bin ein ausgezeichneter Schütze. Ich werde es sicher nicht verfehlen«, sagte Ross.

»Das glaube ich Ihnen gern. Ich möchte nur nicht, dass Sie das Krokodil töten.«

»Aber ich kann Ihnen nicht helfen, solange dieses Krokodil versucht, uns beide anzugreifen.«

»Bitte, erschießen Sie es nicht«, bat Rick erneut.

»Ich kann verstehen, dass Sie das Leder ohne Löcher verkaufen wollen. Aber wenn das Krokodil das Boot umwirft, während ich Ihnen helfe, könnte es entkommen, und dann haben wir beide keine Chance.«

»Sie wären sicher auch sauer, wenn Sie tagelang in der heißen

Sonne in einer Falle herumgesessen hätten. Ich wollte es gerade freilassen, als ich mir den Arm eingeklemmt habe.«

»Ist das Ihre Falle?«

»Ja«, bestätigte Rick und stöhnte vor Schmerzen.

»Wieso fangen Sie Krokodile und lassen Sie dann wieder frei?«, erkundigte sich Ross ungläubig.

»Ich siedele Krokodile um. Leider hatte ich diese Falle hier vergessen. Wenn Sie mir bitte helfen würden, meinen Arm frei zu bekommen, erkläre ich Ihnen alles.«

Ross zog sein Boot ans Ufer, kletterte hinaus und überlegte, wie er am besten vorgehen sollte. Zwar war das Boot am Ufer vertäut, doch die heftigen Bewegungen des Krokodils hatten die Taue gelockert. Wäre er nicht zufällig vorbeigekommen, wäre das Boot abgetrieben und hätte Rick zum Vergnügen aller Krokodile im Billabong mit sich geschleift. Zunächst sicherte Ross also das Beiboot.

In der Falle lag ein Stück verwestes Fleisch. Millionen Fliegen schwirrten herum, und es stank entsetzlich. Ricks Kopf befand sich Auge in Auge mit dem Krokodil und nur wenige Zentimeter von dem stinkenden Ballen entfernt. Offenbar war das Krokodil der Meinung, er wäre eine wesentlich willkommenere und attraktivere Mahlzeit als das Fleisch. Wütend tobte es gegen die Drähte des Käfigs.

Rick bemühte sich sichtlich, auf der Bordwand im Gleichgewicht zu bleiben und den freien Arm und die Beine aus dem Wasser zu halten. Als er versuchte, sich an der Falle festzuhalten, schnappte das Krokodil nach seiner Hand. Ross wollte keinesfalls ins Wasser steigen. Auf dem Beiboot jedoch war kein Platz.

»Es gibt nur eine sichere Möglichkeit, Sie da herauszuholen: Ich muss das Krokodil erschießen«, sagte er und legte wieder an.

»Nein!«, rief Rick.

»Aber es ist doch nur ein Krokodil«, wandte Ross ein. »Es würde nicht zögern, uns beide aufzufressen.«

»Es ist eine *sie*. Sie hat ihr Nest ganz in der Nähe und nichts anderes im Sinn, als es vor Räubern zu schützen. Und wenn Sie sie erschießen, bekommen Sie sie nie und nimmer aus dem Käfig heraus. Dann bleibt das ganze Gewicht doch auf meinem Arm liegen.«

»Wenn ich sie aber befreie, wird sie Sie sofort angreifen. Diesen Anblick will ich mir nicht antun«, meinte Ross entschlossen. »Wir müssen uns etwas anderes einfallen lassen.«

»Aber bitte schnell«, sagte Rick und verzog das Gesicht vor Schmerzen.

Ross machte sich auf die Suche nach einem dicken Ast, den er als Hebel benutzen wollte. Als er zu Rick zurückkehrte, näherte sich gerade ein zweites großes Krokodil.

»Nicht bewegen«, rief Ross Rick zu. »Ich erschieße es.« Er legte an und zielte.

»Bitte nicht«, bat Rick und bemühte sich, über seine Schulter zu schauen. »Verscheuchen Sie es mit dem Ast.«

»Wollen Sie mich zum Besten halten?«, fragte Ross ungläubig.

»Nein. Tun Sie es einfach.«

»Den Teufel werde ich tun. Ein Krokodil rennt im Zweifelsfall schneller als ein Mensch«, sagte Ross und drückte ab.

»Ich habe gesagt, Sie sollen es *nicht* erschießen.« Ricks Stimme klang enttäuscht.

»Es ist abgetaucht«, sagte Ross.

»Bestimmt haben Sie es angeschossen, und jetzt muss es unter Qualen sterben.«

Ross wunderte sich sehr über diese Haltung. »Ich habe es verfehlt. Mit Absicht. Diese eine Chance habe ich ihm Ihretwegen gegönnt. Wenn es nach mir ginge, wäre es jetzt tot.« Er griff nach dem Ast und begann, ihn unter die Falle zu rammen. »Das Interessante daran ist, dass Sie innerhalb von zwei Tagen schon der Zweite sind, der mich bittet, ein Krokodil am Leben zu lassen.«

»Und wer war der andere?«, fragte Rick, während Ross sein ganzes Gewicht auf den Ast verlagerte. Der Ast knirschte und drohte zu brechen, hob aber die Falle für den Bruchteil einer Sekunde so weit an, dass Rick sich befreien konnte. Er rollte sich vom Beiboot weg und fiel ins Schilf.

Ross sprang sofort nach vorne, packte ihn am Kragen und zog ihn aus dem Wasser. Als Rick schließlich auf dem Trockenen stand, stöhnten beide erleichtert auf. Ricks Hand und das Gelenk waren blutig und zerschunden, aber er konnte alle Finger bewegen. Offenbar war nichts gebrochen.

»Ich bin wirklich froh, dass Sie genau im richtigen Moment aufgetaucht sind«, sagte Rick und rieb sich stöhnend den Arm. »Sie haben mir das Leben gerettet.«

»Sie sind außerdem auch die zweite Person, die ich in den letzten zwei Tagen vor einem Krokodil gerettet habe«, erklärte Ross. Er war selbst erstaunt.

»Wieso? Was ist denn passiert?«

»Die Lady, die ich gestern gerettet habe, wollte auch nicht, dass ich das Krokodil erschieße, aber mir blieb keine andere Wahl. Sie schlief am Ufer eines Billabong, und das Krokodil war schon zum Angriff bereit.«

»Sie schlief? War sie sich der Gefahr durch Krokodile denn nicht bewusst?«

»Das dachte ich zunächst auch, aber dann erzählte sie mir, dass sie in Shady Camp lebt. Also hätte sie es doch wissen müssen. Zu ihrer Verteidigung muss ich sagen, dass sie zig Kilometer durch den Busch gelaufen und völlig erschöpft war.«

Rick traute seinen Ohren nicht. Eine Frau? Aus Shady Camp? Zig Kilometer gelaufen? »Wissen Sie zufällig ihren Namen?« Gespannt hielt er den Atem an.

»Sie heißt Lara und ist Lehrerin in Shady Camp. Sie war mit einer anderen Frau unterwegs, einer Aborigine mit Namen Jiana.«

Rick schnappte nach Luft. Dann begann er über das ganze Gesicht zu strahlen. »Dann lebt Lara also?«

»Ja. Kennen Sie sie?«

»Kennen? Ich liebe sie!«, rief Rick glücklich und ließ seinen Tränen freien Lauf.

»Ach, dann sind *Sie* also der Mann, den sie liebt. Sie sollten schleunigst nach Shady Camp fahren und sie wissen lassen, dass auch Sie am Leben sind. Sie ist nämlich am Boden zerstört, weil sie glaubt, dass Sie in der Stadt nach ihr gesucht haben und dass Ihnen etwas passiert ist.«

»Ich war wirklich in der Stadt und habe nach ihr gesucht. Ich dachte … Ich muss los!« Rick betrachtete die Falle. »Können Sie mir helfen, die Tür dieses Käfigs zu öffnen? Sie hat sich verzogen.«

»Sind Sie verrückt?«

»Nein. Nun kommen Sie schon«, sagte Rick und kletterte auf das Beiboot.

Ross brachte es nicht fertig, ihn allein arbeiten zu lassen. Er brach ein großes Stück des dicken Astes ab und kletterte ebenfalls auf das Beiboot. Gemeinsam zerrten sie an der Käfigtür. Als sie sich bewegte, schob Ross den Ast hinein. Das Krokodil attackierte sofort.

»Wenn sie etwas im Maul hat, kann sie uns nicht angreifen«, sagte er.

Rick grinste, als wolle er sagen, dass die Taktik nicht besonders schlau war und dass ein Krokodil auch mit einem Stück Holz im Maul noch sehr gut zubeißen konnte. Dann rissen sie die Tür weit auf und sprangen zurück ans Ufer. Das Krokodil zermalmte den Ast mit einem Biss zu Spänen und stürmte aus der Falle. Ross und Rick rannten zu ihren Booten.

»Können Sie das Boot mit einem Arm manövrieren?«, rief Ross zu Rick hinüber.

»Ich bin so glücklich, dass es mir sogar ohne meine Beine gelingen würde«, antwortete Rick lachend. »Der Schmerz in meinem Arm spielt keine Rolle. Nochmals danke dafür, dass Sie mein und Laras Leben gerettet haben. Wir stehen tief in Ihrer Schuld.« Er löste die Vertäuung.

»Seien Sie vorsichtig, und halten Sie sich fern von Krokodilen. Alle beide!«, rief Ross.

36

Lara lag auf ihrem Bett und beobachtete einen Gecko, der über die Zimmerdecke huschte und eine unvorsichtige Spinne verschlang. Normalerweise ließ der Anblick eines kriechenden oder krabbelnden Insekts sie sofort eilig nach dem Besen suchen, doch ihre Sinne waren wie betäubt vor Schmerz. Sie rollte sich auf die Seite und starrte aus dem Fenster auf die Bäume und den Billabong.

Das Summen eines Bootsmotors drang an ihr Ohr. Für den Bruchteil einer Sekunde durchzuckte sie wilde Freude, doch dann entsann sie sich, dass es wahrscheinlich doch wieder nur Einbildung war. Wer hatte überhaupt noch Benzin? Schon einige Male hatte sie gemeint, das Geräusch eines Bootsmotors zu hören, und war aufgeregt zum Anleger gerannt, nur um doch wieder enttäuscht umzukehren.

Ängstlich beobachtete Rick die Tankanzeige. Er war skeptisch, ob er es bis nach Shady Camp schaffen würde. Ungefähr anderthalb Kilometer vor dem Dorf begann der Motor schließlich zu stottern und erstarb.

»Nicht ausgerechnet jetzt!«, schimpfte Rick so laut, dass Ibisse und Jabirus aufflogen. So ein Pech! Auch das Segel zu hissen würde nichts nützen, es war völlig windstill. Mit dem letzten Schwung gelang es ihm gerade noch, sich nah genug an einen dicken Gummibaum zu manövrieren, um das Boot dort zu vertäuen. Der Standort war alles andere als gut, aber in die Mitte des Billabong abzutreiben wäre katastrophal gewesen. An Land zu schwimmen war selbst über die kurze Distanz von hier aus unmöglich, am

Ufer sonnten sich mehrere Krokodile. Die einzige Alternative war, auf den Baum zu klettern, aber er konnte seinen verletzten Arm nicht richtig benutzen. Überdies bestand das Risiko, dass der einzige überhängende Ast sein Gewicht nicht aushielt und er direkt zwischen den Kiefern eines wartenden Krokodils landen würde.

Nach langem Nachdenken entschied er sich trotzdem dafür, auf den Baum zu klettern. Abgesehen von seinem Lebensretter hatte er seit Tagen keine Menschenseele auf dem Billabong zu Gesicht bekommen, was eine Rettung ziemlich unwahrscheinlich machte.

Trotz der schier unerträglichen Schmerzen in seinem verletzten Arm gelang es Rick, sich mithilfe eines Seils mühsam auf den Ast zu ziehen. Als er bedrohlich unsicher über dem Wasser hing, begann der Ast zu knarren und zu knirschen. Ricks Herz setzte vor Schreck einen Schlag aus. Unter ihm im seichten Billabong wartete bereits ein aufmerksames Krokodil. Mit zusammengebissenen Zähnen schaffte er es im letzten Moment, sich auf einen stärkeren Ast zu ziehen. Der kleine Ast platschte ins Wasser, wo er blitzartig von dem Krokodil zermalmt wurde. Schaudernd kroch Rick von Ast zu Ast, bis er sich auf den Boden fallen lassen konnte. Er gönnte sich nur eine Minute Zeit, sein wild pochendes Herz zu beruhigen, ehe er sich vorsichtig in Bewegung setzte und dabei aufmerksam nach Schlangen und Krokodilen Ausschau hielt.

Nach einer quälend langsamen Wanderung durch dichtes Buschwerk erreichte Rick müde und erschöpft am späten Nachmittag das Dorf. Lara! Endlich! Sein Weg führte ihn direkt zum Pfarrhaus, wo er jedoch überrascht feststellen musste, dass die Tür verschlossen war. Enttäuscht und verärgert klopfte er zunächst, dann hämmerte er mit der gesunden Faust gegen die Tür. Musste denn heute wirklich alles schiefgehen?

Enttäuscht machte Rick sich auf den Weg zum Pub. Vielleicht war Lara ja dort.

Monty, Charlie, Rex und Jonno saßen mit dem Rücken zur Tür an der Bar, tranken Bier und unterhielten sich darüber, was man mit dem Luftschutzraum anstellen könnte, der inzwischen mehr einem schlammigen Sumpf ähnelte. Niemand hörte Rick eintreten.

»Entweder müssen wir das Wasser mit Eimern herausschöpfen oder warten, bis es von selbst versickert«, sagte Rex.

»Das kann noch Monate dauern. Inzwischen ist es eine geradezu perfekte Brutstätte für Mücken und Moskitos, weil keine Sonne hinkommt«, gab Jonno zu bedenken. »Meiner Meinung nach solltest du den Keller einfach wieder auffüllen, Monty.«

»Eigentlich will ich den Luftschutzraum nicht aufgeben, aber es ist einfach zu viel Arbeit, ihn wieder sicher und trocken zu bekommen. Mich bekommen keine zehn Pferde mehr in diese stinkende Höhle – selbst wenn ein japanisches Bataillon in Shady Camp einmarschiert«, erklärte er entschlossen. »Ganz gleich, was ich anstelle, meine Klamotten riechen noch immer nach Fledermauspisse.«

Rick tippte Monty auf die Schulter. Der drehte sich um. »Bei allen Heiligen!«, stammelte er überrascht.

»Was hast du denn?«, erkundigte sich Rex, der nichts mitbekommen hatte. »Sind die Japsen etwa schon da?«

Als er sich auch umdrehte, erhellte ein Strahlen sein Gesicht. »Rick!«, rief er, sprang vom Barhocker und schloss den Krokodiljäger in die Arme. »Du bist zurück!«

»Und du lebst!«, fügte Charlie glücklich lachend hinzu. »Was ist denn mit deinem Arm? Haben die verdammten Japsen dich erwischt?«

»Die nicht. Ich habe mir den Arm unter einer meiner Krokodilfallen eingeklemmt.«

»Hoffentlich ohne Krokodil drin«, sagte Monty. »Du willst doch sicher nicht so enden wie ich.«

»Doch, es war eins drin. Eine Dame. Und sie hatte ziemlich schlechte Laune.«

»Du solltest die Viecher wirklich lieber abknallen«, schimpfte Monty. »Aber du willst ja nicht auf mich hören.«

Charlie musterte Rick genauer. Das Gesicht des jungen Krokodiljägers war gerötet, seine Kleidung zerrissen, seine Haut zerkratzt, und er atmete schwer. »Du siehst aus, als wärst du durch ein Dickicht gekrochen«, stellte er fest.

»Genau das habe ich getan«, bestätigte Rick. »Aber das spielt jetzt keine Rolle mehr. Wo ist …«

»Wir dachten, du wärst in die Stadt gefahren«, unterbrach Rex ihn. »Warst du nicht dort?«

»Oh doch«, sagte Rick traurig.

»Bist du in einen Angriff geraten?«, erkundigte sich Charlie.

»Nein«, antwortete Rick. »Da gibt es nicht mehr viel zu bombardieren.«

»Wir hatten schon befürchtet, dass die Japaner dich vom Wasser aus beschießen«, warf Rex ein.

»Auf See habe ich kein einziges japanisches Schiff gesehen.«

»Und was ist in Darwin los? Sind die Japsen schon da?«

»Ich habe nur ein paar Flugzeuge gesehen.«

»Offenbar hast du mehr Glück als Verstand gehabt«, sagte Monty. »Möchtest du ein Bier?«

»Nein, ich bin auf der Suche nach Lara. Weiß einer von euch, wo sie ist?«

»Wir haben sie schon länger nicht mehr gesehen«, sagte Monty.

Rick wurde blass. »Wie lang ist *länger?* Ich habe nämlich gehört, dass sie zurückgekehrt ist.«

»Wer hat dir das denn erzählt?«, fragte Monty neugierig.

»Ein Fischer, der mir heute Morgen das Leben gerettet hat. Aber das ist eine andere Geschichte. Lara ist wieder hier, nicht wahr?«

»Ja, sie ist wieder da«, sagte Betty, die in diesem Moment den Pub betrat. Sie warf den Männern unfreundliche Blicke zu. »Warum erzählt ihm keiner von euch ganz einfach, was los ist? Ihr seid schrecklich. Seht ihr denn nicht, dass der arme Kerl völlig verwirrt ist?«

»Was haben wir denn falsch gemacht?«, fragte Monty perplex.

»Vergiss es«, fauchte Betty. »Ihr habt doch keine Ahnung.« Sie wandte sich an Rick. »Lara müsste eigentlich im Pfarrhaus sein.«

»Da komme ich gerade her. Die Tür war abgeschlossen. Ich habe geklopft, aber drinnen hat sich nichts gerührt.«

»Sie hat schon den ganzen Tag niemandem geöffnet. Vielleicht schläft sie. Komm mit in den Laden, ich gebe dir einfach den Ersatzschlüssel. Die Kerle hier haben doch allesamt keine Ahnung!«

»Danke«, seufzte Rick erleichtert.

»Was war denn das gerade?«, murmelte Monty entrüstet, als die beiden den Pub verlassen hatten.

»Keine Ahnung«, sagte Charlie.

»Ich auch nicht«, fügte Jonno hinzu.

»Ihr dürft Betty nicht allzu ernst nehmen«, erklärte Rex. »Sie hat im Augenblick mit Colin alle Hände voll zu tun. Seit er aus der Stadt zurück ist, hat er sich ziemlich verändert.«

»Ich glaube, das legt sich wieder, sobald er erfährt, dass Rick lebt«, behauptete Monty.

Als Rick zum Pfarrhaus zurückkehrte, stand die Tür offen. Erfreut trat er ein und rief nach Lara, bekam aber keine Antwort. Alle Zimmer waren leer. Er ging wieder hinaus und lief einmal um das Gebäude. Nichts. Er schaute sogar im Klassenzimmer nach.

Und dann sah er sie. Sie stand seitlich am äußersten Ende des Anlegers. Die untergehende Sonne zauberte warme Reflexe auf ihr blondes Haar und das helle Kleid. Laras Blick war auf den Billabong gerichtet, sie schien mit ihren Gedanken Lichtjahre entfernt.

Rick ging langsam auf sie zu. Er konnte kaum glauben, dass er sie wirklich vor sich sah, nachdem er sie für immer verloren geglaubt hatte. Es kam ihm vor wie ein Wunder. Er betrat den Anleger. Doch kurz bevor er sie erreichte, blieb er stehen.

Lara wandte den Kopf, als hätte sie etwas gespürt. In ihren Augen schimmerten Tränen. Sie blickte ihn an, als wagte sie nicht zu glauben, dass er wirklich vor ihr stand. »Rick«, flüsterte sie.

Rick brachte keinen Ton hervor. Wortlos lief er auf sie zu und nahm sie in die Arme. Sie weinten beide. Zärtlich hob er ihr Gesicht und küsste sie sanft.

»Du lebst«, presste Lara hervor.

»Ich dachte, ich würde dich nie wiedersehen«, erwiderte er mit brüchiger Stimme. »Ich dachte, du wärst in einem der zerbombten Gebäude gewesen.« Welche Qualen hatte er ausgestanden!

»Nein, Liebster. Ich bin hier«, sagte Lara leise und küsste ihn sanft. »Ich danke Gott, dass er meine Gebete erhört hat.«

»Ich lasse dich nie, niemals wieder aus den Augen«, erklärte Rick feierlich.

»Hört sich gut an«, lächelte Lara unter Tränen.

»Willst du meine Frau werden, Lara?«, platzte Rick heraus. »Willst du mich heiraten?«

Ungläubig starrte Lara ihn an. »Du willst mich heiraten?«

»Ich weiß, dass ich dir nicht viel zu bieten habe. Ich habe weder eine feste Anstellung noch ein eigenes Haus. Aber ich würde alles tun, was du von mir verlangst. Wenn du willst, verkaufe ich das Boot und kaufe stattdessen ein Haus. Und ich suche mir eine Arbeit, die uns genügend Geld einbringt. Hauptsache, wir sind zusammen!«

»Ich brauche kein Haus, Rick. Ich brauche nur dich, und zwar für immer. Ich würde sogar in einem Zelt wohnen – wenn wir nur zusammen sein können.«

Rick kniete nieder und nahm ihre Hände. »Willst du mich heiraten, Lara? Willst du meine Frau und die Mutter meiner Kinder werden?« Er grinste verschmitzt. »Und mein Angelkumpel?«

Lächelnd blickte Lara in seine dunkel glühenden Augen. »Ja … ja … und nein«, lachte sie selig.

Rick richtete sich auf. »Zwei von drei reichen mir«, erklärte er glücklich, küsste sie erneut, nahm sie in die Arme und wirbelte sie herum, bis er plötzlich vor Schmerzen aufstöhnte.

»Was ist los?«, fragte Lara und blickte ihn besorgt an.

»Mein Arm ist verletzt«, antwortete Rick.

Lara begutachtete die Schrammen und Abschürfungen. »Ist das in der Stadt passiert?«, wollte sie wissen.

»Nein, mein Arm wurde unter der Krokodilfalle eingeklemmt. Unglücklicherweise war gerade ein Krokodil drin.«

»Oh, Rick!« Ihre Augen weiteten sich vor Entsetzen. »Was hätte da alles passieren können! Wie hast du dich befreit?«

»Allein war es unmöglich. Glücklicherweise kam ein Fischer vorbei, der hat mich gerettet. Du kennst ihn übrigens. Er hat dich und Jiana vom Corroboree Billabong nach Hause gebracht.«

»Ross Crosby!«

»So heißt er? Ich habe leider vergessen, ihn nach seinem Namen zu fragen. Nachdem er mir erzählt hatte, dass du lebst, konnte ich nicht schnell genug nach Shady Camp gelangen. Unglücklicherweise war kurz vor dem Dorf mein Tank leer, daher musste ich mich ein gutes Stück durch Dickicht und Dornen schlagen.«

»Ross hatte ein paar Fässer Treibstoff an Bord«, sagte Lara und betrachtete die tiefen Kratzer auf seinen Armen.

Rick schüttelte verärgert den Kopf. »Ich hatte einfach nicht mehr alle Sinne beisammen und habe zuerst überhaupt nicht daran gedacht, dass der Tank fast leer war. Ich lag bereits seit über einer Stunde auf einer Seite meines Beitbootes unter der Falle festgeklemmt, als ich den Motor von Ross' Boot hörte und um Hilfe rief. Während Ross dann nach einem Ast suchte, den er als Hebel benutzen konnte, passierte genau das, was ich am meisten befürchtet hatte.«

»Ein weiteres Krokodil näherte sich«, sagte Lara atemlos.

»Genau. Ross kam gerade noch rechtzeitig, um es zu verscheuchen.«

»Mich wundert, dass er es nicht erschossen hat«, sagte Lara.

»Das wollte er eigentlich auch. Aber dann hat er doch nur ins Wasser geschossen, um es in den Billabong zurückzuscheuchen. Er wollte übrigens auch das Krokodil in der Falle erschießen, aber ich konnte ihn überzeugen, es am Leben zu lassen. Ich glaube, er hält mich für ziemlich verrückt. Jedenfalls hat er mir in diesem Zusammenhang erzählt, dass er auch dich vor einem Krokodil gerettet hat. Natürlich fand er es ausgesprochen merkwürdig, dass du entrüstet warst, weil er ein Krokodil getötet hat, das dich gerade angreifen wollte.«

»Vor einiger Zeit hätte ich sicher keinen Gedanken daran verschwendet, aber seit ich dich kenne, habe ich meine Meinung über das Töten von Krokodilen geändert. Ich habe gelernt, sie zu respektieren, obwohl ich mich noch immer sehr vor ihnen fürchte.«

»Ich freue mich, dass du so denkst«, sagte Rick lächelnd. Doch dann wurde seine Miene ernst. »Was ich aber nicht verstehe, ist, dass du an einem Billabong eingeschlafen bist.«

»Ich verstehe es selbst nicht, ich wusste ja um die Gefahr. Ich habe mich eigentlich nur hingesetzt, um mich ein wenig auszuruhen – ich wollte wirklich nicht schlafen. Aber ich war so unendlich erschöpft. Jiana und ich waren vom Arnhem Highway aus gelaufen.«

Rick nahm sie in die Arme. »Auf jeden Fall bist du jetzt wieder da, und ich werde nicht zulassen, dass meiner zukünftigen Frau auch nur ein Härchen gekrümmt wird.«

Lara schmiegte sich an ihn. »Wir müssen noch über viele Dinge reden, Rick«, sagte sie leise.

»Ja, das müssen wir«, antwortete Rick. »Ich will genau wissen, was euch in Darwin passiert ist. Aber erst, wenn du wirklich dazu bereit bist.«

»Natürlich berichte ich dir, was in Darwin geschehen ist«, nickte Lara. »Aber es gibt noch viel mehr zu erzählen«, fügte sie stockend hinzu.

37

Rick und Lara saßen in Laras Wohnzimmer und hielten sich fest an den Händen, die Finger ineinander verschränkt, auf der Suche nach dem Trost der gegenseitigen Berührung.

Lara berichtete Rick von den Ereignissen in Darwin. Sie hatte ihm schon früher von Sid erzählt und konnte die Tränen nicht zurückhalten, als sie darüber sprach, wie der Matrose versucht hatte, im Bombenhagel zu seinen Kameraden auf die *Neptuna* zurückzukehren und dabei ums Leben gekommen war.

Rick hörte ihr aufmerksam zu. Lara beschrieb, wie die Bomben auf dem Hafengelände einschlugen, während sie und Jiana in ihrem Versteck fassungslos und schockiert Zeugen der Zerstörung wurden. Rick hatte die Folgen des Angriffs mit eigenen Augen gesehen, und beiden war klar, wie glücklich sie sich schätzen durften, dass Lara heil und gesund zurückgekehrt war.

Lara berichtete auch von Leroy aus Humpty-Doo, der ihnen die Schuhe seiner Frau, Feldflaschen und eine Karte geschenkt hatte.

»Wir waren ihm unendlich dankbar, dass er uns ein gutes Stück den Arnhem Highway hinaufgebracht hat. Für ihn war es ein echtes Opfer, denn er hatte gerade noch genug Benzin, um wieder nach Hause zu kommen. Seine Selbstlosigkeit hat uns viele, viele Kilometer erspart.«

Rick war sichtlich beeindruckt, dass Leroy ohne Rücksicht auf sein eigenes Leben der Tiere wegen in dem evakuierten Ort geblieben war.

Als Lara von der Lagune erzählte, in der sie hatten schwimmen können, strahlte sie über das ganze Gesicht.

»Du ahnst nicht, wie schön es uns dort nach dem mühsamen Marsch vorkam«, rief sie. »Wie in einer Oase. Am liebsten wäre ich nicht mehr weitergelaufen.«

Über die jungen Aborigines, welche die Frauen in der Unterwäsche überrascht hatten, musste Rick lachen. Anschließend fielen ihm beinahe die Augen aus dem Kopf, als er erfuhr, dass sie viele Kilometer mit Blick auf die nackten Hinterteile der Jungen zurückgelegt hatten.

Nachdem sie geendet hatte, wollte Lara wissen, wie es Rick auf seiner Reise in die Stadt ergangen war. Er erzählte ihr von den Carrolls und dem geliehenen Motorrad, von seinen Besuchen im Krankenhaus und im Leichenschauhaus, und wie schmerzlich das alles für ihn gewesen war.

»Danach fühlte ich mich einfach nicht in der Lage, direkt nach Shady Camp zurückzukehren, und fuhr ein bisschen weiter südlich in den Thring Creek. Ich wollte allein sein und mir darüber klar werden, wie ich ohne dich weiterleben sollte.« Es bedurfte keiner weiteren Erklärungen, Lara verstand ihn sofort. »Ich blieb zwei oder drei Tage dort – ganz genau weiß ich es nicht. Die Zeit rauschte irgendwie an mir vorbei. Und dann fiel mir plötzlich ein, dass ich Tage zuvor meine große Falle im Sampan Creek ausgebracht hatte.«

»Warum dort? Das ist doch kilometerweit von Shady Camp entfernt.«

»Ach ja, das weißt du ja noch gar nicht! Als ich das letzte Mal dort zum Angeln war, habe ich das Riesenkrokodil gesehen. Es war der Tag, nach dem Darwin zum ersten Mal bombardiert wurde. Sofort stellte ich die Falle auf und fuhr umgehend ins Dorf zurück, weil ich dir davon erzählen wollte. Aber dann kam Colin mit den schlechten Nachrichten aus Darwin, und ich habe die Falle völlig vergessen.«

»Du hast das Riesenkrokodil tatsächlich gesehen!«, rief Lara aufgeregt.

»Ja, und ich muss sagen, dass du seine Größe sogar unterschätzt hast. Es war bestimmt an die sechs Meter lang und hatte den größten Kopf, den ich je gesehen habe.«

»Aber woher weißt du, dass es das gleiche Krokodil war?«

»Weil es geregnet hatte und das Tier einen Fußabdruck im weichen Untergrund hinterließ. Ein Zeh fehlte.«

Lara war froh, dass Rick das riesige Tier endlich auch einmal richtig zu Gesicht bekommen hatte. »Jetzt kannst du dir bestimmt vorstellen, wie ich mich gefühlt habe, als es plötzlich an der Küchentür stand.«

»Kein Wunder, dass du in Ohnmacht gefallen bist! Aber weißt du was? Es ist wunderschön. Ein Ehrfurcht gebietendes Geschöpf. Es ist sicher fast hundert Jahre alt.«

»Aber es war nicht in deiner Falle, oder?«

»Nein. In der Falle saß ein etwas kleineres Weibchen. Möglicherweise seine Partnerin.« Rick grinste. »Sie war ziemlich attraktiv. Das weiß ich, weil ich sie wirklich aus allernächster Nähe begutachten konnte.«

Lara zwinkerte ihm zu. »Du bist wirklich der einzige Mensch, der ein Krokodil für attraktiv hält«, sagte sie grinsend.

»Aber ich wünsche mir nicht unbedingt, einem dieser Tiere nochmal so nah zu kommen«, gab Rick zu. »Der Atem von Krokodilen ist nicht gerade angenehm. Nun, jedenfalls habe ich mich an die Falle erinnert und bin dorthin gefahren, ich wollte ja nicht, dass irgendein armes Krokodil darin verhungert. Ich wollte das Krokodil freilassen und dann den Dorfbewohnern Rede und Antwort stehen und sie nicht im Ungewissen lassen, ob ich dich gefunden hatte oder nicht. Ich glaube, den meisten von ihnen fiel es sowieso immer schwerer, die Hoffnung aufrechtzuerhalten, dass ihr noch lebt. Danach hätte ich mich an irgendeinen einsamen Ort geflüchtet, um dort um dich zu trauern. Allerdings weiß ich nicht, ob ich je über dich hinweggekommen wäre.«

Lara wusste, was er meinte, schließlich hatte auch sie um ihn getrauert, wenn auch nur zwei Tage. »Das ist jetzt vorbei«, sagte sie sanft. »Aber wie kam dein Arm unter die Falle?«

»Die gefangene Krokodildame war ausgesprochen schlecht gelaunt. Ich vermute, dass sie ein Nest in der Nähe hatte«, erklärte Rick. »Sie tobte so herum, dass die Tür verklemmte und sich nicht mehr öffnen ließ, obwohl ich es mit aller Kraft probiert habe. Wie es genau passiert ist, weiß ich selbst nicht, jedenfalls warf sie sich mit solcher Wucht gegen den Draht, dass ich ausrutschte und neben die Falle fiel. Gleichzeitig muss sie sich herumgeworfen haben, denn die ganze Falle geriet ins Wanken. Ich wollte sie stützen, und schon war mein Arm eingeklemmt. Das alles ging blitzschnell. Ich war gefangen, denn mit dem Gewicht des Krokodils konnte ich die Falle weder fortschieben noch anheben.«

»Du liebe Zeit, Rick! Wenn nicht zufällig Ross Crosby gekommen wäre …«

»… wäre ich zu einer willkommenen Mahlzeit für das nächste vorbeischwimmende Krokodil geworden«, ergänzte Rick schaudernd.

»Dank Ross ist es nicht dazu gekommen. Wir verdanken ihm beide unser Leben«, sagte Lara.

»Wohl wahr«, nickte Rick und zog sie an sich. Er küsste sie sanft. Lara fühlte sich unendlich glücklich und musste plötzlich an ihren Vater denken. Was hätte sie darum gegeben, dieses herrliche Wiedersehen mit ihm zu teilen! Sie vermisste ihn so sehr! Der Gedanke an ihren Vater jedoch erinnerte sie wieder an den Grund, warum sie überhaupt nach Australien gekommen war. Es war wirklich höchste Zeit, Rick die ungeschminkte Wahrheit zu gestehen.

»Rick, ich muss dir noch etwas anderes sagen. Etwas, von dem in Shady Camp niemand weiß«, fuhr Lara ernst fort. »Es geht um den Grund, weswegen ich hier bin.«

»Gibt es dafür einen besonderen Grund?«

»Den gibt es, und ehe du mich heiratest, solltest du ihn kennen.«

»Ich bin ganz Ohr«, erklärte er geduldig.

»Du weißt ja, dass ich in England auch schon Lehrerin war.

Mein Vater arbeitet als Stallmeister in den Fitzroy Stables. Der Besitzer, Lord Roy Hornsby, gehört dem Landadel von Newmarket an. Er ist ehemaliger Offizier und züchtet Polopferde. Sein inzwischen fast elfjähriger Sohn Harrison war einer meiner Schüler und schon damals ein sehr gebildeter Mensch. Er las viel und sammelte Briefmarken. Wenn er sich draußen aufhielt, dann am liebsten, um Vögel zu beobachten. Lord Roy Hornsby war früher ein berühmter Polospieler, musste aber nach einer Kriegsverletzung seine Karriere beenden. Natürlich war es ein schwerer Schlag für ihn, der aber meiner Meinung keine Rechtfertigung dafür hätte sein dürfen, seinen ganzen Ehrgeiz auf den kleinen Harrison zu übertragen. Das Kind hasste das Reiten.«

Rick schüttelte den Kopf. »Er hat also versucht, den Kleinen zu zwingen, seine eigenen Ziele zu verwirklichen?«

»Genau. Eines Tages stand ein wichtiges Polomatch an. Schon in der Woche zuvor war Harrison in einem fürchterlichen Zustand. Sein Magen spielte vor lauter Angst verrückt. Der Kleine tat mir leid, und ich beschloss, das Spiel zu besuchen, um ihn zumindest moralisch zu unterstützen. Normalerweise ging ich nie zu solchen Veranstaltungen.« Sie schluckte. »Du erinnerst dich sicher, dass ich dir erzählt habe, dass meine Mutter starb, als ich noch sehr klein war.«

»Ja, du sagtest, dass sie einen Unfall hatte und vom Pferd gestürzt ist.«

»So ist es. Seither habe ich Angst vor allem, was mit Pferden zu tun hat. Ich vermied es also grundsätzlich, meinen Vater in den Fitzroy Stables zu besuchen. Aber Harrison brauchte Unterstützung. Mein Vater hatte mir oft erzählt, wie hart und kritisch Lord Hornsby seinen Sohn behandelte, aber als er ihn einmal darauf ansprach, hätte er beinahe seinen Job verloren. Lord Hornsby verträgt keinerlei Kritik.«

»Und was ist mit der Mutter? Hat sie kein gutes Wort für ihren Sohn eingelegt?«

»Ich weiß es nicht. Beim Match war sie jedenfalls nicht. Vielleicht hatte Lord Hornsby es ihr verboten. Wie dem auch sei – Harrison spielte sehr schlecht. Aber sein Vater machte ihm nicht etwa Mut, sondern stand nur mit versteinertem Gesicht an der Seitenlinie. Als Harrison abgeworfen wurde und sich dabei ziemlich wehtat, ging er nicht einmal zu ihm. Er weigerte sich auch, ihn behandeln zu lassen. Stattdessen zitierte er den Jungen in den Stall, um ihm den Kopf zurechtzurücken. Ich weiß es, weil ich den beiden gefolgt bin und mitanhören musste, wie der Vater seinen Sohn beschimpfte und demütigte. Harrison schluchzte und schien nach seinem Sturz Schmerzen zu haben. Ich konnte nicht an mich halten und verteidigte den Jungen, was Lord Hornsby nur noch wütender machte. Er drohte mir mit meiner Entlassung aus der Schule.«

Sanft streichelte Rick Laras Handrücken. »Ist er so weit gegangen? Bist du deswegen nach Australien gekommen?«

»Meinen Job habe ich tatsächlich verloren. Aber es geht noch weiter«, sagte Lara und wurde ein wenig nervös. »Lord Hornsby war außer sich vor Wut, dass ich es gewagt hatte, ihm entgegenzutreten, und kam drohend auf mich zu. Ich wich natürlich zurück. Da trat er auf eine Harke, die versteckt im Heu lag, deren Stiel schnellte hoch, traf ihn im Gesicht und schlug ihm einen Zahn aus.«

»Das geschieht ihm recht«, warf Rick ein.

»Er fiel auf den Rücken und schlug mit dem Kopf an einen Eimer.«

Rick riss die Augen auf. »Ist ihm etwas geschehen?«

»Nein, er war nur kurz ohnmächtig, aber ich befürchtete zunächst natürlich das Schlimmste, so wie Harrison auch. Aber er atmete, und ich ließ einen Krankenwagen rufen, der ihn in die Klinik brachte. Ich folgte ihm, mit dem Zahn in der Tasche, aber man ließ mich nicht zu ihm. Er drangsalierte schon bald die Schwestern, also konnte ich mir sicher sein, dass er nicht ernsthaft verletzt war und ging nach Hause. Dort wurde ich dann kurz darauf verhaftet. Lord Hornsby hatte mich wegen Körperverletzung angezeigt.«

»Aber die Polizei hat ihm doch sicher nicht geglaubt.«

»Doch, hat sie. Ich hätte vielleicht noch eine winzige Chance gehabt, hätte ich nicht versehentlich auf dem Revier einen Polizisten verletzt.«

»Wie das?«

»Ich war natürlich sehr verärgert und wollte unbedingt in die Klinik, um das Missverständnis aufzuklären. Ein Constable hielt mich daraufhin sehr schmerzhaft am Arm fest. Ich wollte mich befreien, da riss der Ärmel meiner Kostümjacke und mein Arm schlug nach hinten.«

»Lass mich raten: Der Polizist stand hinter dir.«

»Richtig. Dass ich ihm die Nase gebrochen habe, war ein Unfall, aber er war natürlich sehr wütend. Die Sache kam vor Gericht. Der Rektor meiner Schule, der eng mit Lord Hornsby befreundet ist, weigerte sich, mir ein Leumundszeugnis auszustellen. Und das, obwohl die gesamte Lehrerschaft und viele Eltern hinter mir standen. Es nutzte nichts. Man schickte mich ins Gefängnis nach Hollesley Bay, wo ich auf meine Verhandlung warten musste.«

Lara suchte in Ricks Augen nach Anzeichen für Enttäuschung und Missbilligung, aber sie sah nur Mitgefühl und Liebe.

»Der zuständige Richter war Lord Hornsbys Schwager. Ich hatte also nicht die geringste Chance. Nach fast zwei Wochen im Gefängnis besuchte mich der Richter und eröffnete mir, dass ich mit zwei Jahren Haft rechnen müsse. Gleichzeitig jedoch bot er mir eine Alternative an: Ich sollte für zwei Jahre nach Australien gehen und dort an einer Schule arbeiten. In diesem Fall würde die Gefängnisstrafe hinfällig.«

»Und Lord Hornsby wäre zufrieden«, sagte Rick.

»Ich glaube, der Richter wusste, dass ich unschuldig war, aber durch die verwandtschaftliche Verbindung zu Lord Hornsby war er in einer schwierigen Lage. Ich stimmte der Alternative jedenfalls zu.«

Rick blickte auf ihrer beider verschränkte Hände hinunter.

Lara beobachtete ihn. »Jetzt bist du sicher entsetzt, oder?«

»Oh ja, das bin ich!«, entfuhr es Rick.

Laras Herz setzte einen Schlag aus.

Rick blickte ihr tief in die blauen Augen. »Ich bin entsetzt über die englische Justiz und über diesen Lord Hornsby, dessen Sohn mir reifer scheint als er selbst. Über dich bin ich keineswegs entsetzt, Lara. Du hättest in der Nähe deiner Familie und deiner Freunde in England im Gefängnis bleiben können, aber du hast es vorgezogen, um die halbe Welt zu reisen, um Kindern zu helfen. Du bist das Beste, was den Kindern in diesem Dorf passieren konnte. Die Umstände, die dich hergebracht haben, sind unglaublich und sicher auch ungerecht, aber die Kinder lieben dich. Und ich liebe dich auch!«

»Oh, Rick, ich bin so froh, dass du Verständnis für mich hast«, rief Lara und drückte ihn an sich. Sie fühlte sich, als wäre ihr eine schwere Last von den Schultern genommen. »Bist du mir nicht böse, dass ich dir das nicht schon früher erzählt habe? Ich wollte es schon ein paarmal tun, aber ich wusste nicht, wie ich anfangen sollte.«

»Das, was wir durchgemacht haben, verleiht den Dingen eine ganz andere Perspektive«, sagte Rick.

»Stimmt. Einiges ist plötzlich weniger wichtig geworden, während andere Dinge jetzt bedeutsamer sind denn je.«

»Hast du dem Polizisten tatsächlich die Nase gebrochen?«, erkundigte sich Rick mit dem typischen verschmitzten Grinsen.

April 1942

»Dieses Verlobungspicknick war eine wunderbare Idee«, sagte Lara. Sie saß auf einer Decke unter einem schattigen Gummibaum, dessen Zweige tief über den Billabong hingen.

Es war Sonntagnachmittag, und hinter Lara lag eine anstrengende Schulwoche. Der gestrige Tag hatte ganz im Zeichen eines

Fußballspiels gestanden, nachdem Colin in Corroboree einen Fußball gekauft hatte. Betty gestattete ihm nicht mehr, nach Darwin zu fahren. Die Stadt stand inzwischen unter dem Befehl des Militärs und galt für Zivilisten als unsicher. Als die Vorräte in Shady Camp zur Neige gingen, half Gerry Eeles aus, der den Dorfladen in Corroboree führte.

Am Samstag hatten zunächst nur die Kinder mit dem Ball gespielt, aber schon bald packte auch die Erwachsenen die Lust am Dribbeln, und irgendwann kam es zu einem Match zwischen einem Erwachsenenteam und dem Team der Kinder. Rick agierte als Schiedsrichter, Lara als Punktrichterin.

Das Spiel war außerordentlich unterhaltsam. Als den Erwachsenen die Puste ausging, was nicht lange auf sich warten ließ, verlegten sie sich aufs Mogeln, allen voran Charlie und Colin. Trotz aller Bemühungen und einiger einfallsreicher Methoden, die Spielregeln zu ihren Gunsten zu verändern – unter anderem versteckten sie den Ball, stellten den Kindern ein Bein oder hielten sie fest, sodass sie nicht an den Ball herankamen –, verloren die Erwachsenen das Spiel. Die meist weiblichen Zuschauer fielen vor Lachen fast von den Stühlen, und alle amüsierten sich köstlich.

»Es ist wirklich schön hier«, sagte Rick nun abwesend und schaute mit einem merkwürdigen Gesichtsausdruck in die Zweige über ihm.

»Woran denkst du?«, erkundigte sich Lara, während sie den Picknickkorb öffnete. Die Frauen des Dorfes hatten Obst und selbst gebackene Plätzchen gespendet, und Lara hatte Sandwiches gemacht. Betty hatte ein Stück Käse beigesteuert. Es stammte vom ersten Käselaib, den sie seit Wochen erhalten hatten. Die Flasche Wein war ein Geschenk von Monty.

»Ich habe mich gerade daran erinnert, wie ich von meinem Boot aus auf einen Baum von etwa dieser Größe geklettert bin, nachdem der Tank leer war.«

»Das war an dem Tag, an dem Ross Crosby dir erzählt hat, dass ich noch lebe«, sagte Lara nachdenklich und blickte in den Baumwipfel empor. »Wie konntest du vom Boot aus auf einen derart hohen Baum klettern?«

»Ich habe ein Seil über einen Ast geworfen und mich daran hochgezogen. Leicht war es nicht, zumal mein Arm höllisch wehtat. Und dann drohte der Ast auch noch zu brechen. Ein fürchterlicher Moment!«

»Oh, Rick!«

»Jedenfalls war es unmöglich, den Weg in umgekehrter Richtung mit einem Kanister Benzin zu bewältigen.«

»Dem Benzin, das Jerry dir aus seinem Auto abgezapft hat«, sagte Lara und dachte dankbar an die großzügige Geste des jungen Arztes.

»Genau. Wir haben es in den Tank von Rex' Boot gefüllt, sind zu meinem Boot gefahren und haben es nach Shady Camp geschleppt.«

»Versprich mir bitte, dass du nie wieder etwas so Gefährliches unternimmst«, bat Lara.

Rick gab ihr einen Kuss. »Keine Sorge. Wir haben noch ein langes Leben vor uns, und ich gedenke jeden Augenblick mit dir zu genießen.«

Lara reichte ihm ein Sandwich.

»Hast du schon etwas von deinem Vater gehört?«, erkundigte sich Rick. Er wusste, dass sie ihm von ihrer Verlobung geschrieben hatte.

»Bis jetzt noch nicht.«

»Der Krieg hat bei der Post ein wahres Chaos verursacht. Aber ich bin sicher, dass sein Brief irgendwann ankommt.«

»Ich kann mir nicht vorstellen, ohne meinen Dad zu heiraten, Rick. Aber er soll auch nicht reisen, ehe die Route wieder sicher ist.«

»Wer weiß, wann das endlich sein wird«, seufzte Rick.

»Genau, und das ärgert mich«, erwiderte Lara. »Ich kann es nämlich kaum erwarten, deine Frau zu werden.« Sie warf ihm einen zärtlichen Blick zu. »Apropos Frau: Betty hat Colin ein Ultimatum gestellt. Wenn er das Dorf nicht zusammen mit ihr verlässt, geht sie allein und nimmt die Kinder mit. Sie hat Angst um die Kinder, die Hitze macht ihr zu schaffen, und um den Laden und ihren Haushalt muss sie sich ganz allein kümmern, während Colin sich mit Monty einen hinter die Binde gießt. Sie hat die Nase gestrichen voll.«

»Ich kann es ihr nicht verübeln«, nickte Rick. Seit er wegen des Krieges keine Angeltouren mehr betreute, half er Betty im Laden aus. Außerdem kümmerte er sich um den Gemüsegarten und hatte sogar den Hühnerstall wieder aufgebaut, der nach der Regenzeit zusammengebrochen war. Colin vertrödelte seine Tage derweil im Pub.

»Ich auch nicht«, bestätigte Lara. »Man munkelt, dass Patty und Don den Laden vorübergehend übernehmen wollen, bis ein neuer Pächter gefunden ist. Aber noch ist nichts entschieden.«

»Solange die Japaner noch Bomben auf Nordaustralien werfen, werden wir wohl niemanden finden.«

»Das befürchte ich auch«, meinte Lara. »Ich werde Colin und Betty jedenfalls sehr vermissen, genau wie ihre Kinder. Dabei kann ich nur hoffen, dass die Regierung die Schule nicht schließt. Vier Kinder sind ein großer Verlust für eine so kleine Schule.«

38

Mai 1942

»Allmählich wird es wirklich heiß«, beschwerte sich Jonno bei Rex. Er ahnte, dass Rex ihn den knappen Kilometer bis Shady Camp rudern lassen und sich mit einer windigen Entschuldigung wegen seines schmerzenden Rückens herausreden würde.

»Lass uns Feierabend machen«, sagte Rex und spähte in den Eimer, in dem sich sechs große Barras tummelten. Dann warf er einen Blick auf die Uhr. Es war fast elf. Sie waren bei Sonnenaufgang auf den Billabong hinausgefahren, also durchaus schon einige Stunden unterwegs. Die Sonne stand hoch, brannte heiß, und die Fliegen und Mücken wurden allmählich zur Qual.

»Ist das da drüben nicht Charlies Dingi?«, fragte Jonno und blinzelte gegen die Sonne. Etwa fünfzig Meter entfernt lag ein großes Boot unter den Bäumen am Ufer vertäut.

Rex schirmte die Augen ab und hielt ebenfalls Ausschau. »Stimmt. Aber der Mann darauf ist nicht Charlie«, sagte er. »Er sieht eher aus wie Rick Marshall. Wahrscheinlich hat er sich Charlies Boot ausgeborgt.«

»Und seinen Hut«, fügte Jonno hinzu.

»Der dürfte im Boot gelegen haben.«

»Hey, Rick!«, rief Jonno und pfiff so laut, dass einige Vögel erschrocken aufflogen.

Rick drehte sich um und winkte. Rex und Jonno winkten zurück.

Während die beiden Männer ihre Angelschnüre einzogen und

Angeln und Köder wegpackten, ruderte Rick auf sie zu. Dabei musste er ein großes Seerosenfeld umrunden.

»Hast du was gefangen?«, rief Rex.

»Einen großen Barra, einen Tarpun und ein paar Knochenzüngler«, rief Rick. Er zog die Ruder ein und hob den Barra hoch. »Er ist so groß, dass er nicht in meinen Eimer passt«, rief er mit stolzem Grinsen. Beinahe wäre ihm der glitschige Fisch aus der Hand geglitten. »Und ihr?«

»Sechs Barras. Sie sind zwar groß, aber nicht so riesig wie deiner. Wir wollen jetzt Schluss machen. Was ist mit dir?«

»Ich hänge noch ein Stündchen dran, dann packe ich auch zusammen.«

»Okay, dann sehen wir uns heute Nachmittag auf ein Bierchen im Pub«, rief Jonno und griff nach den Rudern.

»Klar, einverstanden. Wenn ihr Lara seht, könnt ihr ausrichten, dass wir jede Menge Fisch zum Abendessen haben.«

»Machen wir«, versprach Jonno.

Plötzlich hörten sie ein wildes Platschen im Wasser. Ihre Köpfe fuhren herum. Eines der größten Krokodile, das sie je gesehen hatten, sprang mit einem Satz aus seinem Versteck zwischen den Seerosen. Sein Ziel war der Fisch, den Rick noch immer in der Hand hielt. Die Kiefer des Reptils schlossen sich um den Barra, doch Ricks Arm steckte im Maul des Krokodils fest. Er fiel hintenüber, und Jonno und Rex hörten ihn schreien, als das Krokodil auf die Bordwand des kleinen Dingis krachte. Ricks Arm brach mit einem hörbaren Knacken. Das Boot überschlug sich, und das Krokodil zog Rick mit sich in die Tiefe.

»Um Gottes willen!«, stöhnte Rex. Alle Farbe war aus seinem Gesicht gewichen.

Jonno starrte mit offenem Mund auf das schäumende, wirbelnde Wasser, wo das Krokodil Rick in einer Todesrolle wieder und wieder herumwälzte, ehe es endgültig unter der Wasseroberfläche verschwand.

Sekunden vergingen, die Rex und Jonno wie Stunden erschienen. Angestrengt starrten sie auf der Suche nach Rick auf die Wasseroberfläche, obwohl ihnen klar war, dass eigentlich nicht die geringste Chance bestand, dass Rick wieder auftauchte. Schließlich erwachte Jonno aus seinem Schockzustand. Mithilfe eines Ruders drehte er das Boot in die Richtung von Charlies Dingi, das kieloben auf dem Billabong dümpelte. Als er es erreichte, schlug er mit den Rudern auf das Wasser und schrie aus Leibeskräften. Nach einer Weile hielt er erschöpft und atemlos inne.

»Kannst du Rick sehen?«, rief Rex.

»Nein«, keuchte Jonno, der aufmerksam ins Wasser spähte. »Mein Gott, Rex! Das kann doch nicht wahr sein!« Er rang nach Luft.

»Rick ist tot, Jonno«, sagte Rex tonlos. »Er ist tot.«

Mit versteinertem Gesicht starrte Jonno auf den Ort des Geschehens, an dem das Wasser blutrot gefärbt war. »Oh Gott!«, ächzte er. Er wusste, dass er nichts mehr für Rick tun konnte. Hilflos blickte er Rex an. »Hast du gesehen, wie groß das Mistvieh war? Schon seit Jahren fische ich in diesem Billabong, aber so ein Riesentier habe ich noch nie zu Gesicht bekommen.« Ihn schauderte.

»Ich auch nicht«, stammelte Rex. Plötzlich fiel sein Blick auf etwas, das langsam am Boot vorbeischwamm. Er lehnte sich vorsichtig über Bord und fischte es aus dem Wasser: Es war Charlies Hut. Verzweifelt blickten sie auf das umgedrehte Dingi. Das Wasser ringsum war so ruhig, als ob nichts geschehen wäre.

Von Rick gab es keine Spur.

Charlie saß mit seiner Angel auf dem Anleger, als Rex und Jonno zurückkehrten.

»Habt ihr zufällig Rick gesehen?«, rief er ihnen zu. »Ich hätte gern mein Boot, denn ich möchte hinausfahren.«

Jonno und Rex blickten sich an. Sie hatten auf dem gesamten Rückweg kein Wort gesprochen.

»Dein Boot bekommst du wohl nicht mehr zurück«, sagte

Jonno wie betäubt. Sie stiegen aus dem Boot auf den Anleger. Ihre Blicke verloren sich in der Ferne. Noch immer fiel es ihnen schwer zu begreifen, was geschehen war.

»Und Rick kommt auch nicht mehr«, fügte Rex tonlos hinzu.

»Was soll das heißen?«, fragte Charlie. »Was ist denn los mit euch?«

»Ein unglaublich großes Krokodil hat Rick im Boot angegriffen. Es hat dein Dingi umgekippt und Rick mitgerissen«, sagte Rex tonlos.

»Was? Nein!«, stammelte Charlie und wurde blass. »Rick ist … Ist er tot?«

»Ja. Wir haben alles mitansehen müssen. Rick war nur wenige Meter von uns entfernt«, schilderte Jonno das Ereignis wie in Trance. »Es war furchtbar! Wir haben schon viele große Krokodile gesehen, aber dieses hier war ein Monster. Rick hatte nicht den Hauch einer Chance.«

»Oh Gott!«, stieß Charlie hervor und warf einen Blick zum Schulhaus hinüber. »Wer soll es Lara beibringen?«

»Darüber habe ich auch schon nachgedacht«, sagte Rex. »Ich denke, Betty sollte das machen. Lara wird eine Frau in ihrer Nähe brauchen, wenn sie die schreckliche Nachricht bekommt.«

Charlie und Jonno nickten.

Betty bediente gerade Doris Brown, als Charlie, Rex und Jonno den Laden betraten. Da die beiden Damen sich gerade lebhaft über Rezepte austauschten, warteten die Männer stumm im Hintergrund. Betty spürte sofort, dass etwas nicht stimmte. So hatte sie die drei noch nie gesehen.

»Was ist los mit euch?«, erkundigte sie sich schließlich. »Ist im Pub das Bier ausgegangen?«

»Wir müssen mit dir reden«, erklärte Rex ernst.

Sofort wurde Betty hellhörig. »Ist etwas mit Colin?«

»Dem geht es gut«, winkte Rex ab.

»Was ist es dann? Raus mit der Sprache!«

Rex streifte Doris mit einem Seitenblick.

»Na los, ich habe keine Geheimnisse vor Doris. Was immer es ist, sie wird es sowieso erfahren.«

»Jonno und ich sind heute Morgen zum Fischen hinausgefahren. Auf dem Billabong trafen wir Rick in Charlies Beiboot.« Rex seufzte.

»Das ist doch nichts Ungewöhnliches«, meinte Betty entspannt.

»Er …« Jonno stockte, überwältigt von Gefühlen. »Er wurde von einem Krokodil geholt, Betty«, presste er schließlich hervor, drehte sich auf dem Absatz um und stürmte aus dem Laden.

Betty warf Rex einen hilflosen Blick zu. Bestimmt hatte sie sich verhört! »Was … *was* hat er gesagt?«

»Wir haben alles mitangesehen, Betty«, sagte Rex leise. »Es passierte nur wenige Meter von uns entfernt.«

»Nein!«, rief Betty. »Aber ihm ist doch nichts passiert, oder?«

»Doch, Betty. Rick ist tot.«

Doris schwankte und hielt sich an der Ladentheke fest.

»Es war furchtbar«, fuhr Rex fort. »Rick stand in Charlies Dingi und hielt einen riesengroßen Barra hoch, um ihn uns zu zeigen. Er war zu Recht stolz auf den Fisch. Das Krokodil sprang aus dem Wasser, schnappte nach dem Fisch, erwischte auch Ricks Arm und brachte das Boot zum Kentern. Das ganze Wasser war voller Blut!«

»Oh Gott, nein!« Betty ließ ihren Tränen freien Lauf. »Gibt es eine Chance, dass er überlebt hat?«

»Nein.« Rex schüttelte den Kopf.

Betty verbarg ihr Gesicht in den Händen. »Armer Rick … arme Lara«, stöhnte sie dumpf.

»Wir dachten, dass du es ihr mitteilen solltest, Betty. Sie wird jemanden brauchen, der sie tröstet«, sagte Rex.

Betty tupfte sich die Tränen ab. »Wie stellt ihr euch das vor? Ihr wisst doch, wie sehr sie Rick liebt. Sie sind verlobt und wollen heiraten. Oh Gott, warum musste das passieren?«

»Wir wissen, dass es sehr schwierig wird, Betty«, nickte Rex. »Tut mir leid, dass ich gefragt habe. Wenn du es nicht tun möchtest, kann ich das gut verstehen. Wir werden uns selbst darum kümmern.«

»Nein, ich gehe zu ihr«, sagte Betty entschlossen und band ihre Schürze ab. Sie traute den Männern nicht genügend Feingefühl zu.

»Ich begleite dich«, sagte Doris traurig.

»Das ist nett von dir, Doris.« Betty war dankbar für die Unterstützung.

Auf dem Weg zur Schule überlegten die beiden Frauen, wie sie vorgehen sollten, denn Lara stand noch im Klassenzimmer.

»Am besten, ich bitte sie, mit mir ins Pfarrhaus zu kommen«, überlegte Betty. »Wir können ihr die Nachricht keinesfalls vor den Kindern überbringen. Sobald wir aus dem Zimmer sind, nimmst du Jiana beiseite, erzählst ihr, was passiert ist und sagst ihr, dass Lara ein paar Tage nicht zur Arbeit kommen wird.«

Lara blickte überrascht auf, als Betty und Doris das Klassenzimmer betraten. Beide bemühten sich, ihren Gesichtern nichts anmerken zu lassen.

»Ich müsste dringend drüben im Pfarrhaus kurz mit dir reden, Lara«, sagte Betty. Bloß jetzt nicht weinen, dachte sie.

Lara blickte sie erstaunt an, sagte aber nichts. Schweigend verließen sie das Klassenzimmer.

»Ist etwas mit meinem Vater?«, fragte Lara plötzlich ängstlich.

»Nicht, dass ich wüsste«, sagte Betty.

Laras Züge entspannten sich. »Weißt du, ich mache mir Sorgen um ihn. Aber vermutlich ist die Post wegen des Krieges so langsam.« Sie sah Betty an. »Ist alles in Ordnung mit dir? Du siehst gar nicht gut aus.«

»Ich fühle mich auch nicht gerade gut.« Betty setzte sich an den Küchentisch. »Komm, Lara, setz dich zu mir.«

Lara folgte ihr, sprang aber sofort wieder auf. »Möchtest du eine Tasse Tee?«

»Nein«, sagte Betty. Plötzlich fehlten ihr die Worte. Sie griff nach Laras Hand, um die junge Frau auf den Stuhl neben sich zu ziehen. Da bemerkte sie den kurzen Blick, den Lara aus dem Küchenfenster warf, mit dem sie Ausschau nach Rick hielt. In diesem Moment war es mit Bettys Beherrschung vorbei. Sie begann zu weinen.

Lara stellte sich neben sie, umschlang sie mit den Armen und streichelte ihren Rücken. Betty klammerte sich zitternd an sie. Rick war ihr in den vergangenen Monaten sehr ans Herz gewachsen, und sie wusste, dass Laras Herz in tausend Stücke brechen würde.

»Was ist denn los, Betty?«, fragte Lara sanft.

»Setz dich, Lara«, schluchzte Betty.

Plötzlich erstarrte Lara, als ginge ihr auf, dass Betty ihretwegen weinte und dass es dafür nur einen Grund geben konnte. Wenn es ihrem Vater gut ging, musste Bettys Kummer mit Rick zu tun haben. Aschfahl sank sie auf den Stuhl. »Sag es nicht, Betty«, flüsterte sie. »Sag mir nicht, dass … Rick etwas passiert ist. Ich will es nicht hören.« Sie hielt sich die Ohren zu. »Ich höre nicht zu.«

Betty blickte sie mit tränenüberströmtem Gesicht an, unfähig, ein Wort über die Lippen zu bringen.

Lara verstand dennoch. »Nein«, murmelte sie und starrte Betty an. In ihren blauen Augen glitzerten Tränen. »Nein!« Sie stand auf.

Betty sprang ebenfalls auf. »Es tut mir so leid, Lara. Es tut mir so unendlich leid!« Als sie die junge Frau umarmen wollte, brach Lara zusammen.

»Das ist der Schock«, erklärte Jerry. Er stand neben Betty an Laras Bett. Glücklicherweise hatte er an diesem Tag im Dorf zu tun gehabt und war sofort gekommen, als Betty nach ihm rief. Sie war sehr beunruhigt gewesen, nachdem Lara das Bewusstsein verloren hatte und über eine Stunde nicht zu sich gekommen war. Jerry wurde von seiner Mutter Beatrice begleitet, die mit einem Hilfsgütertransport aus Mount Bundy zurückgekehrt war. Obwohl Jerry sich um ihre Sicherheit sorgte, freute er sich über ihre professionelle Unterstützung.

»Leider habe ich kein Riechsalz, aber ehrlich gesagt ist es im Augenblick sicher besser für sie, sich auszuruhen und nicht mit der grausamen Realität von Ricks Tod konfrontiert zu werden.«

»Wahrscheinlich hast du recht«, nickte Betty.

»Wie konnte das denn passieren?«, fragte Jerry. »Colin hat erwähnt, dass Rick von einem Krokodil angegriffen wurde. Aber bei seinem Job sollte man doch davon ausgehen, dass er besonders vorsichtig war.«

Betty führte Jerry und Beatrice in die Küche, damit Lara auch ganz sicher nichts mitbekam. Jerry sah, dass das Geschehene ihr sehr zusetzte.

»Er zeigte Rex und Jonno einen Barra, den er gefangen hatte«, sagte sie tonlos. »Während er den Fisch hochhielt, sprang ein riesiges Krokodil aus dem Wasser, schnappte nach dem Barra und erwischte außerdem Ricks Arm. Es riss Rick mit, und das Boot kenterte. Diese Einzelheiten kennt Lara noch nicht, aber sie ahnt sicher, dass es mit einem Krokodil zu tun hat.«

»Es muss schrecklich sein, so zu sterben«, bemerkte Beatrice schaudernd.

»Arme Lara«, sagte Jerry. Er wusste, was die junge Frau in der nächsten Zeit durchmachen würde. »Wir müssen ihr alle zur Seite stehen.«

Gegen Abend schlug Lara die Augen auf. Sie blickte sich um und erkannte ihr eigenes Schlafzimmer. Neben ihr saß eine fremde Frau.

»Schön, dass Sie wieder bei uns sind«, sagte diese freundlich.

Verwirrt blickte Lara sie an. »Wer sind Sie?«

»Ich heiße Beatrice Quinlan, aber meine Freunde nennen mich Bea. Ich bin Jerrys Mutter. Möchten Sie einen Schluck Wasser?« Aus einem Krug neben dem Bett schenkte sie frisches Wasser ein.

Lara setzte sich auf und trank. In diesem Moment überwältigte sie die Wirklichkeit mit aller Macht. »Rick!«, rief sie, sank in die Kissen zurück und begann zu schluchzen.

»Ist gut, Kleine, ist gut«, murmelte Bea und streichelte Laras Schulter. »Lass es raus. Lass alles raus.«

Drei Tage hütete Lara das Bett. Sie aß kaum etwas, aber Bea blieb bei ihr und stellte sicher, dass sie zumindest etwas trank. Auch stand sie ihr bei, nachdem sie ihr am zweiten Tag erzählt hatte, dass Rick sein Leben tatsächlich durch ein riesiges Krokodil verloren hatte. Als Lara aufging, um welches Tier es sich handelte, wurde sie von einem Weinkrampf erfasst. Sie weinte viele Stunden und verfiel dann in einen tiefen, unruhigen Schlaf. Ohne Beas treue Unterstützung hätte sie vermutlich den Verstand verloren.

Am vierten Tag bestand Bea darauf, dass Lara aufstand und duschte.

»Ich weiß, dass Sie Ihren Rick sehr geliebt haben. Aber würde er wollen, dass Sie vor Trauer alles andere vergessen? Ich glaube nicht. Sie duschen jetzt, und dann kommen Sie in die Küche.«

Beas bestimmende, aber sehr mütterliche und freundliche Art überzeugte Lara. Auch dafür, dass sie während der letzten drei Tage alle Besucher außer Jerry abgewiesen hatte, war sie der Frau sehr dankbar.

Lara duschte und betrat dann die Küche, wo Bea Rührei zubereitete.

»Ich habe keinen Hunger«, sagte Lara und musste sich schnell setzen, weil ihr schwindelig wurde.

»Ein Häppchen geht immer«, erklärte Bea und servierte ihr frischen Toast mit Rührei. »Sie müssen zusehen, dass Sie wieder zu Kräften kommen. Ich bereite jetzt noch eine Tasse Tee zu.«

»Aber ich habe keinen Appetit. Ich muss ständig an Rick denken und daran, wie er … starb.« Wieder begann sie zu weinen. »Er hat sich immer geweigert, Krokodile zu töten. Warum musste ausgerechnet er so sterben?«

Bea setzte sich Lara gegenüber und nahm ihre Hand. »Manchmal weiß man nicht, warum Dinge passieren«, sagte sie. »Ich habe meinen Mann bei einem schrecklichen Zugunglück im Süden verloren, als Jerry noch ein kleiner Junge war. Mir ging es damals genau wie Ihnen: Ständig habe ich darüber nachgegrübelt. Aber irgendwann musste ich damit aufhören. Natürlich war es alles andere als leicht, aber ich weiß, er hätte nicht gewollt, dass ich mir dauernd vorstellte, wie er gestorben war. Er hätte gewollt, dass ich ihn so in Erinnerung behalte, wie er gelebt hat – lächelnd und glücklich. Glauben Sie nicht, dass auch Ihr Rick sich das wünschen würde?«

Lara wischte ihre Tränen ab und nickte.

»Ich habe gehört, er war Krokodiljäger. Er fing Krokodile lieber ein und siedelte sie um, anstatt sie zu töten.«

Wieder nickte Lara, kämpfte aber erneut gegen die Tränen an.

»Mit Sicherheit kannte er die Risiken, die dieses Vorgehen mit sich brachte.«

Lara schluckte. Sie hatte einen dicken Kloß im Hals. »Aber wir wollten doch heiraten«, sagte sie mit dünner Stimme. »Wir hatten schon alles geplant und waren so glücklich.«

»Ich weiß, meine Liebe. Es wird nicht leicht sein, allein weiterzumachen, aber alle, die hier im Dorf wohnen, sind bereit, Sie zu unterstützen. Ich bin erst seit ein paar Tagen hier, aber mir ist jetzt schon aufgefallen, wie beliebt Sie sind. Vor allem die Kinder lieben Sie sehr. Alle fühlen mit Ihnen und teilen Ihren Schmerz, denn sie mochten Rick ebenfalls.«

Lara schniefte. Sie griff zur Gabel und aß ein paar Bissen, während Bea Tee einschenkte. »Ich vermisse meinen Dad«, sagte sie, als Bea die Tasse vor sie hinstellte.

»Und Ihre Mutter?«, erkundigte sich Bea.

»Sie ist gestorben, als ich ganz klein war. Ich war immer allein mit meinem Dad.«

»Ist er in England?«

»Ja. Ich habe ihm einen Brief geschrieben und ihn gebeten, zu meiner … Hochzeit zu kommen.« Lara tupfte sich die Augen.

»Wollen Sie, dass ich ihm schreibe und ihm erkläre, was geschehen ist? Vielleicht wäre das einfacher, als wenn Sie es selbst tun müssen.«

»Vielen Dank für das freundliche Angebot. Aber ich weiß es noch nicht, ich werde darüber nachdenken.«

»Gerne. Ich bleibe bei Ihnen, so lange Sie mich brauchen.«

Als Lara die Hälfte des Toasts gegessen hatte, legte sie sich wieder ins Bett.

»Wie geht es Lara, Mutter?«, erkundigte sich Jerry kurz darauf bei seinem Besuch.

»Sie schläft jetzt. Aber ich habe sie dazu gebracht, zu duschen und ein wenig zu essen. Sie wird schon wieder. Aber es braucht seine Zeit.«

»Ich bin sehr froh, dass du hier bist«, sagte Jerry.

Bea studierte sein Gesicht. »Ehrlich gesagt hatte ich bei meiner Ankunft nicht diesen Eindruck.«

»Ach, weißt du, ich freue mich immer, dich zu sehen. Ich hatte nur Angst um deine Sicherheit. Aber für Lara ist deine Anwesenheit jetzt genau das Richtige.«

39

Juni 1942

»Ich habe gute Nachrichten«, sagte Bea aufgeregt zu Lara, als sie mit Milch und Eiern für das Frühstück in die Küche trat.

Einen Moment lang hoffte Lara, es handele sich um einen Brief von ihrem Vater, aber Bea hatte keinen Umschlag bei sich. Lara hatte ihm einen weiteren Brief mit der Nachricht von Ricks Tod geschrieben, für den sie mehrere Tage brauchte, weil sie zwischendurch immer wieder weinend unterbrechen musste. Aber noch hatte sie nicht einmal eine Antwort auf die Mitteilung ihrer Verlobung mit Rick erhalten. Sie hatte ihn seinerzeit gebeten, zu ihrer Hochzeit zu kommen, und hoffte nun sehr, dass er sie eines Tages besuchen würde.

»Monty hat gerade über Funk erfahren, dass bei den Midway Inseln in der Nähe von Hawaii vier japanische Flugzeugträger versenkt wurden. Vielleicht hören sie jetzt endlich auf mit dem Unsinn.«

»Glaubst du?«, fragte Lara hoffnungsvoll. Sie hatte gerade geduscht und band den Gürtel ihres hellen Kleides zu.

»Ganz bestimmt. Monty sagt, dass das die Hälfte ihrer gesamten Flotte war und sie einen derart großen Verlust nicht ersetzen können. Offenbar haben die Amerikaner sie bombardiert, nachdem es mit Torpedos zunächst nicht geklappt hat. Der Treibstoff hat sich entzündet, und die Schiffe sind explodiert. Ich bin gegen Blutvergießen und zwar auf allen Seiten, und ich bin sicher, dass beim Untergang dieser Schiffe Menschen gestorben sind, aber in Darwin mussten über zweihundert Unschuldige sterben, und trotzdem haben die Japaner nicht aufgehört.«

Seit Lara krank geworden war, wohnte Bea bei ihr im Pfarrhaus. Zwar hatte Lara ihr das Schlafzimmer angeboten, doch Jerrys Mutter behauptete, auf der Campingliege sehr gut zu schlafen. Schließlich hatten sie sich geeinigt, dass Bea das Wohnzimmer zu ihrem Privatbereich umfunktionieren solle.

Weil der Platz für Jerry nicht reichte, war Lara eines Tages in den Pub gegangen und hatte Charlie gefragt, ob der Arzt für eine Weile bei ihm logieren könnte.

»Aber natürlich kann Jerry bei mir und Kiwi wohnen, Süße«, nickte Charlie freundlich. »Ich helfe doch gern. Du brauchst nur zu fragen.«

»Danke, Charlie«, sagte Lara und überraschte alle Anwesenden damit, dass sie ihm einen Kuss auf die Wange drückte, ehe sie nach Hause ging.

Die Männer in der Bar warfen Charlie neidische Blicke zu.

»Mich überrascht, dass du Jerry bei dir wohnen lässt«, sagte Monty, den es ein wenig ärgerte, dass Lara nicht ihn gefragt hatte.

»Wir alle sind überrascht«, bekräftigte Jonno. »Jede Nacht mit Jerry – wie willst du das durchhalten?«

»Die arme Kleine hat wirklich genug durchgemacht und mich um Hilfe gebeten. Wie könnte ich sie ihr abschlagen?«

»Ich hätte ihr auch geholfen, wenn sie mich gefragt hätte«, murrte Rex. Er hatte Jerry schon früher auf seinem Boot schlafen lassen, das zwar nicht sehr komfortabel war, aber Jerry hatte sich nicht beklagt.

»Ich auch«, nickte Jonno.

»Aber sie hat es nicht getan. Sie hat mich gefragt«, grinste Charlie stolz und leerte sein Bierglas.

»Ich kann schonmal Frühstück machen, während du dich anziehst«, schlug Bea jetzt vor. Meistens war sie es, die kochte, aber dann und wann versuchte sich auch Jerry als Küchenchef. Lara hatte den Verdacht, dass er sie beeindrucken wollte und fühlte sich dabei ein wenig unbehaglich, aber alles in allem genoss sie seine und Beas Gesellschaft. Ihr Schmerz war dadurch leichter zu ertragen, und als sie ihre Arbeit wieder aufnahm, hielt auch ihre Lehrtätigkeit sie vom Grübeln ab. Trotzdem ertappte sie sich mehrmals täglich bei einem Blick aus dem Küchenfenster oder einem der Schulfenster. In den ersten Tagen hatte sie vorgehabt, im Klassenzimmer Vorhänge anzubringen, um den Billabong wenigstens tagsüber nicht sehen zu müssen. Auch in der Küche zog sie die Vorhänge immer wieder zu, doch Bea öffnete sie jedes Mal und sagte, dass es keinen Sinn habe, Tatsachen zu leugnen. Sie erzählte Lara auch, dass sie nach dem Unfall ihres Mannes Wochen gebraucht hatte, ehe sie wieder in einen Zug steigen konnte, aber das sei Teil ihres Heilungsprozesses gewesen. Und irgendwann stellte Lara tatsächlich fest, dass der Anblick von Ricks Boot sie tröstete.

Da der Krieg noch immer andauerte, bestand nur eine geringe Chance, das Boot zu verkaufen. Ricks Familie würde entscheiden müssen, was mit der Barkasse geschehen sollte, sobald sie die Nachricht von Ricks Tod erhielt. Allerdings hatte Lara keine Ahnung, wie sie diese Leute ausfindig machen sollte. Sie wusste nur, dass sie in einem Ort namens Geelong, irgendwo außerhalb von Melbourne, gelebt hatten. Bea meinte, dass das Rote Kreuz weiterhelfen könnte, und Lara beschloss, sich darum zu kümmern, sobald sie sich in der Lage zur einer Fahrt in die Stadt fühlte.

Die Männer im Dorf hatten angeboten, das Boot außer Sichtweite zu schleppen, um nicht immer wieder ihre Wunden aufzureißen, doch nachdem Lara darüber nachgedacht hatte, entschied sie, das Boot zunächst zu lassen, wo es war. Eines Abends fand sie den Mut, an Bord zu gehen, und entdeckte einen inneren Frieden, den sie nicht erwartet hatte. Es war fast so, als würde Rick noch leben und befände sich nur mit einem Freund beim Fischen. In ihrem Herzen spürte sie keinen Verlust, doch sie wusste, dass dieses Gefühl trog.

»Ist Jerry schon aus der Stadt zurück, Bea?«

»Noch nicht. Allmählich mache ich mir Sorgen. Aber er wollte nun einmal unbedingt in seiner und in meiner Wohnung nach dem Rechten sehen und im Krankenhaus vorbeischauen.«

»Es hat schon länger keinen Angriff mehr auf Darwin gegeben. Ich denke, Jerry ist in Sicherheit«, sagte Lara. Es war das erste Mal, dass sie Bea Trost spenden konnte. Normalerweise war es umgekehrt.

»Ja, wahrscheinlich geht es ihm gut«, nickte Bea. »Ich weiß, er ist ein erwachsener Mann, aber eine Mutter sorgt sich immer um ihre Kinder – ganz gleich, wie alt sie sind.«

»Ich verstehe.«

»Jerry ist ein feiner Kerl. Würde er sich nicht hier im Sumpfgebiet um die Gesundheit von Fischern und Aborigines kümmern, hätte er sicher schon längst eine nette Frau gefunden. Aber er weiß, dass die Leute ihn hier brauchen und lässt sie nicht im Stich. Ich bewundere seine Hingabe, aber auch er wird nicht jünger. Er sollte längst eine Familie haben.«

Lara sagte nichts dazu. Jerry war nicht gerade gut darin, seine Gefühle zu verbergen, und sie wusste, dass er noch immer an einer Beziehung mit ihr interessiert war. Aber er war sehr rücksichtsvoll und wartete geduldig auf ein positives Zeichen ihrerseits. Ihr Herz hing jedoch noch immer an Rick, und sie wusste nicht, wann sie wieder in der Lage sein würde, sich neu zu verlieben. Falls das überhaupt je geschehen sollte.

Bea, die Lara beobachtete, schien ihre Gedanken zu erraten. »Ich habe Rick ja nie kennengelernt, aber er war sicher ein ganz besonderer Mensch. Nicht zuletzt wegen seiner Art, Krokodile zu jagen. Glaub mir, in meiner Zeit als Krankenschwester habe ich so manchen Krokodiljäger getroffen, die meisten von ihnen waren Raubeine, und ich habe noch nie einen erlebt, der nicht ungehobelt gewesen wäre. Und das ist noch freundlich ausgedrückt.« Sie schwieg. »Eines Tages wirst du dich wieder verlieben«, sagte sie dann sanft. »Jetzt glaubst du vielleicht noch nicht daran, aber es wird geschehen. Um ehrlich zu sein, frage ich mich ohnehin, wie eine so junge und so schöne Frau wie du hier im Hinterland stranden konnte.«

Lara schwieg. So sehr sie Bea auch mochte und respektierte – sie wollte nicht über ihre Vergangenheit reden. Inzwischen lebte sie seit über einem Jahr in Shady Camp. Die Zeit war schnell vergangen, doch das hatte vor allem an ihrer Liebe zu Rick gelegen. Das nächste Jahr würde sich sicher viel langsamer hinziehen, und irgendwann durfte sie dann wieder nach Hause zurückkehren.

Bea deutete ihr Schweigen richtig und wechselte das Thema. »Betty und Colin verlassen das Dorf im September«, berichtete Bea. »Jetzt, wo es wieder mehr Benzin gibt, hat Colin sich für die lange Reise nach Alice Springs eingedeckt. Von dort geht es mit dem Zug weiter nach Adelaide, wo sie ein Schiff nach Tasmanien besteigen. Betty hat mir gerade eben von ihren Plänen erzählt. Sie ist schon ganz aufgeregt, aber Colin scheint ihre Begeisterung nicht zu teilen.«

»Er stammt aus dem Northern Territory und geht mit Sicherheit nicht gern von hier weg«, sagte Lara. Sie würde Bettys Freundschaft schmerzlich vermissen.

»Schon möglich, aber Betty ist wild entschlossen. Wenn er seine Familie zusammenhalten will, bleibt Colin keine andere Wahl. Sieh mal, da ist Jerry ja!«, rief Bea erfreut, als sie seinen Wagen erkannte.

Eine Minute später trat Jerry ein. Zwar schenkte er seiner Mutter ein warmes Lächeln, doch Lara bemerkte, wie sich sein Gesicht bei ihrem Anblick erhellte.

»Und? Wie sieht es zu Hause aus?«, erkundigte sich Bea.

»Nicht sehr gut. Das Haus, in dem meine Wohnung war, ist dem Erdboden gleich, und dein Haus hat leider das gleiche Schicksal erlitten. Es tut mir leid, Mutter. Wir haben alles verloren.«

»Warum sollte es uns auch besser ergehen als so vielen anderen«, sagte Bea traurig.

»Ja, das stimmt. Der größte Teil der Stadt liegt in Schutt und Asche. Es sieht dort richtig unheimlich aus. Aber ich habe einen Bekannten getroffen: deinen Nachbarn, Mr Bradbury!«

»Wirklich? Wieso ist er noch in der Stadt?«

»Als Beamter hat er sich freiwillig als Wachposten zur Verfügung gestellt. Er konnte sogar noch eine Zeit lang zu Hause wohnen. Seine Frau und der gemeinsame Sohn wurden nach Alice Springs evakuiert. Er hat erzählt, dass eine Bombe mitten im Swimmingpool in ihrem Garten explodiert ist. Daraufhin hat sich das Haus um mehr als einen halben Meter verschoben. Zu diesem Zeitpunkt lag er zufällig gerade mal im Bett, obwohl er seit dem 19. Februar offenbar nicht mehr viel Schlaf findet.«

»Da scheint er aber Riesenglück gehabt zu haben«, sagte Bea.

»Die unglaubliche Geschichte ist noch nicht zu Ende. Eine weitere Bombe explodierte auf der Straße vor seinem Haus und schob das Haus wieder zurück. Ich bin auf dem Weg zu deinem Haus daran vorbeigefahren. Das Haus steht zwar noch, aber er sagt, dass es nicht mehr sicher ist. Jetzt wandern er und die anderen Wachposten nachts umher und schlafen an Orten, die sie für einigermaßen sicher halten. Er ist in den paar Wochen um Jahre gealtert.«

»Das kann ich mir vorstellen«, sagte Bea niedergeschlagen. »Ich wünschte, mein Haus stünde noch. Hauptsächlich wegen der vielen Erinnerungen, die für immer weg sind. Aber ich will mich nicht beklagen. Immerhin leben wir noch, und darauf kommt es an.«

»Mr Bradbury sagt, dass sie ununterbrochen im Kampf gegen Plünderer sind.«

»Schlimm, diese Plünderei«, schimpfte Bea. »Man sollte alle diese Kerle einsperren und den Schlüssel wegwerfen.«

Nach dem Frühstück läutete Lara die Schulglocke. Jeder im Dorf kannte das Signal um acht Uhr früh und wusste, dass es sich nicht um eine Warnung vor einem Luftangriff handelte.

»Du bist in Lara verliebt, Jerry«, stellte Bea fest und schenkte ihrem Sohn eine zweite Tasse Tee ein.

»Ist das so offensichtlich?«, fragte Jerry und errötete.

»Du strahlst immer, wenn ihr euch im gleichen Raum aufhaltet. Es ist kaum zu übersehen.«

»Ich glaube nicht, dass Lara etwas bemerkt hat.«

»Ich schon. Aber sie ist noch nicht bereit. Immerhin weiß ich, dass sie dich sehr mag. Und eines Tages wird sie sicher auch eine neue Beziehung wollen. Du musst nur Geduld haben.«

»Glaubst du wirklich?«

»Ja. Ihr Herz braucht noch ein wenig Zeit zum Heilen. Aber sie ist das Warten wert.«

»Da bin ich ganz deiner Meinung«, sagte Jerry hoffnungsvoll. »Du magst sie auch, nicht wahr?«

»Ich kann mir keine bessere Schwiegertochter und nettere Mutter meiner zukünftigen Enkel vorstellen«, erklärte Bea augenzwinkernd. »Wir kommen wirklich prima miteinander aus.«

Jerry hatte den Eindruck, dass seine Chancen bei Lara mit seiner Mutter an seiner Seite deutlich größer waren. »Ich glaube, ich höre dich zum ersten Mal so über eine junge Frau sprechen, für die ich mich interessiere.«

»Weil es das erste Mal ist, dass mich eine beeindruckt«, entgegnete Bea mit einem warmen Lächeln. »Ich habe Lara wirklich gern. Sie ist stark und freundlich, sensibel und intelligent. Sie mag Kinder, und schön ist sie obendrein.«

»Besser hätte ich es nicht ausdrücken können. Es ist wirklich erstaunlich, dass sie ausgerechnet hier arbeitet, aber alle im Dorf lieben sie. Vor allem die Kinder. Die Eltern sind zutiefst beeindruckt von dem, was sie erreicht hat, und die Kinder freuen sich tatsächlich jeden Tag auf die Schule. Stell dir das mal vor! Andererseits: Hätte ich eine Lehrerin wie Lara gehabt, wäre ich sicher auch gern zur Schule gegangen.«

»Was hast du gegen Miss Belcher?«, erkundigte sich Bea grinsend.

»Meine Güte, Mutter! Die war doch ein richtiges Schreckgespenst!«

Beide mussten bei der Erinnerung an die alte Jungfer lachen, die extrem groß und dürr gewesen war, und deren Augen von einem finsteren Augenbrauen-Urwald überwuchert waren, während ihre Nase einem Papagei alle Ehre gemacht hätte. Abgesehen davon hatte sie sich manchmal ziemlich merkwürdig verhalten.

Schnell wurde Bea wieder ernst. »Hier im Dorf gibt es keine anderen Bewerber um Laras Herz, und ich glaube ziemlich sicher, dass aus Miss Penrose eines Tages Mrs Jerry Quinlan wird. Hoffentlich noch rechtzeitig für mich.«

Jerrys Auto holperte den unbefestigten Pfad entlang, der zu einer Aborigine-Siedlung auf der anderen Seite des Shady Camp Billabong nicht weit entfernt vom Sampan Creek führte. Er besuchte die Siedlung viermal im Jahr, sofern es die Witterung und der Zustand des aus zwei Spurrillen bestehenden Weges zuließen. In dem Dorf wohnten etwa zwanzig Personen, die ihre medizinischen Probleme mithilfe von Naturheilverfahren lösten. Trotzdem sah Jerry dann und wann nach ihnen, denn die Aborigines waren anfällig für die von den Weißen eingeschleppten Infektionskrankheiten, gegen die ihre Mittel nur wenig ausrichten konnten.

Warragul, einer der Dorfältesten, winkte Jerry zu. »Hallo, Doc!«, begrüßte er ihn.

Jerry lächelte. »Dein Haar ist seit dem letzten Mal noch weißer geworden«, neckte er den alten Mann. Bei den Begegnungen mit Warragul gab es immer etwas zu lachen.

Der Alte grinste und entblößte seine beiden verbliebenen Zähne. »Mit weißem Haar sehe ich wenigstens intelligent aus«, scherzte er. Er saß mit gekreuzten Beinen an einem Feuer. Seine einzige Betätigung bestand darin, ab und zu die Hand zu heben und Fliegen von seinem Gesicht zu verscheuchen. Nicht weit entfernt saßen weitere Stammesangehörige im Schatten der Bäume. »Alles klar, Doc?«, erkundigte sich Warragul.

»Mir geht es gut. Ich bin nur vorbeigekommen, um zu erfahren, ob es auch euch allen gut geht.«

»Ja, uns geht es auch gut«, sagte Warragul und stocherte im Feuer herum.

Jerry fiel auf, dass der Alte ein wenig zerstreut wirkte.

Ein junger Mann kam aus einer Gunya, einer provisorisch aus Ästen und Blättern erbauten Hütte. Jerry kannte Jarli als ernsthaften, manchmal etwas aufbrausenden jungen Mann.

Jarli hinkte, und Jerry machte sich daran, einen Blick auf seinen Fuß zu werfen. Er untersuchte gerade den tiefen Schnitt zwischen zwei Zehen, als ihm ein starker Geruch nach Wundfäule in die Nase stieg. Jarli bemerkte, dass der Arzt schnüffelnd innehielt und in Richtung einer anderen Gunya blickte, und sagte auf Larrakia etwas zu Warragul.

Warragul machte eine abwehrende Handbewegung. Offenbar gefielen ihm die Worte des jüngeren Mannes nicht.

»Stimmt etwas nicht, Jarli?«, fragte Jerry. Ihm war bewusst, dass manche kulturelle Themen durchaus heikel waren und die Aborigines keine Einmischung von außen duldeten. Manchmal gingen beispielsweise Initiationsriten schief, vor allem, wenn es sich um Beschneidungen handelte. Jetzt war Jerrys Interesse geweckt. »Ist hier jemand ernsthaft krank?« Er erhob sich, um auf die zweite Gunya zuzugehen.

Maya, Jarlis Frau, die mit den Frauen an einem der anderen Feuer gesessen hatte, stand auf. Sie war höchstens fünfzehn und hochschwanger. Als sie etwas zu ihrem Mann sagte, begann Warragul zu schimpfen. Weinend lief sie zu den Frauen zurück. Nun war Jerry ganz sicher, dass irgendetwas nicht stimmte, vor allem, als auch noch Tarni, eine der hoch respektierten älteren Frauen, mit Warragul zu schelten begann und auf die Gunya zeigte, auf die Jerry zusteuerte. Auch Maya blickte ängstlich in Richtung der betreffenden Hütte.

Jerry wandte sich an Jarli und redete ruhig auf ihn ein. »Wenn es Probleme gibt, kann ich vielleicht helfen.«

Jarli, der seinem Dorfältesten nicht zuwiderhandeln durfte, wandte sich erneut an Warragul. Dieses Mal winkte der alte Mann zwar erneut ab, hatte aber sehr viel zu sagen. Jarli wirkte ängstlich, erlaubte Jerry aber schließlich einen Blick in die Gunya.

Drinnen schlugen ihm die schrecklichen Ausdünstungen einer fortgeschrittenen Infektion entgegen. Der Geruch war derart überwältigend, dass Jerry gegen die Übelkeit ankämpfen musste. Eine mit Tierfellen bedeckte Gestalt lag auf dem Boden der Hütte. Nur zwei Füße ragten heraus, die zwar schmutzig waren, aber eindeutig nicht einem Aborigine gehörten. Als Jerry das Kängurufell anhob, überrollte ihn erneut eine Welle der Übelkeit.

Vor ihm auf dem Boden lag ein Mann, der nichts als eine zerrissene Hose trug. Sein Gesicht war unter einem Bart, Blut und Schmutz fast nicht zu erkennen. Seinen Arm hatte man mit Zweigen geschient, und sein gesamter Torso war mit entzündeten Verletzungen bedeckt. Einige der Wunden waren sehr tief.

Jerry fühlte nach dem Puls des Mannes. Er war kaum spürbar. Als er die Wunden untersuchte, fiel ihm eine alte Narbe an der Schulter auf, die ihn veranlasste, dem Mann noch einmal genauer ins Gesicht zu schauen. Es war Rick. Jerry schnappte nach Luft und versuchte sich aufzurichten, doch die Gunya war zu niedrig.

Jerry verließ die Hütte. Mit wild pochendem Herzen atmete er mehrmals tief durch. »Wie lange ist der Mann schon hier?«, fragte er Warragul.

»Schon sehr lange. Wir haben ihn zwischen den Seerosen am Billabong gefunden. Ein Krokodil hatte ihn angegriffen. Die Frauen versorgen ihn mit Medizin. Wir wollen keinen Ärger.«

»Nein. Natürlich nicht.« Jerry war sicher, dass Rick nicht mehr lange zu leben hatte, und musste eine Entscheidung treffen. Wenn er ihn mit nach Shady Camp nahm, würde er mit Sicherheit unterwegs sterben. Das würde Laras Herz erneut brechen, und vielleicht wäre sie dann nie wieder bereit für die Liebe. Und bis zum Krankenhaus in Darwin würde Rick es nicht schaffen. Jerry beschloss, ihn bei den Aborigines zu lassen. Sollte doch das Schicksal seinen Lauf nehmen! Weil Jerry aber als Arzt den hippokratischen Eid geleistet hatte, musste er zumindest versuchen, dem Schwerverletzten zu helfen.

»Hast du eine Medizin, die ihn gesund machen kann?«, fragte Jarli.

Jerry kramte in seiner Tasche und förderte ein Fläschchen Jod zutage. »Vermischt das hier mit Wasser und wascht seine Wunden damit«, sagte er. Mehr konnte er nicht tun, denn seiner Vermutung nach litt Rick längst unter einer Blutvergiftung. »Ihr solltet ihn nicht zudecken. Maden werden das verfaulte Fleisch fressen, und sobald die Wunden dann sauber sind, könnt ihr sie verbinden.« Er reichte Jarli ein paar Bandagen. »Tut für ihn, was ihr könnt, aber macht euch keine Vorwürfe, wenn er nicht überlebt. Es ist ohnehin ein Wunder, dass er überhaupt noch lebt. Ein wahres Wunder!«

Rex und Jonno hatten Jerry in allen Einzelheiten erzählt, was geschehen war. Einen solchen Angriff hatte noch nie jemand überlebt.

Jerry versprach Warragul, niemandem von dem Verletzten zu erzählen, um den Stamm nicht in Schwierigkeiten zu bringen.

Dass er Lara ebenfalls nichts erzählte, geschah allein aus dem einfachen Grund, weil er ihr keinen unnötigen Schmerz zufügen wollte. Zumindest war es das, was Jerry sich einredete.

40

Oktober 1942

Der Tag war lang und sehr heiß gewesen. Lara freute sich nach der Schule auf eine kühle Dusche und eine Siesta, aber beides erst nach einem Ritual, das ihr inzwischen sehr wichtig geworden war: einer Tasse Tee und einem Schwätzchen mit Bea.

»Bea? Wo bist du?«, rief Lara und warf einen Blick ins Wohnzimmer. Sie erhielt keine Antwort, was ungewöhnlich war. Lara vermutete, dass Bea im Dorfladen war, und ging in die Küche, um ein Glas Wasser zu trinken. Schon an der Tür sah sie, dass Bea neben dem Tisch auf dem Boden lag.

»Bea!« Sie beugte sich zu ihr hinunter und berührte ihren Arm. Beas geschlossene Augenlider begannen zu flattern. »Bea! Was ist passiert?«

»Keine Ahnung«, murmelte Bea matt. »Mir wurde komisch … ansonsten erinnere ich mich an nichts.« Mit Laras Hilfe setzte sie sich langsam auf, lehnte sich aber an die Schranktür, als ihr noch immer schwindelig war.

»Steh nicht auf. Trink erst einmal ein Glas Wasser«, sagte Lara und trat ans Spülbecken.

Bea nahm das Glas dankbar entgegen und trank. »Jetzt geht es mir schon viel besser«, erklärte sie.

»Du siehst aber keineswegs besser aus.« Besorgt betrachtete Lara Beas schweißbedeckte Stirn und die blasse Haut.

»Hilf mir bitte auf die Beine«, bat Bea.

Lara stützte sie. »Du wirst dich jetzt erst einmal in meinem

Zimmer ausruhen«, sagte sie bestimmt. »Dort ist es zumindest ein bisschen kühler.«

»Aber ich muss doch kochen«, widersprach Bea, als Lara sie in ihr Zimmer führte. »Schließlich hast du den ganzen Tag gearbeitet.«

»Meine Arbeit ist nicht so anstrengend«, entgegnete Lara. »Heute Abend koche ich.«

Bea warf ihr einen prüfenden Blick zu. »Du bist erschöpft, das sehe ich genau. Wahrscheinlich hat Harry Castle dich mal wieder herausgefordert.«

»Harry stellt meine Geduld zwar manchmal ein bisschen auf die Probe, aber er ist ein von Grund auf nettes Kind. Vergangene Woche habe ich ihn hundert Zeilen schreiben lassen, während die anderen Kinder spielen durften. Seither ist er brav wie ein kleiner Engel. Nein, mir ist nur furchtbar heiß, aber ich bin auf jeden Fall besser in Form als du. Ich denke, ich mache uns vielleicht nur einen Salat – aber einen schönen, mit hart gekochten Eiern.«

Bea brachte ein Lächeln zustande, ehe ihr erneut die Kräfte schwanden. Lara gelang es gerade noch, sie zum Bett zu bringen, wo Bea erschöpft in die Kissen sank.

»Ruh dich jetzt erst einmal aus«, sagte Lara und bettete sie so bequem wie möglich. »Sicher ist Jerry bald zurück.«

»Er muss davon nichts erfahren, Lara. Ich möchte nicht, dass er sich meinetwegen Sorgen macht. Er hat genug mit seinen Patienten zu tun. Es ist sicher nur die Hitze, in ein paar Minuten geht es mir schon wieder besser.«

»An die Hitze bist du gewöhnt, Bea. Es muss etwas anderes sein. Abgesehen davon sollte Jerry erfahren, dass seine Mutter in Ohnmacht gefallen ist. Er würde mir nie verzeihen, wenn ich es ihm verschwiege.«

»Mutter? Was ist passiert?«, rief Jerry von der Tür. Er war unbemerkt eingetreten.

Lara und Bea fuhren erschrocken zusammen.

»Nichts! Mir war ein bisschen schwindelig, sonst nichts.«

Jerry trat ans Bett und öffnete seine Arzttasche. »Hast du das Bewusstsein verloren?«

»Nein …« Bea warf Lara einen Blick zu. Die junge Frau verzog unwillig das Gesicht. »Na gut, kann schon sein«, gab Bea mürrisch zu.

»Sie lag auf dem Küchenboden, als ich aus der Schule kam«, berichtete Lara und erntete dafür einen grimmigen Blick von Bea. »Ich weiß nicht, wie lange sie schon dort gelegen hat.«

»Keine Minute«, behauptete Bea. »Mir ist nur schwindelig geworden, als ich zu schnell von einem Stuhl aufgestanden bin. Es ist sicher nichts Ernstes«, fügte sie hinzu.

»Mal sehen.« Jerry griff nach seinem Stethoskop.

»Ich lasse euch dann mal allein«, sagte Lara und ging nach nebenan.

Zehn Minuten später verließ Jerry Laras Schlafzimmer. Er blickte besorgt drein.

»Alles in Ordnung?«, erkundigte sich Lara. Sie hatte Tee aufgebrüht und schenkte ihm eine Tasse ein.

»Lass uns den Tee lieber draußen trinken«, schlug Jerry im Flüsterton vor und winkte sie auf die Terrasse hinaus. Sie setzten sich in den Schatten.

»Ich fürchte, sie ist alles andere als in Ordnung«, sagte Jerry betreten. »Meine Mutter ist ziemlich krank.«

Lara erschrak. »Ich hatte ja keine Ahnung! Ist es etwas Ernstes?«

»Es ist schon seit einer Weile so, aber ihr Zustand verschlechtert sich zunehmend. Leider darf ich dir ohne ihr Einverständnis nicht mehr dazu sagen, aber ihr bleibt nicht mehr viel Zeit.«

»Oh, Jerry, das tut mir unendlich leid«, stieß Lara schockiert hervor. »Sie ist mir sehr ans Herz gewachsen«, fügte sie tief bewegt hinzu.

»Ich glaube kaum, dass du weißt, wie gern sie dich hat. Ich denke, es wäre keine Übertreibung zu behaupten, dass sie für dich wie für eine Tochter empfindet.«

»Das bedeutet mir umso mehr, als ich nie eine Mutter hatte«, erklärte Lara gerührt. »Ich kann kaum fassen, dass sie krank ist. Warum hast du denn nie etwas gesagt? Ich habe zugelassen, dass sie sich um mich kümmert – dabei hätte ich mich um sie kümmern müssen.«

»Sie wollte es so. Meine Mutter ist die geborene Pflegerin und hat es gehasst, ihren Job aufgeben zu müssen, aber ihr blieb keine Wahl. Dass sie sich um dich kümmern konnte, gab ihr wieder das Gefühl, nützlich zu sein. Bitte versprich mir, dass du nichts sagst und alles so weiterlaufen lässt wie bisher.«

»Aber sie tut zu viel. Sonst hätte sie sicher nicht das Bewusstsein verloren.«

»Mag sein, dass sie manchmal übertreibt. Ich habe ein ernstes Wörtchen mit ihr geredet. Trotzdem darfst du dich auf keinen Fall übermäßig mitleidig zeigen oder irgendeine Bemerkung über ihre Krankheit fallen lassen, Lara. Wenn ihr auffällt, dass du etwas weißt und sie deshalb anders behandelst, wäre sie tief enttäuscht. Und das wäre nicht gut für sie.«

»Einverstanden«, sagte Lara widerstrebend. »Aber leicht wird das nicht. Warst du deswegen in den vergangenen Wochen so abgelenkt, Jerry? Hast du dir Sorgen um deine Mutter gemacht?«

Jerry hatte sich zwar Sorgen gemacht, aber aus einem vollkommen anderen Grund. Er fürchtete, dass Lara irgendwie herausfinden könnte, dass Rick den Angriff des Krokodils überlebt hatte und dass er selbst davon gewusst hatte, ohne ihr etwas zu sagen. Obwohl die Chancen eher gering standen, dass sie davon erfuhr, plagte ihn sein schlechtes Gewissen. Eigentlich war er sich fast sicher, dass Rick nach seinem Besuch nicht mehr lange gelebt hatte, aber trotzdem hatte er es bisher nicht übers Herz gebracht, in die Siedlung zurückzukehren und sich dessen zu vergewissern. »Ja, ich habe mir Sorgen gemacht. Ich weiß, dass ihre Tage gezählt sind und habe den Eindruck, sie im Stich gelassen zu haben.«

»Wieso denn das? Du bist doch ein sehr fürsorglicher Sohn!«

Jerry seufzte niedergeschlagen. »Ich weiß, dass sie enttäuscht ist, weil ich ihr bisher keine Enkel geschenkt habe. Sie hat sich immer sehr gewünscht, dass ich eine nette Frau heirate und eine Familie gründe. Sie sagt immer, dass ich eines Tages mit einer *lubra* – einer eingeborenen Frau – und einem Haufen Mischlingskinder enden werde, wenn ich weiter hier draußen arbeite.« Er lächelte sanft. »Vielleicht hätte ich eine Praxis in der Stadt eröffnen sollen, aber … nun, ich habe das getan, was ich für die Menschen in den Dörfern hier draußen für wichtiger hielt.«

»Du hast das Richtige getan, Jerry. Sie können ohne dich nicht überleben.«

»Schon möglich, aber ich bin immer noch Single ohne Perspektive.«

»Du hast doch immer in der Stadt gewohnt, Jerry. Wieso haben sich die Töchter hoher Beamter nicht für dich interessiert?«

Jerry grinste. »Weil die jungen Damen wissen, dass ein Arzt, der im Sumpfland arbeitet, nicht besonders gut bezahlt wird. Zumindest nicht mit Geld. Manchmal hatte ich Probleme, meine Miete zu bezahlen. Aus irgendeinem Grund hat sich mein Vermieter geweigert, anstelle von Bargeld Hühner, Eier oder Gläser mit Eingemachtem anzunehmen.«

Auch Lara lächelte.

»Allerdings werde ich mir wohl früher oder später doch Arbeit in der Stadt suchen müssen. Viele meiner Patienten hier draußen sind evakuiert worden, und wer weiß, ob oder wann sie wiederkommen – wenn überhaupt.«

»Ja, dann musst du das vermutlich tun.«

»Auf jeden Fall würde ich mehr Geld verdienen. So viel, dass ich sogar ein hübsches Haus kaufen könnte«, betonte Jerry in der Hoffnung, dass Lara das beeindrucken würde.

Doch sie ging nicht darauf ein. Eine Minute herrschte Schweigen zwischen ihnen.

»Du weißt, wie ich für dich empfinde, Lara«, sagte Jerry schließlich.

»Ich bin mir dessen bewusst«, antwortete Lara, ohne ihn anzusehen.

»Ich glaube nicht, dass ich je eine Frau finde, die deinen Platz in meinem Herzen einnehmen kann. Auch nicht, wenn ich in hundert Städten leben würde.«

»Das klingt wirklich romantisch, Jerry, aber du weißt, dass ich Rick liebe.«

»Ich weiß, dass du ihn geliebt *hast*, Lara, aber Rick ist tot.«

»Mein Kopf weiß das, aber mein Herz will es noch nicht akzeptieren.«

»Lara? Wärst du bereit, mich zu heiraten? Das ist vielleicht kein besonders romantischer Antrag, und ich weiß, dass du mich nicht liebst. Aber vielleicht wird es dir ja eines Tages doch noch gelingen.«

Laras Blick war voller Mitgefühl. »Jerry, wenn ich Rick nicht kennen und lieben gelernt hätte, hätte ich mich vielleicht in dich verliebt. Wir werden es nie wissen. Du bist ein wunderbarer Mensch und verdienst es, der einzige Mann im Herzen einer Frau zu sein. Mit weniger darfst du dich nicht zufriedengeben.«

»So sehe ich das nicht. Würdest du mich heiraten, wäre ich der glücklichste Mensch der Welt.«

»Jerry, ich will dich nicht verletzen. Vielleicht werde ich irgendwann wieder bereit sein, mein Herz zu verschenken. Aber im Augenblick noch nicht.«

Jerry blickte enttäuscht auf den Billabong hinaus. »Mir würde es nichts ausmachen, so lange zu warten, wie du brauchst, Lara. Aber wenn meine Mutter meine Hochzeit noch erleben soll, bleibt mir nicht mehr viel Zeit.«

»Ich weiß, dass du deine Mutter glücklich machen willst. Und das mit deiner Mutter tut mir leid. Aber daran kann ich nichts ändern.«

»Doch, das könntest du. Du könntest mich heiraten, solange es meiner Mutter noch gut genug geht, an der Hochzeit teilzunehmen.«

Lara blickte ihn ungläubig an. »Also, ich weiß nicht, Jerry …«

»Es müsste recht bald sein. Bitte denk darüber nach.«

»Ich kann aber nicht heiraten, solange ich noch um Rick trauere, Jerry.«

»Und wenn wir übereinkämen, die Ehe nicht zu vollziehen, bis du zu mehr bereit bist? Mir ist egal, wie lange das dauert. Aber eine Hochzeit würde meine Mutter unendlich glücklich machen und vielleicht ihre Lebenszeit ein wenig verlängern. Ich würde ihr diese Freude so gern noch machen, ehe es dafür zu spät ist.«

Lara rang sichtlich mit sich. »Ich überlege es mir, Jerry. Aber ich kann dir nichts versprechen.«

»Lass dir Zeit. Allerdings möglichst nicht zu viel. Ich bitte dich lediglich, ernsthaft über meinen Vorschlag nachzudenken. Wir können glücklich werden, da bin ich mir ganz sicher. Und uns zusammen und verheiratet zu erleben, wird meiner Mutter die ihr noch bleibende Zeit versüßen.«

November 1942

»Ich kann dir gar nicht sagen, wie froh ich bin, dass du zu meiner Hochzeit noch hier bist«, sagte Lara zu Betty.

»Ich glaube ehrlich gesagt immer noch, dass Colin heimlich an unserem Auto herumgeschraubt hat. Es kam ihm doch sehr gelegen, dass es ausgerechnet in dem Moment nicht mehr funktionierte, als wir losfahren wollten.«

Lara und alle anderen dachten ebenso, aber Colin schwor Stein und Bein, mit der Panne nichts zu tun zu haben. Wochen waren vergangen, ehe er alle Ersatzteile besorgt hatte, und anschließend brauchte er viel Zeit für die Reparatur. »Aber jetzt ist es doch wieder fahrbereit. Bald geht es los.«

»Na hoffentlich«, knurrte Betty. »Um ganz sicherzugehen, lasse ich dieses Auto nicht mehr aus den Augen. Ich würde gerne so bald wie möglich losfahren. Die Vorboten der Regenzeit kommen mir dieses Jahr schlimmer vor denn je.« Sie seufzte. »Du guckst so traurig. Bist du ganz sicher, dass du wirklich heiraten willst? Jerry ist zweifelsohne ein feiner Kerl, aber er ist eben nicht Rick.«

»Nein, ist er nicht. Aber er ist ein guter Mann, und Bea ist glücklich, mich zur Schwiegertochter zu bekommen.«

»Ich mag Bea. Ich mochte sie schon immer. Aber sie glücklich zu machen dürfte kein Grund sein, dich selbst unglücklich zu machen.«

»Ich bin nicht unglücklich, Betty. Allerdings glaube ich nicht, dass ich je wieder eine so tiefe Liebe empfinden werde wie für Rick. Eine solche Liebe erlebt man wohl nur einmal im Leben.«

»Ja, das war schon etwas ganz Besonderes«, sagte Betty, »ihr habt ganz wunderbar harmoniert.« Sie warf Lara einen nachdenklichen Blick zu. »Ich weiß, dass du auf deinen Vater gewartet hast, als du Rick heiraten wolltest. Und bei dieser Hochzeit hättest du ihn doch sicher auch gerne dabeigehabt.«

»Natürlich habe ich mich danach gesehnt, von ihm zum Altar geführt zu werden, aber ich wünschte, ich hätte nicht auf ihn gewartet, sondern Rick vom Fleck weg geheiratet. Aber es hat nicht sollen sein.«

»Manchmal denke ich, unser Leben ist vorherbestimmt. Und dann wieder glaube ich, dass wir einfach nur Fehler machen und lernen, mit ihnen zu leben.« Ihr Lächeln nahm Bettys Worten die Härte.

»Jerry lässt Father O'Leary aus Darwin kommen«, wechselte Lara das Thema. »Er soll die Zeremonie abhalten und trifft heute Abend hier ein. Er wird für ein paar Tage bei Monty einquartiert. Offensichtlich ist er gutem Bier nicht abgeneigt, und die Aussicht, in einem Hotel mit Pub zu logieren, war für ihn ein nicht zu verachtender Anreiz, den weiten Weg in Angriff zu nehmen. Jerry glaubt, dass er am Tag nach der Hochzeit noch nicht in der Lage sein dürfte, zu fahren, deshalb bleibt er mindestens eine weitere Nacht. Bea allerdings meint, dass er eine ganze Woche bleibt, wenn Monty das Bier nicht ausgeht. Wir werden ja sehen.«

»Das Bier wird Monty sicher nicht so schnell ausgehen. Findest du es in Ordnung, dass die Männer Ricks Boot außer Sichtweite schleppen?«

»Sicher. Es wäre mir unmöglich, Jerry das Eheversprechen zu geben und dabei Ricks Boot zu sehen.«

»Wenn du wirklich so denkst, solltest du Jerry lieber nicht heiraten.«

»Das Leben geht weiter, Betty. Rick kehrt nicht mehr zu mir zurück. Natürlich wünschte ich, es wäre anders, weil mein Herz ihm gehört und immer gehören wird. Aber er würde nicht wollen, dass ich aufhöre zu leben. Deshalb habe ich Jerrys Antrag angenommen.«

»Wahrscheinlich hast du recht. Rick würde wollen, dass du glücklich wirst. Nur weiß ich nicht, ob Jerry der richtige Ersatz für ihn ist. Ich mag Jerry sehr, und ich wünsche mir, dass er glücklich wird. Aber ich habe noch nie erlebt, dass du ihn so ansiehst, wie du Rick immer angesehen hast.«

Darauf wusste Lara nichts zu antworten. Ihr Herz sehnte sich nach Rick, und das würde sich niemals ändern.

Alle Einwohner von Shady Camp, einschließlich der Kinder, drängten sich in der kleinen Kirche, um Jerrys und Laras Trauung beizuwohnen. Es war ein aufregender Tag für alle, denn es war die erste Hochzeit im Dorf. Eigens zu diesem Zweck hatte man die Schülerpulte an den Rand verbannt und die Kirchenbänke wieder an ihren Platz geschoben. Blumen waren um diese Jahreszeit eine Seltenheit, und so dienten Palmwedel als Dekoration.

Bea, Betty und Doris halfen Lara im Pfarrhaus beim Anziehen. Lara trug ein Kleid aus cremefarbenem Stoff mit zartem Blumenmuster, den sie in Bettys Laden gekauft hatte. Alle Frauen hatten sich getroffen und ein hübsches Kleid entworfen, das zwar einfach war, aber sehr elegant wirkte. Patty besaß eine Nähmaschine. Um den recht tiefen Ausschnitt zu betonen, lieh Doris Lara eine Perlenkette.

»Die Perlen gehörten meiner Großmutter. Sie trug sie an ihrem Hochzeitstag, genau wie meine Mutter. Ich hatte die Kette ebenfalls um, als ich Errol geheiratet habe, ebenso wie meine Tochter bei ihrer Hochzeit. Ich hoffe, dass meine Enkelin sie ebenfalls zu ihrer Hochzeit trägt. Aber das hat noch ein paar Jahre Zeit.«

Lara war sehr gerührt. »Vielen, vielen Dank, Doris. Sie ist wunderschön. Aber ich gehöre doch gar nicht zur Familie!«

»Irgendwie schon ein bisschen. Du hast sogar ein bisschen Ähnlichkeit mit meiner Tochter. Also zier dich nicht. Mich macht es glücklich, sie an dir zu sehen.«

Lara küsste Doris auf die Wange. »Ich werde sehr vorsichtig damit umgehen. Versprochen!«

Betty lieh Lara Schuhe, die sie laut eigener Aussage nur ein einziges Mal getragen hatte – bei ihrer Hochzeit mit Colin, einem Tag, den sie manchmal bereute, wie sie lachend hinzufügte. Sie waren Lara ein bisschen zu groß, aber sehr stilvoll und passten farblich genau zum Kleid.

»Seit Jerry mich zum Dinner auf dem Anleger gebeten hat, habe ich keine Absätze mehr getragen«, lächelte Lara, doch ihr Lächeln erlosch, als sie sich des Vergnügens erinnerte, das sie an diesem Abend mit Rick gehabt hatte. Joyce hatte drei Sonnenblumen und ein paar Palmwedel zu einem Brautstrauß zusammengesteckt, den sie mit einem hübschen Band verzierte. Margie hatte Lara ihren kurzen, einfachen Brautschleier geliehen. Das Ergebnis konnte sich sehen lassen.

»Für eine Braut bist du nicht gerade nervös«, stellte Doris fest, während sie die Perlenkette um Laras Hals legte.

»Nein, ich bin nicht nervös«, bestätigte Lara, die sich nur eines wünschte: dass sie an diesem Tag Rick hätte heiraten dürfen.

Rick ärgerte sich, dass er sich so schwach und immer noch krank fühlte. Er ruderte schon eine Ewigkeit in dem Kanu, das die Aborigines ihm geliehen hatten, und noch immer war der Anleger von Shady Camp nicht in Sicht. Einmal mehr legte er eine Pause ein, wie schon so oft, seit er die Siedlung am Sampan Creek verlassen hatte. Abgesehen von seiner fürchterlichen Schwäche, war er äußerst wachsam, was Krokodile betraf. Beim kleinsten Schatten unter Wasser zuckte er zusammen. In seinem Zustand fühlte er sich nicht einmal in der Lage, auch nur das kleinste Krokodil in die Flucht zu schlagen. Er hielt sich in Ufernähe, um sich in Sicherheit bringen zu können, falls eines der Tiere das Boot umkippte, fuhr aber auch nicht zu nah an die Sandbänke heran, um nicht das Interesse der sonnenbadenden Krokodile zu wecken. Das Rudern verschärfte den Schmerz in seiner Schulter, und auch sein Arm tat ihm weh, obwohl der Knochen längst zusammengewachsen war.

Als Rick nur noch einen knappen Kilometer von Shady Camp entfernt war, bemerkte er sein unter Bäumen vertäutes Boot. Er wunderte sich, dass es nicht am Anleger lag, noch mehr aber darüber, dass die Dorfbewohner es nicht längst verkauft hatten. Immerhin war er monatelang fort gewesen, und vermutlich waren alle überzeugt, dass das Riesenkrokodil ihn getötet hatte. Er brachte das Kanu längsseits, berührte sein Schiff und lächelte beim Anblick des an der Seite aufgemalten Namens.

Eigentlich hätte es »Krokospeise« heißen müssen, dachte er. Es war unglaublich, welches Glück er gehabt hatte, dem Maul des Riesenkrokodils zu entkommen! Er hatte dem Tier seine Finger in die Augen gerammt, woraufhin es die Schnauze aufgerissen hatte. Irgendwie war es ihm gelungen, sich zwischen den Seerosen zu verstecken. Dort hatte er sich so tief wie irgend möglich zwischen dem nassen Kraut vergraben und seinen Kopf zum Atmen nur knapp über der Wasseroberfläche gehalten. Das Krokodil hatte ihm mehrere Rippen gebrochen, und er hatte nicht genügend Luft bekommen, um Rex und Jonno zu rufen. Also hatte er an Ort und Stelle verharrt, bis die Aborigines ihn schließlich beim Sammeln der nahrhaften Seerosenstängel fanden. Da hatte er selbst die Hoffnung zu überleben schon fast aufgegeben.

Mühsam paddelte Rick weiter. Als endlich der Anleger in

Sicht kam, begann sein Herz wie wild zu pochen. Hoffentlich hatte Lara Shady Camp noch nicht verlassen! Zwar wusste er, dass sie ihr Strafmaß ableisten musste, aber vielleicht konnte sie das auch an einer anderen Schule im Territory tun. Die Aussicht darauf, sie wiederzusehen, hatte ihn am Leben erhalten. Es würde sich herrlich anfühlen, endlich wieder mit ihr vereint zu sein. Sicher noch viel bewegender als nach der letzten Trennung.

In Shady Camp zog er das Kanu dreißig Meter vom Anleger entfernt ans Ufer. Er wollte keinem Fischer begegnen, ehe er mit Lara gesprochen hatte, ihr Wiedersehen sollte im Verborgenen stattfinden. Von seiner Position aus konnte er das Klassenzimmer und das Pfarrhaus sehen. Eigentlich hatte er vorgehabt, an die Tür des Pfarrhauses zu klopfen, sah aber, dass das Klassenzimmer voller Menschen war. Merkwürdigerweise waren alle trotz des Werktags sonntäglich gekleidet. Eine Dorfversammlung?

Rick schlich sich im Schutz der Bäume an, spähte durch die Fenster und entdeckte einen Priester. Und dann sah er Lara. Sie trug einen Brautschleier. Und neben ihr stand Jerry. Lara heiratete Jerry!

Rick wurde übel. Er sank neben dem Baum auf den Boden. Zu spät! Er war zu spät gekommen! Lara heiratete Jerry. Hatte sie ihn etwa so schnell vergessen? Der Schmerz in seinem Herzen war nahezu unerträglich. Es hatte ihn eine schier unendliche Willenskraft gekostet, das schwache Fünkchen Leben aufrechtzuerhalten und nicht zu sterben. Nur seine Liebe zu Lara und das Wissen um Laras Liebe zu ihm hatte ihn am Leben erhalten. Alles umsonst! Wäre er doch nur gestorben!

Als Lara neben Jerry vor dem Priester stand und seinen Worten über den heiligen Stand der Ehe lauschte, glitt ihr Blick sehnsüchtig über den Billabong. Sie dachte an Rick und wünschte sich, er wäre es, der hier neben ihr stand, sie mit seinen warmen braunen Augen ansah und ihr sein verschmitztes Grinsen schenkte. Ihre Augen füllten sich mit Tränen. Sie hörte kaum zu, als Father

O'Leary fragte, ob Jerry sie zur Frau nehmen wolle, und auch sein entschlossenes »Ja, ich will« rauschte an ihr vorbei. Und dann wandte sich der Priester an sie und stellte ihr die gleiche Frage. Lara zögerte. Natürlich wusste sie, welche Antwort man von ihr erwartete. Aber kein Ton drang über ihre Lippen.

Plötzlich brach hinter ihnen ein Tumult aus. Bea war ohnmächtig geworden. Lara und Jerry eilten sofort zu ihr. Jerry gelang es, sie wieder zu sich zu bringen und trug sie in Laras Schlafzimmer. Lara folgte den beiden zutiefst besorgt.

»Bea? Geht es dir wieder besser?«, fragte Lara, während Jerry seiner Mutter den Puls fühlte.

»Es tut mir so leid, dass ich euch die Hochzeit vermasselt habe«, sagte Bea verzweifelt.

»Aber das spielt doch jetzt keine Rolle. Um *dich* mache ich mir Sorgen!«, antwortete Lara.

»Mir geht es wieder gut.«

»Ich glaube, sie hat das Schlimmste überstanden«, sagte Jerry.

»Aber ganz sicher«, meinte Bea. »Macht ruhig weiter.«

»Keinesfalls ohne dich«, erklärte Lara. »Die Zeremonie kann noch ein paar Minuten warten. Jerry, könntest du bitte unseren Gästen mitteilen, dass sich alles um ein paar Minuten verzögert?«

»Aber …«

»Es wird ihnen schon nichts ausmachen«, drängte Lara. »Ich bleibe so lange bei deiner Mutter.«

»Na schön«, stimmte Jerry zu. Er lächelte Bea zu, aber Lara meinte, Enttäuschung in seinem Blick zu sehen.

»Es tut mir wirklich unendlich leid, dass ich eure Hochzeit durcheinandergebracht habe«, entschuldigte sich Bea erneut. »Ich kann nicht fassen, dass ich schon wieder bewusstlos geworden bin.«

»Vielleicht solltest du doch einmal ein Krankenhaus aufsuchen«, schlug Lara besorgt vor.

»Was soll ich den Ärzten denn sagen? Dass ich in einer überhitzten Kirche voller Menschen in Ohnmacht gefallen bin? Sie würden mich höchstens ausschimpfen, dass ich ihnen ihre Zeit stehle.«

»Sie würden nach dem wahren Grund suchen. Die Hitze ist es sicher nicht. Und vielleicht kann man ja doch noch etwas für dich tun.«

»Was denn tun? Ich bin doch völlig in Ordnung!«

»Du brauchst mir nichts vorzumachen, Bea. Ich bin schon fast deine Schwiegertochter, und wir sollten offen miteinander reden.«

»Damit bin ich völlig einverstanden, aber es gibt nichts zu reden.«

Lara studierte Beas Gesicht. Es war offen, ohne jegliches Anzeichen für eine Lüge. Sie schien Lara nicht anzulügen, allerdings fragte sich Lara, ob die alte Dame sich vielleicht selbst belog oder ihre Krankheit nicht wahrhaben wollte. »Was immer dich plagt – ich bin für dich da.«

»Aber mich plagt nichts, Lara. Ich habe keine Ahnung, wie du darauf kommst. Mein Arzt in der Stadt gratuliert mir immer zu meiner robusten Gesundheit.«

»Aber du hast gerade das Bewusstsein verloren, Bea. Dafür muss es doch einen Grund geben.«

»Okay, du hast recht. Es gibt einen. Weißt du, ich habe dieses Kleid hier schon seit Jahren nicht mehr getragen, und es spannt ein bisschen. Deswegen trage ich heute ausnahmsweise einen Hüfthalter und kriege kaum genug Luft mit dem Ding. Klar, dass ich das nicht an die große Glocke hängen möchte, aber ich kann es kaum erwarten, mir das Teil vom Leib zu reißen.«

»Ist das dein Ernst?«

»Natürlich!«

»Und du verschweigst mir keine lebensbedrohliche Krankheit?«

»Mit Sicherheit nicht. Wenn ich auch nur ansatzweise auf meine Mutter komme, werde ich mindestens fünfundneunzig.«

Lara sog tief die Luft ein. »Fühlst du dich in der Lage, ein paar Minuten allein zu bleiben?«, fragte sie und bemühte sich, ihre Wut zu verbergen.

»Aber natürlich.«

Lara wandte sich ab und traf Jerry an der Tür. »Geht es Mutter gut?«

»Offensichtlich. Aber ich muss dich kurz unter vier Augen sprechen«, fügte sie ernst hinzu.

Er folgte ihr nach draußen. »Was ist los?«

»Deine Mutter hat keine lebensbedrohliche Krankheit, richtig? Du hast mir diese Lüge nur aufgetischt, damit ich dich heirate.«

Jerry ließ den Kopf sinken. »Das stimmt«, gab er beschämt zu. »Ich habe gelogen, und das tut mir sehr leid. Ich dachte, wenn wir erst einmal verheiratet sind, wirst du dich sicher eines Tages in mich verlieben.«

»Ich werde mich nie in jemanden verlieben, der so unehrlich ist, Jerry. Du hast zugelassen, dass ich mir Sorgen um deine Mutter mache. Dass sie mir leidtut. Ich finde dein Verhalten unerhört!«

»Du hast recht«, gab Jerry leise zu. »Entschuldige bitte. Weißt du, ich war völlig verzweifelt, und dann sah ich plötzlich diese Möglichkeit. Ich habe einen schrecklichen Fehler gemacht. Kannst du mir verzeihen?«

»Nein, Jerry, das kann ich nicht. Ich werde dir wohl nie wieder vertrauen können. Und jetzt gehe ich und sage unseren Freunden, dass es keine Hochzeit geben wird.«

»Aber … Und meine Mutter?«

»Du wirst es ihr erklären, Jerry. Und du solltest ihr die ganze Wahrheit sagen, sonst tue ich es.«

41

Als die Sonne unterging und lange Schatten über den Billabong und das Dorf krochen, machte sich Lara auf den Weg zu Montys Bar, um den Dorfbewohnern Rede und Antwort zu stehen. Sie schuldete ihnen eine Erklärung, nachdem sie ihnen nur kurz angebunden mitgeteilt hatte, dass die Hochzeit abgesagt war, ohne einen Grund zu nennen. Inzwischen war ihre Wut verraucht, und schon nach wenigen Stunden kam ihr das Haus ohne Bea sehr still und ungewohnt leer vor.

Die meisten Dorfbewohner glaubten, dass die Hochzeit wegen Beas Ohnmacht abgesagt worden war, vielleicht war sie sogar krank. Nur Betty war der Ansicht, dass Lara ihre Meinung geändert hatte. Jerry hatte sich überhaupt nicht geäußert. Am Boden zerstört darüber, dass Lara die Hochzeit einfach abgesagt hatte und beschämt über sein eigenes betrügerisches Verhalten hatte er seine Sachen gepackt, seine Mutter ins Auto gesetzt und Shady Camp auf dem schnellsten Weg verlassen.

Während Jerry sein Zimmer bei Charlie räumte, entschuldigte sich Bea bei Lara für die Lügen ihres Sohnes. »Ich weiß, dass er sich falsch verhalten und etwas getan hat, das überhaupt nicht zu ihm passt, aber verliebte Männer tun manchmal die dümmsten Dinge«, erklärte sie kleinlaut.

Lara war klar, dass Bea als Mutter das Verhalten ihres Sohnes milder beurteilte, doch sie war einfach zu wütend, um ihm verzeihen zu können. So ruhig wie möglich erklärte sie Bea, dass sie ihr keine Vorwürfe mache und dass sie hoffe, sie als Freundin zu behalten, auch wenn sie mit Jerry nichts mehr zu tun haben wollte.

Father O'Leary saß mit den Männern an der Bar, sprach dem Alkohol kräftig zu und unterhielt seine Zuhörer mit lustigen Geschichten aus seinem Leben in Irland. Er amüsierte sich sehr und hatte ein Publikum, das ebenso gern trank wie er selbst. Dass die Hochzeit gar nicht stattgefunden hatte, schien ihn nicht im Geringsten zu stören. Im Gegenteil: In vielen seiner Geschichten ging es um Bräute, die sich schließlich doch nicht trauten.

Lara gesellte sich zu den Frauen.

»Es tut mir wirklich leid wegen heute, Ladys«, sagte sie. »Ich weiß, dass ihr euch alle auf diese Hochzeit gefreut habt und dass die Absage ein ziemlicher Schock für euch war.« Sie reichte Doris ihre Perlenkette und Betty ihre Schuhe.

»Schon gut, Kleines«, sagte Doris. »Du hattest sicher einen triftigen Grund dafür. Ist mit Bea alles in Ordnung?«

»Ihr geht es bestens. Sie trug ein Mieder und bekam keine Luft, deswegen ist sie in Ohnmacht gefallen.«

Die Frauen reagierten überrascht und ein wenig verwirrt.

»Wir haben gesehen, dass Jerry und Bea abgereist sind. Bedeutet das, dass die Absage endgültig ist?«, fragte Betty.

»Ja, sie ist endgültig. Jerry hat mich angelogen. Er hat mir erzählt, seine Mutter wäre sehr krank und hätte nicht mehr lange zu leben. Alles nur, damit ich ihn heirate. Als Bea heute ohnmächtig wurde, habe ich sie gefragt und musste feststellen, dass nichts davon der Wahrheit entsprach. Das kann ich ihm nicht verzeihen.«

Die Frauen waren schockiert.

»Nie hätte ich gedacht, dass Jerry so etwas fertigbringt«, sagte Doris. »Wir alle wussten, dass du ihn nicht liebst und waren mehr oder weniger überrascht, dass du ihn trotzdem heiraten wolltest. Jetzt wissen wir wenigstens, warum.«

Lara staunte über diese Einsicht. »Wie kommt ihr darauf, dass ich Jerry nicht liebe?«

»Wir haben dich doch mit Rick erlebt. Das war wahre Liebe.«

Die anderen Frauen nickten.

»Vielleicht solltet ihr wissen, dass Jerry und ich vereinbart hatten, die Ehe nicht zu vollziehen. Im Grunde sollte es nur eine Scheinehe sein, denn ich wäre nicht in der Lage gewesen, mich körperlich zu binden, solange ich Rick noch liebe.«

»Und Jerry hat dem zugestimmt?«, fragte Betty.

»Ja, er hat es akzeptiert. Er sagte, er wäre bereit zu warten, bis ich mich in ihn verliebe. Aber ich hätte einer Ehe niemals zugestimmt, wenn ich nicht geglaubt hätte, dass Bea nicht mehr lange zu leben hätte. Ihr könnt euch nicht vorstellen, wie wütend ich über Jerrys Lüge bin!«

Colin und Rex betraten den Pub. »Hat einer von euch einen Kanister Sprit aus meinem Garten genommen?«, fragte Colin in die Runde.

»Colin Jeffries«, fauchte Betty, »wenn das wieder einmal ein Vorwand ist, unsere Abreise aus Shady Camp zu verzögern, dann gehe ich ohne dich. Das schwöre ich!«

»Ist es nicht, Betty. Ganz ehrlich! Mir fehlt ein Kanister Treibstoff, und Ricks Boot ist auch weg. Rex wollte es wieder an den Anleger bringen, aber das Boot war nicht mehr da.«

»Und es ist bestimmt nicht abgetrieben. Es war gut und sicher vertäut«, fügte Rex hinzu.

»Wer würde denn Ricks Boot stehlen?«, fragte Lara erschrocken.

»Vermutlich derselbe Mistkerl, der meinen Sprit geklaut hat«, schimpfte Colin.

»Ich habe ganz in der Nähe ein von Aborigines gefertigtes Kanu gefunden, aber ich glaube nicht, dass es da eine Verbindung gibt«, sagte Rex. »Ricks Boot ist ein wenig schwierig zu bedienen. Ein Aborigine wäre nicht in der Lage, dieses Boot zu betanken und den Motor zu starten. Der Dieb muss also genau gewusst haben, was er tat.«

Lara war den Tränen nah. »Also, das ist wirklich das passende Ende eines ohnehin schon grässlichen Tages«, sagte sie traurig. »Ich gehe nach Hause ins Bett. Gute Nacht.«

Am Montagnachmittag klopfte Ruthie an Laras Tür. »Meine Mama möchte Sie sehen, Miss Penrose.«

Lara hatte gerade eine Tasse Tee getrunken und wollte sich gerne ein wenig hinlegen. »Weißt du, worum es geht, Ruthie?«

»Nein, das weiß ich nicht, Miss Penrose. Mama hat mir nichts gesagt. Aber sie war sehr behar… beharr…«

»Meinst du *beharrlich?*«, schlug Lara vor. Ruthie bemühte sich immer öfter, wie eine Erwachsene zu sprechen.

»Jep, das meine ich«, triumphierte Ruthie.

»*Ja*, das meine ich«, korrigierte Lara. Ruthie hatte ihre Neugier geweckt, und sie folgte ihr zum Laden. Über ihren Köpfen grollte der Donner als Vorzeichen der Monsunzeit.

»Du wolltest mich sprechen, Betty?«, sagte Lara zur Begrüßung. »Ist alles in Ordnung?«

»Ja, aber ich konnte leider das Geschäft nicht verlassen, weil ich gerade Zucker abfülle. Wenn ich da zwischendurch aufhöre, können wir uns vor Ameisen nicht retten. Heute war ein Brief für dich in der Post.«

Aufgeregt nahm Lara den Umschlag entgegen. Die Handschrift war ihr unbekannt. Als Absender war eine gewisse Mrs Brown angegeben, eine Dame, die Tür an Tür mit Laras Vater wohnte. Zunächst war Lara enttäuscht, aber dann kam ihr der Gedanke, dass Beryl Brown ihr sicher nicht schreiben würde, außer, wenn ihr Vater selbst nicht dazu in der Lage wäre.

»Dad muss etwas passiert sein«, sagte sie ängstlich. Sie riss den Umschlag auf und überflog den Inhalt des Briefes. »Oh, Betty, mein Vater ist schwer krank«, keuchte sie. »Er liegt mit einer beidseitigen Lungenentzündung im Krankenhaus.«

»Das sind keine guten Nachrichten, Liebes. Das ist vermutlich auch der Grund dafür, dass du so lange nichts von ihm gehört hast.«

»Mrs Brown schreibt, er wollte nicht, dass ich davon erfahre, dass sie sich aber über diesen Wunsch hinweggesetzt hat, weil ich ihn vielleicht noch einmal sehen will, bevor … bevor es zu spät ist.« Lara brach in Tränen aus.

Betty kam um die Ladentheke herum und nahm sie in den Arm. »Willst du nach Hause fahren, Lara? Die Japaner haben aufgehört, Australien zu bombardieren. Vielleicht ist es ja möglich.«

»Ja, Betty.« Sie wusste, dass ihre Rückkehr nach England nicht ganz einfach werden und höchstwahrscheinlich sogar eine Gefängnisstrafe zur Folge haben würde, aber sie musste es trotzdem wagen. Sie musste ihren Vater wiedersehen, bevor es zu spät war. »Ich muss heim zu meinem Dad.«

Zwei Tage später brach Lara nach einer sehr bewegenden Abschiedsfeier im Pub gemeinsam mit den Jeffries auf. Sie hoffte, in Alice Springs einen Flug nach England zu erwischen. Der Abschied von den Dorfbewohnern und vor allem von ihren Schülern und Jiana fiel ihr sehr schwer. Aber sie versprach, zu schreiben.

»Ich hoffe, du arbeitest weiter als Lehrerin«, sagte sie zu Jiana. »Und wenn der Krieg vorbei ist, solltest du die Ausbildung mit Examen abschließen.«

»Das werde ich bestimmt tun«, erklärte Jiana und dankte Lara für die Chance, die sie ohne sie sicher nie bekommen hätte.

»Du bist zur Lehrerin geboren, Jiana«, sagte Lara und meinte es wirklich so. »Ganz besonders für die Aborigine-Kinder. Ich glaube nicht, dass ich sie ohne dich dazu hätte motivieren können, regelmäßig die Schule zu besuchen.«

Jiana wehrte das Lob beschämt ab. Plötzlich fiel ihre Mutter Lara um den Hals – eine für alle unerwartete Geste. Jiana übersetzte Nettas Dank an Lara für alles, was sie für ihre Tochter getan hatte. »Wir haben immer gut zusammengearbeitet«, antwortete Lara Jianas Mutter, »und ich werde nie im Leben unsere lange Wanderung zurück nach Hause vergessen.« Die gemeinsame Zeit im Busch hatte ein unzerstörbares Band zwischen den beiden jungen Frauen geschmiedet.

Auch Betty und Colin fiel es schwer, sich von allen zu verabschieden. Betty sagte, sie freue sich auf ihre Heimat, aber sie hatte nicht damit gerechnet, dass es ihr so schwerfallen würde, ihre Freunde im Dorf zurückzulassen. Alle Frauen weinten. Colin war ungewöhnlich schweigsam. Jeder wusste, dass er das Dorf widerwillig verließ und nur Betty und den Kindern zuliebe ging.

42

Dezember 1942

Lara betrat das White Lodge Hospital, ohne zu wissen, was sie erwartete. Draußen schneite es, und sie fror. Erst wenige Stunden zuvor war sie nach einer langen Reise in Newmarket angekommen und sofort nach Hause gegangen, um sich wärmer anzuziehen. Zwar fühlte es sich befremdlich an, in viele warme Kleidungsstücke eingewickelt zu sein, aber es war trotzdem schön, wieder einmal etwas anderes zu tragen als immer nur lockere Kleider. Zum ersten Mal, seit sie England verlassen hatte, fühlte Lara sich wieder elegant und stilvoll.

Als sie das Zimmer ihres Vaters betrat, war sie überrascht, eine fremde Frau neben ihm sitzen zu sehen. Walter schien zu schlafen. Er wirkte erschreckend zerbrechlich, und Lara erkannte sofort, dass sein widerspenstiges Haar dringend geschnitten werden musste. Obwohl sie sehr leise eingetreten war, spürte die fremde Frau ihre Anwesenheit und drehte sich um. Sie trug ein Namensschild, war aber keine Krankenschwester. In ihr blondes Haar mischten sich erste graue Strähnen, und sie hatte lebhafte blaue Augen. Ihr Gesicht war freundlich und ausgesprochen attraktiv für ihr Alter. Lara schätzte sie auf etwa Anfang fünfzig.

»Guten Tag«, flüsterte Lara. »Schläft mein Vater?«

Die Frau blickte sie erschrocken an, fing sich aber schnell wieder. »Guten Tag«, grüßte sie mit weicher Stimme. »Ja, er schläft. Ich weiß zwar nicht, wann er wieder aufwacht, aber ich gehe jetzt besser und lasse Sie mit ihm allein.« Sie stand auf, aber Lara hielt sie zurück. Sie hatte nicht die Absicht, sie zu vertreiben.

»Können Sie mir vielleicht kurz etwas über den Zustand meines Vaters sagen? Ich bin gerade erst aus dem Ausland gekommen und hatte noch keine Möglichkeit, mit einem Arzt zu reden.«

»Walter hat eine schwere Lungenentzündung. Dieses Mal ist es heftig. Er liegt schon seit Wochen hier.«

»Dieses Mal? Musste er schon öfter in die Klinik?«

»Er hat mir erzählt, dass er vor ein paar Monaten schon einmal im Krankenhaus war. Aber dieses Mal ist sein Zustand viel ernster, Lara. Zwar ist er seit zwei Wochen stabil, aber er scheint keine wirklichen Fortschritte zu machen.«

»Danke für die Auskunft. Aber wieso kennen Sie meinen Namen?«

Die Frau blickte sie verwirrt an. »Ihr Vater hat ihn mir gesagt.«

»Aber natürlich! Sie sind sicher eine Freundin von ihm, aber ich kann mich nicht erinnern, Sie schon einmal getroffen zu haben.«

»Mein Name ist Elsie. Elsie Fox. Ich arbeite im Blumenladen im Krankenhaus. Ich habe Ihren Vater vor vielen Jahren kennengelernt. Als ein Blumenstrauß für ihn geordert wurde, kam mir der Name bekannt vor. Er bekommt nicht viel Besuch, deswegen gehe ich zu ihm, wann immer ich es einrichten kann.«

»Ich bin sicher, dass er sich darüber freut. Herzlichen Dank.«

»Es macht mir Freude«, lächelte Elsie. »Darf ich fragen, woher Sie kommen? Sie erwähnten, dass Sie aus dem Ausland gekommen sind.«

»Ich habe als Lehrerin in Australien gearbeitet.«

»Ach, Sie sind Lehrerin!«

Lara fiel auf, dass Elsie sich offenbar wirklich für sie interessierte. »Ja, das bin ich. Ich habe hier in Newmarket gearbeitet, ehe ich nach Übersee ging.«

»Ich hoffe, Sie waren nicht im Norden Australiens, als die Japaner dort Bombenangriffe flogen.«

Lara warf einen Blick auf ihren Vater, doch er schlief so tief, dass sie weiterzureden wagte. »Ich war tatsächlich am Tag des ersten Angriffs in Darwin«, flüsterte sie.

Elsie riss die Augen auf. »Sie müssen ja furchtbare Angst gehabt haben!«

»Es war der schrecklichste Tag meines Lebens. Ich habe Dinge gesehen, die ich nie wieder vergessen kann.«

»Das tut mir sehr leid für Sie.«

»Immerhin gehörte ich zu den wenigen Augenzeugen, die unverletzt überlebt haben. Viele hatten dieses Glück nicht. Aber ich mache mir große Sorgen um Dad«, wechselte Lara das Thema. Sie studierte Walters Gesichtszüge. Er sah viel älter aus, als sie ihn in Erinnerung hatte. »Weiß er, dass die Japaner Darwin bombardiert haben?«

»Er hat zwar nicht darüber gesprochen, aber ich bin sicher, dass er es weiß. Ich muss aber jetzt wirklich gehen. Es war schön, Sie kennengelernt zu haben. Vielleicht sehen wir uns ja einmal wieder.«

»Sehr wahrscheinlich«, lächelte Lara, als Elsie durch die Tür huschte.

Lara saß bereits seit einer halben Stunde neben ihrem Vater und hielt seine Hand, als er endlich die Augen öffnete. Er starrte sie eine volle Minute wortlos an, als kämpfe er mit sich, ob er sie für wirklich oder für ein Traumbild halten solle.

»Hallo, Dad«, flüsterte Lara. In ihren Augen standen Tränen.

»Lara!«, stieß Walter hervor und drückte ihre Hand. »Ich habe geträumt, dass ich deine Stimme höre. Aber das war gar kein Traum!«

»Nein, Dad, es war kein Traum. Ich bin wieder zu Hause. Bei dir.«

»Lara, meine Kleine!«, sagte Walter liebevoll. In seinen Augen glitzerten Tränen. »Woher weißt du, dass ich im Krankenhaus liege?«

»Mrs Brown hat es mir geschrieben. Aber sei ihr deswegen bitte nicht böse, Dad. Ich habe mir vorher solche Sorgen gemacht und jeden Tag auf einen Brief gehofft, der aber nie kam!«

»Tut mir leid, Kleines, aber ich konnte nicht schreiben. Und ich habe mir ebenfalls große Sorgen gemacht. Ich bin beinahe durchgedreht, als die Japaner Darwin bombardierten.«

»Aber du brauchtest dir doch keine Sorgen zu machen! Mein Einsatzort befand sich hundertdreißig Kilometer von Darwin entfernt – ich war also in Sicherheit.« Sie würde ihm ganz sicher nicht die Wahrheit sagen, solange er krank war.

»Du hast mir geschrieben, dass du dich verlobt hast, Lara. Du ahnst nicht, wie sehr ich mich für dich freue, mein Mädchen! Schön, dass deine weite Reise zu etwas so Gutem geführt hat.«

Lara kämpfte gegen die aufsteigende Trauer an. Doch das war schwieriger, als sie erwartet hatte.

Ihr Vater bemerkte sofort, dass etwas nicht stimmte. »Ist der junge Mann mit dir nach England gekommen?«

»Nein, Dad, er ist nicht mitgekommen. Ich habe dir zwar geschrieben, aber sicher hast du diesen Brief noch nicht bekommen. Rick wurde … er wurde vor einigen Monaten von einem Krokodil getötet.«

»Oh, Lara«, stöhnte Walter erschrocken auf.

»Ist schon okay, Dad. Ich freue mich jedenfalls sehr, wieder zu Hause bei dir zu sein.« Tränen rollten über ihre Wangen. »Ich habe dich so unendlich vermisst!«

Walter hustete und rang nach Luft. Lara gab ihm einen Schluck Wasser zu trinken.

»Was ist mit deiner Strafe, Lara? Du solltest doch noch längst nicht wieder in England sein.«

»Mach dir darüber keine Sorgen, Dad. Ich rede mit Richter Mitchell, und ich bin sicher, dass sich alles regelt. Du solltest dich jetzt erst einmal darauf konzentrieren, auszuruhen und gesund zu werden, damit du wieder nach Hause kommen kannst.«

Aber Walter wirkte alles andere als beruhigt. Lara stellte fest, dass ihr kurzes Gespräch ihn sehr angestrengt hatte. Schon jetzt fiel es ihm schwer, die Augen offen zu halten.

Nachdem er wieder eingeschlafen war, saß Lara noch über eine Stunde bei ihm und dachte darüber nach, was geschehen würde, wenn Lord Hornsby erfuhr, dass sie wieder in England war. Schließlich beschloss sie, sich davon nicht einschüchtern zu lassen. Hier ging es nur um ihren Vater, und Lord Hornsby wusste doch sicher, wie krank er war.

Lara saß noch neben Walters Bett, als Beryl Brown eintrat. Die alte Dame ging auf die siebzig zu, war aber noch sehr agil und ausgesprochen scharfsinnig.

»Du bist gekommen!«, sagte sie überrascht.

»Ja, aber erst vor wenigen Stunden. Ich war kurz zu Hause und habe mich umgezogen, ich bin die Kälte hier ja gar nicht mehr gewöhnt. Ich habe auch bei Ihnen geklopft, aber weil niemand da war, bin ich sofort in die Klinik gefahren. Ich habe mir wirklich große Sorgen um Dad gemacht. Jetzt schläft er gerade.«

»Ja, er schläft sehr viel«, nickte Beryl. »Ich besuche jeden Freitag meine Schwester, die hier ganz in der Nähe wohnt. Bei dieser Gelegenheit schaue ich ganz gern ab und zu bei Walter vorbei.«

»Wie geht es Wendy?«, erkundigte sich Lara.

»Nicht besonders.«

»Oh, das tut mir aber leid!«

»Sie war auch ein paarmal im Krankenhaus, ist jetzt aber glücklicherweise wieder zu Hause. Und deinem Vater geht es sicher auch bald wieder besser – jetzt, wo du wieder daheim bist.«

»Ich möchte Ihnen herzlich danken, dass Sie mir geschrieben haben, Beryl. Ich bin wirklich froh darüber.«

»Wie schon gesagt: Eigentlich wollte er nicht, dass du erfährst, wie krank er ist. Und sein Zustand wurde dadurch noch schlimmer, dass er nur eine Niere hat. Aber stell dir mal vor, ich hätte dir nicht geschrieben und ihm wäre etwas geschehen! War die lange Reise mitten im Krieg nicht schwierig?«

»Nun, einfach war es nicht gerade. Ich musste zunächst nach

Alice Springs, das gut eineinhalbtausend Kilometer von meinem Einsatzort entfernt liegt.«

»Oh, das ist aber sehr weit!«, meinte Beryl und setzte sich auf einen Stuhl.

»Es fühlte sich an wie eine Weltreise«, nickte Lara. »Die Straße ist so holprig, dass man jeden einzelnen Kilometer in den Knochen spürt. Sie nennt sich zwar Highway, aber das ist ein Witz! Überall sind Schlaglöcher. Weil gerade Monsunzeit ist, sind wir auch ein paarmal steckengeblieben, aber glücklicherweise kamen jedes Mal Lastwagen vorbei, die uns wieder herausgezogen haben. In Alice Springs musste ich über eine Woche auf einen Flug warten. Schließlich bekam ich einen Platz in einem Truppentransporter, der berechtigt war, ein paar Zivilpersonen mitzunehmen. Der Flieger legte immer wieder Zwischenstopps ein. In Kalkutta wurde aufgetankt. Ich war entsetzt über die Armut, den Lärm und die unendlich vielen Leute dort. Ich kann Ihnen gar nicht sagen, wie ich mich gefreut habe, als endlich die Klippen von Dover in Sicht kamen!«

»Das kann ich mir lebhaft vorstellen«, sagte Beryl.

»Eigentlich sollten wir auf der Wyton Air Base in Cambridgeshire landen, aber dort herrschte Alarm, und wir wurden zu einem winzigen Flugfeld in Sheffield umgeleitet. Von dort aus bin ich mit dem Bus nach Newmarket gekommen. Es war wirklich eine Himmelfahrt! Aber jetzt bin ich hier bei meinem Dad. Er war die Reise wert. Ich habe ihn schrecklich vermisst!«

»Er dich auch, Lara«, nickte Beryl. »Ich glaube, nachdem du fort warst, hat er nicht mehr richtig auf sich geachtet und ist deshalb krank geworden. Aber jetzt bist du ja zurück. Du bist der Ansporn, den er braucht, um wieder ganz gesund zu werden.«

In den folgenden Tagen kam Lara jeden Vormittag gegen elf ins Krankenhaus. Da Walter das Krankenhausessen nicht schmeckte und er stark abgenommen hatte, brachte sie sein Mittagessen und manchmal auch das Abendessen mit. Bereits nach zwei Wochen war eine deutliche Veränderung zu sehen. Walter hatte ein paar Pfund zugenommen, seine Gesichtsfarbe war rosiger und seine Lungen freier.

Nur wirkte er manchmal irgendwie ängstlich. Eines Tages fragte Lara die Schwestern nach der Ursache dafür. Sie erklärten ihr, der Krieg sei schuld, und dass vor allem Männer auf die Ohnmacht, ihre Familien nicht beschützen zu können, mit Angstattacken reagierten. Doch Lara war diese Erklärung wenig einleuchtend. Vielmehr glaubte sie, dass Walter sich Sorgen um seine fragile Gesundheit machte und dass er seine geliebten Pferde vermisste.

Am Weihnachtsmorgen brachte Lara ihrem Vater seine Lieblingskekse, die sie selbst gebacken hatte, und einen Weihnachtspudding, den Beryl Brown für ihn gemacht hatte. Das Krankenhauspersonal hatte Lara und Walter zu einem gemeinsamen Mittagessen für die Patienten und ihre Familien eingeladen, bei dem Puten- und Schweinebraten gereicht werden sollte.

»Dann wollen wir mal hoffen, dass die Köche das hinbekommen«, sagte Walter, als Lara ihm die Speisekarte zeigte.

»Davon bin ich überzeugt«, meinte Lara zuversichtlich.

»Gut, dann lass uns hingehen. Wenn es nicht schmeckt, haben wir immer noch Plätzchen und Pudding.«

Es wurde in der Tat ein wunderschöner Tag, und das Essen schmeckte hervorragend. Man stimmte gemeinsam Weihnachtslieder an, und ein weißhaariger Arzt schlüpfte in die Rolle des Weihnachtsmannes und verteilte fröhlich Geschenke an die Kinder. Walter amüsierte sich köstlich, wurde aber bald müde und ging zurück ins Bett. Lara saß noch eine Weile bei ihm, doch als er schlafen wollte, machte sie durch den Schnee auf den Weg in ihr leeres Haus.

Sie hatte jetzt viel Zeit zum Nachdenken. Wie wäre ihr Leben verlaufen, wenn sie ihre Mutter nicht so früh verloren hätte? Wo hätten sie und Rick ihr erstes Weihnachten verbracht, wenn er nicht gestorben wäre? In der Hitze Australiens oder gemeinsam mit ihrem Vater in England?

Eines Morgens zwischen Weihnachten und Neujahr kam Lara früher als üblich ins Krankenhaus. Walter schlief. Neben seinem Bett saß Elsie.

»Es geht ihm gut«, sagte Elsie, als sie Laras besorgten Ausdruck bemerkte. »Er hat letzte Nacht nicht viel Schlaf gefunden. Ich glaube, er freut sich darauf, endlich nach Hause zu kommen und wieder in seinem eigenen Bett schlafen zu dürfen.«

»Warum hat er letzte Nacht keinen Schlaf gefunden?«

»Weil ein kriegsversehrter Patient mit einer Hirnverletzung alle hier auf der Station wachgehalten hat. Er hat fast die ganze Nacht durchgeschrien, weil er überzeugt war, dass das Krankenhaus unter Beschuss stand. Irgendwann hat man Walter ein Beruhigungsmittel gegeben, damit er wenigstens ein bisschen schlafen konnte. Offenbar wirkt es noch.«

»Wann beginnt heute Ihre Schicht?«, erkundigte sich Lara leise bei Elsie, die bereits ihre Uniform und das Namensschild trug.

»Erst mittags. Aber ich bin heute früh zu Walter gekommen, weil ich gleich noch ein paar Besorgungen machen muss. Jetzt, wo Sie da sind, kann ich ja beruhigt gehen.«

Lara begleitete sie zur Tür. »Ich finde es sehr nett, dass Sie Dad besuchen«, sagte sie. »Sein Arbeitgeber war kein einziges Mal hier. Ich finde das beschämend, immerhin hat mein Vater viele Jahre für ihn gearbeitet.«

»Ich weiß. Aber Lord Hornsby scheint nicht gerade ein sympathischer Mann zu sein.«

»Das ist noch untertrieben«, bestätigte Lara. »Sein Sohn war einer meiner Schüler. Ein netter Junge, aber sein Vater packt ihn viel zu hart an.«

Als Elsie gegangen war, saß Lara lange an Walters Bett. Irgendwann wurde ihr Vater unruhig und begann zu stöhnen. Lara war sich nicht sicher, ob er noch schlief oder gerade aufwachte.

»Dad?«, sprach sie ihn an und griff nach seiner Hand.

»Du bist deiner Mutter so ähnlich«, flüsterte Walter. »So ähnlich.«

Lara war verstört. Ihr Vater hatte noch nie über ihre Mutter gesprochen. Nie! Natürlich war Lara in jüngeren Jahren neugierig gewesen, aber ihr Vater hatte ihr rasch klargemacht, dass dieses Thema für ihn endgültig abgeschlossen war. Es gab nicht einmal eine Fotografie ihrer Mutter im Haus.

»Sie ist so glücklich, dass sie dich kennengelernt hat.«

Lara war verwirrt. Halluzinierte ihr Vater? Als die Schwester kurz ins Zimmer kam, erkundigte sie sich, ob die verabreichten Medikamente Halluzinationen hervorrufen konnten.

»Keineswegs«, antwortete die Schwester. »Sie machen nur sehr müde.«

»Merkwürdig. Er sagt nämlich sehr seltsame Dinge.«

»Manchmal führen diese Medikamente dazu, dass Leute ihre Hemmungen verlieren und Sachen von sich geben, die sie unter normalen Umständen nicht ausgesprochen hätten.«

Kurz darauf versuchte Walter erneut, die Augen zu öffnen. »Elsie«, sagte er mit matter Stimme.

»Ich bin es, Dad. Lara!«

»Oh, ich dachte, es wäre deine Mutter«, murmelte Walter und schlief wieder ein.

Ungläubig starrte Lara ihn an. »Dad!«, rief sie und rüttelte an seinem Arm. »Hieß meine Mutter Elsie?« Sie hatte immer geglaubt, der Name ihrer Mutter sei Elise, hatte aber auch nie nachgefragt. Als sie zehn Jahre alt gewesen war, hatte sie einmal allen Mut zusammengenommen und sich erkundigt, ob sie das Grab ihrer Mutter sehen dürfe. Ihr Vater hatte sich derart darüber aufgeregt, dass sie das Thema nie wieder angesprochen hatte. »Hast du mich gehört, Dad? War der Name meiner Mutter Elsie?«

»Elsie Fox … Liebe meines Lebens«, flüsterte Walter mit geschlossenen Augen.

Lara sog scharf die Luft ein und stand auf. Er fantasiert, dachte sie. Das kann er doch nicht ernst meinen, *Mutter* war doch die Liebe seines Lebens. Sie fühlte sich unruhig und entschied, einen kurzen Spaziergang zu machen. In einem nahegelegenen Park stapfte sie durch den knöchelhohen Schnee und versuchte ihre Gedanken zu ordnen. Warum hatte ihr Vater Elsie Fox die »Liebe seines Lebens« genannt? Das konnte einfach nicht stimmen.

Als sie ins Krankenzimmer zurückkehrte, war ihr Vater wach. Er saß aufrecht im Bett und trank eine Tasse Tee.

»Hallo, meine Kleine«, begrüßte Walter sie heiter. »Was hast du mir heute zum Mittagessen mitgebracht?«

»Nichts, Dad. Ich war eben schon einmal hier. Weißt du das nicht mehr?«

»Wirklich? Ich kann mich nicht erinnern.«

»Du warst sehr müde, deshalb bin ich ein wenig spazieren gegangen.«

»Ich habe furchtbar schlecht geschlafen. Diese Nacht ging es hier ziemlich laut zu.«

»Ich weiß. Elsie Fox hat es mir erzählt. Sie war hier, als ich heute Morgen ins Krankenhaus kam.«

Walter errötete. »Wer?«

»Die Dame, die unten im Blumenladen arbeitet. Sie besucht dich regelmäßig, und heute Morgen hast du erklärt, sie sei die Liebe deines Lebens.«

»Wie kommst du denn darauf?«, fragte Walter überrascht.

»Vielleicht sollte die Frage eher lauten, wie *du* darauf kommst, Dad.«

»Ich habe das nie behauptet.«

»Oh doch. Heute Morgen, als das Medikament noch wirkte.«

»Wahrscheinlich habe ich fantasiert«, behauptete Walter.

Lara beobachtete ihren Vater genau. Die Sache war ihm unangenehm, er wirkte fast schon ängstlich. »Eher nicht, Dad. Und ich wüsste gern, wieso Elsie die Liebe deines Lebens ist«, insistierte sie.

»Dann muss ich also heute mit dem wenig schmackhaften Krankenhausessen vorliebnehmen«, versuchte Walter das Thema zu wechseln.

Aber Lara ließ sich nicht ablenken. Seine Worte ließen nur

einen Schluss zu, und sie war wild entschlossen, die Wahrheit herauszufinden. »Hast du dich in Elsie Fox verliebt, als du noch mit meiner Mutter verheiratet warst?«, fragte sie geradeheraus.

Walter sah sie bestürzt an und wich dann ihrem Blick aus.

»Stimmt das, Dad? Hast du dich mit Elsie eingelassen?«

Walter hob den Blick. »Ich weiß nicht, wie ich so etwas sagen konnte.«

»Wenn du mir die Wahrheit nicht sagen willst, frage ich Elsie.«

»Bitte nicht«, wehrte Walter erschrocken ab. »Ich habe ihr versprochen, ihr Geheimnis zu bewahren.«

»Ein Geheimnis? Was für ein Geheimnis? Hattest du hinter dem Rücken meiner Mutter eine Affäre?«

»Nein, Lara. Natürlich nicht.«

»Ich glaube dir nicht, Dad, und ich möchte die Wahrheit wissen. Du hast mit mir nie über meine Mutter geredet. Ich bin längst eine erwachsene Frau und möchte endlich die ganze Wahrheit erfahren. Und wenn du sie mir nicht sagst, frage ich Elsie Fox.«

Walter seufzte. »Es stimmt, ich habe dir nie die ganze Wahrheit gesagt. Aber es ist nicht so, wie du denkst. Ich hatte keine Affäre. Elsie Fox war tatsächlich die Liebe meines Lebens.«

»Wie konntest du meiner Mutter so etwas antun?«, fauchte Lara wütend.

»Lara, Elsie Fox *ist* deine Mutter.«

Lara schwankte und musste sich setzen. »Ist sie nicht. Meine Mutter ist tot.«

»Nein, deine Mutter ist nicht tot, Lara. Es war damals nur leichter, dich in dem Glauben zu lassen, weil du dich nicht die ganze Zeit nach etwas sehnen solltest, was du nicht haben konntest.«

Lara bemühte sich, zu verstehen, was ihr Vater ihr gerade mitgeteilt hatte. »Elsie Fox, die Dame aus dem Blumenladen, ist *meine Mutter?*«

»Ja, Lara, das ist sie. Aber das ist eine lange Geschichte. Es ist nicht ihre Schuld, dass sie Teil deines Lebens war.«

Lara stand auf, hatte aber immer noch weiche Knie. »All die Jahre über habe ich geglaubt, meine Mutter wäre tot. Und jetzt erfahre ich, dass sie die ganze Zeit hier in Newmarket war. Warum hast du mir das angetan?« Sie drehte sich auf dem Absatz um und floh tränenüberströmt aus dem Zimmer. Walter rief ihr nach, doch sie blieb nicht stehen, sie wollte nur raus.

Im Erdgeschoss sah sie Elsie im Blumenladen stehen. Lara folgte einem Impuls und trat auf sie zu. Elsie blickte ihr ruhig entgegen, als ahne sie, dass etwas nicht stimmte. Vielleicht hatte sie diesen Tag auch schon gefürchtet.

»Stimmt es? Sind Sie meine Mutter?«, fragte Lara erregt.

»Wie haben Sie es herausgefunden?« Elsies Stimme war leise und sehr ruhig.

Lara schnappte nach Luft. »Dann ist es also wahr!«

»Ja, Lara. Es ist wahr.«

»Aber wenn Sie nicht tot sind, bedeutet das doch, dass Sie Dad und mich verlassen haben.«

»Ja«, gab Elsie zu, »aber …«

»Wie konnten Sie Ihr Kind verlassen? Wie konnten Sie mich ohne Mutter aufwachsen lassen?«

»Dafür gibt es einen Grund«, antwortete Elsie. Die ersten Passanten waren aufmerksam geworden, und Elsie sah sich beunruhigt um. »Könnten wir das vielleicht hinter verschlossenen Türen besprechen?«

»Es gibt keinen triftigen Grund für eine Mutter, ihr Kind zu verlassen. Sie haben mich offenbar weder gewollt noch geliebt.«

Elsie blickte sie stumm an. Dann setzte sie zu einer Erklärung an, aber kein Wort drang über ihre Lippen.

»Sie streiten es nicht einmal ab! Begeben Sie sich *nie*, niemals mehr in meine Nähe! Und auch nicht in die meines Vaters! Niemals, haben Sie mich verstanden?« Lara drehte sich um und stürmte aus dem Laden. Einige Kunden starrten ihr mit offenem Mund nach.

43

Lara wusste nicht einmal, wie sie nach Hause gekommen war. Irgendwann fand sie sich in ihrer Küche wieder, hinter einer verriegelten Haustür, um die Welt und ihren Schmerz auszuschließen, doch das war mehr Wunschdenken als Realität. Die Gedanken rasten in ihrem Kopf. Es war ihr schier unmöglich zu begreifen, dass so gut wie alles, woran sie ein Leben lang geglaubt hatte, Lüge war. Von der Mutter verlassen und vom Vater belogen worden zu sein war mehr, als sie ertragen konnte. Sie fand eine Flasche Sherry und schenkte sich ein großes Glas ein.

Zwei Stunden später war die Flasche leer und Lara am Küchentisch eingeschlafen. Sie wachte erst auf, als es bereits dunkel war und taumelte wie betäubt in ihr Bett.

Am folgenden Tag wollte sie nicht aufstehen. Sie rollte sich zusammen, zog sich die Decke über den Kopf und ließ ihren Gefühlen freien Lauf. Selbstmitleid wurde zu Wut, die sich in Traurigkeit verwandelte. Sie fühlte sich schrecklich.

Am Nachmittag klopfte Beryl Brown an die Tür und rief nach ihr, doch Lara wollte sie nicht treffen. Sie konnte und wollte nicht so tun, als wäre alles in Ordnung. Sie war sich nicht einmal sicher, ob es je wieder in Ordnung käme.

Als sie am nächsten Morgen aufwachte, war in ihrem Kopf nur ein einziger Gedanke: Sie musste herausfinden, warum ihre Mutter sie und ihren Vater verlassen hatte. Die ganze schonungslose Wahrheit wollte sie wissen. Das würde zwar nichts ändern, aber sie sehnte sich nach Gewissheit. Also zog sie sich an und ging zum Krankenhaus.

Leise öffnete sie die Tür zum Zimmer ihres Vaters. Er starrte aus dem Fenster und sah verloren und verwirrt und ebenso traurig aus, wie sie sich fühlte. Unabhängig von ihrer jetzigen Wut, war er ihr immer ein wunderbarer Vater gewesen, der sie sehr geliebt hatte.

»Dad?«, sprach sie ihn an.

Walter wandte sich zu ihr, und sofort bemerkte sie die Verletzlichkeit in seinen Zügen. »Lara! Ich bin so froh, dass du gekommen bist. Als du gestern nicht da warst, habe ich mir große Sorgen gemacht!«

»Du kannst nicht erwarten, dass du mir etwas so … Unglaubliches eröffnen kannst und ich dann sofort zur Tagesordnung übergehe.«

»Es gab keinen einfachen Weg, dir die Wahrheit zu sagen. Deshalb habe ich ja auch so lange damit gewartet.«

»Hättest du es früher getan, hättest du dir vermutlich einiges erspart.«

»Das, was damals geschehen ist, konntest du als kleines Mädchen beim besten Willen nicht verstehen.«

»Meine Mutter wollte mich nicht. Das ist natürlich schwer zu verstehen, aber es ist zumindest die Wahrheit, und ich hätte schon irgendwie gelernt, damit umzugehen.«

»Aber so war es doch gar nicht, Lara.«

»Wie denn sonst? Welche andere Erklärung gibt es dafür, dass meine Mutter lebt, aber all die Jahre nichts mit mir zu tun haben wollte?«

»Setz dich. Ich erzähle es dir«, sagte Walter geduldig.

Lara setzte sich auf den Stuhl neben seinem Bett.

»Ich war achtundzwanzig Jahre alt, als ich 1915 deine Mutter heiratete«, begann Walter. Sein Blick schweifte weit in die Ferne. »Wir waren unglaublich glücklich und verschwendeten keinen einzigen Gedanken an den Krieg, der in Europa tobte. Elsie hatte kein Hochzeitskleid und ich keinen guten Anzug, aber das spielte keine Rolle. Nur unsere Liebe zählte. An unserem Hochzeitstag schneite es, genau wie jetzt. Elsie war dreiundzwanzig, blond, zierlich und wunderschön. Du bist ihr wie aus dem Gesicht geschnitten. Und sie war wahrhaftig die Liebe meines Lebens.«

Die glückliche Erinnerung brachte ihn zum Lächeln. »Sie liebte Pferde, genau wie ich, wir hatten überhaupt eine Menge gemeinsam. Vor dem Krieg hatte sie eine Menge Pokale in den unterschiedlichsten Disziplinen gewonnen: Dressur, Springreiten, Vielseitigkeitsreiten.«

Lara sah, wie stolz er noch immer darauf war.

»Drei Jahre später kamst du zur Welt«, fuhr Walter fort. »Abgesehen von unserem Hochzeitstag war das der glücklichste Tag unseres Lebens.« Plötzlich veränderte sich sein Gesichtsausdruck.

»Was ist dann passiert?«, fragte Lara.

»1921 stürzte Elsie bei einer Vielseitigkeitsprüfung schwer. Sie erlitt mehrere Knochenbrüche und eine schwere Kopfverletzung. Sie wurde sofort ins Krankenhaus gebracht und operiert, um die Schwellung zu beseitigen. Aber man sagte mir, dass sie, falls sie überleben sollte, möglicherweise nie mehr so sein würde wie früher.«

Lara lauschte schockiert. Damit hatte sie nicht gerechnet.

»Du warst gerade drei Jahre alt und viel zu jung, um zu verstehen, was um dich herum passierte. Vielleicht war das ein Segen, die Sorgen waren überwältigend. Elsie überlebte, trotz schwerer Komplikationen. Und mit weitreichenden Folgen: Die letzten dreizehn Jahre ihres Lebens waren komplett aus ihrem Gedächtnis gelöscht. Sie konnte sich weder an unsere Hochzeit erinnern noch daran, dass sie eine kleine Tochter hatte – wir beide waren ihr völlig fremd. Das Letzte, woran sie sich erinnerte, war ihr Leben im Alter von etwa sechzehn Jahren, zu Hause mit ihren Eltern und Geschwistern. Ich hoffte zunächst, der Gedächtnisverlust sei nur vorübergehend, aber so war es nicht. Ich glaubte felsenfest daran, dass sie sich, auch wenn ihre Erinnerung nicht mehr zurückkehren würde, wieder in mich verlieben würde, einfach weil wir so gut zueinander passten. Und ich konnte nicht verstehen, warum sie dich nicht liebte. Nach Monaten des Zusammenlebens aber musste ich erkennen, dass sich nichts änderte. Sie verliebte sich nicht wieder in mich. Im Gegenteil. Alles, was ich tat, irritierte sie. Sie war ein vollkommen anderer Mensch geworden. Plötzlich gefielen ihr ganz andere Dinge, und sogar ihr Geschmack hatte sich verändert. Und wir hatten keine Erinnerungen mehr, die wir teilen konnten. Ständig war sie launisch und frustriert. Ich nahm sie mit in den Stall, weil sie Pferde immer geliebt hatte, aber sie erklärte, Pferde zu verabscheuen und allergisch gegen sie zu sein. Sie musste sogar niesen, es war wirklich bizarr. Das Schlimmste aber war ihre Kälte dir gegenüber. Sie behauptete, Kinder nicht zu mögen. Natürlich wolltest du die Liebe und Aufmerksamkeit deiner Mutter, aber sie schob dich einfach beiseite. Es brach mir fast das Herz. So ging es monatelang, bis ich es schließlich nicht mehr ertrug, wie sie dich immer wieder enttäuschte. Irgendwann gab ich auf und bat sie, auszuziehen, ein Weitermachen wäre sinnlos gewesen, und ihre Haltung dir gegenüber hätte dir tief greifende Schäden zufügen können. Ich dachte, es sei besser, dir zu sagen, deine Mutter sei gestorben, aber vielleicht war das ja falsch? Ich weiß es nicht, gerade wenn ich sehe, wie sehr du heute darunter leidest. Aber damals hielt ich es für richtig. Du brauchtest ein Zuhause, in dem du geliebt wurdest – wenn auch nur von einem Elternteil.«

»Ich kann mir nicht vorstellen, dass eine Mutter ihr eigenes Kind vergisst und bei seinem Anblick nicht das Geringste spürt«, sagte Lara ungläubig.

»Die Ärzte sagen, dass so etwas möglich ist. Das Gehirn ist eine äußerst komplizierte Sache, Lara. Obwohl Elsie einsah, dass es besser war auszuziehen, tat es ihr leid zu sehen, wie ich litt. Sie entschuldigte sich sogar dafür, dass sie nicht fähig war, mich oder dich zu lieben. Ich war wütend, aber nicht auf sie. Ich war wütend, dass dieser Unfall geschehen war und unser idyllisches Leben durcheinandergebracht hatte. Ich brauchte eine gewisse Zeit – ehrlich gesagt waren es mehrere Jahre –, ehe ich nachvollziehen konnte, wie schwer es für Elsie war, keine Erinnerungen mehr zu haben. In ihrem Leben klaffte ein großes Loch. Sie zog nach London und fing ganz von vorn an. Sie musste herausfinden, wer sie war, denn sie erinnerte sich nicht mehr daran, wer sie einmal gewesen war. Die Erinnerungslücken machten auch vor der eigenen Familie nicht halt. Sie erinnerte sich an keine der in den vergangenen dreizehn Jahren geborenen Neffen oder Nichten. Sie erinnerte sich nicht an ihre Schwägerin, die ihr Bruder fünf Jahre zuvor geheiratet hatte. Sie suchte lange nach ihrem Vater, der neun Jahre vor ihrem Unfall gestorben war. Für ihre Familie war es ebenfalls sehr schwer.«

»Sind ihre Erinnerungen je zurückgekehrt?«

»Ich glaube nicht. Ich habe sie nicht danach gefragt, weil ich sie nicht traurig machen wollte. Ich wusste auch nicht, dass sie nach Newmarket zurückgekehrt war, geschweige denn, dass sie hier in der Klinik arbeitet. Ich war geschockt, als ich eines Tages nach einem Nickerchen die Augen aufschlug und sie neben meinem Bett sitzen sah. Beryls Schwester hatte mir über ihren Shop Blumen zukommen lassen, und sie hat sich an meinen Namen erinnert.«

Lara schwieg. Sie dachte über die Dinge nach, die ihr Vater ihr erzählt hatte. Sie hatte eine Menge zu verarbeiten.

»Verstehst du es jetzt, Lara?«, fragte Walter.

»Ich bin zwar immer noch enttäuscht, dass du mich über so viele Jahre angelogen hast, aber ich verstehe, warum du meine Mutter gebeten hast, uns zu verlassen. Aber ich finde, sie hätte zumindest Kontakt halten und sich für mein Leben interessieren sollen, auch wenn sie sich nicht an mich erinnern konnte.«

Walter betrachtete sie nachdenklich, sagte aber nichts.

Eine Woche später hatte Walter gute Nachrichten für Lara. »Der Arzt sagt, dass ich in den kommenden Tagen entlassen werde. Ich kann dann zwar noch nicht sofort wieder arbeiten, sondern muss erst wieder zu Kräften kommen, aber du glaubst gar nicht, wie sehr ich mich darauf freue, wieder in meinem eigenen Bett schlafen zu dürfen!«

»Das sind ja wunderbare Neuigkeiten! Ich freue mich darauf, dich endlich wieder zu Hause zu haben.«

»Du bist es sicher längst leid, jeden Tag herzukommen.«

»Nein, das macht mir nichts aus. Scheußlich war immer nur das Wetter, das mir jeden Tag den Hin- und Rückweg vergällt hat. Nie im Leben hätte ich gedacht, dass ich die Hitze Australiens einmal vermissen würde.«

»Vielleicht fühlst du dich auch ein bisschen unbehaglich, weil Elsie unten arbeitet.«

»Hat sie dich noch einmal besucht?« Lara hatte ihrem Vater von ihrem Wutausbruch vor ein paar Tagen berichtet. Längst schämte sie sich ihres Verhaltens.

»Ja, das hat sie. Aber sei ihr bitte nicht böse. Ich hatte ihr eine Nachricht zukommen lassen, weil ich wissen wollte, ob es ihr gut geht.«

»Und? Geht es ihr gut?«

»Nicht wirklich. Sie hat nicht viel gesprochen und wirkte sehr traurig.«

Eine Krankenschwester trat ein und holte Walter zu einer Röntgenuntersuchung ab.

»Ich mache mich auf den Heimweg, Dad«, sagte Lara und küsste ihren Vater auf die Wange. »Wir sehen uns dann morgen.«

Im Erdgeschoss ging Lara geradewegs in den Blumenladen. Kunden waren keine da, aber Elsie war beschäftigt und sah Lara nicht sofort.

»Hallo«, begrüßte Lara sie, als sie vor der Ladentheke stand.

Überrascht blickte Elsie auf. »Oh, hallo«, erwiderte sie zurückhaltend.

»Dad hat mir erzählt, was damals geschehen ist. Ich hätte Ihnen eine Chance geben müssen und möchte mich für meinen Ausbruch entschuldigen.«

Elsie wirkte erleichtert. »Sie brauchen sich nicht zu entschuldigen, Lara.«

»Ich war schockiert und habe falsch reagiert.«

»Hoffentlich sind Sie Walter nicht böse. Die Situation war wirklich schwierig, aber er hat versucht, das Beste daraus zu machen.«

»Um ehrlich zu sein, habe ich mich zuerst irgendwie verraten gefühlt. Er hat mich angelogen, und das hätte ich niemals von ihm erwartet. Aber inzwischen kann ich sein Verhalten verstehen und habe ihm verziehen.«

»Es ist ganz bestimmt nicht leicht für einen Mann, ein kleines Mädchen ganz allein aufzuziehen. Aber er hat es wunderbar gemeistert. Sie sind eine bemerkenswerte junge Frau geworden. Zwar steht es mir nicht zu, aber ich bin stolz auf Sie.«

»Danke«, sagte Lara peinlich berührt. Sie hatte sich noch immer nicht ganz an den Gedanken gewöhnt, dass die Frau, die vor ihr stand, ihre Mutter war, aber sie bemerkte, dass sie insgeheim nach Ähnlichkeiten zu suchen begann. »Ich kann mir kaum vorstellen, wie schrecklich es sein muss, einen großen Teil seiner Erinnerungen zu verlieren.«

»Es ist ein unbeschreibliches Gefühl der Hilflosigkeit, das ich nicht einmal meinem schlimmsten Feind wünschen würde. Da ist nichts als Leere. Das Schwierigste für mich war, dass alle von mir Gefühle erwarteten, die einfach nicht da waren, und dass ich Tag für Tag nicht nur Walter, sondern auch Sie und meine Familie enttäuschen musste. Sie waren ein kleines Mädchen, das sich nach der Liebe seiner Mutter sehnte. Ich wollte nicht kalt sein, aber der Mutterinstinkt war mir abhandengekommen. Ich konnte mich nicht erinnern, wie man als Mutter fühlt. Heute schäme ich mich dafür, denn Sie haben mehr verdient.«

»Walter war ein wunderbarer Vater. Wir standen uns immer sehr nah, weil wir immer nur uns beide hatten.« Lara entdeckte einen schmerzlichen Zug in Elsies Miene. »Sind Ihre Erinnerungen nie zurückgekommen?« Eigentlich hatte Lara diese Frage nicht stellen wollen, sie war einfach so hervorgesprudelt.

Elsie blickte sie einen Augenblick prüfend an, als prüfe sie die

Entscheidung, ob sie etwas Persönliches preisgeben wollte oder nicht. »Vor zwei Jahren bin ich auf einer glatten Straße ausgerutscht und mit dem Kopf auf den Bürgersteig gefallen. Danach lag ich siebzehn Tage im Koma«, sagte sie schließlich.

Lara war bestürzt.

»Als ich wieder aufwachte, tauchten plötzlich auch Teile von Bildern aus der Vergangenheit auf. Ich erinnerte mich an deine Geburt und daran, wie schön es war, dich in meinen Armen zu halten.« Lara bemerkte, dass Elsie unwillkürlich ins vertrauliche Du gefallen war, sagte aber nichts. »Ich sah dich vor mir als kleines Mädchen mit blitzenden Augen und blonden Ringellöckchen. Und ich erinnerte mich wieder daran, wie sehr ich Walter geliebt hatte. Nach einer gewissen Zeit begann ich sogar, mich wieder für Pferde zu interessieren, nachdem ich jahrelang Angst vor ihnen gehabt hatte. Von Tag zu Tag erinnerte ich mich an mehr. Manche Bilder überfielen mich mit ungeahnter Heftigkeit. Es tat furchtbar weh, mich an meine tiefe Liebe zu dir und zu Walter zu erinnern. Es war schlimmer als die Leere zuvor, weil ich einfach nicht fassen konnte, dass ich mein eigenes Kind verlassen hatte. Ich begann, mich abgrundtief zu hassen. Schließlich machte ich eine sechsmonatige Therapie, die mir half, meine Lebensumstände zu akzeptieren. Mein Therapeut riet mir, dich und Walter zu suchen und Wiedergutmachung zu leisten. Aber ich hatte Angst. Wie könnte ich je wiedergutmachen, dass ich dich alleingelassen hatte? Ich habe Walter auch noch nicht erzählt, dass ich mich wieder an unsere Liebe erinnere. Ich möchte ihn nicht noch einmal verletzen.«

»Ehrlich gesagt glaube ich, dass es ihn trösten würde«, sagte Lara.

»Glaubst du wirklich?«

»Ganz sicher. Uns allen wurde wertvolle Zeit geraubt, die wir nie mehr zurückbekommen.« Lara wurde plötzlich klar, dass dies die wohl traurigste Folge der verfahrenen Situation war. »Wir können die Vergangenheit nicht rückgängig machen oder ändern. Wir müssen vorwärtsgehen«, sagte sie nachdenklich. »Apropos vorwärts: Dad wird bald entlassen.«

»Heute schon?«

»Nein, aber in den kommenden Tagen. Vielleicht morgen oder übermorgen.«

»Dann sollte ich mich von ihm verabschieden«, sagte Elsie traurig. »Es macht dir doch nichts aus, oder?«

»Aber keineswegs. Ich hoffe sogar, dass du uns zu Hause besuchen kommst. Würdest du das tun?«

Elsies Augen füllten sich mit Tränen. »Ist das dein Ernst?«

»Aber sicher! Und Dad wäre sicher sehr glücklich darüber.«

Elsie nickte dankbar.

»Ich übrigens auch«, fügte Lara lächelnd hinzu, bevor sie ging.

Nach der Arbeit besuchte Elsie Walter in seinem Zimmer. Er saß am Fenster und beobachtete die länger werdenden Schatten. »Hallo, Walter«, begrüßte sie ihn.

»Elsie! Komm und setz dich zu mir«, antwortete Walter glücklich. »Ich hatte gehofft, dass du kommst, denn ich habe gute Neuigkeiten.«

»Du darfst nach Hause«, sagte Elsie.

»Woher weißt du das?«

»Unsere Tochter hat es mir gesagt.«

Walter erkannte an Elsies freundlicher Miene, dass sie und Lara Frieden geschlossen hatten und empfand darüber eine tiefe Freude. »Dann hast du also mit Lara gesprochen.«

»Ja, sie war heute im Blumenladen. Sie hat mich sogar zu euch nach Hause eingeladen.«

»Ach, Elsie, wie schön!« Er freute sich wirklich. Sie würden sich neue Erinnerungen schaffen. Zu gerne hätte er auch die Erinnerungen an Lara mit Elsie geteilt, aber das war nicht möglich.

»Sie war ein so süßes kleines Mädchen«, murmelte Elsie mit entspanntem Lächeln. »Weißt du noch? Dieser kleine, kuschelige Spielzeughase, ohne den sie nie ins Bett gehen wollte?«

»Natürlich! Sie behielt ihn, bis ihm die Ohren abfielen …« Walter brach ab und starrte sie an. »Woher weißt du das?«

»Meine Erinnerung ist zurückgekehrt, Walter«, sagte Elsie. »Es gibt da zwar noch ein paar Lücken, bei denen du mir vielleicht helfen kannst, aber ich erinnere mich an die Vergangenheit. Übrigens auch daran, wie innig wir uns geliebt haben.«

Walter traute seinen Ohren nicht. »Wie kommt das denn? Ist alles einfach so zurückgekommen?«

»Ich bin vor zwei Jahren ziemlich unsanft auf den Kopf gefallen. Nachdem ich mich davon erholt hatte, kam nach und nach die Erinnerung zurück. Zunächst nur bruchstückhaft, aber dann immer mehr.«

Walter spürte, dass sich seine Augen mit Tränen füllten. »Oh, Elsie! Das ist ja wunderbar!«

»Das war nicht immer leicht, Walter. Mich daran zu erinnern, dass ich meine kleine Tochter und dich verlassen hatte, war eine ziemliche Qual. Aber ich glaube, dass sich eines Tages alles zum Guten wendet.« Sie griff nach Walters Hand und drückte sie. »Magst du immer noch so gern *Steak and Kidney Pie?*«

»Oh ja, aber niemand macht dieses Gericht so gut wie du.« Er schmunzelte. »Aber leider mochtest du es seit deinem Unfall nicht mehr, und deshalb musste auch ich ohne auskommen.«

»Ich bin inzwischen auch wieder ganz wild darauf«, sagte Elsie. »Wenn du wieder zu Hause bist, backe ich einen Pie und bringe ihn euch.« Sie lächelte, und Walters Herz schlug heftig in seiner Brust.

»Mir läuft schon das Wasser im Mund zusammen«, grinste er.

44

März 1943

»Gut, dass ich dich antreffe, Winston.« Nicole betrat, ohne anzuklopfen, Richter Mitchells Büro. Sie war von den Schultern bis zu den Knien in einen üppigen Pelz gehüllt, der zahlreiche unglückliche Kreaturen das Leben gekostet hatte. Der Wert des Mantels belief sich vermutlich auf ein Mehrfaches des Gesamteinkommens aller Personen, die an diesem Tag auf ihr Gerichtsverfahren warteten.

Winston war verärgert. Wie oft hatte er seine Schwester schon gebeten, vor den häufig verzweifelten Übeltätern nicht mit ihrem Reichtum zu protzen! Und wie oft schon hatte er sie darauf hingewiesen, dass sein Büro sein Refugium und es ein Gebot der Höflichkeit war, vor dem Eintreten zu klopfen, falls er sich gerade in einer Besprechung befand. Das aber schien sie nicht zu interessieren.

»Ich wollte gerade gehen, Nicole«, antwortete Winston knapp. Ein Arm steckte schon im Mantelärmel.

»Wo willst du denn hin?«, erkundigte seine Schwester sich beleidigt.

»Ins Hot Pot Café. Ich freue mich auf Mrs Fellowes wunderbare Hühnersuppe und ein Stück Fleischpastete.«

»Oh, das kann warten.«

»Nein, das kann es nicht. Ich bin mit Paul Fitzsimons verabredet.«

»Es wird ihm schon nichts ausmachen, ein Viertelstündchen auf dich zu warten.«

Winston schnaubte verärgert. »Im Gegensatz zu dir, liebe Nicole, lege ich Wert auf Pünktlichkeit.« Er schritt auf die Tür zu.

»Eigentlich bin ich auch nur gekommen, um dir zu sagen, dass Roy unbedingt mir dir reden will. Er ist ziemlich aufgebracht.«

Winston verharrte mit der Hand auf der Klinke und stöhnte innerlich auf. Warum sollte er überhaupt mit Roy reden wollen, noch dazu, wenn dieser aufgebracht war? Hatte sein Schwager überhaupt jemals gute Laune? »Hat man einem seiner Polopferde die Hufeisen gestohlen? Wünscht der Herr, dass der Dieb fünfzig Hiebe mit der neunschwänzigen Katze erhält?«

Nicole schürzte die korallenfarbigen Lippen. »Sehr witzig, Winston«, sagte sie. »Meinem Mann ist zu Ohren gekommen, dass Lara Penrose nach Newmarket zurückgekehrt ist. Er schäumt vor Wut.«

Winston traute seinen Ohren nicht. Das konnte doch nicht wahr sein. »Ist er sich sicher?«

»Aber natürlich. Einer unserer Bediensteten hat eine Schwester, die als Schwesternhelferin im White Lodge Hospital arbeitet. Walter Penrose wurde dort behandelt. Sie hat gesehen, dass Lara ihn mehrmals dort besucht hat.«

»Warum war Walter Penrose denn im Krankenhaus?«

»Spielt das eine Rolle?«

»Man muss schon ziemlich krank sein, um im Krankenhaus zu liegen.«

»Soviel ich weiß, hatte er eine doppelseitige Lungenentzündung.«

»Was soll das heißen ›Soviel ich weiß‹? Arbeitet er denn nicht mehr bei euch?«

»Schon, zumindest vor seiner Krankheit. Wir haben erst durch den Brief einer Nachbarin von seiner Krankheit erfahren und Walter seitdem nicht mehr gesehen. Roy hat bisher keinen Ersatz für ihn finden können und ist deshalb noch schlechter gelaunt als sonst.«

»Du willst mir doch jetzt nicht erzählen, dass dieser Mann, der viele, viele Jahre bei euch angestellt war, im Krankenhaus war und niemand von den Fitzroy Stables ihn besucht hat?«

Nicole wirkte verunsichert. »Nicht, dass ich wüsste«, sagte sie zögerlich.

Winston traute seinen Ohren nicht.

»Aber darum geht es doch jetzt gar nicht. Was ich sagen will, ist, dass Lara überhaupt nicht in England sein dürfte und Roy jetzt von dir erwartet, dass du sie ins Gefängnis steckst, weil sie die Auflagen nicht erfüllt hat. Du hast ihm versprochen, sie für volle zwei Jahre in irgendein gottverlassenes Kaff im Norden Australiens zu verbannen.« Ihre Stimme klang jetzt trotzig.

»Ich glaube kaum, dass ich von einem ›gottverlassenen Kaff‹ gesprochen habe.« Winston spürte Ärger in sich aufsteigen, bemühte sich aber um Beherrschung. »Sag Roy, dass ich mich um die Sache kümmere«, sagte er.

»Ja, das wäre für alle Beteiligten das Beste«, murmelte Nicole.

»Schön, dich zu sehen, Paul«, begrüßte Winston seinen Freund, als er ein wenig außer Atem im Hot Spot Café ankam.

»Danke gleichfalls. Ist ja schon wieder eine Weile her. Bist du gerannt?«

»Nein, nur stramm gelaufen. Ich musste mich ein wenig abreagieren«, erklärte Winston.

»Ach, *so* einen Vormittag hast du also hinter dir.« Paul nickte verständnisvoll.

»Und? Wo hat dich deine Reise dieses Mal hingeführt? Wieder nach Australien?«

»Nein, ich war in Schottland. Nach Australien fahre ich erst wieder, wenn die Bombenangriffe aufgehört haben. Lehrer werden dort im Moment ohnehin nicht gebraucht. Die meisten Weißen sind evakuiert worden, viele schon vor der ersten Angriffswelle der Japaner, die zwischen zwei- und dreihundert Opfer gefordert hat. Ich glaube, in Darwin sind mehr Bomben eingeschlagen als in Pearl Harbour. Glücklicherweise sind die von mir rekrutierten

Lehrer mit der restlichen Bevölkerung in Sicherheit gebracht worden. Nur einige wenige sind geblieben, meist die, die in abgelegenen Dörfern arbeiten.«

»Wie Miss Penrose«, sagte Winston nachdenklich. Seit er von den Bombenangriffen auf Darwin gehört hatte, quälte ihn das schlechte Gewissen, sie dorthin geschickt zu haben.

»Stimmt! Miss Penrose. Ich habe gehört, dass sie in der Schule von Shady Camp wirklich hervorragende Arbeit geleistet haben soll. Der Tag des ersten Angriffs allerdings fiel genau auf den Tag, an dem die Lehrer aus den Dörfern in der Kultusbehörde ihr Gehalt abholen, und ich fürchte, die meisten von ihnen waren an dem Tag in der Stadt. Um ganz ehrlich zu sein, Winston, ich weiß immer noch nicht, ob einer von unseren Lehrern ums Leben gekommen ist. Gehört habe ich bisher nichts, die Kommunikation ist seit Februar letzten Jahres eher sporadisch.«

»Danke für deine offenen Worte, Paul. Aber gerade heute Morgen habe ich erfahren, dass Miss Penrose wieder in Newmarket ist.«

Paul stieß einen Seufzer der Erleichterung aus. »Gott sei Dank.«

»Ja, und es grenzt an ein Wunder, dass sie überlebt hat. Ich nehme an, die meisten ihrer Schüler sind mit ihren Familien ohnehin evakuiert worden.«

»Schon möglich. Aber was ist denn jetzt mit ihrer Strafe?«

»Dazu kann ich noch nichts sagen.«

Nach dem Essen ging Winston Mitchell zunächst ins White Lodge Hospital und sprach mit Walters Arzt. Anschließend machte er sich auf den Weg zum Gut der Hornsbys. Dort sah er sich zunächst in den Stallungen um, wo ein Stalljunge gerade fröhlich pfeifend die Boxen ausmistete.

»Guten Tag«, begrüßte Winston ihn, während er die wunderschönen Pferde bewunderte, die ihre Köpfe neugierig über die Boxentore streckten. Es roch nach frischem Heu und Sattlerseife.

Man konnte sagen, was man wollte: Roy hatte sicherlich einige Fehler, aber seinen Pferden ließ er es an nichts mangeln.

Billy Cobb, der Junge, erschrak so sehr, dass er die Harke fallen ließ. »Guten Tag, Sir«, stammelte er. Schnell war ihm die Erleichterung darüber, dass nicht Lord Hornsby vor ihm stand, förmlich anzusehen, denn eigentlich hätte er seine Arbeit im Stall schon vor einer Stunde erledigt haben müssen. »Kann ich Ihnen helfen?«

»Das hoffe ich«, sagte Winston. Nachdenklich berührte er mit der Schuhspitze die Zinken der Harke und drückte sie nach unten. Der Stiel schoss empor. Der Stalljunge packte gerade noch rechtzeitig zu, ehe der Stiel in seinem Gesicht landen konnte.

»Wenn Sie irgendetwas über ein Pferd wissen wollen – Lord Hornsby müsste drüben im Haus sein.«

»Nein, ich wollte eigentlich nur fragen, ob Sie wussten, dass Walter Penrose im Krankenhaus lag.«

»Ähm … ja, schon.« Billy nickte vorsichtig.

»Haben Sie ihn dort einmal besucht? Oder sonst jemand von der Belegschaft?«

Billy scharrte unbehaglich mit den Füßen und mühte sich, Walter nicht anzublicken. »Nein, Sir. Haben wir nicht.«

Winston hatte genug Erfahrung als Richter, um erkennen zu können, wann jemand nicht die ganze Wahrheit sagte. »Mochten Sie Walter Penrose etwa nicht?«

»Doch, Sir«, beeilte sich Billy zu antworten. »Walter ist ein echter Gentleman und kann hervorragend mit Pferden umgehen. Wir haben ihn hier sehr vermisst.«

Das klang ehrlich, aber irgendetwas stimmte trotzdem nicht.

Billy tätschelte den Schimmel, dessen Stall er gerade ausmistete. »Der alte Ajax hier hat Walter so sehr vermisst, dass er tagelang kein Futter anrühren wollte.«

»Walter Penrose war wirklich schwer krank. Warum hat ihn niemand besucht?«

»Ist er denn wieder gesund?«, erkundigte sich Billy besorgt. »Er ist doch nicht etwa gestorben?«

»Nein, er wurde inzwischen aus dem Krankenhaus entlassen, aber es wird sicher noch eine Weile dauern, bis er wieder ganz bei Kräften ist. Trotzdem möchte ich gern wissen, warum niemand hier sich die Mühe gemacht hat, ihn zu besuchen.«

Billy blickte sich vorsichtig um, als wolle er sichergehen, dass niemand das Gespräch belauschte. »Ich war einmal dort und habe ihn besucht, Sir«, flüsterte er. »Aber wenn Lord Hornsby das wüsste, würde er mich sofort entlassen. Die anderen sind nicht hingegangen, weil sie Angst vor dem Lord haben. Er kann manchmal recht … tyrannisch sein.«

Das war Winston nicht neu. »Aber was sollte Lord Hornsby denn gegen einen Besuch seiner Angestellten bei Walter haben?«

»Das weiß ich nicht, Sir. Er hat Order gegeben, dass niemand in die Klinik gehen darf. Und das sehr nachdrücklich.«

»Vielen Dank für Ihre Ehrlichkeit.«

»Sir … Bitte verraten Sie Lord Hornsby nicht, dass ich trotzdem im Krankenhaus war.«

»Ganz bestimmt nicht. Versprochen.«

»Danke, Sir. Wenn Sie Walter sehen, richten Sie ihm viele Grüße von uns allen aus. Wir vermissen ihn. Vor allem die Pferde.«

»Das mache ich«, versprach Winston.

Auf Winstons Klopfen öffnete Nicole die Haustür.

»Roy ist in der Bibliothek«, sagte sie.

»Wo sind die Kinder?«, erkundigte sich Winston. »Ich würde gern mit ihnen sprechen, ehe ich zu Roy gehe.«

»Isabella ist bei ihrer Freundin auf Gut Hartford.« Nicole schwieg einen Moment, und Winston war sich sehr wohl bewusst, dass sie damit die Bedeutung ihrer Worte betonen wollte. Jeder wusste, dass die Hartfords eine der angesehendsten Familien in Suffolk County waren und noch dazu außerordentlich wohlhabend. »Harrison ist in seinem Zimmer«, fuhr sie schließlich deutlich weniger begeistert fort. »Ich glaube, er liest mal wieder.«

Winston hatte es schon immer gestört, dass sie Harrisons Interessen derart gering einschätzte. »Lesen bildet, Nicole. Und es würde auch Isabella ganz sicher nicht schaden, wenn sie ab und zu ein Buch in die Hand nähme, anstatt sich ständig mit den Kindern dieser Snobs zu treffen. Ich komme in ein paar Minuten in die Küche und hole mir bei dir einen starken Kaffee und einen Brandy. Die werde ich brauchen, ehe ich mich zu deinem Mann in die Höhle des Löwen wage.«

Er spürte Nicoles finsteren Blick in seinem Rücken, als er die schöne, mit Tapisserien aus dem achtzehnten Jahrhundert dekorierte Mahagonitreppe emporstieg. Die Kinderzimmer befanden sich auf der ersten Etage der Zwanzig-Zimmer-Villa.

Harrison saß an seinem Schreibtisch und sortierte Briefmarken, als Winston nach einem kurzen Klopfen die Tür zu Harrisons Zimmer öffnete.

»Onkel Winston!«, rief der Junge erfreut und lief ihm mit weit ausgebreiteten Armen entgegen.

»Hallo, mein Junge«, sagte er, umarmte Harrison und strubbelte ihm durch die Haare. »Wie geht es dir?«

»Ganz gut, Onkel Winston. Ich habe mir gerade meine Briefmarkensammlung angeschaut. Inzwischen sind es schon fünf Alben. Soll ich sie dir mal zeigen?«

»Sehr gern. Ich habe dir auch ein paar neue Marken mitgebracht.« Winston zog einen Umschlag aus der Tasche.

»Was für welche?«, fragte Harrison aufgeregt.

»Eine Serie mit unterschiedlichen Vögeln, aus Süd-Rhodesien.«

Entzückt blickte Harrison ihn an. »Toll. Davon habe ich noch keine einzige.«

»Auf dreien ist der Ohrengeier abgebildet, auf den beiden anderen der Schwarzbrust-Schlangenadler. Ich finde sie wunderschön.«

»Und wie, Onkel Winston!« Harrison betrachtete die Motive glücklich mit großen Augen. »Adler und Geier sind fantastische Raubvögel. Vielen, vielen Dank.«

»Aber gern, mein Junge.« Winston freute sich an Harrisons Begeisterung und an seinem Interesse für Briefmarken und Vögel. Er wusste, dass Roy die Interessen seines Sohnes nicht guthieß und erst recht nicht unterstützte, und bezweifelte, dass Nicole das tat.

»Woher hast du diese Marken, Onkel Winston? Sie sind in einem ausgesprochen guten Zustand.«

»Ein früherer Kollege von mir arbeitet jetzt in Rhodesien. Die Marken stammen von seinen Briefen. Ich habe sie genau so abgelöst, wie du es mir gezeigt hast.«

»Gut gemacht.«

»Danke. Ich hatte ja auch einen tollen Lehrer.«

Harrison blätterte in seinen Alben und fand schon bald den richtigen Platz für seine neuen Schätze.

»Darf ich dich etwas fragen, Harrison?«, setzte Winston vorsichtig an.

»Was denn, Onkel Winston?« Sie setzten sich nebeneinander auf Harrisons Bett.

»Erinnerst du dich an den Tag, an dem deinem Vater der Zahn ausgeschlagen wurde?«

Harrison nickte und ließ dann den Kopf hängen. Ein schmerzlicher Ausdruck legte sich auf sein Gesicht. »An dem Tag bin ich von einem Polopferd gefallen und habe mir sehr wehgetan. Und Miss Penrose war danach nicht mehr meine Lehrerin.«

»Das weiß ich. Aber erinnerst du dich daran, wie der Zahn ausgeschlagen wurde?«

»Ja. Aber ich bekomme doch sicher Ärger, wenn ich mit dir darüber spreche, oder?«

»Warum fragst du das?«

»Papa hat mir verboten, darüber zu reden. Er sagte, er will nicht mehr daran erinnert werden, wie er seinen Zahn verloren hat.«

»Wenn du nur mit mir darüber sprichst, bekommst du ganz bestimmt keinen Ärger. Mir darfst du alles sagen.«

»Papa hat den Stiel einer Harke ins Gesicht bekommen.«

»Ah, dann hast du also gesehen, wie es passiert ist«, bohrte Winston vorsichtig nach.

»Irgendwie schon. Alles ging so schnell. Papa ging auf Miss Penrose zu, die an der Stalltür stand. Er war ziemlich wütend, weil sie ihn einen Tyrannen genannt hatte. Sie sah aus, als hätte sie Angst, und ich habe mir wirklich Sorgen um sie gemacht. Papa stand mit dem Rücken zu mir, aber zwischen seinen Beinen hindurch sah ich, wie sich etwas bewegte. Das muss der Stiel gewesen sein. Er traf Papa, der fiel rückwärts um und stieß mit dem Kopf an einen Eimer. Danach hat er sich nicht mehr bewegt. Zuerst dachte ich, er wäre tot.«

»Du musst ziemlich viel Angst gehabt haben«, sagte Winston.

»Miss Penrose hat ihm erst geholfen und dann einen Krankenwagen gerufen.«

»Verstehe. Glaubst du, dein Papa hat gedacht, dass Miss Penrose ihn mit der Harke geschlagen hat?«

Harrison blickte ihn erstaunt an. »Nein, auf keinen Fall. Sie hatte doch gar nichts in der Hand, deshalb könnte er so etwas gar nicht denken. Miss Penrose hat die Harke nicht gesehen. Und Papa auch nicht. Ich wünschte, Miss Penrose wäre noch meine Lehrerin. Ich mag Miss Simms, aber Miss Penrose war noch viel netter.«

»Dann wollen wir mal sehen, ob sie nicht wieder an deiner Schule arbeiten kann«, sagte Winston.

»Wirklich?«, fragte Harrison aufgeregt.

»Ja. Ich muss jetzt leider gehen, aber wir sehen uns bestimmt bald wieder.«

»Vielen Dank für die Briefmarken, Onkel Winston.« Harrison lächelte.

»Gern geschehen, mein Junge. Ich sammle weiter alle guten Briefmarken, die auf meinem Tisch landen.«

Winston war ziemlich wütend, als er widerstrebend an die Tür der Bibliothek klopfte.

Roy saß an seinem Schreibtisch und begrüßte ihn mit düsterer Miene.

»Du wolltest mich sprechen?« Winston setzte sich Roy gegenüber. Er war froh über die Tasse Kaffee in seiner Hand, den er mit einem nicht unerheblichen Schuss von Roys bestem Brandy gewürzt hatte. Die würde er sicher brauchen.

»Du weißt sehr genau, was mich so verärgert, also spiel hier nicht den Unwissenden, Winston«, knurrte Roy. »Diese Frau hat ihre Strafe nicht vollständig abgesessen und ist vor dem Ablauf von zwei Jahren nach England zurückgekehrt.«

»Ja. Und eigentlich hätte sie gar nicht verurteilt werden dürfen. Weil sie dich nämlich nicht angegriffen hat.«

Verblüfft blickte Roy seinen Schwager an. »Hat sie doch.«

»Ich habe gerade mit deinem Sohn geredet, dem einzigen Zeugen des Geschehens. Du bist auf die Zinken einer Harke getreten, woraufhin der Stiel nach oben schnellte und dein Gesicht traf. Das ist die gleiche Geschichte, die Lara Penrose mir erzählt hat. Und sie ist wahr.«

»Willst du etwa behaupten, dass ich lüge, Winston?«

»Ich halte dir zugute, dass die Harke möglicherweise so schnell emporschnellte, dass du nicht genau sehen konntest, woher sie kam. Hältst du das für möglich?«

Roys Gesicht verfärbte sich dunkelrot, und er presste die Lippen zusammen.

»Nun, dann sind wir uns ja einig«, sagte Winston, um Roy die Demütigung zu ersparen, es laut auszusprechen. »Ich werde Lara Penrose also nicht festnehmen lassen. Ich werde sogar versuchen, sie wieder an ihrer alten Schule unterzubringen, und du wirst mir dabei auf keinen Fall in die Parade fahren, hast du das verstanden? Das ist das Mindeste, was ich für sie tun kann. Sie kann von Glück reden, dass sie den japanischen Angriff auf Darwin überhaupt überlebt hat. Und sie kann von Glück sagen, dass sie es heil bis nach Hause geschafft hat. Sie kam zurück, weil ihr Vater schwer krank war. Und du weißt, dass er krank war, oder? Er litt an einer doppelseitigen Lungenentzündung, und die Ärzte hatten ihn schon fast aufgegeben. Hätte Lara ihm nicht tagtäglich mit ihrer Liebe zur Seite gestanden, wäre er vielleicht längst tot.«

»Ich weiß immer sehr genau über meine Bediensteten Bescheid«, erklärte Roy hochnäsig.

»Ach wirklich? Kannst du mir dann bitte einmal erklären, warum du ihn nicht im Krankenhaus besucht hast?«

»Ich kann es mir nicht leisten, Zeit zu vergeuden.«

Die Bemerkung steigerte Winstons Wut nur noch. »Meine Güte, Roy, Walter Penrose hat jahrelang deine Pferde versorgt! Ich habe keine Ahnung, warum du dich dauernd für etwas Besseres hältst als den Rest der Menschheit. Aber es wundert mich überhaupt nicht, dass du nicht einen einzigen wahren Freund hast. Du bist sogar so weit gegangen, der Belegschaft zu verbieten, Walter im Krankenhaus zu besuchen – so rachsüchtig und hasserfüllt bist du. Warum tust du so etwas?«

»Ich schulde dir keine Erklärung.«

Winston hatte genug gehört und stand auf. »Und ich schulde dir keinen Gefallen. Hör also auf, meine Schwester zu mir zu schicken, wenn du mal wieder jemanden im Gefängnis sehen willst. Und solltest du Nicole drohen oder meinem Neffen auch nur ein Härchen krümmen, dann wirst du das bitter bereuen.«

Er knallte die Kaffeetasse auf den Schreibtisch und stürmte aus der Bibliothek, ohne sich umzublicken. Er hatte das Gefühl, als wäre ihm eine Last von den Schultern genommen. Jetzt galt es nur noch, ein paar Dinge wieder ins richtige Lot zu bringen.

Und so sorgte Winston hinter Walters Rücken dafür, dass er nicht zu Roy Hornsby zurückkehren musste. Walter hatte sich direkt nach Laras Verurteilung bei anderen Pferdezüchtern beworben und war nun der Meinung, dass die angebotene Stelle als Stallmeister bei Darley Stud, einem angesehenen Zuchtbetrieb in der

Nähe, auf diese Bewerbungen zurückzuführen war. Erst als Laras ehemaliger Schulleiter Richard Dunn Kontakt mit ihr aufnahm und ihr ihre frühere Stelle mit einem besseren Gehalt anbot, begannen die Penroses zu ahnen, dass hinter ihrer plötzlichen Glückssträhne jemand stecken musste. Sie erkundigten sich bei Laras Verteidiger Herbert Irving, der ihnen bestätigte, dass Richter Mitchell seine Hand im Spiel hatte. Lara und Walter nahmen an, dass der Richter von einem schlechten Gewissen geplagt wurde, er aber nicht öffentlich zugeben konnte, einen Fehler gemacht und von seiner Familie beeinflusst worden zu sein. Vielleicht hätte Lara ihm seinen Fehler nachgetragen, hätte sie während ihrer Zeit in Shady Camp nicht Rick kennengelernt und in Australien Liebe und Glück gefunden. Wie aber hätte sie die Erfahrungen und Freundschaften bereuen sollen, die sie in Shady Camp gefunden hatte?

45

Darwin
Juli 1945

»Ist das da vorne etwa Land?«, rief Elsie aufgeregt. Sie stand neben Lara an der Schiffsreling und deutete in die Ferne. Nach über zwei Jahren, in denen beide viel nachgedacht und sich gegenseitig kennengelernt hatten, hatte Lara ihrer Mutter vollständig verziehen. Auch Elsie machte sich keine Vorwürfe mehr wegen der Dinge, an denen sie keine Schuld traf. Längst gingen Mutter und Tochter fröhlich und entspannt miteinander um und waren entschlossen, die verlorene Zeit so gut wie möglich einzuholen.

»Das ist Darwin Harbour, Mum. Ich bin gespannt, wie viel in der Bucht inzwischen wieder aufgebaut ist.«

Es war zehn Uhr morgens. Der Hafen sah ganz anders aus als bei Laras erster Ankunft, wo sie sich beklommen gefühlt hatte und voller Angst vor dem, was auf sie zukommen würde, und als bei ihrem letzten Besuch, wo die Stadt bombardiert worden war.

Nachdem Walter gesundheitlich zwanzig Monate lang immer wieder Rückfälle erlitten hatte, hatte der Arzt im Herbst eine Reise in eine wärmere Klimazone vorgeschlagen. Walter dachte über einen Kurztrip nach Spanien nach, als Lara die Idee einer sehr viel längeren Reise ins Spiel brachte.

»Was hältst du davon, nach Darwin zu fahren?«, schlug Lara vor. »Ich würde für mein Leben gern meine Freunde in Shady Camp wiedersehen und dir zeigen, wo ich gearbeitet habe, Dad.«

»Darwin? Aber das ist einmal um die halbe Welt!«, entgegnete Walter bestürzt.

»Ich weiß. Aber sobald der Krieg vorbei ist, könnten wir es als Seereise planen. Salzige Luft und viel Sonne würden dir guttun.«

»Aber Australien ist wirklich weit«, wandte Walter ein. Weiter als bis London war er in seinem Leben nie gereist.

»Natürlich ist es eine schwierige Entscheidung, aber vielleicht denkst du einmal darüber nach, Dad«, sagte Lara und machte sich auf den Weg zur Arbeit.

Zunächst zögerte Walter noch, aber der folgende lange Winter und der ständige Husten forderten schließlich ihren Tribut. Er sprach mit Elsie, die ihm sofort gut zuredete, obwohl es sie schmerzte, so lange Zeit von Walter und Lara getrennt zu sein. Lara wurde überdies das Gefühl nicht los, dass sein Zögern auch mit der damit verbundenen Trennung von Elsie zu tun hatte.

Zwei Tage später überraschte Walter alle beim Abendessen mit der Frage, ob Elsie vielleicht Lust hätte, sie auf der Reise nach Australien zu begleiten. Elsie stimmte sofort zu. Walter freute sich so sehr über ihren Entschluss, dass er sie spontan fragte, ob sie ihn noch einmal heiraten wolle, was Elsie fröhlich bejahte.

Die Hochzeit fand im April statt. Es war eine einfache Feier, der einige enge Freunde und Nachbarn beiwohnten. Anschließend kündigte Walter seinen Job bei Darley Stud.

»Wann fand nochmal die letzte Bombardierung Darwins statt?«, fragte Elsie nun interessiert. Sie versuchte sich vorzustellen, wie es sich anfühlte, wenn hundertachtzig mit Bomben beladene Flugzeuge über einen hinwegdonnerten und man die fortschreitende Zerstörung mitansehen musste, wie es ihrer Tochter passiert war. Sie schauderte.

»Am 12. November 1943. Inzwischen wird wohl einiges wieder aufgebaut sein, und ich wüsste natürlich gern, wie es Shady Camp ergangen ist. Ich habe meiner Referendarin Jiana zwar geschrieben, aber leider nie eine Antwort bekommen.«

»Mein Gott, ist das warm hier!«, stöhnte Elsie und wischte sich den Schweiß von der Stirn.

Lara lächelte. Sie wusste, dass es im Lauf des Tages noch viel wärmer werden würde. »Und dabei ist hier gerade Winter«, sagte sie und beobachtete den ungläubigen Gesichtsausdruck ihrer Mutter.

»Wenn das hier Wintertemperaturen sind, würde ich es im Sommer vermutlich nicht aushalten«, erklärte Elsie.

»Ich dachte anfangs auch, ich müsste sterben. Aber ob du es glaubst oder nicht: Man gewöhnt sich daran«, lächelte Lara. »Dafür war der erste Winter nach meiner Rückkehr nach England ein echter Schock für mich. Ich konnte kaum glauben, dass ich solche Temperaturen je ausgehalten habe.«

»Es würde mir gefallen, jetzt ein paar Runden zu schwimmen«, sagte Elsie, während sie die türkisfarbene See und das schäumend weiße Kielwasser betrachtete.

»Klar wäre das nett, aber hier gibt es giftige Quallen. Und ein paar Krokodile treiben sich sicher auch herum.«

»Oh mein Gott!«, jammerte Elsie, und Lara musste lachen. Noch allzu gut erinnerte sie sich ihrer eigenen Reaktion vor vier Jahren. »Erzähl mir lieber nichts mehr«, fügte ihre Mutter hinzu. »Sonst weigere ich mich noch, dieses Schiff hier zu verlassen.«

»Ach, weißt du, Mum, es ist zwar sehr warm – aber ist das nicht viel besser, als ständig zu frieren?«, fragte Lara. Der letzte Winter in England war außergewöhnlich kalt gewesen. Fast dreizehn Wochen lang war das Thermometer nicht über null Grad geklettert und hatte der Schnee kniehoch gelegen. Lara konnte sich nicht erinnern, jemals einen solchen Winter erlebt zu haben und würde ganz sicher niemals mehr über die Hitze klagen.

»Seit wir den Suezkanal durchfahren haben, ist Walters Lunge immer freier geworden«, erwiderte Elsie. »Und das ist das Allerwichtigste.«

Es erwärmte Laras Herz, ihre Mutter so liebevoll über ihren Vater sprechen zu hören. Gleichzeitig erinnerte es sie an all das, was sie mit Rick verloren hatte. Immer wieder hatte sie in England den Drang verspürt, nach Darwin zurückzukehren. Sie sehnte sich nach dem Gefühl, Rick wieder nah zu sein, wenn auch nur im Geiste. Aber das würde vermutlich niemand verstehen, und so hatte sie dieses Bedürfnis für sich behalten – bis der Arzt Walter eine Reise in wärmere Gefilde empfohlen hatte. Das war genau die Ausrede, die sie gebraucht hatte. Aber jetzt, so kurz vor Darwin, wuchs auch die Angst vor ihrer Reaktion, wenn sie den Billabong und die Krokodile wiedersah, und vor all den Erinnerungen, den schmerzlichen wie wundervollen. Elsie schien zu bemerken, was in ihr vorging und legte schützend einen Arm um ihre Schultern. Lara war ihr dankbar für diese Geste.

Walter trat in Begleitung von Christopher Coleman zu ihnen an die Reling. Der Architekt, den sie auf dem Schiff kennengelernt hatten, war auf dem Weg nach Darwin, um dort die neuen Regierungsgebäude zu errichten. Fast jeden Abend hatte er mit ihnen zusammen gespeist, manchmal mit Walter Karten gespielt und war alles in allem ein sehr angenehmer Reisegenosse gewesen. Lara hatte die subtilen Hinweise ihre Vaters durchaus wahrgenommen, der hoffte, dass sich zwischen den jungen Leuten etwas anbahnen würde. Christopher war durchaus ein gut aussehender Mann mit hellem Haar und einem Menjou-Bärtchen. Doch trotz seiner vielen Vorzüge ließ er Laras Herz kühl. Es war noch nicht bereit für eine neue Liebe.

»Ihr Vater hat die Crew beim Kartenspiel um ihr schwer verdientes Geld gebracht«, lachte Christopher.

»Das stimmt nicht«, protestierte Walter grinsend. »Die Männer arbeiten überhaupt nicht hart.«

»Das ist doch hoffentlich nicht wahr, Walter«, wandte Elsie besorgt ein. »Ich habe gehört, wie die Stewards sich darüber unterhalten haben, wie sehr sie sich auf einen Drink in den Hafenbars freuen. Den können sie sich nicht mehr gönnen, wenn du ihnen ihr ganzes Geld abgenommen hast.«

»Gut, dann gebe ich ihnen eben einen aus«, erklärte Walter schmunzelnd.

Lara war glücklich, wieder Farbe im Gesicht ihres Vaters zu sehen. Auch hatte er mehr Appetit und ein wenig zugenommen. Die Flitterwochen an Bord eines Schiffes in entspannter Atmosphäre, unter wärmenden Sonnenstrahlen und mit einer frischen Meeresbrise hatten ihm neue Lebenskraft geschenkt.

»Wo werden Sie in Darwin wohnen?«, erkundigte sich Lara bei Christopher.

»Im Victoria Hotel. Kennen Sie das?«

»Aber ja. Es liegt in der Smith Street. Als ich 1941 in Darwin ankam, habe ich zunächst ebenfalls dort gewohnt. Es wurde beim ersten Luftangriff der Japaner schwer beschädigt, stürzte aber nicht ein. Es war in der Tat nur eines von zwei Gebäuden in der Smith Street, die nach dem Angriff überhaupt noch standen. Alles andere war dem Erdboden gleich, einschließlich der Straße selbst, die einen direkten Treffer abbekam.«

»Dann muss das Hotel eine gute Bausubstanz haben«, sagte Christopher, ganz Architekt.

»Die Frau des Inhabers – sie heißt Peggy Parker – erzählte mir, dass es zwei Zyklone überstanden hat, die in Darwin ansonsten schwere Schäden anrichteten. Trotzdem wundert mich, dass das Hotel den Betrieb wieder aufgenommen hat. Ob die Parkers zurückgekehrt sind? Nach dem ersten Angriff habe ich sie getroffen, sie waren beide verletzt und wurden gerade nach Alice Springs evakuiert.«

»Um meine Unterbringung habe ich mich nicht selbst gekümmert, daher hatte ich keinen Kontakt zu den Hotelbesitzern«, sagte Christopher. »Hätten Sie vielleicht Lust, mit mir im Hotel zu Mittag zu speisen, ehe Sie nach Shady Camp aufbrechen?«, schlug Christopher der Familie vor.

»Also, ich weiß nicht …« Lara zögerte.

»Nun, essen müssen wir so oder so, nicht wahr?«, meinte Walter. »Und dieses Hotel interessiert mich.«

Im Grunde hatte Lara auch Lust, das Hotel zu besuchen. »Okay«, stimmte sie zu. »Gute Idee, Christopher. Vielen Dank.«

Auf dem Weg in die Smith Street berichtete Lara von dem Schicksalstag im Februar 1942 und zeigte ihren Eltern und Christopher die Büsche, die Jiana und ihr damals als Versteck gedient hatten. Alle waren sich einig, dass es fast an ein Wunder grenzte, dass die Frauen überlebt hatten.

Die Hafenanlagen waren wieder aufgebaut worden, und heute lagen viele Schiffe vor Anker. Lara musste an das Wrack der *Neptuna* denken, das irgendwo tief unten im Wasser lag, und an Sid, der vermutlich samt seinen Mannschaftskameraden bei dem Angriff gestorben war.

Auch an der Esplanade wurde gebaut. Einige neue Gebäude standen bereits. Trotzdem war das Ausmaß der Zerstörung noch immer zu erahnen.

Erfreut stellte Lara fest, dass Peggy und Desmond Parker tatsächlich ins Hotel Victoria zurückgekehrt waren.

»Wir haben uns in Alice Springs gelangweilt. Vor einem halben Jahr sind wir dann zurückgekommen, haben das Hotel repariert und wieder eröffnet«, berichtete Peggy, die sich sehr freute, Lara wiederzusehen. Lara stellte ihr ihre Eltern und Christopher vor.

Sie genossen ein köstliches Mahl im Speisesaal des Hotels, wo auch viele australische und amerikanische Soldaten saßen.

»Die Männer haben sich bei der Verteidigung des australischen Nordens tapfer geschlagen«, sagte Peggy. »Aber ich glaube nicht, dass die Japaner noch einmal zurückkommen. Ach übrigens«, fügte sie hinzu, »vor etwa zwei Wochen hat Ihr Freund hier vorbeigeschaut.«

»Mein Freund? Meinen Sie Colin Jeffries?« Lara überlegte, ob er und Betty vielleicht doch wieder ins Territory zurückgekehrt waren.

»Nein, nicht der. Ich rede von diesem Seemann, der immer seine haarige Brust und seinen Bauch zur Schau gestellt hat. Jetzt gibt es da in Sachen Umfang eindeutig weniger zu sehen, er ist viel schlanker, verträgt aber immer noch eine Menge Bier. Er hat nach

Ihnen gefragt und war froh, als er erfuhr, dass Sie den ersten Luftangriff überlebt haben. Genau genommen war er sogar ausgesprochen bewegt.«

Lara starrte Peggy an. »Doch nicht etwa Sid?«

»Doch, genau der. Er erzählte mir, dass die *Neptuna* gesunken ist und dass er jetzt auf einem anderen Schiff arbeitet, das Darwin ungefähr einmal im Monat anläuft.«

»Oh, Peggy!«, rief Lara, sprang auf und fiel der verdutzten Frau um den Hals. »Ich habe immer gedacht, dass Sid nicht überlebt hat. Was für eine wundervolle Nachricht!«

»Er hat damals eine schwere Verletzung davongetragen und musste mehrmals operiert werden, bis alle Metallsplitter aus seinem Bauch entfernt waren. Das ist wohl auch der Grund für seinen Gewichtsverlust. Er hat mir angeboten, einen Blick auf seinen Bauch zu werfen, aber ich habe abgelehnt. Davon habe ich im Verlauf der Jahre ausreichend zu sehen bekommen. Außerdem hat er eine Narbe auf der Stirn. Aber wenn er arbeiten und trinken kann, geht es ihm doch offensichtlich wieder richtig gut.«

»Ich freue mich so sehr, dass er lebt«, sagte Lara mit Tränen in den Augen. »Vielleicht treffe ich ihn ja einmal, während ich hier bin.«

»Wo kann ich Sie denn finden – falls ich ihn sehe?«

»Wir fahren erst einmal nach Shady Camp, danach sehen wir weiter. Vielleicht mieten wir uns ja sogar hier ein.«

»Ich würde mich freuen.«

Nach dem Essen, das aus frischem Barramundi und einem herrlichen Salat bestand, schlug Elsie einen Bummel durch die geöffneten Geschäfte vor. Derweil flanierten die Herren die Straße entlang. Eine halbe Stunde später trafen sie sich wieder.

»Wir waren in einer Krokodilausstellung«, berichtete Walter begeistert.

»Dort wird das größte je in Gefangenschaft gehaltene Krokodil gezeigt«, fügte Christopher aufgeregt hinzu. »Ich hätte nie gedacht, dass diese Tiere derart groß werden können. Äußerst bemerkenswert.«

Lara bekam eine Gänsehaut und griff nach dem Arm ihrer Mutter.

»Möchten Sie es sich ansehen?«, fragte Christopher sie.

»Nein.« Sie schüttelte den Kopf. »Ich habe bereits ein paar sehr große Krokodile zu Gesicht bekommen, als ich das letzte Mal hier war.«

»Ein so großes ganz bestimmt nicht«, widersprach Christopher. »Ein Mann namens Rick Marshall hat es in einer Falle gefangen.«

Lara zuckte zusammen und schnappte nach Luft. »Rick Marshall wurde von einem Riesenkrokodil getötet«, fauchte sie schließlich wütend.

»Ich glaube eigentlich nicht, dass ich den Namen falsch verstanden habe«, sagte Christopher verwundert. Er warf Walter hilfesuchend einen Blick zu.

Walter schüttelte den Kopf. »Leider habe ich nicht gelesen, was am Gehege stand. Ich war viel zu fasziniert von der Größe dieses Tieres.«

»Neben dem Gehege hängt ein Foto von Rick Marshall und ein kurzer Bericht, wie es zu dem Fang kam.«

»Und was steht dort?«, fragte Lara ziemlich verwirrt.

»Dass das Krokodil im November 1943 in eine Falle tappte und lange in einem vorläufigen Gehege lebte, ehe die Ausstellungsgebäude im Januar dieses Jahres errichtet wurden.«

Fassungslos starrte Lara den Architekten an. Dann streifte ihr Blick das Ausstellungsgebäude auf der anderen Straßenseite. Ihr Herz hämmerte zum Zerbersten. Christopher irrte sich mit Sicherheit, aber sie brauchte Gewissheit. Wortlos drehte sie sich um, ließ die anderen einfach stehen und rannte über die Straße in die Ausstellung.

Kaum erblickte sie das Riesenkrokodil, dem an einem Fuß ein Zeh fehlte, als die Erinnerungen wie eine Woge über ihr zusammenschlugen. Atemlos suchte sie nach dem Foto. Es war nicht sehr scharf, aber es schien Rick zu zeigen. Er trug einen Hut, den er tief ins Gesicht gezogen hatte, und stand neben einer Falle. Das Boot im Hintergrund hingegen erkannte Lara sofort.

Tränen liefen über ihre Wangen, als sie den Erklärungstext las. Christopher hatte recht. Rick lebte! Lara zitterte am ganzen Körper und begann hemmungslos zu schluchzen.

Bebend verließ sie das Gebäude und wankte auf die anderen zu, denen ihr Anblick sichtlich zu schaffen machte.

»Dann war es also doch nicht dein Rick«, murmelte Elsie und nahm Lara in die Arme.

»Doch … er ist es«, stieß Lara weinend hervor. »Es ist nicht zu fassen. Er lebt!«

»Wenn das stimmt, dann werden wir herausfinden, wo er ist«, beschloss Walter. »Christopher, wären Sie bitte so freundlich, Lara ins Hotel zurückzubringen und ihr einen starken Drink zu bestellen?«

»Aber gern.«

Elsie und Walter machten sich in der Ausstellung auf die Suche nach weiteren Informationen, fanden aber keine. Niemand wusste, wo Rick sich aufhielt.

Im Hotel sah sich Lara erst nach einem starken Gin Tonic in der Lage, Peggy und Christopher ihren Zustand zu erklären. »Ich muss Rick finden! Aber ich habe keine Ahnung, wo ich anfangen soll zu suchen. Steht das Darwin Hotel noch, wo sich die Krokodiljäger immer getroffen haben? Vielleicht wissen sie ja, wo Rick ist oder sein könnte.«

»Das Darwin Hotel existiert nicht mehr, aber die Krokodiljäger treffen sich seitdem jeden Nachmittag hier. Sie machen zwar meist eine Menge Lärm und schüchtern ab und an unsere Kunden ein, aber sie bescheren uns einen guten Umsatz.«

»Das ist so wunderbar!«, sagte Lara mit neuem Mut. »Sid lebt noch und Rick ebenfalls. Mir ist, als hätte ich heute gleich zwei Wunder erlebt.« Wirklich daran glauben würde sie aber erst, wenn Rick tatsächlich vor ihr stand.

Bei Walters und Elsies Rückkehr erhielt ihre Euphorie einen Dämpfer. »Wir haben nichts über den Aufenhaltsort von Rick Marshall herausfinden können, Liebling«, sagte er traurig. »Niemand hat ihn seit Januar gesehen, als er das Krokodil herbrachte.«

Peggy verriet Lara, dass die Krokodiljäger meistens gegen drei Uhr eintrafen, und so saßen die Penroses in der Lobby und warteten. Zäh zogen sich die Minuten dahin. Gegen halb drei war draußen plötzlich wildes Gegröle zu hören. »Da sind sie!«, rief Lara erleichtert und sprang auf.

»Ich lasse dich um nichts in der Welt allein in diese Bar«, erklärte Walter in einem Anflug von Panik. »Die Männer klingen ja wie Barbaren!«

»Warte erst mal ab, bis du sie siehst«, grinste Lara.

Zu dritt betraten sie die Bar. Als die Männer die beiden Frauen entdeckten, verzogen sie grimmig die Gesichter. Auch Timber war da, der riesige Mann überragte alle anderen. Lara hatte seine einschüchternde Wirkung fast vergessen, bis sie die Reaktion ihrer Eltern sah. Auch Wally Wazak und Dazza McKenzie waren gekommen. Timber tippte den beiden auf die Schulter. Sie drehten sich um, aber es dauerte einen Moment, bis sie Lara erkannten. Dann jedoch grinsten sie wie Schuljungen.

»Bist du ganz sicher, dass das hier eine gute Idee ist?«, flüsterte Walter Lara zu.

»Ganz sicher, Dad«, sagte Lara zuversichtlich.

Timber trat einen Schritt auf Lara zu. Sie blickte tapfer zu ihm auf.

»Sie haben uns angelogen«, erklärte er streng und stützte die Hände auf die Hüften.

»Habe ich nicht!«, widersprach Lara.

»Hüten Sie sich, so mit meiner Tochter zu sprechen!«, mischte sich Walter ein, ehe er unter dem Blick des Riesen eilig schwieg.

»Schon gut, Dad«, beruhigte Lara ihn. »Der Mann täuscht sich.«

»Das Riesenkrokodil war fast sechs Meter lang! Sie sprachen aber nur von fünf Metern«, sagte Timber mit unbewegter Miene.

»Wenn ich mich recht erinnere, haben Sie behauptet, ich würde übertreiben«, entgegnete Lara.

Timbers Mundwinkel verzogen sich zu einem Grinsen. »Wir haben Ihnen ganz schön hart zugesetzt, aber soweit ich mich erinnere, waren Sie auch nicht gerade auf den Mund gefallen. Was machen Sie hier?«

»Ich suche Rick Marshall. Ich war der Meinung, das Riesenkrokodil hätte ihn getötet, aber heute habe ich festgestellt, dass das nicht stimmt.«

»Alle haben wir geglaubt, er wäre tot. Aber nach ein paar Monaten tauchte er plötzlich quicklebendig wieder hier auf. Angeblich haben ihn ein paar Eingeborene aus dem Billabong gezogen und wieder aufgepäppelt.«

Lara lief ein Schauder über den Rücken. »Ich hatte keine Ahnung, dass er noch lebt, als ich zurück nach England fuhr.«

»Ich habe mit eigenen Augen gesehen, wie deutlich kleinere Krokodile ganze Büffel unter Wasser gezogen haben. Rick ist hier im Norden zur Legende geworden.«

»Wissen Sie, wo er ist?«

Timber warf einen Blick auf die Uhr hinter der Bar. »Er müsste jetzt etwa zwanzig Seemeilen vor der Küste sein«, sagte er.

»Will er weg aus Darwin?«, fragte Lara fast panisch.

»Aber nein. Er ist mit ein paar Anglern zu einer Tour hinausgefahren. Davon lebt er.«

Lara war erleichtert zu hören, dass Rick keine Krokodilfallen mehr aufstellte. »Und er ist wieder ganz okay?«

»Klar. Er hat jetzt ein paar Narben mehr, aber geht es uns nicht allen so?« Er zeigte ihr seinen von einer hässlichen roten Narbe verunstalteten Armrücken. »Das stammt von einem läppischen Drei-Meter-Vieh. Es hat versucht, mich anzuknabbern.«

Lara zuckte zusammen, und Walter und Elsie wichen einen Schritt zurück.

»Wissen Sie, wann Rick von seinem Ausflug zurückkommt?«, erkundigte sich Lara bei Timber.

»Meist legt er vor Einbruch der Dunkelheit wieder an. So gegen fünf, sechs Uhr, würde ich sagen.«

»Danke«, sagte Lara erfreut.

Elsie freute sich für Lara, Walter jedoch schien sich unbehaglich zu fühlen.

»Hier im Norden ist es üblich, dass Besucher einen ausgeben, alter Mann«, wandte sich Timber an Walter.

»Das glaube ich allerdings nicht!«, protestierte Walter.

»Du könntest aber doch eine Runde spendieren, Dad«, schlug Lara vor.

»Ich ... ja, natürlich, das könnte ich machen«, antwortete Walter zaghaft.

Timber legte Walter einen seiner mächtigen Arme um die Schultern, was Laras Vater fast in die Knie zwang. »Spielen Sie Karten?«, fragte Timber.

»Gegen eine Partie hätte ich nichts einzuwenden«, antwortete Walter vergnügt.

Gegen halb fünf ging Lara zu den Kais hinunter. Sie suchte die Umgebung nach Ricks Boot ab, aber als sie es nicht fand, setzte sie sich und sah den Fischern beim Entladen ihres Fangs zu. Jedes Mal, wenn sich am Horizont ein Schiff näherte, fühlte sie eine bange Nervosität in sich aufsteigen, die rasch einer Enttäuschung wich. Ricks Boot kam nicht.

Eine Stunde verging. Im Westen ging die Sonne unter und verzauberte den Himmel mit den herrlichen Farben, die Lara in England so vermisst hatte. Mit dem Schwinden des Lichts schwand auch Laras Hoffnung. Schon war sie auf dem Sprung zurück ins Hotel, als wieder ein Schiff in den Hafen einlief. Trotz der Dämmerung erkannte Lara, dass es von Farbe und Größe dem entsprach, nach dem sie Ausschau hielt. Und dann sah sie den Namen. *Lady Lara*. Ihr Herz überschlug sich fast vor Freude. Als die

Ankerkette rasselte, stand Lara auf. Ein Grüppchen begeisterter Angler, die sich gegenseitig mit Anglerlatein überboten, verließ das Boot. Zurück blieb nur Rick, der an Deck die letzten Arbeiten verrichtete. Reglos und wie gebannt beobachtete Lara ihn. Jetzt erst konnte sie glauben, dass er noch lebte. Ihr Herz wollte vor Glück schier zerspringen.

Als Lara sich schließlich aufraffte, zum Boot zu gehen, erschien plötzlich eine Frau an Deck. Sie war jung, sehr attraktiv, hatte langes dunkles Haar und exotische Gesichtszüge. Eine kalte Hand griff nach Laras Herz, und ihr war übel. Sie war zu spät gekommen! Rick war nicht mehr allein. Aber hatte sie wirklich etwas anderes erwarten dürfen? Immerhin waren mehr als drei Jahre seit ihrem letzten Treffen vergangen.

Lara war am Boden zerstört. Sie wollte nichts als fort und war im Begriff, sich umzudrehen, als ein Mann an Deck erschien und das Boot gemeinsam mit der Frau verließ. Hand in Hand gingen die beiden davon und unterhielten sich über den wundervollen Tag, den sie an Bord verbracht hatten.

Erleichtert ging Lara zum Schiff. Rick stand mit dem Rücken zu ihr gewandt und sortierte Angelzubehör. Leise huschte Lara an Bord.

»Rick«, sagte sie nur. Rick hielt in seiner Bewegung inne. Es dauerte eine Sekunde, dann drehte er sich langsam um. Sie sah den Schock in seinen Augen, die Zweifel, sie wirklich hier vor sich zu sehen. Er bewegte sich keinen Schritt auf sie zu. Sie hoffte, er würde sie in die Arme nehmen, doch irgendetwas hielt ihn offensichtlich davon ab.

»Es ist wahr. Du lebst«, sagte Lara sehr leise. Sie trat einen Schritt vor, streckte zitternd eine Hand vor und berührte sein Gesicht. Rick wich ihr aus. »Ich dachte, du wärst tot.«

»Hast du deshalb Jerry Quinlan so schnell geheiratet?«

Lara blinzelte überrascht, sah aber den Schmerz in Ricks Augen. Jetzt begriff sie, was zwischen ihnen stand. »Ich habe Jerry nicht geheiratet«, sagte sie.

Doch Rick schüttelte den Kopf. »Ich war in Shady Camp und habe dich in der Kirche gesehen. Du trugst einen Schleier. Jerry stand neben dir, und ein Priester nahm euch das Eheversprechen ab.«

Lara traute ihren Ohren nicht. »Du warst dort?«

»Ja, ich war dort.« Ricks Stimme klang kühl und gleichzeitig tief betroffen.

»Dann kannst du aber nicht lange geblieben sein, sonst wüsstest du, dass ich die Hochzeit abgesagt habe. Wo warst du all die Monate, Rick?«

»Bei einem kleinen Aborigine-Stamm am Sampan Creek. Sie haben mich aus dem Billabong gezogen und sich um mich gekümmert. Ohne ihre Buschmedizin und das Jod, das ein Arzt ihnen für mich gab, wäre ich wahrscheinlich gestorben.«

»Ein Arzt? Warum hat er dich nicht ins Krankenhaus bringen lassen?«

»Ich weiß es nicht. Ich war offensichtlich in einem sehr kritischen Zustand, mehr tot als lebendig. Vielleicht hielt er es nicht mehr für der Mühe wert.«

»So etwas darfst du nicht sagen, Rick.« Plötzlich kam Lara ein Gedanke. Sie starrte ihn an. »Glaubst du, das war … Jerry? Er war damals der einzige Arzt, der die Sumpfgebiete betreute.«

Rick nickte.

Erschüttert blickte Lara ihn an. »Er hat mir nicht gesagt, dass du noch lebst«, stellte sie tonlos fest. »Aber er hat mich ohnehin angelogen. Er behauptete, seine Mutter wäre todkrank und ihr sehnlichster Wunsch sei, seine Heirat zu erleben. Ich habe ihn nicht geliebt, aber Bea hat mich nach meinem Zusammenbruch wegen deines vermeintlichen Todes hingebungsvoll gepflegt. Also habe ich mich schließlich überreden lassen, ihn zu heiraten, allerdings nur zum Schein. In der Kirche wurde Bea dann ohnmächtig, und dabei fand ich die Wahrheit über ihren Gesundheitszustand heraus. Sie war überhaupt nicht krank, Jerry hatte gelogen. Daraufhin habe ich ihm sofort die Freundschaft gekündigt. Am gleichen Tag fand Rex heraus, dass jemand dein Boot gestohlen hatte. Jetzt nehme ich an, du hast es abgeholt, ohne jemandem Bescheid zu sagen.«

»Genau. Ich musste weg, und zwar so schnell wie möglich. Ich war am Boden zerstört, Lara. Ich hatte so hart dafür gekämpft, am Leben zu bleiben, um zu dir zurückkehren zu können. Und dann sah ich dich als Braut in der Kirche. Ich dachte, ich wäre zu spät gekommen und wünschte mir nichts sehnlicher, als dass ich gestorben wäre.«

»Oh, Rick! Wenn ich doch nur gewusst hätte, dass du noch am Leben warst. Ich habe nie aufgehört, dich zu lieben. Ich habe es einfach nicht fertiggebracht, einen anderen als dich zu lieben.«

In Ricks Gesicht zeichnete sich tiefe Erleichterung ab. »Ich konnte es nicht ertragen, dich mit einem anderen Mann verheiratet zu wissen.«

»Dazu wäre es nie gekommen, Liebster. Niemals! Ich kann keinen anderen so lieben wie dich. Und für weniger bin ich mir zu schade.«

Rick zog sie in seine Arme, küsste sie leidenschaftlich und hielt sie ganz fest. »Dieses Mal lasse ich dich ganz bestimmt nicht mehr aus den Augen«, flüsterte er.

»Damit bin ich sehr einverstanden«, nickte Lara und blickte tief in seine warmen braunen Augen.

»Woher wusstest du, wo ich bin?«, fragte Rick.

»Timber hat es mir gesagt. Ich habe den Eindruck, er hält inzwischen große Stücke auf dich. Er hat dich sogar als Legende bezeichnet.«

»Kannst du glauben, dass er mir tatsächlich geholfen hat, das Riesenkrokodil zu fangen?«

»Davon hat er keinen Ton gesagt«, entgegnete Lara überrascht.

»Eines Tages im Pub hat er mir den Vorschlag gemacht, dass er und seine Kumpel mir beim Fang des Krokodils helfen könnten. Zuerst war ich misstrauisch, aber er stellte mich einem Mann vor, der eine Art Krokodilpark für Touristen plante und einen Publikumsmagneten brauchte. Herkules war lebendig mehr wert als tot.«

»Herkules?«

»So hat der Parkbesitzer das Tier getauft. Timber und seine Männer halfen mir, eine wirklich große Falle zu bauen. Allein hätte ich das schon wegen meiner Verletzungen nicht geschafft. Als das Krokodil schließlich in die Falle ging, brauchten wir sage und schreibe zwanzig Männer, um es abzutransportieren. Eigentlich finde ich es schrecklich, Herkules in Gefangenschaft zu sehen, aber zumindest weiß ich, dass er jetzt nicht mehr gejagt wird.«

Überrascht registrierte Lara, dass sich Ricks Achtung vor den Krokodilen auch nach seinem Unfall nicht verändert hatte.

»Der neue Name für dein Boot gefällt mir übrigens ausgesprochen gut«, sagte sie lächelnd.

Rick schenkte ihr ein schiefes Grinsen. »Ich habe über eine Menge Namen nachgedacht, aber *Lady Lara* erschien mir einfach perfekt.«

»Meine Güte, beinahe hätte ich vergessen, dass meine Eltern im Victoria auf mich warten«, stieß Lara plötzlich hervor. »Sie werden sich sicher freuen, dass ich dich gefunden habe.«

»Deine Eltern? Hat dein Vater wieder geheiratet?«

»Hat er. Und zwar meine leibliche Mutter. Aber die Geschichte erzähle ich dir auf dem Weg zum Hotel.«

»Warte, ich muss mich vorher auf jeden Fall waschen. Ich habe den ganzen Tag mit Fisch gearbeitet.«

»Einverstanden, aber mach schnell. Mein Vater spielt nämlich Karten mit Timber.«

Rick warf Lara einen erschrockenen Blick zu. »Spielt dein Vater gut?«

»Immerhin hat er den Stewards während der Schiffspassage fast die ganze Heuer abgeknöpft.«

Ricks Blick wurde noch besorgter. »Ich mache so schnell es eben geht.«

46

Am nächsten Tag machten sich Lara, Rick, Elsie und Walter an Bord der *Lady Lara* auf den Weg nach Shady Camp. Laras Eltern waren von Rick begeistert, vor allem, nachdem er Walter vor Timber gerettet hatte, der dem alten Herrn vorwarf, beim Spiel zu mogeln.

»Nicht zu fassen, wie schlecht dieser Mensch spielt«, sagte Walter. »Als ich merkte, wie ungern er verliert, habe ich mich sogar angestrengt, nicht zu gewinnen. Aber es ist mir nicht gelungen.«

»Gegen Timber spielt niemand, um zu gewinnen«, schmunzelte Rick. »Ich habe schon gesehen, dass seine Mitspieler gute Karten auf den Boden fallen ließen, nur um nicht zu gewinnen. Timber hält sich für unschlagbar, hat aber keine Ahnung. Deshalb glaubte er auch, dass du ihn betrügst.«

»Welcher vernünftige Mensch würde wohl versuchen, einen Bigfoot zu betrügen?«

Unterwegs erzählte Rick seinen Gästen viel Wissenswertes über die Flüsse und die Billabongs und zeigte ihnen seltene Vögel und sonnenbadende Krokodile.

»Ich kann immer noch nicht fassen, dass du das Riesenkrokodil nur gefangen und nicht getötet hast. Und das nach allem, was es dir angetan hat!«, sagte Lara nachdenklich und betrachtete ein ziemlich großes Tier am Ufer, das Rick seinen eigenen Worten zufolge Monate zuvor umgesiedelt hatte.

»Es wollte mich nicht angreifen. Ich war so dumm, einen Barramundi über die Reling des Beiboots zu halten. Dabei hätte ich es doch wirklich besser wissen müssen. Das Krokodil ist nur seinem Instinkt gefolgt.«

»Ich finde deine Haltung einfach bewundernswert! Und dafür liebe ich dich umso mehr.«

»Wir haben dieses Riesenkrokodil übrigens in der Ausstellung gesehen. Ein unglaublich beeindruckendes Reptil«, sagte Walter.

»Das ist es«, nickte Rick. »Und es war ein Wunder, dass es mich losgelassen hat. Ein wahres Wunder.« Er stoppte sein Schiff an der Stelle, wo der Unfall geschehen war, und erzählte, wie er sich mit letzter Kraft zwischen den Seerosen in Sicherheit gebracht hatte und von den Aborigines gefunden worden war.

»Wunder ist das richtige Wort«, sagte Lara.

»Walter, hättest du vielleicht Lust, Barras zu angeln?«, schlug Rick wenig später vor.

»Liebend gern«, freute sich Walter.

»Aber bitte nicht in einem Beiboot«, flehte Elsie.

»Nein. Wir angeln hier vom Boot aus«, sagte Rick und beruhigte sie mit seinem verschmitzten Lächeln. »Du bestehst doch hoffentlich nicht darauf, den gefangenen Fisch gleich wieder freizulassen, oder?«

»Was? Natürlich nicht! Wer würde denn auf eine derart verrückte Idee kommen?«

Rick sagte nichts, sondern lächelte nur zu Lara hinüber. Walter nickte verstehend.

»Mir tat der arme Fisch so leid«, verteidigte sich Lara. »Ich wollte nicht schuld an seinem Tod sein.«

Walter schüttelte zwar den Kopf, doch sein Lächeln war voller Stolz.

Als sie sich Shady Camp näherten, stellte Lara erfreut fest, dass sich offenbar nichts verändert hatte. Während Rick das Boot vertäute, läutete die Schulglocke. »Sogar die Schule ist noch in Betrieb! Das kann nur bedeuten, dass Jiana meine Stelle übernommen hat«, freute sich Lara.

Eilig verließen sie das Schiff. Alle Boote am Anleger waren Lara bekannt, und plötzlich fühlte sie sich, als käme sie endlich nach Hause.

»Hier wird die Kirche als Schulraum benutzt«, erklärte sie ihren Eltern.

»Ein kurioses Gebäude«, stellte Elsie bewundernd fest.

»Ich habe im Pfarrhaus gewohnt. Als ich ankam, war es noch ein bisschen trostlos, aber die Frauen des Dorfes haben sich alle Mühe gegeben, es hübsch zu gestalten.«

»Von diesem Fenster aus musst du einen wunderbaren Blick auf das Ufer gehabt haben«, sagte Elsie und zeigte auf das Küchenfenster.

»Oh ja, es war wirklich schön.« Jetzt konnte Lara es aussprechen. Seit Rick wieder an ihrer Seite war, schienen alle bösen Erinnerungen zu verblassen.

Harry Castle war der erste Schüler, der aus der Tür stürmte, was Lara keineswegs überraschte. Sie winkte ihm zu und hörte ihn rufen: »Miss Penrose ist wieder da!« Von diesem Moment an gab es kein Halten mehr. Alle Kinder kamen angerannt, umarmten sie und überschütteten sie mit Fragen. Lara lachte und versprach, alle Fragen bei Gelegenheit eine nach der anderen zu beantworten.

Und dann trat Jiana vor die Tür. Einen Moment starrte sie Lara ungläubig an, ehe ihr Gesicht in einem frohen Lächeln erstrahlte.

»Du bist zurückgekommen«, sagte sie glücklich.

»Ja, das bin ich. Und ich bin so froh, dass du immer noch hier arbeitest.«

»Selbstverständlich. So schnell gehe ich hier nicht weg«, lächelte Jiana. »Ich habe alle Prüfungen bestanden und bekomme jetzt ein volles Gehalt«, fügte sie stolz hinzu. Dann fiel ihr Blick auf Rick. Sie musterte ihn verblüfft. »Was machst du denn hier? Wir dachten, du wärst tot! Wo warst du?«

»Das ist eine lange Geschichte«, antwortete Rick. »Ich erzähle sie dir demnächst bei ein paar Bier.«

»Habe ich etwa gerade das Wort Bier gehört? Ich könnte jetzt durchaus eines vertragen«, meinte Walter und wischte sich den Schweiß von der Stirn. Lara musterte ihn erstaunt. Einen solchen Satz hatte sie ihn noch nie sagen hören.

»Oh, gegen ein kühles Bier hätte ich jetzt auch nichts einzuwenden«, pflichtete Elsie ihm bei und steigerte damit Laras Überraschung noch. Und Walters, der sie verblüfft ansah.

»Hey, Mum, du hast ja wirklich das Zeug zu einer waschechten Aussie! Nicht wahr, Rick?«

»Das kann man so sagen«, stimmte Rick zu. Elsie strahlte.

»Wo ist denn dieser Pub, von dem du so oft gesprochen hast?«, erkundigte sich Walter. »Ich glaube, ich habe noch nie solchen Durst gehabt.«

»Einfach immer geradeaus, Dad.«

Die Kinder waren bereits vorausgerannt, um ihren Eltern die guten Nachrichten zu überbringen.

Jiana nahm Lara beiseite. »Weißt du was? Ich bin inzwischen verheiratet.«

»Aber doch nicht etwa mit diesem alten Mann? Nicht mit Willy Doonunga, oder?«

»Oh nein. Ich habe einen ganz netten jungen Mann ausgewählt«, antwortete Jiana und lächelte glücklich. »Ich gehe jetzt und hole ihn und erzähle meiner Mutter, dass du wieder da bist. Sie wird sich sehr freuen!«

Der Pub war leer, was Lara ein wenig verwunderte. Sie ließ ihre Eltern unter Ricks Obhut zurück und ging nach nebenan in den Laden, wo sie Monty vorfand. Im Geschäft sah es aus wie Kraut und Rüben, was Betty sicher nicht gefallen hätte.

Als Lara plötzlich auf der Schwelle stand, starrte Monty sie verblüfft an. »Du lieber Himmel!«, stieß er hervor und sah sie an, als wäre sie ein Gespenst. »Das müssen Entzugserscheinungen sein.«

»Du hörst doch niemals lange genug auf zu trinken, um Entzugserscheinungen zu bekommen«, lachte Lara. »Und du besitzt immer noch keinen Rasierapparat, geschweige denn eine Schere.« Montys Bart war so wirr wie eh und je. »Was machst du überhaupt hier? Ich dachte, Rizza und Rex wollten den Laden übernehmen.«

»Das haben sie auch getan, aber dann hat Rizza Drillinge bekommen.«

»Drillinge!«

»Ja, und zum Glück warst du nicht hier, als sie kamen. Du hast ja schon bei einem einzigen Baby schlappgemacht! Mensch, ist das schön, dich zu sehen!« Monty grinste über das ganze Gesicht. »Wie bist du hergekommen?«

»Mit dem Boot«, antwortete Lara.

»Wessen Boot?«

»Das wirst du gleich sehen. Und dann sofort ganz dringend einen Drink brauchen«, schmunzelte Lara.

Im Pub hatte sich bereits das halbe Dorf versammelt. Als Monty Rick in Gesellschaft zweier Fremder sah, zuckte er zusammen.

»Ich wusste nicht, dass Rick Marshall einen Zwillingsbruder hat«, sagte er, »aber Sie sind ihm wirklich wie aus dem Gesicht geschnitten.«

»Ich habe keinen Bruder, Monty«, sagte Rick.

»Und du bist tatsächlich noch am Stück?« Monty blickte an ihm hinunter.

»Bin ich. Beide Beine sind noch dran, aber dafür habe ich ein paar tolle neue Narben.«

Den Dorfbewohnern, die nach und nach in die Bar strömten, ging es bei Ricks Anblick ähnlich wie Monty.

»Das kannst doch nicht du sein!«, rief Jonno.

»Na ja, tot bin ich nicht und ich bin auch kein Geist«, scherzte Rick.

»Aber wir haben doch genau gesehen, wie das Riesenvieh dich gepackt hat!«, stellte Rex kopfschüttelnd fest.

»Und es hat ordentlich zugebissen. Die Narben dürft ihr gern sehen, wenn ihr wollt.«

»Und wie bist du entkommen?«

»Indem ich ihm meine Finger in die Augen gestochen habe. Zunächst nicht einmal absichtlich, sondern eher zufällig. Jedenfalls ließ es los. Und durch die Todesrolle hatte es so viel Schlamm aufgewirbelt, dass ich es unbemerkt bis zwischen die Seerosen schaffte. Ohne die Seerosen und die Aborigines, die mich später aus dem Billabong gefischt haben, wäre ich heute nicht hier.«

»Rick hat das Riesenkrokodil inzwischen eingefangen«, berichtete Lara. »Es lebt jetzt in der Stadt in einer Ausstellung. Und alle, die mir damals nicht geglaubt haben, können es sich dort anschauen«, fügte sie verschmitzt hinzu.

»Du hättest das Vieh erschießen sollen«, grummelte Monty.

»Aber warum denn? Ich habe einen riesigen Barra über die Reling gehalten. Für das Krokodil war das wie eine Einladung zum Mittagessen.«

»Das Mittagessen wärst beinahe du gewesen«, wandte Rex ein.

»Aber nur wegen meiner eigenen Dummheit«, widersprach Rick. »Das sollte uns allen eine Lehre sein.«

Monty schüttelte den Kopf. In dieser Hinsicht würden sie sich wohl nie einig werden.

»Rick, du musst unbedingt mal in die Schule kommen und den Kindern alles erzählen, was sie über das Überleben bei einem Krokodilangriff wissen müssen«, warf Lara ein.

»Das mache ich. Es ist wirklich wichtig.«

»Diese wunderschöne Lady ist bestimmt deine Mutter, Lara«, sagte Monty mit einem bewundernden Blick auf Elsie. Der hingegen gelang es nicht, den ersten Schock über Montys Äußeres zu verbergen.

»Genau so ist es. Liebe Leute, das hier sind meine Mutter und mein Vater, Elsie und Walter.« Einen nach dem anderen stellte Lara ihren Eltern die Dorfbewohner vor.

»Ich habe euch alle unglaublich vermisst«, erklärte sie, nachdem sich alle begrüßt hatten.

»Wir dich auch!«, sagte Doris.

»Und was ist mit mir?«, rief jemand von der Tür.

Alle drehten sich überrascht um. Vor ihnen stand Colin.

»Was machst du denn hier?«, fragte Monty.

»Na, das ist mir vielleicht ein herzliches Willkommen«, grinste Colin und kam in die Bar. »Aber wenn ihr es unbedingt wissen wollt: Ich habe Betty verlassen. Tasmanien ist einfach zu kalt für einen waschechten Territorianer.«

»Du hast Betty verlassen?«, fuhr Margie ihn aufgebracht an. »Wie konntest du nur! Die Frau hat doch wirklich alles für dich getan! Sie hätte dir sogar den Hintern gewischt!«

In diesem Moment trat Betty mit allen Kindern im Schlepptau ein. »Das *habe* ich sogar getan«, trumpfte sie auf. »Keine Sorge, Margie, so schnell wird der Kerl mich nicht los. Vor allem jetzt, wo er mir noch einmal einen Braten in die Röhre geschoben hat.« Alle Augen wandten sich ihrem bereits deutlich erkennbaren Babybauch zu. Und dann brachen alle in schallendes Gelächter aus.

»Du alter Schwerenöter«, neckte Rex.

»Es war so kalt in Tasmanien«, redete Colin sich heraus. »Irgendwie muss man sich ja warm halten.«

Elsie errötete bis in die Haarspitzen.

»An Colins flapsige Art gewöhnt man sich schnell«, flüsterte Lara ihrer Mutter zu.

Colin begutachtete derweil die Drillinge. »Das sieht mir ganz nach einer Bevölkerungsexplosion aus. Beißen die Fische nicht gut, Rex?«

Nun war es an Rex, verlegen dreinzublicken, doch er tat es mit stolzgeschwellter Brust. »Es sind drei bildhübsche Mädchen.«

»Gott sei Dank! Dann kommen sie wenigstens auf ihre Mutter«, feixte Colin.

Lara sah aus dem Augenwinkel, dass ihre Mutter sich das Lachen verkniff.

»Jedenfalls ist es gut, dass wir jetzt wieder zwei Lehrer haben«, warf Monty ein.

Lara wollte gerade protestieren, dass sie nicht zum Arbeiten nach Shady Camp gekommen war, als Betty Rick bemerkte. »Du lebst?«, staunte sie.

Ihre Äußerung erregte Colins Aufmerksamkeit. »Bei allen Heiligen!«, stöhnte er auf.

»Ja, ich lebe«, bestätigte Rick. »Es braucht eben mehr als ein Riesenkrokodil, um mich kleinzukriegen.«

»Zur Feier des Tages gehen die Getränke aufs Haus«, verkündete Monty.

»Na endlich!«, ächzte Colin. »Du hattest wohl vor, mich verdursten zu lassen.«

»Seht ihr, er hat sich kein bisschen verändert – nur für den Fall, dass ihr so etwas vermutet hattet«, sagte Betty.

Lara stellte Betty und Colin ihren Eltern vor.

»Wir haben schon viel von Ihnen gehört«, erklärte Walter wahrheitsgemäß.

»Hoffentlich nur das Allerbeste«, meinte Colin und wischte sich Bierschaum von der Oberlippe.

»Na ja, vielleicht mit ein paar Einschränkungen«, sagte Lara und zwinkerte Betty zu. »Ich habe einfach nur die Wahrheit berichtet.«

Colin starrte sie verdutzt an, dann lachte er.

»Ich habe das ganz ernst gemeint«, behauptete Lara.

»Hat es dir in Tasmanien auch nicht mehr gefallen?«, erkundigte sich Rex bei Betty.

»Das Land ist wirklich wunderschön, aber die Kinder meiner Schwester sind schrecklich ungezogen. Außerdem haben sich meine Geschwister ständig gestritten. Alles in allem war die Zeit sehr anstrengend.«

»Sag ihnen die Wahrheit«, forderte Colin sie auf.

»Das ist die Wahrheit!«

»Sie fand es nämlich auch zu kalt«, trumpfte Colin auf.

»Ja, das stimmt«, nickte Betty verlegen. »Ich fürchte, ich habe mich schon zu sehr an die Hitze hier oben gewöhnt. Du bist doch hoffentlich nicht in unsere Wohnung eingezogen, Monty?«

»Aber nein! Ich wusste doch, dass ihr wieder zurückkommt«, erklärte Monty, der ein Bier nach dem anderen ausschenkte.

»So ein Quatsch!«, widersprach Betty.

»Nein, natürlich nicht wirklich. Aber gehofft habe ich es schon«, fügte er augenzwinkernd hinzu. »Laden und Pub gleichzeitig kriege ich nämlich nicht hin.«

»Das wundert mich keineswegs«, erklärte Colin. »Immerhin habe ich den größten Teil der Arbeit hier im Pub erledigt.« Als er Montys entgeisterten Blick sah, prustete er los.

»Ach, es ist schön, wieder zu Hause zu sein«, seufzte Betty zufrieden. »Und? Sind wir gerade rechtzeitig zu einer Hochzeit in Shady Camp eingetroffen?«, fügte sie mit einem Blick auf Rick und Lara hinzu.

Plötzlich schwiegen alle Anwesenden. Das ganze Dorf schien auf eine Antwort zu warten.

Lara errötete. »Aber wir haben uns doch gestern erst wiedergefunden«, sagte sie.

»Trotzdem! Ihr gehört schon immer zusammen«, behauptete Betty. »Wir alle wissen es längst.«

Die Dorfbewohner murmelten zustimmend.

Rick warf Lara einen warmen Blick voller Liebe zu, ehe er sich zu Walter umdrehte. »Darf ich um die Hand Ihrer Tochter bitten, Sir?«, fragte er höflich.

Walter und Elsie lächelten. »Meinen Segen hast du«, sagte Walter und sah Lara an. »Und pass gut auf mein kleines Mädchen auf«, fügte er voller Stolz hinzu.

»Dann könnte ich mir durchaus vorstellen, hier in Shady Camp zu heiraten«, erklärte Rick. »Vorausgesetzt, du möchtest es auch, Lara.«

Im Raum herrschte plötzlich atemlose Stille. Lara warf Rick einen zärtlichen Blick zu, und dann verzogen sich ihre Lippen zu einem Lächeln.

»Nichts würde mich glücklicher machen, als in Shady Camp zu heiraten – jetzt, wo meine Eltern hier sind und inmitten all der

Menschen, die mir zu Freunden geworden sind.« Mit diesen Worten küsste sie Rick unter dem tosenden Beifall aller Anwesenden.

Nach vielen weiteren Gläsern Bier drehte sich das Gespräch wieder um Krokodile.

Monty zeigte Elsie und Walter den Krokodilskopf über der Bar. »Sehen Sie dieses Krokodil dort? Es hat mir mit einem Haps das rechte Bein abgebissen.« Er rollte sein Hosenbein hoch und klopfte auf sein Holzbein.

Die anderen stöhnten. Sie hatten nicht die geringste Lust, die Geschichte zum tausendsten Mal in einer anderen Version zu hören. Lara jedoch musste über die entsetzten Gesichter ihrer Eltern lachen.

»Und dabei war dieses Krokodil fast noch ein Baby, nicht wahr, Rick?«, sagte Rex und erfreute sich an Montys grimmigem Blick.

»Schnauze«, fauchte Monty und rollte sein Hosenbein wieder herunter. »Jedenfalls werde ich mir demnächst wieder ein Schwein anschaffen. Als Ersatz für Fergus.«

»Wenn du das tust, werde ich es bei der ersten Gelegenheit zu einem ordentlichen Braten verarbeiten«, drohte Betty, und alle lachten.

»Waren diese Leute auch schon so, als du hier gelebt hast?«, erkundigte sich Walter leise bei Lara.

»Ja, Dad«, erklärte Lara voller Wärme. »Und ich habe sie alle ganz schrecklich vermisst.«

ENDE